무적자
WITHOUT MERCY

무적자 2

초판 1쇄 찍은 날 2009년 9월 18일
초판 3쇄 펴낸 날 2009년 10월 30일

지 은 이 | 임준욱
펴 낸 이 | 서경석

편 집 장 | 문혜영

펴 낸 곳 | 도서출판 청어람
등록번호 | 제1081-1-89호
등록일자 | 1999. 5. 31

주소 | 경기도 부천시 원미구 심곡2동 163-2 서경B/D 3F (우) 420-822
전화 | 032-656-4452 팩스 | 032-656-4453
http://www.chungeoram.com
E-mail | eoram99@chollian.net

ISBN 978-89-251-1930-4 (SET)
ISBN 978-89-251-1932-8 04810

2

임준욱 장편 소설

무적자
WITHOUT MERCY

청람

무적자 2권
차례

제1장 너희들의 사랑이 내겐 증오가 되었다 / 7

제2장 나는 지킬 것도, 두려울 것도 없는 놈이다 / 53

제3장 다른 하늘을 이고 살아도 너만은…… / 103

제4장 사는 게 원래 이런 거야? / 151

제5장 어이쿠야! 이거 웬 짐들이야? / 199

제6장 막혔어? 그럼 내가 뚫어줄게 / 249

제7장 네 손이 아름답다고 해준 사람, 나밖에 없지? / 301

제8장 피 냄새야 나겠어? 조금은 편하게 살자, 나도 / 345

제9장 살아야 할 이유가 없나? / 393

제1장
너희들의 사랑이 내겐 증오가 되었다

2001년 4월 18일.

아침부터 바빴다. 납치 후 작업에 필요한 것들을 모두 청계산 남쪽의 운중저수지 쪽으로 옮겼다. 이중원을 통해 사두었던 집이다.

땅파기 작업까지 마친 임화평은 젊은 회사원의 얼굴로 변용하고 연화사 아랫길 숲 속에 배낭여행에서나 쓸 커다란 검은색 배낭을 숨겨둔 후 아랫동네로 내려와 느긋하게 식사했다.

의정부로 향해 주변을 살피며 몇 바퀴 돌았다. 주차할 만한 곳을 찾기 위해서다. 어둑어둑해질 무렵까지 기다렸다가 도봉산역 근처의 아파트 공사장 위쪽에 자리한 폐공장의 으슥한 구석에 차를 세워두었다. 그리고 다시 성북 1동으로 돌아와 밥을 든든히 먹은 후 택시를 타고 연화사로 향했다.

임화평은 배낭이 숨겨져 있는 숲 속으로 스며들었다. 이미 네 번을 와본 곳이고, 세 번이나 밤을 지새운 적도 있다.

유현조의 집 뒤쪽이 일부 내려다보였다. 의도적으로 조성된 키 높은 정원수에 가려 세세하게 볼 수는 없지만, 이층 저택의 옥상부와 마당 일부, 그리고 그 옆에 별실이 있다는 정도는 확인이 된다. 이층 저택의 지붕 위에는 임화평이 용도를 알 수 없는 옥탑방 비슷한 것이 있다. 유현조의 개인 트레이닝 룸이다.

별실 앞에서 담배 피는 경호원 하나가 보이고, 별실 모퉁이 근처에는 줄에 묶인 두 마리 개가 엎드려 있다. 또 다른 경호원 하나가 시설물을 점검하는 듯 정원수들 틈새로 보였다가 사라지길 반복하고 있다.

임화평은 경계 태세가 여전한 것을 확인하고 고개를 저었다.

'신영록 사건이 미궁에 빠져 있는 동안은 경호원들을 물릴 생각이 없는 거야. 그래도 한 달 보름이 지났다. 겉보기는 같아도 조금은 해이해졌을 테지. 그랬으면 좋겠다.'

집은 직선거리로 대략 50m 아래쪽에 있다. 급격한 경사가 끝나는 30m 아래쪽부터는 감시 카메라의 눈을 피하기 힘든 공터다. 일부러 그랬는지 원래부터 그랬는지 몰라도 몸을 숨길 만한 크기의 나무들은 한 그루도 없다.

임화평은 심호흡하며 스케줄을 짰다.

'마당 불이 꺼지는 시간은 11시경. 개들이 순찰을 멈추는 시간은 5시 40분 전후. 집에서 여자가 나와 신문 가지러 가는 시간은 대개 6시 근처다. 그리고 여경호원들의 출근 시간은 8시. 가방 회수하고 빠져나갈 시간은 충분해. 문제는 개들인데……'

5시가 넘어가면 여명이 튼다. 누군가가 허공을 걷는 임화평을 발견할 수도 있다. 그전에 넘어가야 한다. 놀라운 청각과 후각을 소유한 개들과 30분 이상 숨바꼭질을 해야 한다는 사실이 부담스러웠다. 혹시나 몰라 개들이 싫어하는 것들을 준비해 왔지만, 그것으로 될 것이라고는 확신할 수 없다.

발각이 되면 실패한 것이나 마찬가지다. 그때는 강행 돌파와 도주 가운데 하나를 선택해야 하는데, 둘 다 선택하기가 난감하다.

강행 돌파를 한다면 피를 많이 보아야 할 뿐만 아니라 차수경의 행방을 물어볼 시간도 없이 죽여야 할 것이다. 도주를 택하면 그때부터의 경계 태세는 지금과 비교하지도 못할 만큼 단단해질 것이다.

믿는 것은 본능을 억제하도록 훈련이 된 개라는 것과 최종 판단을 개가 아닌 이성적인 인간이 한다는 것이다.

배낭에서 활을 꺼내 조립했다. 손끝의 감각으로 탄탄하게 조립되었음을 확인하고 한쪽에 놓아둔 후, 갈고리 화살촉에 피아노선을 연결하여 금속 링키지 유닛에 연결하여 단단히 매듭짓고 활 옆에 놓아두었다. 그리고 피아노선을 엉키지 않게 풀고 끝을 굵은 나무의 아래쪽에 감아 느슨하게 매듭지었다.

접착제를 꺼내고 화살도 준비해 두었다. 화살은 한 대뿐이다. 실패가 곧 발각인 탓에 여분을 준비하지 않은 것이다.

그 외에 생수 한 병을 꺼내놓고, 가부좌를 튼 채 눈을 감았다.

다시 눈을 뜬 시간은 새벽 4시경이다. 몸을 뒤틀고 휘돌려 긴장을 풀고 나서 물을 한 모금 마신 후 암가드와 가죽 글러브를 꼈다. 그리고 접착제를 들었다. 검지에 적정량의 접착제를 짜두고 갈고리 화살촉을 들어 구멍 입구에 발랐다. 그리고 잠시 기다렸다가 화살을 끼워 넣었다.

마음속으로 수를 세며 활을 들어 장전했다. 소리에 주의하며 조심스럽게 일어나 유현조의 집을 내려다보았다. 별실에서 흘러나오는 불빛을 등대 삼아 허공에 활을 겨누고 시위를 당긴 후 바로 날렸다.

퉁!

시위가 진동하는 미약한 소음이 심장박동과 같은 여운을 남겼다.

곡사로 쏘았다. 화살촉이 무거워지고 균형이 맞지 않아도 50m 정도는 날릴 수 있지만, 그렇게 되면 옥상에 떨어질 때 소음이 많이 난다. 위에서 아래로 떨어져야 청테이프 부착 부위와 부딪쳐 소음이 줄어든다.

임화평은 시위를 놓음과 동시에 마음속으로 수를 셌다.

'하나, 둘, 셋, 넷, 다섯!

다섯을 셈과 동시에 계속해서 풀려 나가던 피아노선을 잡아챘다. 수십 번도 더 해본 일이다. 여섯이면 피아노선이 아래로 늘어진다. 그 순간 피아노선은 담 위에 떨어질 것이고 적외선 감지기가 별실로 신호를 보낼 것이다.

화살이 떨어지고도 남을 시간이 지났다. 유현조의 집에서는 아무런 반응이 없다. 피아노선을 쥔 채 10여 분을 기다리다가 아주 조금씩 끌어당겼다. 세상에서 가장 지루한 10여 분이 지났을 때 피아노선이 더 이상 당겨지지 않았다.

수십 차례 피아노선을 당겨 틀림없이 걸렸음을 확인한 후, 나무에 느슨하게 묶여 있던 선을 팽팽하게 만들어 금속 링키지 유닛에 연결한 후 단단하게 매듭지었다.

군용처럼 생긴 야광 시계를 보았다.

'4시 27분. 20분 더 기다린다.'

피아노선을 잡아채느라 찢어져 버린 가죽 장갑과 암가드, 그리고 접착제를 배낭에 넣고 생수를 한 모금 마신 후에 그마저도 배낭에 넣었다. 그리고 배낭에서 검은 덩어리 하나를 꺼낸 후 등산 점퍼를 벗어 동그랗게 말아 배낭에 넣었다. 얼굴과 손만 빼면 전신이 검은색이다.

그리고는 검은색 덩어리를 펼쳐 입었다. 구제 옷가게에서 산 차이나 칼라형의 검은색 가죽점퍼다. 전기 충격기를 대비해서 구입한 것이다.

가죽점퍼의 지퍼를 목 끝까지 올리고 기다렸다.

'임화평! 상대는 육체적 단련을 게을리하지 않은 자들이다. 방검복까지 입고 있어. 조폭들과는 달라. 가볍게 상대했다가는 반드시 실패한다. 조심해.'

임화평은 스스로에게 주의를 주고 다시 시계를 보았다. 4시 52분이다. 임화평은 배낭의 옆 호주머니에서 튜브 하나와 맨소래담 로션을 꺼냈다. 노출된 부위에 로션을 바르고 튜브 속의 노란색 젤을 가죽점퍼 여기저기에 짠 후 두 팔을 비벼 넓게 폈다. 알싸한 겨자 냄새가 코끝을 간질였다. 그리고 마지막 점검에 들어갔다.

'빠진 건?'

바지 호주머니를 툭툭, 쳐보았다. 못의 존재가 느껴졌다. 못을 꺼내 점퍼 호주머니에 넣은 후 긴 호흡으로 긴장감을 늦췄다.

'간다.'

임화평은 배낭을 나무에 기대어놓고 손끝으로 피아노선을 느낀 후 바로 그 위에 올라섰다. 그리고 미끄러지듯이 아래쪽으로 내려갔다.

4시 5분이다. 시크와 가드를 앞세워 마당을 한 바퀴 돈 차진원은 좌우에 두 마리 개를 눕혀놓고 편안하게 앉았다. 방검복 가슴 호주머니 속에서 리시버를 꺼내 귀에 꽂고 기분 좋은 미소를 지었다. 한쪽 귀는 열어두었고 인간이 듣지 못하는 소리까지 감지하는 두 마리 개가 있기 때문에 할 수 있는 방심이다.

"으아아아!"

크게 하품을 하고 나서 한숨을 내쉬고 두 손을 좌우로 뻗어 두 마리 개의 머리를 쓰다듬어 주었다. 두 마리 개는 두 앞발 위에 턱을 편안하게 내려두고 주인의 애무를 즐겼다.

차진원의 두 손이 위로 올라갔다. 개들이 동시에 머리를 든 것이다.

차진원은 귀에서 리시버를 뽑아버리고 주위를 둘러보았다.

"왜? 무슨 소리 들렸어?"

한참 동안 귀를 쫑긋 세우며 고개를 들고 있던 두 마리 개가 다시 두 발 위에 턱을 내려놓았다. 차진원은 별실의 외벽에 편안하게 등을 기댄 후 손을 갈퀴처럼 만들어 개들의 등을 긁어주었다.

목을 휘돌리고 등뼈를 좌우로 흔들어 무료함을 달래던 차진원이 자리에서 일어났다. 개들도 따라 일어났다.

"심심하지? 몇 바퀴 돌아볼까?"

차진원은 두 마리의 개를 앞세우고 별실을 떠나 뒷마당으로 향했다. 그들이 저택의 모퉁이를 도는 순간 저택의 옥상에서 무언가가 조금씩 움직였다. 화살과 분리된 갈고리 화살촉이 당겨지고 있었다.

산책에 가까운 경계를 돌고 다시 제자리로 돌아왔다. 그때 별실의 문이 열리며 불을 붙이지 않은 담배를 꼬나문 알파 쓰리 유기영이 나왔다.

유기영은 담배에 불을 붙이고 나서 차진원에게 다가갔다. 리시버를 귀에 꽂으려던 차지원이 손을 내뻗었다.

"거기 스톱! 우리 애들 담배 연기 싫어하는 거 몰라?"

유기영은 얼굴을 구기며 한 걸음 물러섰다.

"아, 그 자식들! 까다롭기는. 이 좋은 걸 왜 싫어하는지 몰라. 이것마저 없으면 밤 근무를 어떻게 하냐?"

"미친놈! 너 특임 출신 맞아? 그러고도 안 잘리는 거 보면 용해."

유기영은 차진원으로부터 4m 가까이 떨어진 곳에 쪼그려 앉으며 말했다.

"우리 증조할아버지는 말이야, 하루에 한 갑씩 꼬박꼬박 태우셨어. 그래도 아흔두 살까지 사셨거든. 어떻게 돌아가셨는지 알아? 죽기 전날까지 노인정 가서 노시다가 그날 저녁에 우리 할머니한테 새 옷 달라고 하시더니 그 다음날 아침에 안 일어나셨대. 얼굴이 너무 편안해서 오전 내내 주무시는 줄 알았다 그러더라고."

"복받으신 분이네. 그래서? 너도 그렇게 죽을 거라고?"

유기영이 얼굴을 구긴 채 담배 연기를 길게 내뿜으며 고개를 저었다.

"에이, 그건 욕심이지. 난 아흔만 채울 거야."

유기영은 낄낄거리며 별실 외벽과 땅이 만나는 모서리에 담배를 비벼 끄고 자리에서 일어섰다. 그리고 담배꽁초를 호주머니에 넣은 후 차진원 앞에 쪼그리고 앉았다.

"시키야, 가디야. 니들은 안 심심하니? 난 지겨워 죽겠다."

크르르르르르!

왼쪽 개가 이빨을 살짝 드러내며 가르랑거렸다.

차진원이 피식 웃으며 말했다.

"너, 내가 시크 머리에서 손 떼면 어떻게 되는 줄 알아?"

"내 머리 개껌 되는 거야?"

"잘 알면서 왜 시비를 거니? 우리 시크가 못 알아들을 것 같아? 얼마나 영리한데. 그지?"

차진원은 시크의 목을 감싸 안으며 고개를 숙였다. 금방 물 것처럼 이빨을 드러내던 시크가 혀를 내밀어 차진원의 입술을 핥았다.

유기영이 질색을 하면 물러섰다.

"으, 더러라! 그거 뽀뽀 아니었어. 설왕설래했잖아. 진원아! 너 언제 커밍 아웃할 거냐?"

차진원은 시크의 침을 닦아내고 혀를 찼다.

"쯧쯧쯧! 애정을 암수로밖에 구분 못하는 불쌍한 놈! 세상 사람들 모두 남녀로 구분하지? 여자는 예쁜 여자하고 엄마로만 구분하지? 나다닐 때 눈에 보이는 건 짧은 치마하고 모텔밖에 없어, 그지?"

"어? 나만 그러는 거야?"

차진원은 쓴웃음을 지으며 유기영의 정색한 얼굴을 뒤로 밀었다.

"에휴, 이 진상아! 그냥 가라."

땅바닥에 주저앉았던 유기영이 빙긋이 웃으며 엉덩이 툭툭, 털었다.

"시키야, 가디야! 집 잘 봐라."

그르르르르!

"저 시키는 나만 보면 저 지랄이야."

유기영은 랜턴을 켜고 담장을 따라 집을 돌았다. 그가 주로 랜턴을 비추는 곳은 카메라와 적외선 감지기다. 시설물의 이상 유무를 확인한 유기영은 시간을 확인하고 노트에 메모한 후 별실로 들어갔다.

차진원은 시크의 바짝 든 머리를 쓰다듬으며 지그시 내리눌렀다. 시크가 다시 머리를 숙일 때 시계가 삑삑거렸다. 5시 10분이다. 개들이 벌떡 일어났다. 자유를 구속당하기 전에 베풀어지는 30분의 자유 시간이 왔음을 경험으로 아는 것이다.

차진원은 빙긋이 웃으며 개들의 목줄을 풀어주었다.

"가!"

개들은 쏜살같이 앞으로 튀어나갔다.

차진원은 저택의 모퉁이를 돌아 사라지는 개들을 보며 기분 좋게 기지개를 켰다. 저택의 아침이 깨어나면 시크와 가드는 별실 뒤쪽의 우리에 갇혀야 한다. 아무리 똑똑하고 예쁜 녀석들이라고 말해도 사람들이 믿지 못하기 때문이다.

시크와 가드를 가두고 먹을 것을 챙겨주고 나면 그의 일과도 끝난다.

"응? 이 녀석들, 왜 안 와?"

일단 풀어주면 경주하듯 저택을 두어 바퀴 도는 것이 시크와 가드의 습관이다. 그러고 나서야 차진원에게 돌아와 놀아달라고 차분하게 요청한다. 그런데 두 바퀴를 돌 시간이 지났는데도 돌아오지 않았다.

자리에서 일어나 그들이 간 반대쪽으로 걸음을 옮겼다. 저택 뒷마당에 시크와 가드가 보였다. 그들은 엉덩이를 땅에 대고 앞다리로 상체를 지탱하며 저택의 옥상을 바라보고 있다. 가르랑거리는 것이 짖고 싶은 것을 억지로 참는 모양새다.

차진원은 옥상을 올려다보며 피식 웃었다. 무전기를 켜고 말했다.

"여기는 알파 파이브! 알파 원 나와라."

"*말하라.*"

"시크와 가드가 뒷마당에서 꼼짝도 하지 않는다. 이상한 점 없었나?"

"*이상없다. 감지기 작동 이상없고, 모니터에서 눈 뗀 적 없다.*"

차진원은 랜턴으로 허공을 비추면서 말했다.

"알겠다. 비둘기라도 내려앉은 모양이다. 이상!"

저택과 뒷담까지의 거리는 5m가 넘는다. 뒷담에서 밖으로 20m 안에는 시야를 가릴 엄폐물이 하나도 없다. 상식적으로 옥상까지 올라갈 방법이 없다. 영화에서 보면 석궁에 갈고리를 달아 옥상에 쏘아서 침투하는데, 말도 안 되는 장면이다. 시크와 가드에게는 갈고리 걸리는 소리가 천둥처럼 들릴 것이다. 그리고 그것도 일단 접근을 해야 가능한 일이다. 영화의 주인공들이나 할 수 있는 일이지, 알파팀 누구도 할 수 없는 일이다. 한 가지 가능성이 있다면 낙하산을 타고 내려앉는 것밖에 없는데, 대한민국에서, 그것도 청와대가 멀지 않은 성북동에서 가능할 턱이 없다.

"행글라이더로 저 위에 조용히 내려앉을 수 있나? 시크와 가드가 청각장애를 앓지 않는 이상 불가능하지. 그래도 또 몰라. 내일은 하늘로도 카메라 한 대 설치하자고 그래볼까?"

차진원은 피식 웃으며 고개를 저었다.

"시크, 가드! 비둘기 먹고 싶었어? 파는 거 있으면 사줄게. 가자!"

시크와 가드는 낑낑거리다가 차진원의 두 다리에 붙어 이동했다.

✤

임화평은 옥상 위에 납작 엎드린 채로 아래를 내려다보았다. 별실까지의 거리는 10m 정도. 상대적으로 높은 곳이라서 소리없이 뛰어내리는 것은 문제가 아니다. 문제는 곧 갇히게 될 개들이다. 6시가 못 되어 개들이 사라졌는데 어디로 갔는지는 알지 못했다. 그런데 우리가 별실 뒤쪽에 있다.

'어쩔 수 없군. 나는 개하고 인연이 없나 봐.'

개들을 죽이기로 작정한 후 누운 채로 귀를 활짝 열고 눈을 감았다. 그때 개들이 가르랑거리는 소리가 들려왔다. 귀식대법을 펼치는 정도로 숨을 죽였다. 잠시 후 무전기 통화 내용을 들었다.

'한숨 돌렸군.'

임화평은 20여 분을 그대로 누워 있었다. 철창 우리가 열리는 소리, 기다리라는 말소리, 맛있는 것 가져다주겠다는 소리를 듣고 나서 우리 주위를 살폈다.

'흠! 저기는 사각이구나.'

아무리 살펴봐도 그곳으로 향하는 카메라가 없다. 원래 담에서 마당으로 향하는 카메라를 설치하여야 하는데, 정원수와 별실에 시야가 가려 버리니까 별실 위에 카메라를 달아놓은 것이다. 그곳을 감싸는 담에서 집 외부를 살피는 카메라는 달려 있고, 결정적으로 그곳이 개들의 영역인 탓에 사각으로 놓아둔 모양이다.

호주머니에서 두 개의 못을 꺼내 들고 아주 조금씩 뒤로 물러섰다가 두 번의 도움닫기 후 허공으로 날아올랐다. 별실의 옥상 위에 발끝이 닿는 순간 몸을 앞으로 굴려 한 바퀴 돌고 다시 허공으로 날아올라 우리 앞으로 떨어졌다.

크르르르!

시크와 가드가 사나운 이빨을 드러내 보였지만 그때는 이미 두 개의 못이 우리의 철창 사이를 지나 개들의 미간을 뚫고 사라졌다. 좁은 우리가 아니었다면 마지막 울음소리를 낼 만큼은 피해낼 수 있었을지도 모르지만, 두 마리 개는 한 번 짖지도 못하고 그대로 절명하고 말았다.

임화평은 두 발을 땅에 대자마자 별실 모퉁이로 바짝 붙어 차진원이 오기를 기다렸다. 발소리가 들렸다.

"시크, 가드! 밥이다!"

즐거움이 깃든 목소리다. 임화평은 그 즐거움을 깨는 것에 약간의 미안함을 느끼며 눈앞을 스쳐 지나가는 검은 그림자의 뒷목을 후려쳤다.

차진원의 두 손에서 사료 포대와 약수터에나 들고 다닐 생수통 하나가 떨어졌다. 임화평은 발끝으로 사료 포대와 생수통을 톡톡, 걷어차 땅에 떨어지는 소리를 줄이며 무너지는 차진원을 감싸 안았다.

임화평은 정신을 잃은 차진원의 방검복을 벗겨 입었다. 방검복 주머니에 든 수갑을 꺼내 차진원의 두 손을 우리와 함께 채웠다. 그런 후 그의 옷을 찢어 재갈을 물렸다.

임화평은 우리 속에 죽어 있는 두 마리 개를 착잡한 눈빛으로 바라보다가 뒷정리를 하기 시작했다. 우선 벗어놓은 옷들을 한곳에 모아놓고 몸을 움직여 보았다. 차지원의 키가 조금 더 큰 편이라서 그다지 불편한 것은 없었지만, 방검복이 약간 어색했다. 어느 정도 적응이 된 듯하자 별실로 들어갔다.

문 앞에서 귀를 활짝 열자 안에서 말하는 소리가 들렸다. 따분하다는 말과 언제까지 해야 하는 것인지에 대한 이야기였다.

'목소리는 두 사람, 길고 안정된 숨소리도 두 사람. 모두 네 사람이 맞아. 둘은 자고 있는 건가? 훈련이 잘되어 있다고 해도 저 정도로 잠에 빠져 있다면 즉각적인 반응을 보이기는 어렵겠군. 둘만 제압하면 된다는 뜻인데.'

쉬운 일이 아니다. 그냥 제압하는 것이라면 느긋하게 들어가서 하면 될 일이지만, 별실 바깥으로 비명 소리가 새어 나오지 않아야 하고 저택에 알람을 울릴 시간도 주지 말아야 한다.

임화평은 방검복을 내려다보았다.

'방검복 때문에 조금 곤란하겠군. 머리를 노린 속전속결뿐인가?'

임화평은 풀어두었던 정심안을 일으켰다. 안의 구조나 가구 배치 상황을 모르는 탓에 임기응변이 필수다.

'허공? 가구가 어떻게 배치되어 있든 어떤 장애물이 있든, 위쪽을 막는 것은 없을 것이다.'

숨소리와 말소리로 그들의 위치를 대충 짐작하고 있다. 임화평은 고개를 들어 별실의 높이를 확인하고 심호흡한 후 문을 열었다. 한눈에 원룸 형식의 큰 방임을 확인하고 가구의 배치와 사람들의 정확한 위치를 파악한 후 그 즉시 허공으로 몸을 날렸다.

유기영은 모니터 앞에 있는 김치선의 옆에 앉아 낄낄거리다가 문소리에 의자를 돌려 문을 바라보았다.

"벌써 왔……?"

유기영이 웃음 띤 얼굴로 입을 열었다가 시커먼 그림자가 날아오자 눈을 부릅떴다. 그가 의자의 손잡이를 누르며 일어서려는 순간 임화평의 두 무릎이 유기영의 방검복을 짓눌렀다.

"컥!"

임화평은 유기영의 두 무릎 위에 무릎을 꿇은 자세 그대로 앉아 팔꿈치를 휘돌렸다. 관자놀이에 일격을 맞은 유기영은 그대로 기절해 버렸다.

임화평이 문에서 유기영에게 닿기까지의 거리는 6m 정도다. 가공할 속도까지 더해진 몸무게가 유기영에게 실리는 순간 바퀴가 달린 의자는 그대로 미끄러져 놀란 눈으로 임화평을 바라보며 알람을 향해 손을 뻗으려던 김치선의 옆구리를 들이박았다. 김치선의 의자 또한 옆으로 주르륵 밀려갔다.

임화평은 의자가 충돌로 인하여 주춤하는 사이에 유기영의 두 어깨를 잡아 누르며 몸을 뒤집었다. 허공에서 한 바퀴를 휘돈 임화평의 신형은 밀려나가는 김치선의 머리 위로 떨어졌다. 발이 땅에 닿기도 전에 손바닥에 경력을 실어 김치선의 머리를 눌렀다. 그 순간 부릅뜬 김치선의 눈이 풀리며 고개가 모로 꺾였다.

통!

임화평은 두 발이 땅에 닿는 순간 김치선의 머리를 밀어 뒤로 몸을 날렸다. 길고 안정된 호흡이 느껴지던 그곳으로 몸을 비튼 것이다. 허공에서 임화평의 몸이 활처럼 휘었다가 펴지는 순간 그의 신형은 공간 이동하듯 허공을 가로질렀다. 탄궁이형이다.

"왜 이렇게 시……?"

시끄러운 소리에 놀라 잠이 깬 알파팀 팀장 박용현이 몸을 일으키며 입을 벌린 순간, 임화평은 이미 침대 위를 지나치고 있었다. 그의 무릎이 얼굴을 짓이길 듯 날아오자 박용현은 엉겁결에 두 손을 교차하여 얼굴을 막으며 뒤로 몸을 눕혔다. 그 순간 임화평은 허공에서 상체를 내밀어 손을 뻗었다. 그 손이 박용현의 교차된 두 팔을 미는 순간 임화평의 신형은 갑자기 뚝 떨어져 그대로 박용현의 가슴을 짓눌렀다.

"컥!"

박용현이 허파에서 바람 빠지는 소리를 내는 순간 그의 옆에 누워 있던 사내가 눈을 번쩍 뜨며 몸을 일으켰다. 그러나 그때 이미 임화평의 손바닥이 그의 머리를 두드리고 있었다.

퍽!

사내의 고개가 휙 돌아가는 순간 그의 신형은 그대로 무너졌다.

임화평은 박용현의 방검복 위에 그대로 눌러앉은 채 오른손을 뻗어 그의 목을 움켜쥐었다. 얼굴을 막고 있던 박용현의 두 손이 임화평의 손목을 붙잡았다. 그때 임화평의 왼손이 그의 이마를 짓눌렀다.

박용현은 정신을 놓으면서도 상황을 이해할 수가 없었다. 사내의 무게라 해봤자 겨우 70kg 남짓일 것이다. 그 정도 무게면 그동안 단련해 온 다리와 허리의 힘만으로도 튕겨 버릴 수 있을 텐데, 실제로는 꼼짝을 할 수가 없었다. 그렇다고 사내가 교묘하게 그의 몸을 구속한 것도 아니었다. 그냥 올라탄 그대로였다. 그 원인은 사내의 실제 무게와 박용현이 느끼는 무게가 다르기 때문이다. 올라탄 상태에서 펼친 천근추. 그로 인해 박용현이 느끼는 압력은 킬로그램이 아닌 톤에 가까웠을 것이다. 꼼짝하지 못한 것은 너무나 당연한 일이다.

"다행히 생각보다는 쉬웠어."

매일 똑같은 일을 반복해 왔다. 전직 군인들이라고 해도 사회 물을 먹은 지 오래다. 잘 훈련된 경비견에 첨단 장비까지 갖췄으니, 그 마음이 시작과 같을 수는 없을 것이다. 게다가 임화평의 움직임 자체가 상식을 뛰어넘었다. 그들 자신이 발각되지 않고 침투하기 어렵다고 생각한 곳을 너무나 쉽게 넘어왔고, 그들을 제압한 몸놀림 또한 그들이 경험해 본 속도를 한참 넘어섰다. 알았다고 해도 막아내기 힘들었을 것이다.

박용현의 몸에서 내려와 시계를 봤다.

"5시 54분. 빡빡하군."

사내들의 방검복을 모두 벗기고 서로 등을 마주 보게 앉혀놓은 후 그들의 손을 아래쪽과 어깨 위쪽으로 교차시켜 가며 수갑을 채웠다. 그리고 방을 뒤져 수건과 새 속옷들을 찾아낸 후 재갈을 물렸다. 혈을 잡아놓고 풀어줄 시간이 없기 때문에 취한 조치다.

그때 박용현이 신음 소리를 내며 힘겹게 눈을 떴다. 임화평이 자신의 얼굴을 보여주기 위해 일부러 얕게 건드린 탓이다.

"제압하는 것보다 죽이는 게 쉽다는 거 아시지요? 귀찮았지만 쓸데없는 피를 보기 싫어서 최선을 다해 봐드렸습니다. 아무것도 모른 채, 그냥 직업이라고 끼어든 것 같아서 살려 드리는 겁니다. 혹시 내가 떠나기 전에 깨어나더라도 움직이지 마세요. 그때는 사정 봐드릴 수 없습니다. 아시겠습니까?"

함부로 사람을 죽여 사회의 적이 될 생각은 애초부터 없었다. 실종되는 것과 시체가 드러나는 것은 천지 차이다. 인과관계를 알게 된 현승 쪽에서 쉬쉬할 생각이 있어도 어렵게 된다. 또한 임초영의 죽음과 상관없는 사람까지 죽인다면 그것은 광기다. 임화평이 복수를 위해 광기에 지배된다면 임초영이 많이 슬퍼하고 싫어할 것이다. 그렇게 되면 오히려 복수의 의미가 퇴색된다.

박용현은 임화평의 얼굴만 뚫어지게 볼 뿐, 눈 하나 깜빡하지 않았다.

"당신들 다시 볼 일 없고 미안하지도 않습니다. 하지만 개들한테는 미안하네요."

시종일관 정중한 어조다. 상대를 존중해서 존대해 주는 것은 아니다. 그가 분한 인물의 특징에 어울리는 말투를 쓰는 것일 뿐이다. 드러나 보이는 용모에 어울리는 말투로 상대가 변장을 실제의 모습으로 확신하게 만들려는 것이다. 박용현의 눈빛으로 보아 시도는 성공적인 것 같다.

임화평이 다시 박용현의 머리를 쳤다. 박용현의 머리가 모로 꺾이는 것을 확인하고 나서 시계를 보았다. 6시 5분이다.

임화평은 관물대에 있던 검은 모자를 눌러쓰고 별실을 빠져나와 저택의 입구 앞으로 갔다. 3분도 못 되어 문이 열리고 비몽사몽간의 중년 여인이 기지개의 켜며 밖으로 나왔다.

임화평은 등 뒤에서 접근하여 여인의 아혈을 제압하고 그대로 안아 문 안으로 들어갔다.

임화평은 모자를 벗어 얼굴을 드러내고, 여인을 벽으로 밀어붙여 손으로 목을 눌렀다.

"솔직히 대답만 해주시면 해치지 않습니다. 경비 시스템, 끈 거 맞습니까?"

역시 정중하지만 몸서리쳐지도록 차가운 목소리다.

여인이 연신 고개를 끄덕였다.

"집에 사람 몇 명 있습니까? 당신과 외부의 경호원들 빼고."

여인은 손을 들어 손가락 세 개를 펴 보였다.

"주인 방은 이층?"

여인이 다시 고개를 끄덕였다.

"그럼 나머지 한 사람은 운전기사?"

여인이 고개를 저었다.

"비서 김창서?"

여인이 다시 고개를 끄덕였다.

"어느 방입니까?"

여인은 손을 뻗어 일층 왼쪽에 있는 방을 가리켰다.

"다른 사람은 없단 말이지요?"

여인의 확답을 받은 임화평은 그녀를 소파에 앉힌 후 기절시키고 아혈을 풀어주었다.

임화평은 김창서의 방에 들어갔다. 트레이닝복을 입은 채로 침대 위에서 곤하게 자고 있다. 임화평은 김창서의 혈을 제압한 후 그의 옷을 뒤져 차 열쇠를 찾아내고 그를 등에 업어 대문을 빠져나갔다.

김창서의 차는 알고 있다. 자신의 집에 한 번 다녀갔기 때문이다. 차 문을 열어 조수석에 앉혀두고 안전벨트를 채워놓았다. 그리고 다시 집으로 들어갔다. 홈 바 앞에서 눈을 감고 귀를 열었다. 가늘고 긴 숨소리가 들리는 방문을 열고 들어갔다. 유현조가 조혜인을 안은 채 잠들어 있다.

임화평은 그대로 아혈과 마혈을 제압한 후 방 안을 둘러보았다. 방 안에는 다른 곳으로 통하는 문이 두 개가 있다. 하나는 화장실이고, 다른 하나는 드레스 룸이다. 문을 닫고 나오려다가 구석에 여행용 하드 케이스를 발견했다. 사람 하나는 충분히 들어갈 가방들이다.

임화평은 검은색 하드 케이스 두 개를 꺼내 못으로 여러 개의 숨구멍을 뚫고 한 사람씩 가방에 넣었다. 조혜인을 먼저 넣고, 유현조를 넣었다. 유현조가 잠에서 깬 듯 놀란 눈으로 임화평을 바라보았다. 아혈과 마혈만 제압하고 수혈은 제압하지 않은 탓이다.

임화평은 차갑게 웃어 보이고 그대로 가방을 닫았다. 마당에 내려와 가방을 놓아두고 옥상에 올라가 화살과 갈고리 화살촉을 챙긴 후 가방을 김창서의 차 트렁크와 뒷좌석에 나누어 실었다.

연화사 방면으로 차분히 올라가 배낭과 피아노선까지 남김없이 챙긴 후 성북동을 떠난 시간은 6시 30분경이다.

❧

차수경은 이제 오십오 세다. 손톱을 물어뜯으며 방 안을 오가는 그녀의 얼굴도 오십오 세처럼 보인다. 그러나 자세히 보면 느낌이 조금 달랐다. 신경질적인 얼굴에 살이 좀 붙고 피부와 헤어스타일에 신경 좀 쓰면 많이 예뻐질 얼굴이다. 키도 그 나이 여자들에게는 보기 드물 정도로 컸다. 원래 그런지 아니면 병 때문에 그렇게 됐는지 모르지만, 나잇살이라고는 찾아볼 수 없는 늘씬한 몸매다. 조혜인 같은 미모가 어디서 나왔는지 쉽게 알 수 있는 외모였다.

"어떻게 하지? 어떻게? 우리 혜인이는 어떻게 해?"

차수경은 손톱을 씹어 먹으면서 다람쥐 쳇바퀴 도는 듯이 방 안을 오락가락하다가 컴퓨터 앞에 앉았다.

Dr. Woo로 시작되는 짧은 메일은 순식간에 작성되어 중국으로 날아갔다. 의례적으로 붙이는 Dear를 빼먹은 것만으로도 그녀가 얼마나 화가 났는지 알 수 있다.

자리에서 일어난 차수경은 다시 방 안을 오갔다.

"혜인이하고 유 서방까지 데려갔다면 틀림없이 그 일 때문이야. 신고를 해? 그렇게 하면 찾을 수 있을지도 몰라. 뻔하잖아? 그 가족들이 했을 거야. 아냐! 그럴 순 없어. 그러면 난 돌 맞아 죽을 거야. 하지만 우리 혜인이는? 우리 혜인이 아직 살아 있을까? 혜인아! 어떻게 하니? 이 엄마, 어떻게 해야 돼? 이제 겨우 건강해졌는데, 엄마 인생 다시 시작하게 됐는데 여기서 포기 해?'

차수경의 상태는 놀랄 정도로 회복됐다. 새로 얻은 심장은 원래부터 차수경의 심장이었던 것처럼 편안하게 안착했다. 걱정하던 거부반응 또한 생기지 않았다. 아직 조심해야 할 시기지만 지금 수준만 유지해 주어도 아무런 문제가 생기지 않을 것이다.

"말할 수 없어. 이건 나만의 문제가 아니야. 현승가도 비난을 면치 못할 거야. 우리 당도 욕먹고 욕하겠지. 내 배 위에서 헐떡거리던 놈들까지도 하나같이 나를 매장시키려 할 거야. 지 놈들도 내 처지가 됐으면 다 했을 거면서 날 죽일 년 취급할 거야. 안 돼. 절대 안 돼. 우리 혜인이 살아 돌아올 거야. 그 아이는 아무 짓도 안 했잖아. 나랑 의절했어. 유 서방이 그 아이만큼은 살려 보낼 거야. 우리 혜인이 죽도록 사랑하잖아. 그래, 우리 혜인이 살아 돌아올 거야."

차수경은 바짝 마른 입술을 꼭 깨물었다.

오십오 세. 남들은 황혼이라고 하지만 차수경은 이제 시작이라고 생각하고 있다. 미모는 꺾였지만 그것으로 얻을 수 있는 건 이미 다 얻었다.

재산? 누구도 부럽지 않다.

명예? 국회의원이다.

전 국회의원이지만 건강한 모습으로 나타나면 다시 당선될 것이다. 그

것을 바탕으로 하면 남은 삶은 새로운 인생이 될 것이다. 화무십일홍(花無
十日紅)은 평범한 여자들에게나 통하는 말이다.

"나는 꽃이 아니라 나무야. 지금까지의 삶은 그저 한 계절 지나간 것뿐
인 거야. 이제 다시 봄이 왔잖아? 김 비서도 잡혀갔다고 그랬지? 그럼 그 일
아는 사람은 이제 나뿐이잖아."

차수경은 독살스러운 표정으로 시계를 보았다. 오전 9시 30분이다.

차수경은 전화기를 들었다.

"성북동이지요? 회장님 부탁해요. 나 차수경이에요."

잠시 후 수화기에서 묵직하고 침통한 목소리가 들렸다.

차수경은 처연한 목소리로 말했다.

"상심이 크시지요? 예, 견딜 만합니다. 여기 양평입니다. 당장 달려가고
싶습니다만, 몸이 따라주지 않네요. 아닙니다. 옆에 보살펴 주는 사람들 있
습니다. 제가 나설 수 있으면 좋겠는데 그럴 형편이 아니다 보니 회장님께
전화 드립니다. 전에 유 서방이 제게 한 말이 있습니다. 젊은이 하나를 중국
에 발령 냈는데, 임지로 가기 전에 사고가 나서 죽었답니다. 부인도 데리고
갔는데, 거기서 몹쓸 일을 당한 것 같습니다. 그래서 앙심을 품은 것 같다
고, 어떻게 대처해야 할지 모르겠다고 그랬습니다. 불안하다면서 유 서방
이 제게 경호원들까지 붙여주었답니다. 그쪽으로도 한번 알아봐 주십시오.
증거도 없는데 경찰에 알리기는 좀 그렇군요. 저하고 회장님 일이라고 경
찰들이 그 사람들 마구 다룰 수도 있습니다. 나중에 구설수에 오를 수도 있
지 않겠습니까? 예. 아직 모르는 일이니까 조용히 처리하는 게 좋겠지요.
예, 기다리겠습니다. 좋은 소식 부탁드립니다."

전화를 끊은 차수경은 얼굴은 귀신처럼 창백했다. 차수경은 식은땀을
흘리며 손으로 가슴을 눌렀다. 심장이 폭주기관차처럼 벌떡거렸다. 수술

후에 처음 있는 이상이다.

"이거 왜 이래? 너 왜 이러는 거야? 지금까지 괜찮았잖아?"

차수경은 벌벌 떨리는 손으로 책상 위에 놓인 물컵을 들어 조금씩 마셨다. 계속해서 심호흡하면서 심장을 안정시키려고 애썼다. 노력한 보람이 있는지 심장의 박동이 조금씩 잦아들었다.

차수경은 불꽃처럼 이글거리는 눈빛으로 가슴을 내려다보았다.

"넌 내 심장이야. 반항하지 말란 말이야. 내가 죽으면 너도 죽는 거야. 그걸 몰라? 후우! 후우! 후우!"

차수경은 눈을 감고 마음을 가다듬었다. 다시 눈을 뜬 차수경은 메일 박스를 열었다. 열지 않은 편지가 한 통 있다. 중국에서 온 것이다.

"오겠다고? 와서 뭘 어떻게 해주겠다는 소리야? 혜인이 찾아주겠다고? 중국 놈들이 한국에 와서? 개새끼들!"

차수경이 이를 악물고 자리에서 일어나 방을 나섰다. 거실 소파에 앉아 있던 두 여자가 벌떡 일어났다. 20대 후반이나 30대 초반으로 보이는 암팡진 여자들이다. 가스총까지 찬 걸 보니 유헌조가 보낸 경호원들일 것이다.

"앉아요. 어떻게 됐어요?"

두 여자 가운데 나이가 조금 더 많아 보이는 여자가 대답했다.

"한 팀이 지금 오고 있는 중입니다."

"한 팀? 몇 명이지요?"

"다섯입니다."

"성북동 집에도 일곱 명 있었다고 하지 않았나요? 그래도 못 당했는데 한 팀만 달랑 오면 어떡해요? 여기는 성북동 집처럼 경비 시스템도 없어요."

여인은 입술을 꽉 깨물었다. 하지만 반박할 말이 없다. 회사는 다르지만 아는 사람이 꽤 있고, 그 가운데는 특임에서도 발군이라고 여겼던 박용현도 끼어 있다. 그런 사람이 이끄는 팀이 저항하다가 죽은 것도 아니고 온전히 제압되었으니 할 말이 있을 턱이 없다.

"당장 오는 팀만 한 팀입니다. 먼저 경비 시스템 설치하고 나면 뒤에 한 팀 더 올 겁니다."

사실이 아니다. 하지만 사실이 될 것이다. 차수경도 그것이 사실이 아님을 알았지만 더 이상 말하지 않았다. 그녀도 그것이 결국 사실이 될 것임을 알고 있기 때문이다.

❦

노차신은 명천의 칠대장로 가운데 한 사람이며, 광목당의 책임자다. 당이라고 해서 명천 하부의 작은 조직들 가운데 하나라고 생각하면 오산이다. 광목당은 중국과 화교 세력권은 물론 이제 세계로 뻗어 있는 명천의 눈이다. 그러나 사람들은 그 책임자 노차신을 어르신이라고 부를 뿐이다.

노차신은 골동품에 가까운 탁자를 톡톡, 두드리다가 구닥다리 전화기의 수화기를 들었다. 다이얼을 돌리자 바로 신호음이 떨어졌다.

"노차신일세. 잘 있었는가? 나야 괜찮지. 그래, 애들은 잘 크고? 흠! 둘째가 하버드에? 그랬어? 공부 잘하는 아들이 있다니 좋겠구먼. 자넨 공부하고 좀 멀지 않은가? 각설하고, 내가 부탁이 있어. 비호대(飛虎隊) 그 아이들 좀 썼으면 좋겠는데, 괜찮겠나? 또 엄살을 떠는구먼. 당연히 보답할 걸세. 나도 비호대 만드는 데 일조하지 않았나? 함부로 굴리지 않아. 응? 한국! 우리 쪽에서 조금 실수를 했어. 한 조면 열 명인가? 그 정도면 충분할 듯하구먼. 알았네, 알았어. 내가 사지. 7시 황룡각에서 보는 게 어떤가? 좋아, 끊겠네."

노차신은 전화를 끊고 고개를 들었다. 그의 시선이 닿은 곳에 차수경을 수술한 우상이 서 있다.

"비호대는 청도방(靑刀幇)이 비밀리에 키운 최정예들이야. 넌 들어가서 상황에 따라 움직여. 뒤처리는 그 아이들이 할 거야."

우상이 차수경의 수술을 집도한 것은 사실이지만 그는 메스를 도구로 쓰는 칼잡이다. 수술 후의 일은 내과의가 할 일이고, 병원 밖의 일을 할 사람은 또 달라야 한다. 자신에게 연락이 왔다는 것만으로 병원 밖의 일까지 해야 한다는 사실에 불만이 없을 리 없다. 그러나 마음뿐이다. 노차신이 말을 끝맺자마자 자동으로 허리를 접었다.

'청도방이면 삼합회 삼대조직 가운데 하나잖아? 거기에서 최정예라고? 살 떨리는구먼. 그런데 우리가 청도방하고도 관계가 있었어?'

우상은 어릴 때부터 체계적으로 키워졌다. 그의 나이 여섯 살 때, 배불리 먹여준다는 말을 듣고 무작정 따라간 곳에는 그의 또래 아이들 이백 명이 있었다. 그들은 여러 가지를 배우면서 조금씩 분류되어 흩어졌다. 무술에 재질이 있는 아이들이 먼저 사라졌고, 공부를 잘하는 아이들은 따로 모아졌다.

조직은 엄한 아버지였고 자애로운 어머니였다. 게으름을 피우면 혹독하게 다스렸지만, 노력하는 모습을 보이고 거기에 어울리는 성취를 거두면 무엇이든 제공했다.

우상은 열심히 공부했다. 세 번째 분류가 끝나고 그의 곁에 이십여 명이 남았을 때, 그는 북경의대의 대학생이 되어 있었다. 부족함은 없었다. 돈도 풍족하게 주어졌다. 다만 쓸 시간이 없었을 뿐이다. 그러다 보니 어느새 시카고 의대에 다니고 있었고, 거기서도 두각을 나타냈다.

조직은 그의 수련에까지 도움을 주었다. 마음껏 칼질할 수 있도록 도와주었고, 실수를 하면 더 많은 재료를 제공해 주었다. 신도(神刀)라고 불리는 그의 메스 역시 조직이 갈아준 셈이다. 그러나 우상은 자신이 속한 조직의 이름이 광목당이라는 것밖에 모른다. 광목당이 얼마나 큰 조직인지 가늠조차 하지 못하고 있다. 어릴 때의 경쟁자들을 떠올리며 그저 크다고 짐작할 뿐이다.

"여쭙습니다. 비호대와 같이 움직여야 합니까?"

"상황에 따라 움직여."

가장 애매한 대답이다. 하지만 노차신에게 두 번 말하게 할 배포는 없다.

"알겠습니다. 물러가겠습니다."

우상은 허리를 접어 보이고 고풍스러운 원형의 미닫이문을 통해 밖으로 나갔다.

노차신은 다시 탁자를 두드렸다.

"내가 우리 천무전 애들을 너무 아끼는 건가? 아니야. 진채흠, 그 인간에게 아쉬운 소리 하기 싫어. 한국이라면 비호대 애들 정도로도 충분하지. 아쉬운 소리까지 해가면서 닭 잡으려고 소 잡는 칼을 쓸 필요는 없어."

⚜

현승그룹 이대 총수인 유태성의 사저에 많은 사람들이 모였다. 유현조의 네 형제와 그 부인들이 있고, 그룹 관계자들도 적지 않게 모여들었다. 그들의 표정을 보면 유현조는 그다지 행복하지 않을 듯하다. 대놓고 웃는 사람은 없지만, 서너 사람 빼고는 진심으로 걱정하는 얼굴들이 아니었다.

사람들 가운데 유태성은 없다. 재계의 호랑이 유태성은 그의 서재에 앉아 눈을 감고 있다.

똑똑!

잠깐의 시차 후에 문이 열렸다. 40대 초반의 남자, 유태성의 비서인 황윤길이다. 공식 직함은 비서실장이 아닌 비서에 불과했지만 실질적인 예우는 이사 대우를 받는 사람이다.

황윤길은 대외적으로 알려진 편제에 존재하지 않는 유태성 직속 특무실의 책임자다. 현승의 고위직들은 그냥 별실이라고 불렀다. 특무실은 공식적인 경호실과는 다른 특별 경호대와 보안팀, 그리고 정보팀로 나눠지는데, 드러난 경호, 보안, 정보팀과는 성격이 다른 일을 취급했다. 경호팀이 몇 번 드러났던 것 말고는 공개된 실적이 하나도 없으니, 비공식적으로 처리해야 할 일을 주로 맡는다고 보는 것이 타당할 것이다.

황윤길은 책상 위에 종이 한 장을 내려놓았다.

유태성이 눈을 떴다.

"이놈이야?"

유태성에게 납치 사실이 알려진 시간은 오전 8시 30분. 현재 시간은 11시 50분이다. 겨우 3시간 20분 만에 몽타주가 완성된 셈이다. 경찰이 얼마나 서둘렀는지 알 수 있는 대목이다.

"예, 회장님! 범인의 얼굴을 제대로 본 사람은 경호팀장과 가정부, 두 사람이었습니다. 두 사람 모두 이 얼굴에 가감할 것이 없다고 했답니다."

유태성은 몽타주를 뚫어지게 바라보았다. 평범한 회사원 타입의 얼굴이다. 30대 중반의 성실해 보이는 샐러리맨 타입. 수만 샐러리맨들의 총수인 유태성의 눈으로 보기에는 아무리 노력해도 만년 과장 이상은 되지 못할 관상이다. 그 엄중한 경비 시스템을 통과하고 잘 훈련된 경호원들을 제압한 후 유현조 등을 납치한 사람처럼 보이지 않는 얼굴이다.

"이 얼굴에 전문가란 말이지? 매치가 안 되는군."

프로라고 생각할 수밖에 없다. 대통령 경호원을 해도 될 사내 다섯을 첨단 무기도 아닌 맨손으로 제압한 놈이다. 개를 죽인 흉기는 평범한 못이다. 경찰은 못 박는 총, 흔히 네일 건이라고 부르는 공구를 쓴다 해도 범인처럼 못으로 두개골을 뚫고 뇌를 헤집을 수 없다고 결론 내렸다. 결국 유태성은 청부라는 단어를 떠올릴 수밖에 없다.

"사돈의 말, 신빙성이 있나?"

"지금까지 알아본 바로는 의혹이 더 많습니다. 중국에서 사고 났다는 젊은 직원은 입사 2년차였습니다. 전자의 중국 합작 공장 회계 담당자로 보내기에는 경력이 너무나 일천합니다. 중국어도 제대로 못하는 친구였답니다."

"이유가 뭐야? 그런 녀석을 왜 보냈는데?"

황윤길은 잠깐 주저하다가 대답했다. 찰나에 불과한 주저함이다.

"알아보는 중입니다."

유태성이 눈을 부릅뜨며 황윤길을 노려보았다. 황윤길의 버릇을 알고 있는 탓이다.

"알아보긴 뭘 알아봐? 뭐야? 뭘 숨기려는 거야?"

황윤길 또한 유태성이 자신의 버릇을 알고 있다는 사실을 알고 있다. 사실 그도 유태성을 속이려고 한 것은 아니다. 그 자신도 확신을 못하는 일이라서 일종의 말하기 껄끄럽다는 제스처로 사용했을 뿐이다.

"우선 정황에 따른 짐작뿐입니다. 그 젊은 직원을 추천한 사람이 유 전무였습니다. 그리고 젊은 직원 부부가 사고를 당했을 당시, 차 의원도 중국에 가 있었습니다."

"그게 그때야? 혜인이하고 한방 치론지 기 치론지 받겠다고 중국 간 게?

그런데 그게 무슨 뜻이야? 뜸 들이지 말고 속 시원하게 말해봐."

"아무래도 차 의원, 중국에서 그 젊은 부인의 심장을 이식받은 것 같습니다."

유태성은 너무나 놀라서 두꺼비처럼 눈을 끔뻑거렸다.

"내가 지금 제대로 들은 건가? 거기서 어떻게 그런 결론이 나오는 거야?"

"정심종합병원 심장 전문의 신영록 박사가 얼마 전에 실종되었습니다. 차 의원의 주치의였지요. 그리고 작년 9월, 신 박사가 시가 40억 상당의 현승전자 주식을 취득했습니다. 출처가 유 전무입니다. 병원과 대사관을 아직 확인 중에 있습니다만, 아귀를 맞추려면 그렇게밖에 맞아떨어지지 않습니다."

유태성은 두 손을 깍지 끼고 이마를 짚었다.

"멍청한 년! 가랑이를 찢어 죽일 년! 그런 더러운 일에 내 새끼를 개입시켜? 그래놓고 천연덕스럽게 확인해 보라고? 사람들이 모두 저처럼 멍청한 줄 알고 있어."

유태성은 다시 고개를 들고 물었다.

"그럼 누구야? 현조, 누가 데려갔어?"

"아직 모릅니다. 사람을 보냈으니까 곧 알게 될 겁니다."

"찾아와. 무슨 짓을 해서라도 내 새끼 죽기 전에 데려와. 뒤탈 나도 상관 없어. 뒷감당은 내가 다 할 거야. 일단 살려놓고 봐야지."

황윤길은 고개를 숙이고 문을 나섰다. 홀로 남은 유태성은 두 손으로 이마를 짚으며 이를 으드득 갈았다.

"차수경, 이 개 같은 년! 현조한테 무슨 일 생기면 네년도 살 생각 말아야 할 거다."

유태성은 두 여인을 통해 자식 일곱을 보았다. 다섯은 본처 소생이고 나머지는 첩에게서 얻었다. 첫째와 여섯째를 빼면 그런 대로 쓸 만한 놈들로 자랐다.

유태성이 가장 못마땅하게 생각하는 첫째는 보통 사람들이 가장 부러워하는 삶을 살고 있다. 한마디로 돈 많고 매너 좋은, 건전한 한량이다. 입으로는 예술한다면서 하는 짓이라고는 식도락과 여행밖에 없다. 온갖 수단을 다 동원해 마음을 잡아보려고 했지만, 스스로 그릇이 아니라며 조용히 살겠다는 것을 어떻게 하겠는가.

여섯째는 망나니다. 첩의 자식이라는 굴레를 무기 삼아 온갖 사고를 다 치고 다녔다. 차라리 첫째처럼 조용히 살면 좋겠는데, 심심하면 유치장 신세를 져서 전담 변호사를 붙여야 할 정도다.

막내는 이제 대학교 2학년이다. 여자아이라서 유태성이 제일 예뻐하는 존재다. 성격이 여우같아서 미래가 걱정되지만, 머리가 따라주지 않아 그나마 다행으로 여기고 있다.

나머지 네 자식은 외적인 면에서 비슷비슷하다. 야심도 있고 거기에 걸맞은 능력을 갖추려고 노력도 했다. 돈을 쏟아부은 만큼 성과를 냈다. 경험만 쌓인다면 회사 하나 정도는 능히 건사할 수 있는 녀석들이다.

유태성은 네 자식 가운데 유현조를 후계자로 생각하고 있다. 능력이 돋보인다기보다는 성격이 가장 좋기 때문이다. 둘째는 오만함을 카리스마로 착각하는 경향이 있고, 넷째는 여자를 너무 밝힌다. 다섯째는 머리가 좋은 대신 유약하여 결단력이 부족하다. 반면 유현조는 결단력도 있고 친화력도 있다. 모난 구석이 없어 대외 이미지 역시 유현조가 제일 낫다. 젊을 때야 큰 차이가 없어 보이지만, 나이가 들면 그릇 차이가 점점 더 커질 것이다.

'현조야! 네가 어떻게 그런 큰 실수를 한 거야? 이왕 진창에 발을 들이기로 작정했으면 제대로 했어야지, 이게 뭐야? 반나절 만에 다 드러날 정도로 어수룩하게 일을 꾸며? 아무래도 매 좀 맞아야 되겠구나.'

유태성은 조혜인을 떠올렸다. 괜찮은 며느리라고 생각해 왔다. 일단 차수경과는 달리 여우 짓을 하지 않았다. 위치를 자각하여 삼갈 줄 알았고, 다른 며느리들처럼 욕심을 드러내지도 않았다. 아이가 없다는 게 문제였지만, 여러 방도로 노력하고 있어서 굳이 간섭하지 않았다. 단 한 가지, 정말 마음에 걸렸던 것은 너무나 빼어난 미모였다. 머리 좋고 이성적인 유현조가 조혜인과 관계된 일에는 너무나 쉽게 감정적으로 변했다. 하지만 크게 걱정하지는 않았다. 그러기도 어려운데, 조혜인은 그 빼어난 미모만큼이나 심성도 고왔다.

유태성은 자리에서 일어나 창가로 갔다. 뒷짐을 진 채 커튼의 틈새로 밖을 내다보았다. 문 앞에 벌써 많은 사람이 진을 치고 있다. 기자들일 것이다.

'경국지색(傾國之色)이라는 말이 괜히 나온 건 아니지. 혜인이가 나서는 성격이 아니라서 신경 쓰지 않았는데, 결국 그 아이로 인해 사고를 치고 말았구나. 하아! 어쩐다?'

유현조가 죽든 살든 간에 그 파장은 만만치 않을 것이다. 납치되었다. 결국 '왜' 라는 것에 초점이 모일 것이다. 사실이 드러나면 현승가 전체가 부도덕한 가문으로 낙인찍히게 될 것이다.

'의혹은 의혹으로 남긴다? 작은 것으로 큰 것을 덮는다?'

전자를 행하려면 입을 다물고 언론사에 약을 쳐야 한다. 그것도 오랫동안. 후자라면, 가장 간단한 방법이 조혜인을 사회적으로 매장시키고 그 입을 막는 것이다. 부부 속사정은 남들이 알 수 없는 법. 그 정도 미모라면 애증 관계에 의한 납치라는 타이틀을 기자들도 납득할 것이고, 한동안 화제가 될 것이다.

지은 죄가 큰 차수경은 끼어들지 못할 것이다. 문제는 유현조다. 용납하지 않으려 할 것이다. 그러나 용납할 수밖에 없다. 뿌린 자가 거두는 법이니까. 다행히 둘 사이에는 갈라서게 만드는 데 가장 큰 걸림돌이 될 자식도 없다. 하지만 그런 유태성의 구상도 유현조가 살아 돌아왔을 때나 성사 가능해질 것이다.

❧

2001년 4월 15일.

의정부에서 차를 갈아타고 운중저수지 근처에 이른 때는 8시 20분경이다.

'차 선택을 달리했어야 했는데……'

야탑동에서 멀지도, 가깝지도 않은 곳에 작업할 만한 곳을 찾다가 우연히 찾은 집이다. 이중원을 대리로 내세워 구입한 것이 바로 그 집이다.

집이라기보다는 집을 포함한 산기슭이라는 표현이 알맞은 곳이다. 한눈에 보기에도 세상과 인연을 끊은 은둔자의 집이다. 그렇다고 별장 같은 곳은 아니고, 청계산과 운중저수지 사이에 개간한 밭을 끼고 있는 외진 집이다. 뒷마당에 커다란 항아리들이 있는 것으로 보아 빗물을 받아 먹다가 가물에는 운중저수지 근처 마을까지 내려가 겨우 식수만 얻어왔을 것이다.

근처에 눈에 보이는 집은 없고, 대신 멀리 청계터널로 통하는 서울외곽순환고속도로가 보인다. 운중로를 벗어나면 비포장도로다. 그 도로마저 끊어진 곳에서 200m 정도 더 올라가야 집이 있다. 외져서 좋기는 한데, 그런 곳에 이틀 연속 신형 그랜저가 들락거리면 사람들 눈에 이상하게 보일 것이다. 그나마 다행인 것은 오다가 마주친 사람이 없고, 차가 들어갈 수 있는 곳까지 가서 주차하면 외부에서 보이지 않는다는 점이다.

임화평은 차에서 가방을 꺼내 두 개를 모두 들고 집으로 옮겼다. 두 사람을 든 셈인데도 무겁게 여기는 기색이 없다. 다시 돌아와 뒷좌석 발받침 자리에 구겨놓았던 김창서를 업어 집으로 옮겼다.

야탑동과 달리 발로 몇 번 차면 무너질 것 같은 흙집이다. 깡촌에서 볼 수 있는 구조로, 가운데 마루가 있고 왼쪽에는 방, 그리고 오른쪽에는 부엌이 있다. 부엌에는 아궁이도 있고 뒤로 통하는 문도 있다. 네 평 정도나 될 작은 방에는 옛날에 자주 보던 노란색 장판이 깔려 있다. 아무리 봐도 손수 지은 집이다. 방 안에 구렁이 한 마리가 똬리를 틀고 있어도 이상할 게 없는 집이지만, 어제 임화평이 와서 간단히 청소를 해두었기 때문에 꿉꿉한 냄새는 나도 더럽지는 않다.

임화평은 김창서를 금이 간 벽에 기대어 앉혀두고 가방에서 조혜인과 유현조를 차례로 꺼내 김창서 옆에 앉혔다. 세 사람이 절망적인 눈빛으로 임화평을 바라보았다. 그러나 임화평은 그들에게 시선을 주지 않고 그가 할 일에 열중했다. 우선 비디오를 설치하고 못 한 통과 군용 대검, 소금 한 봉지, 그리고 배낭 하나를 방 한가운데 놓아두었다.

가구가 하나도 없는 빈방이다 보니 임화평도 그들 앞에 양반다리를 하고 앉았다.

임화평이 김창서를 바라보며 말했다.

"김창서라고 했지? 업혀 오면서 봤지? 소리 질러봤자 들어줄 사람이 없는 곳이다. 말을 할 수 있게 되더라도 소리 지르지 말았으면 한다. 시끄러운 건 질색이야. 너희 둘도 마찬가지. 알겠어? 아! 그렇게 앉으면 서로가 안 보이겠구나."

임화평은 일어나 벽 하나에 한 명씩 기대앉게 했다. 그리고 아혈을 풀어주었다.

"이제 말할 수 있을 거야. 나는 물을 게 별로 없어. 그러니까 궁금한 것 있으면 물어도 돼. 물 마실 사람?"

임화평은 땀에 흠뻑 젖은 조혜인부터 시작해서 각자에게 물을 먹여주었다.

말라붙었던 입술이 떨어지자 유현조가 물었다.

"당신 누굽니까? 왜 우릴 납치했습니까?"

두 눈은 공포에 물들어 있지만 의외로 침착한 반응이다.

임화평은 유현조를 빤히 바라보았다. 유현조도 임화평의 얼굴을 살폈다. 무엇을 원하는가를 탐색하는 듯한 눈빛이다. 그러나 가면을 쓴 듯한 무표정한 얼굴에 무정한 눈빛을 한 임화평의 마음을 읽을 수 있을 리 없다.

"짐작할 텐데 굳이 물어보는 이유가 뭐지? 죄를 그렇게 많이 지었나?"

유현조는 맞은편 벽에 앉은 김창서에게로 눈길을 돌렸다. 김창서로서도 궁금하기 짝이 없다. 아무리 보아도 처음 보는 사람이다.

"아! 그렇군!"

임화평은 고개를 숙여 두 손으로 얼굴을 비비며 몇 차례 깊은 숨을 몰아쉬었다. 그리고 다시 고개를 들어 김창서를 바라보았다.

"이제 구면이지?"

김창서의 눈에 어려 있는 흐릿한 공포심이 진정한 공포로 변해 몸 전체로 퍼져 나갔다. 입술이 바르르 떨리면서 핏기를 잃어갔다.

"다, 당신은?"

"그래, 나다. 윤석원의 장인이고 임초영의 아버지다."

그의 눈길이 마주 보고 있는 조혜인에게로 돌아갔다. 이름까지는 알지 못했던 조혜인은 아직도 상황을 분명하게 인지하지 못한 표정이다. 납치된 탓에 막연히 공포에 떨고 있을 뿐이다.

조혜인에게 잠시 머물렀던 임화평의 눈길이 유현조에게로 돌아갔다. 눈이 마주치자 유현조는 탄식하며 눈을 감았다. 임초영의 아버지라는 소리를 듣는 순간 살아나갈 길이 없음을 깨달은 것이다.

"내게 물을 것 없나? 시간이 많지 않으니까 궁금한 것 있으면 빨리 물어봐. 궁금증은 풀고 가야 속이 시원할 것 아냐?"

성북동은 난리 났을 것이다. 차수경이 알고 유태성이 알았을 것이다. 경찰이 가고, 기자가 갔을 것이다. 임화평이 우려하는 것은 모정(母情)이다. 만약 차수경이 조혜인 때문에 사실을 밝혔거나 의심 가는 구석에 대해 언급했다면 오래지 않아 윤태수에게 손길이 닿을 것이고, 그다음에는 임화평을 찾을 것이다. 임화평은 그전에 야탑동에 가 있을 생각이다.

유현조가 눈을 떴다. 절망은 사라지고 체념 어린 눈으로 임화평을 직시했다. 그는 차분하게 가라앉은 목소리로 말했다.

"모두 제가 했습니다. 혜인이는 아무것도 몰랐습니다. 장모님이 살 방법이 있다고 해서 간병하러 따라갔다가 수술이 끝난 후에야 진실을 알게 되었습니다. 혜인이는 중국에서 돌아온 후 장모님을 한 번도 보지 않았습니다. 의절했지요. 그리고 창서는 그냥 심부름을 한 겁니다. 밥 먹고 살려면 어쩔 수 없는 일이지요. 모두 제가 했습니다. 죄송합니다. 부디 두 사람은 살려주세요."

임화평의 입가에 차가운 미소가 감돌았다. 그때 조혜인이 소리쳤다.

"아니에요! 제가 부탁했어요! 제발 우리 엄마 좀 살려 달라고 애걸했어요! 그렇지……"

"혜인아! 아닙니다. 제가 한 것 맞습니다."

묵묵히 듣고만 있던 임화평이 김창서에게로 눈길을 돌렸다.

"서로 했다고 하는구나. 어느 쪽이 맞는 말이지?"

김창서는 부들부들 떨리는 입술로 겨우 말을 뱉어냈다.

"사, 사모님은 아무것도 모르셨습니다. 저, 정말입니다."

임화평은 가볍게 고개를 끄덕이고 다시 물었다.

"차수경 어디 있나?"

김창서의 눈동자가 유현조에게로 돌아갔다. 임화평도 눈길을 돌렸다.

"어떻게든 찾아낼 거야. 시간이 조금 더 걸릴 뿐이지. 신사적으로 물을 때 말해주는 게 좋아."

유현조가 다시 눈을 감았다. 그때 의외의 사람에게서 대답이 나왔다.

"엄마는 양평 별장에 있어요. 주소는 양평읍이라는 것밖에 모릅니다. 양평리조트라는 곳에서 500m 정도 못 미처 철길 건너 숲 속에 있습니다. 부탁이에요. 저이 살려주세요. 다 저 때문에 벌인 일이에요. 저를 죽이시고 제발 저이 좀 살려주세요. 제발!"

처연한 눈빛으로 애걸하는 조혜인을 바라보는 임화평의 눈은 여전히 무정하기만 했다. 조혜인은 눈물을 주르륵 흘리면서 계속 애걸했다. 임화평이 먼저 외면했다. 그리고 등 뒤의 배낭을 당겨와 종이 한 장을 꺼내고 그것을 조혜인의 눈앞에 들어 보였다.

"소리 내서 읽어봐라."

임화평을 설득할 수만 있다면 시키는 짓은 무엇이든 할 생각이다. 강간을 당하더라도 반항하지 않을 생각이고, 죽여도 곱게 죽어줄 생각이다. 유현조만 살릴 수 있다면 그의 앞에서라도 기꺼이 학대당해 줄 생각이다. 짧은 글 읽는 것 정도는 어려울 것 하나 없다.

"1. 장기 매매를 위한 적출이라는 전제하에, 심장이 가장 먼저 적출된 것

으로 보인다. 살아 있는 상태에서……. 흑!'

조혜인은 더 읽지 못하고 눈을 감았다.

"잘 읽더니만……. 그다음은 내가 읽어주지."

임화평은 부검서의 나머지를 또렷한 목소리로 외웠다. 수십, 수백 번 읽어 이제는 보지 않고도 막힘없이 외웠다.

"그만, 그만하세요! 제발!"

조혜인이 소리치자 임화평은 그녀의 아혈을 막아버리고 계속해서 외웠다.

"내 딸, 이렇게 죽었다. 내 손자, 바깥공기도 마셔보지 못하고 죽었어. 내 사위, 차에 치여 전신의 뼈 마디마디가 모두 부러진 채 고통받다 죽었다. 아직도 내가 네 남편을 살려줘야 한다고 생각하느냐?"

임화평이 다시 조혜인의 아혈을 풀어주었다.

"으허허허헝!"

조혜인은 끝내 울음을 터뜨렸다. 임화평은 다시 김창서의 얼굴을 바라보았다. 눈을 감고 있다. 유현조의 얼굴을 쳐다보았다. 그도 눈을 감고 있다. 움직일 수 있는 것은 눈과 입밖에 없으니 그것 말고는 반응을 보일 방도가 없었을 것이다.

조혜인은 엎드려 빌고 싶었다. 설마 산 채로 심장을 적출당하는 것도 모자라 나머지 장기까지 모두 빼갔을 것이라고는 생각지도 않았다. 아이가 생겼다는 것도 당연히 몰랐다. 그저 죽었다고 생각했다. 어머니 때문에 억울한 희생자 하나 생겼다는 정도로 생각하며 미안해했을 뿐이다.

조혜인이 눈을 감은 채 소리쳤다.

"죄송합니다! 정말 죄송합니다!"

임화평은 무표정한 얼굴로 눈물을 뚝뚝 흘리는 조혜인을 바라보다가 다시 물었다.

"중국에서의 수발은 네가 들었다고? 병원 이름은?"

"선민종합병원(善民綜合病院)이었습니다."

"그 일에 관련된 자들, 이야기해 주겠나?"

조혜인은 집도했던 우상의 이름부터 병원 분위기와 위치까지 모두 말해 주었다.

"제가 아는 전붑니다."

임화평은 조혜인에게서 김창서에게로 눈길을 돌렸다.

"김창서! 네가 한 짓 처음부터 끝까지 읊어봐라. 신영록이 한 말과 다른 점이 있는지 확인해 봐야겠다."

김창서는 잠시 호흡을 가다듬고 떨리는 목소리로 일의 전모를 밝혔다. 신영록이 한 말과 대동소이했다. 신영록과 다른 점이 있다면, 김창서는 자신의 죽음을 직감하면서도 의외로 의연하다는 점이다.

유현조에게 물었다.

"김창서의 말에서 가감할 것 없나?"

"없습니다."

"그래? 특별히 하고 싶은 말 없어? 가족들에게 전하고 싶은 말이라든지, 세상에 하고 싶은 말 같은 거 없나? 반드시 전해준다고는 말 못하겠지만, 전할 수밖에 없거나 전할 기회가 생기면 전해준다."

유현조는 그제야 비디오카메라가 있었음을 기억해 냈다.

"세상에 공표하실 생각입니까?"

"다 못 끝냈는데 구석에 몰리면. 네 아버지 정도 되면 뭔가를 하려고 하지 않을까? 난 상관없어. 네 아버지가 어떻게 나오는가에 따라 다르겠지."

"하겠습니다. 말하겠습니다. 제발 아버지에게는 해 끼치지 마십시오."

납치의 과정을 눈으로 보지는 못했지만 추론 정도는 할 수 있다. 밧줄 하나 없이 몸을 꼼짝도 못하게 하는 기술, 손가락 하나로 입을 막는 기술, 그러한 신묘한 기술을 지닌 사람이라면 함부로 적으로 삼아서는 안 될 사람이다.

아버지 유태성이 한국의 그 누구도 무시할 수 없는 강자이기는 하지만, 상대도 다른 의미에서 강자다. 돈은 폭력을 부릴 수 있는 수단이지만 그 수단이 늘 먹히는 것은 아니다. 또 고용이나 협상이라는 단계를 거쳐야 한다. 그런데 상대는 육체적인 능력, 폭력 그 자체로 강자다. 또한 지켜야 할 것이나 돌봐야 할 사람이 없는 개인이다. 아버지는 드러나 있고 상대는 어둠 속에 있다. 부딪치면 먼저 깨지는 쪽은 아버지일 것이다.

"그건 내가 결정할 일이 아니다. 나, 돌아가고 싶은 곳이 있다. 이 땅에 너무 많은 피를 뿌리면 가고 싶어도 가지 못하게 돼. 하지만 네 아버지가 먼저 도발한다면 기꺼이 받아줄 생각이야. 그러니까 네 아버지의 생사는 네 아버지 결정에 달려 있는 거야."

"저를 카메라 쪽으로 돌려주시겠습니까?"

"저건 곤란하고 편지를 쓰게 해주마. 나에 대해선 언급하지 마."

임화평은 배낭에서 볼펜과 메모지를 꺼내놓고 유현조의 마혈을 풀어주었다. 그가 덤벼들 거라는 걱정은 하지도 않는 여유로운 모습이다.

유현조는 마음속으로 갈등하며 일단 편지부터 썼다. 메모지라서 길게 쓸 수가 없다. '불효자 현조 올림'이라고 쓰고 슬그머니 볼펜을 거꾸로 쥐었다. 그 순간 임화평이 차갑게 미소 지으며 말했다.

"자신있나? 실패하면 어떻게 될까? 상상에 맡기지."

유현조는 볼펜을 거꾸로 쥔 손을 벌벌 떨다가 슬그머니 놓았다. 임화평은 조소하며 그의 마혈을 짚었다.

"잘 생각한 거다. 죽는 건 마찬가지지만 그 과정이 무척 달라졌을 거야."

임화평은 메모지를 들어 앞뒤를 자르고 읽었다.

"저, 죽을죄 지었습니다. 증오하지 마십시오. 복수한다고 하지 마십시오. 창서도 저 때문에 살지 못할 것 같습니다. 창서 집, 부탁드립니다. 그리고 제 개인 재산 정리하셔서 고아와 미혼모들한테 도움되도록 써주십시오. 아버지, 죄송합니다. 좋은 내용이군."

고아들과 미혼모에게 재산을 써달라는 말 정도면 마음이 움직일 수도 있으련만 임화평의 얼굴은 여전히 냉랭했다.

"이 정도만으로도 네 아버지라면 내가 널 죽였음을 알아낼 수 있겠지? 하지만 상관없어. 당장은 아니지만 언젠가는 전해주지."

"이제 죽이셔도 됩니다. 하지만 우리 혜인이는……."

임화평은 더 이상 말을 못하도록 유현조의 아혈을 짚었다. 유현조의 눈에 절박함이 어렸다. 하지만 너무 큰 바람이다. 실물을 보고 정체를 아는데 어떻게 살려준단 말인가.

임화평은 차갑게 돌아서서 김창서를 바라보았다.

"할 말 있나?"

김창서는 눈과 입에서 경련을 일으키면서도 임화평에게서 눈을 떼지 않았다. 흔들리는 눈동자가 유현조에게로 돌아갔다가 다시 돌아왔다. 공포로 흔들리던 눈빛이 체념으로 바뀌었다.

애써 말리지 않았다. 그것이 나쁜 짓이라고 해도 유현조가 원하는 일이면 어쩔 수 없다고 생각하고 앞장섰다. 아버지를 살려준 사람이다. 그로 인해 학교를 편하게 다녔고, 그로 인해 지지리 궁상이던 가세가 폈다. 마지막까지도 뒤를 돌봐주려고 하는 사람이다. 죽음이 너무나 두려웠지만, 감수해야 할 일이다. 한 몸 던지는 것으로써 은혜도 갚고 피의 대가도 치르는 셈이다.

"미, 미안합니다."

임화평은 실소했다. 세 사람 모두 자신을 살려 달라는 말은 하지 않았다. 적어도 두 명 정도는 신영록처럼 살려 달라고 애걸할 것이라고 예상했다. 최소한 샌님 같은 김창서만은 시키는 대로 했을 뿐이라며 살려 달라고 애걸할 것이라고 짐작했다. 애걸하면 할수록 더 괴롭혀 가며 죽일 생각이었건만, 모두 죽음을 달게 받겠다는 태도였다. 죽음 앞에서 그들과 같은 모습을 보이던 사람은 무인들 가운데서도 손으로 꼽을 정도였건만, 그들이 그러했다. 기분 나빴다.

"좋아!"

임화평은 무슨 의미인지 모를 말을 뱉은 후 김창서의 아혈을 짚었다.

임화평은 가장 먼저 조혜인 앞에 쪼그려 앉았다.

"받은 만큼 갚아줄 생각이었다. 너무나 간단명료하지. 그런데 넌 판단을 못하겠다. 네가 그 일에 관여했는지 안 했는지 모르겠어. 신영록도 그랬고, 김창서도 그랬고, 네 남편도 넌 그 일과 상관이 없다고 그랬지. 그 말이 사실이라면 너는 차수경이라는 진창에서 핀 연꽃 같은 아이다. 하지만 내가 너를 안쓰럽게 여긴다면 내 딸의 죽음이 너무 하찮아진다. 네 남편이 그 일을 했던 것은 결국 너 때문이지? 너희들의 사랑이 내게는 증오가 되었구나. 그래서 죽는 거라고 생각해라. 그렇게 알고 가."

조혜인은 처연한 미소를 지으며 말했다.

"저이가 죽으면 살려주셔도 죽을 겁니다. 하나만 부탁해도 될까요?"

"들어보지."

"감히 살려 달라는 말은 못하겠습니다. 저이, 고통없이 보내주세요. 우리 엄마, 편하게 죽여주세요."

임화평은 잠시 침묵했다. 그리고 고개를 저었다.

"들어줄 수 없는 부탁이다."

조혜인은 눈물을 주르륵 흘리며 유현조에게로 눈동자를 돌리려고 노력했다. 그러나 보일 리가 없다. 임화평은 조혜인 목을 돌려주었다. 그리고 마주 볼 수 있도록 유현조의 목도 돌려주었다. 조금은 안쓰러운 조혜인에게 베풀어줄 수 있는 마지막 자비다.

조혜인은 눈물을 흘리면서 동시에 미소 지으며 말했다.

"오빠! 아껴주셔서, 사랑해 주셔서 고맙습니다. 당신을 사랑합니다."

유현조는 눈물을 흘리면서 조혜인을 바라보다가 애걸하는 눈빛으로 임화평을 바라보았다. 사랑한다는 말 한마디만 할 수 있게 해주기를 진심으로 간청했다. 임화평은 무정한 눈빛으로 고개를 저었다. 시간이 없음을 깨달은 유현조는 다시 조혜인을 바라보았다. 전달되기를 간절히 바라면서 눈빛으로 미안하다고, 정말 사랑한다고 말했다.

"알아요. 다음 생에서도 당신과 함께하겠습니다."

임화평은 시계를 확인했다. 9시 53분이다.

"내가 줄 수 있는 시간은 끝났다."

임화평은 조혜인의 얼굴을 돌려놓았다. 유현조의 얼굴을 돌려놓으려고 손을 뻗었다가 다시 내렸다. 조혜인이 죽는 모습을 보게 하는 것만으로도 육체적 고통을 가하는 것보다 더 큰 고통을 줄 수 있음을 깨달은 것이다. 그가 초영이의 시신을 확인하면서 느꼈던 그 고통과 상실감을 그대로 돌려줄 수 있음을 깨달은 것이다.

임화평은 비디오카메라를 끄고 배낭에서 하얀 수건 세 장을 꺼냈다가 한 장을 도로 집어넣고 다시 조혜인에게로 돌아왔다.

"고통은 없을 거다."

임화평은 조혜인의 사혈을 눌렀다. 임화평을 똑바로 바라보던 조혜인의 눈이 슬며시 감겼다. 임화평은 조혜인을 안아 바닥에 눕혔다. 그리고 유현조를 바라보았다. 유현조의 눈빛은 혼란스러웠다. 조혜인이 죽은 것을 모르는 것이다. 그제야 임화평은 자신이 잘못했음을 깨달았다.

"심장을 취할 것을. 유현조! 네 사랑은 죽었다."

유현조의 물기 어린 눈은 그제야 찢어질 듯 부릅떠졌다.

"슬프냐? 괴로워? 내가 그랬다. 내 딸의 처참한 시신을 두 눈으로 보면서 슬펐고 괴로웠고 분노했다. 하지만 네가 나보다는 낫다. 같이 갈 수 있을 테니까."

임화평은 유현조의 얼굴을 냉정하게 바라보다가 등을 보였다. 그리고 김창서에게로 다가갔다. 그를 들어 유현조 옆에 앉히고 조혜인의 시신을 끌어 유현조의 눈이 닿는 곳에 두었다.

임화평은 먼저 하얀 수건으로 김창서의 입에 재갈을 물렸다. 김창서의 두 눈동자가 쉴 새 없이 흔들렸다.

"알고 고통받아라. 알고 죽어. 난 판사가 아니다. 죄는 미워하되 사람은 미워하지 말라는 말 따위, 나한테는 개소리다. 나는 지금 복수를 하는 거다. 네 죄가 아닌, 너라는 인간에게 내 분노를 푸는 거야. 아플 거다. 많이 고통스러울 거야."

임화평은 손바닥을 김창서의 아랫배에 가져갔다.

퍽!

김창서의 몸이 들썩였다. 장이 파열되었을 것이다. 임화평은 그 고통을 느낄 수 있도록 기다렸다. 그리고 다시 명치에 손바닥을 댔다. 김창서의 얼굴이 푸들거렸다. 그리고 그의 입에 물린 수건이 조금씩 붉게 물들어갔다. 임화평의 손바닥은 시간 차를 두고 김창서의 몸 여러 군데에 닿았다가 떨어졌고 종국에는 심장으로 옮겨갔다.

"내생에서는 너와 같은 과오를 저지르는 놈의 손에 죽어주면 좋겠다! 내가 손쓰기 전에."

심장이 파열되면서 김창서의 칠공에서 피가 새어 나왔다. 조혜인과는 달리 김창서의 시신은 처참한 모습 그대로 벽에 기대어두었다. 그리고 유현조에게로 고개를 돌렸다. 유현조의 눈동자는 김창서와 조혜인을 오갔다. 찢어질 듯 부릅떠졌던 그 눈에는 이제 슬픔만 남아 있었다.

임화평은 유현조의 얼굴을 바로 돌려놓고 입에 재갈을 물렸다. 그리고 손으로 방 한가운데 있는 못 통과 군용 대검을 가리키며 말했다.

"원래 저것들을 쓸 생각이었다. 전신에 못을 박고 칼로 저밀 생각이었다. 소금으로 절인 생선처럼 만들어줄 생각이었다. 네 아내의 사랑에 고마워해라. 김창서의 의리에 고마워해라. 내 흥을 잃게 만들었다. 내생에서는 서민으로 태어나라. 자기 사랑을 위해 네 평안을 짓밟는 그런 고용주를 만나라. 네 가슴에 대못을 박고 등에 칼을 꽂는 사람들과 살아라."

유현조는 질끈 눈을 감았다. 임화평이 그의 아랫배에 손바닥을 댔다.

픽!

유현조는 눈을 찢어져라 부릅떴다가 다시 감았다. 임화평은 김창서가 느꼈던 고통을 유현조에게 그대로 전해주었다. 창자가 토막토막 끊기는 고통을 느끼기를 바랐다. 터져 버린 위에서 위산이 흘러나와 끊어진 내장을 녹여주기를 바랐다. 흡입한 공기가 터져 버린 허파를 희롱하기를 바랐다. 심장이 뿜어내던 피가 흘러 피눈물이 되기를 바랐다. 그리고 그 바람은 곧 현실이 되었다.

임화평은 세 구의 시신을 내려다보다가 시계를 확인했다. 10시 20분이다. 카메라와 같이 챙겨야 할 짐들을 차에 넣어두고 옷을 갈아입었다. 두 구의 시신을 가방에 담고 옷가지들과 폐기 처분해야 할 것들을 나누어 담은 후 김창서를 업었다. 그리고 산을 타고 들어가 어제 미리 준비해 둔 구덩이에 세 구의 시신을 묻고 그 위에 바위를 덮었다.

바위 주변에 마른 흙을 골고루 뿌려 흔적을 지우고 길을 되짚어 발자국을 지우며 돌아갔다. 방을 깨끗이 치웠다. 대검을 이용해 허물어질 것 같은 담장 안의 풀도 정리하고 차로 돌아갔다.

"후우! 이제 차수경, 네 차례다."

당장에라도 양평으로 달려가고 싶었지만, 일단 추이를 봐야 했다. 집으로 돌아가 그가 있음을 증명해야 했다.

임화평은 총포사를 찾은 그 얼굴로 변모한 후 집을 떠났다. 운중저수지 옆 마을을 지나가는데, 50대 중년인이 손을 흔들어 보였다. 임화평은 차를 멈춰 세우고 창문을 열었다.

"안녕하시오? 무슨 일이오?"

사내가 탐색하는 눈빛으로 바라보며 물었다.

"안녕하시오. 그런데 그 위에는 왜 자꾸 올라가시오? 거긴 빈 집 하나밖에 없는데……."

"친구 녀석이 그 근처 땅을 샀다고 그럽디다. 수련할 장소를 찾다가 혹시나 해서 보러 온 거요. 전기 없는 건 그다지 상관없는데, 수도 없는 건 좀 곤란합디다. 도대체 누가 거기서 살았는지 모르겠소."

그제야 사내가 탐색하던 눈빛을 거두고 반색했다.

"아! 그 경상도 양반 친구 되시는구면. 그 집 옛날에 정신이 반쯤 나간 젊은 놈이 무슨 마음공부한답시고 지은 집이오. 만날 뭔가를 중얼거리며 다녀서 미친놈이라고 했는데, 갑자기 그 땅을 쓰고 싶다고 합디다. 쓸모없는 땅이라고 마음대로 쓰라고 했더니만 밭까지 만들더구면. 그 친구, 3년 전까지만 해도 거기서 빗물 받아 먹고 살았지. 마음공부는 개뿔! 계집 하나 찾아오니까 바로 짐 챙기더군. 그런데 댁도 마음공부하시나 보오?"

임화평이 빙그레 웃으며 말을 받았다.

"왜? 나도 미친 것 같소? 그냥 활 좀 쏘고 주먹질도 좀 한다오. 그리고 여기서 살 생각은 없소. 그냥 가끔 와서 조용히 시간을 보낼 수 있는 개인 수련장을 만들면 좋겠다 싶어 한번 와봤소. 어제는 쓸 만하다 싶어 대충 청소했는데 오늘 보니 수도가 없는 게 영 불편할 것 같더란 말이오."

"아! 무술하는 분이시구먼. 좋은 친구분 두셨구려. 친구 때문에 땅도 사고."

임화평은 웃으며 고개를 저었다.

"아니오. 한 10년쯤 후에 그린벨트 풀리고 그 근처에도 아파트 생길지 모른다면서 샀다고 하더구려. 그럴 수도 있지 않겠소? 안양 커지고 판교 넓어지면 이곳도 개발될지 누가 알겠소?"

사내가 입맛을 쩝쩝 다셨다. 그 땅과 상관이 있는 사람인 듯했다. 임화평은 빙그레 웃으며 시계를 봤다.

"어이쿠! 이만 가봐야겠소."

임화평이 목례해 보이자 사내가 쓴웃음을 지으며 고개를 끄덕였다.

"혹시 거기 쓸 생각이거든 우리 집 와서 씻으시구려. 물 값은 안 받을 테니까."

"고맙소. 다른 곳 한번 알아보고 정 없으면 다시 오지요. 자, 그럼!"

임화평은 손을 흔들어 보이고 마을을 떠났다.

제2장

나는 지킬 것도, 두려울 것도 없는 놈이다

수지에 들어서기 전에 차를 세웠다. 차량 내부를 깨끗이 청소하고 배낭에 필요한 물건들을 모두 정리한 다음 생수병에 든 물을 다 비웠다. 그리고 대포폰을 꺼내 이중원에게 전화했다.

"형님, 화평이오. 누구 심부름 보낼 사람 있소? 차 더 쓸 일이 없는데, 처분해 주시오. 분당 야탑동 목련마을 주차장에 차 세워놓을 거요. 경비실에 말해두고 열쇠 맡겨놓겠소. 아니오. 사고 친 일 없소. 더 쓰면 위험할 것 같아서. 예. 우리나라에는 하나 남았소. 예. 넘어가기 전에 들르겠소. 예, 끊습니다."

영화나 드라마 보면 도로마다 CCTV가 있어 차량 추적할 때 그 화면을 분석하여 단서를 찾기도 한다. 임화평이 걱정하는 것은 실제로 그러한 일이 벌어질지도 모른다는 점이다. 김창서의 소나타가 발견되면 비슷한 시간에 그 부근을 지난 차를 추적할지도 모른다는 불안감이다.

실제로 그렇게 할 수 있는 일인지는 모른다. 현대적인 추적이나 도청, 혹은 수사법 같은 것에 대한 지식은 오로지 영화나 드라마에서 얻었다. 과장된 묘사에 과민하게 반응하는 것일 수도 있다. 그러나 살수 일을 하는 데 있어서 과한 준비와 조심성이 해가 되는 일은 거의 없다. 그것은 겁먹거나 주저하는 것과는 다른 것이다.

임화평은 지갑에서 윤태수의 명함을 꺼내 회사 번호로 전화를 걸었다. 물론 대포폰을 썼다.

"윤태수 부장님 부탁드립니다."

전화가 연결되었다. 임화평은 목소리를 가볍게 하여 말했다.

"안녕하십니까, 임유한입니다. 아이구! 손님 오셨네. 나중에 다시 걸겠습니다."

임화평은 전화를 끊었다. 그것은 윤태수와의 약속에 따른 행동이다. 사무실로 전화를 걸어 통화를 못하게 되면 다른 사람의 핸드폰을 빌려 대포폰으로 연락하기로 했다. 1분도 못 되어 전화가 왔다.

"듣기만 하십시오. 우리나라에는 이제 차수경, 그년만 남았습니다. 혹시 경찰에서나 현승 쪽에서 찾아갈지도 모르겠습니다. 제가 실수한 게 있는 건 아닙니다. 하지만 차수경이 딸 때문에 자기가 한 짓을 털어놓았다면 그렇게 될 수밖에 없지 않겠습니까? 경찰이라면 조금 낫겠습니다만, 현승 쪽에서 간다면 폭력을 쓸지도 모르겠습니다. 현승이면 통상적이라고 할 정도만 저항하시다가 협조하십시오. 사돈을 털어봤자 나올 게 없지 않습니까? 그리고 제 집 알려주시구요. 예? 전 괜찮습니다. 손에 묻은 피가 다 말라비틀어지기 전까지는 뒤돌아보지 않기로 했습니다. 제 걱정은 하지 마십시오. 끊겠습니다."

윤태수는 주로 듣는 쪽이었지만, 마지막에 괜찮냐고 물어보았다. 사람을 죽였는데 마음이 괜찮냐는 물음이었을 것이다. 전생의 기억을 갖고 있는 한 익숙한 일이다. 살인으로 인해 마음이 크게 흔들리는 일은 없을 것이다. 그건 당연히 해야만 할 일이었기 때문에 한 것이고, 이번에도 아버지라면 당연히 해야 할 일을 하는 것뿐이다.

오늘은 마음이 조금 불편했다. 조혜인이라는 여자 때문이다. 그녀 입장에서는 억울할 수도 있는 사형을 집행했기 때문일 것이다. 더 마음이 쓰이는 것은 죽음을 앞둔 그녀의 의연함이다. 가진 게 많으니 미련도 많을 텐데, 너무나 차분하게 죽음을 받아들였다.

임화평은 머리를 흔들었다. 그가 조혜인에게 직접 말한 바와 같이, 그녀의 죽음을 안쓰럽게 생각한다면 아무것도 모른 채 처참하게 죽어버린 초영이의 죽음을 너무 값싸게 여기는 것이다. 윤석원과 손자의 죽음을 너무나가치없게 취급하는 것이다. 그녀에 대한 안쓰러움은 결국 그의 가슴에 쌓인 분노의 탑을 스스로 무너뜨리는 격이 될 것이다.

"아직 멀었어. 이제 시작일 뿐이야."

임화평은 굳은 얼굴로 다시 이동했다. 그러나 2㎞도 못 가서 다시 차를 세웠다. 멀리 소망원으로 빠지는 갈림길이 보인다. 평소 임화평은 이 근처에서 단 한 번도 차를 멈춰 세우지 않았다. 의도적으로 갈림길을 쳐다보도 않고 지나쳤다. 하지만 오늘은 세울 수밖에 없었다. 소망원으로 올라가는 그 오르막길을 얼마 못 올라가서 노란색 이스타나 한 대가 길 한가운데퍼져 있다. 그리고 운전석 앞에서 50대 여인이 난감한 표정으로 핸드폰의버튼을 누르고 있다.

임화평의 얼굴에 안타까움이 어렸다.

"저런! 형수님, 이제 돈 있잖소? 새 차 한 대 사도 되는데……."

당장 뛰어가서 도와주고 싶었다. 차의 메커니즘에 대해서 아는 것은 없지만 같이 고민이라도 해주고 싶었다. 하지만 그럴 수 없다는 것은 그가 가장 잘 알고 있다.

5분도 못 돼 카니발 한 대가 소망원에서 내려왔다. 한용우와 오형만이 함께 차에서 내렸다. 한용우가 차지숙과 자리를 바꾸었다. 오형만이 박수를 치며 소리치자 이스타나에서 작은 아이들이 종종거리며 내려섰다.

임화평은 미소를 지으며 아이들 하나하나를 바라보았다.

"재경이, 보원이, 달식이, 세명이, 어라? 저 녀석, 태우잖아? 그렇구나. 벌써 여덟 살이 됐구나."

태우는 자장면을 유달리 좋아해서 자장면 나오는 날이면 접시에 코를 박고 자장으로 세수하는 녀석이다. 이제 여덟 살이 되어서 초등학교 일학년생이 된 모양이다.

임화평은 핸들 상단에 두 손을 포개어놓고 그 위에 턱을 올려놓은 채 아이들을 바라보았다. 차지숙의 손짓에 따라 카니발로 옮겨 타는 아이들을 보면서 히죽였다.

"소은이는 이제 말 좀 제대로 하려나? 어이구, 저기 못 보던 녀석들도 있네."

차지숙이 모는 카니발이 떠났다. 다 타지 못하고 남은 아이들은 오형만 주위로 몰려들었다. 오형만에게 말하고 대답하는 모습이 어미 옆에서 삐악거리는 병아리들 같았다. 갑자기 요리가 하고 싶었다. 먹이 달라고 삐악거리는 아이들 입 가득 탕수육과 깐풍기를 넣어주고 싶었다.

임화평은 겹쳐진 두 손 위에 놓인 턱을 떼고 손바닥을 눈앞으로 가져가 멍하니 바라보았다. 예전에 요리할 때와 마찬가지로 거친 손이다. 손끝만 유달리 매끈해 보인다. 투명 매니큐어를 덧칠한 때문이다. 엄지로 나머지 손가락의 끝을 비볐다. 벗겨지지 않았다. 하지만 원한다면 언제든지 벗길 수 있는 것임을 알고 있다.

"이것처럼 사라질까? 다시 요리해 줄 수 있는 손이 될까? 이런!"

조금 전 사돈과의 통화에서 손에 묻은 피가 말라비틀어질 때까지 뒤돌아보지 않겠다고 해놓고 곧바로 감상적이 되어버렸다.

임화평은 쓴웃음을 지으며 시동을 걸었다. 하지만 자신도 모르게 아이들을 바라보고 있었다. 아이들에게 둘러싸인 오형만의 얼굴에 환한 미소가 어려 있다. 난생처음 오형만에게 질투심이 생겼다.

눈에서 굵은 눈물 한 방울이 뚝 떨어졌다. 옷자락 위에 떨어진 눈물을 난생처음 보는 것처럼 바라보았다.

"이게 뭐야?"

임화평의 감정은 한마디로, '눈물 나게 외롭다'였다. 이유를 알 수가 없었다. 복수라는 행위를 처음 하는 것도 아니었다. 늘 다를 것이 없다고 생각했다. 그 덕에 신영록을 죽였을 때도 무덤덤할 수 있었다.

"왜? 그때와 뭐가 다른데?"

다른 것이 있었다. 그때는 평생 외로웠기 때문에 외로운 줄 몰랐다. 하지만 현생은 달랐다. 사랑을 알았고, 가정을 꾸렸고, 온정을 베푸는 것으로써 더 크게 돌아오는 행복을 느꼈다.

차라리 다 사라져 버렸다면 지금처럼 가슴 시리게 외롭지는 않았을 것이다. 하지만 그것들 가운데 일부는 그대로 남아 있다. 지금이라도 경적 빵빵 울리고 웃는 얼굴로 다가가면, 질투 나게 부러운 오형만의 어깨를 밀어버리고 아이들의 웃음을 차지할 수 있을 것이다. 화내는 대신 반갑게 맞이하는 오형만의 머리를 쓰다듬어 줄 수 있을 것이다. 포기만 하면 그렇게 할 수 있을 것이다.

임화평은 소매를 들어 물기 어린 눈을 훔쳤다.

"그래, 그렇게만 살아라. 변치 말고 그 얼굴로 살아라."

임화평은 입을 굳게 다물고 액셀을 밟았다. 금세 야탑동에 이르렀다. 목련마을의 경비실로 가서 차를 넘겼다고 이야기하고 열쇠를 맡겼다. 배낭 하나 달랑 메고 털레털레 집으로 향하는 그 길을 그림자 하나가 외로움을 달래주겠다며 따라붙었다.

❦

소공동 현승그룹 본사 빌딩 뒤쪽에 황석빌딩이라는 이름의 오층 빌딩이 있다. 황윤길은 그 빌딩 오층에서 복도를 오락가락하고 있다. 아무도 없는 복도가 황량하게 느껴진다. 비상 체제에 돌입한 후 사오 층을 근거지로 삼는 경호실 요원 대부분이 외부로 나가 있는 탓이다.

황윤길은 오른손 검지손톱으로 머리를 긁적이다가 핸드폰의 단축다이얼을 눌렀다.

"정 팀장! 어떻게 됐어? 변화가 없어? 가족들은? 마찬가지다? 알았어. 꼬리 놓치지 마. 임화평 찾았어? 제기랄! 감청팀까지 딸려 보냈는데 아직도 못 찾으면 어떡해? 임화평을 찾아야 돼. 어떻게든 찾아!"

황윤길은 머리가 헝클어질 정도로 세차게 긁고 나서 다시 복도를 오갔다.

"아무리 생각해도 임화평이잖아. 딸이 어떻게 죽었는지 알았어. 잘되던 가게까지 문 닫고 잠적했어. 임화평이잖아. 신영록이 없어졌어. 안 나타나는 걸 보면 죽은 거야. 그가 불었으면 나머지도 다 안다는 뜻이지. 여기서 빠진 건 신영록이 연관된 사실을 어떻게 알았냐는 것뿐이란 말이야. 결국 답은 임화평이야."

임화평에 대해서는 알려진 것이 없다. 근처 가게에 물어도 딸 죽고 얼마 후에 가게를 접고 떠났다는 것 말고는 들은 게 없다. 소망원이라는 고아원에 자주 갔다고 해서 찾아갔지만 원장이 고아원 이전 문제로 부재중이었다. 아이들에게 들은 것이라고는 몇 달 전부터 발길을 뚝 끊었다는 말뿐이다.

그때 전화벨이 울렸다.

"여보세요? 아! 예, 지점장님! 현승의 황윤길입니다. 이렇게 전화로 인사드리는 게 예의가 아닌데, 정말 죄송하게 됐습니다. 아이고, 아닙니다. 우리 현승입니다. 뒤탈 날 일 만들겠습니까? 그럼요. 걱정하지 마십시오. 10억입니까? 현금으로 2억씩 다섯 번? 감사합니다. 제가 조만간 찾아뵙고 따로 인사드리겠습니다."

황윤길은 바로 국세청의 지인에게 전화를 걸려다가 핸드폰 화면에 떠 있는 시간을 보고 고개를 저었다. 벌써 2시 32분이다. 현장에서 죽이지 않고 끌고 간 것으로 보아 쉽게 죽이지는 않겠지만, 시간을 끌수록 유현조가 살아 있을 가능성은 줄어들 수밖에 없다. 국세청에 연락해서 기록을 뒤지고 임화평이 10억을 어디에 썼는지 확인하기에는 시간이 촉박했다. 그 돈을 청부금으로 썼다면 시간만 낭비하는 꼴이 될 것이다.

황윤길은 다시 단축다이얼을 눌렀다.

"나야. 신복남이한테 연락해 놓을 테니까 그쪽 애들하고 윤태수 집으로 가. 가족들 협조 구해서 윤태수에게 연결시켜. 우리 애들? 아니야. 그런 일은 신 사장 애들이 더 잘하잖아. 사람 상하게는 하지 말고 윤태수한테 임화평 어디 있는지 알아내. 알게 되면 전화만 해주고 바로 튀어가! 우리 애들하고 신복남 애들 다 데리고 가. 전무님 부부 거기 잡혀 있을지도 모르잖아. 서둘러!"

황윤길은 긴 한숨을 내쉬고 전화 다이얼을 누르면서 사층의 상황실로 걸음을 옮겼다.

정시우는 특전사 무술 교관으로 근무하다가 군수산업체인 현승중공업과의 인연 때문에 현승그룹 경호실 2팀의 팀장으로 특채된 사람이다. 월급도 월급이지만 아홉 명의 팀원을 직접 선발할 권한까지 넘겨받았기 때문에 그와 잘 어울리는 사람들과 여러모로 만족스럽게 생활하고 있다. 게다가 2팀은 공식 경호팀과는 별도로 회장 유태성의 비밀 경호를 전담하는 1팀의 지원팀이라 오히려 1팀보다 만족도가 높다. 피로도가 높아진 1팀원의 휴가철에 대리 근무를 하고 회장의 지방 순시, 혹은 외국 방문 때 1팀의 보조를 하는 정도가 2팀의 주 임무이기 때문이다. 1팀은 그래서 2팀을 월급 도둑이라고 부른다.

정시우는 그 월급 도둑이라는 말에 불만이 많다. 사실 1팀은 2팀의 정확한 정체를 알지 못한다. 1팀의 지원팀 정도로 여겨지는 2팀은 가끔 1팀이 알지 못하는 일을 소리 소문 없이 처리한다. 자주 하는 일은 아니지만 남들이 알아서는 안 되는 일들이다. 그런데도 따분한 경호 업무나 하는 놈들이 월급 도둑이라고 부르니 기분이 나쁠 수밖에 없다. 다행히 오랜만에 기분을 전환할 만한 일이 생겼다. 현승의 후계자 물망에 오른 유현조를 구하는 일이다. 일이 원하는 대로 끝나면, 그 과정은 밝힐 수 없어도 결과만큼은 1팀에게 자랑할 수 있을 것이다.

"어? 신 사장이 직접 왔소?"

검은색 대형차에서 내린 사람은 30대 후반의 사내 신복남이다. 신복남은 천호동을 근거지로 삼는 쌍칼파의 두목이다. 건설 쪽 중역과의 인맥을 이용하여 용역 일에 가끔 참여했고, 그 인연으로 경호실 일과도 두어 번 지저분한 뒤처리를 한 적이 있다.

신복남이 두 개의 금이빨을 드러내며 싱긋 웃었다.

"어느 분의 명이신데 애들만 보내겠소? 빨리 온다고 왔는데, 정 팀장님이 먼저 와 계셨네. 그런데 제가 할 일이라는 게?"

정시우는 신복남 뒤쪽에 줄줄이 늘어서는 검은 양복의 청년들을 바라보았다. 세 대의 차에 나누어 타고 온 인원이 열두 명이다. 지나가는 사람들이 슬금슬금 피해갔다. 정시우는 주변 분위기가 차가워지는 것을 느끼며 신복남에게 말했다.

"한 사람의 행방을 찾아야 되는데, 알 만한 사람이 지금 회사에 있소. 일단 집에 들어가 회사에 전화를 걸 생각이오. 무슨 말인지 알겠소?"

"집에 있는 사람들의 협조를 받아야 한다? 뭐, 자주 하는 일이네."

"나이 든 여자 하나뿐이니까, 상하게 하지 말고 협조 분위기만 만들면 되는 거요."

신복남은 눈살을 찌푸리며 뒤를 돌아보았다. 여자 하나뿐이라면 애들을 너무 많이 데리고 온 셈이다.

"아! 그 일 끝내고 그 사람 찾으러 가야 하오. 그쪽에 주먹 잘 쓰는 사람이 있을지 모른다고 했소. 우리 팀원들도 같이 갈 거요."

신복남은 그제야 고개를 끄덕였지만 대신 궁금증이 생겼다. 주먹 잘 쓰는 사람이라는 말이 애매하게 느껴졌다. 주먹으로 먹고살지만 정시우 팀두 명이면 등 뒤의 동생들 모두를 무력하게 만들 수 있다. 그런 사람이 열 명이나 되는데 동생들이 왜 필요한지 이유를 알 수가 없다. 물어보고 싶지만 정시우가 서두르고 있다.

"그럼 빨리 끝냅시다. 어디요?"

정시우가 눈앞의 아파트를 가리켰다.

"마동 1,102호요. 갑시다."

신복남이 돌아보며 말했다.

"청출이하고 상기, 그리고 춘복이만 따라와라."

다섯 사람이 마동으로 들어섰다. 경비원이 막아섰지만, 청년 가운데 하나가 인상을 쓰며 경비원을 밀어붙여 경비실로 들어가 버렸다. 네 사람은 아무 일 없다는 듯이 엘리베이터에 올라탔다.

윤태수는 책상 한구석에서 부르르 떨리는 핸드폰을 들었다.

"응? 여보, 무슨 일이야?"

갑자기 전화 목소리가 바뀌자 대수롭지 않게 전화를 받았던 윤태수의 얼굴이 일그러졌다.

"잠깐만 기다리시오."

윤태수는 전화기를 들고 사무실 밖으로 나갔다.

"무슨 일이오? 사돈? 무슨 일 때문에 사돈을 찾는 거요? 상심에 젖어 은둔하시는 분, 청정 깨지 마시오. 뭐야? 야, 이 지저분한 새끼야. 너 두고 보자. 내 이번 일, 그냥 넘어가지 않을 거다. 그리고 너, 반드시 찾아낼 거다. 그래, 웃지? 울 날이 있을 거야. 피눈물 날 일이 생길 거다. 이 개새끼야! 널 어떻게 믿고 가르쳐 줘? 기다려! 내가 지금 갈 테니까. 뭐라고? 좋아! 분당 야탑동 공원묘지에서 500m 정도 못 가서 집 한 채 있다. 거기 계신다. 사람 사는 집 그거 한 채밖에 없어, 이 새끼야! 내 안사람 바꿔!'

윤태수는 심호흡하고 놀라서 흥분된 기분을 가라앉혔다.

"여보! 괜찮아? 어디 다친 데 없고? 그래? 그러게 왜 함부로 문을 열어줘. 다 나갔다고? 문 꼭 닫고 있어. 지금 갈 테니까. 그래, 청심환 한 알 먹고 누워 있어. 지금 들어간다니까. 끊어."

윤태수는 호인 소리를 듣는 사람이다. 그런 사람 입에서 욕설이 튀어나오는 것을 들은 사람들은 긴장한 채 윤태수를 피해갔다. 윤태수는 사람들의 반응에 아랑곳하지 않고 심호흡으로 흥분했던 마음을 가라앉혔다. 머릿속에 할 말을 정리하고 휴대폰의 단축다이얼을 눌렀다.

"여보세요? 예. 사돈, 접니다. 지금 야탑동에 계시는 거지요? 깡패 같은 놈들이 사돈을 찾는다고 왔었습니다. 모르십니까, 무슨 일 때문인지? 그러네요. 평생 주방에만 계셨는데, 이상하네요. 어쨌든 깡패 같은 놈들이 집까지 찾아가서 마누라를 협박했다고 합니다. 큰애하고 아이들까지 들먹이더군요. 그래서 할 수 없이 가르쳐 주었습니다. 괜찮습니다. 다친 데는 없다 그러네요. 피하시는 게 어떨지? 외진 곳이라 걱정이 되는군요. 제가 전후 사정을 알고 있으니 함부로는 못하겠네요. 그럼 조심하십시오. 전 마누라한테 가봐야겠습니다. 예? 한두 시간쯤 뒤에요? 알겠습니다. 집에 가서 물어보고 다시 전화 드리겠습니다. 조심하십시오. 후우!'

윤태수는 핸드폰을 꾹 움켜쥐고 사무실로 들어갔다. 사람들이 윤태수의 눈치를 살폈다.

"신경 쓰이게 해서 미안해! 일들 해. 그냥 화나는 일이 좀 있었어. 장 과장, 나 집에 좀 가봐야겠어. 뒷일 좀 부탁할게."

과장 장성일이 다가와 속삭이듯 말했다.

"무슨 일입니까? 혼자 가셔도 되겠어요?"

"별일 아니야. 마누라가 좀 놀란 것 같아서 달래주러 가는 거야. 걱정하지 마."

"다녀오세요. 아니구나. 벌써 4시가 넘었네. 혹시 일 있으면 전화 주세요. 총알같이 달려가겠습니다."

윤태수가 피식 웃으며 고개를 끄덕였다. 장성일이라면 폭력 앞에서 한

없이 작아질 사람인 것을 아는 까닭이다.

'하기야 나라고 별다르나.'

윤태수는 책상을 정리하고 사무실을 떠났다.

❦

임화평은 마루에서 가부좌를 틀고 앉아 깊은 호흡에 들어갔다. 고민이
생기거나 결단이 필요할 때 늘 하는 일이다. 머릿속에 고요하고 청정한 호
수를 그리며 물의 차크라에 집중했다. 전신이 시원하고 상쾌한 호수 속에
잠긴 듯했다. 머리가 맑아지면서 피로까지 사라졌다. 다시 솔 향 가득한 숲
을 연상하면서 바람의 차크라에 집중했다. 바람에 감싸인 솔 향이 콧속으
로 스며들면서 머릿속의 찌꺼기들을 걷어가 버렸다.

"후우!"

감정의 찌꺼기들을 토해내듯이 시원하게 날숨을 토해내고 눈을 떴다.
피곤해 보이던 임화평의 눈이 맑게 빛났다. 그때 전화벨이 울렸다. 윤태수
의 전화다. 전화를 끊고 그 자세 그대로 앉아서 눈을 감은 채 생각을 정리했
다. 그리고 앞으로의 일을 떠올렸다.

"내가 굳이 약한 척할 필요있나?"

경찰이 오는 것이 아니라 현승에서 온다고 했다. 신분을 밝히지는 않았
지만 윤태수를 거쳐서 자신을 찾을 인간들이라고는 현승밖에 없다. 윤태수
의 집까지 찾아가 협박을 했다는 것은 심증을 갖고 있다는 의미고, 그 심증
은 차수경이 제공했을 것이다. 경찰에는 연락하지 않았다는 뜻이다. 결국
치부가 드러날까 봐 직접 처리하기로 작정했다는 의미이기 하다.

사건과 관련하여 이미 두 개의 몽타주가 작성되었을 것이다. 그 몽타주

와 임화평을 연결시키기는 어렵다. 변장이 아니라 변용을 했으니까. 서른 중반의 나이와 두 개의 몽타주상의 작게 보이는 얼굴로는 임화평을 떠올릴 수 없을 것이다.

"생각할 수 있는 건 청부 정도인가? 하! 이거참, 공교롭구나. 그놈들 정도면 은행의 협조를 얻는 것 정도는 어렵지 않겠지. 의심 살 만한 짓을 했네. 그렇다면 내가 직접 할 수도 있다는 것을 보여주면 되겠군. 할 수 있는데 남의 손을 빌릴 이유가 없으니까."

임화평은 현승이 어떻게 나올지에 대한 몇 가지 가능성을 떠올리고 그 대응책을 생각했다. 그들이 알고 짐작하는 내용, 사돈에게 한 거친 행동, 임화평이 사는 집의 위치 등을 고려해 보니 그들이 어떻게 나올 것인가에 대한 그림이 대충 그려졌다.

"거칠게 나오면 거칠게 대응해 준다. 머리털 다 빠지도록 복잡하게 만들어주마."

임화평은 차갑게 미소 지으며 서재로 갔다. 비디오카메라에 충전된 배터리를 갈아 끼웠다. 새 테이프도 하나 넣어두었다. 그리고 책상으로 가서 서랍에서 작은 녹음기를 꺼내 건전지와 테이프를 갈아 넣었다.

"테이프들은 따로 챙겨두었고, 또 뭐 없나?"

신영록과 유현조 등에 관련된 테이프들은 비닐로 포장하고 플라스틱 박스에 넣어 깊은 곳에 묻어두었다. 버릴 것도 다 버리고 태워 버린 터라 집을 뒤져도 나올 게 없다. 그 외에 눈에 띄는 것이라고는 군용 대검과 병뚜껑으로 만든 암기뿐이다.

"병뚜껑이야 이상하다고 생각하지 않을 테지. 그래도 못을 사용했으니까 암기류는 손대지 않는 게 좋겠군."

임화평은 군용 대검과 반야심경, 그리고 비디오카메라를 들고 밖으로 나갔다. 서재 앞의 좁은 마루에 반야심경과 비디오카메라를 놓아두고 통나무 쌓아둔 곳으로 향했다.

사내 허리 굵기만 한 통나무를 골라 세워놓고 군용 대검을 그 위로 가져 갔다. 군용 대검에서 아지랑이 같은 것이 일렁거렸다.

휙!

대검의 날보다 지름이 훨씬 긴 통나무가 두 동강이 났다. 임화평은 통나무 안쪽을 파내기 시작했다. 얼마 안 가서 두 개의 통나무 위쪽이 둥그렇게 파졌다.

임화평은 대검을 늘어뜨리고 비디오카메라를 흘끔 봤다.

"좀 작겠군."

통나무에 주먹 하나쯤 들어갈 구멍을 파고 소리가 잘 통하도록 작은 구 멍도 몇 개 낸 후 비디오카메라를 가져왔다. 볼륨을 최대로 올려두고 그것 을 파낸 홈에 넣은 후 두 개의 통나무를 합쳤다. 통나무로 만든 카메라 거치 대다.

"제대로 됐네."

통나무 거치대의 아래쪽을 연필 깎듯이 깎았다. 그리고 발꿈치로 바닥 을 찍어 문 옆의 시멘트 바닥에 구멍을 냈다. 시멘트 조각을 담벼락 밖에 던 져 버리고 통나무 거치대를 구멍에 끼워 넣었다.

"여기면 집 전체가 다 찍히겠지?"

임화평은 전에 틈틈이 조각해 놓았던 부처님 입상을 마당에 놓아두고 통 나무 몇 개를 통나무 거치대 옆에 세워두었다. 방으로 들어가 등산복 바지 와 검은색 면 티를 입고 짙은 회색의 얇은 바람막이를 손에 들고 나왔다. 슬 리퍼 대신 평소에 자주 신는 등산화를 신고 서재에서 핸드폰과 녹음기를 챙겨 바람막이 호주머니에 넣어두었다. 그리고 삼단봉이 끼워진 홀더를 바람막이로 덮어두었다.

"나는 대충 준비가 됐는데, 이 녀석들은 조금 늦는구나."

시계를 보니까 4시 30분이 막 지났다. 송파에서 분당까지 오기에는 충분한 시간인데 아직 나타나지 않는 것이다.

임화평은 눈을 감고 귀를 활짝 열었다. 그의 입가에 차가운 미소가 맺혔다.

"놈들, 양반 씨는 아닌가 보군."

자리에서 일어나 담장 너머로 야탑동 쪽을 봤다. 다섯 대의 차가 일렬로 오고 있다. 회색 스타렉스를 제외한 네 대의 중형차가 모두 검은색이다. 차의 속도는 느렸다. 아마도 집을 찾느라고 좌우를 살피며 오기 때문일 것이다.

임화평은 리모컨의 녹화 버튼을 누르고 반야심경을 펼쳐 읽기 시작했다. 갑자기 속도를 높이는 자동차 배기음이 귀청을 건드렸다.

정시우는 승용차 뒷좌석에서 눈을 감은 채 생각에 잠겼다.

'현승이 왜 왔는지 물었다? 감청팀 연락대로라면 윤태수나 임화평 둘 다 아무것도 모른다는 소리잖아? 아니지. 둘 중에 하나만 알아도 전화 내용은 그럴 수가 있는 거지. 아이고야! 내가 왜 이런 쓸데없는 생각을 하고 있는 거야? 난 시키는 대로 하면 되는 거잖아?'

경호실 보안과 감청팀에 새로 도입된 도청 장비는 훌륭한 성과를 만들어 냈다. 실익은 없었지만 탁월한 성능은 확실하게 보여주었다. 회사 밖에서 전화번호와 주파수 분석만으로 윤태수와 임화평의 전화 통화를 깔끔하게 도청해 낸 것이다. 세상에 알려지기로는 국정원이나 그런 기술을 가지고 있는데 언제 도입한 건지 알 수가 없다.

그때 전화벨 소리가 울렸다.

"정시웁니다. 예. 야탑동에 들어섰습니다. 감청팀 연락받으셨지요? 잘못 짚은 것 아닙니까? 예? 10억? 예. 윤태수와 통화했는데, 옮기지 않았을까요? 증거? 예, 샅샅이 뒤지겠습니다. 감청팀은 복귀했습니까? 회장님 댁으로요? 알겠습니다. 다시 연락드리겠습니다."

전화를 끊고 창밖을 내다보았다. 홀로 외로운 집 한 채가 보였다.

정시우가 탄 차가 대문 앞까지 진입했고, 그 뒤로 줄줄이 차를 세웠다. 정시우가 차에서 내린 순간 다섯 대의 차에서 이십여 명의 사내가 내렸다.

정시우는 시계를 보며 귀에 리시버를 꽂은 청년들을 향해 말했다.

"뒤쪽이 숲이다. 그리고 우리가 여기까지 오는 데 35분 걸렸다. 세 사람이지? 일반인이 사람 하나 업고 5분 만에 갈 수 있는 거리, 얼마나 되겠나? 500m? 동조자가 있을 수도 있으니까 1㎞ 안쪽 샅샅이 뒤져. 발자국 있으면 집중해서 따라가고. 흩어져!'

파바바바밧!

아홉 명의 청년이 허름한 담장을 돌아 뒤쪽으로 달려갔다.

정시우는 신복남에게 손짓하며 대문 안으로 들어갔다.

임화평이 눈살을 찌푸리며 일어섰다.

"당신들 누구요?'

정시우가 피식 웃으며 말했다.

"임화평 씨?'

"맞소. 당신들 누구냐고 묻지 않소?'

"알고 있잖아? 윤태수하고 통화까지 해놓고 시치미 떼는 건가?'

임화평이 묘한 표정을 지었다. 웃는 것도 아니고, 그렇다고 찡그린 것도 아니다. 그 표정은 잠깐 사이에 사라져 정시우는 보지 못했다. 임화평이 노한 표정으로 소리쳤다.

"도청까지 했단 말이오? 도대체 뭐 하자는 짓이오? 당신들, 안기부에서 왔소? 신분부터 밝히시오."

정시우는 자신이 말실수를 했다는 사실을 깨달았다. 그러나 이미 엎질러진 물이다. 정시우는 당혹함을 차가운 미소로 감췄다. 짐작하고 한 말이라고 말할 수도 있었지만 왠지 구구하게 느껴져 그냥 두 손을 어깨 위로 들어 앞으로 내뻗었다. 십여 명의 조직원이 집 안 사방으로 흩어졌다.

임화평이 서재로 달려오는 두 청년의 앞을 막으며 소리쳤다.

"이게 무슨 짓이야? 왜 남의 집을 함부로 뒤지는 거야?"

"비켜!"

두 청년이 임화평의 어깨를 잡아 뒤로 밀었다. 임화평은 '어이구야!' 소리를 내면서 엉덩방아를 찧었다. 임화평은 힘겹게 일어나 마루에 털썩 주저앉았다.

"이놈들아! 신발은 벗고 들어가!"

그런 말을 귀담아들어 줄 인간들이 아니다. 볼 것도 없는 좁은 서재를 구둣발로 짓밟으며 마구 어질러놓았다. 뒤진다기보다는 어지르기 위해 들어간 것 같았다. 서재뿐만이 아니다. 안방과 작은 방은 물론이고, 부엌과 뒷마당까지 마구 짓밟고 다녔다. 정시우와 신복남은 미소를 지은 채 그들의 행동을 바라보고 있다.

정시우는 망연자실한 임화평의 얼굴을 바라보면서 눈살을 찌푸렸다. 영락없는 시골 중년인이다. 자료에 따르면 무학의 중식 요리사다. 지금 그의 표정은 무식한 요리사에서 보태거나 뺄 것도 없다. 찾아봐야 나올 것이 없을 것 같았다.

"무식하면 배워야 할 것 아냐? 신문이라도 좀 읽든지. 국정원으로 바뀐
지가 언젠데 아직도 안기부야? 경찰에 신고? 얼마든지 해보라고."

정시우는 걸음을 옮겨 임화평의 옆에 걸터앉았다.

"임화평! 10억 어디에 썼나?"

임화평은 정시우를 노려보면서 분노가 끓는 듯한 목소리로 말했다.

"버르장머리없는 놈! 네놈 큰형 뻘이다. 어디서 함부로 주둥이를 놀려?"

"허! 세게 나오시네. 어이구! 그러셨어요? 우리나라 사람들은 이래서 안
돼. 개뿔도 없으면서 꼭 나이 따지거든. 늙어서 좋으시겠네. 다시 여쭐까
요? 10억 어디에 쓰셨습니까?"

역시 짐작대로다. 임화평은 현승이 오형만에게 준 10억을 청부금으로
생각했음을 확인하고 속으로 쓴웃음을 지었다.

"신분부터 밝혀! 그리고 내 돈 내가 쓰는데 네가 그걸 왜 물어? 도대체 네
놈들이 내가 돈 쓰는 데 왜 관심을 갖는 건가? 이유나 알자."

"그건……."

정시우는 아무런 생각 없이 청부금 이야기를 하려다가 또다시 말실수할
뻔했음을 깨닫고 입을 닫았다.

"그건 알 필요없고……. 아! 이거참, 돌겠네. 뭐라고 해야 하나?"

그때 집을 뒤졌던 청년들이 하나둘씩 돌아왔다.

"아무것도 없는데요."

모두가 같은 대답이다. 잠시 후 2팀원들도 하나둘씩 돌아와 고개를 저었
다. 건질 게 있을 까닭이 없다. 비디오테이프를 묻은 곳은 집 뒤가 아니라
찻길 건너편 도로변이다. 집 뒤에는 아마 발자국조차 남아 있지 않을 것이
다. 최근 들어 마당을 수련 장소로 삼았으니 예전에 났던 발자국 몇 개조차

지워진 지 오래일 것이다.

정시우는 난감한 표정을 지으며 핸드폰의 단축다이얼을 눌렀다.

"정시웁니다. 아무래도 장소가 여기 아닌 것 같습니다. 어떻게 하지요? 돈 사용처를 왜 궁금해하냐고 반문하는데 할 말이 있어야지요. 예? 예, 알 겠습니다. 지금 데리고 가겠습니다."

전화를 끊은 정시우가 차가운 미소를 지으며 말했다.

"임화평 씨, 우리하고 같이 좀 가줘야겠는데."

"어디를?"

"그런 데가 있어. 험한 꼴 당하기 전에 자발적으로 따라나서는 게 좋지 않을까?"

임화평은 마당에 모여 있는 이십여 명의 사내들을 바라보며 한숨을 내쉬었다. 그리고 그 와중에 엉덩이 뒤에 있는 리모컨의 스톱 스위치를 눌렀다.

임화평이 자리에서 일어났다. 정시우도 따라 일어났다.

"어?"

사람들이 한결같이 어리둥절한 표정으로 임화평을 바라보았다. 이해할 수 없는 일이 눈앞에서 벌어졌다. 임화평은 가만히 서 있는데, 정시우가 피를 토하며 날아가 버렸다.

쿵!

정시우가 2m나 날아가 바닥에서 나뒹굴었다. 고개가 모로 꺾인 것이, 이미 기절한 듯했다.

임화평이 보기에 정시우는 상당한 고수다. 걷고 서는 모습, 앉아 있는 자세, 강렬한 눈빛 등을 감안해 볼 때 현대 무술을 수련한 사람들 가운데에서는 꽤나 강한 축에 들 만한 사람이다. 혼자 왔다면 실전 수련하는 셈 치고 잠깐 동안 놀아줬을 것이다. 그러나 인간들이 너무 많았다. 무영제뢰수로 단번에 제압해 버린 것도 그런 까닭이다.

임화평은 정시우를 내려다보면서 무덤덤하게 말했다.

"싹수머리없는 자식! 어디 어른한테 반말 찍찍 내뱉고 있어?"

그때까지도 무슨 일이 일어났는지 모르는 사람들이 멍하게 바라보는 동안 임화평은 등 뒤에 놔두었던 삼단봉 홀더를 착용하고 바람막이를 걸쳤다. 2팀원들이라면 삼단봉을 보는 순간 무엇인지를 단번에 알아보았을 텐데도, 의식이 정시우에게로 가 있었기 때문에 아무도 제지하지 않았다.

임화평은 사내들을 바라보면서 삼단봉을 꺼냈다.

쫙! 쉬쉬쉬쉭!

삼단봉을 뽑아낸 임화평은 회초리 휘두르듯 몇 차례 연속 휘둘러 결합력을 높였다.

"내 집을 구둣발로 짓밟아? 그래, 이왕 이렇게 됐으니까 오늘 푸닥거리 한번 제대로 해보자꾸나."

그제야 정신을 차린 사람들이 임화평의 손에 들린 삼단봉을 바라보며 경계의 눈빛을 드러냈다. 그들 가운데 임화평을 밀어뜨리고 서재를 뒤졌던 두 청년이 먼저 달려들었다. 그들 입장에서는 아무리 생각해도 정시우를 날려 버린 것은 임화평이 아니었다. 두 눈 빤히 뜨고 바라보고 있었는데 아무것도 보지 못한 탓이다.

"이런 썅!"

빠바바바바바박!

두 사람의 몸통을 가격하는 삼단봉이 보이지 않았다. 그들은 비명을 지르기 전까지 대여섯 대씩을 맞았다. 손, 팔, 다리, 허리, 어깨 등을 골고루 맞고 나서야 비명을 지르며 주저앉았다.

빠박!

"끄아!"

두 청년은 손으로 머리통을 감싸 쥐고 바닥에서 기어다녔다. 임화평은 성큼 걸음을 옮겨 조직원들 사이로 들어갔다.

빠바바바바바박!

쌍칼파 조직원들과의 싸움은 기술의 차이가 아닌, 속도의 차이로 결판났다. 주먹 한 번 휘두를 때 삼단봉이 다섯 번은 움직인다고 하면 그 싸움은 이미 끝난 것이나 마찬가지일 것이다.

비트에 취해 드럼을 두드리듯 사방을 휘돌며 삼단봉을 휘둘렀다. 덤벼드는 놈은 이마가 먼저 깨지고 도망치는 놈은 뒤통수가 깨졌다. 고통에 찬 비명 소리가 울려 퍼지는 가운데, 임화평은 노래 부르지 않으려는 조직원들을 귀신들린 듯 지휘했다. 손등을 맞고 허벅지를 찔린 놈들은 소프라노와 알토가 되고, 가슴과 허리를 맞은 놈들은 테너와 바리톤이 되었다.

라르고도 없고, 안단테도 없고, 모데라토도 없다. 임화평은 오로지 프레스티시모만을 요구하는 형편없는 지휘자였다. 불협화음으로 가득 찬 합창단이 모두 바닥에 누웠을 때, 끙끙거리는 신음 소리가 열렬한 박수를 대신했다.

조직원들 가운데 남은 사람이라고는 쌍칼파의 두목 신복남 하나뿐이다. 신복남은 품속에 손을 넣었다가 임화평의 차가운 눈길과 마주치자 등을 보이며 대문으로 달아났다.

임화평이 삼단봉을 집어 던졌다. 신복남은 삼단봉이 꽂힌 허벅지를 붙잡고 바닥에 나뒹굴면서 억지로 앵콜을 외쳤다. 임화평은 신복남의 강요된 앵콜 요청에 호응하여 2팀원들에게로 돌아섰다. 그 순간 두 명의 청년이 임화평의 얼굴과 가슴을 노리며 발을 내질렀다.

조폭들과는 눈빛이나 움직임 자체가 질적으로 달랐다. 눈빛은 냉정하고 움직임은 군더더기가 없다. 평소 연습을 한 것 같은 교묘한 합격이다. 얼굴을 노리는 발은 반원을 그리며 들어왔고, 가슴을 노리는 발은 일직선으로 날아왔다. 겹쳐서 서로 부딪칠 것도 같은데 그들의 자세에는 흔들림이 없다.

임화평은 보폭을 크게 하여 한 발을 뒤로 뺐다. 몸이 자연스럽게 낮아지고 비틀어지면서 머리를 노리던 발은 머리카락을 건드리며 지나갔고, 가슴을 노리던 발은 목 앞을 스치듯 지나갔다.

임화평은 손을 구수로 만들어 밑에서 위쪽으로 찔러 넣었다. 손끝이 허벅지를 찌르는 순간 사내는 근육이 파열되고 뼈가 부러지는 듯한 고통에 입을 쩍 벌리며 눈을 부릅떴다. 너무나 고통스러워서 비명조차 토하지 못한 것이다.

임화평은 차분하게 가라앉는 눈으로 그 눈을 바라보면서 몸통을 휘돌렸다.

쾅!

팔꿈치가 사내의 턱을 후려쳤다. 사내가 몇 개의 피 묻은 이를 토해내며 뒤로 팅겨 나가 그대로 엎어져 버렸다. 악관절이 어긋나서 하관이 완전히 비틀어져 버렸을 것이다.

임화평은 몸을 휘돌리는 기세를 죽이지 않고 그대로 돌았다. 그와 동시에 그의 발끝이 휘돌아 그의 머리를 노렸던 사내가 등을 진 채 내려서는 순간을 정확히 포착하여 뺨을 찍었다. 사내 역시 피 묻은 어금니들을 토하며 팅겨 나갔다. 꽤 오랫동안 밥 먹는 데에 애로 사항이 많을 것이다.

그때 다부지게 생긴 청년이 몸을 날리며 임화평의 하체로 파고들었다. 태클하는 폼으로 봐서 전형적인 레슬러다. 임화평은 그대로 무릎을 꿇으면서 동시에 두 팔꿈치를 가슴 앞으로 모았다. 무릎을 안아 쓰러뜨리려던 청년은 갑자기 튀어나온 무릎에 머리를 찍혔다. 그와 동시에 그의 뒤통수에 두 개의 팔꿈치가 떨어졌다. 청년은 그대로 정신을 놓아버렸다.

그때 두 청년이 달려와 임화평에게 로우 킥을 날렸다. 임화평은 무릎으로 바닥을 찍는 탄력을 이용해 그대로 허공으로 뛰어올랐다. 두 발이 좌우로 뻗어나가는 순간 두 청년은 코와 입에서 피를 뿜으며 뒤로 물러섰다. 임화평은 허공에 떠 있는 상태로 머리를 앞으로 숙이며 손을 내뻗었다. 그의 두 손이 물러나는 두 사람의 손목을 잡아당겼다. 발이 땅에 닿는 순간 임화평은 두 사람의 손목을 꺾었다. 두 청년은 부러진 손목을 붙잡고 주저앉으며 울부짖었다.

"끄악!"

다섯 명의 연수 합격이 간단한 연환 동작으로 허물어졌다.

임화평은 남은 네 사내를 바라보았다.

네 사내는 긴장된 표정으로 일단 물러섰다. 물러설 수밖에 없었다. 그들이 보는 관점에서 임화평은 단 한 번도 이격을 쓰지 않았다. 조폭들이야 삼단봉을 썼으니까 이격, 삼격을 따질 필요가 없었다. 그러나 자신들은 달랐다. 모두가 각자의 주 종목에서 대표 선수 급으로 꼽히는 사람들이다. 또한 모두가 군에서 혹독한 훈련과 실전 경험을 쌓은 사람들이다. 정시우를 제외하면 그들 가운데 누가 나서도 상대를 한 방에 무너뜨리기에는 힘들다. 그럼에도 불구하고 정시우를 포함한 모두가 한 수에 뻗어버렸다. 지금껏 그들은 스스로가 공포 자체는 될 수 있어도 공포심에 짓눌린 적은 없는 존재들이다. 첫 경험을 느끼게 해준 상대 임화평이 두렵지 않을 수 없다.

그들은 서로의 눈빛을 교환하고 양복 상의 속에 손을 넣었다. 두 사람이 빼 든 것은 삼단봉이다. 나머지 두 사람은 손을 넣기만 하고 빼진 않았다.

임화평은 오직 두 사람, 품에서 손을 빼지 않은 자들만 바라보며 천천히 걸음을 옮겼다.

삼단봉을 든 두 사람이 오른손만으로 중단겨눔세를 취하여 쇄도했다. 갑자기 X자로 교차하여 자리를 바꾼 후 그대로 삼단봉을 휘둘렀다.

임화평은 피하지 않고 두 손을 뻗었다. 왼손은 팔뚝을 내밀고 오른손은 팽이채로 팽이의 옆구리를 후려치듯 삼단봉을 두드렸다.

깡!

삼단봉이 왼쪽 팔뚝을 후려치는 순간 금속성이 울려 퍼졌다. 사내가 눈을 부릅뜨는 순간 임화평의 손은 이미 사내의 목을 움켜쥐었다. 오른쪽에서 임화평의 목을 노리며 삼단봉을 내지른 청년은 멍한 표정으로 눈앞을 가리는 임화평의 손바닥을 바라보았다. 거리가 모자랐다. 팽팽하게 연결되어 있던 삼단봉이 한순간에 일단으로 줄어들어 임화평의 목에서 한참 떨어진 곳에서 기세를 잃어버린 것이다.

물러서야 했다. 서로 말은 하지 않았지만 눈빛으로 그렇게 하기로 약속했다. 삼단봉을 든 두 사람의 임무는 임화평의 제압이 아닌 잠깐의 틈을 만들어내는 것이다.

퍽!

임화평의 장근(掌根)이 사내의 턱을 후려쳤다. 턱이 부서지는 것과 동시에 사내는 포물선을 그리며 뒤로 넘어갔다. 오랫동안 유동식으로 연명해야 할 것이다.

임화평은 목을 잡혀 끅끅거리는 사내의 어깨너머로 나머지 두 사람을 살폈다. 한 사람은 손에 처음 보는 형태의 단검을 든 채 어쩔할 바를 몰라 하는 얼굴을 하고 있고, 다른 한 사람은 여전히 품속에 손을 넣은 채 질린 얼굴을 하고 있다.

임화평은 목을 쥔 손에 힘을 넣고 풀기를 반복하며 차갑게 웃었다. 상대의 생각은 삼단봉을 든 두 사람이 교차할 때부터 알아챘다. 교차하는 그 잠깐의 시간 동안 임화평의 시야가 가려질 것이고, 그때 칼을 꺼내 던질 생각이었을 것이다. 그러나 임화평은 한 사내의 목을 쥐어 몸을 가려 버렸다. 칼을 던질 수 있을 리 없다.

임화평은 자신의 왼손을 두 손으로 감아쥐고 버둥거리는 사내를 향해 오른손을 뻗었다. 손목이 잡힌 사내는 두려움에 찬 눈으로 임화평을 바라보았다.

"제, 제발!"

빠각!

"끄아아아아!"

임화평은 비명을 토하는 사내의 이마를 손끝으로 찔렀다. 사내가 고개를 모로 꺾었다. 임화평은 기절한 사내의 어깨너머로 두 사내를 바라보며 목을 놓아버렸다. 그 순간 칼이 임화평의 얼굴을 향해 날아왔다. 임화평은 그대로 드러누웠다. 그의 얼굴 위로 칼이 스치듯 지나갔다.

임화평은 만세를 부르다 총이라도 맞은 듯한 모양새로 쓰러졌고, 칼은 임화평의 코앞에서 사라졌다. 보는 입장에서는 맞았다고밖에 생각할 수 없는 광경이다. 맞지 않았다면 칼이 계속 날아가 벽에 부딪쳤을 테니까. 그렇게 생각하는 순간 임화평은 오뚝이처럼 일어나며 자연스럽게 손을 내뻗었다. 한줄기 빛살처럼 날아간 대검은 그것을 날린 사내의 어깨에 꽂혔다. 철판교의 신법이 제 모습을 드러낸 것이다.

"악!"

얼마나 깊이 박혔는지 어깨 밖으로 보이는 것은 구멍이 숭숭 뚫린 손잡이밖에 없다.

임화평은 남은 한 사람을 뚫어지게 바라보면서 천천히 옆구리를 접어 삼단봉을 집어 들었다. 그리고 한 발 한 발 걸음을 내디뎠다.

"그거, 가스총이냐, 스턴 건이냐?"

손이 깊이 들어가 있다. 손끝이 옆구리 가까이까지 가 있을 것이다. 팔뚝이 대어진 곳은 배꼽 위. 홀더를 걸치고 있다는 뜻이다. 보통 홀더에 꽂아 가지고 다니는 것은 가스총이나 스턴 건, 혹은 삼단봉이다. 삼단봉이라면 굳이 숨길 이유도 없고 다른 두 사람이 꺼냈을 때 합류했을 것이기 때문에 제외했다.

사내는 대답하지 않았다.

쉭!

삼단봉이 펼쳐졌다.

사내 지영우는 2팀에서 가장 한가한 사람이면서 동시에 최후의 보루나 마찬가지인 존재다. 지금껏 그가 나선 적은 단 한 번도 없다. 그에게까지 일이 돌아온 적이 없기 때문이다.

'실수다. 뽑았어야 했어. 저 인간의 움직임을 볼 때, 지금 뽑기에는 너무 가까워.'

지영우는 설마 자기에게까지 차례가 돌아올 것이라고는 생각도 하지 못했다. 심상연이 칼을 던지는 순간 그도 뽑아서 만약을 대비했어야 했다. 그 랬다면 지금처럼 식은땀을 흘리며 물러설 필요가 없었을 것이다.

임화평이 한 걸음 더 내디뎠다. 지영우도 기세에 밀려 한 걸음 물러섰다. '어어' 하는 사이에 지영우는 어느새 마루에 주저앉아 버렸다.

임화평은 지영우의 2m 앞에 멈춰 섰다.

"이걸 던질까, 그걸 꺼낼래?"

그 순간 지영우의 눈빛이 번득였다. 그와 정시우를 제외한 스물한 명의 사내를 제압하는 데 소요된 시간은 5분 남짓. 실제로 손발이 오고 간 시간은 3분도 안 걸렸다. 나이를 생각지도 못할 만큼 재빠른 몸놀림이다. 품속의 것을 빼서 쏠 시간을 주지 않을 것이다. 그러나 상대는 그의 품속에 있는 것을 가스총 정도로 생각하고 있다. 뺄 시간을 준다면 결과는 달라질 것이라고 확신했다.

지영우는 적의가 없다는 제스처로써 왼손을 앞으로 뻗어 손바닥을 내보이며 오른손을 천천히 뺐다. 손이 양복 상의를 빠져나왔다. 새끼손가락 밑으로 검은 쇳덩이가 드러나 보였다.

휙!

느리게 움직이던 지영우가 갑자기 손을 내뻗었다. 방아쇠에 걸린 검지에 힘만 주면 끝이었다. 하지만 그 작은 힘을 낼 수가 없었다. 어느새 임화평의 손이 그의 손목을 틀어쥐고 있었다. 손가락에 전혀 힘이 들어가지 않았다. 동시에 전신에서 힘이 쭉 빠져나갔다.

망설이던 눈에 드러난 잠깐의 번득임으로 임화평은 지영우가 반드시 쏠 것이라는 것을 알아차렸다. 그 덕에 재빨리 맥문을 움켜쥐어 지영우를 제압한 것이다.

임화평은 엄지와 검지만을 이용해 총구에 가까운 부분을 잡아 총을 빼냈다. 리볼버가 아닌, 탄창형 권총 모델이다. 그때까지만 해도 임화평은 그것을 가스총 정도로 생각하고 있었다. 그러나 총포사에서 만져 본 비슷한 모델과는 무게가 달랐다. 두 배 가까이 무겁게 느껴졌고, 어딘지 모르게 정교함이 느껴졌다.

임화평은 쉴 새 없이 흔들리는 지영우의 눈을 바라보면서 동시에 권총을 지영우의 눈 아래까지 들어 올린 후 방아쇠 위쪽의 총열에 적힌 음각의 글씨들을 읽었다. 칼 발터로 시작되는 독일식 이름 비슷한 것이 있고 '메이드 인 저머니'라는 글씨도 보였다.

"권총?"

실물로는 처음 보는 권총이다. 임화평의 두 눈이 차갑게 굳어갔다. 지영우는 제압이 아닌, 살인을 할 생각이었던 것이다.

지영우는 눈을 질끈 감았다. 손목을 잡혀 전신에 힘이 하나도 없는 그로서는 할 수 있는 것이 아무것도 없다. 그저 혹독하지 않은 처분만 바랄 뿐이다. 하지만 살의가 있었다는 사실을 알았으니 그의 바람대로 되기는 불가능했다.

빠각!

손목이 부러지면서 지영우의 비명이 하늘을 찔렀다. 하지만 고통은 그것으로 끝나지 않았다. 임화평의 손끝이 그의 오른쪽 어깨를 찔렀다. 내력을 불어넣은 손끝은 지영우의 어깨뼈를 바스러뜨렸다. 다시는 팔을 쓰지 못할 것이다.

임화평은 주먹으로 비명을 토하는 지영우의 아래턱을 후려쳤다. 임화평은 지영우가 정신을 잃고 마루에 널브러지자 그제야 돌아섰다. 그의 눈에 펼쳐진 광경은 처참했다. 제법 넓은 마당인데도 이십여 명의 사내들이 널브러진 채 끙끙거리고 있다 보니 빈 공간이 그다지 많지 않았다.

임화평은 차가운 눈으로 사내들을 내려다보다가 2팀원의 품속을 일일이 뒤졌다. 다행히도 총을 가진 사람은 지영우 한 사람밖에 없었다. 마지막으로 칼을 어깨에 꽂고 있는 사내에게로 다가갔다. 사내는 임화평의 그림자가 얼굴을 덮자 고개를 들었다. 임화평은 천천히 손을 뻗어 칼이 꽂힌 자리를 누르고 있는 사내의 오른손을 잡아당겼다. 사내의 눈빛은 공포로 물들었다.

임화평은 사내의 얼굴을 차갑게 노려보며 말했다.

"나쁜 손이다. 나를 죽이려고 칼을 던진 손이다. 그렇지?"

비도는 머리를 향해 날아왔다. 명백한 살의를 품고 있었던 것이다.

임화평은 사내의 대답을 듣지 않았다. 그대로 손목을 비틀어 버렸다.

"으악!"

사내는 부러진 손목을 배 위에 올려놓은 채 전신을 새우처럼 구부리고 진저리 치며 비명을 질렀다. 그는 2팀원들 가운데 유일하게 정신을 차리고 있는 사람이지만, 한편으로는 가장 크게 다친 두 사람 가운데 하나다. 앞으로 손을 쓸 수 없을 테니까.

"움직이지 마라. 움직이면 많이 아플 거다."

임화평은 등산 바지 뒤쪽 호주머니에서 손수건을 꺼내 칼의 손잡이로 가져갔다. 검은색 금속으로 된 얇은 손잡이다. 손잡이에는 콩알만 한 구멍 다섯 개가 뚫려 있다. 던지기 전용으로 만들어진 비도다.

임화평은 손수건으로 손잡이를 닦았다. 꽂아둔 그대로 닦았으니, 아무리 살살했다고 해도 흔들릴 수밖에 없다. 사내는 이를 악물고 몸을 움직이지 않으려고 노력했다.

"운 좋은 줄 알아라. 으슥한 곳에서 만났다면 너와 총 든 놈만큼 살아남지 못했을 거다."

임화평은 냉정하게 돌아서서 신복남에게로 걸어갔다. 신복남은 삼단봉이 꽂힌 허벅지를 두 손으로 쥔 채 임화평을 바라보며 부들부들 떨고 있다. 끙끙거리는 와중에도 볼 것 다 보고 들을 것 다 들었다. 두렵지 않을 수 없다.

임화평은 신복남 앞에 쪼그리고 앉았다. 묘한 기분이다. 평범한 요리사로 살았을 때 그의 주변에는 늘 좋은 사람들만 있었다. 이상한 사람들과 엮이기도 했지만 그들은 스쳐 지나가는 사람들이었을 뿐이고, 그가 알고 지내는 사람들은 대개 법 없이도 살 사람들이었다. 주먹을 쓰기 시작하자 주변에 주먹 쓰는 놈들이 꼬이기 시작했다.

'평생 이런 놈들 상종 않고 살 거라고 생각했는데……'

임화평은 삼단봉의 손잡이를 쥐었다.

"어금니 꽉 깨물어."

신복남은 이를 악물고 눈을 감았다.

임화평은 삼단봉을 단번에 뽑아 손수건으로 그 끝을 닦았다.

"으으으으으!"

"자식이 엄살은! 자!"

임화평이 손수건을 내밀었다. 예상치 못한 호의에 놀란 신복남은 피 묻은 손수건을 엉겁결에 받아 그것으로 상처를 눌렀다.

괜히 호의를 베푸는 것이 아니다. 임화평이 보기에 신복남과 정시우 팀원들은 서로 다른 세계에서 사는 자들이다. 조폭임에 틀림이 없는 신복남 또한 사람들의 피눈물을 짜내며 살아왔겠지만, 임화평의 입장에서는 어르고 뺨치기 쉬운 존재다.

"너, 나와바리가 어디야?"

"호, 혹시 선배님이십니까?"

임화평은 눈살을 찌푸리며 삼단봉으로 신복남의 머리를 두드렸다.

"큭!"

"동생들 다 버려두고 도망치는 놈을 후배로 둔 적 없다. 어느 구역에서 설치고 다녀?"

"처, 천호동입니다."

깡!

"제법 큰 유흥가잖아. 그런 곳에서 노는 놈이 그렇게 비겁하게 굴면 안 되지. 오늘 누구 명령받고 왔어? 조사하면 다 나오는 거 알지? 난 조사를 좀 거칠게 하는 편이야."

"현승그룹 비서 황윤길입니다."

"비서?"

신복남은 비밀을 이야기한다는 듯 목소리를 죽였다.

"말은 비서지만 이사 대우를 받고 있다고 알고 있습니다. 어두운 쪽 일의 책임자일 겁니다."

임화평은 신복남의 품속에 손을 넣어 지갑을 꺼냈다. 그리고 그 속에서 신복남의 명함을 한 장 꺼냈다.

"명진건설 대표 신복남? 허! 이놈의 자식들은 걸핏하면 건설이고 토건이야."

임화평은 명함을 호주머니에 넣으며 말했다.

"내 집 원상 복귀시킨다. 알았어? 나중에 돌아와서 전과 다른 면이 보이면 천호동으로 찾아갈 거야. 알아들었어?"

신복남은 연신 고개를 끄덕였다.

임화평은 다시 삼단봉으로 신복남의 이마를 톡톡, 두드렸다.

"너, 아까 깨지는 소리 들었지? 이 머리통 깨지기 싫으면 똑같은 걸로 사다 놔라."

"예!"

임화평은 일어나서 뒤돌아섰다. 조용히 듣고 있던 조폭들이 임화평을 눈길을 피하며 다시 끙끙거렸다. 2팀원들과는 달리 정신을 잃은 놈들은 하나도 없었던 것이다.

"일어선다, 실시!"

파바바바밧!

열두 명의 사내가 번개처럼 움직여 시키지도 않았는데 도열했다. 임화평은 그들 가운데 가장 쌩쌩해 보이는 셋을 지적했다.

"지금부터 핸드폰을 수거한다. 제일 먼저 뻗은 놈 것 빼고 너희들 것까지 해서 스물두 개 찾아와."

한 청년이 신복남의 것을 포함한 동료들의 핸드폰을 수거하는 동안 나머지 두 청년이 정시우를 제외한 2팀원들의 품속을 뒤졌다. 그렇게 모인 핸드폰 수가 정말로 스물두 개다.

임화평은 발아래 모인 핸드폰들을 모두 부숴 버렸다. 그리고 정시우에게 다가가 그의 뺨을 두드려 깨웠다.

"끄응!"

짝!

"일어나라니까."

정시우는 두 손으로 가슴을 누르고 머리를 흔들어 정신을 차렸다. 그러다 임화평이 코앞에서 내려다보고 있는 것을 확인하고 벌떡 일어섰다. 임화평은 별다른 제재를 가하지 않았다.

정시우는 널브러져 있는 팀원들을 확인하고는 공황 상태에 빠졌다.

"임화평! 네가……."

쫙!

정시우의 뺨이 돌아가면서 피 묻은 이가 튀어나오고 코에서 코피가 흘러내렸다. 쇠몽둥이에 맞은 것처럼 둔중한 충격에 겨우 되찾은 의식이 혼미해졌다.

"이놈이 아직도 정신을 못 차렸네. 내가 네 친구냐?"

깡! 깡! 깡!

삼단봉으로 쉬지 않고 머리를 두드렸다. 평소의 정시우 같으면 쉽게 피했을 테지만 가슴의 통증이 움직임을 방해했다.

임화평은 왼손을 뻗어 정시우의 머리카락을 가득 움켜쥐고 그를 질질 끌어 서재 마루로 이동했다.

정시우를 앉히고 그 옆에 앉은 임화평이 물었다.

"도대체 현승에서 왜 날 찾는 거야?"

정시우는 임화평을 노려보며 되물었다.

"정말로 몰라서 묻는 거요?"

"알면 왜 물어, 인마?"

"그럼 10억……. 아니오."

"안 되겠군. 황윤길이라는 인간에게 듣는 수밖에 없겠어."

정시우는 깜짝 놀랐지만 곧 차분해졌다. 사내 스물셋을 혼자 감당한 사람이 묻는데 대답하지 않을 놈이 어디 있을까.

"전화해라. 다른 말 할 필요없어. 그냥 지금 데리고 출발한다고만 전해."

정시우는 대답하지 않았다.

임화평은 천천히 일어섰다.

"저놈들 전부 병신 만들어놓아야 말을 듣겠어?"

정시우는 눈을 감고 핸드폰을 꺼냈다. 임화평이 시키는 대로 통화를 끝냈다. 그리고 고개를 돌려 아직도 깨어나지 못하는 2팀원들을 바라보며 한숨을 내쉬었다.

"너무 심하게 손을 쓰셨소. 꼭 저렇게 해야 됐소?"

"완전히 병신된 놈은 둘밖에 없다. 칼 쓰는 놈하고 총 쓰는 놈! 서슴없이 칼을 던지고 권총까지 들고 다니는 것을 보니 너희들도 피 많이 봤겠네. 너희들은 되고 난 안 돼? 그런데 너, 어른한테 말 계속 그따위로 할래?"

정시우는 한숨을 내쉬며 말투를 바꿨다.

"힘 없으면 함부로 힘쓰면 안 되지요. 세상 다 그런 거 아닙니까? 오늘일, 쉽게 끝나지 않을 겁니다. 우리 현승의 변호사들은 무섭거든요."

"내가 뭘 어쨌는데?"

정시우가 임화평을 노려보며 말했다.

"사람을 저 지경으로 만들어놓고 뭘 어쨌냐고 묻습니까? 감옥에서 오래 썩게 될 겁니다."

임화평은 피식 웃으며 자리에서 일어나 통나무 거치대를 열어 비디오카메라를 꺼냈다. 그리고 다시 정시우 옆에 앉아 되감기하고 플레이 버튼을 눌렀다.

"나도 법이 너희들 편인 건 알아. 그럼 이건 어때?"

임화평은 액정 화면을 정시우에게 돌려주었다. 임화평을 떠밀고 집 안을 난장판으로 만드는 장면이다. 그뿐만이 아니라 정시우가 한 말까지 고스란히 녹음되어 있다.

"내가 너희들 때렸다는 증인 있나? 여긴 모두 당사자들 같은데? 스물세 놈이 전직 요리사 한 사람한테 얻어터졌다. 그리고 나를 죽이려 했던 이 총, 007처럼 살인 면허를 받지는 않았을 테고, 불법일 텐데? 총알에도 지문이 묻어 있겠지? 사람들이 믿겠어?"

"큭!"

정시우는 임화평이 두 손끝으로만 조심스럽게 쥐어 바람막이 상의에서 꺼낸 월터 PPK 9㎜를 바라보며 어깨가 끄덕일 정도로 킥킥거렸다. 다른 사람 같았으면 권총과 비디오테이프를 빼앗았을 것이다. 그러나 임화평이 상대라면 시도할 생각조차 말아야 했다. 누구에게도 지지는 않는다고 생각했던 자신이 어떻게 당했는지도 모르고 정신줄을 놓아버렸다. 2팀원들이 손도 못 써보고 당했음을 쉽게 짐작할 수 있다. 그런 상대에게 어떻게 테이프를 빼낸단 말인가. 차라리 총을 구해 저격하는 게 더 쉬울 것이다. 하지만 유현조 부부의 생사를 확인하기 전에는 죽여서는 안 된다. 팀원들이 그를 죽이려고 시도했던 것은 당황했기 때문일 것이다.

임화평은 테이프를 빼서 권총과 함께 호주머니에 넣고 정시우의 어깨를 쥐었다. 살짝 쥔 것 같은데 어깨가 부서져 내리는 것 같았다.

"자! 이제 가자. 시간없잖아?"

정시우는 어쩔 수 없이 일어나면서도 눈에서 의아함을 지우지 못했다.

"어딜 가자는 겁니까?"

"어디긴? 소공동이지!"

정시우는 눈을 감았다. 그때 임화평이 그의 뒷덜미를 잡아당겼다. 정시우는 어쩔 수 없이 일어나야 했다.

"복남아! 복남아!"

임화평이 부르자 신복남이 쩔뚝거리며 열심히 달려왔다.

"예!"

"운전 잘하는 놈 하나 붙여."

"예!"

"그리고 오늘 저녁까지 사돈댁에 찾아가서 무릎 꿇고 정중하게 사과해. 확인해 보고 아니다 싶으면 죽는다. 알았어?"

"예!"

"난 지금 황윤길에게 갈 거야. 도착했는데 황윤길이 여기 상황을 알고 있으면 그것도 네 책임이다. 한 시간만 입 꾹 다물고 있으면 돼. 알았어?"

"예!"

임화평은 정시우를 끌고 길 끝에 있는 회색 스타렉스에 올라탔다. 젊은 조직원 하나가 달려와 운전석에 앉았다. 차는 뒷걸음질을 해서 소로를 빠져나가 소공동으로 향했다. 임화평과 정시우는 통로를 사이에 두고 나란히 앉았다. 분당을 빠져나가는 순간까지 침묵을 지키던 정시우가 임화평의 손에서 굴러다니고 있는 삼단봉을 바라보며 물었다.

"무얼 수련하신 분입니까?"

"이것저것 여러 가지."

대답해 줄 생각이 없음을 드러내는 대답이다. 정시우는 다시 침묵을 지켰다. 그때 임화평의 바람막이 호주머니에서 '엘리제를 위하여' 가 흘러나왔다. 임화평이 전화를 받았다.

"예, 사돈! 괜찮습니다. 잠깐만요."

임화평은 칼날 같은 눈빛으로 정시우를 노려보며 물었다.

"아직도 도청 중인가? 대답 제대로 해라. 황윤길이 이 통화 내용까지 알고 있으면 그때는 너 정말 사람 구실 못하게 만들어준다. 평생 마누라가 떠먹여 주는 죽이나 받아먹고 살아야 할 거다."

군에서 받은 훈련이나 지금까지 쌓아왔던 수련이 아무런 소용도 없다. 눈을 마주하는 순간 가슴이 덜컥 내려앉으면서 등에서 식은땀이 흘렀다. 평소 배 밖에 나와 있다는 소리를 듣던 간이 콩알만 하게 오그라들었다. 정시우는 영혼을 압박하는 무형의 기운이 어떻게 발해지는 것인지 대충 짐작하고 있다. 저항해 보겠다는 생각조차 하지 못했다. 어차피 떳떳하지 못한 일, 명분도 없는 일 때문에 장애자가 되고 싶지는 않았다.

"보안팀은 이미 성북동으로 이동했습니다."

"보안팀은 개뿔! 도청팀이겠지."

임화평은 천천히 눈길을 거두고 다시 통화했다. 일부러 발성구를 막지 않았으니 도청했다는 사실을 윤태수도 들었을 것이다.

"사부인께서는? 아! 많이 놀라셨나 보네요. 그런데 누구랍니까? 30대 중

반에 눈썹이 짙고 왼쪽 뺨에 점이 있다?'

그 순간 임화평의 손이 움직였다. 접혀 있던 삼단봉이 반원을 그리는 동안 펼쳐져 정시우의 머리를 두드렸다.

빡!

정말 사정없이 휘두른 일격이다. 이마를 타고 한줄기 핏물이 흘러내렸다. 그 핏물이 눈두덩을 지나 다시 뺨을 타고 흘러내렸다. 피눈물을 흘리는 듯한 모습이다.

"크윽!"

정시우가 신음을 토하는 순간 다시 삼단봉이 어깨를 두드렸다. 다시 비명 소리가 터져 나오자 잘 달리던 차가 갑자기 흔들렸다가 겨우 제자리를 찾았다. 운전하던 녀석이 놀라서 경기를 일으킨 것이다.

"사돈, 속 푸세요. 보셨으면 시원하다 하실 만큼 만져 줬습니다. 지금 제 옆에 앉아 있는데, 지금도 맞고 있습니다. 그리고 밤에 조폭 녀석들 찾아갈 겁니다. 마음 편하게 만나셔도 됩니다. 사과 제대로 하지 않으면 다시 전화 주십시오. 예. 사부인께도 속 푸시라고 전해주십시오. 예, 끊습니다."

신복남과의 대화를 녹음해 두라고 하려다가 기사 노릇하는 청년과 정시우 때문에 참았다. 임화평의 손에 들어오기 전에 윤태수가 위험에 노출될 수도 있기 때문이다.

임화평은 왼손을 호주머니에 넣고 정시우를 노려보며 말했다.

"너, 사돈께 아들, 손자, 며느리가 무사할 것 같으냐고 협박했다며? 너 현승 직원이냐, 조폭이냐? 그게 대한민국 오대그룹 안에 든다는 현승의 본색이냐?'

정시우는 부러진 듯한 어깨를 붙잡고 끙끙거리며 대답했다.

"그 일은 미안하게 생각하고 있습니다. 좋아서 한 일은 아닙니다. 마음이 너무 급해서…….”

하는 짓으로 봐서는 말도 안 되는 변명이다. 하지만 임화평은 쓴웃음을 지으며 안쓰럽다는 표정으로 말했다.

“황윤길이 그렇게 하도록 시켰겠지. 그래, 월급쟁이의 비애로구나. 너도 참 안됐다. 오늘 일 이렇게 됐으니까 아무래도 잘리겠지? 사적으로 도청까지 마음대로 할 수 있는 파워있는 회산데, 아쉽겠구나. 도대체 어떻게 했어? 설마 핸드폰에 수작질한 건 아니겠지?”

“얼마 전에 새로 들어온 장비라는 것밖에는 모릅니다. 보안팀이 아니라서…….”

정시우는 임화평의 부드러운 분위기에 이끌려 다시 기밀을 누설했다는 것을 깨닫고 눈을 질끈 감았다. 애초부터 머리 쓰는 쪽으로는 젬병이지만, 그래도 오랫동안 군 생활을 했다. 보안 사항에 대해 함부로 입을 놀릴 사람이 아니다. 그런데도 지금은 무기력하기만 한 상황이다. 조여졌다 풀려났다, 정신없이 막 휘둘리는 느낌이다.

임화평은 다시 왼손을 호주머니에 넣으며 앞을 향하고 눈을 감았다.

똑똑!

사무실 안을 오락가락하던 황윤길이 문을 바라보며 말했다.

“들어와!”

문을 열고 들어온 사람은 임화평이다. 황윤길은 생판 처음 보는 사람이 혼자 들어오는 것을 보며 눈살을 찌푸렸다. 임화평이 피곤한 눈빛을 드러내며 힘없는 목소리로 말했다.

“나를 보자고 했다면서요?”

“아! 임화평 씨!”

황윤길은 닫힌 문을 바라보며 반색했다. 혼자 들어온 게 이상하긴 했지만 기가 팍 죽은 것을 보고는 교육 제대로 시켰다고 생각하며 소파를 향해 손을 뻗었다.

임화평이 두 다리를 모으고 소파의 끝에 엉덩이만 걸친 채 물었다.

"무슨 일 때문에 사람들을 협박하고 도청까지 해가면서 나를 구석으로 모는 거요? 이게 현승이 기업을 경영하는 방식이오?"

황윤길은 도청이라는 말을 듣자마자 얼굴을 구겼다. 그러나 곧 정색을 하고 대답했다.

"도청? 무슨 말인지 모르겠네요. 그리고 협박이라니? 협조를 구한 것이지요. 우리 정 팀장이 성격이 좀 거칠어서 강압적으로 느껴졌을 수도 있겠군요. 내가 대신 사과하지요. 자! 본론으로 들어갑시다. 10억! 어디다 쓰셨습니까? 누구에게 주셨지요?"

"후우! 도대체 내가 내 돈 쓰는데 현승이 그 용처를 알아야 하는 이유가 뭐요? 겨우 그딴 걸 알고 싶어서 조폭들까지 동원해 남의 집을 난장판으로 만들고, 싫다는 사람을 억지로 끌고 온단 말이오? 이게 민주국가에서 말이나 되는 소리요?"

황윤길은 차갑게 웃었다.

"임화평 씨, 대답만 제대로 해준다면 오늘 하셨던 고생 다 보상해 드리지요. 10억! 어디다 쓰셨습니까? 누구에게 줬지요? 저 바쁜 사람입니다. 이러고 있을 시간이 없어요."

임화평은 황윤길을 무섭게 노려보았다.

"고소하겠소."

황윤길은 피식 웃으며 고개를 저었다.

"허! 이 양반, 참 답답한 양반이네. 우리, 현승입니다. 개인이 현승을 상대로 이길 수 있을 거라고 생각합니까? 순진한 양반이시네. 계속 이런 식이면 강압적인 방법을 쓸 수밖에 없습니다. 신사적으로 대할 때 대답해 주시지요."

"싫소. 때려죽여도 싫소. 먼저 대답하시오. 그거 알아서 뭘 하시려고?"

황윤길이 임화평의 완고한 얼굴을 확인하고 쓴웃음을 지으며 고개를 끄덕였다.

"좋습니다. 말해드리지요. 오늘 새벽 저희 전자의 요직에 계신 분이 납치당하셨습니다. 저는 당신을 유력한 용의자로 보고 있습니다. 왜냐고는 묻지 마세요. 짐작은 하시지요? 그래서 10억의 용도를 알려고 하는 겁니다. 누구한테 주셨습니까?"

임화평은 피식 웃으며 소파에 깊숙이 몸을 기댔다. 확실히 높은 자리에 있는 놈은 말주변이 좋다고 생각했다. 차수경이나 현승, 혹은 유태성의 이름은 빠지고 행위의 주체를 자신으로 한정시켰다. 그들의 치부가 드러날 말은 쏙 빼놓은 것이다.

"미친놈! 용의자? 그러니까 뭐야? 내가 우리 딸 중국에 보내서 죽게 만들었다고 현승전자에 앙심을 품고 사람을 납치했다, 지금 그 말이지? 10억을 납치범들에게 주고 청부했다, 그 말이지? 이거 정신이 출장 간 놈이로구먼."

황윤길이 갑자기 바뀐 임화평의 분위기에 눈살을 찌푸렸다.

"정 팀장! 정시우 팀장! 들어와!"

들어올 리가 없다. 그렇다고 다른 사람이 들어올 일도 없다. 유현조의 납치 사건으로 경호실 요원 대부분이 발에 땀나도록 뛰어다니고 있다. 오층에 있는 사람이라고는 다시 한 번 정신을 놓아버린 정시우와 혈을 잡힌 여비서 하나뿐이다.

임화평은 자리에서 벌떡 일어나 그대로 황윤길의 머리를 후려쳤다. 뺨을 후려쳤다. 두 뺨을 번갈아가며 후려쳤다. 황윤길은 멍한 눈으로 임화평을 올려다보았다.

황윤길 그는 머리를 쓰는 사람이지 주먹을 쓰는 사람이 아니다. 갑자기 손바닥이 날아드는데 정신을 차릴 수 있을 리 없다.

"정 팀장! 정 팀장!"

애절한 목소리가 방 안을 울렸다. 임화평은 황윤길이 간절히 정시우를 찾을 때마다 그의 머리를 두드렸다. 황윤길은 한참이 지나서야 손이 날아오는 규칙을 깨달았다. 그가 입을 다물자 임화평이 입을 열었다.

"쥐꼬리만 한 권력 쥐고 있으니까 마구 휘두르고 싶어? 그렇게 좋아? 사람 마음대로 조롱하고 짓밟으니까 좋아? 나같이 다른 종류의 힘을 가진 사람 만날 거라고는 한 번도 생각 안 해봤지? 기분이 어때? 어디, 나도 한번 느껴보자."

임화평은 코피가 나고 입술이 터지고 어금니가 흔들릴 정도로 세차게 뺨을 후려쳤다. 조인트를 까고 가슴을 두드렸다. 황윤길은 계속 비명을 지르면서 움츠러들었다. 결국 만신창이가 된 황윤길이 소파 구석에 웅크린 채 부들부들 몸을 떨었다.

"이거 재밌네. 너, 이 맛에 사람 패는구나? 아니지. 넌 잔머리 굴려서 사람 짓밟는 거 좋아하겠네. 그게 더 악질이야. 안 되겠다. 아무리 생각해도 이 정도로는 분이 안 풀려!"

임화평은 아예 황윤길 옆으로 가 그의 품속에 손을 넣었다.

"윽! 악!"

임화평은 원방토건 강상일에게 비할 수 없을 만큼 많은 불의 기운을 심어두고 소파로 돌아와 앉았다. 고통이 잦아들자 황윤길이 고개를 모로 비틀어 떨리는 눈으로 임화평을 바라보았다.

"당해보니까 어때? 그래도 재미있나? 이 세상, 건전하게 사는 방법이 있다. 딱 한 가지, 만사에 역지사지(易地思之)만 떠올려라. 너 싫은 거 남도 싫은 법이다. 짓밟지 마라. 짓밟힌다. 그리고 너! 소설 쓰지 말고 정신 차려. 그래, 나 현승전자 싫어해. 내 입장에서 어떻게 현승전자를 편한 눈으로 볼 수 있겠어? 그렇다고 내가 미친놈은 아니야. 중국에서 당한 일 가지고 우리나라 사람한테 화풀이하지 않아. 안 그래도 나 조금 있다가 중국 갈 생각이다. 중국 경찰이 못 찾아내면 몇 년이 걸리더라도 내 손으로 찾을 거야. 이렇게 만들어 버릴 거다."

임화평은 그 즉시 손바닥으로 탁자를 내려쳤다. 임화평이 손을 뗀 탁자에는 종이로 만든 것처럼 손바닥 모양의 구멍이 뻥 뚫려 있었다.

"오늘 네가 보낸 놈들 다 내 손에 작살났다. 내 얼굴에 칼 던진 놈, 총 쏘려고 했던 놈은 아예 병신 만들어 버렸어. 1년에 세 번만 밥 먹여주려다가 보는 눈이 많아서 참았다. 내가 힘이 없는 것 같아? 내 손으로 할 수 있는 일을 왜 남한테 시켜? 그리고 또 귀찮게 할까 봐 말해주는데, 네가 그렇게 집착하는 그 10억, 돈세탁해서 우리 부주방장한테 투자했다. 그 돈, 내 딸 다니던 '예쁜 공간'이라는 건축회사에 그대로 남아 있으니까 확인해 보려면 해봐. 대신 국세청에 알린다든지 하면 너 밤길 정말 조심해서 다녀야 할 거다. 알았어? 그리고 내 집 난장판 만든 거 보상해. 네가 직접 찾아와. 그냥 넘기려고 수작 부리면……."

보상. 구체적인 조건이 붙지 않은 애매한 말이다. 즉흥적으로 떠올린 말이지만, 그 순간 임화평의 머리를 그 단어의 함의(含意)를 이용할 생각으로 바쁘게 돌아갔다.

임화평은 황윤길을 노려보며 탁자 위에 난 손바닥 모양의 구멍 주위에 손가락을 마구 찔러 넣었다. 손바닥 주위에 십여 개의 구멍이 원형을 이루었다.

임화평은 호주머니에서 녹음기를 꺼내 스톱 버튼을 누르며 말했다.

"네 그 썩은 대가리 이렇게 만들어준다. 네 눈에도 내가 법을 따를 사람으로는 안 보이지? 맞아. 난 그런 거 신경 안 써. 세상천지에 나 혼자인 거 알지? 지킬 것도 없고 두려울 것도 없는 놈이다. 앞길 막는 놈이 있으면 다 부숴 버린다. 건드리면 유태성이 집에 찾아가 씨 몰살을 시켜 버리고 중국으로 튀면 돼. 그리고 네 부하들이 내 집 난장판 만드는 모습이 담긴 테이프하고 오늘 네가 한 말이 담긴 녹음테이프를 수십 개 복사해서 매스컴에 쫙 돌려 버릴 거다. 성공할 자신있거든 청부업자 고용해서 저격해도 좋아. 실패하면 그 뒷일은 감당이 안 될 거다. 현승 이름에 먹칠하지 않으려면 신중하게 결정해야 될 거다. 그리고 오늘 한 짓, 보상 제대로 해야 될 거야."

임화평은 황윤길을 노려보고 나서 방을 나섰다. 문을 빠져나온 임화평의 입가에 차가운 미소가 맺혔다. 오늘 일로 현승 측은 많이 혼란스러워질 것이다. 의심의 눈길에서 완전히 벗어나지는 못할 테지만, 임화평에게 집중되었던 시선들 또한 조금은 느슨해질 수밖에 없을 것이다.

'그래도 며칠은 조심해야겠지? 또 발이 묶이는구나. 차수경! 원흉답게 그 목숨 참 끈질기다. 그래, 며칠을 더 살 수 있을지 두고 보자. 어디 한번 발버둥 쳐봐.'

황윤길은 소파 위에 웅크리고 앉은 채 피멍이 든 눈으로 임화평이 나간 문을 멍하니 바라보고 있었다.

✤

유태성은 눈이 시퍼렇게 멍든 채 팔에 깁스한 황윤길을 노려보며 소리쳤다.

"어떻게 된 거야? 다 찾은 것처럼 굴더니, 아직도 못 찾았어?"

황윤길은 깊숙이 고개를 숙였다.

"죄송합니다."

"죄송? 그게 무슨 뜻이야? 우리 현조 영영 못 찾는다는 말이야?"

황윤길은 다시 한 번 고개를 숙였다.

"임화평이라는 놈은? 그놈이 납치를 사주했을 거라고 했잖아? 설마 못 찾은 거야?"

"임화평의 동기, 폐업과 오랜 잠적, 거액의 인출, 그 사용 내역이 불분명한 점 등을 종합하여 그가 범인이라고 확신했습니다만, 아무래도 잘못 짚은 것 같습니다. 잠적지는 딸의 유골이 있는 분당의 공원묘지 옆이었고, 돈의 사용처 또한 확인되었습니다. 그리고 결정적으로 그 자신이 뛰어난 무술가였습니다. 굳이 다른 사람에게 복수를 맡길 필요가 없는 사람이지요. 2팀장의 말에 따르면, 자신과 같은 수준의 무인 열 명이 덤벼도 이기지 못할 고수라고 했습니다."

"요리사라면서?"

"2팀장의 짐작대로라면, 태권도같이 도장에서 배우는 현대 무술이 아니라 과거로부터 비전되는 고무술을 익힌 사람입니다."

유태성은 책상에 팔꿈치를 대고 두 손으로 얼굴을 감쌌다. 손을 뗀 유태성이 간절한 희망을 담아 말했다.

"그 정도 고수라면 그 인간이 변장하고 일을 벌였을 가능성도 있잖아?"

황윤길은 옆구리에 끼고 있던 다이어리를 책상 위에 내려놓고 그 안에서 소설책 사이즈의 사진 한 장을 꺼내 책상 위에 내려놓았다. 임화평의 얼굴만 확대한 흑백사진이다.

"황석빌딩 엘리베이터 CCTV에 노출된 임화평입니다. 나이보다는 젊어 보입니다만, 몽타주와는 비교할 수 없습니다."

유태성이 서랍을 열어 유현조의 집에 침입했던 범인의 몽타주를 꺼냈다. 사진과 몽타주를 나란히 놓고 한참을 노려보았다. 그것도 모자라서 직접 뺨을 입안으로 말아 넣었다.

"이러케 하므……."

유태성은 뺨을 넣고 말을 해보려고 시도하다가 눈을 감아버렸다.

황윤길은 유태성이 무슨 말을 하려는지 깨달았다. 하지만 범인은 경호팀장과 가정부에게 많은 것을 묻고 많은 말을 했다고 들었다. 침착하고 냉정하며 귀에 꽂힐 정도로 또렷한 목소리라고 했다. 그리고 뺨만 해결한다고 해서 될 일이 아니었다. 눈매도 다르고 콧방울의 크기도 달랐다. 아무리 뚫어지게 살펴도 변장의 한계를 한참 넘어섰다.

보통 변장을 할 때는 모든 것을 부풀린다. 화장으로 안색을 창백하게 하거나 얼굴이 조금 작아 보이도록 할 수는 있지만 그것은 착시의 효과를 이용한 것이고, 대개는 잇몸이나 어금니 안쪽에 솜이나 껌을 넣어 부풀리거나 수염을 붙이거나 염색을 하거나 점을 만들어 붙이는 정도다. 그 외에 특징있는 안경이나 귀고리 같은 소품을 사용하여 목격자의 주의를 흐리거나, 색깔이 있는 콘택트렌즈를 사용하여 눈빛을 바꾸기도 한다. 그러나 신영록 사건의 범인처럼 흰자위를 노랗게 바꾸기는 어렵다고 알고 있다.

임화평의 사진과 몽타주의 차이는 확연했다. 단순한 착시가 아니라 윤곽 자체가 달랐다. 아무리 봐도 다른 사람이다.

몽타주가 아닌 사진이라면 턱 선에서 비슷한 점을 발견할 수 있겠지만, 대충 이런 느낌이라는 식의 진술로 만들어진 몽타주로는 불가능하다.

황윤길은 유태성의 마음을 이해했다. 어떻게 하든지 간에 임화평을 범인으로 만들고 싶을 것이다. 그래야 유현조를 찾을 수 있다는 희망을 잃지 않을 테니까. 그러나 아닌 것은 아닌 것이다.

유태성이 눈을 번쩍 치뜨며 말했다.

"무술하는 사람들, 선후배 위계질서가 분명하다며? 후배를 동원했을 수도 있잖아? 현조 데려간 놈 정도의 고수가 천지 사방에 널려 있는 건 아닐 거 아냐?"

황윤길이 고개를 끄덕였다.

"선후배가 있는지는 확인할 수 없습니다만, 혹시나 해서 보안팀을 붙여 원거리에서 감시 중입니다. 그가 범인이라면 우리 쪽에서 주목하고 있다는 사실을 알고 있으니까 직접 움직이지 않을 것이고, 전화를 하거나 누군가가 찾아오겠지요. 보안팀이라면 잡아낼 겁니다."

유태성은 황윤길의 멍든 눈을 바라보며 말했다.

"그 눈하고 그 팔, 그놈이 그랬지? 유치장에 집어넣으면 되잖아? 나머지는 내가 어떻게든 할 수 있어. 일단 넣고 보자. 김 지검장에게 하라고 하면 할 수 있을 거야. 주리를 틀어서라도 알아내야 돼."

황윤길은 고개를 저었다.

"법을 존중하는 인간이 아닙니다. 안 그래도 오늘 일 때문에 독이 잔뜩 올라 있습니다. 군대를 동원하지 않는 한, 회장님과 가족분들의 안전을 장담하지 못합니다. 그리고 오늘 일의 녹화 기록과 녹음 기록도 다 가지고 있습니다. 경찰이 아니라 매스컴을 이용할 생각인 것 같습니다. 우리 측에서 통제하는 데 한계가 있습니다. 설불리 건드렸다가는 감당할 수가 없게 됩니다."

"오늘 일? 도대체 어떻게 했길래?"

"도청, 용역 동원, 폭력, 협박, 불법 무기 사용, 살인 미수 다 걸립니다. 내일 제가 직접 사과하러 가야 합니다. 어떻게든 그 테이프부터 회수해야 합니다."

유태성이 손바닥으로 책상을 후려쳤다.

"도대체 일을 어떻게 했는데, 그따위로 엉망진창이 된 거야?"

황윤길이 허리를 접었다.

"죄송합니다. 마음이 급했습니다."

"끄응!"

유태성은 다시 눈을 감았다. 자신의 힘으로 할 수 없는 일이 있을 거라고는 생각지도 못했는데, 겨우 요리사 하나를 마음대로 처리하지 못하고 전전긍긍하고 있는 것이다.

"딸 일 사과하고, 돈으로 해결할 수 없나?"

황윤길은 임화평의 차가운 눈을 떠올리며 무겁게 고개를 저었다. 임화평이 범인이라면 어차피 말도 안 되는 소리고, 범인이 아니라면 물어달라고 독사 앞에 손 내미는 격이다.

"돈에 관심이 없는 인간입니다. 재산이 30억이 넘는 사람입니다."

유태성의 눈에서 독기가 흘러나왔다.

"가까운 친지는 없어?"

황윤길은 그 순간 유태성의 생각을 알아차렸다.

"파악된 바로는 그냥 아는 사람 정도입니다. 가장 가까운 사람을 꼽자면 사돈이 되는 윤태수 유림산업 부장과 고아원 출신 부주방장 정도가 되겠군요. 하지만 그쪽으로는 생각지 않으시는 게 좋을 것 같습니다."

유태성은 눈에서 독기를 지우고 한숨을 내쉬었다.

"그렇게 무섭나?"

"대담하면서도 머리까지 좋은 타입입니다. 그래서 제가 아니라고 생각하면서도 의심을 버리지 못하고 있습니다. 게다가 심증뿐이지 않습니까? 아닐 수도 있는데 진행한다면 뒤탈이 너무 큽니다. 거기까지 간다면 우리 쪽도 각오해야 합니다."

유태성은 각오라는 말이 죽을 각오를 뜻한다는 사실을 깨닫고 다시 눈을 감았다.

"내가, 이 유태성이가 이렇게 무기력한 적이 있었던가?"

황윤길은 아무런 위로도 해주지 못했다. 그 스스로도 무력함을 느끼고 있었기 때문이다.

제3장
다른 하늘을 이고 살아도 너만은……

시대(時代)는 임화평을 상대하기 힘든 강자로 만들었지만, 반대로 그로 하여금 함부로 움직이지 못하게도 만들었다. 전생의 강호는 새로 들어선 명황조의 힘에 눌려 암흑기에 가까운 상황이었음에도 불구하고, 정면 승부로 이길 수 없는 존재들이 열 손가락으로 셀 수 없을 만큼 많았다. 현시대라면 다르다. 임화평처럼 숨어 사는 사람들이 얼마나 될지 모르지만 드러난 존재들, 즉 제법 고수 축에 낄 정시우 같은 존재들도 지금의 수준에서는 전혀 부담스럽지 않다.

그의 행동에 제약을 가하는 것은 시대가 만들어낸 문명의 산물들이다. 총, CCTV, 도청 장치, 고배율의 카메라, 망원경 같은 것들이다. 그런 것들이 그를 관찰하고 감시하며 그의 움직임을 제한하고 그의 생존을 위협한다. 미리 알지 못하면 당할 수밖에 없다. 모든 것이 그의 감각이 미치는 범위 밖에서 작동하기 때문이다.

경공을 익혀놓고도 함부로 펼치지 못한다. 어디서 사진 찍히고 녹화될지 모른다. 차도 함부로 타지 못한다. CCTV에 걸리고 기록에 남는다. 전화통화도 자유롭게 못한다. 이미 경험했던 것처럼 도청당한다. 첩보 영화를보면 레이더같이 생긴 것으로 소리를 모으는 기계도 있다. 그렇다면 혼잣말도 노출될 가능성이 없다고는 말할 수 없다.

'유태성! 이거 분명히 네 자식 허물을 알고도 하는 짓이지? 너를 어떻게 해줄까? 네 아들 유언의 유익함을 생각하면 살려두고 싶은데, 지금의 이 답답함을 생각하면 당장 죽이고 싶어. 널 어떻게 해야 될까?'

임화평은 오늘따라 분을 삭일 수가 없었다. 차수경만 잡으면 중국으로갈 수 있는데 그게 막혀서 그럴 것이다.

대한민국은 행동하기가 너무나 조심스럽다. 기록과 관계 때문이다. 처형자가 자신임을 알게 되면, 그와 관계를 유지해 왔던 사람들이 피해를 볼가능성이 있기 때문에 조심할 수밖에 없다.

중국이라면 다를 것이다. 임화평이라는 사람이 입국하지는 않을 테니까지금처럼 정체를 숨기기 위해 지나치게 몸을 사릴 필요가 없다. 그저 꼬리가 잡히지 않을 정도로만 조심하면 될 것이다. 그로 인해 피해를 볼 사람이 없으니까 조금 더 과감하게 행동할 수 있을 것이다.

임화평은 시계를 보았다. 10시가 조금 넘었다. 전날 아침에 일어나 지금까지 깨어 있었으니까 꼬박 41시간을 자지 않은 셈이다. 그런데도 피곤하지가 않았다. 가슴속에 들끓는 분노 때문이다.

임화평은 핸드폰을 들었다. 대포폰이 아닌, 원래 그의 핸드폰이다. 핸드폰을 들고 마당으로 나갔다. 대문 앞으로 오가며 단축다이얼을 눌렀다.

"여보세요. 사돈! 제가 너무 늦게 전화 드린 건 아닌지요? 조폭들 왔다 갔습니까? 그랬습니까? 속은 좀 풀리셨나요? 사부인께서는 좀 어떠신지요?

아! 다행이네요. 예, 그것 때문에 전화했습니다. 편히 주무십시오."

임화평은 다시 방으로 향했다. 문을 열었다.

"아이구! 그 자식들 때문에 영 피곤하네. 나도 이제 좀 자자."

방의 불을 끄고 문을 닫았다.

마루에서 무언가가 꿈틀거렸다. 그 꿈틀거리는 무엇은 마당으로 기어 내려갔고, 다시 마당을 가로질러 집 뒤쪽으로 움직였다. 아주 느린 움직임이다. 작은 소리조차 내지 않는 은밀한 움직임이다. 담장을 소리없이 넘어간 검은 그림자, 임화평은 조용히 숲으로 숨어들었다. 거기까지 걸린 시간이 10분이 넘었다. 보통 사람이 걸어서 갔다면 1분이면 될 거다. 거기서부터 임화평의 움직임이 달라졌다. 맨발로 용형신법을 펼치며 일직선으로 내달렸다. 소리가 나지 않도록 바닥에 박힌 바위와 맨땅만을 밟아 2분 이상 달렸다.

임화평은 그 자리에 주저앉아 귀를 활짝 열었다. 아무런 소리도 들리지 않았다. 하늘을 올려다보았다. 구름 속으로 스며들었던 반월이 서서히 모습을 드러내고 있다.

임화평은 다시 집 쪽으로 달렸다. 100m 정도 전진한 후 멈춰 서서 다시 귀를 열었다.

'너무 멀리 왔나 보군.'

다시 거리를 좁히고 귀에 걸리는 소리가 없는지 확인했다. 그때 왼쪽에서 들려오는, 겨우 억제해 낸 낮은 하품 소리. 소리가 들린 쪽은 숲의 가장자리다. 집에서 100m 정도 떨어진 곳. 거기서부터 집까지는 별달리 장애물이 없다.

임화평은 소리의 진원지를 향해 반원을 그리며 조심스럽게 접근했다. 정안결을 돋우고 바위 밑과 나무 아래를 세심하게 살피며 전진했다. 10m 앞쪽에서 무언가가 꿈틀거렸다. 조심스럽게 5m 정도를 더 이동했다. 코앞이다. 검은 바위 모양이다. 그러나 자세히 보면 조금씩 꿈틀거렸다.

'위장포 같은 건가? 제법 크군. 한 놈이 아니다?'

임화평은 등 뒤쪽에서 군용 대검을 꺼내 들고 위장포 바로 뒤쪽까지 이동했다. 위장포의 형상을 자세히 살폈다. 꿈틀거림은 오른쪽에서만 이루어졌고 왼쪽은 사각형이다. 오른쪽 앞쪽은 불룩 솟아 있다. 사람 머리다.

'한 놈이다.'

임화평은 방수포 뒤에서 대검을 거꾸로 쥐고 그대로 머리 위를 지그시 눌렀다.

"쉿!"

대검은 정수리에서 머리의 선을 타고 천천히 턱 아래로 이동했다. 방수포를 조심스럽게 걷어냈다. 임화평은 실소했다. 벌벌 떨고 있는 사내의 모습이 너무나 의외였기 때문이다.

160㎝가 조금 넘는 단구에 80㎏은 족히 될 통통한 사내다. 알이 작은 원형의 은테 안경을 쓰고 귀를 다 덮는 헤드폰까지 꼈다. 어울리지 않는 검은 유니폼에 검은 모자까지 썼다. 그의 앞에는 레이더같이 생긴 원형의 물건이 있고, 그의 옆에는 사각형 박스가 있다.

레이더가 소리를 모으고 국방색 사각형 박스가 저장하는 방식의 기구인 듯했다. 헤드폰을 끼고 레이더가 지향하는 방향의 소리에 집중하다 보니 뒤쪽에서 나는 소리에는 무방비가 된 듯했다.

임화평은 왼손 검지를 입술 위에 댄 채 사내의 이마에 대검을 대고 그 앞에 쪼그려 앉았다. 그리고 사내의 머리에서 헤드폰을 걷어내고 천천히 몸을 숙여 사내의 귀에 대고 입술을 움찔거렸다. 전음이다. 하지만 사내에게는 속삭이는 것처럼 들릴 것이다.

[현승 보안팀이군. 대답은 눈으로. 예는 한 번, 아니오는 두 번. 알았지? 그래, 그렇게 하는 거야. 우리 집 밑쪽에 있는 그 차, 동료들이지? 옳지, 착하다. 도청하고 있는 거네? 그래? 장비가 좋은가 봐, 100m가 넘는데 도청할 수 있는 걸 보면? 그렇군. 들었어. 새로 들어온 거라며? 역시. 이번에는 사람 수대로 눈을 깜빡인다. 너 포함해서 모두 몇 명 왔어?]

일부러 윤태수에게 전화를 걸었고, 일부러 대문 앞으로 나와 걸었다. 그때 발견한 것이 전에 보지 못한 차의 어렴풋한 실루엣이다.

여섯 번 깜빡였다. 다시 확인했다. 다시 여섯 번 깜빡였다.

[그중에서 무술하는 놈은 몇이지? 낮에 우리 집 왔던 애들 같은 놈들 말이야.]

두 번 깜빡였다.

[대답하느라고 수고했다. 쉬어라.]

임화평의 손바닥이 이마를 누르자 사내는 그대로 눈을 감았다.

임화평은 다시 숲으로 들어가 야탑동 쪽을 향해 일직선으로 달렸다. 숲 가장자리로 나와 찻길을 슬쩍 벗어난 곳에 세워둔 검은색 스타렉스를 살폈다. 운전석과 조수석을 제외한 뒷좌석에는 유리창이 없다. 그리고 차 위에 레이더 같은 것이 두 개나 달려 있다. 개조한 차량이다.

'이놈들, 멍청한 거 아냐? 이 적막강산에서 스타렉스를 또 보면 내가 뭘 연상할 거라고 생각한 거야?

임화평은 차의 옆구리를 향해 낮은 포복으로 기었다. 10m 전방까지 전진하자 불 꺼진 조수석의 실루엣이 조금 더 자세히 보였다. 시트에 몸을 깊숙이 묻고 있는 것을 보니 선잠이라도 자고 있는 듯했다.

임화평은 계속 기어 아예 차 밑으로 들어가 운전석 앞바퀴 밑에서 몸을 일으켰다.

퍽!

손바닥을 대는 순간 운전석 유리창이 작은 조각이 되어 운전자에게로 떨어져 내렸다. 팔짱을 낀 채 등받이에 기대어 눈을 감고 있던 운전자가 눈을 부릅뜨는 순간 임화평의 손바닥이 그의 이마를 두드렸다.

"뭐, 뭐야?"

운전자와 비슷한 자세로 눈을 감고 있던 조수석의 사내가 팅기듯이 몸을 일으켰을 땐 임화평이 이미 차 문을 열고 그와 뒤쪽의 세 사내들을 노려보고 있는 중이었다.

조수석의 사내가 홀더로 손을 가져갔다.

임화평이 말했다.

"동료들에게 들은 말 없어? 가볍게 한 대 맞고 끝날 일인데, 굳이 병신 되고 싶다면 뽑아도 돼."

사내가 슬그머니 손을 내렸다.

임화평이 엉거주춤하게 앉아 있는 뒷좌석의 사내들에게 눈길을 돌리며 말했다.

"뒤통수에 깍지!"

네 사내가 두 손을 머리 뒤로 돌려 깍지를 꼈다. 임화평은 조수석의 사내를 바라보며 천천히 손을 뻗어 차 키를 뽑았다. 그리고 왼손으로 차 문과 상판이 맞물리는 곳을 슬그머니 쥐고 잡아당겼다.

임화평이 연기처럼 사라졌다. 조수석의 사내가 재빨리 손을 내리며 총을 잡는 순간 임화평이 조수석 창문 옆에 나타나 손을 뻗었다.

콰직!

유리창을 뚫고 들어온 손이 사내의 관자놀이를 두드렸다. 사내는 줄 끊어진 마리오네트처럼 축 늘어졌다.

임화평은 유리창에서 손을 빼고 차 문을 열어 권총을 회수했다. 다시 반대편으로 가서 또 한 자루의 권총을 회수했다.

"무슨 놈의 권총이 이렇게 흔하게 돌아다녀? 대한민국에서 이래도 되는거야?"

뒷좌석으로 돌아가 슬라이딩 도어를 열었다. 이상한 구조다. 도어 반대쪽 내벽 전체가 전자기기로 채워져 있다. 반대쪽 도어는 아예 쓰지 못하게막혀 있는 셈이다. 도어 쪽과 트렁크 쪽에는 등받이를 접었다 펼 수 있는 의자 네 개가 다닥다닥 붙어 있다. 그 가운데 세 개의 의자에 사내들이 엉거주춤 앉아 있다. 앞좌석의 사내들과는 달리, 육체의 단련에는 관심이 없다고드러내는 체형들이다. 두 사내는 아랫배가 불룩하고 헤드폰을 낀 사내는바짝 마른 체형이다.

"이거, 불편해서 밤새우겠어? 차 좀 큰 거 쓰지."

임화평은 서슴없이 차 안으로 들어가 사내들 사이를 비집고 남은 한 개의 의자를 차지했다.

"고생이 많네. 월급 많이 받아야겠다. 내가 전화 한 거 들었지? 심심할것 같아서 일부러 한 거야. 듣게 해주겠어? 뭐라고 했는지 기억이 안 나네."

사내들은 서로의 눈치를 보며 주저했다. 임화평이 양쪽에 앉은 사내의어깨에 손을 올리며 말했다.

"당신들은 싸움질이 전공이 아니잖아? 아프게 하기 싫어. 그냥 말 들어."

한 사내가 어쩔 수 없다는 듯이 전자기기들 가운데 하나로 손을 뻗었다. 단추를 누르자 곧바로 임화평이 윤태수와 통화한 내용이 흘러나왔다.

"소리 좋네. 그런데 일반 회사에서 이런 기계 가지고 있어도 돼? 난 국정원이나 이런 거 쓰는 줄 알았는데, 아냐? 불법이지?"

기계를 만졌던 사내가 천천히 고개를 끄덕였다.

"저희가 회사 지원을 받아서 직접 만든 겁니다."

가능할 것 같기도 했다. 임화평의 핸드폰도 현승전자에서 만든 것이다. 핸드폰 만드는 회사의 기술이라면 그것을 훔쳐 듣는 기술도 만들 수 있을지 모를 일이다.

'허! 핸드폰부터 바꿔야겠군.'

임화평이 피식 웃으며 어깨동무하고 있는 두 사내의 얼굴을 번갈아 바라보았다.

"어쩐지 껍데기가 볼품이 없더라. 그나저나 재주도 좋으시네."

임화평은 사내들의 마혈을 제압하고 나서 운전석의 사내를 뒷자리로 옮긴 후 차를 집으로 옮겼다. 그리고 숲에 있는 사내까지 집으로 옮겼다. 카메라를 꺼내 차를 여러 각도에서 찍고 기계와 함께 있는 사내들의 사진도 찍었다. 비디오카메라도 챙겨 사내들 개개인과 오붓한 면담의 시간도 가지면서 도청했다는 사실, 기계의 원리와 성능, 기계를 조작하는 방법, 그리고 오늘의 도청 내용을 담았다.

기계의 원리와 성능 부분은 단지 녹화하는 데 그치지 않고 귀담아들었다. 다행히 만능은 아니었다. 일단 핸드폰 번호를 알아야 하고 그 고유 주파수라는 것을 알아야 했다. 그리고 가청 거리가 120m를 넘어서지 못한다고 했다. 120m 안쪽이 아니라면 도청할 수 없다는 뜻이다.

사내들의 핸드폰을 수거하고 작은 방으로 옮겨, 전투 끝내고 수거한 시체들처럼 줄줄이 눕혀놓았다.

"혼자 살아서 여분의 이불은 없어. 대충 만족하고 편히들 자라고. 나도 좀 잘 테니까."

임화평은 팀장이라는 마른 사내만 데리고 큰방으로 갔다. 그에게 연락이 올 것이기 때문이다. 사내의 말대로 12시에 마지막 통화가 이루어졌고,

임화평은 43시간 만에 깊은 수면에 들었다.

❦

보안팀이 눈에 띌 우려가 있다고 물러서겠다는 연락을 해왔고, 황윤길은 허락했다. 아침 9시. 황윤길은 출근도 하지 못하고 바로 임화평의 집으로 향했다.

쫙!

황윤길의 얼굴이 돌아갔다. 집에 들어오자마자 날벼락을 맞은 것이다.

"내가 어저께 뭐라 그랬나? 딱 한 가지, 역지사지만 떠올리라고 그랬지? 저거 뭐냐? 너 같으면 혼잣말도 못하고, 전화도 마음대로 못하는 세상에서 살 수 있겠어?"

검은색 스타렉스를 바라보는 황윤길의 눈은 공허했다. 이길 수 없는 상대를 만났다. 명분에서도 지고 실력에서도 졌다. 세상에서 통용되는 힘으로는 강제할 수 없는 사람이다. 더구나 지킬 게 없는 사람이다. 돈도 제법 있는 사람임에도 불구하고 그것으로 누릴 수 있는 안락함에는 관심도 없는 사람이다. 힘과 권력으로 찍어 누르려 한다면 정말로 성북동으로 달려가 회장의 목줄을 틀어쥘 사람이다. 황윤길은 그런 사람을 상대할 방법을 알지 못했다. 백기를 들 수밖에 없다.

"죄송합니다."

임화평은 황윤길의 귀를 잡아당겨 서재 마루로 끌고 갔다. 서재의 문을 열었다. 어제 소공동에서 돌아오는 길에 사 온 테이프가 박스째 쌓여 있다.

"테이프 값 많이 들었다. 비닐 포장 뜯어진 건 이미 녹화 뜬 테이프다. 어제 너희 보안팀 사람들하고 한 면담 내용은 정부하고 국정원에서도 좋아하겠지? 이제 어떻게 할래?"

황윤길은 하얗게 질린 채 연신 고개를 저었다. 감청 시스템은 회사에서도 고위급 인사와 개발자 몇몇밖에 모르는 극비 사항이다. 기업이 도청에 개입했다는 것 자체가 불법이고 부도덕이다. 그래도 도청했다는 사실 자체는 큰 문제가 안 된다. 청계천에 가면 싸구려 도청기 정도는 얼마든지 구할 수 있다. 쉽게 잊어주는 관대한 대한민국이니까 실수였다고 말하고 조금만 참고 살면 된다. 그러나 현 정권하에서 그 도청이 최첨단 감청 시스템으로 이루어졌다는 사실만큼은 절대로 세상에 알려져서는 안 될 일이다.

"조건을 말씀하십시오."

"조건? 그전에 하나만 묻자. 어제 내가 할 수 있는 설명은 다 했는데, 내게 이렇게 집착하는 이유가 뭐야?"

황윤길은 잠시 주저하다가 결국 입을 열었다.

"희망을 잃지 않기 위해섭니다. 범인을 쫓을 단서가 없습니다. 지금 상황에서 임 선생님이 아니면 안 되는 겁니다. 범인이 협박이라도 했다면 임 선생님에게서 속 시원하게 물러섰을 겁니다. 저희도 답답합니다."

"흥! 그건 너희들 사정이네. 그리고 그걸 이유로 삼기에는 너무 빈약하잖아? 나를 의심했던 근거가 10억의 사용 내역 아니었나? 그거 밝혔고, 확인해 봤을 것 아냐? 내가 모르는 다른 게 있는 건가? 내게 사람을 납치할 만큼 현승에 증오를 품어야 할 이유가 있는 건가, 나도 모르는?"

황윤길은 참으로 난감했다. 임화평이 정말로 진실을 모른다고 전제하면, 도대체 대답할 수가 없는 질문이다. 대답을 한다면 다 밝혀야 할 것이고, 그랬다가는 정말 회장 일가가 씨 몰살될지도 모를 일이다.

"대답은 이미 드렸습니다. 임 선생님이 아니라는 확신이 서는 순간, 회장님께서는 자식을 찾을 수 없다는 절망감에 빠지실 겁니다."

"호! 그 요직의 인물이 회장 자식이었나? 막나간 이유가 있었군. 좋아, 너희들 사정이니까 상관하지 않겠어. 조건을 말하지. 첫째, 한 번만 더 나나 사돈댁 주위에서 현승 떨거지들이 발견된다면 그때는 정말 각오하는 게 좋아. 그리고 두 번째, 중국에서 쓸 수 있는 합법적인 여권 하나, 그리고 10억이 입금된 중국 은행 통장 하나. 불법, 탈법이 전공 같아서 내거는 조건이야. 우선은 그 정도야. 세 번째까지 들어주면 미련없이 현승에 관련된 기록들 모두를 넘기지. 세 번째는 당분간 유보야. 언제 어떤 도움이 필요할지 모르니까. 물론 불가능한 조건은 달지 않는다. 나 대충 파악했지? 사기꾼들처럼 약점 잡아서 두고두고 우려먹는 사람 아니야. 돈 욕심 없어. 권력 욕심 없어. 여자도 관심없어. 단 한 가지, 내 딸 죽인 중국 놈들 죽이는 것에만 관심있는 사람이야."

원래 밀항할 생각이었다. 중국에서 쓸 자금을 옮기는 일은 이중원과 윤태수에게 부탁할 생각이었다. 도깨비파 조직원과 식구들을 동원해 여행 몇 번 오가면 중국에서 쓸 돈 정도는 마련할 수 있을 것이라고 생각했던 것이다. 더 좋은 방법이 생긴 이상 마다할 이유가 없다. 그렇다고 언제 뒤통수칠지도 모르는 황윤길을 믿고 그대로 사용한다는 뜻은 아니다.

"여권과 통장, 언제까지 해드려야 합니까?"

"나도 안전장치를 해야 되니까 시간이 필요해. 2주 정도면 충분하지? 그 안에만 해주면 돼."

황윤길은 무겁게 고개를 끄덕였다.

"두 번째 조건이 완료되면 테이프를 넘겨주시지요."

"불가! 서로 연관된 내용들이야. 하나 가지고는 너무 빈약하잖아? 대신 이걸 주지."

임화평은 주머니에서 차 키를 꺼내 황윤길에게 건넸다.

"계약, 성사되었습니다."

"비싼 거지? 인간이라면 실수를 통해서 배우는 게 있어야 돼. 다시는 나한테 쓸 생각하지 마. 그랬다가는 기계 못 쓰게 되는 정도로는 끝나지 않아. 먼저 뒤통수치지 않는 한, 테이프가 나한테서 유출될 일은 없어. 약속은 반드시 지킨다. 그리고 한 가지 조언을 해주지. 의심하는 게 네 직업이잖아? 빤히 보이는 것에만 목을 매면 정말 봐야 할 것을 놓치는 수가 있어. 나 봐. 주먹으로 살았으면 대한민국의 조직은 하나밖에 없었을 거다. 그런데도 30년간 평범한 요리사로 살았어. 내 딸 죽지 않았다면 무공 드러낼 일 없었을 거야. 무슨 말인지 알겠어?"

황윤길이 고개를 끄덕였다. 유현조는 몰라도 현승전자는 원한을 많이 산 기업이다. 피 빨아먹고 뱉어버린 중소기업이 꽤 많다. 부당한 이유로 해고된 사람도 적지 않을 것이다. 그룹 차원으로 넘어가면 현승에 원한을 품은 사람이 현승에서 일하는 사람 수만큼이나 많을 것이다. 그들이라면 현승가의 직계인 유현조에게 원한을 풀려고 할 수도 있다. 황윤길이 그것을 모르는 것은 아니다. 다만 차수경의 말이 있었고, 신영록이 실종된 뒤라서 임화평 쪽에 집중하지 않을 수 없었다.

임화평은 방으로 들어가 미리 찍어둔 여권 사진을 가지고 나와 황윤길에게 건넸다.

"내 얼굴에 맞는 나이면 나머지는 아무래도 좋아."

임화평은 황윤길의 대답을 기다리지 않고 자리에서 일어나며 다시 말했다.

"직원들 풀어줄 테니까 데리고 가."

임화평은 방 안으로 들어가 보안팀 모두를 풀어주고 핸드폰까지 돌려주었다. 물론 한 번만 더 걸리면 매년 오늘과 설날, 그리고 추석에만 밥 먹을 수 있게 해준다는 협박도 빼놓지 않았다. 보안팀원은 굳어버린 몸 때문에 오만상을 찌푸렸다. 겨우 몸을 풀고 비틀거리며 밖으로 나왔다.

"지금 운전하면 사고나. 스트레칭 좀 하고 가라고."

마당이 국민체조 연습장으로 변했다. 10여 분 후에 모두 차에 탔다.

임화평은 대문을 나서는 황윤길에게 말했다.

"아! 어제 미처 말을 못했는데, 당분간 비아그라 같은 거 먹지 않는 게 좋아. 아랫도리 불끈 솟을 것 같은 여자나 남자 근처에도 안 가는 게 좋을 거야. 망신당할 테니까."

황윤길은 무슨 뜻인지도 모른 채 급히 떠났다.

지난 3월 29일 새로 문을 연 인천국제공항의 출국장을 통해 열한 명의 중국인이 입국했다. 대개가 20대에서 30대 초반으로 보이는 젊은이들인데, 하나같이 가벼운 여행복 차림이다. 우상과 청도방의 정예 비호대다.

우상의 곁에 나란히 선 사내는 비호 2조의 조장 공가량이다. 중국인에게는 보기 드문 매부리코에 눈매까지 날카롭다. 나머지 아홉 젊은이 가운데 두 명은 여자다. 여행객처럼 보이려는 듯 화려한 옷차림을 하고 있지만, 주위를 둘러보는 날카로운 눈매는 어쩔 수 없는 듯했다.

입구에서 30대 중반의 사내가 우상을 맞이했다. 사내가 유창한 중국어로 말했다.

"우 박사님, 맞습니까?"

우상이 고개를 끄덕이자 사내가 청사 밖을 향해 손을 뻗었다.

"서울 지부에서 나왔습니다. 가시죠. 차 대기시켜 두었습니다."

대기하고 있는 차량은 모두 세 대로, 검은색 그랜저 한 대와 스타렉스 두 대다.

우상이 공가량에게 말했다.

"공 조장은 나와 함께 탑시다."

공가량은 말없이 고개를 끄덕이고 그랜저에 올랐다. 세 대의 차량에 분 승한 우상과 젊은이들은 곧바로 인천공항을 빠져나가 양평으로 향했다.

지부에서 나온 사내가 우상과 공가량에게 핸드폰 하나씩을 건넸다.

"일 번을 길게 누르면 제게 연결됩니다. 이 번을 길게 누르면 서울 지부 로 연결됩니다. 여분의 핸드폰과 충전기는 도착해서 드리겠습니다."

공가량이 고개를 끄덕이며 핸드폰을 호주머니에 넣었고, 우상은 호주머 니에서 쪽지를 꺼내 핸드폰을 바로 사용했다. 우상의 입에서 유창한 영어 가 흘러나왔다.

"닥터 웁니다. 지금 막 인천국제공항에서 출발했습니다. 두 시간 조금 더 걸릴 거라고 하네요. 예, 문제없습니다. 근처에 도착해서 다시 전화 드리 지요."

공항고속도로를 타고 서울로 진입한 차는 한강을 따라 서울의 중심을 관 통하여 하남으로 들어갔다. 러시아워를 피한 탓인지, 큰 정체없이 서울을 빠져나갔다. 하남에서 다시 양평에 이른 시간은 12시가 조금 넘었을 즈음 이다.

우상은 등 뒤에 한강을 두고 차수경이 있다는 별장을 바라보았다.

"돈은 있고 봐야 해. 좋은 곳에서 사네. 그렇지 않소, 공 조장?"

등 뒤에서 흐르는 한강은 맑고 푸르다. 공기는 달고 맛있어 북경과는 비 교도 할 수 없다. 별장도 좋다. 중국에 있는 고위층의 별장과는 비교도 할 수 없을 만큼 작지만, 오직 그 한 채를 위해 주변에 숲이 조성되어 있다. 보이는 것이라고는 숲 위쪽으로 조금 보이는 고깔형의 벽돌색 지붕뿐이다. 지부 안내인이 없었다면 그냥 숲이라고 생각하고 지나쳤을 것이다.

우상이 지부 안내인을 바라보며 말했다.

"어떻게 될지 나도 모르니까 우선 근처에 대기해 주게. 연락하겠네."

안내인이 고개를 끄덕이고 차와 함께 사라졌다.

우상은 다시 차수경에게 전화를 걸었다.

"도착했습니다. 메일로 알려드린 것처럼 일행이 좀 많습니다. 경호원들과 부딪치는 일 없도록 미리 언급해 두십시오. 2분 후에 들어가겠습니다."

우상이 공가량을 향해 중국어로 말했다.

"2분 후에 들어가기로 했소. 경호원들과 쓸데없는 시비는 없었으면 좋겠소."

공가량이 등 뒤에 있는 아홉 젊은이에게 말했다.

"들었지? 흩어져 집 외곽을 점검한 후에 신호하면 들어와."

공가량이 손을 뻗자 아홉 젊은이가 숲으로 스며들어 흩어졌다.

우상이 빙긋 웃었다. 적이라면 두려움에 떨었을 테지만, 주변을 지켜주는 존재들이다. 괜히 어깨에 힘이 들어갈 정도로 든든했다.

우상도 어릴 적부터 무술을 익혔다. 용문관에서 아이들의 재능을 확인하기 위해 기본적으로 가르치는 호흡법과 권법 한 가지다. 재능이 없다는 것을 안 후에도 우상은 건강을 위해 짧게나마 꾸준히 수련해 왔다. 햇수로 따지면 20년이 훌쩍 넘었다. 아무리 재능이 없다 해도 그 정도 세월 동안 꾸준히 했다면 호신술 정도의 역할은 충분히 할 것이다. 실전에 써먹어본 적은 없지만 평범한 장정 두세 명 정도는 능히 감당할 자신이 있다. 그런 그가 비호대원들의 눈을 똑바로 볼 수 없었다. 자연스럽게 흘러나오는 기세에 주눅이 들기 때문이다. 그런 사람들을 보디가드로 두고 있다면 누구나 발걸음이 가벼울 수밖에 없을 것이다.

"들어갑시다."

숲길을 따라 별장 문 앞에 이르렀다. 초인종을 누르자마자 문이 열렸다. 우상을 맞이한 것은 검은 유니폼에 챙이 있는 사각모자를 쓴 경비원이다. 겉으로 드러난 가죽 홀더의 오른쪽에는 삼단봉, 왼쪽에는 가스총이 꽂혀 있다. 경계하는 눈빛도 만만치 않다. 대충 무술 좀 하는 사람에게 유니폼을 입혀놓은 게 아니라 제대로 훈련받은 사람의 눈빛이다.

사내가 딱딱한 어조의 영어로 물었다.

"중국에서 오신 닥터 우 맞습니까?"

알고 묻는 것이라 고개를 끄덕이는 것만으로도 충분한 대답이 되었다.

우상과 공가량은 경비원의 안내를 받아 집으로 들어갔다. 담 안쪽의 공간만 따지면 백이십여 평 정도다. 집은 많이 작다. 일, 이층 합해봐야 육십여 평이 못 될 듯하다. 그래도 아담하고 깔끔한 분위기다.

차수경이 마루에서 우상을 맞이했다. 우호적인 눈빛이 아니다. 우상은 내심 감수해야 할 부분이라고 생각하며 쓴웃음을 지었다.

우상과 공가량은 차수경의 뒤를 따라 서재로 들어갔다. 문을 닫자마자 차수경이 우상을 향해 돌아섰다. 차수경은 앙칼진 눈으로 노려보며 낮게 소리쳤다.

"어떻게, 어떻게 이런 일이 생길 수 있지요? 내가, 이 차수경이가 그쪽 요구 조건에 단 하나라도 토를 단 적이 있나요? 완벽한 뒤처리? 하! 이게 중국인들이 말하는 완벽한 뒤처리인가요? 어떻게 할 거예요?"

우상은 두 손을 들어 아래로 내리누르는 시늉을 했다.

"진정하십시오. 화는 심장에 쌓입니다. 그래서 심화라고 하지요. 어렵다는 건 압니다만, 일단 마음을 다스리시지요."

안 그래도 소리 지르고 나니 심장이 펄떡거렸다. 차수경은 오른손으로 심장을 내리누르고 한숨을 쉬며 노화를 가라앉히려고 노력했다. 그러나 우상을 노려보는 눈매는 여전히 매서웠다.

우상이 차수경에게 허리를 접으며 말했다.

"저희 쪽 실수를 통감합니다. 하지만 신이 아닌 이상 이미 벌어진 일을 되돌릴 수는 없습니다. 어떻게 해도 만족스러운 보상이 되지는 못하겠습니다만, 최선을 다해 보상해 드리겠다고 전해 달라 하셨습니다. 그리고 늦게나마 뒷수습을 할 수 있는 사람들을 데리고 왔습니다."

차수경은 그제야 공가량에게 눈길을 돌렸다. 그러나 그녀의 시선은 금세 우상에게로 돌아갔다.

"뒷수습? 벌어질 일 다 벌어졌는데 무슨 뒷수습을 한다는 소리예요? 저 사람이 도대체 무얼 할 수 있답니까?"

"사위분과 따님께서 납치되셨습니다. 이제 누굴 찾겠습니까? 다음은 의원님이십니다. 그전에 화근을 뿌리 뽑아야 하지 않겠습니까? 그리고 따님의 생사가 확정된 것도 아니지 않습니까? 찾을 수 있으면 찾아야 하지 않겠습니까? 이 사람이 그 일을 해줄 것입니다."

우상은 차수경에게서 눈길을 떼고 공가량을 바라보며 중국어로 말했다.

"공 조장을 믿지 못하는 것 같소. 귀찮겠지만 가볍게 실력을 보여주시겠소?"

공가량은 차가운 눈빛으로 차수경을 바라보다가 왼손으로 호조를 만들어 원목 책상을 가볍게 내려쳤다. 그가 손을 뗀 자리에 다섯 개의 구멍이 뚫려 있다.

우상은 입가에 미소를 머금고 차수경을 바라보았다.

"이런 사람 열 명이 왔습니다. 의원님을 지켜 드리는 일과 범인을 잡아내는 일 정도는 문제가 아니지요. 밖의 보디가드들이 제법 실력이 있어 보입니다만, 총이 없는 이상 이 사람 하나 감당하기 힘들 겁니다."

차수경은 의자에 앉아 책상 위에 난 다섯 개의 구멍을 바라보며 한숨을 쉬었다. 악다구니라도 쓰고 싶었지만 내심 든든하게 느껴졌다. 이미 한 번 범인에게 당한 보디가드들만으로는 안심을 할 수 없었다.

"그러니까 놈이 찾아오면 이 사람이 잡아 배후를 캐고 그 뒤처리까지 다 해줄 거라는 말이지요?"

"굳이 기다릴 필요가 있겠습니까? 다만 여기가 중국이 아니다 보니 이 사람들이 능동적으로 움직이는 데에는 한계가 있습니다. 의원님께서 수고를 좀 해주신다면 일이 더 빨리, 수월하게 끝날 수 있겠지요."

차수경은 우상을 노려보다가 전화기로 손을 뻗었다. 유태성이라면, 현승의 정보 조직이라면 이미 찾아내어 조치를 취했을지도 모르기 때문이다.

"나 차수경이에요. 회장님 부탁해요."

잠시 후 유태성이 연결되었다.

차수경은 처연한 목소리로 물었다.

"유 서방과 혜인이 찾으셨습니까?"

고성이 수화기를 통하여 흘러나왔다.

"개 같은 년! 내 새끼를 진창으로 끌어들여 가면서까지 심장 바꿔 달면 오래 살 수 있을 것 같더냐? 이 개 쌍년! 각오해라. 우리 현조 돌아오지 못하는 날에는 네년 심장을 뜯어버리겠다. 네년 사지를 갈가리 찢어 개 먹이로 줄 것이다."

차수경은 하얗게 질린 얼굴로 급히 전화기를 내려놓았다. 그녀의 두 손이 부들부들 떨렸다. 팔이 떨리고 어깨가 떨렸다. 전신이 와들와들 떨렸다.

'다 알고 있어. 어떻게? 내가, 내 입으로 실토한 셈인 거야? 윽!

우상은 창백한 얼굴로 심장을 부여잡는 차수경을 보고 급히 곁으로 다가 갔다.

❧

임화평은 황윤길의 약속을 믿지 않았다. 100m 거리로는 들킨다는 것을 알았을 테니, 임화평이 느낄 수 없는 먼 거리에서 지켜볼 것이다. 여러 사람에게 시간과 장소를 할당하여 입체적으로 감시할 것이다. 임화평이 황윤길의 입장이라면 그렇게 할 테니까.

망원경이라는 광학기기는 임화평이 껄끄러워하는 것들 가운데 하나다. 예전에 남산타워 전망대에서 본 망원경만 해도 배율이 스무 배가 넘는다고 들었다. 수㎞ 밖에서도 임화평의 존재를 감시하는 데에는 문제가 없다. 그 생각을 하면 함부로 움직일 수가 없다.

답답했다. 참기로 했지만 차수경이 다른 곳으로 옮겨가 버리면 찾는 데 또다시 시간을 낭비해야 한다. 벌써 다른 곳으로 숨어버렸을 수도 있다. 하지만 확인은 해야 한다. 그래야 마음 편하게 포기하고 다음을 기약할 수 있을 것이다.

임화평은 답답한 마음을 쇼핑으로 풀었다. 오랜만에 마트에 가서 장을 보았다. 평소 장 보는 물품과는 다른 것이 많았다. 마시지 않는 대용량 주스에 롤 케이크도 사고 육포와 컵라면도 샀다. 집에서 돌아와 요리도 했다. 한 끼 식사로는 많은 양이다. 가볍게 식사하고 나머지를 랩에 싸서 냉장고에 넣어두었다.

임화평은 등산복에 벙거지 모자를 쓰고 천 가방 하나를 든 채 산보하듯

공원묘지로 갔다. 봉안담 안에서 한동안 시간을 보내다가 화장실로 갔다. 나오지 않는 소변을 보고 손을 씻는 사이에 화장실에 있던 다른 한 사람이 나갔다.

임화평은 문이 닫힌 화장실을 바라보며 말했다.

"강성재 씨?"

문이 열리면서 한 사내가 나왔다. 원방토건 강상일의 비서라고 했던 그 사내다.

"시간없네. 이걸로 갈아입게."

임화평은 천 가방에서 그가 입고 있는 것과 똑같은 등산 바지와 회색 면 티, 그리고 웰트화를 꺼내주었다. 강성재는 불안한 표정으로 옷을 받아 들고 옷 갈아입기를 주저했다.

"정말 아무 일도 없는 거지요?"

"지금껏 일반인에게 피해 입힌 적 한 번도 없네. 멀리서 지켜볼지는 몰라도 위험은 없어. 안심해도 좋네. 갈아입고 나오게."

강성재는 다시 화장실 안으로 들어가 옷을 갈아입고 나왔다. 임화평은 입고 있던 바람막이와 벙거지 모자를 벗어주고 사내의 양복 상의를 받아 입었다.

"오면서 내 집 확인했나?"

"예!"

"다시 말하지만 갑갑함은 있을지라도 위험은 없네. 그리고 이건 수고 비."

임화평은 강성재에게 100만 원짜리 다발 두 개를 건넸다. 만 하루를 고생하는 대가로 적지 않은 돈이다. 강성재가 쑥스러운 표정으로 돈을 받아 들자 임화평은 양복 호주머니에서 자동차 키를 꺼내 들고 차종과 넘버, 그리고 주차 장소를 물었다.

임화평은 강성재의 하의와 신발이 든 천 가방에서 검은 비닐봉지를 꺼낸 후 가방을 건넸다. 그리고 벙거지 모자를 눌러씌워 주면서 말했다.

"고개 들고 허리 펴고 그냥 산보하듯 자연스럽게 가면 돼. 대문에서 왼쪽에 보이는 방으로 들어가 기다리게. 자세한 이야기는 30분 후에 전화로 알려주겠네. 반드시 방 안에서 받게. 알겠나?"

강성재는 모자를 눌러쓴 채 화장실을 떠났다.

임화평은 화장실 거울을 보며 강성재와 비슷한 이미지로 얼굴을 고쳤다. 조금 처진 눈꼬리와 조금 작은 입매를 만들고 검은 봉지에서 젤을 꺼내 소량으로 머리카락 일부만 매만져 대충 모양을 냈다. 강성재라고 알아볼 얼굴은 아니지만 멀리서 보면 비슷하게 느낄 정도는 되었다.

임화평은 거울을 보고 얼굴을 최종 확인한 후 주차장으로 향했다. 경기 넘버의 검은색 소나타에 올라타 다시 20여 분을 기다리다가 공원묘지를 떠났다. 집 앞을 지나면서 별 이상이 없음을 확인하고 야탑동에 들어서서 차를 멈춰 세운 후 메모지와 대포폰을 꺼내 들었다.

"방 안에 먹을 것들이 있네. 휴대용 가스레인지와 생수도 준비해 두었어. 아침과 점심은 무조건 방 안에서 들게. 빈 페트병을 준비해 두었으니까 소변도 마찬가지로 방 안에서 해결하게. 어두워지면 마당에 나가도 좋네. 가능하면 큰 볼일은 그때 봐줬으면 좋겠네. 부엌 냉장고에 밥과 먹을 것들을 준비해 두었네. 별채에 가면 책들이 있을 게야. 내일 아침 늦게까지 자고 책이나 보면서 시간 보내다가 내가 전화하면 아까 그 차림 그대로 공원 산책하듯 나오면 되네. 아무 일 없을 테니까 겁내지 말게. 마음 편하게 자도 좋아. 내일 보세."

황윤길이 떠나자마자 원방토건 강상일에게 전화했다. 그에게 부탁을 빙

자한 협박을 가하여 눈여겨봤던 강성재의 협조를 얻고 차 한 대를 지원받았다. 외모와는 다른 강성재의 소심하고 겁 많은 성격이 걱정스러웠지만, 그래서 한편으로는 안심이 되었다. 원방토건이 뒤집어졌던 그날의 일로 임화평을 무시무시한 인물로 알고 있을 테니, 지시를 어기는 일은 없을 것이고 뒤탈 걱정을 할 필요도 없을 것이다.

"후우! 양평이라고 했지? 기다려라, 차수경! 지금 간다."

⚜

양평읍에 도착한 때는 7시 정도다. 한 식당에서 편안히 식사를 마치고 차수경의 집을 찾기 시작했다. 일단 양평리조트를 찾고 나니, 차수경의 별장을 찾는 것은 그다지 어렵지 않았다. 500m 못 미쳐 철길 건너의 숲이라고는 한 군데밖에 없고, 근처에 별장이라고 할 만한 집도 한 채밖에 없다.

먼저 유현조를 납치한 회사원으로 얼굴을 고쳤다. 어둠이 짙어질 때까지 기다리다가 9시 즈음에 숲 외곽을 돌아 별장의 뒤쪽을 통하여 숲으로 진입했다. 숲에서 담까지의 거리는 20m 정도. 숲 속에 집을 지은 것이 아니라 집을 지으면서 외곽에 숲을 조성한 것이다.

조심스러운 움직임이다. 숲의 가장자리와 담 사이에는 유현조의 집처럼 열린 공간이 없다. 숲 속에 감시 카메라를 설치해 두었을 가능성을 떠올리면서 차분하고 은밀하게 움직였다.

숲 한가운데서 눈을 감고 귀를 활짝 열었다. 담까지의 거리는 5m 정도에 불과했다. 10m 안쪽이라면 그의 청각은 시끄러움 속에서도 미세한 소음을 감지해 낼 수 있다. 조용한 밤이라면 그의 감각이 미치는 거리는 몇 배나 늘어날 것이다.

'응? 중국어?

임화평의 입가에 차가운 미소가 맺혔다. 차수경의 별장 마당에서 중국어가 흘러나온다는 사실이 무엇을 의미하는지를 깨달았다. 중국에 가서 찾아야 할 자들 가운데 일부가 먼저 찾아왔다고밖에 생각할 수 없다.

임화평은 담벼락 바로 아래까지 접근하여 나무의 뒤쪽에 가부좌를 틀고 앉아 오감을 활짝 열었다. 생소하면서도 익숙한 기운들이 느껴졌다. 아직 만나지 못했던, 그러나 전생에서는 흔하게 느꼈던 내공을 익힌 무인의 기운들이다. 보통 사람에게서는 느껴지지 않는 기운, 내공을 익힘으로써 어쩔 수 없이 겉으로 뿜어져 나오는 기세다.

내공을 익혔다고 해서 현대 무술을 익힌 사람보다 반드시 강하다고는 할 수 없다. 피와 살로 이루어진 이상, 두드리면 깨지게 된다. 기술이 부족하거나 내공을 제대로 운용하지 못하는 경우라면 어처구니없이 진다고 해도 의외의 결과라고 할 수 없다.

'아직 일천한 경지인 듯한데 경지에 비해 거친 감이 덜하다? 이 정도라면 제대로 된 내공을 수련한 셈인가?

중하류로 분류되는 심법이나 사파의 심법을 익힌 경우, 그 거친 기운이 쉽게 밖으로 드러난다. 거칠고 강한 기운 때문에 일반인들도 그 기세를 쉽게 느끼고 두려워한다. 하지만 무림 중의 인물이라면 일반인과는 오히려 반대로 느낀다. 고수일수록 그 기세를 쉽게 느낄 수 없는데, 거친 기운을 정제하여 갈무리할 수 있기 때문이다. 늑대와 같은 광포한 기운을 내뿜는 눈보다 깊은 심연 같은 눈을 가진 자를 더 두려워하는 이유가 그 때문이다.

집 안쪽에서부터 느껴지는 기운은 조금 묘했다. 강맹한 기운을 제대로 숨기지 못하면서도 거친 감이 느껴지지 않았다. 그런 경우라면 두 가지뿐이다. 제대로 된 정종의 심법을 익혔지만 깊이 익히지 못했거나, 고수가 임화평의 감각을 속일 생각으로 기운을 조작하고 있는 경우다.

'담 주변에 다섯이다. 세 명은 담 좌우와 뒤쪽에 하나씩, 앞마당에 둘이다. 집 안의 기운은… 확실하지 않군. 외벽 너머의 기운을 캐치하기는 아직 무리인가?'

전생에서는 어렵지 않게 느낄 수 있었다. 그러나 현시대의 집 구조는 훨씬 복잡하다. 고급 자재를 사용한 집일수록 어려울 것이다. 단단한 외벽에 각종 단열재에 마감재까지 따로 쓴다. 창문조차도 알루미늄 섀시에 중창을 달아 냉기는 물론 소리까지 차단한다. 아무리 임화평이라도 벽 너머의 기운과 소리를 읽고 듣기에는 어려운 일이다.

임화평은 일단 포기하고 숲의 안쪽 끝부분을 오가면서 담벼락 위를 살폈다. 감시 카메라도, 적외선 감지기도 보이지 않았다. 마치 경찰에 연락하지 않을 테니까 들어올 테면 들어와 보라고 유혹하는 것 같은 분위기다.

'자신감인가? 어쨌든 경비 시스템과 경찰의 방해는 없다는 뜻이지? 좋아! 일단 하나 정도는 상대해 본다.'

임화평은 그가 서 있는 앞쪽의 담 너머에서 느껴지는 기운의 위치를 파악했다. 그리고 바로 담을 박차고 허공으로 뛰어올랐다. 허공에 솟구친 임화평의 신형이 활처럼 구부러졌다가 활짝 펴졌다. 그 순간 그의 신형이 놀라서 눈을 부릅뜨는 청년에게로 날아갔다.

허공에서 가위질하듯이 연이어 내질러지는 발길질에 사내는 소리를 지를 새도 없이 두 손을 연달아 내뻗었다.

파팟!

손과 발이 연이어 두 번을 마주친 후 사내는 고통스러운 표정으로 두 팔을 늘어뜨리며 급하게 뒷걸음질쳤다. 그 순간 임화평의 무릎이 입을 벌려 비명을 토하려는 사내의 머리를 내리찍었다.

퍽!

사내는 비명도 지르지 못하고 그 자리에서 허물어졌다. 소리없이 땅에 내려선 임화평은 사내를 내려다보며 고개를 갸웃거렸다. 그의 상식으로는 이해할 수 없는 일이 벌어졌다. 전력을 다하지 않았다. 상대의 무력을 시험해 볼 요량으로 상대에게서 느껴지는 내공만큼만 사용하여 두 번의 발길질을 했을 뿐이다. 만만치 않다고 생각되는 경우 물러설 생각이었다. 그러나 상대는 단 두 번의 발길질을 견디지 못하고 어깨를 늘어뜨렸다.

'이건 또 무슨 뜻인가? 미리 준비하지 않으면 내력을 쓰지 못한다?

정종의 내공과 그 내공에 어울리는 무공을 익힌 사람은 숨 한 번 몰아쉬는 순간에 내력을 끌어낼 수 있다. 내력을 밖으로 드러낼 수 없을 만큼 일천하게 쌓았든지, 무공과 심법이 어울리지 않아 준비 과정이 필요한 경우에나 사내와 같은 경향을 보인다. 하지만 임화평이 보기에 사내는 내공을 적어도 10년 이상 수련했다.

'결국 내공 따로 무공 따로 익혔다는 뜻인가? 내공을 무공에 맞춰 제대로 운용하지 못한다는 뜻이지? 정면 승부에는 힘을 써도 기습에는 취약하다? 그렇다면 말이 되지. 초식을 봤다면 확신할 수 있었을 텐데.'

아쉬움을 뒤로하고 사내의 수혈을 짚은 후 다시 움직였다. 두어 사람 더 상대해 볼 생각이다. 담 모퉁이 앞에서 걸음을 멈추고 기운을 찾았다. 낮은 파공음이 들리는 것으로 보아 무료함을 수련으로 달래고 있는 듯했다.

'모퉁이 돌아 4m 정도인가?'

임화평은 벽으로 물러섰다. 두 번의 도움닫기 후에 별장 건물 외벽을 스치듯이 지나친다면 모퉁이를 돌기 위해 급격한 방향 전환을 할 필요가 없을 듯했다. 생각은 곧 행동으로 옮겨졌다. 두 번의 잔걸음 후에 임화평의 신형이 허공을 갈랐다. 파공음을 듣고, 내뻗었던 주먹을 거둬들이던 사내가 고개를 돌렸다. 그때는 이미 임화평의 신형이 사내의 코앞까지 도달해 있었다. 사내는 눈을 부릅뜨며 두 발을 쭉 벌려 몸을 낮추고 두 손을 동시에 앞으로 내뻗었다.

횡!

임화평의 오른쪽 손바닥이 원래 사내의 머리가 있던 빈 공간을 스치고 지나쳤다. 일격이 빗나갔다. 그 순간 임화평의 무릎이 앞으로 내뻗어지는 사내의 두 손과 부딪쳤다.

픽!

무릎과 부딪친 사내의 신형이 뒤로 기울어지는 순간 머리 위를 스치고 지나간 손바닥이 되돌아와 사내의 머리를 두드렸다.

임화평은 무너지는 사내를 내려다보며 눈살을 찌푸렸다. 첫 번째 사내와 별다를 것이 없는 실력이다. 내공의 유무를 무시하고 순수한 실력만 따진다면 정시우의 팀원들도 쉽게 감당하지 못할 실력이다.

'그래도 두 손을 내뻗는 그 자세만큼은 흐트러지지 않았다. 뭐였지?'

판단을 유보하고 사내의 수혈을 짚은 임화평은 다시 뒤를 돌아 왼쪽 담장 아래에 있는 사내까지 눕혔다.

다시금 건물 외벽을 따라 움직였다. 모퉁이에 이르러 상대의 기척을 살폈다. 이미 느낀 대로 두 사람이다. 마당 한가운데 있어 거리가 좀 멀었다. 10m 정도 되는데, 두 사람이나 있다 보니 소리없이 처리하기가 어려웠다. 그때 중국어가 들렸다.

"언제까지 여기 있어야 되는 거야?"

"그걸 내가 어떻게 알아? 그놈인지 그놈들인지, 잡을 때까지 있어야겠지?"

"계집도 없이 이 시골에서 무슨 재미로 살아?"

"계집이 왜 없어? 향향이하고 아정이 있잖아."

"미친 새끼! 그것들이 계집이냐? 들이댔다가 무슨 꼴을 당하라고? 나 맞아 죽는 꼴이 그렇게 보고 싶어?"

"킥킥! 너 기억 나냐? 삼조의 소명이 그 자식, 향향이 그 독한 년 겉모습에 반해 등 뒤에서 몰래 냄새 맡다가 반 죽었잖아?"

"그 새끼가 돼지려고 작정을 했구나."

"야, 그런데 낮에 먹었던 그 자장면이라는 거 맛있지 않았냐?"

임화평은 바닥에 엎드려 눈으로 직접 살폈다. 대화에 빠져 경계를 게을리하고 있다고 판단했기 때문이다.

두 명의 청년이 마당 한가운데 플라스틱 의자를 놓고 앉아 있다. 두 사람이고 또 대문과 담에서 제법 먼 거리에 있음으로 해서 외부 침입에 쉽게 대응할 수 있을 것이라고 판단했을 것이다. 하지만 임화평은 두 사람의 등을 바라보고 있었다.

임화평은 일단 물러섰다. 그리고 그가 마지막에 제압한 자의 아혈과 마혈을 제압해 두고 수혈을 풀어주었다. 사내가 정신을 차리고 임화평을 바라보자 그의 귓가에 대고 전음지술을 펼쳤다.

[집 안에 있는 동료들, 모두 몇 사람인가? 숫자만큼 눈을 깜빡여.]

사내는 눈을 깜빡이지 않고 임화평을 노려보았다. 임화평은 사내의 팔목을 부러뜨렸다. 그리고 다시 물었다. 사내는 오만상을 찌푸리면서도 대답하지 않았다. 이번에는 왼팔을 으스러뜨렸다. 사내가 눈을 감았다.

[눈 떠라. 이번에도 대답하지 않으면 영영 앞을 보지 못할 거다. 몇 사람인가?]

사내가 눈을 뜨고 세 번 눈을 감았다가 다시 떴다. 임화평은 차갑게 웃으며 다시 물었다.

[너 말고 두 놈 더 잡아놓았다. 다른 대답이 나온다면 맹인이 될 각오해야 할 거야. 마지막 기회다. 몇 명인가?]

사내는 눈빛에 공포심을 드러내며 다섯 번 깜빡였다.

임화평은 사내의 머리를 톡톡, 두드리고 다시 수혈을 짚었다. 그리고 사내를 들고 뒷마당으로 갔다. 처음 제압한 사내를 깨워 같은 과정을 반복했다. 옆에 동료가 있는 것을 보고 팔목 하나 부러진 후에 다섯이라는 숫자를 토해냈다. 다시 오른쪽으로 가서 나머지 하나도 데리고 왔다. 그의 팔목도 부러졌고, 역시 다섯이라는 대답을 들었다.

'다섯? 마당의 둘까지 모두 일곱인가? 둘 먼저 제압한다.'

임화평은 모퉁이까지 소리없이 걸어가 곧 바로 전력으로 내달렸다.

파바밧!

임화평이 세 걸음 만에 10m를 단축한 순간 두 사내가 벌떡 일어났다.

쾅!

앞쪽의 사내가 허공에서 내리꽂히는 임화평의 발길질에 잔디 위로 그대로 나뒹굴었다가 고개를 모로 꺾었다. 한 방에 기절해 버린 것이다. 그러나 나머지 한 사내는 그사이에 급히 뒤로 물러나며 소리쳤다.

"침입자다!"

임화평은 사내에게로 쇄도해 그대로 손바닥을 내질렀다. 사내도 손바닥을 내밀었다.

팡!

손바닥이 맞부딪친 순간 사내의 어깨가 기묘하게 뒤틀리면서 팔이 그대로 늘어졌다. 한 번의 부딪침으로 팔목이 부러지고 어깨가 어긋나 버렸다. 파괴력의 격차가 너무 컸다.

"악!"

사내가 비명을 지르는 순간 임화평의 좌장이 그의 어깨를 후려쳤다. 사내는 비명을 토하며 뒤로 날아가 그대로 널브러졌다. 임화평은 사내의 어깨에서 나온 반발력을 이용하여 즉시 몸을 비틀고 별장의 문으로 날아갔다. 허공을 가르는 동안 임화평의 두 눈은 마당을 훤하게 볼 수 있는 유리창에 드리워진 황토색 커튼의 움직임을 살폈다. 두 번째 사내에게 소리 지를 수 있는 기회를 주었다. 커튼 사이로 살펴본다면 두 사람이 이미 제압되었다는 것을 알게 될 것이다. 그런데도 커튼은 움직이지 않았다. 그렇다면 안에 있는 사람들이 튀어나올 가능성이 컸다.

임화평이 문 앞에 이르는 순간 문이 벌컥 열렸다. 문을 열었던 사내가 눈앞의 임화평을 보고 눈을 부릅떴다.

임화평은 그대로 쇄도하여 두 팔을 내뻗었다. 두 개의 수도가 사내의 겨드랑이를 찌르는 순간 임화평은 그 여세를 몰아 수도를 주먹으로 바꾸고 사내의 겨드랑이 밑을 들어 올리며 내던졌다. 사내는 비명을 내지르며 뒤로 날아가 뒤따라 나오던 사내의 얼굴 위로 떨어졌다. 그 순간 임화평이 손을 내뻗었다. 한줄기 은빛 실선이 문을 통해 집 안으로 날아갔다.

"악!"

날씬한 몸매에 매섭게 생긴 눈매를 지닌 젊은 여자가 오른쪽 어깨를 쥔 채 주저앉았다. 임화평은 그 즉시 현관 안으로 진입하여 사내의 등 아래에서 일어나려고 버둥거리는 사내의 관자놀이를 발끝으로 가격했다. 사내의 고개가 꺾이는 순간 임화평은 사내를 지나쳐 여인의 머리를 쓰다듬었다.

생각보다 싱거운 싸움이었다. 모두 한 수 이상을 견뎌내지 못했으니, 결과만으로 따지자면 분당이나 천호동의 조폭들과 별다를 것이 없는 존재들이다. 다만 과정이 달랐다. 조폭들은 정면에서 무리를 지어 덤벼들었지만, 이들은 오히려 임화평이 하나씩 기습했다. 정면으로 맞닥뜨렸다면 현승의 경호팀을 상대할 때보다 조금 더 오랜 시간이 걸렸을 것이다.

임화평은 더 이상 전진하지 않고 집 안의 기운을 살폈다. 긴장감이 역력한 기운, 모두 세 사람이다. 임화평은 암기가 날아올 것에 대비하면서 천천히 현관을 넘어섰다.

거실의 전모가 눈앞에 드러났다. 차수경으로 짐작되는 창백한 여인이 소파에 앉아 고개를 모로 틀고 있고, 그 옆에 그녀를 보호하려는 듯한 정장 사내가 바들바들 떨고 있다. 그리고 소파 앞쪽에 날카롭게 생긴 사내가 탐색하는 눈빛으로 임화평을 바라보고 있다.

세 사람을 확인한 임화평이 눈살을 찌푸렸다. 생각과 조금 다른 구석이 있는 탓이다.

임화평은 날카롭게 생긴 사내, 공가량을 노려보며 한 걸음 내디뎠다.

"기세가 제법이구나. 어디에 속한 놈이냐?"

공가량은 상대의 말이 유창한 중국어라는 사실에 당황했다. 그때 임화평이 다시 한 번 쩔렸다.

"아는 녀석 밑에 있는 놈 같으면 나중에 입장 곤란해진다. 어디서 온 놈이야?"

"너, 중국인이었나?"

"내가 먼저 물었어."

공가량은 현관 앞에 널브러져 있는 여자의 발끝을 바라보며 한 걸음 내디뎠다.

"그건 네놈을 꿇려놓고 대답해 주지."

입을 꾹 다물고 두 다리를 모은 공가량은 숨을 들이쉬자마자 발을 크게 내디디며 임화평의 턱을 향해 장을 내뻗었다. 임화평은 가만히 서 있다가 그의 손바닥이 코앞에 이르렀을 때 왼손을 들어 공가량의 손목을 쳐냈다.

공가량은 내디딘 발에 힘을 가하여 허공으로 떠올랐다. 그의 왼쪽 팔꿈치가 다시 임화평의 관자놀이로 날아왔다. 임화평이 보기에는 단조롭고 직선적인 공격이다.

현대 무술로 넘어오면서 그 의미가 가장 많이 퇴색된 것은 보법과 경신법이다. 먼 거리를 이동하는 데 유용한 경신법이 사라진 것은 이해할 만한 일이다. 모터사이클, 자동차, 비행기 같은 빠른 이동 수단의 발달이 경신법을 무의미하게 만들었을 것이다. 기타 특정한 상황에서 유용한 경신법은 내공이 모습을 감춘 것과 같은 맥락에서 사라졌을 것이다. 그러나 보법이 사라진 것은 이해할 수가 없는 일이다. 복싱의 스텝이나 각 무술의 발놀림이 유용한 수단임을 모두 알 것인데, 복싱의 스텝은 개인의 재능과 본능에 의지하고, 각 무술 유파의 보법은 군문에서나 쓰던 삼재보 이상을 넘어서지 못한다. 물론 단순화된 것이 유용할 때도 있다. 그러나 단순한 보법도 내공이 뒷받침하는 속도가 더해졌을 때만이 유용하다. 공가량의 공격이 단조롭게 보이는 것은 속도가 뒷받침되지 못한 단순한 보법이기 때문이다.

임화평은 고개를 뒤로 젖혀 팔꿈치를 피하고 오른손으로 그 팔꿈치를 세차게 밀었다. 그 순간 어깨로 들이받기 위해 몸을 휘돌리던 공가량의 신형은 그의 의지와 상관없이 더 빠른 속도로 허공을 휘돌았다.

임화평은 발바닥으로 공가량의 등허리를 밀듯이 찼다. 공가량은 1m가량을 밀려 나가 겨우 바닥을 밟고 임화평을 돌아보았다.

"진보단양포(進步單陽晌)라고 하던가? 그게 팔극권(八極拳)이지?"

공가량 정도로는 임화평의 상대가 될 수 없다. 가볍게 제압할 수 있었음에도 굳이 공격을 받아준 것은 공가량이 무엇을 익혔는지 알고 싶었기 때문이다. 공가량의 몸놀림은 임화평의 경험 속에는 없는 종류의 것이다. 하지만 새로운 기억 속에는 있다. 중국의 현존 무술 가운데 그 파괴력이 가장 강하다고 알려진 팔극권. 호기심에 구입했던 책자를 통해 그 대강의 내용을 알고 있다.

파밧!

입술을 깨문 공가량이 쇄도하면 호조를 연신 내질렀다. 임화평은 제자리에 서서 두 손바닥으로 호조를 쳐냈다.

쾅!

호조와 장이 맞부딪치는 순간 공가량의 입가에 미소가 감돌았다. 원목 탁자에 구멍을 뚫는 손가락, 그것을 믿는 것이다. 다시 두 번째 맞부딪침이 있었고, 세 번째와 네 번째가 이어졌다. 타격이 연이어질 때마다 공가량은 손가락의 통증이 가중되고 있음을 깨달았다. 다섯 번째와 여섯 번째 부딪침이 있은 후로 공가량은 비명을 토하며 물러섰다.

"초식은 맹호경파산(猛虎硬爬山), 거기에 철사장공(鐵砂掌功)을 더했나? 익히느라고 고생했겠다. 그런데 이상하구나. 내공은 도가 정종의 것을 수련해 놓고 왜 팔극권을 익혔지? 초식 연결이 매끄럽지 못한 걸로 봐서는 팔극권에 적합한 내공은 아닌 듯한데? 내공에 맞추려면 태극권을, 팔극권에 맞추려면 소림의 내공을 익히는 게 좋을 텐데, 도대체 어떤 바보가 그딴 식으로 가르친 거냐? 힘세진 느림보 되서 뭐 하라고?"

임화평도 겪었던 일이다. 현대 무술로 기를 수발하기 위해 많은 시행착오를 거쳤다. 그나마 임화평의 내공은 포용력이 뛰어난 유가술에서 나온다. 또한 내력은 갑자에 가깝다. 공력이 높을 뿐만 아니라 기운의 성질을 잘 알고 제대로 쓸 줄 안다는 의미다. 하지만 상대는 기껏해야 십여 년 정도 수련했다. 무술과 상성이 맞는 내공도 아닌데 제대로 쓸 수 있을 리 없다.

중국 무술을 보면 과하다고 할 만한 동작들이 있다. 실전에서는 아무런 의미도 없을 것 같은 춤 같은 움직임들. 거기에는 모두 의미가 있다. 움직임

자체가 공방과 이어지기도 하지만, 그 과정을 거침으로써 기를 제대로 끌어내어 사용할 수 있다. 고수가 되면 그 과정이 필요없다. 하지만 공가량은 심법을 수련하고도 그 과정을 생략할 수 있는 정도에 이르지 못한 모양이다.

부러져 버린 손가락을 움켜쥐고 신음하던 공가량이 눈을 부릅떴다. 상대의 무공이 높으니 철사장공을 알아보는 것은 이해할 수 있다. 그러나 내공까지 파악하리라고는 생각도 하지 못했다. 몇 수 펼친 것만으로 심법과 팔극권의 성격이 다름을 파악했다면 상대는 공가량 자신이 대적할 수 없는 사람이다.

"당신……."

임화평은 공가량이 입을 여는 순간 두 사람 사이의 공간을 단숨에 단축하여 그대로 유엽장을 날렸다. 칼날 같은 손끝이 공가량의 어깨를 찔렀다.

"커흑!"

공가량은 오른쪽 어깨가 부서지는 통증을 느끼며 바닥을 나뒹굴었다.

"왜?"

"선배를 몰라보고 함부로 설쳤으면 대가를 치러야지. 이제 대답해 봐. 어디 소속이지?"

공가량은 입을 다물고 임화평의 눈길을 외면했다.

임화평은 공가량의 마혈을 짚은 후 소파에서 바들바들 떨고 있는 두 사람을 바라보았다.

"차수경?"

대답이 없다. 임화평은 또렷한 한국말로 한 자 한 자 끊어서 말했다.

"차.수.경?"

역시 대답이 없다. 임화평은 소파로 다가갔다. 사내가 벌벌 떨면서도 차수경 앞을 가로막았다. 임화평은 손등으로 사내의 뺨을 후려쳤다. 사내는 피 묻은 이를 토해내며 나뒹굴었다. 그때 웅크리고 있던 차수경이 손을 내뻗어 주먹으로 임화평의 팔뚝을 쳤다. 그녀는 입가에 차가운 미소를 드리우며 소파를 박찼다.

"억?"

소파의 뒤로 물러서려던 차수경은 어느새 임화평에게 잡혀 소파 위로 패대기쳐졌다. 임화평은 자신의 팔뚝을 내려다보며 차수경의 팔목을 사정없이 비틀었다.

뿌드득!

"악!"

팔목이 그대로 비틀려 뼈마디가 조각조각 깨어지면서 부러졌다. 다시는 정상으로 되돌릴 수 없을 것이다.

임화평은 차수경의 중지에 달려 있는 반지를 빼냈다. 한가운데 날카로운 주삿바늘이 있다. 여자의 손가락에는 헐렁할 것 같은 크기인데 안쪽이 툭 튀어나와 있다. 주사기의 구조 그대로 반지를 만든 것이다. 하지만 임화평에게는 검기로도 뚫을 수 없는 팔이 있다. 푸른빛 독액은 팔뚝을 타고 흘러 그대로 옷에 스며들어 버렸다. 주삿바늘을 막아낼 때부터 차크라를 돌리고 있었기 때문에 독액이 몸에 아무런 영향도 주지 않았음을 찔리는 그 순간 알고 있었다.

임화평은 면 티의 어깻죽지를 잡아떼어 그것으로 팔뚝을 닦으며 중얼거렸다.

"잘 만들었군. 찌르는 순간 독액이 주입되는 방식인가? 무슨 독?"

"어제 받은 거라 모, 몰라요. 극독이라는 것밖에."

임화평은 피식 웃으며 반지의 뚜껑을 닫아 호주머니에 넣고 차수경의 얼굴로 손을 가져갔다. 얼굴을 당기는 순간 면구가 벗겨지며 얼굴이 드러났다. 예쁘지만 앙칼진 얼굴이다.

"면구도 잘 만들었네. 허! 이거, 정말 인피잖아? 요새도 이런 걸 만드는 놈들이 있나? 그건 그렇고, 네가 향향이지?"

인피면구는 단순히 변장을 하기 위한 도구가 아니다. 변장을 하려는 사람의 대역이 되기 위해 만드는 것이다. 그러므로 인피면구를 만들기 위한 인피는 그 변장하려는 대상이 희생자가 된다. 하지만 임화평이 들고 있는 인피면구는 인피로 만들었지만 차수경의 인피는 아니다. 자세히 보지 않으면 알 수 없는 이어 붙인 자국이 있다. 인피면구 제작술에 현대의 성형 기술이 더해졌다고 봐야 할 것이다.

임화평은 거실에 들어서는 순간 차수경이 집에 없음을 눈치챘다. 잠시 헷갈렸던 것은 사람의 수가 여섯이라는 것 때문이다. 하지만 향향과 아정이라는 두 여인이 있음을 알고 들어왔다. 게다가 차수경을 지키려는 사람과 차수경의 기운이 마치 뒤바뀐 것처럼 느껴졌으니, 상대가 속이려고 해도 속아줄 수 없는 상황이었다.

향향은 부들부들 떨면서 고개를 끄덕였다.

"차수경 어디 갔나?"

"부, 북경!"

임화평은 가슴을 뚫고 터져 나오려는 분노를 억지로 가라앉히고 그 여운이 얼굴에 드러나지 않도록 차갑게 미소 지었다.

"벌써? 딸의 생사도 확인해 보지 않고 도망부터 쳤다? 거참, 독한 어미로군. 이거 곤란하게 됐는데. 이 일 괜히 맡았나? 내 나라 안에서까지 피 보기는 싫은데. 그건 그렇다 치고, 너희들 어디 소속이냐?"

향향 역시 통증으로 인하여 눈물이 줄줄 새어 나오는 눈을 내리깔며 입을 다물었다.

"컥!"

임화평의 우악스런 손이 향향의 목을 움켜쥐었다. 향향의 눈이 부릅떠지고 입이 벌어졌다. 온전한 손으로 임화평의 손을 떼어내려고 안간힘을 다했지만 가능한 일이 아니었다. 임화평은 무정한 눈으로 손아귀에 힘을 더했다. 향향이 혀를 빼 물었다.

"남을 죽이려 했으면 죽을 각오도 했을 터, 내생에서는 평범한 여인으로 살아라."

임화평은 바닥에 널브러져 있는 자들을 모두 소파로 끌어와 마혈을 짚어두고 밖에 있던 이들까지 모두 데리고 들어왔다.

임화평은 개인용 소파에 앉아 있는 공가량을 바라보며 한 사내의 팔목을 부러뜨렸다.

"어디 소속이라고?"

공가량이 눈을 감자 다시 한 명의 팔목을 부러뜨렸다.

공가량이 비명 지르듯 소리쳤다.

"청도방이오!"

아는 명칭이다. 초영이를 죽인 조직을 찾기 위해 가능성이 있을 만한 조직들을 알아보면서 알게 된 명칭이다.

임화평은 공가량의 옆으로 자리를 옮기며 말했다.

"청도방? 삼합회 소속의 그 청도방? 그렇군. 처음부터 대답했으면 좋았잖아. 내 손에 부러진 팔목은 제대로 붙지도 못해. 쟤네들 다 병신 됐다는 소리야."

공가량이 악을 쓰며 물었다.

"우리한테 무슨 원한이 있다고 이렇게 독하게 손을 쓰는 것이오?"

임화평은 싱글거리며 되물었다.

"너희들은 나한테 무슨 원한이 있어서 죽이려고 했는데? 내가 약했다면 죽였을 놈이 별말을 다 한다. 자, 또 궁금한 게 있는데, 이번에는 그냥 대답해 줘. 뼈 부러지는 소리, 나도 싫어해. 이번 일 어떻게 맡게 됐나?"

공가량은 눈을 감으며 낮게 대답했다.

"방주의 명령이었소."

"그럼 방주와 차수경의 관계는?"

"없는 걸로 알고 있소. 평소 존경하던 노사로부터 부탁받았다는 것밖에 모르오."

"좋아, 마지막으로 하나만 더 묻지. 차수경 혼자 가지는 않았을 거고, 누구와 갔나?"

"우상. 닥터라고 했소. 공항에서 만난 사람이오. 누군지 잘 모르오."

익숙한 이름에 임화평은 고개를 끄덕이고 공가량과 나머지 사람들을 수혈을 짚어 잠재웠다. 집 안을 뒤졌다. 특별히 건진 것은 없다. 아쉬운 눈빛으로 서재의 컴퓨터를 바라보다가 서랍 속에서 메모지와 볼펜 한 자루를 챙겼다.

다시 거실로 나와 공가량 등의 품속을 뒤졌다. 여권을 꺼내 주소를 적고, 지갑에서 명함을 꺼내 이름, 전화번호, 상호 등을 낱낱이 적었다. 가짜 차수경을 보호하려는 제스처를 취했던 양복사내의 지갑에서 중국어와 한글로 적힌 명함 여러 장을 찾아냈다.

"응? 명진무역 과장 이진송?"

한글로는 과장, 한자로는 경리라고 되어 있다. 여러 장 있는 것으로 보아 다른 사람에게 받은 명함이 아니다. 안 그래도 이상하다 생각하고 있었다. 다른 사람들에 비해 무력이 너무 일천했다. 동료들이 다섯이라고 했으니 이진송이라는 자는 동료가 아니라는 뜻이다.

임화평은 명함의 주소와 전화번호를 옮겨 적고 지갑을 다시 되돌려 놓았다. 그리고 사내의 수혈을 풀어주었다.

"넌 뭐 하는 놈이냐?"

사내는 눈에 경련이 일 정도로 떨면서도 입을 열지 않았다. 임화평은 두 번 묻지 않았다. 손가락을 하나씩 부러뜨리기 시작했다. 세 개가 부러지는 순간 사내가 입을 열었다.

"명진무역 경리 이진송!"

임화평은 다시 묻지 않고 손가락을 부러뜨렸다. 이진송은 비명을 지르다가 독기 어린 눈빛을 드러내며 이를 악물었다.

"아차!"

임화평이 낭패한 기색을 드러내며 이진송의 얼굴을 바라보았다. 벌써 시커멓게 죽어가고 있다. 입에서 검은 핏물이 흘러나왔다.

"하! 요즘도 이런 걸 쓰는 놈들이 있나? 하기야 인피로 만든 면구도 쓰는데 독단이라고 못 씹을까? 이거, 보통 조직이 아니구나."

임화평은 앞날이 그리 밝지 않음을 깨닫고 얼굴을 구겼다. 자결용 독극물을 사용하는 조직, 예전과는 비교도 할 수 없는 정교한 인피면구를 만들어내는 조직, 그리고 중국 내 삼대조직이라고 알려진 청도방 방주에게 직접 부탁할 수 있는 지위를 가진 자가 속해 있는 조직을 상대해야 한다는 의미다.

임화평은 바드득 이를 갈았다.

"차수경! 결국 빠져나갔구나. 괜찮다. 나와 같은 하늘을 이고 사는 한, 넌 반드시 죽는다. 아니야. 다른 하늘을 이고 살아도 너만은 반드시 죽인다."

임화평은 분노와 원한으로 가득한 눈빛을 차갑게 가라앉히고 잠들어 있는 공가량 등을 바라보았다.

"놈들의 조직과 직접적인 연관이 없음을 다행으로 알아라. 목숨이나마 부지할 수 있는 이유가 그 때문이니까."

향향 하나만 죽고 나머지 아홉은 모두 살아 있다. 하지만 온전하지는 않다. 단 한 사람을 빼고는 부러뜨릴 때 모두 제 구실을 못하게 만들었다. 팔 하나 없다고 단숨에 약자로 전락할 실력들은 아니지만, 적어도 지금까지 그들이 누려왔던 강자의 위상은 유지하지 못할 것이다.

"이 정도 하고 놓아주마. 술집이나 하나 맡아 평범하게 살아라."

임화평은 약하게 손을 써둔 석명지라는 사내의 얼굴을 뚫어지게 바라보다가 사내들의 수혈을 풀어주고 다시 실신시킨 후 별장을 떠났다. 별장이 멀지 않은 곳에서 도로 밖으로 차를 빼놓고 강성재와 비슷한 이미지의 얼굴로 바꾼 후 양복 상의를 걸쳤다. 실신시킨 강도를 떠올리며 두 시간 정도의 짧은 수면을 취했다. 그리고 한적한 강가에서 오류귀해공으로 컨디션을 조절한 후 별장을 주시했다.

다음날 새벽부터 별장 안에서 부산스러운 움직임이 느껴졌다. 두 대의 스타렉스가 별장을 떠났고, 한 대의 그랜저가 다시 별장에 들어갔다가 나왔다. 향향이라는 여인과 이진송의 시신을 처리하려는 자들일 것이다.

임화평은 느긋한 마음으로 멀리서 그랜저의 뒤를 따랐다. 차는 서울로 향하지 않고 중미산으로 들어가 한동안 멈췄다가 352번 국도를 타고 다시 양수리로 빠져나왔다.

임화평은 양수리 앞에서 추적을 멈췄다. 갈 곳은 서울뿐이고, 명진무역이라는 사실을 알았으니 언제든지 찾을 수 있다. 하지만 양수리는 언제 올 수 있을지 기약할 수 없는 곳이다.

양수리를 빠져나오면 바로 용담리다. 양서고등학교를 지나는데 길가에 쪼그려 앉아 담배를 피우고 있는 아이들을 보았다. 여자아이까지 끼어 있다. 그 아이들에게 물어 이준경 선생의 묘역을 찾고 거기서 다시 부용리를 찾았다. 작은 마을에서 공사장 찾는 것은 어려운 일이 아니었다. 벌써 지반 다지기와 기초 공사가 끝났는지 벽체 공사가 진행 중이다.

"장마 시작되기 전에 건물 공사는 끝낼 수 있겠네. 그런데 터가 꽤 넓군. 아이들이 좋아하겠다."

잠시 공사하는 것을 구경하다가 용담리로 돌아왔다. 용담리에는 학교와 면사무소가 있다. 소망원이 부용리에 자리 잡게 되면 아이들은 용담리에 있는 학교를 다녀야 할 것이다.

느린 속도로 용담리를 한 바퀴 돌았다. 외곽으로 빠져 체육공원 삼거리에 이르렀을 때 차를 멈춰 세웠다. 공원 한구석에 젊은이와 아이들이 모여 있다. 사복을 입은 청년 셋이 한쪽에 쪼그려 앉아 담배를 피우며 낄낄거리고 있고, 그 앞에 동복을 입은 아이 몇 명이 동복 차림의 다른 아이들을 엎드리게 해놓고 각목으로 엉덩이를 때리고 있었다.

차를 세우고 아이들에게로 다가갔다. 임화평을 확인한 청년들이 눈살을 찌푸리며 일어섰다. 구둣발로 담배를 비벼 끄고 어기적거리며 아이들에게 다가가려는 임화평의 앞을 막아섰다. 눈썹이 듬성듬성하고 콧구멍이 살짝 드러나 보이는 청년이 앞장서고, 그 뒤로 두 청년들이 눈에 힘을 준 채 서 있다.

앞에 선 청년이 임화평의 발 옆에 침을 찍 뱉으며 물었다.

"아저씨, 뭐야? 여긴 왜 오는 건데?"

고등학교 졸업한 지 일이 년이나 됐을 법한 어린 얼굴이지만, 못생긴 얼굴로 인상을 쓰는 모습이나 짝다리 짚은 모습에서 불량기가 좔좔 흘러내린다.

"너희들 말로 짱이라고 그러냐, 통이라고 그러냐? 그런 녀석 있으면 좀 보려고 하는데."

청년이 턱을 치켜들고 콧구멍을 환하게 노출시키며 도발적으로 물었다.

"봐서 뭐 하게?"

임화평은 눈살을 찌푸리며 말했다.

"코 좀 풀고 다녀라. 그게 뭐니? 코딱지가 가득하잖아. 안 답답하냐?"

"이 새끼가 지금 뭐라고 씨부리는 거야? 죽고 싶어 환장한 거 맞지?"

청년이 위협적으로 주먹을 들어 올리는 순간 임화평의 오른발이 청년의 두 발을 쓸고 지나갔다. 청년은 허공으로 튀어 올랐다. 그대로 놓아둔다면 엉덩방아를 찧을 것이다.

임화평은 눈앞에서 떨어져 내리는 청년의 멱살을 잡아챘다. 그리고 두 눈에 독심안을 드러내고 사내를 얼굴 앞으로 끌어당겼다.

"어른이 말하면 까불지 말고 곱게 들어. 너 같은 양아치는 그래야 오래 산다."

청년은 놀란 눈을 내리깔았다. 임화평은 뒤쪽의 두 청년을 번갈아 바라보았다. 두 청년도 화들짝 놀라서 임화평의 눈을 외면했다.

임화평은 청년의 멱살을 놓아주며 어깨를 토닥거렸다. 그냥 툭툭, 치는 것 같은데도 한 번 건드릴 때마다 어깨가 푹푹 꺼졌다. 청년은 식은땀을 흘리면서도 감히 저항하지 못하고 고개만 숙이고 있다.

"자! 저기 저 아이들 좀 모아봐라. 이 아저씨 시간 많은 사람 아니야. 짜증나게 하지 말고 빨리 움직여."

청년들이 아이들을 부르자 모두 달려와 그들 뒤에 섰다. 청년들까지 해서 모두 이십여 명에 가까웠다.

임화평이 차갑게 웃으며 두 손을 내리 눌렀다.

"서 있지 말고 앉아."

청년들이 무릎을 꿇었다. 그러자 아이들까지 무릎 꿇었다.

"무릎은 왜 꿇어? 그냥 편하게 앉아."

청년들과 아이들이 눈치를 보며 주저하다가 임화평이 고개를 끄덕이자 두 다리를 모으고 엉덩이로 앉았다.

"이 아저씨가 너희들에게 부탁이 하나 있어서 찾아왔다. 누구 부용리에 사는 사람, 손!"

세 명의 아이가 조심스럽게 손을 들었다.

"그래, 셋이나 되는구나. 너희들 부용리 위쪽에 공사하는 거 봤지?"

두 명의 아이가 고개를 끄덕였다.

"그래, 그 건물, 소망원이라는 보육원 건물이다. 건물 다 지어지면 아이들이 들어올 거야. 그런데 그 아이들이 내 조카들이거든. 그 아이들에게 무슨 일이 생기면 이 아저씨 굉장히 기분이 나쁠 거야. 무슨 말인지 알겠어? 학교도 이쪽으로 다니겠지? 전학 오는 아이들이 있을 거야. 이 정도 말하면 바보가 아닌 이상 이 아저씨 부탁이 뭔지 알 거야. 그렇지?"

임화평의 차가운 눈이 훑고 지나가자 아이들이 열심히 고개를 끄덕였다.

임화평은 차가운 미소를 지으며 그 자리에서 발을 굴렀다. 그의 신형이 4m 가까이 솟아올랐다. 정점에 이르러서 천근추를 펼치며 용천혈로 기를 내뿜었다.

쾅!

임화평이 밟은 자리에 직경 1m가 넘는 웅덩이가 생기면서 먼지가 사방으로 흩어졌다. 먼지가 가시고 청년들과 아이들이 웅덩이를 발견했다. 임화평의 키가 10㎝ 이상 줄어든 것처럼 보였다. 청년과 아이들은 예외없이 눈이 찢어져라 부릅떴다. 무공까지 선보인 임화평의 무력시위는 그들의 머릿속에 영원히 각인될 것이다. 선을 넘어서려는 순간 컬러사진처럼 떠올라 실행을 저지시킬 것이다.

임화평은 웅덩이에서 걸어나오며 말했다.

"아저씨 발에 밟히면 많이 아프겠지? 오늘 아저씨 못 본 친구들도 있을 거야. 못 봤다고 아저씨 말 우습게 생각하면 안 된다는 거, 친구들에게도 꼭 전해줘. 무슨 말인지 알겠니?"

아이들이 입을 벌린 채 고개를 연신 끄덕였다. 임화평은 아이들 엉덩이를 타작하던 아이에게서 빼앗듯이 각목을 받아 들었다. 그리고 세 청년에게 다가가 그 앞에 쪼그려 앉았다.

"너희들이 이 동네 잡고 있을 리는 없고, 위에 또 다른 녀석들이 있을 거야. 시간이 없어서 거기까지는 못 가겠다. 소망원과 아이들 상관 말고 살라는 내 간절한 부탁, 반드시 전해주겠지? 너희들 때문에 그 아이들이 잘못되면 뼈마디를 이렇게 만들어줄 거다."

임화평은 세 청년에게 눈을 고정시켜두고 엄지 끝에 중지를 말아 각목에 대고 튕겼다.

톡, 톡, 톡, 톡, 톡!

한 번 튕길 때마다 각목이 조금씩 부러져 나갔다. 독심안에 겁을 집어먹은 청년들의 눈에는 뼈마디가 또각또각 부러지는 것처럼 보일 것이다.

"너, 이름과 휴대폰 번호!"

"예. 김성호, 011—XXX—XXXX입니다."

임화평은 메모지에 이름과 번호를 적고 품에 넣으며 말했다.

"성호야, 휴대폰은 바꿔도 번호는 바꾸지 마라. 연락 안 되면 이 아저씨 굉장히 궁금해질 거다."

청년이 고개를 끄덕이는 것을 보며 일어서서 아이들을 둘러보았다. 겁먹은 눈들이 자연스럽게 임화평에게로 모였다.

"서울에서 여기 멀지 않지? 가끔 들를 거다. 별일 없으면 얼굴 내보이지 않고 그냥 돌아갈 거고, 아이들에게 일 생기면 내 얼굴 반드시 봐야 할 거다. 그렇다고 친절하게 대할 필요없다. 그냥 모른 척해. 친하게 지내겠다고 그 아이들을 물들이면 그때는 이렇게 만들어준다."

빠지직!

반동가리가 난 각목이 임화평의 손아귀에서 부러져 가루가 되어 떨어졌다. 아이들 몇 명은 그런 생각을 하고 있었던 모양인지 각목이 가루로 변하는 순간 어깨를 부르르 떨었다.

임화평은 두 손을 비벼 가루를 털어내면서 말했다.

"여기에 주먹 되고 싶은 놈들 있지? 말리지는 않겠다만 권하지도 못하겠다. 주먹 돼서 뭐 할 건데? 형님들 밑 닦아주고 대신 칼 맞아주다가 인생 종칠래? 시골에서 어깨에 힘 좀 준다고 밖에 나가 함부로 나대다가는 바로 죽는다. 나 같은 사람 전국구에 몇 명 있어. 내가 못 이기는 사람도 있다. 나한테는 안 돼도 서너 명 모이면 무서워지는 놈들은 지역구에도 꽤 많아. 그런 인간들 틈에서 성공할 자신있어? 소크라테스가 말했지, 주제 좀 알고 살라고. 어차피 대학은 못 갈 테니까 앞으로 뭐 해 먹고살아야 하는지 정도는 고민해 봐야 할 것 아냐. 나 같은 인간한테 사시미 들고 덤빌 수 있겠어? 그 정도 용기도 없으면 이제 그만 놀고 기술이라도 배워라. 내가 보기에 네 녀석들 중에 주먹으로 성공할 놈 하나도 없다. 이렇게 말해봐야 정신 차릴 놈 없지? 칼침 한 방 맞고 병신 돼봐야 세상 무서운 줄 알게 되겠지. 인생 선배랍시고 먹히지도 않을 충고해 봤다. 네놈들 인생이니까 알아서들 살아.”

임화평은 스산한 미소를 다시 한 번 보여주며 자리에서 떠났다. 뒤돌아서서 걸어가는 임화평의 귓가에 긴 한숨 소리가 들렸다.

‘조폭들 자주 상대하다 보니 협박하는 솜씨가 너무 많이 늘어버렸네.’

임화평은 쓴웃음을 지으며 휴대폰을 꺼내 들었다. 강성재를 안심시켜야할 시간이다.

제4장

사는 게 원래 이런 거야?

2001년 4월 17일.

노차신은 철관음의 쓴맛이 오늘따라 유달리 강하다고 생각하며 눈살을 찌푸렸다. 철관음의 쓴맛을 좋아하여 즐기지만 좋아하는 정도를 넘어서면 그저 쓴물에 불과하다.

"내 입에만 쓰게 느껴지는 건가?"

아앵은 벌써 3년째 노차신의 철관음을 담당하고 있다. 노차신의 입맛이 얼마나 까다로운지 가장 잘 아는 사람이 아앵이다. 노차신은 그녀가 잘못 우린 차를 가져왔을 가능성은 생각지도 않았다.

노차신은 다시 한 번 차를 마셨다.

"역시 써!"

그때 문밖에서 인기척이 들렸다.

"어르신! 마종도입니다."

"들어와."

정장 차림을 한 40대 중반의 사내가 조심스럽게 문을 열고 들어왔다. 노차신의 얼굴이 찌푸려져 있음을 발견한 마종도는 몸가짐을 더욱 조심했다. 하지만 그가 전해야 하는 소식은 노차신의 찌푸려진 얼굴을 구겨 버릴 것이다.

마종도는 그에게 튀길 불똥이 큰 것이 아니기를 간절히 바라면서 노차신의 앞에 섰다.

"한국의 늙은 계집은 지금 어디 있나?"

"보문산 영빈관에 있습니다."

"수발은 누가 들고 있지?"

"환혼관(換魂館)의 십칠호가 그나마 한국어가 가능해서 그리로 보냈습니다."

"교육 잘 시켜서 보냈나? 손짓, 몸짓, 눈웃음 하나까지 놓치면 안 돼."

"예상외의 대상이어서 시간이 오래 걸릴 것 같습니다."

노차신은 마종도의 입장을 이해한 듯 만족스럽지 못한 대답에 화를 내지 않았다.

"그렇지? 우선은 연습하는 셈 쳐. 그런데 그건 뭐지? 왜 안 주고 들고 있어?"

마종도는 보고서 파일을 노차신의 앞에 조심스럽게 내려놓았다.

"오늘 아침 한국 지부에서 날아온 내용입니다. 좋지 않습니다."

좋지 않은 내용임을 알고 나서 보면 노차신의 화가 조금 줄어들지 않을까 하여 미리 알린 것이다.

노차신은 눈살을 찌푸리며 파일을 열었다.

"뭐라? 청도방 비호 2조 전원 사상? 사망자 일인에 여덟이 영구 손상? 치료 가능한 놈은 하나뿐이다? 그 정도면 서울 지부의 아이가 자결한 것도 당연한 일이 되나. 허! 도대체 무슨 일이 있었기에?'

마종도는 아무런 말도 하지 않았다. 보고서에 다 쓰여 있기 때문이다.

노차신은 왼손으로 이마를 짚고 심각한 얼굴로 보고서를 계속 읽어나갔다.

"중국인으로 짐작되는 고수? 한 명한테 당했어? 청부업자로 짐작된다? 팔극권 쓰는 놈이 왜 도가의 내공을 익혔냐고 비아냥거렸다? 고수로구먼. 그런 놈이 우리 명천 밖에도 있단 말인가?'

노차신은 화를 내기보다는 오히려 흥미를 보였다. 10년 전 청도방에 전진의 정통 심법인 태을심공을 전한 사람은 노차신이다. 북경으로 진출하면서 기득권을 가진 청도방에 우호의 징표로 전했다. 그가 직접 가르친 것이 아니라 그저 비급만 전했다. 청도방주는 태을심공을 스스로 익히지 않고 친위대에 넘겨 비호대를 조직했다.

사실 중국과 대만, 그리고 홍콩에 남아 있는 도가의 대부분은 전진파라고 해도 과언이 아니다. 그러나 강호 문파로서의 전진은 원대를 끝으로 사라졌다. 그 전진의 심법 태을심공이 명천의 장서고에 있었던 것이다.

'심의육합권이나 팔극권같이 일격필살의 강맹한 타격기가 많은 무술과는 확실히 상성이 맞지 않지. 초식의 연결이 매끄러울 턱이 없어. 하지만 겉으로 드러날 정도는 아니야. 내공으로 발휘되는 파괴력이 무공과 내공의 부조화로 인해 드러나는 약간의 문제 정도는 덮고도 남음이 있기 때문이지. 그런데도 알아봤다? 누군가? 아직도 비전이 이어지는 문파가 있단 말인가?'

노차신이 아는 한, 중국에서 강호는 사라졌다. 삼합회에 속한 폭력 조직들이 되지도 않은 역사를 자신들에게 끌어다 붙이면서 스스로의 세계를 강호에 비유하기도 하지만, 노차신의 입장에서는 우스울 뿐이다.

강호는 사라지기 전까지 세 번의 격변기를 맞았다. 중국의 마지막 왕조인 청의 등장이 그 첫 번째다. 원의 핍박에도 꿋꿋하게 버티다가 결국 되살아난 무림의 저력을 알고 있던 청 황조는 끈질기도록 지속적인 무림말살지계를 이어갔다. 세상에 뿌리박은 무림세가들은 정체를 숨기고 일반인으로 행세해야 했고, 도도한 역사를 자랑하던 구파도 강호인의 지위를 버리고 종교인으로서 살아가야 했다. 그렇다고 무공까지 버린 것은 아니었다. 비밀스럽게 전승되었고 가끔씩 비밀결사의 활동으로 인해 드러나기도 했다. 하지만 강호가 점차 위축되어 가는 것은 어쩔 수 없는 시대의 흐름이었다.

드러내 놓고 가르치지 못하는 형편이 되자 배우는 사람이 확연히 줄어들었고, 무공을 수단으로 생계를 이어갈 방도가 줄어들자 속가에서 번창하던 군소 방파나 무술관들도 하나씩 사라졌다. 그 당시 강호에서 활동하던 사람들은 신분을 숨긴 채 결사에 몸을 담았던 이들, 세력가나 재력가의 보표로 활동하던 이들, 군문에 들어가 입신양명을 택한 이들과 그들을 배출한 사람들이 대부분이었다. 시대의 부침에 따라 비밀결사에서 폭력 조직으로 그 성격이 변한 삼합회 등이 스스로를 강호라고 칭하는 근거가 바로 그 같은 사실과 관련이 있다. 하지만 결사의 구성원들 대부분은 민초들이었다. 강호인이 그 사이에 끼어 있었을 뿐이지 결사 자체가 강호 방파는 아니었다. 삼합회가 자신들이 곧 강호라고 말하는 것은 아전인수(我田引水)의 전형일 뿐이다.

강호의 뿌리를 흔들어놓은 두 번째 격변은 총에서 비롯되었다. 총은 생각보다 역사가 오래된 무기다. 1588년에 출간된 척계광의 기효신서에도 총은 이미 군대의 중요 무기로 기록되어 있다. 척계광은 '적이 멀리에 있을 때는 삼안총을, 가까이 있을 때는 타격 병기를 사용할 수 있다'고 주장했다. 하지만 그 당시의 총은 약점이 많은 무기였다. 화약 보관의 불편함, 장전의 필요한 긴 시간, 짧은 사거리, 낮은 명중률 등으로 인하여 활의 대체 무기가 되기에는 부족함이 많았다. 군대에서도 주력 무기로 사용되지 못한 총이 강호인들에게 겨눠지는 일은 많지 않았다.

강호인들에게 총이 위력적으로 다가온 때는 청 말기에 이르러서다. 동양과는 달리 오래전부터 총을 군대의 주력 무기로 사용했던 서양에서는 수백 년 동안 총을 거듭 개선하여 차츰 그 약점을 줄여갔다. 뒤쪽에서 장전하는 총이 개발되고, 탄피에 화약을 넣는 방법이 만들어지고, 강선의 이점이 알려지고, 총알의 형태도 구형에서 유선형으로 바뀌었다.

청나라가 서양 열강들에 의해 걸레처럼 뜯기고 찢어질 당시, 개인 병기의 총아가 된 총이 유입되면서 총은 강호인들에게도 위협적인 무기로 등장했다. 특히 결사에서 활동하던 무인들에게는 공포에 가까운 무기였다. 사용법만 알면 누구라도 사용할 수 있는 무기였고, 여자도 쏠 수 있는 권총의 경우 미리 알지 못하면 치명적인 암기가 될 수도 있었다.

한때 무적을 구가하던 기사들이 총포에 밀려 몰락한 것처럼, 총은 강호인이라는 존재마저 세상의 구석으로 밀어붙였다. 신경도 쓰지 않던 사람들도 총만 들면 위협적인 존재로 변할 수 있는 세상에서 강호인들이 설 자리는 너무나 좁았다. 안 그래도 질적인 면과 양적인 면에서 모두 위축되어 사기가 저하되어 있던 강호인들은 총 앞에서 시대의 흐름을 깨달을 수밖에 없었다.

1900년 의화단 사건으로 인해 금무령(禁武令)이 내려졌다. 1901년 총포와 같은 냉병기와 그에 따른 전략 전술이 중시되면서 전통적인 무인의 등용문인 무거제(武擧制)가 폐지되었다. 시대의 조류에 어떻게든 영합해 보려던 무인들의 위치까지 흔들어 버린 조치였다. 무인의 시대가 끝났음이 공식적으로 선언된 셈이었다.

이 두 번째 격변기를 맞았을 때, 사실상 강호는 없어진 것이나 다름없다. 무인들은 새로운 세상에 자신의 자리가 없음을 깨닫고 스스로 사라졌고, 그로 인해 글로 전할 수 없는 오의들도 점차 사라졌다. 남은 비급들도 몰락한 집안의 족보처럼 하나둘씩 사라졌다. 격변기에 살아남는 데 급급하여 배우지 못하고 무지렁이로 살아가던 후손들은 한때 천하를 울렸을지도 모를 비급들을 불쏘시개로 사용해 버렸다.

이와 관련된 유명한 일화가 있다. 무술 영화로 유명해진 황비홍은 실존 인물이다. 그 황비홍과 동시대에 명성을 누린 무술가들 가운데 왕오라는 인물이 있다.

왕오는 무협소설에 자주 등장하는 표국을 실제로 운영한 사람이다. 왕오가 운영하던 표국의 이름은 순창표국. 왕오는 동료 무인들을 이끌고 토비와 마적들이 횡횡하던 세상에서 당당히 활보했다. 손속에 사정이 없고 큰 칼을 잘 썼던 그를 사람들은 대도 왕오라고 불렀다.

1900년, 왕오는 북경을 침탈했던 서양 열강들에 맞서 칼을 뽑았다가 분사했다. 그의 아들은 왕오가 남긴 표국을 우마차나 당나귀 같은 것들을 맡기고 묵을 수 있는 여관으로 바꾸어 버렸다. 호걸 왕오의 아들은 시대의 흐름에 저항하지 못하고 평범한 여관 주인으로 살았던 것이다.

강호의 몰락에 쐐기를 박은 것은 1966년 모택동의 주도로 시작된 문화혁명이었다. 이 당시 두 번의 격변기를 맞아 이미 빈사 상태에 빠져 있던 무술가들은 지식인, 유산자들과 함께 사회주의 혁명의 주체인 프롤레타리아 계급의 적으로 지목되어 다시 한 번 대위기를 맞이했다. 문화혁명의 주체들에게 있어서 전통적이라고 불릴 만한 유무형의 모든 것은 없애 버려야 할 대상들이었다. 앙상한 뼈대만 남은 무술 또한 구습 타파라는 명목으로 핍박을 받게 되었다.

문화혁명의 도구로써 피의 숙청에 앞장섰던 홍위병들은 전국의 사찰과 도교 사원들을 파괴하고 문화재로나마 남을 수 있었던 비급들을 훼손했다. 무공의 진정한 오의를 잃고 겨우 명맥만 유지하며 근근이 살아가던 무술가들에게는 지옥 같은 10년이었다. 그 당시에 고수라고 불리던 사람들은 목숨을 잃었고, 정수를 얻지 못한 제자들은 무술을 버렸다.

1976년 모택동의 사후, 등소평이 정권을 획득함에 따라 무술계의 숨통이 조금씩 트이기 시작했다. 1979년 제1차 중국무술참관대회가 열리면서 시작된 중국 무술의 기지개는 80년대에 들어가면서 무술인들에게 웃음을 돌려주었다. 중국인의 자긍심을 고취시키는 무술 영화들이 만들어지고 인기를 얻게 되면서 많은 사람들이 무술에 관심을 가지게 되고 그 저변도 확대되었다. 그러나 80년대에 다시 시작된 무술은 이미 무공이 아니었다. 세 번의 격변기를 통해 너무나 많은 것을 잃어버렸기 때문이다.

80년대 이후의 무술인들은 과거의 무술을 복원하기 위해 많은 노력을 경주했다. 그러나 그들이 겨우 복원해 낸 무공이라는 것은 문화혁명 이전의 것일 뿐, 그전에 있었던 두 번의 격변기 동안 사라진 무공과는 아무런 연관이 없었다. 문화혁명 이전의 것을 복원한 것만으로도 그들로는 대단한 성과였을 것이다. 하지만 문혁 이전의 고수라고 해봤자 전성기의 일반 표사들만도 못한 경지였으니, 복원된 무공의 수위가 높다고 할 수는 없다.

노차신은 87년 한 해를 중국 각지를 여행하는 것으로써 시간을 보냈다. 중국 무술이 어디에 위치해 있는지 확인하기 위한 여행이었다. 실망의 연속이었다. 중국 무공의 성지였던 소림사는 시멘트로 떡칠되고 있었고, 비급의 보고였던 장경각은 소실된 지 오래였다. 무당과 화산 역시 마찬가지였다. 문화혁명 당시 홍위병의 위세에 굴복하여 텅텅 비어버렸던 도가 성지는 다시 도사들로 채워졌지만, 도가 무공의 본산으로서의 향기는 사라진 지 오래였다.

노차신은 새로 등장한 중국 무술의 노사들을 찾아다녔다. 그러나 입가에 맺힌 쓴웃음을 지울 수가 없었다. 그들이 말하는 내가권은 토납법에 불과한 호흡법과 동공으로 얻을 수 있는 작은 기운을 사용하는 방법에 불과했다. 문화혁명의 암흑기에서 살아남아 과거의 무술을 복원하기 위해 피를 토하는 노력을 했겠지만, 노차신의 눈에는 암흑 속에서 겨우 빛을 발견한 올챙이거나 별 볼일 없는 무술을 과장, 광고하는 사이비였다.

1년간의 여행을 마치고 돌아온 노차신은 자부심 가득한 목소리로 선언했다.

"우리 명천이 곧 무림이다!"

명천의 역사는 원말에 일어난 서문가로부터 시작되었다. 서문가는 시대의 혼란을 이용하여 명나라의 창업에 일조하고 주원장으로부터 왕작(王爵)과 함께 무림세가의 지위를 공식적으로 인정받았다. 서문가는 권력에 뜻이 없음을 밝히고 왕작을 거두어주기를 간청한 후 무림세가의 명예만을 취했다. 주원장은 그 뜻을 가상하게 여겨 직접 세가의 현판을 내렸다. 황제가 인정한 무림세가가 된 것이다.

세가라고 칭한다 해서 세가가 된다면 세가가 되지 않을 집안은 없을 것이다. 다행히 서문세가는 힘이 있었다. 서문가는 우선 정심박대하지 못한 가문의 무공을 보완하기 위해 남몰래 원 황실이 모았던 강호의 비급들을 취했다. 타 문파의 무공을 그대로 쓰지는 못했지만, 가문의 무공을 보완하고 확대하기에는 충분했다. 그 덕에 서문세가는 원의 핍박으로 문을 닫고 있던 구파가 겨우 기지개를 켤 무렵, 강남 일대의 무림에서 주도권을 행사할 수 있었다. 황실의 비호까지 받는 이상 거칠 것이 없었다. 당시 무주공산이었던 남직례와 절강무림을 세력권하에 두고 무소불위의 힘을 행사했다.

영원할 것 같던 서문세가를 두 세대 만에 몰락시킨 것은 어처구니없게도 화재였다. 치밀한 계획에 따라 이루어진 방화였다. 새로 지어 왕부를 방불케 했던 서문세가는 성대한 축하 잔치를 무사히 마친 그 다음날 전소에 가까운 타격을 입었다. 충분히 고수라고 할 만했던 가문의 어른들이 불길을 빠져나오지 못하고 분사했다. 긴장이 풀린 5일간의 잔치 다음날 음식에 문제가 있었던 것이다.

처음 시작은 하위 무사들과 하인들의 복통과 설사였다. 그때까지만 해도 잔치 뒤처리를 며칠 미룬다는 생각을 했을 뿐, 심각하게 여기지 않았다. 이질과 같은 전염병과는 상관이 없다는 의원들의 말 때문이었다. 날이 어두워지고 어색한 손길들이 유등과 촛불을 밝혔다. 그때부터 가문의 아이들과 여인들이 어지러움과 무력증을 호소했다. 그리고 그 증상은 점차 장년층으로 퍼져 나갔다. 다시 의원들이 나섰을 때 집 안 곳곳에서 불길이 치솟아 오르기 시작했다. 불길 속에서 흘러나온 연기를 마신 장년층의 무사들이 하나둘씩 쓰러지기 시작했다. 그리고 다섯 명의 야행인이 집 안을 헤집고 다니며 저항하는 자들과 빠져나가려는 자들을 도륙하기 시작했다. 서문세가는 끝내 전소에 가까운 타격을 입었다. 불이 나지 않은 곳은 단 한 곳, 하인들의 숙소뿐이었다. 인적자원이 정통적인 세가에 크게 못 미쳤던 서문세가로서는 복구가 불가능한 타격이었다.

외부에 나가 있던 서문세가 몇몇의 사람만 살아남아 화재의 원인을 조사했고, 그 결과 설사약과 극락향이라는 수면초의 잔재를 찾아냈다. 외부에서 들어온 요리사와 의원, 그리고 기름과 초의 납품업자를 추적하여 끝내 범인들의 흔적을 찾아냈다. 화마에서 생존한 몇 명의 어린아이와 여인만 남긴 채 서문세가의 남은 인원이 방화범의 뒤를 쫓았다. 그리고 그들마저 실종됐다.

비고가 남김없이 타버리는 바람에 무공이라고 남은 것은 어릴 때부터 배우는 기본공과 지부에 남은 하위 무사들의 무공서 몇 가지뿐이었다. 그것으로는 강호에서 행세를 하기는커녕 살아남을 수조차 없었다. 황실에 호소하여 겨우 명맥을 유지했지만 그것이 다였다.

다시 세가로 일어나지 못하고 왕조가 바뀌었다. 강호에 뿌리를 박지 못한 서문가의 사람들은 청나라 중기에 마침내 군문에 뛰어들어 반청복명의 기치를 든 결사의 목을 치는 데 앞장섰다. 관련 문파를 색출하고 다시 다른 문파들의 비급을 빼돌렸다.

가문의 기틀을 다시 세우고 영화를 맞이하려는 순간 청의 운명이 바람 앞의 등불 신세가 되었다. 열강들로 인해 혼란기가 오고, 청이 망하고, 내전에 이어 다시 전쟁이 벌어졌다. 서문가는 그 격변기를 극복하지 못하고 전화에 휩쓸렸다. 또다시 몰락한 것이다.

서문가의 마지막 생존자인 서문창은 시류를 살피다가 스물한 살의 나이에 공산당에 가입하고 인민해방군의 전신인 팔로군에 투신했다. 거기서 탁월한 리더십을 드러낸 서문창은 국공 합작한 중일전쟁에서 승승장구하여 영웅으로 숭앙받았다. 당당히 영웅의 길을 밟은 서문창은 1950년 당시 상해를 주둔지로 한 화동군구의 사령관이 되었다. 여섯 개밖에 없는 대군구의 지휘자가 된 것이다.

군사력과 권력을 동시에 얻었으나 거기서 만족하지 않았다. 화동 일대에서는 왕과 같은 행세를 할 수 있었지만, 그를 위협할 수 있는 적은 더 거대했다. 모택동이라는 적이었다. 서문창의 예상처럼 모택동은 거대한 힘을 지닌 대군구의 수장들을 견제했다. 결국 모택동은 대군구의 사령관과 정치위원들을 중앙으로 불러들였다. 서문창은 몸을 낮추고 기꺼이 따랐다. 절대적이지 않은 권력은 모래성에 불과하다는 것을 잘 아는 까닭이었다.

영웅의 풍모를 지니고 공평무사한 성격을 드러낸 서문창은 겸손하고 사람 좋은 언동으로 모택동을 안심시켰다. 한편으로는 서남군구에서 소환된 등소평의 존재감을 깨닫고 친분을 유지했다.

1962년 문화혁명의 조짐을 느낀 서문창은 조심스럽게 인재를 모았다. 피의 숙청이 시작되면 피해를 볼 것이 분명한 지식인과 무술인들을 빼돌려 정체를 숨겨주고 뒤를 봐주었다. 그리고 마침내 문화혁명이 시작되었다. 서문창은 아들 서문재기를 홍위병으로 앞장세웠다.

서문재기는 서문창의 의도대로 홍위병을 주도하여 사찰과 도교 사원을 파괴하는 한편, 얼마 남지 않은 무공서들을 닥치는 대로 빼돌렸다. 그 덕에 사라져 버렸던 비급들의 빈자리를 조금이나마 채워 넣을 수 있었다. 그 같은 작업을 벌이며 동시에 무술과 관련된 자들을 앞에서 핍박하고 뒤에서 서문창의 영향력 아래에 있는 군으로 빼돌렸다.

문화혁명이 끝날 즈음 지방 육대군구에서 소환된 사령관과 정치위원들 대부분은 숙청되었다. 그러나 서문창은 권력을 쥐게 된 등소평과 함께 끝내 살아남았다.

서문창은 욕심을 자제하고 중앙군사위원회의 부주석으로 만족했다. 하지만 작은 자리가 아니었다. 대외적으로 알려진 중국의 국가 원수는 국가 주석이고 공산당의 최고 지도자는 공산당 총서기다. 그러나 중국의 최고지도자는 중앙군사위원회의 주석이라고 할 수 있다. 권력은 총구에서 나온다는 모택동의 말은 여기서도 통한다. 권력을 쥔 등소평이 국가 주석이나 공산당 총서기가 아닌, 중앙군사위원회의 주석이 된 것은 그 때문이었다.

서문창은 등소평을 받치는 세 명의 부주석 가운데 하나가 되었고, 그 세

명의 부주석 가운데 유일하게 현역 상장이 아닌 명예뿐인 원수의 자리에 있었다. 그럼에도 불구하고 그의 발언권은 작지 않았다. 거기서도 공평무사한 중재자의 역할을 자임하고 원만한 인간관계를 유지했다.

서문창은 황제의 자리가 아닌 한시적인 권력자의 자리에 관심을 두지 않았다. 그에게 중요한 것은 국가나 인민이 아닌 가문의 번영이었다. 드러난 권력자의 자리, 절대좌가 아닌 권좌는 이대를 넘기기 힘들다는 사실을 너무나도 잘 알고 있었다.

서문창은 문화혁명이 시작되기 전에 이미 서문재기를 통해 명천을 조직하고 군으로 빼돌린 무술가들을 끌어들여 인재를 키워 나갔다. 뒤로 빼돌린 무술가와 지식인들이 선생이 되어 고아들을 가르쳐 다방면의 새로운 인재들을 키워냈다.

문화혁명이 끝나고 명천은 세상으로 나왔다. 서문세가의 본향인 항주에 뿌리를 둔 명천은 서문창의 권력과 도움으로 남경대군구의 사령관이 된 이진청의 지원을 받아 쉽게 성장했다. 상해를 중심으로 한 절강의 암흑가를 장악하고 이권에 개입하여 단번에 기반을 다졌고, 88년에는 정보 조직인 광목당을 중심으로 북경까지 진출했다.

서문창은 명천을 드러난 조직으로 만들지 않았다. 드러나서는 영화와 권세를 대물림하기 힘들다는 것을 잘 알고 있었다. 미국을 암중 지배하는 유대인들을 벤치마킹했다. 굳이 수가 많을 필요는 없다. 머리를 차지하면 그만이었다. 소수 정예를 지향했지만 명천의 영향력은 밝음과 어둠을 가리지 않고 어디에나 미쳤다. 한 세대 만에 아시아 전역에 영향력을 행사할 수 있게 되었다.

서문창은 1994년 팔십구 세의 나이로 세상을 떠났다. 그는 살아서 영웅이요, 가문을 일으킨 중흥조가 되었고, 죽어서도 국가의 영웅이요, 가문의 표상이 되었다.

명천의 당대 천주 서문재기는 아버지 서문창과는 조금 다른 사람이다. 서문창이 탁월한 정치가였다면, 당년 나이 육십오 세인 서문재기는 무술가에 가까운 사람이다. 서문창은 온몸으로 격변기를 살았다. 무공에 매진할 만한 시간이 없던 사람이다. 서문재기는 서문창의 그늘 아래서 조금 더 편한 삶을 살았다. 그 덕에 가문이 모았던 무공 비급들을 수련하고 연구할 수 있었다. 무공의 등급을 정하고, 상성이 맞는 무공들을 묶어 분류하고, 수하들에게 무공을 전수한 사람이 바로 서문재기였다. 실질적으로 명천의 무공을 완성시킨 사람인 것이다.

서문창이 탁월한 리더십과 능란한 처세술로 명천의 바람막이가 되었다면, 서문재기는 무공에 대한 놀라운 자질로 추락한 중국 무술의 경지를 몇 단계나 상승시키고 명천의 무력을 정립했다. 하지만 무공만으로 세상을 암중 지배할 수 있는 시대는 이미 지났다.

서문재기의 성향을 잘 알고 있던 서문창은 자신의 죽음으로 정치적인 바람막이를 잃게 될 명천의 미래를 우려하여 일찍이 암흑가의 정보나 취급하던 광목당의 역할을 늘렸다. 명천의 장로이자 한때 서문창의 비서로 따라다녔던 노차신이 격에 맞지 않게 광목당을 맡은 것은 그러한 배경 때문이다.

노차신은 광목당을 확장하고 용문관을 적극적으로 활용하여 인재를 키우고 인맥을 늘려 나갔다. 서문창의 죽음과 함께 사라질지도 모를 정치적 영향력을 확보하기 위해 주저하지 않고 본부를 북경으로 옮겼다. 절강성을 기반으로 해서 만들어낸 막대한 재력을 과시하며 서문창의 인맥을 그대로 인수하고 세계로 눈을 돌렸다.

서문재기가 명천을 확고하게 틀어쥐고 있고 노차신이 외연을 확장한 덕에 명천은 쉽사리 흔들리지 않을 조직이 되었다. 서문창이 죽었음에도 불구하고, 이권과 정보를 매개로 연결된 인맥만으로도 무소불위의 영향력을 행사할 수 있다. 또 다른 격변이 온다 해도 쉽게 무너지지 않을 튼튼한 성이 된 것이다.

노차신은 명천의 역사를 돌아보며 주먹을 불끈 쥐었다.

'이제 시작이야. 중국이 세상은 아니지 않는가? 내가 죽기 전에 흔들림 없는 철옹성을 지어야 한다.'

현재 광목당의 명목상 당주는 노차신이었지만, 실질적으로 광목당 본연의 임무를 총괄하는 인물은 명천의 본가가 있는 항주의 지부장이다. 노차신이 신경 쓰는 일은 북경에서의 정치적 인맥 유지와 소천주가 제안하여 시험적으로 시행되고 있는 비밀 계획, 그리고 그 비밀 계획의 실현을 위해 세계 곳곳에 따로 설치한 광목당 해외 지부의 관리뿐이다. 수뇌부는 그 장기 계획에 회의적이지만, 노차신은 그 계획이야말로 명천을 완전한 반석 위에 올릴 수 있을 것이라고 확신하고 있다.

한편 마종도는 화를 내기보다 흥미를 보이는 노차신의 얼굴을 확인하고 안도의 한숨을 내쉬었다.

노차신이 말했다.

"차 대기시켜. 예 방주에게는 직접 사과해야겠지."

"알겠습니다. 하면 그쪽 일은 어떻게 대처할까요?"

노차신이 피식 웃으며 고개를 저었다.

"대처는 무슨. 빈약한 서울 지부의 인력만으로 찾을 수 있을 것 같은가? 그냥 놔둬. 늙은 계집이 여기 있는 이상, 알아서 찾아올 거야. 그때 한번 보지, 뭐. 우선 급한 건 청도방주를 달래는 일이야. 가서 일봐."

인접한 국가인 한국은 중국 정부에게 있어서 상당한 비중을 차지하는 나라일지는 몰라도 명천의 입장에서는 관심을 둘 만한 나라가 아니다. 서울 지부라고 해도 실질적으로는 연락 사무소에 불과하다. 청도방의 정예를 폐기시킬 정도의 실력을 지닌 청부업자를 서울 지부의 인원만으로 찾아낸다는 것은 현실적으로 불가능한 일이다.

마종도는 내심 다행한 일이라며 안도하고 노차신에게 허리를 접어 보인 후 방을 나섰다.

"하! 우리 말고도 있기는 했구나. 보고서 내용만으로도 천무전에 들 수 있는 실력이야. 다 드러내지는 않았겠지? 수위 짐작이 어려워. 이거, 공자께서 아시면 즐거워하겠군. 알려드리고 갈까?"

노차신은 얼굴에 미소를 드리웠다. 청도방주에 대한 미안함이나 부담스러움이 한 점 느껴지지 않는 얼굴이다.

강남경찰서 강력 3팀의 팀장 최기춘은 책상 위에 두 장의 몽타주를 놓고 오만상을 찌푸리고 있다. 신영록 납치 사건의 용의자와 성북동 납치 사건의 용의자 몽타주이다.

"머리 모양이야 뭐 좀 바르면 될 거고, 가짜라면 점은 지우면 돼. 하지만 눈하고 입매는 달라. 성형수술하지 않고 이렇게 바꿀 방법이 있나?"

최기춘은 두 장의 몽타주를 허공으로 들어서 겹쳐 보았다. 다시 나누어 보고 또다시 겹쳐 보았다. 고개를 갸웃거리며 몽타주를 책상 위에 내려놓고 전화기를 들었다.

"미숙아! 나 최 반장이야. 바쁘지 않으면 잠깐 와줄래?"

안경 쓴 여경이 오자 최기춘은 두 장의 몽타주를 건넸다.

"이 몽타주 말이야, 여기 이 몽타주 얼굴처럼 머리 모양하고 안경 바꾸어 끼우고 이 점 없애봐 줄래?"

여경이 두 장의 몽타주를 비교하며 눈살을 찌푸렸다.

"동일인이라고 생각하시는 거예요? 눈하고 입이 너무 차이가 나잖아요. 성형수술하지 않고는 이렇게까지 못 바꿔요. 요게 2월 중순이죠? 이 사건은 며칠 전에 난 거잖아요? 한 달 보름 만에 얼굴 뜯어고치고 멀쩡하게 나돌아 다니기 힘들지 않을까요?"

"그거야 모르지. 우리 마누라, 눈썹이 눈 찌른다는 핑계로 쌍꺼풀 수술했거든. 찜질하고 안정하고 하니까 2주도 못 돼서 괜찮아지더라고. 혹시 알아, 미리 예약 다 해놓고 일 저지르고 바로 수술했을지?"

사진도 아닌 몽타주를 보고 그런 생각을 했다는 것이 우습지만, 성북동 납치 사건의 몽타주를 보자마자 미궁에 빠진 신영록 사건을 떠올렸다. 스스로 생각해도 우습기도 하고 이상하기도 했다. 일단 수법부터가 다르다. 신영록 사건은 술 취한 사람을 대담하게 납치했을 뿐이고, 성북동 사건은 무력으로 경호원들을 제압하고 납치해 갔다. 겉만 봐서는 동일범 소행이라고 생각할 이유가 없다. 그런데도 성북동 사건 용의자 몽타주에서 눈을 뗄 수가 없다.

최기춘은 먼저 용의자들의 체격 조건을 비교했다. 175cm 전후에 60kg이 조금 넘는 체격이라는 것이 비슷했다. 얼굴 윤곽도 비슷했다. 납치 후에 아무것도 요구하지 않았다는 사실도 같았다. 그럴 경우 대개는 원한 관계에 의한 납치 사건이고, 피해자는 죽었다고 보는 게 일반적인 판단이다.

그다음으로 고려한 것은 신영록과 유현조 등의 연관성이다. 우선 같은 현승 계열 사람들이다. 조혜인이 차수경의 딸이라는 것과 신영록이 차수경의 주치의라는 사실이 마음에 걸렸다. 비약일 수도 있지만 마음에 걸리는 것을 어쩌란 말인가. 결국 최기춘은 두 장의 몽타주를 놓고 끙끙거릴 수밖에 없다.

여경이 손질한 몽타주를 들고 왔다.

"여기요. 수술했다고 하면 가능할 수도 있겠네요. 사촌 정도로는 봐줄 수 있겠어요."

"수고했고, 고마워."

최기춘은 새로 만든 몽타주와 성북동 사건 용의자 몽타주를 뚫어지게 바라보았다. 새로 만든 몽타주의 하관을 가리고 비교했다. 다시 눈을 가리고 비교했다.

몽타주에서 눈을 뗀 최기춘은 볼펜으로 책상을 톡톡 두드리며 중얼거렸다.

"이거, 알는 봐야겠네. 용의주도한 놈이니까 제대로 된 병원에서 하지는 않았겠지? 그런데 야메(불법 시술)로 해도 이 정도로 자연스럽게 나오려나?"

귀찮기는 해도 혼자 알아보는 것 정도는 어렵지 않은 일이다. 그러나 관할이 다른 성북경찰서에 알리고 공조하는 것은 또 다른 문제다.

"미친놈 소리 듣는 거 아닌지 모르겠다. 에이, 몰라. 일단 이렇게 수술 가능한 건지부터 알아보자고."

최기춘은 볼펜을 책상 위에 던져 놓고 명함철을 뒤적이기 시작했다.

✤

아침 8시에 성북동으로 출근한 황윤길은 또다시 깨질 생각을 하면서 지

끈거리는 머리를 눌렀다. 호출을 받고 서재로 들어섰다. 유태성이 뒷짐을 진 채로 커튼 사이로 대문을 바라보고 있었다. 오리무중에 빠진 유현조 납치 사건 때문에 기자들의 숫자가 오히려 늘어 아침부터 바글거리고 있었다.

유태성은 한숨을 내쉬며 의자에 앉았다. 숙면을 취하지 못한 듯 피곤한 눈이다. 납치된 지 만 사흘이 지났다. 납치범에게서 따로 연락이 없는 상태라 살아 있을 확률이 거의 없다고 봐도 무방했다. 잠을 잘 수 있을 리 없다.

'아귀 같은 놈들!'

유태성은 매스컴에 그 어떤 실마리도 제공하지 않았다. 단지 유현조와 아름다운 조혜인의 사진 한 장을 던져 주었을 뿐이다. 납치 사실과 무능한 경찰의 발표, 그리고 그 사진만으로 기자들은 온갖 추측성 기사들을 만들어냈다. 그 기사들 가운데 몇 가지는 유태성의 의도와 다르지 않게 흘러가고 있다.

"임화평이라는 자, 움직이지 않았나?"

"잠시 공원묘지에 다녀온 것 말고는 하루 종일 집에서 지냅니다."

"후우! 경찰에서는 뭐래?"

특별히 뭔가를 기대하고 묻는 어조가 아니다. 지푸라기라도 잡고 싶은 심정일 것이다.

"납치에 이용된 김 비서의 차가 도봉산 근처에서 발견되었습니다. 해서 지금 수사 영역을 의정부까지 확대했습니다만, 아직은⋯⋯."

보고해야 할 일이 한 가지 더 있다. 신영록 납치 사건과 유현조 부부 납치 사건이 동일범의 소행일 수도 있다는 강남경찰서의 의견이다. 경찰 수뇌부의 입장은 일고의 가치도 없다는 쪽이지만, 사건의 원인을 아는 황윤길로서는 흘려들을 수 없는 문제다. 그러나 임화평이 아닌 자가 성형수술까지 해가며 두 사건을 일으켰다면 문제는 더 복잡해진다.

'안 돼. 그게 사실이 되어버리면 우리 쪽에서 할 수 있는 일은 아무것도 없어. 좀 더 확실해진 후에, 임화평과의 연관성을 확인한 후에나 말할 수 있는 문제야. 지금은 묻어둬야 해.'

유태성은 두 손으로 얼굴을 쓰다듬고 나서 힘없는 목소리로 말했다.

"그만 가봐. 혼자 있고 싶어."

황윤길은 나가지 않았다. 아직 보고해야 할 내용이 남아 있다. 황윤길이 주저하며 발걸음을 떼지 않자 유태성이 그를 올려다보았다.

"뭐? 남은 게 있어?"

"혹시 차 의원에게 속내를 비추신 적이 있습니까?"

유태성이 눈살을 찌푸리며 말했다.

"있어. 갈가리 찢어버린다고 했어. 현조 못 돌아오면 죽여 버리겠다고 했어. 그게 왜?"

황윤길은 면책 사유가 생긴 것에 내심 안도하며 조심스럽게 대답했다.

"16일 저녁 비행기로 떠났습니다. 도착지는 북경입니다."

유태성이 호랑이눈을 치뜨며 소리쳤다.

"뭐야? 그 개잡년은 하나밖에 없는 지 자식이 죽었는지 살았는지 확인도 안 해보고 도망쳤단 말이야? 그것도 하루 만에? 그거 비자까지 미리 받아놓았다는 뜻이잖아? 그걸 왜 이제야 말하는 거야?"

"비자도 없이 그냥 나갔답니다."

"그게 가능해? 출국은 가능할지 몰라도 입국은 못하잖아?"

"불가능할 것이라고 생각했습니다만, 결과적으로 입국했음이 확인됐습니다. 중국인 동행인이 있었다고 하는데, 그로 인해 가능했던 것으로 짐작됩니다."

유태성이 주먹을 불끈 쥐고 씨근덕거렸다.

"죽일 년! 그년을 어떻게 한다?"

황윤길은 분노에 몸을 떠는 유태성을 바라보며 주먹으로 입을 막고 큼큼 거렸다.

"왜? 또 할 말 있어?"

"임화평이 곧 북경으로 갈 모양입니다."

"알아. 어떻게든 막으라고 그랬잖아."

"솔직히 말씀드리자면, 임화평이 유 전무 부부를 납치했다는 확신이 서지 않습니다. 정황이 그를 용의자로 지목하고 있지만, 물증은 하나도 없습니다. 게다가 그 인간 성격으로 봐서는 그 일의 전모를 알고 있다면 유 전무 부부 정도로 끝내지 않을 겁니다. 그는 직접 손을 쓸 인간이지 남에게 맡길 인간이 절대 아닙니다."

황윤길은 그날 맞은 것을 떠올리며 미약하게 어깨를 떨었다. 골병 든 것은 차치하고, 아랫도리에 수작을 부려 고자나 마찬가지인 처지에 빠지게 만들었다. 그 때문에 임화평이 부탁한 여권을 하루라도 빨리 만들려고 닦달하고 있는 중이다. 그 자신이 남들에게 해왔던 일들이 얼마나 잔인한 일이었는지 인식하지 못한 채 본인이 당한 일에만 겁을 먹다 보니, 임화평을 아주 잔악한 인간으로 인식하고 있다.

황윤길은 생각을 끊고 말을 이었다.

"그가 만약 중국으로 떠나는 그날까지 의심스러운 움직임을 보이지 않는다면, 중국에서의 모든 편의를 약속하고 차 의원의 처리를 부탁하는 것도 나쁜 방법은 아니라고 생각합니다."

살인청부를 하자는 것도 임화평을 독한 놈으로 보지 않고는 꺼내지 못할 말이다.

유태성이 황윤길을 무섭게 노려보았다.

'이 녀석, 요즘 바보가 된 것 같아. 한 번 맞더니만 나사가 빠져 버렸어. 그렇다고 자르기에는 아는 게 너무 많아.'

지난 10년 사이의 불법, 탈법과 관련된 모든 비리는 황윤길의 손끝에서 실행됐다. 평생 안고 가야지, 내칠 수 있는 사람이 아니다. 그리고 평소에는 유능했다. 하지만 임화평과 관련된 일만큼은 실수투성이다. 그 일에 대해 서만큼은 너무나 무능하게 느껴졌다.

"임화평을 너무 무서워하는 거 아냐?"

황윤길은 솔직하게 대답했다.

"회장님의 영향력까지 고려한 제 모든 수단으로도 그를 제지할 방법을 찾지 못했습니다. 그의 수단은 원초적인 폭력입니다. 저 같은 놈에게는 무서울 수밖에 없는 인간이지요."

폭력을 수단으로 삼는, 그래서 사람들이 두려워하는 조폭들도 유태성 앞에서는 고개를 들지 못한다. 유태성이 동원할 수 있는 합법을 가장한 수단 몇 가지면 조직 하나를 파멸시키는 것 정도는 장난이나 마찬가지다. 하지만 상대가 지킬 것도, 두려워하는 것도 없는 임화평이라면, 유태성이 직접 나서더라도 감당할 자신이 없다. 어떻게든 엮으려면 상대가 움직여 줘야 하는데 동면에 든 곰처럼 꼼짝을 하지 않으니 어떻게 해볼 도리가 없다.

"끙!"

유태성은 신음을 토하며 황윤길을 향한 눈길을 거두었다.

"결국 임화평 그놈을 내보내자는 말이지?"

"현실적으로 막을 수단이 없을뿐더러 나라 밖에 있는 것이 회장님과 가족분들의 안전을 위해서도 유익합니다. 그리고 임화평이 차 의원을 기꺼이 손보려고 한다면 그가 유 전무 부부를 납치했을 가능성도 더 커지는 겁니다. 중국에서 죽어줘도 좋고, 그게 안 된다면 우리 쪽에서 손을 써도 됩니다. 나라 밖에서 손을 쓰는 게 여러모로 쉽습니다. 제압을 못한다는 것이지, 제거하지 못한다는 것은 아니니까요."

아무리 무술이 뛰어나다고 해도 1㎞ 바깥에서 저격하면 그만이다. 특별 경호팀 안에도 그것이 가능한 사람이 제법 된다.

"임화평이 범인이면서도 움직이지 않았다면, 현조는 아직 살아 있을지도 몰라. 직접 손을 쓸 생각이면 살아 있을 거야. 특경팀 다 동원해도 임화평 그놈 납치 못하나?"

"말씀드렸다시피 제거할 수는 있어도 굴복시키기는 어렵다는 판단입니다. 딸이라도 하나 더 있다면 몰라도……."

"해도, 해도, 해도……. 결국 그놈에 대해서는 무슨 대답을 해도 단서를 붙여야 한다, 이 말이지?"

유태성은 유현조가 어떤 사람인지 안다. 조혜인이 어떤 사람인지 안다. 김창서도 잘 안다. 모두가 죽을 만큼의 원한을 살 성격들이 아니다. 그 때문에 물증이 없다 하더라도 임화평을 범인이라고 확신하고 있다. 지금껏 유현조가 살아 있을지도 모른다는 가능성 때문에 함부로 손을 쓰지 못했다. 죽었다는 확신만 있다면 외국에서 특급 킬러를 고용해서라도 죽여 버렸을 것이다.

'그놈이 나가서 장기간 돌아오지 않는다면 현조는 이미 죽었다는 뜻이 될 테지. 하지만 진짜 범인이 아니라면? 상관없어. 찜찜한 놈을 남겨둘 필요는 없지. 아니야. 현조가 죽었다면 시신이라도 찾아야 돼. 어떻게 하지?'

유태성은 눈을 감아 혼란스러움을 감추고 손을 내저었다.

황윤길은 고개를 숙이고 조용히 방을 나섰다.

간만에 늦게까지 휴식을 취했다. 숙면을 취하고 일어나 오전 내내 수련에 빠져 있다가 오후 3시가 넘어 산책하듯 야탑동으로 걸어갔다. 대중교통을 이용하려다가 따라오기 힘들까 싶어 택시를 탔다. 목적지는 남대문. 느긋하게 시장을 둘러보면서 식사하고 명동까지 걸어갔다. 명동에서의 움직임도 남대문과 다를 바 없다. 명동 뒷골목까지 구석구석 훑고 다녔다.

'명진무역.'

임화평은 남산 케이블카 근처의 중국 대사관에 이르러 작고 허름한 오층 건물을 스치듯 바라보았다. 이진송의 명함에 나와 있던 그 주소에 명진무역이 있었다.

명진무역을 스쳐 지나치며 임화평은 차가운 미소를 지은 채 주먹을 들어 보였다. 마주 오던 건장한 사내가 급히 눈길을 피하며 임화평의 옆으로 빠르게 지나쳤다.

'그 체구에 움츠러들면 어쩌자는 거야? 그럴 때는 눈을 부라리며 달려들려는 제스처를 취해야 자연스러운 거야.'

임화평은 사내의 뒷덜미를 덥석 잡으며 뒤로 당겼다.

"이, 이거, 왜 이러십니까?"

임화평은 사내의 마혈을 짚어 구체 관절 인형을 조작하듯 쪼그려 앉혔다. 그리고 그 옆에 같은 모양새로 쪼그려 앉으며 말했다.

"남대문에서 여기까지 세 번 지나쳤다. 못 알아볼 것 같아? 긴말하지 말자. 지금껏 가만히 놔둔 건 귀찮아서 그런 거지, 못 잡아서 그런 거 아니다. 한 명쯤 더 느껴지던데… 하나야, 둘이야?"

몸을 움직여 보려고 끙끙거리던 사내가 손가락 하나를 펴보였다.

"교대 시간은?"

"9시."

임화평은 시계를 보았다. 5시 47분이다. 사내의 마혈을 풀어주었다.

"전화해라. 차 가지고 오라고 해. 도망치면 바로 황윤길에게로 갈 거다. 순순히 응하면 황윤길한테는 입 다물지. 나하고 같이 다니면 너도 편하잖아?"

사내는 어쩔 수 없이 핸드폰을 꺼내 전화했다. 5분도 못 돼 회색 소나타 한 대가 다가왔다. 사내와 임화평이 나란히 쪼그려 앉아 있는 것을 본 운전자의 얼굴에 당황한 기색이 어렸다.

임화평이 웃으며 고개를 젓자 운전자는 입술을 깨물며 차에서 내렸다. 임화평이 손을 내밀자 운전자는 자동차 키를 넘겼다. 임화평은 운전자의 마혈과 수혈을 짚어 뒷좌석에 앉혀두고 미행한 사내에게 말했다.

"조수석에 타. 저 친구? 괜찮아. 그냥 자는 거야."

사내가 조수석에 오르자 임화평도 운전석에 앉아 키를 꽂았다.

"안전벨트 매지 그러나?"

사내는 임화평의 상냥한 목소리에 진저리 치며 안전벨트를 맸다.

"그러니까 모두 네 명이서 교대로 감시한 거야. 그렇지?"

사내가 고개를 끄덕였다.

"생각보다 적네. 힘들었겠다. 그거 근로기준법인가 뭔가 하는 법 위반 아니야? 잔업수당, 야간 수당 제대로 받고 있어? 그런데 망원경, 좋은 건가 보네. 집 근처에서는 찾기 힘들던데. 보여줄래?"

사내는 보조석 서랍에서 군용 망원경처럼 생긴 것을 꺼내 건네주었다. 임화평은 그것으로 주위를 살폈다.

'나오는군.'

명진무역 건물에서 세 사내가 나왔다. 두 명의 사내가 앞에 타고 볼 살이 처져 너구리처럼 느껴지는 40대 초반의 사내가 뒷좌석에 탔다. 다행이다. 건물 앞에 주차된 고급차는 한 대. 그 주인이 나오지 않으면 늦은 밤까지라도 기다릴 생각이었다.

"이거, 배율이 얼마나 돼?"

"스물다섯 배 정도로 알고 있습니다."

"성능 좋네. 자!"

임화평은 사내에게 망원경을 건넸다. 사내는 서랍에 망원경을 수납하다가 갑자기 눈앞에 흐려짐을 느낀 후 정신을 잃었다. 임화평은 서랍을 닫고 차를 출발시켰다.

사내가 다시 눈을 뜬 때는 7시 40분경이다.

임화평이 웃으며 말했다.

"근무 시간 아직 한 시간 좀 넘게 남았네. 배고프겠다. 집에 있을 테니까 걱정 말고 밥 먹어."

임화평은 차 문을 닫고 느긋하게 걸어갔다. 그의 손에는 서랍장에 있어야 할 망원경이 달랑거리고 있다.

사내는 주위를 둘러보았다. 익숙하지도, 생소하지도 않은 곳, 야탑동이다. 시계를 보았다. 한 시간 반 남짓 정신을 잃고 있었다. 명동에서 야탑동까지 오는 시간을 생각해 보았다. 러시아워를 생각한다면 오는 데 대부분의 시간을 소비했다고 봐야 했다.

"운전해 보고 싶었던 거야? 도대체 왜 정신을 잃게 만든 거지?"

눈을 뜬 시간은 아침 9시다. 임화평답지 않게 늦잠을 잔 셈이다. 사정이 있었다. 밤늦게 집을 빠져나갔던 것이다. 방문지는 포이동 국악예고 근처의 한적한 주택이었다. 화려하지도 않고, 그렇다고 허름하지도 않은 일반 주택인데, 살고 있는 사람들은 세 사람 모두 남자로, 중국인들이었다.

결과적으로 임화평은 세 사람을 더 죽였다. 그들의 정체를 알게 된 이상 살려둘 생각도 없었지만 직접 죽이지는 않았다. 임화평이 찾아간 것 자체가 스스로 죽을 수밖에 없었던 이유가 된 모양이다.

그들은 제법 많은 정보를 넘겨주었다. 자살할 만큼 강단이 있는 자들이었지만, 자살 도구를 빼앗긴 이후의 육체적 고통에는 취약했다. 고통 앞에 통뼈가 없는 법이다. 영화에서 보면 주인공이 고문에 끝까지 버티고 끝내 상황을 반전시키지만, 영화니까 그럴 뿐이다. 자살할 방법을 모두 막아놓고 말초부터 건드리기 시작하면 10분 버티기도 힘들다. 분골착근까지 갈 필요도 없다. 손톱 밑을 찌르고 손톱을 파낼 필요도 없다. 무표정한 얼굴로 뼈마디를 하나씩 차근차근 부러뜨리는 것만으로도 충분하다. 손 하나 망가지는 순간, 죽고 싶다는 생각과 죽여 달라는 말밖에 할 수 없다. 죽음은 인간에게 가장 큰 두려움이 되지만, 고문을 받는 경우라면 편안한 죽음은 곧 해방이다. 그들은 손가락 세 개가 아홉 번 부러지는 순간 모든 것을 토해냈다, 독니를 돌려받는다는 조건하에.

그들은 광목이라는 조직의 하수인이었다. 조직 외부의 인물로, 어릴 때부터 용문관이라는 학관에서 키워졌다. 정상적인 교육과 비정상적인 교육을 동시에 받았고, 개개인의 자질에 따라 분류되고 배치된다고 했다. 그들은 조직 안에 들지 못하고 용문관에서 곧장 외부로 배치된 자들이라고 했다. 일종의 정보원이고, 외부의 인물과 조직을 연결시키는 연락원이다.

그들이 차수경을 광목이라는 조직과 연결시켜 준 자들이다. 임화평이 그들을 죽이기로 작정한 것은 그 때문이다. 물론 그들도 상부에서 시키는 대로 행한 하수인일 뿐이다. 조직의 위치나 체계 같은 것은 알지 못했다. 연락은 오로지 두 가지 방법으로만 가능하다고 했다. 컴퓨터로 보내는 편지와 중국 우체국 사서함이 그것이다.

심문 전에 회수한 독이 든 어금니 세 개를 살폈다. 시대를 반영한 어금니였다. 방법은 임화평이 알고 있는 것과 같지만 도구는 현대화되어 있었다. 과거에는 밀랍을 이용하여 독을 싸고 그것을 이빨의 형태로 만들어 끼웠다 뺄 수 있게 했다. 늘 끼우고 다니는 것이 아니라 임무 중에만 사용했다. 끼운 채 오징어라도 씹다가는 그대로 저승행이기 때문이다.

광목당의 방식도 예전과 마찬가지다. 실제 치과에서 사용하는 가짜 이를 사용하여 그 안에 독단을 넣고 다시 메웠다. 이를 끼우는 자리에는 고정시키는 돌출물 같은 것이 있었다. 최근 들어 대중에게 알려지고 있는 임플란트라는 것과 비슷한 방식인 듯한데, 쉽게 끼우고 뺄 수 있다는 것이 조금 달랐다. 그들 역시 식사할 때는 반드시 빼놓고 한다고 했다. 대신 향향이 쓰던 것과 비슷한 구조의 반지를 늘 착용하고 다닌다고 했다. 철저한 교육을 받은 모양이다.

임화평이 심문을 끝냈을 때 그들은 어금니를 돌려 달라고 애걸했다. 이유를 물었더니, 죽지 않으면 중국에 있는 가족들이 보복당한다고 했다. 대학을 다니고 사회 경험을 쌓는 동안 조직은 그들을 자유롭게 풀어준다고 했다. 그사이에 대개는 결혼을 하게 되고 아이가 생기면 그때부터 조직은 그들을 사용한다고 했다. 가족을 버리는 이기적인 선택을 할 수도 있겠지만, 그때부터는 평생 생활이 아닌 생존을 목표로 살아가야 한다.

그렇다고 하수인으로서의 삶이 가혹하지는 않다. 시대가 바뀌었다고 하수인의 대우도 달라진 모양이다. 원칙을 지키는 한 삶은 풍요롭다. 명진무역의 설립 자금을 대어주었고, 조직이 정해준 업체에서 물건을 받아 정상적으로 장사하면 된다고 했다. 거기서 벌어들이는 수익은 지부의 운영 자금으로 쓰고 남은 것은 각자의 월급으로 충당하는데, 그 금액이 충분히 풍족하다고 말할 정도라고 했다. 조직이 시키는 일만 하면 생활에는 하등 지장이 없다는 뜻이다.

단, 신분이 발각되었을 경우 죽지 않으면 가족들이 위험해지고, 죽으면 가족들의 여생까지 책임진다고 했다. 세 명이 모두 손가락과 팔이 부러진 상태라서 감시자의 눈길을 벗어날 수 없다고 했다. 어금니 속에 든 봉천도(封天道)라는 이름의 독은 특별해서 고통 없이 죽을 수 있으니 돌려 달라는 것이었다.

약속대로 돌려주었다. 그들은 임화평이 보는 자리에서 자살했다.

대치동까지 걸어가서 택시를 탔다. 피곤한 야근자의 얼굴로 세상 살기 어렵다는 이야기를 한참 하다가 야탑동에서 내렸다. 숲을 가로질러 집으로 돌아왔을 때가 새벽 4시 반이 조금 넘었을 때였다. 9시에 일어났어도 많이 잔 것은 아닌 셈이다.

"아는 건 선민종합병원, 청도방, 광목, 우상 정도인가? 아, 소빙빙이 있었지. 선민종합병원에 차수경이 있을까? 우상을 잡으면 실체에 접근할 수 있겠지? 아무리 생각해도 작은 조직이 아니야. 차라리 청도방주에게 접근을 해볼까?"

임화평은 고개를 저었다. 머릿속으로 아무리 고민을 해봐도 결국은 쓸모가 없다. 우선 눈으로 보고 피부로 느낀 후에 결정해야 한다. 주먹구구 같지만 현장에서는 그렇게 해야 변수를 줄일 수 있다. 결국 중국에 들어가기 전에는 그 어떤 결정도 내리지 않기로 했다.

❧

황윤길은 지금껏 자신이 비굴한 사람은 아니라고 생각해 왔고, 비굴한 사람을 보면 오히려 비웃었다. 남에게 비굴하게 굴어야 할 처지에 빠진 적이 없었기 때문이다. 유태성에게도 조심스럽게 행동하기는 했지만 비굴하게 굽실거린 적은 없다. 하지만 이제야 인간은 누구나 비굴해질 수 있다는 사실을 깨달았다.

돌이켜 생각해 보니, 유태성에게 비굴하게 굴지 않았던 것은 어디까지나 어두운 면을 공유하고 있었기 때문이다. 유태성이 자르지 못한다는 확신과 유태성이 믿고 의지하는 유일한 상대라는 자신감이 그를 당당하게 만든 것이다. 만약 그가 평범한 회사원으로 살았다면 유태성이 아니라 일반 임원들에게도 손바닥을 비비고 살았을 것이다.

'폭력 앞에서 당당할 놈 있으면 나와보라고 그래.'

황윤길은 대문 안에 들어서자마자 조심스럽게 임화평의 눈치를 살폈다. 임화평은 황윤길의 손에 들린 갈색 서류 봉투를 바라보며 피식 웃었다. 열흘 만에 여권을 준비해 온 모양이다. 하지만 원거리 감시조가 들켰다는 사실을 보고했는지, 여간 조심스러운 모습이 아니다.

"나 폭력 쓰는 거 좋아하지 않아. 들어와!"

'거짓말!'

황윤길이 서재 마루에 엉거주춤 엉덩이를 걸치며 서류 봉투를 임화평 앞으로 밀어놓았다.

"여권과 관련된 인적 사항은 모두 따로 적어두었습니다. 직업은 요리사. 비자도 받아두었습니다. 취업 비자로 1년 동안 체류할 수 있습니다. 위장 취업된 요식업체는 작년에 북경에 낸 한사랑이라는 한식당입니다. 현승 계열사니까 문제 생길 일은 없을 겁니다. 매달 월급도 지급될 겁니다. 귀찮은 서류 작업까지 다 처리되었습니다. 서류상으로는 모두 합법적인 겁니다. 하지만 임 선생께서 잡히시면 문제가 생깁니다. 저희 계열사 임원 하나를 잘라야 하거든요."

임화평은 서류 봉투를 열어 내용물을 하나씩 꺼내며 말했다.

"그 여권 가진 채 사고 칠 일 없어. 나도 변장할 줄 알아. 수염도 붙이고, 안경도 쓰고, 머리에 포마드도 바를 거야. 그리고 잡힐 것 같아? 죽으면 죽었지, 잡히지는 않아."

황윤길은 아무것도 아닌 '포마드'라는 단어에 진저리쳤다. 가끔씩 던지는 어수룩한 말에 깜빡깜빡 속아 넘어간다. 마치 뭘 모르는 사람처럼 여기게 만들어 황윤길로 하여금 만심이 생기도록 유도한다. 그때 실수하면 뒤통수를 제대로 맞게 되는 것이다. 정시우에게도 국정원 대신에 안기부라는 단어로 세상 돌아가는 것을 모르는 사람처럼 느끼게 만들었다고 했다.

'포마드? 차라리 동백기름 바른다고 그래라. 젠장!'

황윤길이 입을 꾹 다물고 있자 임화평은 다시 서류를 살폈다. 강명식이라는 이름으로 된 여권과 여권 주인의 인적 사항, 그리고 한사랑에 대한 기본적 설명과 황윤길 본인에게 연락할 수 있는 세 개의 전화번호가 있다. 노란색 중국 은행 통장과 캐시카드도 있다. 놀랍게도 임화평의 얼굴과 강명식의 이름으로 된 주민등록증과 운전면허증까지 있다. 마지막으로 꺼내 든 것은 대한항공의 비행기 티켓이다. 날짜가 정해지지 않은 오픈티켓일 것이고 비즈니스 클래스 정도는 될 것이다.

"그런데 이건 좀 과하네? 내가 부탁한 것은 여권과 통장이 전부였잖아? 그런데 비자에 취업에 주민등록증에 비행기 티켓까지… 왜 이런 과잉 친절을 베푸는 거지?"

'왜긴 왜야? 부탁이 있으니까 그러지. 중국에서 네가 숨어버리면 어디서

찾아? 내 쪽에서도 연락이 되어야 할 것 아니야.'

황윤길은 침을 꿀걱 삼켰다. 여기서 말 한마디 잘못하면 따귀 정도로 끝나지 않을 것임을 잘 알고 있는 까닭이다.

황윤길은 애처로운 표정을 지으며 말했다.

"우선 제 물건부터 좀 살려주십시오. 그런 후에 용건을 말씀드리겠습니다."

임화평은 피식 웃으며 물었다.

"힘들었나? 내가 당해본 적은 없어서 어떤지 잘 모르겠군."

황윤길은 이를 부드득 갈아붙이고 싶었지만 그 후환을 상상하며 억지로 참아냈다.

"마누라가 밥을 안 줘서 아침에 우유 한 컵 먹고 나옵니다. 살려주십시오."

"등 까고 엎드려 봐."

황윤길은 두말 않고 옷을 들어 올린 후 마루 위에 납작 엎드렸다. 임화평이 살펴본 결과 그대로 놓아둔다면 열흘은 더 갈 것 같았다. 황윤길에게서 불의 기운을 뽑아내고 말했다.

"이제 본론을 말해보지."

황윤길은 선뜻 입을 열지 못했다. 임화평을 통해 차수경을 제거하자는 의견을 낸 사람이 바로 황윤길이다. 유태성은 며칠을 고민하다가 '이이제이, 토사구팽'을 읊조리며 마지못해 허락했다. 이제 임화평에게 청부를 할 차례다. 그것을 임화평이 기분 나쁘게 생각한다면 뼈마디 한두 군데 부러지는 정도는 감수해야 할 것이다. 조심스러울 수밖에 없다.

황윤길은 임화평의 옷차림을 살폈다. 얇은 면 티에 얇은 트레이닝복을 입었다. 황윤길은 트레이닝복 호주머니가 밋밋함을 확인한 후 주변을 둘러보았다. 통나무들은 모두 한쪽 구석으로 치워져 비디오카메라를 숨겼을 만한 것은 찾아볼 수 없다. 혹시나 해서 다른 곳도 살폈다. 특별히 의심 가는 것은 없다. 밖에서 찾던 비디오카메라는 서재 책상 위에 뚜껑이 닫힌 채 아무렇게나 놓여 있었다.

"오늘은 녹화나 녹음 안 해. 내 비리까지 들어가잖아. 뭐야?"

임화평의 얼굴에 짜증이 드러나자 황윤길은 마침내 입을 열었다.

"지금 중국에 전 국회의원이었던 차수경 씨가 머물고 있습니다. 처리해 주십시오."

임화평의 얼굴 표정이 묘하게 변했다. 기분 나쁜 것 같기도 하고 당혹스러워하는 것 같기도 했다. 실제로 임화평은 의외의 부탁에 당황했다. 설마 차수경을 죽여 달라고 부탁할 줄은 그도 상상하지 못했다.

임화평은 눈썹을 꿈틀거리며 낮게 으르렁거렸다.

"너, 나를 뭐라고 생각하는 거야? 내가 살인청부업자인 줄 알아?"

황윤길은 벌떡 일어나 마루 끝으로 물러났다. 그리고 사정하듯 말했다.

"어차피 피를 보러 중국 가시는 것 아닙니까? 꼭 죽이지 않으셔도 됩니다. 확실하게 손만 봐주셔도 그 대가는 반드시 지불하겠습니다."

임화평은 심드렁한 표정으로 대답했다.

"싫어. 귀찮게 내가 왜 그런 짓을 해? 내 딸 죽인 중국 놈들 찾기에도 바쁜 사람이야."

황윤길은 임화평의 반응을 유심히 살피다가 품속에서 편지 봉투 하나를 꺼냈다.

"집입니다. 북경 안에 있으면서도 여기처럼 한적합니다. 한사랑을 통해서 차도 제공하겠습니다. 필요한 것 있으면 뭐든 말씀하십시오. 그리고 차수경의 은신처는 저희가 찾겠습니다. 임 선생님께서는 하루나 이틀 정도만 시간을 내주시면 됩니다."

임화평은 수염이 길지 않은 턱을 쓰다듬으며 생각에 잠겼다.

"흠! 그렇게 말하니까 좀 혹하는군. 이유부터 좀 알자. 아무리 현승이라도 전 국회의원을 건드리는 건 위험부담이 큰 일이잖아? 그리고 내가 알기로는 현승과 차수경이라는 여자, 사돈지간인데? 한때 떠들썩했던 것 같은데, 아냐?"

"그 여자가 사돈이라는 직위를 이용해서 현승의 기밀을 중국으로 빼돌렸습니다. 현승의 손해는 차치하고, 매국놉니다. 가만히 놔둘 수 없는 일이잖습니까?"

사실이 아니라는 것은 임화평도 알고, 임화평이 알고 있다는 것을 황윤길도 알고 있다. 황윤길은 임화평이 유 전무 부부를 납치했다는 의심을 거두지 않았고, 임화평도 황윤길의 의심을 알고 있다. 그러나 두 사람 모두 아무런 내색도 하지 않았다.

임화평은 눈살을 찌푸리며 엄지로 턱을 긁었다.

"좋아, 그 일, 해주지. 대신 한 가지 조건이 있어."

"뭡니까? 가능한 일이면 뭐든지 들어드리겠습니다."

"내 일이 우선이야. 눈앞에 있으면 어쩔 수 없겠지만, 그게 아니라면 내일 다 끝내놓고 처리할 거야. 무슨 말인지 알겠어? 뒤통수 맞기 싫단 말이야. 그리고 뒤통수치면 뒷일은 알아서 감당해야 할 거야. 무슨 말인지 알지?"

황윤길은 무겁게 고개를 끄덕였다.

"좋아, 계약 성사됐다. 이제 멀리서 보는 애들 좀 치워. 패줄까 하다가 쫓아가기 귀찮아서 놔둔 거야. 사람도 마음대로 못 만나잖아. 그냥 얼굴 보러 가는 건데, 네 눈에는 빼딱하게 보일 거 아냐? 이 시간 이후로 보이면 너 정말 가만히 안 놔둔다. 중국에서도 마찬가지야. 꼬리 달린 거 확인하는 순간 평생 여자 살맛 못 보게 만들어준다."

황윤길은 찔끔한 표정으로 조심스럽게 봉투를 내려놓고 고개를 끄덕였다.

"저도 회장님 성화 때문에 어쩔 수 없었습니다. 맹세하겠습니다. 이 시간 이후로 다시는 사람 붙이지 않겠습니다."

"좋아, 오늘은 그냥 넘어가 주지."

"그런데 언제쯤 나가실 생각입니까?"

"일주일 안에 나갈 거야. 나가게 되면 전화하지."

황윤길은 시종일관 조심스러운 태도를 유지하다가 핸드폰으로 감시자들에게 물러날 것을 명령하고 돌아갔다.

"하! 이렇게 되면 차수경은 중국에서도 납치를 해야 되는 건가? 의심 사지 않고 죽이게 돼서 좋기는 한데, 귀찮게 됐구먼. 하지만 대신 찾아준다? 안 그래도 막막했는데, 그건 다행이군."

중국에서는 그냥 죽일 생각이었다. 하지만 빌려준 칼이 되는 것도 괜찮은 방법이다. 차수경은 요인(要人)이다. 죽게 되면 신문에 대서특필될 사람이다. 그녀가 어떻게 죽었는지도 알게 될 것이다. 임화평이 화풀이한 차수경의 시신이 발견된다면 그것은 그가 유현조 부부까지 죽였다는 것을 유태성에게 광고하는 것이나 마찬가지다. 차라리 납치해서 실컷 분풀이하고 파묻어 버리는 것이 좋다.

맑은 하늘을 올려다보다가 서재로 들어가 책상 위에서 놓여진 비디오카메라의 스톱 버튼을 눌렀다. 보이는 것이라고는 암흑밖에 없겠지만 소리만은 깨끗하게 저장되어 있을 것이다.

비디오카메라를 보며 쓰게 웃었다. 또다시 거짓말을 했다. 밥 먹듯이 뒤통수를 치려 하는 황윤길에게 미안한 건 아니지만, 정직이 최선의 방책이라는 말을 더 이상 앞세울 자신이 없다. 황윤길뿐만이 아니라 너무나 많은 사람들에게 거짓말을 해왔다. 한용우도 속였고, 아이들도 속였다. 사실을 알면서도 적극적으로 도와준 이중원에게도 전부를 말하지 않았다. 그들을 위한 화이트 라이(White Lie)였다고 우길 수는 있겠지만, 거짓말은 거짓말이다. 이제는 숨결까지도 거짓말이 될 것 같았다.

"신부님, 정직은 더 이상 제게 최선의 방책이 아닌 것 같습니다. 그동안 너무나 많은 거짓말을 해왔습니다. 이제는 버리렵니다. 죄송합니다. 그동안 놔주지 못해서 미안했다. Goodbye, my honesty!"

⚜

항공사에 연락한 후 가장 먼저 한 일은 마트에 다녀온 것이다. 여행용 하드 케이스 캐리어 하나와 양철로 된 소품 케이스 세 개를 사고 나프탈렌과 청테이프를 샀다.

장까지 보고 집으로 돌아와 테이프들을 정리했다. 신영록과 유현조에 관련된 테이프 원본과 현승 관련 테이프 원본을 종이에 싸고 비닐에 다시 감싸 나프탈렌과 함께 양철 케이스에 넣어 청테이프로 밀봉해 두고, 두 개씩 떠놓은 사본들을 한 묶음씩 따로 놓아두었다. 현승 관련 테이프만 따로 하나의 테이프에 옮겨두고, 마지막으로 테이프 하나에 녹음테이프를 제외한 모든 테이프의 내용을 전부 담아 챙겨두었다.

대포폰으로 이중원에게 전화를 건 후, 안방으로 가서 대충 짐을 챙겼다. 춘추복과 하복 몇 벌 넣고 나니 넣을 것이 없다. 옷장에서 겨울옷을 꺼냈다가 고개를 저었다.

지난번에 자세히 보지 못했지만, 어쩐지 느낌이 달랐다. 같은 바지, 티를 입어도 왠지 한국인과 중국인의 구별이 가능할 것 같았다. 이유는 알 수 없다. 그저 조금 다르다는 느낌이었다.

'내가 다르게 느끼면 그들도 그렇게 느낄 거다. 한국인으로 보이면 곤란하지. 앞으로는 김치와 마늘은 피하고, 중국 음식과 차를 마신다. 냄새가 강한 스킨과 향수도 사야겠군.'

임화평은 겨울옷 가운데 임초영이 마지막에 사준 가죽 재킷 하나만을 가방에 넣었다. 신발 하나를 더 챙긴 후 서재로 갔다. 가방에 넣을 이것저것을 꺼내놓고 저울질했다.

먼저 든 것은 삼단봉이다.

"이거 검색대에서 안 걸리려나?"

일단 넣었다. 앞이 뾰족하긴 하지만 그렇다고 날카로운 것은 아니고 기가 잘 뻗어나갈 정도로 뾰족한 총알 모양일 뿐이다. 보통 사람이 그것으로 사람을 찌를 수 없다. 보통 사람에게는 삼단봉보다는 쇠망치가 더 위협적으로 느껴질 것이다.

"걸리면 또 만들면 그만이지."

삼단봉을 가방에 넣고 비닐봉지를 들었다. 이십여 개의 양철 뚜껑이 들어있다.

"홋! 이건 한 번도 못 써봤구나. 이거 걸리면 꼴이 우스워지겠지?"

비닐봉지를 방구석에 던져 버렸다. 필요할 때 다시 만들면 그만이다.

작은 녹음기와 여분의 테이프들, 그리고 임초영이 준 CD 플레이어를 잘 포장해서 넣었다. 공짜로 얻은 망원경도 넣었다.

"비디오는 따로 가져가야 할 거고……. 외국 나가는데 가져갈 게 이렇게 없나? 남들은 가방 몇 개씩 들고 가는 것 같던데……."

서류와 여권, 그리고 필기구 같은 것들을 서류 봉투에 담아 책상 한구석에 밀어두고 서랍을 뒤졌다. 특별히 챙길 것이 없다. 결국 찾아낸 것은 원래임화평의 여권과 조폭을 비롯한 온갖 인간들의 전화번호와 주소가 적힌 수첩이다. 여권과 수첩을 꺼내 서류와 함께 두었다. 마지막으로 그의 눈길을받은 것은 책상 위에 놓인 가족사진이다. 가방에서 면 티와 가죽 재킷을 꺼내 가족사진을 둘둘 말고 비닐로 포장하여 청테이프로 묶었다.

임화평은 어수선한 서재를 둘러보며 쓴웃음을 지었다.

"이제 더 없지? 뭐가 이래? 사는 게 원래 이런 거야?"

고개를 저으며 가방을 닫았다. 입에서 흥얼흥얼 노랫소리가 흘러나왔다. 김국환의 타타타다.

"내가 나를 모르는데……."

딴에는 처진 기분을 달래려고 뽕짝의 꺾기 창법까지 사용하여 구성지게 시작했는데, 어느새 처량하게 변해 버렸다.

"젠장!"

가방을 서재 구석에 세워두고 다시 한 번 방을 둘러본 후 서재 마루에 걸터앉았다.

"김국환 씨, 당신 무슨 득도한 고승이야? 산다는 게 그렇게 좋은 게 아니야. 인생 정말 엿 같아. 그 한 치 앞을 몰라서 내 인생 개떡 됐거든. 거기에 무슨 재미가 있는데? 무슨 이따위 노래를 불러?"

⚜

밤 11시다. 임화평은 세 개의 양철통을 모두 배낭에 넣고 어둠 속으로 스며들었다. 소리없이 숲으로 들어간 후 바람처럼 숲을 가로질렀다. 길도 없는 곳을 잘도 헤집고 들어가 커다란 바위 밑에 원본이 든 양철통을 파묻었다. 그리고 다시 이동하여 또 한 군데 이정표가 될 만한 바위 밑에 양철통 하나를 더 파묻었다. 집에서 모두 10여 분 이상 걸리는 곳이다. 보통 사람이라면 걸어서 한 시간 이상 이동해야 할 거리다.

다시 숲을 가로질러 야탑동으로 향했다. 배낭 속에서 야구 모자를 꺼내 눌러쓰고 야탑역 근처의 빌딩 그늘 속에서 핸드폰을 꺼냈다.

"형님, 보이는구려. 거기서 50m 정도만 더 내려와 주시오. 세븐일레븐 보일 거요."

야탑역 근처에 주차되어 있던 검은색 그랜저가 천천히 이동했다. 임화평은 차가 다시 멈추자 길을 건너 재빨리 조수석에 올라탔다.

이중원이 빙긋 웃으며 말했다.

"이기 다 뭐 하는 짓거리고? 첩보원 놀이 하나?"

"일단 갑시다."

"어데로?"

"일단 좀 한적한 데로 갑시다."

"한적한 데? 으, 무시라."

이중원은 장난스럽게 어깨를 떨며 차를 몰았다.

"어제까지 현승에서 감시하고 있었소. 혹시나 해서 간첩 놀이 하는 거니까 이해하시오."

"개안타. 재밌네. 인자 일 다 끝내뿌릿나?"

"아직이오. 하나 남은 년이 중국으로 도망쳤소. 형님도 아는 이름일 거요. 차수경!"

이중원이 눈살을 찌푸렸다가 번쩍 떴다.

"차수경? 주디 삐뚜러진 그 가스나 말이가?"

임화평이 고개를 끄덕이자 이중원이 혀를 내둘렀다.

"그기 그캐서 구케이원도 그만두삐꾸나. 학실히 직일 년이네."

"죽일 거요."

이중원이 탄천변에 차를 세웠다.

"언제 갈라꼬?"

"모레 떠날 거요."

임화평은 배낭 안에서 마지막 남은 양철통을 꺼내 이중원에게 건넸다.

"이거, 다시 달라고 할 때까지 보관 좀 해주시오. 열어볼 필요없소. 봐봤자 기분 좋은 거 아니니까. 그리고 지금껏 내가 형님하고 사이 드러나지 않게 주의를 하긴 했는데, 혹시 이것 때문에 곤란해지거든 그냥 내어주시오. 원본 따로 숨겨뒀으니까 상관없소."

이중원은 청테이프로 굳게 밀봉해 둔 양철통을 받아 들고 무겁게 고개를 끄덕였다.

"내 방 열쇠 달린 서랍에 넣어삘고 까무삘믄 되겠네?"

"집 말고 가게 사무실 말이지요? 그러면 되오. 지금껏 여러모로 고맙소. 다녀와서 두고두고 갚겠소."

"미친 자슥, 지랄한다. 갚기는 뭘 갚아? 살아서 돌아오기나 해라."

임화평이 싱긋 웃으며 손을 내밀자 이중원도 피식 웃으며 손을 잡았다.

"아! 그리고 부탁이 하나 더 있소. 여기서 내려가다가 수지 빠지는 길 가봤소?"

"응. 대충은 알지. 집 살 때 가봤잖아? 거 또 뭐 있는데?"

임화평은 소망원의 위치를 자세히 알려주고 한소은에 대해 말해주었다.

"마지막에 정 준 녀석이라 자꾸 눈에 밟히는구려. 형님이 곰 인형 큰 거하나 사 가지고 가서 내가 외국에서 소은이 잘 지내는지 궁금해하더라고,

친구 많이 사귀었는지 알고 싶어하더라고 말 좀 전해주시오. 시간 나면 가끔 가서 말동무도 좀 해주시고."

"그런 데 다이쓰믄 미리 말 좀 하지. 내도 한 꼽사리 낑기가꼬 같이 다이 쓸 거 아이가. 알았다. 종종 가보꾸마. 근데 우리 지금 뭐 하는 짓이고? 머슴 아들끼리 이리 오래 손잡고 있어도 되는 기가? 우리 마누라 오해할 긴데."

임화평은 이중원의 장난에 눈살을 찌푸리며 손을 놓았다.

"니 진짜로 오래 굶었제? 살아만 온나. 니한테 소개시키 줄 가스나들 천지빼까리다. 술집 다이따꼬 타박만 안 하믄, 속물기 쪽 빠진 진짜로 개안은 가스나들 많다."

"이 쌕쌕이가 쉽게 죽을 놈 같소?"

이중원은 눈이 안 보이도록 환하게 웃으며 고개를 끄덕였다.

"맞다. 니가 누고? 색색이 아이가? 와르바시 마이 챙기가제? 학실히 직이노코 온나."

"알겠소. 다녀와서 봅시다."

임화평이 눈인사하고 차에서 내렸다.

이중원은 임화평이 어둠 속으로 사라질 때까지 가만히 앉아 있다가 양철통을 쓰다듬으며 한숨을 내쉬었다.

"색색아! 꼭 살아서 돌아와야 된다이. 니 피 흘리고 죽지 말고, 내하고 늙어서 술 묵고 죽자."

오전 내내 짐을 챙겼다. 가져갈 것이 아니라 남겨질 것들을 박스에 담아 쌓아두었다. 누가 가져간다고 해도 돈 될 것은 없다. 하지만 임화평의 추억이 담겨진 물건들이다.

택시를 타고 수지에 가서 소망원 올라가는 길을 한참 동안 멍하니 바라보기만 했다. 어중간한 시간이다. 초등학교 저학년 아이들은 이미 돌아갔을 시간이고 중고등학교 아이들은 하교할 시간이 아니다. 돌아오기 바로 전에 초등학교 고학년 아이들이 하교하는 모습을 잠깐 볼 수 있었다. 이스타나를 모는 사람은 한용우다. 운전하는 모습이 밝아 보였다.

집으로 돌아와 멍하게 앉아 있다가 태안에나 다녀올까 생각해 보았다. 그러나 금방 고개를 저었다. 이정인은 걱정하는 존재다. 말리는 존재다. 가면 미안해질 것이고 다녀오면 울적해질 것이다. 그냥 참기로 했다.

딴생각이 나지 않도록 오후 내내 미친 듯이 몸을 혹사시켰다. 지금까지의 싸움이 너무 쉬웠기 때문에 오히려 걱정스러웠다. 하수들과의 싸움에서 배울 것이 없음을 잘 알고 있다. 하수들과의 싸움에 익숙해지면 자신도 모르게 느려지고 조잡해진다.

임화평은 초식들을 싸움에서 드러내지 않았던 속도로 정신없이 펼쳤다. 무엇을 펼치겠다고 생각하고 나가는 손발이 아니다. 몸이 펼치고 생각이 움직임의 정체를 확인했다. 속도를 더해가자 눈과 생각은 움직임의 정체를 놓쳐 버렸다.

팡!

정권이 찔렀던 공간이 신음을 토하는 순간 급박했던 움직임이 멈췄다. 임화평은 그 자리에 앉아 복기하듯 움직임의 흐름을 확인했다. 놓쳐 버렸던 것들이 마음의 흐름을 타고 환영이 되어 어른거렸다. 그리고 다시 뚜렷한 영상이 되어 마음속 공간을 장악해 나갔다.

"흠! 무에타이인 건가?"

묘한 기분이다. 평소 수련할 때 복싱, 태권도, 합기도, 무에타이, 태견을 골고루 섞으려고 노력했다. 하지만 조금 전의 움직임은 그 대부분이 무에타이의 타격기였다.

임화평은 지금까지의 실전을 일일이 떠올려 보았다. 역시 가장 많이 사용했던 것은 무에타이에 가까운 타격기였다.

"그렇군. 실전 부족! 상대에 비해 속도가 빠르다 보니 붙게 된다. 복싱은 발의 활용도가 낮아지니까 무의식적으로 피한 것일 테고. 또 대개의 경우 상대가 다수다 보니 실전 경험이 없는 합기도는 사용하기 껄끄러웠겠지. 결정력에서도 문제가 있었군. 손끝과 발끝은 곧바로 살수로 이어진다. 무릎과 팔꿈치를 이용한 타격이 더 강하다고 하지만, 그것은 보통 사람에게나 통용될 말. 살수가 아닌 제압용으로도 무에타이 쪽이 낫다는 것을 본능이 안 것인가? 상대가 달라지면 나도 달라지겠군. 심각한 건 아니지만 곤란하긴 해. 까불다가 당해봐야 정신 차린다는 소리나 마찬가지잖아? 무영제뢰수를 구명살초로 섞어 써야 낭패를 당해도 죽지는 않는다는 뜻이겠지. 됐어. 알면 고칠 수 있다."

임화평은 다시 일어나 차분하게 한 수 한 수 점검하기 시작했다.

❧

부엌으로 향했다. 냉장고 문을 열었다. 남은 것이 별로 없다. 계란 다섯 개, 사분지 일 포기나 남았을 신김치, 제과점 식빵 한 덩이, 토마토 하나와 양파 한 개, 살색이 조금 다른 고기 두 덩이에 마요네즈와 케첩이 조금 남아 있었다. 이제 더 쓸 일이 없다고 생각하고 깨끗하게 비운 탓이다.

"이제 이 냉장고하고도 작별이네."

내용물을 모두 꺼내 좁은 싱크대 위에 나열하고 전기 코드를 뽑아버렸다. 돼지고기와 소고기를 다지고 섞었다. 손바닥 위에서 붉은 고깃덩어리가 원형의 패티로 변해갔다. 한참을 주물럭거리다가 손을 멈추고 고깃덩어리와 손을 멍한 눈으로 바라보았다. 손을 보는지 고기를 보는지 모를 모호한 눈빛이다.

쓴웃음을 지으며 애써 만든 패티를 남은 반죽과 합쳐 버렸다.

"이 손으로 만든 거 싫겠지?"

꺼내놓았던 재료들을 그대로 늘어놓은 채 손을 씻었다. 힘없이 주방을 나와 마루에 앉아 있다가 문득 시계를 본 후 옷을 갈아입고 집을 나섰다. 터덜터덜 걷는 방향은 공원묘지 쪽이었다.

임초영의 유골이 안장되어 있는 봉안담을 애써 외면하고 나머지 공원 구석구석을 산책하듯 돌아다녔다. 그리고 마지막에서야 봉안담 앞에 섰다. 넓은 봉안담의 좁은 자리를 차지하고 있는 임초영과 윤석원 앞에 서서 밝게 웃었다.

"재밌니? 너 요즘 꿈에 안 나타나더라? 화났냐고? 아니, 안 나타나서 좋았어. 혹시 좋은 세상에 태어난 거 아니니? 그랬을 거야. 그러니까 나타날 새도 없다고 믿는다. 햄버거, 그래서 안 가지고 왔어. 새 세상에서는 거기 음식 맛 들여야지. 석원이, 넌 어때? 이번에도 초영이 근처에서 태어났으면 좋겠다. 둘이서 충분히 못 살아봤잖아? 이번에는 증손자 볼 때까지 지겹게 살아봐라. 지겨워서 더 못 살겠다 할 때까지 살았으면 좋겠다."

임화평은 손을 들어 사진을 향해 뻗었다. 손끝이 사진에 닿으려는 순간 임화평은 무의식적으로 손을 거두어들였다. 이유는 그가 햄버거를 만들지 못한 것과 같을 것이다.

복수행을 후회하는 것은 아니다. 복수를 그만두고 싶은 것도 아니다. 다만 그가 하는 일이 임초영의 영혼에 해가 되지 않았으면 하는 바람일 뿐이다. 환생한다는 사실을 알기 때문에 하는 걱정이다.

"아버지 내일 중국 간다. 오랫동안 오지 못할 거야. 그러니까 너도 여기 오지 마라. 아버지, 너 잊을 거다. 잊고 살 거야. 이승에서의 너하고 아버지의 연, 이미 끝난 거 알지? 다 잊고 새 삶에 집중해라. 복수는 그냥 화나서 하는 거야. 너하고 아무런 상관도 없어. 그러니까 아버지 신경 쓰지 말고 너는 너대로 살아. 석원이 너도. 둘 다 사랑받고 살아. 잘 가라, 내 딸! 내 사위!"

서글픈 미소로 두 영혼을 보내고 봉안담을 벗어났다. 벤치에 한참을 앉아있다. 임초영이 죽은 지가 언젠데 또다시 상실감을 느끼는지 알 수가 없다.

"한 고비 넘겼다고 이러는가? 웃기지 마라. 그 상실감을 왜 느끼는지 몰라? 이제 시작이야."

흔히들 복수는 허망하다고 말한다. 용서보다 큰 복수는 없다는 말도 있다. 그것은 몰라서 하는 말이다. 당해보지 않아서 하는 말이다. 임화평은 한 번 해보았다. 그 끝을 보았다. 복수의 대상이 눈앞에서 원통해하며 죽어갈 때 얼마나 통쾌했는지 모른다.

무언가 일을 저지를 때는 원하는 게 있어서다. 푼돈이 될 수도 있고, 쾌락이 될 수도 있고, 더 큰 욕망이 될 수도 있다. 그 목적이 무엇이든 간에 그것을 이루지 못하게 하는 것만으로도 얼마나 통쾌한지 모른다.

"복수할 수단이 있고 힘이 있는데, 용서한다고 말하는 사람이 있다면 엎드려 존경을 표하겠다. 하지만 그런 인간이 있을 거라고는 믿지 못하겠다. 위선이다. 감옥 갈까 봐 겁나서 하지 못하는 것이겠지. 남은 인생이 망가질까 봐 못하는 것이겠지. 복수의 뒤끝이 허망한 것을 아니까 용서하는 것이라고? 소설에서나 하는 말이다. 해보지도 않고 하는 말이다."

임화평에게도 복수 뒤에 허망함이 찾아왔다. 복수의 끝이 허망했던 것이 아니라, 복수를 끝냈건만 그도 죽어야 했기 때문에 허망했다. 이제 인간답게 살아봐야지, 하는 찰나에 죽을 수밖에 없었기 때문에 허망했다. 그때 그는 그의 삶을 조롱했던 신을 원망했다.

임화평도 물론 죽은 사람은 죽은 사람이고, 남겨진 사람은 남은 삶을 살아가야 한다는 사실을 인정한다. 하지만 그것은 죽은 사람이 어쩔 수 없는 사고나 천수를 다했을 때에 그런 것이다. 초영이처럼 죽었다면 복수는 남은 삶을 제대로 살아가기 위한 준비가 될 수밖에 없다.

임화평은 푸른 하늘을 올려다보았다.

"그냥 되풀이만 하고 끝내라고 다시 보낸 거 아니지요? 이유 좀 알려주면 안 됩니까? 싫으면 관두세요. 이번에도 돌아가고 싶은 곳이 생겼습니다. 뜻대로 된 겁니까? 쉽지 않을 겁니다. 방해해도 허망하게 끝내지 않겠습니다. 죽는다고 해도 별 상관은 없습니다만, 어쩐지 짜증나지 않습니까? 어떻게든 빠져나와 보지요."

그때도 이동동에게 돌아가고 싶었다. 그녀의 아팠던 삶을 다독여 주고 싶었다. 하지만 결말은 비극이었다. 이번에는 소망원으로 돌아가고 싶다. 아이들이 커가는 모습을 보며 가슴속 상실감을 채우고 싶다. 결말은 미정이다. 운명의 신은 이미 그 결말을 정해두었겠지만, 받아들일 수 없는 결말이면 그것을 뒤집을 생각이다. 그 뒤에 무엇이 있을지 모르지만, 일단 뒤집어놓고 볼 생각이다.

윤태수는 별다른 도움을 줄 수 없음을 많이 안타까워했다. 임화평은 집

관리를 부탁하고 평안을 기원하며 전화를 끊었다.

"이제 갈까?"

임화평이 하드 케이스와 배낭 하나를 메고 나오자 한 청년이 케이스를 받아 트렁크에 실었다. 황윤길이 보낸 기사다. 임화평은 주저하지 않고 차에 올라탔다. 차는 안정된 속도로 달려 인천공항에 다다랐다.

"이보게, 기사 양반! 혹시 핸드폰 있는가?"

전화기를 받아 전화를 건 상대는 황윤길이다.

"오! 황 비서, 차 고마운 마음으로 이용했네. 기사 편으로 선물 보내지. 혹시 딴마음이 생기려 하거든 그거 보고 다시 한 번 생각해 보게. 그래도 해야겠거든 해도 좋아. 물론 복사본이네. 또 연락하세나."

임화평은 기사에게 현승 관련 비디오테이프와 녹음테이프 복사본을 건넸다.

가방을 건네받아 청사로 들어갔다. 조금은 불편한 마음이었다. 황윤길이 전한 여권이 과연 통할까 하는 걱정 때문이었다. 결과는 기우였다. 다른 사람과 다름없는 통과 의례를 거쳐 면세 구역에 무사히 들어섰다.

두 시간 정도의 짧은 비행은 편안했다. 상대적으로 안락한 비즈니스 클래스를 이용했기 때문이다.

다시 한 번 불안한 마음으로 입국 심사대에 섰다. 결과는 인천에서와 마찬가지였다.

'황윤길, 도움 한 번 받았다. 귀찮게 해도 한 번은 봐주마.'

임화평은 마침내 입국 심사대를 빠져나와 중국 땅에 발을 내디뎠다.

제5장

어이쿠야! 이거 웬 짐들이야?

미국 동부, 혹은 뉴욕의 부촌하면 사람들은 대개 맨해튼을 떠올린다. 맨해튼은 뉴욕 시의 다섯 자치구 가운데 가장 작은 구역에 불과하지만 미국의 상업과 문화의 중심지다. 엠파이어스테이트 빌딩, 브로드웨이, 월스트리트, 그리니치빌리지, 센트럴파크, 메트로폴리탄 미술관, 국제연합본부, 자유의 여신상에 이르기까지 외국인에게도 잘 알려진 것들이 모두 맨해튼에 있다. 문화 접근성이 뛰어나고 생활환경이 좋은 맨해튼에 맨션을 가지고 있다는 것만으로도 부자라고 인정받을 수 있다. 그러나 집을 경제적 가치로 환산할 필요가 없는 부자들은 떠들썩한 곳을 피하고 자신들만의 세계를 구축하려는 경향이 있다. 롱아일랜드의 햄튼이 그 대표적인 곳이다.

맨해튼을 압구정동에 비유한다면 맨하튼 남쪽의 롱아일랜드 햄튼은 성북동에 비유할 수 있겠다. 햄튼이 있는 이 롱아일랜드는 전통적으로 유대인들의 파워가 강한 곳이다. 유대인이 많이 사는 곳이라서 유대인의 명절에 학교도 쉰다. 백인들의 인구 비율이 상대적으로 아주 높은 지역이고 범죄율도 낮은 지역이다. 대서양 연안에 자리한 이 섬은 자연 친화적인 환경이 돋보이고 그에 따른 위락 시설도 잘 조성되어 있어, 상대적으로 여유있는 사람들의 거주 지역으로 손꼽힌다. 이 롱아일랜드에서도 최고의 부촌이 바로 섬 동쪽 끝에 자리한 햄튼이다.

햄튼에는 뉴욕 주에 근거를 두고 자가용 헬리콥터로 출퇴근하는 부자들뿐만이 아니라 프라이버시가 존중되기를 바라는 전국 각지의 부유층과 허리우드 스타들의 집과 별장이 있다.

마제스틱 클럽이라고 명명되어 있는 햄튼 근교의 클럽은 부자들에게 흔한 회원제 사교 클럽이 아닌, 일곱 명의 공동 소유주와 그 가족들에게만 개방되는 사유재산이다. 이 클럽에는 여덟 면의 테니스 코트, 작지만 아름다운 18홀의 골프 코스, 대서양변에 자리한 풀장과 오션 센터, 기타 위락 시설, 휴게 시설, 편의 시설이 완비되어 있다.

클럽의 메인 빌딩 앞에 리무진 한 대가 멈춰 섰다. 두 명 경호원의 보호 속에서 차에서 내린 사람은 마제스틱 클럽의 공동 소유주 가운데 한 사람인 매튜 세이건이다. 그가 정문에 대기하고 있던 전속 집사의 영접에 눈인사하고 물었다.

"로버트는?"

마이클 스티븐스는 마제스틱 클럽의 일곱 집사 가운데 오로지 세이건 가와 연관된 인물들만 접대하고 전속 사용인들만 관리하는 전속 집사다. 본가의 집사에 비하면 격이 한참 떨어지지만 상대적으로 부담이 적기 때문에 오히려 마음이 편하다.

"전속 룸으로 모셨습니다."

메인 빌딩에는 호텔 룸과 다름없이 숙박이 가능한 삼십여 개의 게스트 룸이 있다. 일곱 가문의 사람들과 그들이 초청한 사람들만 숙박하기 때문에 늘 방이 남는다. 그 외에 가끔 일곱 가문의 사람들이 파티를 할 때 사용하는 임페리얼 홀이 있고, 각 가문의 수장들만이 사용하는 전속 홀이 있다. 그 전속 홀보다 조금 규모가 작은 곳을 전속 룸이라고 부르는데, 대개는 가문의 성을 따라 명명된다. 세이건 가의 전속 룸 역시 세이건 룸이라고 이름 붙어 있지만, 집사의 입장에서 함부로 입에 담지 못하기 때문에 전속 룸이라고 한 것이다.

매튜 세이건은 안내하려는 기색의 마이클 스티븐스에게 손을 들어 보이며 말했다.

"따라올 필요없네. 오래 머물지는 않을 게야."

마이클 스티븐스는 매튜 세이건에게 말없이 목례했다. 그러나 그의 눈은 매튜 세이건과 그를 따르는 두 명의 경호원이 사라질 때까지 그의 등에서 떨어지지 않았다. 마이클 스티븐스는 매튜 세이건이 완전히 사라지고 나서야 프론트 데스크의 뒤쪽에 걸린 벽시계로 눈길을 돌렸다. 오전 11시 43분이다.

"피곤해 보이시는군."

매튜 세이건은 금융제국 세이건 하우스의 수장이다. 여수신은행 AJ 세이건, 투자은행 세이건 윌러비, 영국의 세이건 리히텐슈타인 등이 모두 세이건 하우스에 속해 있다. 경제 문제에 약간의 소양이 있는 사람들은 세이건 하우스에 속한 거대 은행들의 CEO 정도는 알고 있을 것이다. 그러나 매튜 세이건의 이름은 잘 알지 못한다. 하지만 그의 손짓 하나에 세이건 계열의 CEO뿐만 아니라 미국 경제를 주무르는 거두들이 끈 떨어진 연 신세를 면치 못한다. 마이클 스티븐스가 아는 매튜 세이건은 바쁜 것이 당연한 사람이다. 마이클 스티븐스는 한편으로 매튜 세이건이 얼마나 건강한 사람인지도 잘 알고 있다. 돈을 쏟아붓는 의학적 도움과 함께 철저하게 규칙적으로 움직이는 건강관리를 통해 예순한 살의 나이를 무색하게 할 만큼 젊음을 유지하고 있는 사람이 매튜 세이건이다. 오전부터 피곤한 기색을 내비칠 사람이 아닌 것이다.

"편히 못 주무신 것 같은데, 그 일 때문인가?"

마이클 스티븐스가 아는 한 매튜 세이건의 걱정거리라고 할 만한 것은 한 가지뿐이다. 마이클 스티븐스는 고개를 저어 생각을 끊었다. 말해주지 않는 것에 대하여 관심을 두는 것은 본가의 집사도 아닌 그가 함부로 해서는 안 되는 일이다. 짐작한다고 발설해서는 안 될 일이다.

마이클 스티븐스는 그의 일에 충분히 만족하고 있다. 그는 또한 예순이 되는 2년 후에 은퇴할 계획이다. 그때쯤이면 노후를 위한 충분한 돈이 마련될 것이고, 전임 집사처럼 따뜻한 마이애미의 콘도를 구입하여 편안한 여생을 보낼 수 있을 것이다.

'호기심은 독이다, 나 같은 사람에게는 특히.'

마이클 스티븐스는 안내 데스크로 걸음을 옮겼다. 단정한 유니폼에 어깨까지 내려오는 밝은 금발을 자랑하는 아가씨 에이미가 빙긋 미소를 지었다.

스물다섯 살의 에이미는 늘씬한 몸매에 상당한 미모를 자랑하는 아가씨다. 비키니를 입고 바닷가에 나간다면 수십 명의 남자를 몰고 다닐 것이 틀림없다. 마이클은 그녀가 신데렐라가 되는 꿈을 꾸고 있음을 잘 알고 있다. 일곱 가문의 젊은이들이 방문할 때면 화장에 유독 신경을 쓰며 미소는 더욱 화사해진다.

안타깝게도 그녀는 예쁘지만 충분히 예쁘지는 않다. 하룻밤의 꿈은 꿀

수 있을지 몰라도 신분 상승의 기회를 잡기는 어려울 것이다. 마이클이 그 것을 확신하는 이유는 그가 일곱 가문이 원하는 며느리의 조건을 대충이나마 알고 있기 때문이다.

함께 일하는 사람으로서 꿈 깨라고 충고해 주고 싶지만 외모에 자신감을 가지고 있는 20대 중반의 젊은이에게 충고가 먹히지 않을 것임을 잘 알고 있다. 시간이 약이다. 가만히 놔두어도 3년 정도 지나면 주제 파악을 하는 데 충분한 시간이 될 것이다.

'차라리 방탕한 허리우드 스타를 노리는 게 낫지. 3년? 정신 차리는 꼴은 못 보겠군. 아직은 시간이 얼마나 귀한 것인지 모를 테지. 그 시간에 머릿속을 개조하면 훨씬 유익할 텐데.'

"에이미, 부르시면 알지?"

마이클은 에이미에게 속내를 들키지 않도록 미소로써 그녀에게 응답하고 데스크 뒤쪽의 대기실로 들어갔다. 오늘 방문 예정인 일곱 가문의 직계는 매튜 세이건뿐인 탓에 집사 대기실은 텅 비어 있다. 마이클은 편안한 대기실 한쪽에 마련된 다실에서 따뜻한 밀크 티 한 잔을 탄 후 안락의자에 몸을 실었다.

정보기관하면 사람들이 가장 먼저 떠올리는 곳은 중앙정보국 CIA이다. 하지만 CIA는 미국 정보기관 가운데 대외적으로 가장 많이 알려진 정보기관의 하나일 뿐이다. 군사 정보를 총괄하는 국방부 산하 국방정보국 DIA가 있는가 하면, 첩보와 정찰위성을 제작, 관리하는 국가정찰국 NRO도 있고, 모든 신호 정보를 총괄하는 국가안보국 NSA도 있다. 그 외에도 일반인이 알지 못하는 정보기관이 적지 않다.

로버트 고든은 현역 중장으로서 NSA의 책임자다. NSA(National Security

Agency)는 앞서 말한 바와 같이 신호 정보만을 총괄하는 국방부 산하의 정보기관으로서 CIA의 두 배에 달하는 인력과 예산을 사용하는 거대 정보 조직이다. 그러나 영화에서처럼 007과 같은 첩보 요원을 투입하여 정보를 빼내거나 비밀 작전을 행하는 조직이 아닌, 오로지 신호 정보만을 담당한다는 것이 공식적인 입장이다. 도청이나 감청, 암호의 생산 관리, 적성국의 암호 분석 등을 주 업무로 하고, 육해공군의 통신정보 기구에 대한 광범위한 감독과 조정을 맡고 있다.

NSA 근무 요원들은 대개 전자통신공학이나 수학에 뛰어난 과학자들이 주류를 이룬다. 통신 보안과 밀접한 관련을 맺고 있는 기구인 까닭에 정보 기관들 가운데서도 그 보안이 가장 철저한 것으로 알려져 있다. 우스갯소리로 NSA의 별칭처럼 이용되는 No Such Agency(그런 기관 없음), 혹은 Never Say Anything(아무런 말도 하지 마라)만 보아도 NSA의 기밀 유지가 얼마나 철저한지 느낄 수 있다.

로버트 고든은 문을 열고 들어서는 매튜 세이건의 얼굴을 확인하고 자리에서 일어났다.

두 사람이 미소 지으며 악수했다.

매튜 세이건이 먼저 입을 열었다.

"오랜만이네. 잘 지냈는가?"

"덕분에. 그런데 자네 얼굴이 영 안 좋군."

매튜 세이건은 쓴웃음으로 대답을 대신하며 자리를 권했다. 두 사람은 안락한 소파에 마주 앉았다. 로버트의 앞쪽에 마시다 만 커피 잔이 놓여 있다.

"일찍 왔나?"

"아니야. 10분 전쯤에 도착했다네."

"후세인 문제로 골치 아프지? 그 인간, 아직도 고집 못 버렸나?"

이라크의 석유를 파는 대가를 달러가 아닌 유로화로 받겠다는 사담 후세인에 대한 이야기다. 거대 은행의 소유자가 미국 정보 조직의 수장을 만나 이야기할 수 있는 주제지만, 로버트 고든은 그것이 오늘의 주제가 아니라는 사실을 잘 알고 있다.

"그렇지, 뭐. 너무 키워줬어. 이제는 달래는 정도로는 소통이 안 돼."

로버트 고든은 피식 웃으며 매튜 세이건의 얼굴을 응시했다. 60년대 로맨스 영화의 낭만적 중년인을 떠올려도 과장되지 않을 듯한 잘생긴 얼굴이다. 그러나 로버트 고든이 주목하고 있는 것은 그의 눈가에 드러난 피곤함이다. 늘 여유있고 정력 넘치는 모습만 보다가 피곤한 모습을 보자니 생소하게 느껴진 것이다.

'그렇다고 물으면 곤란해하겠지?'

로버트 고든은 매튜 세이건의 얼굴에 드리워진 어두운 그림자가 어디에서 비롯된 것인지 잘 알고 있다. 그가 오늘 마제스틱 클럽을 방문한 것도 그것과 관계된 것이다. 하지만 직접적으로 그 일을 언급할 수는 없다. 오늘 그는 매튜 세이건에게 한 가지 정보를 제공할 것이고, 그것은 그의 신분으로는 해서는 안 될 일이다. 그리고 그 정보를 가지고 매튜 세이건이 할 일 또한 합법적인 것이 아님을 잘 알고 있다.

로버트 고든은 그가 해서는 안 되는 일을 함에 있어서 시간을 끌 생각이 없다. 바로 품속으로 손을 넣어 얇은 봉투를 꺼냈다.

"부탁한 것이네."

매튜 세이건의 입가에 가느다란 미소가 맺혔다.

"고맙네. 잊지 않겠네."

"뭘 그런 걸 가지고. 직접 하려고 해도 얼마든지 할 수 있는 일 아닌가?"

사실이 그랬다. 세이건 하우스의 수장, 황금탑의 제왕이라고 불리는 매튜 세이건이 하고자 해서 못할 일은 거의 없다. 그의 무기는 돈뿐만이 아니다. 그가 구축한 인맥 또한 어마어마한 거두들의 네트워크다. 간단하게 마제스틱 클럽만 보아도 알 수 있다. 매튜 세이건이 원한다면 미국 각 주의 명소마다 마제스틱 클럽과 같은 개인 클럽을 소유할 수 있다. 그가 칠 인의 공동 소유주가 된 것은 일종의 인맥 구축의 수단일 뿐, 돈 때문이 아니다.

음모이론에 입각하면, 매튜 세이건은 세계를 암중에 움켜쥔 조직의 수뇌급 인물이다. 로스차일드 가문이 어둠의 황제라면 세이건은 소렐과 함께 대공 정도는 될 것이고, 정보 조직의 수장인 로버트 고든은 그 사실을 부정하지 않는다.

원래 음모이론은 결과를 두고 과정을 꿰어 맞춘 귀납적 추론이다. 결과만 두고 본다면 음모이론은 상당한 신빙성을 지닐 수밖에 없다. 과정을 꿰어 맞추는 작업에 이용되는 증거들이 실재했던 사실에 근거를 두었기 때문에 잘 만들어낸 음모이론은 그것을 듣는 사람으로 하여금 모골이 송연해지게 만든다.

세이건과 연관하여 가장 쉽게 떠올릴 수 있는 예는 연방준비은행이다. 연방준비은행은 한마디로 달러를 찍어내는 은행이다. 연방이라는 이름이 지닌 의미와 기축통화인 달러를 찍어내는 은행의 업무를 생각해 보면, 일반인들은 연방준비은행이 미국 정부 소속의 국책은행이라는 사실을 믿어 의심치 않을 것이다. 하지만 연방준비은행은 열두 개 사설 은행들의 네트워크로 그 지분의 대부분을 세이건 가문과 소렐 가문이 양분하고 있는 사설 은행이다. 한마디로 미국 정부는 개인 소유의 은행에서 발행하는 돈을 빌려 이자를 지불하면서 국정을 운영하고 있는 셈이다.

더 큰 문제는 달러가 금이나 은을 기준으로 한 진정한 돈(Honest

Money:Gold Backed)이 아닌 '신용'이라는 사기술로 인쇄소에서 찍어내는 종잇조각에 불과함에도 불구하고, 미국에서만 통용되는 것이 아닌 전 세계가 쓰는 기축통화로서의 역할을 한다는 사실이다. 한국이나 일본처럼 국책은행에서 지폐의 유통을 책임감있게 관리한다 하더라도 한국과 일본이 달러를 기축통화로 사용하는 한, 달러의 종속 화폐가 될 수밖에 없다.

1998년 잘나가던 한국은 IMF에서 구제금융을 받아야 할 정도의 환란을 맞아 휘청거렸다. 원인을 따지자면 여러 가지 대답이 나올 수 있겠지만, 결과적으로 외환보유고가 빈약했기 때문이다. 다른 말로 돈 보따리에 달러가 부족해서 다른 나라가 한국을 지불 능력이 없는 나라로 보았다는 것이다. 그 때문에 IMF로부터 달러를 빌려오고 국민들은 금을 팔아서 달러를 사 올 수 있게 도와주었다.

미국은 경제가 아무리 어려워도 그런 일이 생길 이유가 없다. 종이와 윤전기만 있으면 달러를 찍어낼 수 있으니까. 이 경우 인플레가 필연이라고 할 것이다. 하지만 상식이 반드시 통하는 것은 아니다. 세계 각국이 달러를 기축통화로 사용하는 한, 약세는 보일 수 있어도 폭락은 없다. 세계 각국은 창고에 달러를 쌓아두고 그것을 외환보유고라고 말한다. 외환보유액의 총합이 당연히 발생되어야 할 미국의 인플레이션을 막아주고 있는 셈이다.

결국 세계 각국에 흩어져 있는 기축통화로서의 달러는 미국으로 돌아올 가능성이 별로 없는 어음이나 마찬가지다. 달러가 기축통화로 사용되는 한 미국이 부도나는 일은 없다. 수백억 원, 수십억 엔을 들여 힘들게 만들어낸 물건을 미국은 정교하게 인쇄된 종이를 대가로 지불하고 사들일 수 있다. 타국의 외환보유고가 미국에 부담스럽게 느껴질 때면 넘치는 재고 무기를 팔아 줄이면 된다.

사담 후세인이 석유 값을 유로화로 받으려고 하는 것은 달러의 가치가 지속적으로 하락할지도 모른다는 불안감 때문이었을 것이다. 안정적인 유로화를 받음으로써 외환 보유 통화를 다변화하고 국부가 줄어드는 것을 방지하려고 했을 것이다. 그 같은 움직임은 미국을 위협하는 행위다. 댐에 구멍이 뚫리면 결국 무너질 수밖에 없듯이, 하나를 용인하면 뒷감당이 힘들다. 기축통화국으로서의 지위를 잃는다면 미국은 공황 사태에 빠질 수밖에 없다. 미국 정보 조직의 수장과 연방준비은행의 지분 소유자가 사담 후세인을 화제로 삼은 것도 그 같은 맥락에서 해석할 수 있다.

미국이 망하면 채권자인 연방준비은행은 무에서 유를 창조할 수 있는 마력을 잃게 된다. 종이로 금을 만들어내는 온스(Ounce:귀금속의 중량 단위)의 마법사 집단, 연방준비은행. 세이건 가문과 소렐 가문은 이 온스의 마법사 집단의 수장인 셈이다. 정부의 감사조차 받지 않기 때문에 도대체 그들이 얼마나 많은 종이를 소모했는지 아무도 알지 못한다. 그들이 작심하면 미국뿐만이 아니라 세계가 공황에 빠지게 된다.

음모이론을 신봉하는 사람들은 현재의 상황이 우연히 그렇게 된 것이 아닌, 세계를 암중으로 지배하고자 하는 어둠의 조직이 치밀한 음모를 통하여 만들어낸 것이라고 주장한다. 소수의 자본가만이 엘리트로서 세계를 지배하면서 나머지 인간들을 빚더미에 올려두고 온갖 상업 문화로 타락시키고 우민화시켜 노예화한다는 주장이다.

정보국의 수장인 로버트 고든은 음모이론에 코웃음 치지 못한다. 결과가 그렇고, 증거가 뒷받침한다. 다만 그것이 정말 그렇게 되도록 치밀한 음모를 꾸몄다는 관점에는 동조하지 않는다. 기독교 세계의 배신자인 유대인들이 주체성을 유지하며 살아남기 위한 삶의 방식이 오늘의 그들을 만들었다고 보고 있다.

물론 결과는 똑같다. 유대인들이 미국을 암중 지배하고 있다는 것은 사실이니까. 그것은 미국 정부의 요직을 차지한 사람들의 면면만 보아도 알 수 있다. 민주당이 집권할 때는 조금씩 양보하는 경향이 있지만, 공화당이 집권할 때는 요직의 대부분을 유대인, 혹은 친유대계 인사들이 차지한다. 특히 안보와 관련된 부분은 유대인의 영향력에서 결코 벗어나지 못한다. 유대인이 아닌 로버트 고든이 NSA의 책임자가 된 것은 특이한 케이스다. 물론 그가 친유대계로 분류되고 있어서 그나마 가능했을 것이다.

혈기 넘치던 시절, 로버트 고든은 연방준비은행이 미국 정부의 감사조차 받지 않는 사설 은행임을 알고 분노했던 적이 있다. 군인인 그의 입장에서는 총으로 뒤엎고 싶은 심정이었다. 권력은 총구에서 나온다는 모택동의 말을 신봉했던 당시의 그는 나중에서야 그 총구의 방향을 정하는 손이 금력이라는 것을 깨닫고 좌절했다.

로버트 고든은 빈민가 출신이다. 똑똑했고 육체적으로도 우월했다. 신분 상승의 욕망 또한 컸던 사람이다. 욕망이 그를 군인으로 만들었고, 군에서도 지식을 쌓는 데 게으르지 않았다. 그 과정에서 장학금이라는 명목으로 일면식도 없는 독지가의 도움도 받았다. 그 돈이 유대계 자본에서 나왔다는 것을 안 것은 나중의 일이었다. 좌절한 그는 곧 신분 상승의 욕망에 충실했고, 현재의 그가 되었다.

현재의 로버트 고든은 음모이론의 주역으로 거론되는 단체들과 직간접적인 연관을 맺고 있다. 그가 애써 가입한 것은 아니지만 현재의 자리에 올라올 동안 수차례 기회가 있었고, 자연스럽게 가입했다. 매튜 세이건과 친구처럼 지낼 수 있었던 것은 그러한 단체들의 모임을 통해서다. 로버트 고든 역시 매튜 세이건의 영향력에서 벗어날 수 없는 사람인 것이다.

매튜 세이건이 보기 드문 미소를 지으며 말했다.

"물론 내가 할 수 있는 일이겠지. 하지만 시간이 부족해. 이 신세, 반드시 갚겠네."

로버트 고든의 입장에서는 아무것도 아닌 정보를 제공하는 셈이다. 국가안보와 관련된 것도 아니고, 그 파급 효과가 큰 정재계 거두들의 비리를 담은 것도 아니다. 아주 사소한 것, 전해주고 잊어버리면 그만인 정보에 불과하다. 매튜 세이건이라면 굳이 로버트 고든을 거치지 않고도 쉽게 얻어낼 수 있다. 수완 좋은 크래커 몇 명 고용하면 간단하게 알아낼 수 있을 것이다. 능력있는 크래커를 섭외하고 작업에 투입하고 그 결과를 얻어내는 짧은 시간이 아까워 로버트 고든에게 빚을 진 셈이다.

"그렇게 생각한다면 어쩔 수 없고."

로버트 고든은 빙긋 웃으며 자리에서 일어났다. 매튜 세이건도 반사적으로 일어났다.

"왜? 벌써 가게? 점심시간 다 되지 않았는가?"

로버트 고든은 손을 내밀며 고개를 저었다.

"자네 마음이 조급한 듯해서 워싱턴 가는 길에 먼저 들렀네. 식사는 다음에 하지."

매튜 세이건은 로버트 고든이 촌각을 다투는 그의 심정을 이해해 주고 있음을 알아채고 고개를 끄덕이며 손을 잡았다.

"그렇게 하지. 편한 시간에 연락 주게나."

"나오지 말게. 먼저 가겠네."

로버트 고든이 방을 나가자 매튜 세이건은 자리에 앉아 봉투를 개봉했다. 아무것도 적히지 않은 은빛 디스크 한 장이 내용물의 전부다.

매튜 세이건은 고풍스런 책상 위에 놓인 모니터를 바라보다가 고개를 저었다. 디스크의 내용을 확인하고 싶었지만 적절하지 않은 장소라고 생각한 것이다. '누가 감히!' 라고 말할 수 있는 자격이 그에게 있었지만, 그런 자신감만으로 일을 처리할 수는 없다.

'하기야 내가 본다고 해서 제대로 알 수나 있을까?'

매튜 세이건이 일을 처리하는 방식은 그 일을 가장 잘할 수 있는 사람에게 맡기는 것이다. 돈은 그러라고 있는 것이니까. 그는 쓰게 웃으며 디스크를 갈무리하고 방을 나섰다.

⚜

뉴욕 브루클린 외곽에 위치한 웨스트게이트 보육원은 7년 전 홍콩 웨스트게이트 그룹의 후원을 받아 문을 열었다. 현대적인 시설과 투명한 운영으로 해마다 뉴욕 시로부터 감사장을 받고 있다. 입양 실적이 저조한 탓에 몇 차례 관련 기관으로부터 조사를 받았지만, 현대적 시설과 아이들의 밝은 얼굴, 그리고 놀라운 학업 성취도로 인해 조사관들에게도 결국 찬사를 끌어냈다.

의심의 눈빛을 드러내고 보육원을 처음 찾는 조사관들은 입구에 들어서자마자 눈빛을 누그러뜨린다. 낮은 담 너머로 보이는 아이들의 놀이터는 안전을 고려한 최적의 시설물들로 채워져 있다. 붉은색이 두드러지는 보육원 건물은 깔끔하고 이국적이다. 아이들의 방과 목욕 시설 등을 보면 절로 고개를 끄덕이지 않을 수 없다. 놀이방과 시청각실, 그리고 기타 편의 시설도 완비되어 있다. 그 정도만 확인해도 조사관들의 눈빛은 평상시의 그것으로 돌아간다.

아이들의 동선을 따라가다 보면 조사관들의 눈빛은 놀라움으로 채워진다. 아침이 되면 자발적으로 눈을 뜬 아이들이 마당에 모여 중국인 지도원의 보조를 받아 기묘한 체조를 한다. 태권도나 가라데 같은 중국 권법이다.

열 살이 넘은 아이들의 날렵한 몸놀림을 보면 그것이 권법이라는 것을 쉽게 수긍할 수 있다. 권법 수련을 마치고 명상실로 이동하여 짧은 명상에 든다. 꾸벅꾸벅 조는 아이들도 있지만, 제대로 하고 있는 아이들이 더 많다.

학교를 다녀온 아이들은 스터디 그룹을 형성하여 각자의 취향에 맞는 공부를 하고 그 가운데 몇몇은 중국어를 공부한다. 웨스트게이트 그룹이 지원하는 홍콩 교육 프로그램에 참여하기 위한 준비다.

교육 프로그램의 내용은 다양하다. 중국 무술, 중국과 관련된 고고학, 무역학, 정치외교학 등을 선택하여 프로그램을 마치면 특정 분야에서 중국통이 될 수 있는 기반 정도는 닦을 수 있다. 보육원의 역사가 짧은 탓에 아직 수혜자는 많지 않지만, 눈에 띄는 성취를 보이는 학생들에게는 공부와 연구에 필요한 자금을 전액 지원할 계획이라고 한다. 고아들의 자립에 도움을 줄 뿐만 아니라 미국과 중국의 가교 역할을 할 인재를 지원한다는 차원에서 높이 평가받고 있는 프로그램이다.

보육원에서 소모하는 식료품과 기타 생필품은 웨스트게이트 그룹의 후원을 받아 차이나타운에서 염가로 제공한다. 일주일에 한 번씩 차이나타운에서 지원 나온 요리사가 뷔페라고 할 만한 식사까지 제공한다. 나이가 많은 아이들은 당연하다는 듯이 어린아이들의 수발을 들어준다. 아이들의 얼굴에는 빈민가 아이들에게서 쉽게 볼 수 없는 밝은 미소가 어려 있다.

위생 시설, 교육 프로그램, 운영의 투명성, 그 어느 하나 흠을 잡기 힘든 보육원이다. 굳이 흠을 잡자면 가톨릭 계열의 보육원 같은 엄숙함이다. 그러나 보육원의 원훈이 성실과 형제애다. 성실함을 강조하는 탓에 엄숙해 보일 수 있지만, 형제애가 그 지나침을 막는다. 또한 그 성실이라는 원훈을 강조하는 탓에 아이들의 학업 성취도가 상당하다. 이쯤 되면 조사원들도 아이들이 굳이 양부모 밑에서 다시 적응하는 과정을 거쳐야 하나 하는 의

문을 가지지 않을 수 없다.

상대적으로 넉넉한 인원의 보육 교사들은 엄한 만큼 충만한 애정으로 아이들을 감싼다. 잘못 선택한 양부모 밑에서는 결코 받을 수 없는 충분한 사랑을 받고 있다는 느낌이다. 보육 교사의 반이 중국인이라는 것이 조금 걸리지만 차이나타운이 멀지 않고, 권법이나 중국어 자체 수업을 생각하면 무리가 없다.

보육원을 떠나는 조사관들은 밝은 얼굴로 원장과 악수하며 아이들에게 부모의 애정을 받을 수 있도록 조금 더 노력해 달라는 의례적인 권고를 한 후 편한 마음으로 떠난다. 그들이 작성하는 보고서에는 '문제없음'이라는 확인 도장이 찍히고, 보육원의 시설과 그 운영 성과에 대한 개인적이 찬사가 따른다.

저녁 6시. 태권도 도장을 연상시키는 명상실에 웨스트게이트 보육원의 원생들이 모두 모였다. 그 뒤로 원장 산드라 마크가 밝은 미소를 머금고 들어왔다.

산드라 마크가 박수를 치는 것으로써 떠들썩한 아이들의 주위를 환기시켰다.

"주목! 오늘 아주 귀한 분이 방문해 주셨구나. 너희들에게 아낌없는 후원을 해주시는 웨스트게이트 그룹의 회장이신 미스터 웨스트게이트께서 직접 와주셨다. 박수로 환영해 드리렴."

산드라 마크의 뒤에 서서 빙긋이 미소 짓고 있던 30대 후반의 사내가 한 걸음 앞으로 나섰다. 180㎝에 가까운 키에 70㎏ 남짓의 건장한 체구다. 군인처럼 짧게 자른 헤어스타일에 액션 배우를 연상시킬 만큼 강인해 보이고 깔끔한 흑의 정장에 노타이 차림도 잘 어울린다. 서양인들과 달리 콧구멍이 살짝 드러나 보이지만 보기에 흉하지는 않다. 눈도 상대적으로 작아 보이지만 그 눈빛만큼은 압도적으로 강렬하다.

사내는 합장하듯이 두 손을 모은 채 환하게 웃으며 말했다.

"안녕, 여러분!"

미국에서 나고 자랐다고 해도 믿을 만큼 유창한 발음의 영어다. 아이들이 박수를 치며 소리 높여 '안녕하세요'라고 인사했다.

"아저씨 기억하는 사람 있나요?"

미들스쿨에 다닐 만한 아이 몇이 손을 들었다.

"3년 만에 찾아왔는데도 아저씨를 기억해 주는 사람이 있군요. 미안해요, 자주 찾아오지 못해서. 마음은 있는데 바쁘다 보니 생각뿐이네요. 아저씨가 어디서 일하는지 알지요? 홍콩과 중국입니다."

다섯 살 정도 되어 보이는 코카서스 계열의 여자아이가 손을 번쩍 들었다. 눈이 얼굴의 반은 차지하는 듯이 보이는 귀여운 아이다.

"중국 좋아요. 맛있어요."

사내는 아이를 보며 환하게 웃고 손을 뻗었다. 아이가 그 손을 잡았다. 사내는 아이를 당겨 안아 들며 물었다.

"이름이 뭐지?"

"에밀리."

"에밀리? 어이구, 얼굴처럼 이름도 예쁘네. 눈이 보석 같구나. 그런데 중국이 맛있는 게 아니란다. 중국 음식이 맛있지."

아이가 고개를 끄덕였다.

사내는 아이를 안은 채 나이가 좀 든 아이들을 주로 둘러보며 말했다.

"멀리 있다 보니 자주 오지 못합니다. 그래서 만든 것이 웨스트게이트 교육 프로그램입니다. 제 성을 붙여준 이 웨스트게이트 보육원에서 자란 원생들이 사회에 나가서도 훌륭한 구성원이 되어주었으면 하는 바람과 함께, 홍콩에서라도 얼굴 한 번 더 볼까 하여 만들었습니다. 안타깝게도 사회는 이 웨스트게이트 보육원처럼 따뜻하지 않답니다. 스스로 돈을 벌어 살아야 하기 때문에 남들을 보살펴 줄 여유가 많지 않습니다. 자립해야 합니다. 자립하려면 어떻게 해야 할까요? 스스로의 실력을 키워야지요? 그걸 도와드리기 위해 교육 프로그램을 만들었으니까 많이들 이용해 주세요. 미리 준비해 두면 좋겠지요? 공부 열심히 하시기 바랍니다. 하고자 하는 사람, 준비된 사람에게는 지원을 아끼지 않겠습니다. 여러분이 성공해서 다시 여러분의 고향인 이곳에 도움을 줄 수 있는 사람이 되어주세요."

사내는 그것으로 말을 끝맺고 환하게 웃음 지었다. 아이들이 박수를 쳤다. 나이 든 아이들 가운데 몇몇은 입술을 꼭 다물고 고개를 끄덕였다.

사내는 에밀리를 바라보며 빙긋 웃었다.

"에밀리! 오늘 저녁은 특별히 맛있을 거야. 아저씨가 파티를 준비했거든. 가보자꾸나."

사내는 에밀리를 안은 채 원장 산드라의 안내를 받아 걸음을 옮겼다. 사내는 가는 중에 라틴 계통의 남자아이 아모스까지 안아 들고 명상실을 빠져나갔다.

사내는 친절했다. 에밀리와 아모스를 좌우에 앉혀두고 식사 시간 내내 시중을 들어주었다. 새우가 그대로 드러나 보이는 딤섬을 그릇에 옮겨 담아주고 간장 소스를 티스푼으로 떠 딤섬 위에 묻혀주었다. 동서를 막론한 아이들의 선호 음식 당초육도 먹여주었다. 사내가 권해준 바삭바삭한 춘권과 새콤달콤한 칠리새우를 먹는 아이들의 눈은 동그랗게 변했다. 아이들이 의외로 재스민 차에 익숙한 것을 알고는 사내의 너털웃음이 식당에 울려 퍼졌다.

식당의 벽에 기대어 있던 20대 후반의 청년이 휴대폰을 꺼내 들고 잠깐 통화를 하더니 사내에게로 다가왔다.

"회장님."

청년이 조심스럽게 휴대폰을 건네자 사내가 미간을 찌푸리며 통화했다.

"그래? 알았다."

사내는 청년에게 휴대폰을 건네주고 만면에 미소를 담은 채 에밀리에게로 고개를 숙였다. 칠리 소스를 입가에 묻힌 채 정신없이 먹고 있던 에밀리가 고개를 들고 의아한 눈빛으로 사내를 바라보았다.

사내는 냅킨을 들어 에밀리의 입 주변을 닦아주며 말했다.

"오늘 우리 에밀리 예쁘게 자는 모습까지 보고 가려고 했는데, 아저씨에게 갑자기 바쁜 일이 생겼네. 에밀리! 아저씨 다음에 또 올게요. 다시 볼 때까지 건강해야 돼?"

사내는 고개를 끄덕이는 에밀리의 정수리에 입을 맞추고 자리에서 일어났다. 청년이 사내의 의자를 뒤로 빼주었다.

사내는 고개를 돌려 돌아보는 아모스의 머리를 쓰다듬어 주고 원장 산드라 마크에게 눈짓했다. 산드라 마크가 일어나 다가왔다.

"가십니까?"

"음, 수고가 많군. 아이들 표정이 밝아. 드림 크리에이터의 성능은 어떤가?"

산드라 마크는 빙긋 미소 지으며 아이들에게 돌아섰다. 그녀가 박수를 치자 식사에 열중하던 아이들이 주목했다.

"회장님께서 갑자기 바쁜 일이 생겨서 가셔야 된다는구나. 인사드리렴."

어린아이들이 천진난만한 미소를 지으며 손을 흔들었다. 미들스쿨에 다닐 만한 아이들은 손을 흔드는 대신 자리에서 일어나 정중하게 고개를 숙였다. 서양 아이들에서는 흔하게 볼 수 없는, 동양 무술을 배우는 아이들이 도장에서나 할 법한 인사법이다.

사내는 만족한 듯 미소를 지으며 말했다.

"식사 중에 번거롭게 해서 미안하구나. 다시 보는 그날까지 건강하렴."

사내는 산드라 마크의 안내를 받아 식당을 빠져나왔다.

"아이들 표정 보셨습니까?"

"음, 충직해 보였어. 만족스럽더군. LA에도 하나 더 지을 생각이야. 적당한 사람 있으면 추천해."

"찾아보겠습니다."

건물을 빠져나온 사내는 산드라 마크와 악수하고 검은색 리무진에 올랐다.

사내는 석고상 같은 무표정한 얼굴로 시계를 보며 말했다.

"북경은 지금 몇 시야? 아침 10시쯤 되지? 노 장로 연결해."

청년은 핸드폰을 꺼내 꽤 오랫동안 단추를 누른 후 한동안 기다리다가 말했다.

"장로님, 뉴욕입니다. 잠시만 기다리십시오."

청년이 휴대폰을 건넸다.

"아저씨, 접니다. 뉴욕 지부장이 납치당할 정도로 허약한 놈이었습니까? 맹호대에 들 만한 실력?"

사내의 무표정하던 얼굴이 곤혹스럽게 변했다.

납치된 사람은 광목당의 미국 삼대지부 가운데 가장 큰 뉴욕 지부의 장이다. 정보 조직인 광목당 소속이다 보니 상대적으로 무공이 모자라는 축에 들지만 그래도 뉴욕 지부장이 될 정도면 스스로를 지킬 정도의 무위는 갖추었다고 보아야 한다. 맹호대에 들 만한 실력이라면 사내의 예상 이상이다. 맹호대는 천무전 소속의 무력 조직 가운데 하나이기 때문이다.

광목당이 명천의 정보 조직에 가깝다면 천무전은 오로지 무공에만 매진하는 전문 무력 조직이다. 전주 이하 장로 급의 부전주 둘과 십대고수가 있고 그 아래로 사대조직이 있다. 장로들과 십대고수들의 눈에 들어 그 제자가 된 아이들이 모인 잠룡대, 기존 폭력 조직에 가담하여 중견 간부로 활동하는 흑랑대, 외부와의 갈등을 무력으로 해결해야 할 때 나서는 무투조직인 맹호대, 살수들로 이루어진 암전대가 사대조직에 속한다.

맹호대에 소속될 정도라면 발경을 사용할 정도의 실력은 된다는 소리다. 일반적으로 고수라고 불리는 무인 서넛 정도는 가뿐하게 제압할 실력이다.

"그렇다면 납치한 놈들도 보통이 아니라는 뜻이군요? 알고 한 짓일까요?"

대외적으로는 자수성가한 사업가일 뿐이다. 그렇다고 뉴욕의 저명인사 명단에 들 만큼 큰 성공을 거둔 사람도 아니다. 중소기업 규모의 알짜배기 무역상사를 운영하며, 차이나타운에서 제법 알아주는 자선사업가 정도로 알려져 있다. 차이나타운의 기존 조직과는 이미 교통정리가 된 상태고, 총기 소유가 가능한 미국이라도 개인적인 원한이나 돈을 노린 놈들의 수작 정도라면 쉽게 대처했을 것이다. 결국 전문가들에게 당했다는 소리다.

"알겠습니다, 아저씨. 일단 호텔로 돌아가 있겠습니다. 지부에서 연락하게 하지 마시고, 알아보고 아저씨가 직접 연락주세요."

사내는 청년에게 휴대폰을 건네고 좌석 깊숙이 몸을 묻었다.

"지부가 노출된 것이 벌써 두 번째인가?"

서울 지부에 이어 두 번째가 맞다. 하지만 경우가 달랐다. 서울 지부가 노출된 것은 노차신의 실수다. 일을 너무 가볍게 보고 처리하다가 청부 살수에게 꼬리를 밟혔다. 하지만 상관없다. 서울 지부는 신생이고 소규모다. 정부의 정보 조직이라면 인접 국가인 한국의 조직을 중요하게 생각할지 모르지만, 명천에 있어서 한국은 그다지 중요한 나라가 아니다. 중국의 국익과 명천의 이득은 별개다. 꼭 필요하지도 않고 필요하면 다시 만들면 그만이다. 하지만 뉴욕 지부는 다르다. 광목당의 지부로서 노출된 경우라면 문제는 심각해진다. 일단 발각된 경로를 짐작할 수 없다.

"폐쇄해야 하나? 들인 공이 작지 않은데, 아쉽군. 새로 세울 지부는 차이 나타운 바깥에 두어야겠어."

사내는 지그시 눈을 감았다.

❦

외국인이 중국에서 임대하는 집은 대개가 아파트와 빌라 정도라고 한다. 임화평은 황윤길이 임대해 준 집 앞에 서서 피식 웃었다.

"용케도 이런 집을 구했군."

외국인이 구하기 어려운 일반 주택이다. 깔끔한 느낌도 넓다는 느낌도 안 든다. 한국 평수로 따지면 건평 삼십 평 정도의 집으로, 사합원의 현대적인 방식 정도로 생각할 수 있는 회색 벽돌집이다. 담이라고 할 만한 곳은 대문이 달린 곳뿐이고 좌우와 안쪽은 담이 아닌 건물의 일부다. 대문을 들어서면 생각보다 넓은 마당이 있다. 가볍게 운동할 정도의 공간은 된다. 오른쪽 건물은 화장실과 주방이고, 왼쪽 건물은 두 개의 방이다. 대문에서 정면으로 보이는 건물에도 두 개의 방이 있다.

전통적인 구조라면 하나의 공간이었을 곳을 쪼개어 두 개의 방으로 나누고 집 곳곳을 현대적인 방식으로 개조했다. 그래도 집 전체의 구조는 추위를 피하기 위한 사합원의 특징을 그대로 살려두었다. 다만 폐쇄적인 구조 탓에 볕이 많이 들지 않는다는 단점이 눈에 띄게 드러난다.

임화평이 집을 마음에 들어하는 이유는 폐쇄적인 느낌 때문이 아니다. 집이 위치한 주변 환경 때문이다. 집의 오른쪽에는 이름이 없을 것 같은 작은 공원이 있고 왼쪽으로는 10m 정도 떨어져서야 다른 집이 있다. 야탑동 집만큼 한적한 것은 아니지만 주변의 집들이 그리 가깝지도 않다. 집이 있는 위치가 북경의 외곽인 탓이다. 수도국제공항에서 택시로 10분이 못 걸렸으니 시내까지는 다시 10여 분 이상 더 걸릴 것이다.

"이 정도면 남 눈치 안 봐도 되겠네. 황윤길이 나를 붙잡아두려고 신경 참 많이 쓴 모양이야."

짐은 당연히 큰방에 풀었다. 가구라고 있는 방은 그 방뿐이었기 때문이다. 장 세트와 침대, 그리고 책상이 있는데 모두가 중고다. 원래 있던 것은 아닌 듯한데, 도둑 걱정을 했는지 몰라도 중고로 들여놨다. 전자제품이라고는 주방에 있는 낡은 세탁기와 냉장고뿐이고, 그 외에 있는 것이라고는 가스레인지가 전부다.

주방에서 벗어나 화장실로 갔다. 다행히 수세식 좌변기이다. 그런데 묘하게도 바닥에 물이 고여 있지 않다. 혹시나 해서 물을 내려보았는데 물은 나왔지만 고이지는 않았다.

"이게 중국식인가? 전기 다 들어오고 물도 잘 나오는군. 그럼 이제 뭘 사야 하나? 이불?"

당장 필요하다고 떠오르는 것은 이불과 옷가지 몇 개, 그리고 대문과 집 안의 문에 새로 달 자물쇠 정도다. 임화평은 지난번에 북경에서 샀던 검은 배낭에 귀중품을 쓸어 담고 집을 나섰다.

마음은 조급했지만 행동은 느긋했다. 그가 하려는 일과 관련된 조직은 작지 않다. 그러한 조직을 궤멸시키는 일을 하루 이틀에 끝내기는 어렵다. 누군가의 뒤를 쫓기에 앞서 중국인부터 되기로 했다.

우선 한사랑부터 들렀다. 조양구에 자리한 한사랑은 현승 계열의 한식당으로서 육 개월 전에 오픈했다. 상해에 이은 2호점이고 청도에 3호점이 있다고 한다. 현지 반응을 차분히 확인해 가면서 주요 도시마다 지점을 늘일 모양이다.

지점장은 임화평이 위장 취업자인 것을 당연히 알고 있다. 하지만 그 이상의 것은 알지 못했다. 협조하라는 지시를 받은 듯, 임화평의 물음에 친절히 대답해 주었고, 한사랑 이름으로 된 통장과 카드를 넘겨주었다.

통장 잔고는 인민폐로 560만 위안이 조금 넘는다. 최근 은행 매도 환율이 1위안에 160원 정도니까 한화로 환산하면 9억 정도다. 강명식 이름의 통장으로 한화 1억에 상당하는 돈을 미리 지급했으니, 이제 계산이 끝난 셈이다.

마지막으로 지점장은 국제 면허가 통용되지 않으니 운전면허증부터 따라고 충고했다. 기동력이 절실히 필요한 임화평으로서는 당연히 해야 할 일이다. 시험을 치르고 면허증을 발부받을 때까지 걸리는 시간은 대략 한 달 정도가 소요된다고 했다. 임화평은 그 시간을 현지 적응을 위해 투자하기로 했다.

한사랑에서 점심을 해결하고 발품을 팔아 시내를 돌아다녔다. 서점에 가서 북경 지도, 운전면허시험에 필요한 문제집, 중국 근현대사를 간단히 정리해 둔 책, 그리고 몇몇 눈길이 가는 책들을 구했다.

대형 배낭을 사고 필요하다고 생각되는 것들은 눈에 보이는 족족 사들였다. 호텔로 들어가 로비에서 한국으로 안부 전화를 몇 통 하고 현금자동지급기를 발견할 때마다 한사랑 이름으로 된 통장에서 한도까지 현금을 찾았다.

한가한 시간은 빠르게도 흘러갔다. 면허시험을 위한 서류와 사진을 준비하고, 신체검사를 받고, 필기시험을 치르고 나니 어느새 한 달 가까운 시간이 훌쩍 지나갔다.

다행스럽게도 시험은 한 번에 합격했다. 성적은 백 점 만점에 백 점. 스스로도 놀랄 수밖에 없는 성적이다. 시험 경험이라고는 단 두 번, 조리사 자격증과 한국에서 운전면허증을 위한 시험이 전부였고, 그것도 이십여 년을 훌쩍 넘긴 오래전의 일이다. 필기시험 걱정을 하다가 문제집에 정답을 체크해 두고 무식하게 외워 버렸다. 한사랑 점장의 말처럼, 시험 문제는 문제집과 토씨 하나 틀리지 않게 나왔던 탓에 그런 결과가 나왔던 것이다.

임화평은 마침내 손에 쥔 중국 운전면허증을 확인했다. 7인승 이하의 승용 승합차를 몰 수 있는, 유효 기간 6년의 C1 면허증이다. 면허증을 들고 한사랑으로 가서 차량 지원을 요청했다. 직접 사도 상관은 없지만, 그 절차가 귀찮아서 부탁한 것이다. 차는 중국에서 흔하게 볼 수 있는 검은색 차량을 요청했다. 나흘 후 받은 차는 폭스바겐 제타라는 모델이었다. 2,500cc의 중형급 차량으로, 1999년부터 중국에서 시판되어 최근 들어 많이 보이는 차량이다.

지난 한 달 동안의 임화평의 생활을 한마디로 표현하자면 '발품 팔아 북경 느끼기'라고 할 수 있다. 지도에 구역을 나누고 시간이 날 때마다 평상복 차림으로 북경 시내를 돌아다녔다. 처음과 마지막 이동만 대중교통을 이용하고 나머지 시간은 모두 도보로 해결했다. 관광지, 상업 구역, 뒷골목까지 북경 구석구석을 헤집고 다녔다.

플레이보이라는 매장에서 산 면바지와 칼라 면 티를 입고 시장에서 구한 짝퉁 레이벤 선글라스를 낀 채 느긋하게 돌아다니는 모습은 영락없는 관광객이다. 그러나 선글라스 뒤에 숨겨진 그의 시선은 오직 사람들에게만 집중되었다. 그 가운데서도 폭스바겐 제타의 수준에 어울리는 사람들을 주로 살폈다. 그들의 말투, 물건을 살 때의 행동, 말다툼하는 방식, 그들의 옷차림과 액세서리, 심지어는 그들의 걷는 모습과 음식을 먹는 방식까지도 꼼꼼하게 살폈다.

혹자는 사람마다 직업과 천성, 그리고 자라온 환경이 모두 다른데, 살핀다고 뭐가 달라지느냐고 의문을 느낄 수도 있을 것이다. 그러나 임화평은 언제 어떤 사람으로 변할지 그 자신도 알지 못하는 사람이다. 역할 모델이 필요하다. 그리고 또 한편으로 관찰로써 평상시에 튀지 않을 방법을 강구할 생각이다. 관찰의 결과와 그가 여태껏 봐왔던 중국 영화와 드라마들을 참고한다면 모나지 않는 중국인처럼 행동할 수 있을 것이다.

임화평은 사람들을 관찰하는 일 이외에도 몇 가지 작업을 병행했다. 우선 지도에 쪼개놓은 구역마다 랜드 마크를 정하고 지리를 익혔다. 그가 원하는 물건들을 쉽게 구할 수 있는 가게들의 위치도 정확하게 기억해 두었다. 그 외에 간단한 위조지폐 확인법, 수를 세는 손동작, 평상어로 쓰는 단어들 같은, 중국인다운 생활에 필요한 지식들도 기회가 될 때마다 익혔다.

귀가한 후에는 연기 지망생처럼 그날 관찰한 사람들의 행동을 모방했고, 수련과 함께 그날그날 얻고 주운 병뚜껑으로 암기를 만들었다. 노는 듯 느긋해 보여도 행동할 그날을 위해 한발 한발 나아가고 있는 것이다.

✤

2001년 5월 24일.

임화평은 창문을 통해 하늘을 올려다보았다. 비 온 뒤의 북경 하늘은 여전히 우중충하다. 비가 올 것 같지는 않아도 나가고 싶지 않은 날씨다. 북경의 5월 말 날씨는 한국보다 조금 더 덥다는 느낌이다. 습도까지 높아 기분이 좋지 않다.

임화평은 눈살을 찌푸리면서도 옷을 갈아입었다. 백화점에서 산 중국산 양복 바지 위에 칼라가 달린 흰색 반팔 면 티를 입었다. 새로 산 전면 거울 앞에 선 임화평은 자신의 모습을 바라보며 여러 가지 표정을 지어 보였다. 그리고 마침내 굳힌 표정은 무표정이다.

"오늘은 이걸로 됐어."

임화평은 백화점에서 진짜라고 구입한 잠자리 모양의 레이벤 선글라스를 쓰고 특 A급 짝퉁이라고 산 로렉스 금장 시계를 찬 후 천으로 된 노트북 가방을 챙겼다. 그 가방 속에 귀중품이라고 할 말한 것이 모두 들어 있다.

마지막으로 열쇠를 챙겨 문단속을 하고 집을 나선 임화평은 집 옆 공터에 주차되어 있는 폭스바겐 제타에 몸을 실었다. 그가 향한 곳은 수도국제공항이었다.

예정에도 없이 중국 비자를 신청하고 북경행 비행기에 올라야 했던 신문수와 유정철은 긴장된 모습으로 외국인 전용 입국 심사대에 줄을 섰다. 물론 그들도 해외여행 경험이 있다. 필리핀과 태국은 몇 번씩 가보았다. 그러나 공산국가인 중국에 올 계획을 세운 적은 한 번도 없었다.

무언가 물으면 어쩌나 하고 조마조마했지만 입국 심사는 싱겁게 끝나 버렸다. 긴장감이 한풀 꺾인 상태에서 청사로 빠져나갔다. 주위를 두리번거리는데 그때 정장 차림의 사내가 다가왔다.

"신문수, 유정철!"

누가 나올 거라는 소리는 들었지만 낯선 사내가 이름을 부르자 신문수와 유정철은 기죽은 표정으로 고개를 끄덕였다. 사내가 선글라스를 벗고 빙긋이 웃었다.

"나 기억 못하겠어? 젓가락 주방장이다."

룸싸롱 은마의 호객꾼 신문수와 유정철은 그제야 임화평을 알아보고 눈을 부릅떴다.

"그래, 내가 사장님께 부탁해서 너희들 불렀다. 짐은 그것뿐이냐?"

신문수와 유정철이 들은 말은 단 세 가지다. 북경으로 놀러 가라는 말과 사람이 나와서 기다릴 테니 그가 원하는 것 한 가지만 해주라는 것, 그리고 그 일이 두 사람에게 결코 해가 되지는 않을 것이라는 말뿐이었다. 기다린다는 사람이 그들을 호되게 당하게 만들었던 중국집 주방장일 것이라고는 상상도 하지 못했다.

늘 앞장 서는 듯한 예쁘장한 청년 신문수가 쭈뼛거리며 대답했다.

"예, 그냥 놀다 오라고 해서 대충 옷 몇 벌만 챙겼는데요."

"그래? 잘했다. 가자."

두 사람을 데리고 주차장으로 온 임화평은 바로 조양구로 향했다.

공항을 빠져나오면서 임화평이 말했다.

"너희들이 해줄 일은 간단해. 중국은행에 통장 하나씩만 개설해 주면 된다. 물론 뒤탈도 없고 위험도 없어. 그냥 돈을 조금 분산해 두려는 것뿐이야. 내가 중국에서 좀 오래 있어야 되거든. 중국에서 한 통장에 너무 많은 돈이 들어 있으면 위험하겠다 싶어 차명계좌를 만들 생각이다."

두 사람이 서로를 마주 보다가 유정철이 주저하며 물었다.

"왜 하필 우리입니까?"

임화평은 주저없이 대답했다.

"나와 너희들 사이에 아무런 연관이 없기 때문이다. 내가 힘 좀 쓴다는 이 동네 놈들과 원한이 좀 생겼어. 사고 좀 쳐야 할 것 같은데, 걸리면 내 이름으로 된 구좌 못 쓰겠지? 하지만 너희들 것이라면 걸릴 일이 없지. 만약 경찰이 너희들에게 물어보는 경우가 생기면 밥 먹으러 갔다가 알게 된 주방장인데, 계좌 만들어주면 중국 여행시켜 준다고 해서 만들어 줬다고 하면 그만이야. 복잡하게 머리 굴릴 필요없어. 너희들 사장님 어떤 사람인지 알지? 남 뒤통수칠 사람 아니지? 그것만 생각하면 된다."

임화평의 말은 일부 거짓말이다. 세계 어느 나라나 그렇듯이, 돈을 펑펑 써주는 외국인을 환영해 주는 것은 중국도 마찬가지다. 거액을 나라 밖으로 가지고 나가려 하지 않는 이상 신경도 쓰지 않을 것이다. 그가 경계하는 것은 중국 공안이 아닌 현승이다. 한사랑 통장과 강명식 이름으로 된 통장은 황윤길이 만들어 준 것이다. 그가 뒤통수칠 생각을 하면 막힐 가능성이 있기 때문에 미리 대비해 두는 것뿐이다.

신문수와 유정철은 임화평의 말이 수긍이 가는지 동시에 고개를 끄덕였다. 이중원이 비록 두 사람을 좋아하지는 않지만, 음모를 꾸며 두 사람을 나락으로 빠뜨릴 사람이 아니라는 것만큼은 확신하고 있다. 그리고 초영반점에 다시는 가지 말라는 경고를 받으면서 이중원에게 임화평에 대해서도 들은 적이 있다. 주먹으로 나갔다면 전국을 통일했을지도 모를 사람이라고. 그런 사람이 자기들 같은 잔챙이 뒤통수칠 일은 없을 것이라고 생각했다.

"그런데 저희들, 90일 동안 중국에서 있어야 하는 겁니까?"

"그럴 필요없어. 놀다가 지겨우면 언제든지 들어가도 돼."

조양구에 들어서자 임화평은 신문수의 이름으로 중국은행 통장과 카드를 발급받고, 유정철의 이름으로 지점이 가장 많이 보이는 중국공상은행에 계좌를 개설했다.

"자! 너희들이 할 일은 다 끝났다. 나하고 같이 지내는 거 불편하지? 나도 너희들 관광 가이드할 시간 따위 없는 사람이다. 그렇다고 불러놓고 모르는 체할 수는 없는 일이니까, 일단 호텔 잡아주고 현지 가이드 한 사람 붙여주마. 알아서 놀 만큼 놀다 가라."

임화평은 노트북 가방을 열어 지폐 여섯 다발을 꺼내 신문수에게 건넸다.

"중국 돈 6만 위안이다. 이걸로 놀 수 있는 만큼 놀아. 물가 싸니까 흥청망청 써대지만 않으면 한두 달 정도는 너끈히 쓸 거다. 너희들 눈치 하나는 바싹하잖아? 그리고 가이드북 있지? 거기 나온 요령 잘 읽어보고 조심하면 된통 당하는 일은 없을 거야."

중국 돈 6만 위안이면 한화로 천만 원에 가깝다. 중국 간다고 사비로 환전한 돈도 있으니까 여행에 쓸 돈은 충분한 셈이다. 물론 방탕하게 놀다 보면 며칠 만에 바닥날 돈이기는 하지만 말도 통하지 않고 돈을 제대로 쓸 수 있는 곳도 모르는 상황이다.

'가이드 있으면 얼마든지 놀 수 있어. 중국 년들 하체가 정말 길던데, 느낌은 어떨까?'

유정철과 신문수는 서로를 바라보며 억지로 기쁨을 감췄다. 중국 여자에 대한 첫 느낌은 촌스럽다는 정도다. 옷차림은 수수하고 화장은 한 것 같지 않다. 그러나 한국 여자와 다른 무엇이 있다. 우선 눈에 띄는 것은 상대적으로 길어 보이는 하체다. 서구인과 같은 몸매의 동양인들을 보는 느낌이다. 촌스러워 보인다고 해도 그 어느 나라나 일류 룸살롱의 아가씨들은 그 나라를 대표할 만한 미인들이다. 흥분되지 않을 수 없다.

임화평은 두 젊은 녀석의 내심을 짐작하며 말했다.

"마지막으로 한마디만 더 하지. 돈 자랑하고 다니다가는 골목길에서 시체로 발견되는 수가 있어. 조선족 가이드라고 덥석 믿지 마. 호구 물었다고 지옥으로 끌고 가는 수도 있다니까 적당히 친절하게 대하고 마음속으로는 늘 경계해. 너희들, 보통 사람들하고 다르잖아? 놀 생각이면 우리나라에서도 얼마든지 놀 수 있지? 중국에 언제 다시 올 수 있을지도 모르는 일이야. 돌아가서 만날 중국 여자들하고 질펀하게 놀았다는 얘기만 늘어놓을래? 무식해 보인다. 여기 볼 거 많고 먹을 거 많아. 낮에는 관광하고 밤에는 마사지 풀 서비스나 받으면서 되도록 건전하게 놀다가 가. 무슨 말인지 알아들었어?"

임화평은 고개를 끄덕이는 두 사람을 보고 나서 가이드북을 꺼내 적당한 호텔을 찾았다. 특이한 이름의 호텔을 발견하고 피식 웃었다. 이름이 화평 빈관이다. 북경의 대표적인 번화가인 왕부정(王府井) 거리에 위치한 사성급 호텔임에도 불구하고 가격은 상당히 경제적이다.

임화평은 차에서 내려 공중전화로 예약했다. 2주일 이상의 장기 투숙을 조건으로 30퍼센트 할인을 받았다. 일박에 300위안 정도다.

호텔로 바로 이동했다. 가는 동안 랜드 마크가 될 만한 곳들을 대충 알려주고 호텔에 들어가 이 주치 숙박비를 선불로 내주었다. 리셉션니스트로부터 여행사를 소개받아 조선족 가이드와 직접 통화한 후 두 사람과 연결시켜 주었다.

"이 정도면 여기까지 부른 책임은 졌다고 생각한다. 난 틀림없이 경고했다. 무엇을 조심해야 하는지는 그 바닥에 정통한 너희들이 더 잘 알 거다.

가이드가 좋은 데 데려갈까, 돈 되는 곳 데려갈까? 쓸데없는 짓 하지 않으면 성인 남자 두 사람이 위험에 빠질 일은 거의 없어. 가게 아가씨들 선물 좀 사고, 맛있는 거 먹고, 마사지 실컷 받으면서 돌아가는 그날까지 재미있고 안전한 관광하다가 가라."

조선족 가이드가 붙음으로써 언어 문제가 해결되고, 돈 충분하고, 잠잘 곳까지 정해진 마당이다. 임화평의 말 때문에 중국 화류계 탐방에 대한 열기는 조금 식었지만, 어쨌든 불안한 마음은 가셨다. 긴장감이 사라진 두 사람의 얼굴에 흥분한 기색이 어렸다.

"저희들 걱정하지 마시고 일 보십시오. 재밌게 놀다 가겠습니다."

"그럼 된 거야. 다음 주중에 한번 들르지."

어떻게 놀지 뻔하게 보이지만, 그가 해줄 수 있는 일을 다 했다 생각하고 미련없이 호텔을 떠났다. 한사랑 통장에 남은 돈을 현금으로 뽑아 옮기는 작업만 끝나면 그때부터는 중국에 온 목적을 위해 전력투구할 생각이다.

✤

선민종합병원은 해천구의 북쪽 한적한 곳에 자리 잡고 있다. 행정구역 상 분명히 북경시 안임에도 사람들은 잘 알지 못할 위치다. 병원이라기보다는 고급 호텔 같다. 일부러 조성한 듯한 숲의 한가운데 위치해 있어, 병원의 정문까지 가려면 짧은 숲길을 달려야 한다. 그 숲길을 통해 병원 안을 대충 엿볼 수 있다. 호텔 같은 깔끔한 외관의 빌딩에, 담 안쪽에도 군데군데 잔디가 깔려 있고 작은 호수와 정자, 그리고 분수대도 보인다.

"역시 절묘해. 저긴 분명히 다른 세상이다."

임화평의 중얼거림을 다른 사람이 들었다면 의아한 눈빛으로 다시 한 번 선민병원을 바라보았을 것이다. 관점이 다른 탓이다.

접근하기가 쉽지 않다. 병원인데 그냥 들어가면 되지 뭘 망설이냐고 할 수도 있겠다. 하지만 임화평은 쉽게 병원 안으로 들어갈 마음을 먹지 못했다. 주변과 병원 사이에는 눈에 보이지 않는 경계선이 그어져 있다.

우선 외부와 단절시키려는 듯한 숲이 있다. 특수부대 군복 같은 검은색 유니폼을 입은 경비원들이 정문 앞을 지키고 있다. 그 어디에도 병원 간판이나 안내판이 보이지 않는다. 출입하는 차들은 하나같이 고급스런 외제차들이다.

임화평의 눈에는 선민(善民)이 아닌 선민(選民)이라는 이름이 어울리는 병원이다. 알려지기를 원하지 않는, 선택된 사람들만이 의료 혜택을 받을 수 있는 그런 병원이다.

임화평은 차를 돌려 병원 주변을 한 바퀴 돌았다. 외국인임을 내세워 모른 척하고 들어가 볼까도 생각했지만, 청도방의 사람들이 생각나 물러섰다. 그들의 생사와 상관없이, 임화평이 우상을 알고 있다는 사실을 상대 측에서도 짐작할 수 있을 것이다. 경계를 하고 있다고 해서 몸을 빼낼 수 없을 것이라고는 생각지 않는다. 다만 차가 걸렸다. 검은색 번호판, 외국인 차량으로 등록된 차다. 의심을 받는 즉시 추적이 가능해진다.

"가능한 한 빨리 다른 차 하나를 구해야겠어."

뒤쪽으로 난 좁은 길을 발견했다. 일단은 물러섰다.

살수는 준비없이 함부로 움직이지 않는다. 임화평은 우선 병원 자체의 성격에 대해서 알아보기로 했다. 더불어 우상의 근무 유무를 확인할 생각이다. 임화평의 생각과 달리 그저 고급스러운 병원에 불과하고 우상이 여전히 근무하고 있다는 것이 확인되면 굳이 퇴로까지 걱정해 가면서 병원

침투를 계획할 필요는 없을 것이다.

임화평은 북경 시민들의 쇼핑가, 서단(西單)으로 향했다. 번화가 외곽에 차를 세워두고 걸어서 서단 거리로 들어섰다. 여러 군데 들르기 귀찮아서 중우백화점을 찾았다. 아디다스 매장에서 상체 근육이 그대로 드러나 보이도록 달라붙는 라운드 티 두 장을 사고, 구두점 몇 군데를 들러 양복에 어색하지 않은 검은색 캐주얼 구두 하나를 겨우 샀다.

상대적으로 한가한 문화광장 방면으로 나와서 손에 든 종이 백을 바라보며 쓰게 웃었다.

"이거면 좀 젊게 보일까? 에휴! 남세스럽게 이런 걸 사게 될 줄이야……. 그나저나 이 근처에 전화국이 있으려나?"

그다지 번잡하지 않은 오후 2시의 문화광장을 둘러보는데, 갑자기 주변이 소란스러워졌다. 무의식적으로 고개를 돌렸다. 두 명의 중년인에게 옷자락을 붙잡힌 사내 하나가 저항하지 않을 듯한 태도를 보이다가 갑자기 연속적으로 손을 내뻗어 중년인들을 바닥에 나뒹굴게 만들고 도주했다.

"잡아!"

두 명의 중년인이 어깨를 붙잡고 일어서며 소리쳤지만 사람들은 오히려 뒤로 물러서 사내의 앞길을 터주었다. 청년에게 우호적이라기보다는 귀찮은 일에 관여하고 싶지 않은 듯한 분위기다.

빨지 않아 땟물이 줄줄 흐르는 빛바랜 청바지에 원래는 하얀색이었을 폴로 티를 입은 20대 초반의 앳된 청년이다. 청년은 임화평의 앞을 스치듯 지나쳐 백화점의 코너를 돌아 사라졌다. 날다람쥐를 연상시키는 재빠른 움직임이다.

"호! 제법이군."

두 중년인을 뿌리친 청년의 움직임은 마구잡이가 아니었다. 그냥 보기에는 마구 후려친 것처럼 보이지만, 우선 달라붙어 중심을 흐트러뜨리고 손끝과 장근을 이용하여 상대의 급소를 제대로 후려쳤다. 강약 조절에도 능한 듯, 두 중년인은 금세 일어났지만 따라갈 엄두를 내지 못했다.

"팔괘장인 듯한데, 제대로 익혔어. 여기는 아직도 권법 수련자들이 많은가 보네."

임화평은 청년이 골목 안으로 사라지자 두 중년인에게로 고개를 돌렸다. 그들은 정복을 입은 두 공안과 이야기하고 있다. 공안복을 입은 사내들이 오히려 두 중년인의 지시를 받는 듯한 태도를 보이고 있다.

"사복 경찰? 나쁜 짓할 인상은 아니던데. 손속에 사정을 둔 것도 그렇고. 하기야 내가 상관할 일이 아니잖아."

임화평은 신경을 끊고 옆에 있는 사내에게 전화국이 물었다.

"말 좀 묻겠소. 근처에 전화국이 있소?"

사내는 귀찮다는 듯한 표정으로 문화광장 너머의 대로 쪽으로 손을 뻗으며 간단히 대답했다.

"횡단보도 건너 조금만 더 가면 되오."

임화평은 고맙다고 인사하고 느긋한 걸음으로 산책하듯 걸었다. 횡단보도를 건너 한참을 걸었음에도 전화국 비슷한 것을 찾지 못했다. 상가들은 이미 사라졌고 사람들도 뜸한 거리다.

"속았나?"

쓴웃음을 지으며 돌아서려던 임화평의 눈에 이채가 어렸다. 분명히 반대편으로 사라졌는데, 도주했던 청년이 허름한 오층 빌딩의 계단 앞에 앉아 있다.

임화평은 호기심을 감추며 청년에게로 다가갔다.

"혹시 근처에 전화국이 있는가?"

청년이 임화평을 올려다보았다. 가슴이 아렸다. 20대 초반의 앳된 젊은 이가 가질 눈이 아니다. 누군가를 연상시키는 슬픈 눈이다.

청년의 눈이 임화평의 쇼핑백에 닿았다가 떨어지면서 옆 건물을 바라보았다.

"저 건물 지나 골목길 빠져나가면 있습니다."

"고맙네."

청년은 다시 고개를 숙여 바닥을 바라보았다.

임화평은 청년의 정수리를 내려다보다가 골목길로 향했다. 골목길에 들어서자마자 또다시 속았음을 깨달았다. 공사 중인 듯 골목길이 막혀 있다.

임화평이 돌아섰을 때 청년이 골목길을 막아섰다.

"무슨 뜻인가?"

청년은 임화평을 바라보다가 고개를 숙였다. 정중한 인사다.

"미안합니다. 다치게 하고 싶지 않습니다. 지갑 안에 있는 현금만 주십시오. 고이 보내드리겠습니다."

죄책감이 그대로 드러나는 얼굴이다. 눈망울이 흔들리고 있다. 금방이라도 눈물이 흘러내릴 것 같다. 상당한 수준으로 팔괘장을 익혔으니 성패를 걱정하는 것은 아닐 것이다. 하지 말아야 할 짓이라는 것을 스스로도 알고 있는 얼굴이다.

임화평은 화난 기색도 없이 차분하게 말했다.

"사지 멀쩡한 젊은 사람이 일해서 돈 벌 생각을 해야지, 이런 짓을 하면 되는가?"

청년은 임화평의 눈을 바라보며 다시 고개를 숙였다. 무술하는 사람이 의례 그러하듯이 눈은 임화평의 눈에서 떼지 않는다. 그 눈에 어려 있던 흔들림은 사라지고 완강한 의지가 드러났다.

"미안합니다. 현금만 주십시오."

임화평은 차갑게 웃으며 말했다.

"다치게 하고 싶지 않다? 겨우 팔괘장 몇 수 배운 걸로?"

청년의 눈이 크게 부릅떠지고 눈망울이 사정없이 흔들렸다. 오늘 무술을 드러낸 것은 단 한 번, 조금 전 백화점 앞에서뿐이다. 그것도 손 몇 번 내지른 것뿐이다. 팔괘장을 제대로 익히지 않은 사람이라면 알아볼 수 없을 것이다.

"선배 되십니까?"

임화평은 미소 띤 얼굴 그대로 고개를 저었다.

"어떤 유형인가 싶어 그냥 책 한번 읽어봤네."

한 번 읽어본 걸로 그 찰나의 순간에 펼친 무술을 알아봤다면 무술계의 선배인 것은 틀림없을 것이다. 그것도 고수일 것이다. 그러나 청년은 도장에서 익힐 수 있는 일반적인 팔괘장을 배운 사람이 아니다. 그리고 무엇보다도 돈이 절실하게 필요했다. 오늘 서단에 나올 수밖에 없었던 이유도 돈 때문이다.

"차라리 잘됐습니다. 무술계의 선배님이시라면 실례하겠습니다."

팔괘장 역시 여러 가지 중국 무술과 마찬가지로 기원에 대한 설이 많다. 그러나 정설로 인정되는 것은 청 말기 왕부의 소태감이었던 동해천을 창시자로 보는 설이다.

동해천은 북경에 도장을 열어 사람들을 가르치며 여생을 보냈다. 그가 죽고 문화혁명 때 탄압을 받아 전승이 끊기는 듯했으나 끝내 살아남았다. 청년이 익힌 팔괘장은 문혁 이후 다시 정립되어 도장에서 쉽게 익힐 수 있게 된 것이 아닌, 동해천 직계의 것이다.

청년은 포권을 취했다가 푸는 즉시 자세를 잡았다. 하반신을 살짝 비틀어 가랑이 사이가 노출되는 것을 피하고 오른손을 들어 얼굴을 가린다. 왼손은 가슴 앞에 둔다. 오른쪽으로 돌아 상대의 등 뒤를 점하겠다는 뜻이다. 이때 주장(主掌)은 오른손이 된다. 팔괘장의 기본자세라고 할 수 있는 피정사격(避正斜擊)이다.

임화평은 뻣뻣하게 선 채 빙긋이 웃었다. 종이 백조차 그대로 들고 있다. 명백한 무시다. 올인하고 상대의 선택을 기다리는 모양새다. 어중간하지 않다. 청년의 입장에서 보면, 임화평은 블러핑(Bluffing)을 하는 것이 아니라면 적어도 풀 하우스는 든 사람이다. 청년은 이미 액면 정도는 보여준 상태. 임화평은 액면마저도 공개하지 않고 그저 청년으로 하여금 높은 핸드를 가진 전문 도박사라고 믿게 만들었을 뿐이다. 난감할 수밖에 없다. 절실하게 돈을 원한다면, 일단 물러서서 돈만 많은 초보자를 찾는 게 낫다. 그럼에도 불구하고 청년은 배팅을 포기하지 못했다.

청년은 진지하기 그지없는 얼굴로 조금씩 다가왔다. 앞발에 힘을 실어 낮게 움직이고 뒷발을 끌어당겨 이동했다. 상대방에게 접근하기 위한 팔괘장 특유의 보법, 창니보(漲泥步)다. 축수의 사정거리에 이르렀다 싶은 순간 청년의 몸이 살짝 비틀리면서 흐늘거리며 반원을 그리듯 움직였다. 임화평의 뒤쪽으로 움직이려는 듯한 모양새다. 느리고 힘없는 듯한 움직임임에도 불구하고 그 이동은 생각보다 빨라 어느 사이엔가 임화평의 오른쪽 옆구리를 바라보고 있다.

임화평은 청년의 진지함에 내심 실소했다. 청년의 움직임은 대련을 하자는 것이지 싸움을 하자는 것이 아니다. 실전에서 가장 중요한 것은 허허실실이다. 보법과 수법을 드러내면 안 된다. 일단 드러냈다면 그 순간 승부를 내야 한다. 기본에 충실한 것도 좋지만 그 기본이라는 것은 공방의 와중에 자연스럽게 드러나야 하는 것이지, 청년처럼 이런 방식으로 싸우겠다는 듯이 보여주어서는 안 된다.

'내가 간단한 사람이 아님을 알고 긴장했다는 뜻이겠지. 대련은 많이 해 봤어도 실전 경험은 전무에 가까운가 보군.'

실전 경험이 거의 없다는 점이 오히려 마음에 들었다. 힘을 가지고도 함부로 휘두르지 않았다는 뜻이고, 그것은 청년의 나이를 고려할 때 쉽지 않은 일이다.

임화평이 들고 있던 두 개의 쇼핑백이 바닥에 툭, 떨어졌다. 그 순간 청년의 눈동자가 살짝 흔들렸다. 무의식적으로 쇼핑백의 낙하를 따라간 것이다. 하지만 찰나의 순간이었을 뿐이다.

스팟!

뇌가 진동하는 듯한 떨림과 동시에 전신에서 힘이 빠져나갔다. 무엇에 당했는지 보지는 못했지만 결과는 나왔다. 풀 하우스였다. 승패를 따질 필요가 없는 결과. 간단하게 제압당한 것이다. 그럼에도 불구하고 청년의 두 눈에는 묘한 안도감이 어렸다.

'됐어. 지쳤잖아? 이걸로 된 거야.'

청년은 임화평을 바라보며 걸음을 멈추고 두 팔을 늘어뜨린 후 천천히 무너졌다. 임화평은 한 걸음 다가가 청년을 부축해 빌딩의 벽에 기대어 앉혔다.

"잠시 놀아주는 게 어렵겠냐만, 버젓이 사람 다니는 길에서 싸움질할 수는 없지 않느냐? 하지만 이렇게 안전하게 당하는 것도 나쁘지 않은 경험이 될 것이다."

임화평이 말했지만 청년은 들을 자세가 되어 있지 않았다. 벽에 기대어 고개를 모로 꺾은 것이, 이미 기절한 듯했다.

임화평은 쇼핑백을 다시 들고 청년의 앞에 쪼그려 앉았다. 그리고 손끝으로 청년의 뺨을 톡톡, 두드렸다. 청년이 겨우 실눈을 뜬 채 임화평을 바라보았다. 임화평이 빙긋이 웃자 청년은 눈을 부릅뜨며 자리에서 일어나려 했다. 임화평은 튀어 오르려던 청년의 어깨를 지그시 눌렀다. 청년은 꼼짝하지도 못한 채 임화평을 바라보았다.

임화평은 청년의 처지를 이해할 수가 없다. 나이는 어려 보이지만 청년의 팔꽤장은 진짜다. 꽤 어린 나이부터 시작했을 것이다. 나이가 어리고 돈이 없어 무도관의 관장은 못하더라도 무술 사범 정도는 너끈히 감당할 실력이다.

"운전할 줄 아나?"

역전이나 쇼핑몰에서 지게를 지고 짐을 옮겨도 이상타 하지 않을 옷차림이다. 나이도 어려 보여 운전을 전직으로 했을 것 같지도 않다. 도와주고 싶어 별다른 기대하지 않고 물어보았다. 운전을 하지 못해도 상관없다. 필요한 것은 도움을 받아도 청년이 부담스러워하지 않을 명분이다. 운전을 하지 못한다면 다른 질문을 던질 생각이다.

청년은 힘없이 고개를 끄덕였다.

"세단 정도라면 종종 몰아봤습니다. 대형 트럭이나 중장비는 경험없구요."

임화평은 스스로를 위동금이라고 밝힌 청년이 예상 밖으로 도움이 될 수 있을지도 모른다고 생각하며 고개를 끄덕였다. 운전하고 잔심부름할 현지인이 있다면 여러모로 편할 것이라고 생각했다.

"오호! 의외인걸. 운전이 가능하단 말이지? 자네, 현재 하는 일 없지?"

청년은 천천히 고개를 끄덕였다.

"좋아, 고용하겠다. 열흘에 천 위안씩 주마. 대신 임시직이야. 몇 개월 정도밖에 일하지 못할 거다. 동의하나?"

한 달에 3천 위안을 준다는 소리다. 고졸의 일상직 아르바이트 월수입이 800위안에 못 미친다. 일일 고용되는 비전문 노동자 하루 일당이 50위안 정도다. 대졸 초임 월봉이 1,200위안에서 1,500위안 사이라고 알고 있다. 그것들을 기준으로 하면, 대학 1학년 중퇴자인 스물두 살의 그가 정식으로 취직해서 받을 수 있는 돈은 천 위안을 넘지 못할 것이다. 3천 위안이면 엄청난 돈이다.

"하지만 전……."

"공안에게 쫓기는 거? 난 상관없어. 사연은 나중에 듣지. 할 거냐, 말 거냐?"

청년은 아랫입술을 깨물며 망설이다가 임화평을 응시했다. 청년은 절실함이 그대로 드러나는 어조로 말했다.

"하고 싶습니다. 해야만 합니다. 그런데 근무 시간은 어떻게 됩니까?"

"대중없다. 종일 노는 날도 있을 거고, 하루 종일 일해야 하는 날도 있을 거다."

청년은 눈을 질끈 감았다. 다시 눈을 뜬 청년은 씁쓸한 미소를 지으며 말했다.

"호의는 감사합니다만, 어렵겠습니다. 돌봐야 하는 어린 동생들이 있습니다."

"그래? 알았다. 어쨌든 여기서 잠깐 기다려라. 널 신고할 생각이면 혈을 잡아 못 움직이게 해두면 그만이다. 걱정 말고 기다려."

청년은 이해할 수 없다는 눈빛으로 임화평을 바라보았다.

"전 선생님 돈을 강탈하려 했습니다. 어째서 이렇게 잘해주시는 겁니까?"

임화평은 손끝으로 청년의 눈썹을 살짝 건드리며 대답했다.

"그 눈 때문인 것 같다. 내가 아는 어떤 녀석과 닮은 것 같아. 그리고 무술계 선배라며? 일단 기다려라. 한 시간 이내에 돌아오마."

청년 위동금은 서단에서 제법 이름난 알짜배기 식당의 외동아들이다. 흥청망청 돈을 쓸 정도는 아니었지만, 그의 미래를 위한 투자에 인색하지 않을 정도는 되는 유복한 집안이었다. 의식주에 아무런 걱정이 없던 위동금의 불행은 2년 전 시작된 법륜대법 수련자 탄압과 함께 시작되었다.

1992년 5월, 이홍지(李洪志)에 의해 전파가 시작된 법륜공은 한때 국민건강 증진에 도움이 된다는 이유로 중국 정부의 지지를 받았고, 이홍지는 정부로부터 수차례나 표창을 받았다.

위동금의 부모는 1994년 이 법륜공에 입문하여 늘 피곤하던 심신의 활력을 되찾았다. 정부가 추천하는, 삶에 활력을 되찾아준 기공법인 법륜공의 전도사가 된 것은 당연한 일이었다. 친지에게 권하고 손님들에게도 적극적으로 권했다.

위동금의 부모와 같은 열성적인 전도사들 덕에 법륜공을 익히는 사람들이 기하급수적으로 늘어났다. 전 세계 60여 국으로 퍼져 나가 그 수련자들이 1억에 달하게 되자 중국 공산당은 그때까지의 호의를 거두고 법륜공 수련자들을 체제를 위협하는 세력으로 보기 시작했다. 공산국가에서 자유가 주어지면 그 체제는 망할 수밖에 없다는 것을 구 소련의 붕괴에서 확인한 탓에, 전 세계와 연계된 거대한 수련 단체를 사교로 몰아붙여 탄압하게 된 것이다.

위동금의 부모는 정부의 조치를 납득할 수 없었다. 한때 나라에서 권했던 수련법이다. 삶의 활력을 주는 수련법이다. 법륜공이 주창하는 수련의 지침은 진선인(眞善忍), 즉 참되고 선하고 참을성있는 삶을 추구함으로써 보다 나은 인간이 되자는 것뿐이지, 종교와는 무관하다.

위동금의 부모는 법륜공을 탄압하는 정부에 항의했고, 자비를 들여 시위자들의 편의를 제공했다. 그리고 얼마 후 잡혀갔다. 위동금도 함께 잡혀갔으나 법륜공이 아닌 팔괘장을 익혔음을 증명하고 풀려났다.

부모가 감금된 상황에서 혼자 나온 것은 육신의 안락을 위해서가 아니었다. 가산을 정리하여 뇌물을 먹여서라도 구명에 나설 생각이었는데, 그때 이미 집과 식당은 폐쇄되고 종업원들도 뿔뿔이 흩어진 상황이었다. 구명은 커녕 생존조차 위태로운 입장이 된 것이다.

위동금은 식당의 주방장이자 그의 스승인 기위성의 도움으로 겨우 살아갈 수 있었지만, 공안의 손길은 다시 위동금에게 이르렀다. 이유는 알 수 없었다. 무작정 도망칠 수밖에 없었다. 그것이 1년 전의 일이다.

위동금은 기위성이 마련해 준 2만 위안으로 떠돌이 생활을 하며 버텨 나갔다. 혹시 도움을 받을 길이 있을까 하여 친척들을 찾아다녔다가 혹 덩어리 둘만 얻었다. 어린 사촌들이다. 위동금의 부모를 통해 법륜공을 접한 작은아버지와 고모부 집안 역시 위동금 집안과 다름없는 처지에 빠졌고, 아이들은 폐쇄된 집 근처에서 고아 아닌 고아로 떠돌고 있었다. 겨울이었다면 동사했을 것이다.

위동금은 한 몸 돌보기도 힘든 처지에 어린아이 둘까지 거둬 힘들게 살아왔다. 폐공장의 보일러실에 숨어들어 거지처럼 여기저기서 물건들을 주워 두 아이들을 키웠다. 신분을 숨기고 닥치는 대로 일해 근근이 연명했지만 제대로 씻지 못하고 빨래하지 못한 탓에 부랑자가 될 수밖에 없었다. 한 몸이라면 숙식을 제공하는 힘든 일자리라도 구해보련만, 아이들이 족쇄가 되어 그것도 불가능했다.

아끼고 또 아끼던 돈도 이제 8위안이 전부였다. 통통하고 예뻤던 아이들의 건강이 점차 악화되어 가고 있었다. 법륜공이나마 익히지 않았다면 벌써 공장 한구석에 묻혀야 했을지도 모를 일이다.

위동금은 결국 결단을 내렸다. 지금까지 참아왔던 범죄의 유혹에 넘어가기로 한 것이다. 부유해 보이는 사람의 지갑이라도 털 생각으로 서단으로 나섰다. 하지만 부랑자 같은 그 모습으로 인해 오히려 공안의 주목을 받고 말았다.

낙담하던 위동금의 눈앞에 나타난 임화평은 먹음직스러운 먹이였다. 그도 한때 종종 다녔던 중우백화점의 쇼핑백을 보는 순간 떨리는 마음을 가다듬고 일을 저지르기로 작정했던 것이다.

위동금은 강도나 다름없는 그에게 임화평이 왜 호의를 보이는지 이해할 수 없었다. 하지만 한 가지는 분명히 알 수 있었다. 임화평은 벼랑 끝에 서 있는 위동금에게 하늘이 내려준 마지막 구명줄이었다.

40여 분 정도가 지난 때에 임화평이 차를 가지고 돌아왔다. 그가 위동금에게 쇼핑백 하나를 건넸다.

"갈아입어라."

위동금은 놀란 눈으로 쇼핑백의 내용물을 들여다보았다. 청바지, 하늘색 칼라 면 티, 검은색 야구 모자, 알이 작은 검은색 뿔테 안경, 그리고 하얀 운동화가 들어 있었다.

"그 정도만 차려입어도 주목받지는 않을 거다. 갈아입어."

고급 브랜드는 아니더라도 다 합하면 몇백 위안은 될 것이다. 위동금은 돈으로 받았다면 그와 아이들이 보름은 배불리 먹었을 것이라고 생각하며 주섬주섬 옷을 갈아입었다. 신발이 좀 컸지만 끈으로 조이고 나니 움직이는 데 큰 불편은 없다.

임화평은 시커먼 내의를 보며 눈살을 찌푸렸다.

"양말과 속옷도 사 올 걸 잘못했군."

옷을 다 갈아입고 엉거주춤 서 있는 위동금의 모습은 조금 전과 판이하게 달랐다. 모자 쓰고 안경까지 쓰고 나니 전혀 다른 사람이다. 모자 뒤로 나와 있는 머리카락이 더러운 것을 빼면 봐줄 만한 모습이다.

"좀 낫군. 데려다 주마. 타라."

임화평이 먼저 차에 올라 조수석의 문을 열어주었다. 주저하던 위동금이 결국 차에 올라탔다.

임화평은 코를 실룩거리며 눈살을 찌푸린 채 차의 창문을 열었다.

"도대체 얼마나 못 씻은 거냐?"

새 옷 냄새조차 그의 몸에서 나는 악취를 덮어주지 못했다. 민망해진 위동금의 얼굴이 붉게 달아올랐다. 그 순간 천상의 향기라고 해도 과언이 아닌 냄새가 코끝을 간질였다. 1년 넘게 맡아보지 못한 햄버거 냄새였다.

"꿀꺽!"

침 넘어가는 소리를 듣는 순간 임화평은 차 밖으로 나와 뒷좌석에 놓여 있던 맥도널드 종이 백을 챙겨 돌아왔다. 종이 백을 위동금에게 넘겼다.

"급한 대로 햄버거 몇 개 샀다. 모자라지 않으면 너 먼저 먹어라."

충분했다. 햄버거 다섯 개에 팩 우유도 다섯 개나 들어 있었다. 위동금은 체면 따지지 않고 햄버거와 우유 하나씩을 허겁지겁 해치웠다.

"어디로 가야 되지?"

차는 한국인이 늘어간다는 조양구 망경 지역으로 향했다. 그곳에는 폐공장이 많이 있어 외곽에 있는 한 공장의 보일러실을 숙소로 삼고 있다고 했다.

임화평은 운전하는 중에 위동금의 옆모습을 힐끔 보았다. 놓으면 연기가 되어 사라질세라 맥도널드 종이 백을 꼭 쥐고 있는 모습이 절절했다. 붉게 물든 눈을 보는 순간 가슴이 먹먹해졌다.

'이상하군. 나이 스물 초반에 운전을 할 줄 안다. 그것도 세단을? 부랑자로 살아왔다고 보기에는 예의도 발라. 말투 역시 나무랄 곳 없고. 유복한 집

안에서 자랐다고 봐야 되는데……. 하기야 한순간에 몰락한 집안이 중국이라고 없을까.'

모르는 것, 궁금한 것이 있으면 솔직하게 묻는 것이 임화평의 방식이다. 사연을 묻자 위동금은 숨기지 않고 말해주었다. 집안 이야기며, 법륜공과 관련된 이야기며, 아이들 이야기를 떠듬떠듬 이야기했다. 부모들이 돌아와 예전의 삶을 되찾을 수 있을 것이라는 희망을 품고 거지처럼 살고 있다고 했다.

임화평도 신문을 통해 법륜공에 대한 이야기를 접한 적이 있다. 그때는 그냥 남의 나라 이야기, 공산국가의 어처구니없는 이야기라고 생각했을 뿐이다. 눈앞에서 사연의 주인공을 보고 있노라니 기가 막히지 않을 수 없다.

"언제 내보내준다는 말도 없었어?"

"법륜공을 익히지 않은 저까지 잡으려고 합니다. 그걸 어떻게 알아보겠습니까? 잡혀간 수련자들과 관련된 소문을 들으면 들을수록 걱정만 쌓입니다."

위동금의 슬픈 눈이 마음에 걸려 막연히 도움을 주고 싶다고 생각했다. 맞고 와서 하소연할 때를 찾지 못해 슬픔과 분노를 스스로 삭이던 오형만의 눈을 연상시키는 젊은이, 딸을 잃고 상실감에 어찌할 바를 몰라 하던 거울 속 자신의 눈을 떠올리게 한 젊은이. 그런 눈을 가진 젊은이라면 조수처럼 곁에 두면 소소한 문제를 처리하는 데 도움을 받을 수도 있을 거라고 생각했다. 경찰에 쫓기는 젊은이, 지갑을 강탈하려던 강도였기 때문에 그의 일에 부분적으로 동참시켜도 될 것이라고 생각했다. 하지만 사연을 알게 된 이상 함부로 엮어두기에는 곤란했다.

'인연은 여기까지인가?'

안쓰러운 것과는 별개로 그는 해야 할 일이 있다. 다른 사람을 신경 쓸 마음의 여유가 없다. 편하게 부릴 수 있는 사람이 아니라면 하루의 인연으로 끝낼 수밖에 없는 입장이다. 임화평은 자신도 모르게 끌리는 위동금에 대한 미련을 애써 끊어버렸다.

폐공장 단지의 입구에 들어섰다. 입구 쪽 건물 앞에 밴이 한 대 서 있다. 사람들이 들락거리는 것으로 보아 뭔가를 할 모양새다. 사진기와 측량 기구, 그리고 스케치북 같은 것을 가지고 있는 것으로 보아 인테리어 업자처럼 보인다. 그들을 스치고 지나쳐 공장들 안쪽으로 들어갔다.

"저깁니다."

제일 깊숙한 곳에 자리한 공장이다. 군데군데 부서진 벽하며 깨진 유리창, 주변의 황량한 땅에 듬성듬성 나 있는 잡초들이 분위기를 삭막하게 만든다. 건물 자체가 다른 공장들보다 커서 더 초라해 보인다.

청년은 차에서 내려 맥도널드 종이 백을 부둥켜안고 달리듯이 안으로 들어갔다. 혼자 남게 된 임화평은 씁쓸하게 웃으며 차에 기대섰다. 아이는 둘, 햄버거는 다섯 개를 샀다. 그 가운데 하나를 게 눈 감추듯 먹어치우던 위동금의 모습을 떠올렸다. 대충 허기를 메우고 나니 아이들이 눈앞에서 어른거렸을 것이다.

임화평은 들어갈지 말지를 고민하다가 그냥 있기로 했다. 어차피 거두지 못할 아이들이다. 전기와 수도가 끊긴 폐공장에서 희망없이 하루하루를 살아가는 아이들을 보면 가슴만 아플 것이다. 그냥 갈 생각을 했다가, 뒤늦게라도 임화평을 떠올리고 나오면 그때 돈이나 조금 쥐어주고 돌아가기로 했다.

'거기까지다. 그 이상은 무리야.'

그때 입구 쪽에서 부스럭거리는 소리가 들렸다. 종이 백을 든 위동금이 두 아이와 함께 나왔다. 한숨이 나오는 모습이다. 여섯 살이나 될 것 같은 남자아이 하나와 또래의 여자아이 하나다. 못 먹고 못 씻어서 더럽기 그지

없다. 아이들에 비하면 임화평이 옷을 사주기 전의 위동금은 양반이다. 퀭한 눈에 총기가 느껴지지 않았다.

'하! 배고픈 거 벗어나니까 머리가 좀 돌아가는 모양이구나.'

도움을 받으면 감사의 인사를 하는 것이 상식적인 수순일 것이다. 하지만 그런 맥락으로 단순하게 해석할 수 있는 분위기가 아니다. 사흘 굶은 양반, 언 똥도 먹는다는 말이 있다. 얼굴에서 드러나는 아이들의 영양 상태로 볼 때 체면치레할 때가 아니다. 사흘 굶은 승냥이가 달 보고 으르렁거리듯, 종이 백에서 눈을 떼지 못하는 아이들의 주린 배부터 챙겨주어야 할 것이다.

'시위로군. 하기야 내가 하늘에서 내려준 동아줄같이 보이겠지.'

자존심이 남아 있어 대놓고 하지는 못하고 '이렇게 힘듭니다' 라고 시위하듯 보여주는 것이다.

속내를 짐작한다는 눈빛으로 위동금을 바라보며 쓴웃음을 지어 보였다. 눈빛의 의미를 읽었는지, 위동금의 얼굴이 붉게 달아올랐다. 임화평은 민망해하는 그 모습에서 인간적인 연민을 느끼지 않을 수 없었다. 다시 아이들을 바라보았다.

'어허! 이걸 어쩌나? 저 녀석들 눈이 꼭 소은이 처음 봤을 때와 똑같구나.'

언젠가 읽었던 기사에 따르면, 중국인들의 70퍼센트가 아직도 100년 전의 삶을 살고 있다고 한다. 나머지 30퍼센트만이 개화된 삶을 살고, 그 대다수가 동남부 해안에서 가까운 지역에 집중되어 있다고 한다. 과장되었다고 생각하지만 개혁 개방으로 만들어낸 중국의 부(富) 대부분이 동부와 남부에 집중되어 있는 것은 사실인 듯하다. 내륙을 돌아다니다 보면 눈앞의 아이들과 다를 바 없는 아이들이 부지기수일 것이다. 하지만 그것은 지면에 인쇄된 기사였을 뿐, 두 아이처럼 눈앞의 현실이 아니다.

위동금은 그가 들고 있는 종이 백에서 눈을 뗄 줄 모르는 두 아이에게 말했다.

"저분이란다. 인사드려라."

두 아이는 그제야 종이 백에서 억지로 눈을 떼고 임화평을 바라보며 고개를 숙였다.

여자아이는 입은 다문 채 고개만 숙인 반면, 남자아이는 고개를 숙이며 감사의 말을 했다.

"고맙습니다. 맛있게 먹겠습니다."

아이의 나이답지 않은 어른스러움이 오히려 안쓰러웠다. 임화평은 고개를 끄덕이고 위동금에게 질책하는 눈빛으로 눈짓했다. 위동금은 그제야 입구 계단에 아이들을 앉히고 종이 백에서 햄버거와 우유를 꺼내 아이들에게 건넸다. 아이들은 정신없이 햄버거를 먹었다. 우유를 먹을 사이도 없다. 다 씹지도 않고 무작정 입에 구겨 넣는다.

"아이들 체하겠다. 천천히 먹어라."

위동금이 아이들 입에서 억지로 햄버거를 떼어내고 우유를 입에 대주었다.

임화평은 아이들의 옷을 멍하니 바라보았다. 두 아이들 모두 군데군데 찢어진 싸구려 솜옷을 입고 있다. 5월 하순이다. 성급한 사람들은 벌써부터 반팔을 입고 다닐 정도로 따뜻한 나날이다. 솜옷을 입고도 덥다고 하지 않는 것을 보면 몸이 그만큼 허하다는 뜻이다.

'어이쿠야! 이거 웬 짐들이야?'

임화평은 한숨을 내쉬고, 오면서 옷가게를 본 적이 있는지 기억을 더듬었다.

제6장
막혔어? 그럼 내가 뚫어줄게

서문영락은 과시욕이 강한 중국인답지 않게 실용적인 사람이다. 그것은 그가 묵는 호텔만 보아도 알 수 있다.

힐튼 뉴욕.

힐튼이라는 이름에 무색하게도 살인적인 물가를 자랑하는 뉴욕에서는 삼성 급 호텔로 취급된다. 뉴욕에는 힐튼이라는 이름을 내려다보는 호텔들이 그만큼 많다는 소리다.

서문영락의 대외적인 신분은 홍콩 웨스트게이트 그룹의 CEO다. 그 신분만으로도 삼성 급 호텔은 어색하게 느껴질 것이다. 하지만 서문영락은 사성 급과 오성 급 호텔을 놔두고 힐튼에 묵는 일에 거리낌이 없다.

침실 창문 밖으로 길 건너 뉴욕 현대미술관 주변의 야경을 바라보던 서문영락은 전화벨 소리에 자리를 옮겼다.

"서문영락입니다. 아! 아저씨. 털끝 하나 다치지 않고 돌아왔어요? 어떻게 살아 있을 수 있습니까?"

전문가로 예상되는 자들에게 납치되었다는 것은 신분이 발각되었다는 의미로 해석할 수밖에 없다. 그런 경우 다음 수순은 예정되어 있다. 괜히 비싼 돈 들여서 독니를 심어준 것이 아니다. 뉴욕 지부장이라고 해서 예외는 없다. 그가 살아 돌아온 것을 이해할 수 없는 것은 당연한 일이다.

"허! 그래요? 철저한 놈들이네요. 예? 설마 그 세이건이라는 말입니까? 그렇다면 말이 되는군요. 능력이 모자라는 것은 아닐 텐데 이유가 뭐랍니까? 제공자가 중국에? 국제적인 이슈가 되는 것은 원치 않는다? 그럴 수도 있겠군요. 우리 쪽에서 하는 게 깔끔하겠네요. 그렇습니까? 세이건이라면 할 수 없지요. 아직은 우리 쪽이 약자니까 들어줄 수밖에요. 요구하는 것은 다 들어주세요. 빚 하나 지우는 셈 치지요. 아! 그리고 현 지부 폐쇄하지 마시고 지부장도 유임시키세요. 세이건이라면 우리가 어떤 수를 쓰더라도 결국 알아낼 겁니다. 옮겨봤자 인력 낭비, 돈 낭비, 시간 낭비일 뿐입니다. 예. 내일 바로 들어가겠습니다."

서문영락은 수화기를 내려놓고 거실로 나가 냉장고를 열었다. 독한 술을 마시지 않는 그를 위해 비서가 따로 사다 놓은 여러 가지 맥주가 있다. 서문영락은 잠시 고민한 후에 노란색 밀러 병맥주를 꺼냈다. 병을 딴 채 침실 창문으로 돌아간 서문영락은 다시 현대미술관 주변의 야경을 감상하며 맥주를 마셨다.

"흠! 괜찮네. 밀러? 이게 미국 노동자들이나 마시는 맥주라고? 흠! 타깃을 노동자로 잡다니, 생각 잘했네. 천변 계획도 광고할 수 있으면 좋을 텐데 말이야."

남은 맥주를 한 번에 다 들이킨 서문영락은 병을 창문 앞에 내려놓고 다시 창문 밖으로 시선을 주었다. 눈은 야경을 바라보면서도 마음은 딴 곳에

가 있다.

"세이건이라면 어쩔 수 없지. 우리는 이제 시작하는 입장. 하지만 달라질 거다. 네놈들만 판치는 세상이 되지는 않을 거야. 그래, 그 자리에서 기다려."

두 눈동자에 비친 네온사인의 빛이 서문영락의 눈을 더욱 강렬하게 만들었다.

✤

애초부터 남을 돕겠다는 숭고한 마음가짐으로 시작한 일이 아니다. 길을 가다가 유독 안쓰럽게 보이는 거지에게 측은지심이 일어 1,000원짜리 한 장을 건넨 것과 같은 경우다. 그런데 일이 꼬여 아이들을 집안에 들이고 말았다.

"하! 이것참, 사람 곤란하게 만드는구나."

임화평은 현생에서도 이미 살수다. 몇 번의 실습을 거듭함으로써 전문 배우만큼이나 감정과 표정의 조절에 능숙해졌다. 하지만 아이들 앞에서 연기하는 일만큼은 곤혹스럽다. 아이들은 진실의 눈을 가지고 있다. 진심으로 대하지 않는다는 사실을 어른들보다 더 잘 알아챘다.

"역시 데려오는 게 아니었나?"

나중에 아킬레스건이 될지도 모른다는 생각을 하면서도 그 눈망울이 애처롭고 끌려서 데려와 버렸다. 정 주지 않고 그냥 조금 나은 환경을 제공하는 것뿐이라고 다짐했다. 그리고 그렇게 행동했다. 무뚝뚝한 표정으로 씻기고 옷을 입혀놓은 후 밥 먹이고 재웠다. 말도 걸지 않고 스킨십도 자제했다.

첫날에는 의도대로 되는 듯했다. 아이들은 눈치를 보면서 임화평의 눈에 거슬리지 않으려고 노력했다. 숨소리를 낮추고 발걸음 소리를 죽였다. 그러지 말라고 말하려다가 참았다. 익숙해지면 용인되는 일과 안 되는 일을 알아서 구별할 것이라고 생각한 탓이다.

변화가 너무나 빠른 속도로 이루어졌다. 회색빛 눈동자에 총기가 돌아오면서 입가에 미소가 돌기 시작했다. 풍족해진 음식, 깨끗한 옷, 해가 져도 어둡지 않은 방과 뽀송뽀송하고 깔끔한 잠자리가 천성을 돌려준 것이다.

아이들은 여전히 조심스러웠지만 임화평에 대한 호기심을 조금씩 드러내 보이기 시작했다. 엄정한 분위기가 진심이 아님을 조금씩 깨닫기 시작한 것이다. '아저씨, 식사하세요'로 시작된 말 걸기는 아이들다운 여러 종류의 '왜?'라는 질문으로 진화했다. '알았다', '그래', 혹은 '동금이한테 물어봐'와 같은 단답형 대답에서 답변이 길어지기 시작하자 임화평은 갈등하지 않을 수 없었다.

집에서마저 감정을 속이고 살아야 한다는 것이 많이 불편했다. 국적 불문하고 아이들은 귀엽다. 여섯 살 위관성은 그나마 낫다. 나이답지 않게 의젓한 면이 있어 다루기가 편했다. 하지만 다섯 살 진영영은 곤란했다. 총기를 찾은 순간 거침없이 다가왔다. 이틀 만에 포커페이스가 무너질 지경에 이르렀다.

아직 부스럼은 치료 중이지만, 그래도 더러운 표피를 벗어던진 진영영은 CF를 찍어도 될 만큼 예쁘장하게 생겼다. 포동포동 살이 오르면 더 귀여워질 것이다. 앙증맞은 얼굴로 다가와 호기심 보따리를 풀어놓는 진영영 앞에서 엄숙함을 가장하기는 힘들다. 손이 저절로 아이의 머리 위로 올라가려 했다. 무뚝뚝한 목소리로 간단하게 대답해도, 목소리를 오래 듣는 것만으로도 좋은지 방실방실 웃었다.

"초영이 어릴 때를 보는 것 같아서 버티기 힘들군. 나돌아 다니면 상관

없으려나?'

아이들로 인해 마음이 풀어지면 가슴속 복수심마저 무뎌질 것 같았다. 기우에 불과하다고 스스로를 세뇌하고 있다. 현재 있는 곳을 야탑동 집처럼 베이스 삼기에는 곤란하다. 현승과 연관되어 있고 중국 행정망에도 등록이 되어 있는 집이다. 본격적으로 움직이기 위해서는 새로운 거처와 차가 필요하다.

임화평은 마당에서 아이들의 세수를 돕고 있는 위동금을 불렀다.

"아이들 씻겨놓고 좀 보자."

아이들에게 칫솔을 물려주고 위동금이 들어왔다. 방 안에 의자가 없어 바닥에 앉았다. 머리까지 단정하게 정리한 위금동의 모습은 모범생, 그 자체다. 곱상한 생김새와 내성적인 성격이 싫어 팔괘장을 입문했을 만큼, 겉모습은 공부만 잘할 것 같은 대학생 모습이다.

"내가 내일부터는 바빠. 그러니까 오늘 필요한 건 다 사야 돼. 네가 필요한 것, 아이들이 필요한 것, 목록 작성해 둬라. 한 시간 뒤에 나갈 거니까 준비해 둬."

위동금은 조심스럽게 물었다.

"예. 그런데 제가 할 일은 뭡니까?"

생명의 은인이나 마찬가지다. 첫 강도질에 임화평을 만나 실패하지 않았다면 회를 거듭할수록 막나갔을 것이고, 결국 스스로를 파괴하고 아이들마저 건사하지 못했을 것이다. 그리고 자신은 상대적인 약자다. 당장 나가라고 한다면 또다시 폐공장으로 돌아가야 할 것이다. 임화평의 생각이 어떻든 간에 저자세가 될 수밖에 없다.

"당장은 없다. 운전하고 잔심부름 정도 하는 걸로 생각하면 돼. 우선은 아이들이나 돌보고 있어라. 먹이고 입히고 돌보는 것 외에 집 안 관리까지 모두 네가 해야 하니까 그것만으로도 바쁠 거야. 나 지저분한 것 싫어한다. 관리 잘해라."

위동금은 고개를 끄덕이면서도 부담스럽다는 표정을 지었다.

"내일 당장 시킬 일이 생길지도 몰라. 밤잠 못 자고 일해야 할 때도 있을 거다. 부담스럽게 생각할 필요없다. 한가한 동안 너와 아이들 미래나 고민해라. 나 한국인이라고 했지? 이 집, 내 집이 아니다. 내년 4월이면 비워줘야 돼. 그때는 나도 다시 한국으로 들어가야 된다. 내가 도와줄 수 있는 시간은 그때까지야. 조금 편해졌다고 긴장 풀지 말고 시간을 금처럼 생각하고 살아야 돼."

1년도 안 남았다. 당장 살았다는 생각에 긴장을 풀고 있던 위동금은 그제야 다시 위기의식을 느꼈다. 1년이라고 해봐야 아이들 나이 여섯과 일곱 살이다. 갑자기 집이 사라지면 다시 돈 1, 2만 위안 들고 폐공장으로 들어가야 할 것이다. 공장 단지 입구에 새 단장이 시작되는 것을 보면 폐공장으로 다시 들어가는 것도 어렵게 될지 모른다. 고개를 끄덕이는 그의 표정은 무겁게 가라앉을 수밖에 없다.

모자란 생필품과 식료품을 사고 선불제 핸드폰 두 개를 샀다. 전화국에 들러 마침내 전화번호부를 구입할 수 있었다. 그리고 마지막으로 들른 곳은 백화점이다.

"흠! 좋네. 그걸로 해라."

군청색 캐주얼 양복을 입은 위동금은 대형 거울에 비친 자신의 모습을 어색하게 바라보았다. 새내기 직장인 같은 모습이다. 많이 어색한지 몸을 마구 비튼다. 하지만 임화평의 말이 맞았다. 알이 작은 검은 뿔테 안경에, 몸에 달라붙는 듯한 정장을 입은 위동금을 단번에 알아보는 사람은 많지 않을 것이다.

　거부권을 행사하기 힘든 처지인 위동금은 임화평이 사주는 대로 쇼핑백을 넘겨받았다. 옷에 어울리는 라운드 티 두 장과 정장용 메신저 백, 그리고 구두도 하나 샀다. 압권인 것은 오른쪽 귀에만 단 금귀고리다. 오늘 산 것만 다 입고 착용하면 사회생활에 첫발을 내디딘 부잣집 막내아들 같은 모습일 것이다.

　임화평은 차에 올라타고서도 연신 귀를 만지는 위동금을 보며 피식 웃었다.

　"공안들도 너를 너라고 생각하지 못할 거다. 내가 불러내거나 밖으로 나다닐 때는 항상 그 모습으로 다녀라. 공안이 바로 앞에서 얼쩡거린다고 해도 눈치 보지 말고 당당하게 행동하면 잡힐 일 없을 거야."

　집으로 돌아가는 길에 예정에도 없던 가게 한 곳을 들렀다. 임화평의 즉흥적인 결정에 따라 들어간 곳은 애견 숍이다.

　임화평은 생후 3개월 된 시츄의 뒤를 졸졸 따라다니는 두 아이를 뒤로하고 전화국에서 구입한 전화번호부를 든 채 방 안으로 들어갔다. 전화번호부를 아무리 뒤져도 선민종합병원의 전화번호를 찾을 수가 없다.

　"전화번호부에도 안 나오는 종합병원이라? 역시 그렇단 말이지."

　석명지는 침대에서 벌떡 일어났다. 꿈을 꿨다. 또다시 손목이 부러지는 생생한 꿈을. 오른손을 들어 이마를 훔쳤다. 식은땀이 흥건하게 묻어 나왔다. 트레이닝복에 손을 닦아내는 순간 손목이 시큰거렸다.

　"큭! 젠장!"

왼손으로 오른 손목을 부드럽게 마사지했다. 그것만으로도 통증이 가시는 듯했다. 사실 통증이라고 할 만한 정도는 아니다. 일상생활을 영위하는 데에는 문제가 없다. 날씨가 안 좋거나 손목에 부담감을 줄 정도로 무거운 것을 들었을 때나 시큰거리는 정도다.

그것은 일종의 트라우마다. 한국에서 손목이 부러졌을 때의 상황이 떠오를 때마다 손목도 울어댔다. 비호대를 떠난 것도 그 때문이다. 오른손을 제대로 쓸 수 없는 팔극권사가 청도방의 최정예인 비호대에 남아 있을 수는 없다.

처음 비호대에 들어갔을 때는 세상을 다 가진 것 같았다. 청도방 예하의 그 어떤 조직도 비호대에 비견되지 못했다. 청도방이 중국의 조직들 가운데 선두를 다툰다면 비호대는 그 안에서 최강이다. 그 말은 곧 중국에서 최강이 비호대라는 뜻이다.

석명지는 비호대에 든 것으로 만족하지 않고 4년 동안 끊임없이 노력했다. 땀은 배신하지 않았다. 비호 2조의 부조장이 되었다. 1조가 방주의 친위대나 마찬가지인 것을 생각하면 대외적인 활동이 많은 비호 2조가 결국 비호대의 대표나 마찬가지인 셈이다. 서른세 살의 석명지가 청도방의 무력을 상징하는 사람이 된 것이다.

한때 까마득하게만 느껴지던 사람들도 더 이상 두렵지 않았다. 예의상 대우는 해주었지만 그것이 전부였다. 방주만이 부릴 수 있는 독립 조직, 그 위상에 상응하는 무력을 갖춘 비호대에게 시비 걸 사람은 없었다.

방주가 비호 2조를 한국에 보낸 것은 그가 존경하는 사람에게 비호대의 무력을 자랑하려는 의도였다. 그러나 그 결과는 비극이었다. 중국 최고라고 자부하던 비호 2조가 단 한 사람에게 괴멸적 타격을 입었고, 끝내 재기하지 못했다. 우물 안 개구리였다는 소리다.

"정말 엿 같네. 이제 잊을 때도 됐잖아?"

그것이 쉽게 안 되니까 문제다. 석명지 그가 병신 만든 사람들만 해도 십여 명이 넘는다. 죽인 사람들도 셋이나 된다. 그때는 몰랐다. 저항할 수 없는 상황에서 당하는 것이 얼마나 두려운 일인지 정말 몰랐다. 당하고 나서야 그러한 상황이 얼마나 끔찍한지 알게 되었다.

혈을 잡혀 꼼짝도 못하는 처지에서 무표정한 얼굴로 또각또각 손가락을 부러뜨리고 손목을 바스러뜨리는 사람을 대면하고서야 공포를 알았다. 동료의 손목이 부러지고 그의 차례가 되었을 때 석명지는 오줌을 싸고 말았다. 그의 조롱 어린 손길을 기다리며 두려움에 떨던 사람들과 똑같이 바지를 적신 것이다. 그것이 무인이라고 자부하는 석명지에게 아물지 않는 정신적인 상처가 되었다. 분함과 창피함, 그리고 두려움이 혼재된 상처다.

석명지는 이를 악물고 손목을 까닥거려 보았다.

"봐! 이렇게 쓸 수 있잖아. 난 그나마 나은 편이야."

석명지는 그나마 운이 좋았다. 그와 똑같이 손목이 부러진 동료들은 결국 병신이 되었다. 천우신조로 석명지는 겉보기나마 병신을 면했다. 팔극권을 온전히 쓰지 못한다는 점에서는 동료들과 마찬가지지만, 동료들과 다르게 그는 젓가락질을 할 수 있고 운전도 할 수 있다.

겉으로나마 온전하게 보이는 덕에 석명지는 북경에서 가까운 천진의 룸살롱 관리를 맡을 수 있었다. 북경과 상해, 그리고 청도에서 성업하는 클럽을 모방했다. 카페처럼 공개된 공간에 안락한 소파를 놓고 아가씨들을 붙여주는 방식의 일본식 클럽과는 달리, 밀폐된 공간에 고급스러운 인테리어를 하고 노래방 기기를 구비한 한국식 살롱이다. 사성 급 호텔의 이층에 자리 잡은 가게다 보니 장사가 잘된다. 청도방의 그늘에 있어 싸울 일도 없고, 손님들 대다수가 한국인과 일본인인 탓에 시비가 붙는 일도 별로 없다.

가게에서 석명지가 하는 일은 거의 없는 것이나 마찬가지다. 자신의 가게라면 '관시' 유지를 위해 노력해야 되겠지만, 대개는 청도방 차원에서 해결이 된다. 돈 계산도 방에서 보내준 유능한 직원이 알아서 한다. 석명지가 신경 써야 하는 일은 아가씨 관리하는 놈들 군기를 잡는다거나 가끔씩 찾아와서 귀찮게 하는 말단 공안들을 접대하는 정도다.

수입도 괜찮은 편이다. 월급만 1만 위안에 가깝다. 적지 않은 돈이다. 입지에 따라 차이가 있지만, 천진의 90평(한국 평수 30평) 아파트의 1년 임대료가 2만 위안 전후다. 월급쟁이로 석명지 정도의 돈을 받는 사람은 많지 않을 것이다. 그것도 공식적으로 받는 월급이 그렇다. 아직은 시작이라 적응하는 일에 바쁘지만, 방의 용인하에 이것저것 신경 좀 쓰면 두세 배는 간단하게 벌 수 있다는 소리를 들었다.

가정을 가질 생각을 할 만큼 편안한 생활이다. 석명지는 그것이 못마땅했다. 그는 천생 무인이다. 위험하지만 그래서 좋아한다. 현재의 생활은 불혹을 한참 넘긴 10년 후에나 꿈꿨을 생활이다. 그래서 그런지 몰라도 가슴속 한구석에 늘 무언가 빈 것 같은 공허함이 있다.

"에휴! 빨리 계집 하나 구해야지. 옆구리 따뜻하면 안정이 될 테지. 화련이 그년을 어떻게 해볼까? 아니지. 술집 나다니는 년을 마누라로 들여서 뒷감당 어떻게 하려고? 그런데 지금 몇 시야?"

오후 2시다. 가게에 나가기에는 너무 이른 시간이다. 하지만 눈을 떴으니 할 수 없다. 석명지는 침대 옆에 놓인 큰 방석 위에 가부좌를 틀고 앉아 눈을 감았다.

✤

"정말 혼자 갈 수 있겠어?"

임화평은 안심이 안 된다는 표정으로 물었다. 위동금의 처지가 처지인
만큼 걱정되지 않을 수 없다. 두 시간 남짓 걸리는 거리를 무면허나 마찬가
지인 상황에서 가야 한다. 면허가 있다고 해도 면허증을 보여야 할 상황이
되면 곤란해지는 형편이다. 하지만 위동금은 싱긋 웃었다. 옷에 어울리는
싱그러운 웃음이다. 조심스럽던 표정도 많이 가셨다. 그저 임화평을 위해
뭔가를 할 수 있다는 것만으로도 기쁘다는 얼굴이다.

"검은색 번호판이잖아요. 사고만 안 내면 공안도 안 건드립니다."

한국에서 0번 번호판을 단 차를 어지간해서는 안 건드리듯이 중국도 외
국인 차량은 소 닭 보듯 하는 경향이 있다. 말이 안 통하면 귀찮고 답답해지
기 때문일 것이다.

"그런 건가? 그나마 다행이군. 하지만 사고가 너만 조심한다고 안 나는
게 아니잖아. 방어 운전하고 혹시 사고 나면 무슨 수를 써서라도 도망쳐. 도
난당했다고 하면 되니까 말이다."

"알아서 하겠습니다."

"언제 갈지 모른다. 없는 셈 치고 살아. 전화하마. 가라."

위동금은 웃으며 고개를 끄덕이고 시동을 걸었다. 차는 부드럽게 나아
갔다. 어색함없이 사라지는 차를 보며 임화평은 고개를 끄덕였다. 부모님
출퇴근을 직접 시켰다고 하며 잘할 수 있다고 해서 맡겼는데, 무리없는 출
발이고 안정된 주행이다.

임화평은 위동금에게서 신경을 끊고 석명지가 사는 현대식 빌라를 바라
보았다. 두 개의 아파트 단지 사이의 자투리땅을 이용한 사층 빌딩이다. 빌
라라고는 하지만 결국 연립주택이다. 새로 지은 탓에 깔끔한 반면 그다지
넓은 평수가 나올 것 같지는 않은 규모다.

"보자. 지금이 오후 3시. 차는 있으니까 집에 있다는 소리겠지. 언제나 나오려나? 어제처럼 5시 다 되어서야 나오려나?'

임화평의 수첩에 별표가 되어 있는 석명지를 찾는 데 사흘 걸렸다. 천진으로 이사한 바람에 예정에 없던 장린이라는 비호대 동료의 피를 보고 업소를 찾았다. 그리고 다시 사흘이 지났다. 지난 이틀 동안 임화평은 석명지의 동선을 파악하고 그의 집을 확인했다.

근처 가게에서 물 탄 오렌지 주스 같은 페트병 음료수 하나를 사 들고 벤치에 앉았다. 예상 외로 기다림은 오래지 않았다. 30분 만에 검은 정장 차림의 석명지가 빌라의 입구에 모습을 드러냈다.

임화평은 반쯤 남은 음료수 병을 들어 한 모금 더 마시고 나머지를 바닥에 비운 후 손수건으로 입구를 닦아 쓰레기통에 버렸다. 성큼성큼 걸어 곧바로 주차장으로 향하는 석명지에게 다가갔다.

석명지가 다가서는 차는 임화평의 차와 같은 폭스바겐 제타다. 뽑은 지얼마 안 되는 듯 깔끔한 상태다.

석명지가 차 문을 열었다.

"명지! 거기 석명지 아니야?'

자동차 키를 꺼내려던 석명지가 고개를 돌렸다. 면식이 전혀 없는 사람이다. 그러나 상대는 자신의 이름까지 정확히 알고 있는 사람이다. 그런 사람이 만면에 미소를 담고 다가오니 정말 아는 사람인데 기억이 나지 않는 것이라고 생각할 수밖에 없다.

'옷차림 보면 조직 선배는 아닌 것 같은데… 학교 동문? 나를 안다고 보기에는 나이가 너무 들어 보이는데?'

나이는 사십 전후에 검은 정장을 입고 메신저 백을 메고 있다. 전형적인 회사원 모습이다. 사내가 바로 앞까지 다가왔다. 손 뻗으면 악수할 수 있는 거리다. 하지만 긴장하지는 않았다. 아무리 한쪽 손이 불편해도 사람 하나 제압하는 일은 아무것도 아니다.

"누구신가? 기억에 없는데?"

"이런 섭섭한 일이 다 있나? 명지, 네가 나를 기억 못해?"

사내는 웃으며 자연스럽게 손을 뻗었다. 마치 악수를 청하는 듯한 손짓이다. 석명지는 눈살을 찌푸리면서도 마지못해 손을 내밀었다.

손을 맞잡았다. 그 순간 석명지가 눈을 부릅떴다. 그것은 악수가 아니었다. 사내는 계란을 쥐듯 손을 오므려 그의 손을 반 정도만 쥐었다. 검지가 장심을 눌렀다. 한순간에 손에 힘이 들어가지 않았다. 석명지가 왼손을 들어 사내를 뿌리치려는 순간 사내의 엄지가 그의 엄지와 검지 사이를 눌렀다. 합곡혈이다. 눌리는 즉시 전신에서 힘이 쭉 빠져나갔다.

방심한 것이 아니었다. 오른손을 내어준 것도 석명지의 계산 속에 있었다. 어차피 오른손으로는 상대를 제압하지 못하는 만큼 상대의 오른손도 묶어둘 겸 손을 내밀었다. 같이 왼손만을 사용할 경우라면 누구라도 제압할 수 있다는 자신감이 있었기 때문이다. 오산이었다.

사내는 빙그레 웃으며 왼손으로 석명지의 어깨와 목을 차례로 눌렀다. 몸도 못 움직이고 입도 벙긋 못하는 상태. 사내는 오른손을 놓아주며 석명지의 옷매무새를 다듬어주듯이 그의 두 어깨를 토닥였다.

"손목 괜찮지? 특별히 손속에 사정을 뒀는데."

석명지는 그제야 사내가 누구인지를 깨달았다. 얼굴은 판이하게 다르지만 그의 손목을 부러뜨린 그 사람이었다.

'나만 일부러 봐줬단 말인가?'

동료들 가운데 유일하게 손을 쓸 수 있는 상태까지 호전되었다. 석명지는 그것을 그가 가진 운과 현대 의학의 승리라고 믿었다. 그런데 그것이 아니었던 모양이다.

"어제 배 타고 들어왔는데 호텔에서 우연히 봤어. 정말 반갑더라. 자! 이 야기가 길어질 것 같으니까 일단 차에 타지."

임화평은 주변을 살피면서 석명지의 팔을 목에 두르고 들다시피 하여 조 수석에 앉혔다. 그리고 곧장 운전석에 앉아 차를 몰았다. 차는 천진 시내를 벗어난 후 공로를 따라 북경 방향으로 나아갔다.

10여 분간 묵묵히 차를 몰던 임화평은 시 외곽의 한적한 길에 차를 세워 두고 석명지의 아혈을 풀어주었다.

"원하는 게 뭡니까?"

두려움에 목소리가 바르르 떨리고 있다. 임화평은 부드러운 미소를 지 으며 그를 안심시켰다.

"내가 누구 찾는지 알지? 막상 중국에 들어왔는데 아는 게 있어야지. 이 쪽 출신이 아니거든. 도움이 필요해. 차도 있어야 되고 북경에 대해 구석구 석 아는 안내인도 필요해. 아는 사람이라고는 너희들밖에 없어서 말이야. 자! 이제 전화부터 좀 해줄래?"

임화평은 석명지의 품속에서 핸드폰을 꺼내 미리 알아둔 룸살롱의 전화 번호를 눌렀다.

"내가 북경 구석구석 알게 될 때까지 같이 다녀야 하니까, 한동안 못 들 어간다고 말해. 평소 목소리로 간단명료하게. 내가 그다지 인내심이 많지 않은 사람이라는 건 알지?"

사내는 신호음이 떨어지자 임화평이 시키는 대로 순순히 이야기했다. 일단 안내인이 되면 며칠 정도는 목숨이 붙어 있을 거라고 생각한 탓이다. 그 후의 일은 나중에 생각하기로 했다.

통화가 끝나자 임화평은 곧바로 핸드폰 배터리를 뽑은 후 보조석 앞 서랍에 넣어버렸다.

"증명서 몇 개 필요한데 어디로 가야 할까? 왜 있잖아? 거민신분증하고 운전면허증, 혹은 위조 여권 같은 거 만드는 놈들 어디서 찾아야 돼?"

"가 본 적 없습니다. 다만 북경 수수가(秀水街) 근처 어디엔가 있다고 들었습니다."

"아! 수수가? 그 가짜 명품 판다는 곳 말이지? 그런 눈으로 보지 마. 가이드북에 나와 있어서 아는 것뿐이야. 일단 알았다. 자라. 북경에 도착하면 깨우지."

임화평은 석명지의 수혈을 짚었다. 석명지는 임화평의 변장 방식에 호기심을 느끼며 그의 얼굴을 바라보다가 눈을 감았다.

임화평은 석명지의 고개를 자신 쪽으로 비틀어놓고 백미러와 석명지의 얼굴을 번갈아 바라보면서 조금씩 얼굴을 바꿨다. 뺨을 조금 홀쭉하게 만들고 두 눈 끝을 잡아당겨 날카롭게 만들었다. 두 손으로 콧방울을 쓰다듬어 좁히고 메신저 백에서 헤어 젤을 꺼내 머리 모양도 비슷하게 바꾸었다. 그리고 마지막으로 알이 작은 타원형의 금테 안경을 착용했다.

"비슷해 보이려나?"

석명지를 처음 봤을 때부터 임화평은 그의 이미지가 자신과 비슷하다고 생각했다. 사람은 많지만 닮았다고 할 만한 사람을 찾기는 쉬운 일이 아니다. 그래서 일부러 그만 장애자로 만들지 않았다. 중국에 들어오면 혹시 이용할 수 있을지도 모른다고 생각한 탓이다. 그리고 결과도 그렇게 되었다.

변용한 임화평의 모습은 석명지와 비슷한 분위기를 드러내 보이고 있다. 한국에서 한때 이용했던 강성재보다 더 흡사한 모습이다. 실물을 두고 보면 구별하기 쉬운 두 사람이지만 임화평이 홀로 다니며 석명지라고 주장한다면 친분이 있는 사람이 아닌 한 부정하지 못할 것이다.

임화평은 석명지의 품속을 뒤져 그의 지갑을 꺼냈다. 그 안에서 운전면허증과 거민신분증을 꺼내어 신분증의 사진과 자신의 얼굴을 대조해 보았다.

유효 기간이 2년 남짓 남은 운전면허증의 작은 사진 속 석명지는 지금에 비해서 상당히 촌스럽다.

"이거 내밀어도 의심받지 않겠네."

임화평은 지갑에서 KTV 천천(千泉)이라는 상호가 선명한 석명지의 명함들을 자신의 지갑으로 옮긴 후 지갑을 보조석 서랍에 넣었다.

임화평은 석명지를 보조석의 좌석을 눕혀 편히 자는 모습을 연출한 후 다시 시내로 돌아왔다. 시장에 들러 삽 한 자루와 고기만두 2인분을 산 다음 차를 몰아 북경 방향의 공로를 탔다. 고속도로에서 멀어질수록 주변 풍광은 황량하게 변했다. 인적이 없는 곳에 이르러 발품을 팔아 주변을 탐색하고 적당한 바위를 찾았다. 만두로 식사를 하고 어두워질 때까지 기다렸다가 석명지를 바라보았다.

"모르고 죽는 게 더 편할 테지. 내세에서는 평범한 사람으로 태어나려무나."

임화평은 석명지의 사혈을 눌렀다. 그가 죽은 것을 확인한 후 석명지의 정장 상의를 앞치마로 삼아 바위를 밀어내고 그 밑에 묻었다. 주변의 마른 흙으로 흔적을 지운 것은 한국에서와 다름없다.

임화평은 다시 한 번 주변을 점검하고 그곳을 떠나 북경으로 향했다.

이화원과 북경대학에서 멀지 않은 황옥반점(皇玉飯店).

오후 3시다. 임화평은 왼손 중지에 자동차 키가 달린 열쇠고리를 끼우고 빙빙 돌리며 안내 데스크로 향했다.

20대 후반 정도로 보이는 선한 인상의 청년이 눈웃음치며 말했다.

"이제 나가세요?"

임화평은 벙긋 웃으며 고개를 끄덕였다.

"열심히 쫓아다녀야지 한 군데라도 더 보지. 오늘도 역시 언제 들어올지 모르겠다. 열쇠 가지고 간다. 그리고 방 청소는 안 해도 돼."

"예, 다녀오세요."

"수고!"

임화평은 가볍게 손을 흔들어 보이고 리드미컬한 움직임으로 호텔 문을 나섰다.

임화평이 문밖으로 나가자 청년 오무방의 눈에 질시의 빛이 어렸다.

"어우, 제비 같은 인간! 나도 저렇게 살 수 있으면 얼마나 좋을까?"

오무방이 아는 임화평은 천진 사람이다. 천진에 KTV를 내기 위해 북경의 유명 업소들을 견학 다니는 세상 편한 한량이다. 차가 좀 싸구려긴 해도 돈이 없는 것 같지는 않다. 삼성 급 호텔인 황옥반점의 객실을 한 달이나 빌렸다.

"정말 찾아가면 여자 하나 붙여줄까?"

진담인지 립서비스인지 모르겠지만, 나중에 천진에 오면 한잔 거하게 사고 예쁜 아가씨도 소개시켜 준다고 했다. 그 말에 꾀여 오무방은 그를 볼 때마다 방실방실 웃어주고 있다.

오무방은 고개를 흔들었다.

"무방아! 정신 차려라. 진담이라고 해도 KTV 아가씨를 감당이나 할 수 있을 것 같아? 아르르르!"

며칠 동안 선민종합병원 근처에 맴돌다 보니, 병원에 들어가는 것이 정말 만만치 않다는 것을 재확인할 수 있었다. 벤츠 같은 고급차가 들어갈 때에도 반드시 검문했다. 경비원은 리스트 같은 것을 들고 일일이 확인한 후 차를 들여보냈다. 궁여지책으로 선택한 것이 미남계다.

임화평은 자신과 부딪쳐 넘어지려는 여인의 팔을 잡았다.

"어이구! 죄송합니다."

임화평은 여자가 떨어뜨린 쇼핑백을 주워서 건넸다.

"괜찮으세요?"

"신경 쓰지 마세요. 괜찮습니다."

미녀는 아니지만 동글동글 귀엽게 생긴 여인이다. 쏙 들어가는 보조개와 발그레한 뺨이 그녀를 나이보다 어리게 보이도록 만들었다.

임화평은 여인을 바라보며 고개를 갸웃거렸다.

"다행입니다. 그런데 혹시 저 본 적 없습니까? 낯이 익은데요."

여인은 피식 웃었다. 너무나 뻔한 수순을 밟아간다는 생각을 한 것이다. 그러나 그런 말을 듣고 보니 그런 것 같기도 했다.

"무슨 사심이 있어서 하는 말이 아닙니다. 분명히 초면이 아닌 것 같습니다. 음! 맞다. 원명원! 제가 원명원 가는 길 물었지요?"

임화평은 호주머니에서 레이벤 선글라스를 꺼내 금테 안경과 바꿔 끼고 여인을 바라보았다.

"아! 그분이시네요."

여인도 기억을 해내고 고개를 끄덕였다.

"저, 시간 괜찮으십니까? 그날 일에 감사할 겸 오늘 일도 사과할 겸, 식사 대접해 드리고 싶은데요."

여인은 얼굴을 살짝 붉히며 임화평의 얼굴을 바라보았다. 너무나 도식적인 접근 방법이지만 싫지 않았다. 바람둥이라고 생각할 수 없는 어색한 접근이 오히려 그녀의 경계심을 무디게 만들었다.

나이 차가 좀 나는 것 같지만, 생긴 것도 사내답고 차도 가지고 다니는 사람이다. 주위의 괜찮은 사람은 다 유부남이고 껄떡대는 남자들은 하나같이 별 볼일 없는 인간들이다 보니 나이만 먹어가고 있는데, 간만에 쓸 만한 남자가 낚싯대를 드리운 것이다. 그렇다고 대놓고 좋다고 할 수도 없어 망설이는데, 임화평이 한마디 보태어 그녀의 망설임을 날려주었다.

"저 천진 사람입니다. 북경에서 며칠 동안 혼자 밥 먹다 보니 무슨 맛인지도 모르고 먹고 있습니다. 한 끼라도 맛있게 먹을 수 있도록 도와주시면 안 되겠습니까?"

여인 화예방은 어색하게 웃으며 고개를 끄덕였다.

임화평이 화예방을 만난 것은 사흘 전의 일이다. 만났다기보다는 선택했다는 것이 맞겠다. 선민종합병원 근처에서 적당한 인물을 물색하다가 병원 셔틀버스를 타고 나온 화예방을 발견했다. 우선 떡밥을 던지듯이 길을 물어 안면을 터두었다.

다음날도 오후 4시 반쯤에 병원을 빠져나온 것으로 보아 간호사가 아니면 수납, 혹은 식당에서 근무하는 사람일 가능성이 높아 보였다. 물론 그녀만 나온 것은 아니었다. 제법 많은 여자들이 나왔다. 굳이 그녀를 선택한 것은 그녀의 옷차림과 인상 때문이었다. 함께 나온 여자들과는 달리 유부녀로 보이지 않는 세련된 옷차림에 동글동글하고 귀여운 인상이다.

여인과 같은 인상은 관상학적으로 영양형(榮養型)에 속하는데, 대개 영양형은 그 성격이 사교적이고 온순하며 친절한 편이다. 정을 중요시하여 상대에게 호감을 사기 위해 무리하게 비밀을 털어놓기도 하고 쉽게 불타오르기도 한다. 현실적인 성격으로 인해 정신적인 것보다 물질적인 것에 집착하여 유혹에 약한 면이 있다. 그녀를 선택한 것은 그러한 관상학적 성향 때문이다.

첫날 길을 묻는 방식으로 낚싯밥을 던져 놓고 위동금까지 동원하여 그녀의 뒤를 따랐다. 그리고 마침내 왕부정에서 인연을 만든 것이다.

"북경은 잘 모르기 때문에 자신있게 모시고 갈 만한 곳이 없습니다. 혹시 잡숫고 싶은 것 있습니까? 전 아무거나 잘 먹습니다. 좋은 곳 소개시켜 주세요."

"혹시 딤섬[點心] 좋아하세요?"

"좋아합니다만, 저녁 식사를 그걸로 해도 괜찮겠어요? 혹시 제 주머니 사정을 고려하시는 거라면 그러실 필요없는데……."

영양형에 속하는 사람들은 대개 배려하는 마음이 강하다. 임화평은 그녀의 제안을 경제적인 부담을 주지 않음으로써 좋은 인상을 남기려는 의도로 해석한 것이다.

"아니에요. 제가 좋아하는 음식이에요. 동료들하고도 가끔 간답니다."

식당은 멀지 않은 곳에 있었다. 금정헌(金鼎軒)이라는 곳인데, 북경에서 꽤 유명한 집이라고 했다. 첫 데이트를 하기 위한 식당으로는 그다지 품격이 높다고 할 수 없지만, 고풍스러운 건물 외양과는 달리 안은 상당히 깔끔한 편이다.

이층 창가에 자리 잡고 만두 몇 가지를 시켰다. 두 사람 실컷 먹어도 200위안이면 충분하고도 남을 가격대다.

"설마 저 따라오신 건 아닐 테고, 여성복 코너에는 무슨 일로 가셨어요? 혹시 부인 선물 사러?"

조금 긴장이 풀렸는지 화예방은 농담 섞인 탐색의 말을 던졌다.

"아! 일이 바빠서 아직 장가 못 갔습니다. 중국 물건 내다 팔고 한국 물건 들여오는 작은 무역회사 하나를 하고 있다 보니 종종 백화점 나들이 가서 시장조사를 하지요. 전 사실 중국보다 한국에서 지내는 시간이 더 많습니다. 인연을 만날 만한 시간이 없었지요."

화예방은 방긋 웃는 것으로써 안심한 기색을 숨기고 말리화차를 임화평의 찻잔에 따라주었다.

"그러시구나. 한국은 어떤가요?"

화제를 이어가기 위해서가 아니라 진심으로 관심을 드러냈다. 일반인의 관심의 대상이 아니던 한국이 최근 몇 년 사이 젊은이들과 여자들을 중심으로 화제가 되고 있기 때문이다.

"사람 사는 곳 다 비슷비슷하지요. 우리 쪽보다는 좀 더 자유스러운 분위깁니다. 그런데 물가가 너무 비싸요."

"성몽정연(星夢情緣) 보니까 굉장히 잘사는 것 같던데……."

성몽정연은 '별은 내 가슴에'라는 한국 드라마의 중국 제목이다. 97년 중국에서 방영된 첫 번째 한국 드라마로, 중국 드라마에서 볼 수 없었던 상류사회의 모습을 선보임으로써 중국 사람들에게 한국에 대한 환상을 심어주었다고 해도 과언이 아니다. 성몽정연을 시작으로 최근 한국 드라마가 큰 인기를 얻고 있다. 그러나 임화평은 그에 대한 것을 잘 알지 못한다.

"성몽정연? 드라마입니까? 제가 TV를 잘 안 봐서. 어쨌든 전체적인 수준은 우리보다 조금 낫지요. 물건만 봐도 뒷마무리가 확실히 좋지요. 제가 보기에 한국 드라마는 무엇보다도 소재가 다양합니다. 금기없이 아무거나 다 쓸 수 있거든요. 계몽적인 것뿐만 아니라 불륜이나 치정, 더러운 정치 이야기도 소재로 삼고 마음대로 만듭니다. 자극적이다 보니 우리 입장에서는 딴세상 이야기지요."

만두가 차례로 나왔다. 수정하주(水晶蝦珠)라는 새우만두 하나를 먹고 나서 임화평이 물었다.

"예방 씨는 무슨 일 하지요?"

샤오마이 하나를 오물거리던 화예방이 차로 입을 헹구고 대답했다.

"전 간호사예요."

"간호사? 외과 쪽, 내과 쪽?"

"내과 쪽입니다만, 전 휴양 병동에서 일하고 있어요."

"휴양 병동은 또 뭡니까? 생소하군요."

"대외적으로 병환이 알려지는 것을 꺼리시는 고위층이나 상류층 환자분들이 집처럼 편하게 지내시는 곳으로, 친목 클럽과 호텔 개념을 접목한 24시간 집중 관리 병동입니다. 병실마다 간호사가 상주하고, 기타 환자를 위한 편의 시설과 위락 시설도 완비되어 있지요."

간호사인 것은 다행이었지만 아쉽게도 내과 병동의 간호사다. 우상에 대해서 자세히 알지는 못할 것이라는 짐작이 임화평을 실망시켰지만, 그렇다고 표정을 드러내지는 않았다.

"그럼 근무하는 병원이?"

"선민종합병원이에요."

"선민종합병원? 북경에 그런 종합병원이 있습니까? 선민? 어디선가 들어본 것 같기도 한데……."

"잘 모르실 거예요. 종합병원이라도 특진 전문 병원이라 일반인들은 잘 모르더라구요."

"아니에요. 이름이 낯설지 않네요. 아! 외삼촌한테 들어본 기억이 있습니다. 외삼촌께서 천진시의 부시장이시거든요. 외숙모께서 심장이 안 좋으셔서 북경 어디선가 진찰받았다고 하던데, 그때 들은 것 같습니다. 좋은 의

사분 만났다고 하시더군요. 머리가 하얗게 센 의사라고 하던데."

"머리가 하얗게 센 심장 전문 의사라고 하시면 우상 선생님 말씀이신가 보네요. 아주 유능하신 분이시라고 들었습니다. 외과 의사 분들 사이에서 신도라고 불리시는 분이지요."

"이름은 모르겠지만 어쨌든 참 친절한 의사 양반이라고 마음에 들어하시더라고요. 아직 병원에 계시지요? 외숙모 성격이 예민하셔서 사람 바뀌면 싫어하시는데."

"어쩌나? 요즘 안 보이시던데. 두어 달 정도 못 뵌 것 같아요."

"할 수 없지요. 어쨌든 다음에 가실 때는 예방 씨도 볼 겸 제가 모시고 가야겠습니다."

화예방은 쑥스러운 미소를 지으며 찻잔을 들었다. 그 뒤로의 대화는 주로 화예방이 주도했다. 실제 나이 차이가 20년 가까운 두 사람의 관심 영역이 같을 수는 없다. 임화평은 화예방이 어색해하지 않도록 맞장구치는 수준에서 듣는 데 집중했다. 그 외에 그가 잘 아는 한국 쪽 이야기로 화제를 이어나갔다. 식사를 마치고 차로 화예방을 집까지 데려다 주었다.

"오늘 즐거웠습니다. 내일 제가 천진 갔다가 바로 한국으로 들어가야 합니다. 하지만 돌아오면 곧바로 북경에 올 계획입니다. 그때 전화 드리지요. 혹시 제가 병원으로 찾아가도 되겠습니까?"

괜찮은 남자다. 실제보다 나이가 들어 보이고 조금 고리타분한 경향은 있지만 조건도 괜찮은 듯하고 사람도 좋다. 외가 쪽이긴 해도 고위직 인척도 있다. 남성미 풍기는 외모와 근육질의 듬직한 가슴이 돋보이고, 한국 물을 많이 먹어서 그런지 예의도 바르며, 무엇보다도 말을 잘 들어준다. 놓치고 싶지 않다. 화예방의 입장에서는 기꺼이 찾아와 달라고 대답하고 싶다. 그런데 병원 규칙에 어긋난다. 상류층과 외국인을 주로 상대하다 보니 근무 수칙이 상당히 까다롭다. 직계 가족조차 입원시키기 힘들어 간호사라는 타이틀로는 관시를 만들기 어렵다. 그러나 상대적으로 높은 급료 때문에 겉으로 불만을 토로하지 못하는 분위기다.

'하기야 우리 쪽은 아무것도 아니지. 수술실 간호사들은 비밀 준수 각서라는 것도 쓴다던데……'

환자의 비밀을 누설하지 않는다는 윤리적 비밀 준수 의무가 아닌, 병원에 대한 그 어떠한 일도 외부에 발설하지 않는다는 내용의 각서다. 그 덕에 수술실 간호사의 급여는 기존 간호사의 평균 급여와는 비교조차 할 수 없다는 소문을 들었다. 기본 급여는 특별하지 않지만 수당이 상당히 센 모양이다.

한번은 소문을 듣고 질투심이 난 간호사가 사실 여부를 캐물었는데, 결국 잘리고 말았다. 병원에서 손을 써서 다른 곳에도 취직하지 못했다는데, 그때 이후로 그녀의 소식을 들은 사람은 아무도 없다. 그녀의 일을 계기로 간호사들은 수술실 간호사들을 별종으로 취급하고 관심을 꺼버렸다.

같은 간호사인 화예방에게도 수술실 간호사들은 특별한 사람들이다. 사람을 잘 사귀는 편인데도, 수술실 간호사들은 왠지 섬뜩하게 느껴져 가까이하지 않는다. 사람을 멀리하는 것은 수술실 간호사들도 마찬가지다. 마치 특권의식을 가진 듯 자신들끼리만 어울려 다녔다.

"병원 규칙이 조금 까다로워요. 전화 주시면 제가 나갈게요."

"알겠습니다. 전화 걸었는데 모르는 사람 취급하시면 안 됩니다. 편히 주무세요."

임화평은 환한 미소를 지으며 손을 흔들어 보이고 멀어져 갔다. 화예방은 차가 사라질 때까지 그 자리에 서 있다가 입술을 깨물어 기쁨을 억누르며 집으로 들어갔다.

✦

모나나 나스트(Monana Nast)는 독일계 미국인 아버지와 폴리네시안 계 하와이 원주민 어머니 사이에 태어났다. 이름을 보면 그녀의 태생을 쉽게 알 수 있다. 나스트라는 독일계 성에, 하와이어로 '큰 바다'를 뜻하는 모나 나라는 이름을 썼다. 하와이에서 나서 32년을 줄곧 하와이에서 살아온 그녀의 삶은 평탄했다고밖에 달리 표현할 말이 없다. 성실한 아버지와 아름답고 정 많은 어머니의 사랑을 듬뿍 받고 자란 탓이다.

그녀의 아버지 에릭 나스트는 60년대 초반에 본토에서 하와이로 건너와 호텔 쪽으로 자수성가한 사람이다.

마카이오 호텔 체인.

에릭 나스트가 소유한 네 개의 호텔을 뭉쳐 부르는 이름이다.

힐튼과 같은 거대 호텔 체인은 아니다. 하와이의 여덟 개 섬 가운데 네 곳에 있는 알짜배기 삼성 급 호텔이다. 팩키지 여행객이나 상류층 여행객들이 묵는 대형 호텔은 아니지만, 경제적이면서도 안락한 휴식처를 원하는 중류층의 개인, 혹은 가족 여행객들에게 호평받고 있다. 단순한 숙박업소가 아닌, 저렴한 비용으로 하와이의 섬들을 두루 살펴볼 수 있도록 잘 짜여진 관광 서비스를 제공하기 때문이다.

모나나는 아버지 덕에 경제적 어려움없이 살 수 있었지만, 그렇다고 방종한 삶을 살지도 않았다. 에릭 나스트는 바쁘다는 핑계로 돈으로 사랑을 표현하는 사람이 아니다. 모나나는 철들 무렵부터 호텔의 잡무를 처리하는 것으로써 용돈을 벌어서 써야 했다.

하와이 주립대학에서 지역학과 관광학을 공부한 모나나는 호텔과 연계

한 여행사를 설립하여 독립했다. 방학 때마다 줄곧 여행사와 관련된 자신의 삶을 설계하고 일해왔기 때문에 에릭 나스트도 적극적으로 밀어주었다. 아버지의 성실함과 어머니의 활발하고 낭만적인 성격을 물려받은 모나나는 괄목할 만한 성장세를 유지하며 여행사를 키워 나갔다.

그때까지의 그녀의 삶에서 한 가지 모자란 것이 있었다면 그것은 남자였다. 신은 서른이 된 그녀에게 완벽한 삶을 주고 싶은 듯 남자를 보냈다. 자유로운 삶을 찾아 본토에서 넘어온 사내. 아버지의 전철을 밟는 듯한 삶을 추구하는 사내. 미남에 낭만적이면서 배려심까지 많은 남자, 찰리 허드슨이 그 빈자리를 채워주었다. 모나나 나스트는 신이 자신을 편애한다는 착각을 할 만큼 행복했다.

모나나의 불행은 그녀의 남편 찰리 허드슨이 본색을 드러내면서부터 시작되었다. 그가 가진 것이 없다는 것은 이미 알고 있었다. 그러나 그는 회계사였다. 마카이오 호텔 체인과 모나나의 여행사만 관리한다고 해도 제 몫을 할 수 있다고 보았기에 결혼을 망설이지 않았다. 겉으로는 돈보다 자유로운 삶을 추구하는 것처럼 보였기 때문이다.

사실 찰리 허드슨은 모나나의 집안을 알고 접근한 사람이었다. 바람둥이에 허영심이 많은 성격으로, 마리화나를 담배처럼 피워대는 그가 본토에서라고 제대로 된 삶을 살았을 리 없다. 방탕한 생활로 평판이 떨어지고 부모의 유산까지 다 까먹었을 때 쫓기듯 하와이로 도망쳤던 것이다. 건전한 사고관을 지닌 모나나와 부딪치지 않을 수 없었고, 끝내 별거에 이르렀다. 그리고 횡령 사건이 터졌다.

에릭 나스트는 깊은 상처에 어쩔 줄 몰라 하던 모나나를 대신하여 찰리 허드슨과 합의했다. 이혼하고 다시는 하와이 땅을 밟지 않는 것으로.

모나나는 한동안 미친 듯이 일에 전념하다가 끝내 과로로 쓰러졌다. 아무렇지도 않은 듯 행동했지만, 외강내유한 성격의 그녀에게 찰리 허드슨과의 일은 쉽게 치유될 수 없는 상처였던 것이다.

에릭 나스트는 의사의 조언을 받아들여 모나나의 여행사를 호텔 체인에 포함시키고 모나나의 유일한 남동생 마우나에게 맡긴 후 그녀를 강제로 쉬게 했다. 그리고 얼마 후 사라 윌슨이라는 사람이 그녀를 찾아왔다.

돈은 인간이 존엄성을 잃지 않기 위해 필요한 것이지만 그것으로 행복까지 살 수 없다는 사실을 일찍부터 깨우친 모나나가 바쁜 와중에도 꼭 참여하던 모임이 있다. 엠네스티 지역 그룹에서의 봉사 활동이다. 사라 윌슨과는 엠네스티에서 활동하다가 우연한 계기로 친구가 되었다.

사라 윌슨은 시카고 주립대학에서 인류학을 강의하는 조교수이자 엠네스티의 회원으로, 한때 하와이에서 차별없는 다인종 사회에 대한 연구 논문의 일부를 작성한 적이 있고, 그때 모나나에게 도움을 받았던 것이다.

사라 윌슨은 실의에 빠진 모나나에게 중국에 같이 갈 것을 제안했다. 법륜대법협회에 대한 탄압을 피해 중국을 탈출한 사람들로부터 그 탄압의 실상을 전해 듣고 개인적으로 조사할 생각으로 중국에 갈 계획을 세우고 있었던 것이다.

에릭 나스트는 우려했다. 중국은 사회주의국가다. 그런 나라의 치부를 파헤치는 일은 위험하다. 미국인이라고 해도 무사할 것이라는 보장은 없다. 여행이 모나나의 기분 전환에 도움이 될 것이라는 생각은 하지만 사라 윌슨과의 동행은 찬성할 수 없다고 말했다.

사라 윌슨은 쓴웃음을 지으며 에릭 나스트의 걱정에 일부 동의했다. 다만 한 가지, 그녀의 활동이 모나나를 위험에 빠뜨릴 가능성은 거의 없다고 확언했다. 그녀는 르포라이터가 되어 위험 속에 몸을 던지려는 것이 아니라 겉으로 드러난 정황만을 수집할 생각이었다. 보다 내밀한 취재를 위한 정식 조사단을 염두에 두고 있었기 때문이다.

"나스트 씨의 걱정에 동의합니다만, 저는 엠네스티의 회원이 아닌, 안식년을 맞은 학자의 신분으로 그동안 관심을 가져온 나라 중국을 여행하려는 것입니다. 모나나 역시 여행업에 종사하는 사람으로서 오랜 역사를 지닌 나라 중국을 방문한다고 생각하시면 됩니다. 제가 모나나를 위험에 빠뜨릴 행동을 할 작정이라면 함께 가자고 권유하지도 않았을 거예요. 물론 저도 속셈은 있어요. 외로운 밤을 달래줄 맥주 친구와 경비를 분담해 줄 돈 많은 친구가 필요하거든요."

실의에서 벗어날 돌파구가 필요했던 모나나 나스트는 사라 윌슨의 여행에 기꺼이 동참하기로 했다. 갓 200년을 넘긴 짧은 역사의 나라 미국과는 여러모로 대조적인 나라가 중국이다. 학창 시절부터 언젠가는 여행하겠다고 생각했던 나라인데 바빠서 엄두를 내지 못했다. 기분 전환이 필요한 때, 시간이 있고 기회가 왔다면 망설일 이유가 없었다.

에릭 나스트는 딸을 막을 방법이 없음을 깨닫고 대안을 제시했다. 통역자 겸 보디가드를 붙인다는 것이었다. 처음에 반대했던 모나나도 에릭 나스트가 붙이려는 사람이 그녀도 잘 아는 사람임을 알고는 동의했다.

제임스 장.

마흔네 살의 제임스 장은 19세기 말 노동 이민으로 하와이에 들어온 선조로부터 사대째가 되는 중국계 미국인이다. 생김새는 중국인이지만 사고 방식은 엄연한 미국인이다. 그는 해병으로 자원입대하여 직업군인으로의 길을 걸었으나 걸프전을 참전한 후 군 생활에 환멸을 느끼고 명예제대했다. 그리고 1년도 못 되어 상처하고 실의에 빠졌다. 그 후로 지금껏 모나나의 여행사와 연계하여 낚싯배를 모는 것으로 생계를 해결하며 은둔자처럼 살아왔다.

2001년 5월 21일. 모나나 나스트는 사라 윌슨과 제임스 장을 동료로 하여 북경발 비행기에 올랐다.

✤

수수가 근처에는 뒷골목이라고 할 만한 곳이 없다. 수수가는 외국 공관이 많은 조양구에 자리해 있다. 체면을 중시하는 중국에서 어두운 구석을 좌시하지 않을 것이다.

뒷골목을 찾지 못한 임화평은 근처의 술집을 뒤져 사람을 찾았다. 뒷골목의 일을 하는 사람은 눈빛부터가 다른 법이고, 그런 사람은 임화평의 눈을 벗어날 수 없다. 결국 위조 전문가를 찾아내 두 개의 신분증과 여권 위조를 의뢰했다. 오늘이 찾는 날이다.

위조 전문가의 작업실은 의외의 곳에 있다. 건국호텔 근처 발마사지 집의 창고방 하나를 작업실로 쓰고 있다.

하얀 와이셔츠를 헐렁하게 입은 40대 중년인이 누런 이빨을 내보이며 서랍 안에서 네 개의 신분증과 녹색 여권 하나를 꺼냈다.

"발 마사지 좀 받지그래? 세 들어 사는 내가 미안하잖아."

임화평은 대꾸하지 않고 무심한 얼굴로 손을 뻗었다.

사내는 신분증과 여권을 투박한 손으로 덮으며 벙긋 웃었다.

"오는 게 있어야 가지."

임화평은 말없이 품속에 손을 넣어 만 위안 다발을 책상 위로 던졌다.

"응? 이거 뭐야? 뭔가 잘못 알고 있는 거 아냐? 받아야 할 돈은 4만 5천인데."

임화평의 입가에 차가운 미소가 어렸다.

"거민신분증 4천, 운전면허증 6천, 비자 위조 5천이라고 말했다. 선불로 5천 줬고."

"그래. 일부는 맞아. 이거하고 이거. 1만이면 되지."

손끝으로 툭툭 쳐 밀어낸 것은 위동금과 30대 후반의 남자 얼굴이 박혀 있는 두 장의 거민신분증과 두 장의 운전면허증이다. 가격이 싼 이유는 위조가 쉽기 때문이다. 중국은 아직 신분증 전산화가 이루어져 있지 않다. 인구를 생각해 보면 당연한 일일지도 모른다. 운전면허증 역시 효력이 없다. 신분증의 용도로 쓸 수 있을지 모르지만, 사고를 치고 제시하면 위조란 것이 즉시 드러날 것이다.

"비자 값 5천도 맞아. 도장 파서 찍고 잔기술 몇 개 쓰면 되니까. 그런데 말이야, 여권 값이 빠졌잖아. 한국 여권이 3만이면 싼 거야."

"그 여권 내가 가져온 건데."

"몰라. 기억에 없군."

그때 기다렸다는 듯이 문이 열리며 덩치 둘이 들어와 팔짱을 끼고 문 앞에 섰다. 어디서 구했는지 몰라도 길거리에서 보기 드문 중량급 스모 선수를 연상시키는 덩치들이다. 두 사람이 문 앞을 막아선 이상 빠져나갈 길은 창문밖에 없다. 보통 사람이라면 위축되어 지갑부터 꺼냈을 분위기다.

임화평은 차갑게 웃으며 신분증을 집어 정장 호주머니에 넣었다. 그리고 천천히 손을 빼 낡은 책상 위에 놓으며 사내의 눈을 바라보았다.

"돈이 더 필요하다? 잘 생각해야 될 거다. 정말 원하나?"

입가에 조소를 담고 있던 사내가 표정을 바꿨다. 위협적인 상황인데도 임화평이 너무나 침착한 모습이라 불안감을 느낀 것이다.

"어디 속해 있나?"

"알고 싶지 않을 거야."

사내는 허세라고 생각했다. 석명지의 얼굴을 본뜬 임화평은 자신을 찾기 위해 고생했다. 암흑가 사람이라면 그럴 필요가 없다. 전화 한 통이면 될일이니까. 그쪽에서 심부름 오는 자들의 면면을 잘 알고 있다. 초면이든 어쨌든 암흑가 쪽에서 소개 전화 한 통만 받았어도 욕심을 부리지는 않았을것이다.

뿌드득!

사내는 소리의 진원지인 임화평의 손바닥을 바라보았다. 낡은 베니어합판으로 만든 책상에 쩍쩍 금이 가고 있었다. 그다지 힘을 주는 것 같지도 않은데 조금씩 함몰되어 가고 있었다. 광택이 나도록 코팅된 베니어합판은쿨렁거리는 만큼 탄력이 있어 생각보다 쉽게 부서지지 않는다. 문 앞에 선덩치들도 용을 써야 할 수 있는 일을 누르는 기색도 없이 단지 손을 대고 있는 것만으로 하고 있는 것이다.

"돈 좋지. 하지만 일단 살아야 돈을 쓰지. 그렇지 않아?"

피핏!

두 개의 동전이 날아가 문 앞에 있는 덩치들의 귀를 찢어놓으며 벽에 박혔다.

"악!"

두 덩치가 피가 흐르는 귀를 붙잡고 주저앉았다.

사내는 입을 벌리고 벽에 박힌 동전을 주시했다. 중앙에 사각형의 구멍이 뚫린 옛날 동전이다. 골동품이 아닌, 기념품 가게에서 쉽게 살 수 있는위조 동전이다.

임화평은 엄지와 검지 사이에 동전 하나를 넣어 굴리며 말했다.

"이제 내 여권 가져가도 되겠지?"

사내는 말없이 고개를 끄덕였다. 여권에서 손을 떼는 손끝이 바르르 떨리고 있다.

임화평은 녹색의 대한민국 여권을 들어 안을 살폈다. 여권은 임화평 본인의 것이다. 새로 만든 180일짜리 중국 여행 비자와 6월 27일 입국 스탬프가 진본과 다름없어 보인다. 강명식의 여권을 못 쓰게 되었을 때 중국을 벗어나야 할 경우를 대비해 미리 만들어두는 것이다.

'이 정도면 몽고나 티베트 쪽으로는 벗어날 수 있겠지.'

임화평은 여권을 품에 넣고 사내를 바라보았다.

"솜씨 괜찮네. 한 번은 용서해 주지. 운 좋은 거야. 솜씨가 목숨 살렸다고 생각해."

임화평은 문으로 다가갔다. 쪼그리고 앉아 있던 두 덩치가 임화평의 눈치를 봤다.

"비켜라, 비곗덩어리들!"

두 덩치가 급히 옆으로 굴렀다. 임화평은 문을 열고 밖으로 나갔다. 등 뒤로 '이런 젠장! 이런 일 생길까 봐 내가 안 한다고 그랬잖아요? 치료비 줘요' 라는 말이 들려왔다.

임화평은 피식 웃으며 정문으로 향했다. 들어설 때 '환영광림(歡迎光臨)'이라는 과한 인사를 해주던 마사지 아가씨들이 천천히 가라며 고개 숙여 배웅했다.

임화평은 위동금의 신분증을 가져다줄 것인가, 아니면 호텔로 돌아갈 것인가를 두고 잠시 갈등했다. 결국 안 가기로 했다. 아이들을 대면하는 것이 그다지 편하지 않기 때문이다. 그렇다고 후회하지는 않는다. 다시 선택해야 할 입장이 되어도 같은 선택을 할 것이다.

임화평은 전화기를 꺼냈다.

"음! 나다. 아이들 잘 있어? 그래? 내일 들르마."

차를 몰아 시내로 진입했다. 8시가 다 되어가는 북경의 밤거리는 네온사인의 물결로 인해 낮과 다름없다. 사람만큼이나 많은 차들이 도로를 점거해 차는 거북이걸음을 하고 있다.

임화평은 다급한 마음을 품지 않고 차들의 물결에 묻혔다. 의지가 개입할 여지가 없는 수동적인 방어 운전. 가면 가고 멈추면 멈춘다. 이럴 때 비관적인 된다. 복수를 한답시고 중국으로 넘어왔는데, 보이지 않는 거대한 흐름 속에서 정해진 운명에 따라 가고 있다는 느낌. 거부하고 비틀어도 그 흐름 속에서는 그것마저도 예정되어 있다는 느낌. 기분 나빴다.

겨우 길이 트이나 싶어 액셀을 밟으려는 순간 신호등에 빨간 불이 들어왔다. 차를 세우고 한숨을 내쉬며 흐릿한 눈으로 좌우의 풍경을 살폈다. 네온사인은 깜빡이고, 사람들은 바삐 걷고, 차는 꾸물꾸물 움직인다. 정체된 것은 임화평 그뿐인 듯한 느낌이다.

'나만 멈춘 게 맞지.'

우상은 찾을 수 없고, 병원은 침투해서 무엇을 할 것인가를 결정할 수 없다.

'초영이는 거기서 죽었을 것이다. 태워 버린다?

태워 버릴 생각이다. 돈이 있다고 해서, 직위가 높다고 해서 산 사람의 배를 갈라 생명을 연장시키는 자들이 모여 있는 곳이다. 직원들도 그 짓을 해서 먹고산다. 임화평의 손에 죽는다면 억울하다고 하소연하지 못하리라. 문제는 그 뒷일이다. 원흉을 어떻게 찾아내야 할지 모르는 상태에서 일을 저지른다는 것이 못마땅하다. 다음을 찾을 수 있는 단서부터 얻어야 했다. 하지만 '어떻게'라는 것이 문제가 되고 있다. 눈앞의 정체처럼 막막하기만 하다.

빵! 빵!

뒤에서 들려오는 경적 소리에 정신을 차린 임화평은 손을 들어 사과하고 액셀을 밟았다. 사거리를 지났지만 얼마 못 가서 다시 거북이걸음이다. 그리고 또 멈춰 섰다.

'차라리 집으로 갈걸.'

임화평은 한숨을 내쉬고 다시 주위를 돌아보았다.

"응?"

임화평의 눈길이 한곳에 머물렀다. 옆 차선의 멈춰 선 앰뷸런스의 보조석이 그의 눈길이 머문 곳이다. 낯설지 않은 얼굴, 그러나 반갑지 않은 얼굴이다.

'소빙빙?'

뇌리에 각인시킨 얼굴, 틀림없이 소빙빙이다. 공안복이 아닌 하얀색 가운을 걸쳤다.

임화평은 운전석으로 눈길을 돌렸다. 구조대원이라고 표시가 나는 유니폼에 챙이 있는 모자를 눌러쓴 사내다. 입안에서 껌을 굴려가며 씹는 모습이 경망스럽지만, 얼굴은 상당히 잘생긴 편이다.

눈알을 굴려 차를 살폈다. 경광등이 달려 있고 파란색 줄무늬가 그려진 앰뷸런스다. 줄무늬 위로 '120, 긴급 구조'라는 간단한 글귀만 적혀 있고 그 외에 병원 이름 같은 것은 없다. 유리창에는 커튼이 드리워져 안을 볼 수가 없게 되어 있다.

선택의 여지가 없다. '막혔어? 그럼 내가 뚫어줄게', 운명이 그렇게 얘기하는 것처럼 소빙빙이 눈앞에 나타났다. 우상에 비하면 피라미에 불과하다고 미루어둔 소빙빙이지만, 막다른 길에 부딪쳤다면 돌아갈 수밖에 없다. 임화평은 홀린 듯이 앰뷸런스의 뒤를 따랐다.

왕부정 거리 북쪽의 중국미술관 맞은편에 위치한 화교대하(華僑大廈)는 시설에 비해 상당히 저렴한 비즈니스 호텔이다. 관광과 비즈니스 양면에 걸쳐 접근성과 편의성이 뛰어난 탓에 실용적인 서양인들에게 호평을 받고 있다.

사라 월슨 일행은 하와이에서 미리 예약을 하고 온 탓에 저렴한 가격에 다시 할인을 받아 머물고 있다.

사라 월슨은 젖은 머리에 수건을 두르고 하얀색 목욕 가운을 입은 채 욕실에서 나왔다. 상당히 피곤한 듯 목을 휘돌리며 냉장고 문을 열었다.

"마실래?"

"좋지."

모나나 나스트는 읽고 있던 가이드북을 엎어두고 침대에서 일어나 앉았다.

사라 월슨은 두 개의 녹색 캔을 꺼내 하나를 모나나에게 건넸다. 캔을 따 벌컥 들이킨 사라 월슨은 시원한 한숨을 토하고 침대에 엉덩이를 걸쳤다.

"이거 싼 맛에 샀는데 상당히 맛있어. 그지?"

사라 월슨은 새삼스럽게 맥주 캔을 살폈다. 청도맥주다.

맥주를 한 모금 마신 모나나도 사라 월슨의 의견에 동의했다. 그녀의 선호 맥주인 하이네켄을 따라 한 듯한 디자인이라서 살짝 기분이 나빴지만, 맥주 맛만큼은 하이네켄에 비견된다고 해도 과언이 아니다.

"오늘은 소득이 좀 있었어?"

방을 나눠 쓰는 사이지만 낮 동안 두 사람은 개별적으로 움직인다. 관심

사항이 다르기 때문이다.

모나나 나스트는 일반적인 관광객과 다름없다. 제임스 장과 함께 가이드북에 나와 있는 유명한 관광지를 돌아보고 맛있는 음식을 찾는다.

사라 월슨의 관심 사항은 사람이다. 그녀가 돌아보는 곳에는 늘 광장이 있다. 중국어를 하지 못하는 관계로 여성 가이드를 고용했는데, 행동이 일반 관광객과 달라서 가이드로부터 의혹의 눈길을 받고 있다. 인류학자로서 중국인의 삶에 관심이 많다는 말로 넘기기는 했지만, 가이드의 의아함이 완전히 가신 것은 아닌 듯했다.

사라 월슨은 눈살을 찌푸리며 고개를 저었다.

"정보가 너무 부족해. 어디서부터 접근을 해야 할지 알 수가 없어. 중국 전역에 걸쳐 공공연하게 탄압이 벌어진다는 말 때문에 너무 쉽게 생각했나 봐. 가이드한테 슬쩍 물어봤거든. 파룬궁 소리 듣자마자 안색이 확 변하더라. 꼭 신고할 것 같은 얼굴이더라고. 미국에서는 파룬궁이 중국의 유명한 전통 건강법으로 알려졌는데 중국에서는 별로 안 유명하냐고 물으니까, 사교 집단이라며 말도 못 꺼내게 하더라고. 가이드 때문에 참 곤란해. 없으면 벙어리에 봉사가 되고, 있으면 눈치가 보여. 낮에 길에서 잡혀가는 사람들 봤는데, 공안들이 달라붙어 사정없이 짓밟고 때리더라고. 파룬궁 사람일지도 모르는데 가이드 때문에 사진도 못 찍었어."

"내일부터는 내가 같이 다녀줄까? 제임스 아저씨 있으니까 가이드 달고 다닐 필요없잖아?"

사라 월슨은 웃으며 고개를 저었다. 그녀가 아는 모나나 나스트는 인권 운동가도 아니고 그렇다고 페미니스트도 아니다. 모나나의 엠네스티 지역 그룹 활동은 사회봉사 차원의 것이지, 사라 월슨과 같은 사명감 때문이 아니다. 그녀의 관심은 소외된 아이들의 복지 문제다. 더구나 현재의 모나나는 스스로를 추스르기도 바쁜 사람이다. 다른 나라 사람들의 인권을 생각할 만큼 마음의 여유가 있는 상황이 아닌 것이다.

"됐어. 여긴 너무 꽉 막혔어. 전문가도 아닌 내가 파고들 만큼 만만한 곳이 아니야. 내부의 조력자가 없으면 아무것도 할 수 없을 것 같아. 일단 분위기만 파악해 놓고 돌아가서 본부에 정식으로 요청할 생각이야. 내일부터는 내가 너하고 같이 다닐게. 혹시 알아? 집착하지 않으면 보일지. 근데 제임스 나이가 마흔넷이라고 그랬지?"

"왜? 관심있어?"

"괜찮아 보이더라. 그 음울한 눈빛이 내 모성 본능을 자극해. 그리고 난 과묵한 남자가 좋아. 학구파보다 육체파가 좋고. 육체파가 의외로 더 다정하거든. 힘도 좋을 테고. 제임스가 상처하고 혼자 지낸다는 것도 좋아 보여."

"동양인이잖아. 상관없어?"

"인물 따질 나이는 지났잖아? 아프리칸, 아메리칸하고도 자봤는데, 동양인인 게 뭐 어때서? 넌 그런 거 따지니?"

서른두 살의 모나나에게는 아저씨인 제임스 장이 서른여덟의 이혼녀 사라 윌슨에게는 남자로 보이나 보다.

"난 당연히 안 따지지. 하지만 사라는 하와이 사람이 아니잖아?"

하와이는 인종차별적 풍토가 생길 여지가 없다. 120만이 사는 하와이에서 백인의 비율은 24퍼센트에 불과하다. 아시아에서 상당한 국력을 자랑하는 일본과 중국, 그리고 한국 사람들이 전체 인구의 상당한 비율을 차지한다. 서양인들 입장에서는 동양인이 이상하게 생겼을지 몰라도, 모나나의 눈에는 같은 하와이 사람일 뿐이다.

"따지는 인간들이 이상한 거지. 난 동양인들이 부럽더라. 선택할 필요가 없잖아?"

"픕! 정말 관심있구나. 내일부터 칭찬 많이 해줘야겠네."

객관적으로 봐서 사라 월슨은 미인이 아니다. 활달한 실제의 성격과는 달리 날카롭게 보이는 인상이다. 그나마 다행인 것은 중년의 나이임에도 아직 몸매가 망가지지 않았다는 것이다.

"킥킥! 제발 좀 그래주라. 나 많이 굶주렸거든."

"아저씨도 마찬가지일걸. 벌써 3년째 혼자 사시니까 잘하면 넘어올 거야. 지금이라도 한번 가볼래? 그 모습 그대로 들어가면 그 자리에서 역사가 이루어질 수도 있겠는데."

"모나나! 내가 지금 원 나이트 스탠드를 바라는 게 아니잖아."

"그래, 알았어. 내일부터 지원사격해 줄게. 열심히 엮어봐."

모나나가 맥주 캔을 내밀었다. 사라 월슨도 맥주 캔을 내뻗어 모나나의 것과 부딪쳤다.

"건배! 사라의 솔로 재탈출을 위하여!"

"건배! 나의 지속적인 성생활을 위하여!"

❧

앰뷸런스는 경광등을 켜서 주의를 환기시키지 않고 화교대연의 정문 앞 주차장에 조용히 멈춰 섰다.

소빙빙은 뒷좌석으로 고개를 돌렸다. 네 명의 사내가 소빙빙에게 주목했다. 모두 20대 후반에서 30대 초반 정도로 보이는 건장한 사내들인데 그 가운데 세 명은 소빙빙처럼 하얀 가운을 입었다.

"다시 한 번 말한다. 오늘의 의뢰 등급은 특급이다. 실패하면 살아도 산 목숨이 아닌 거다. 긴장들 해. 목표는 모나나 나스트. 이 여자야."

소빙빙은 A4지 크기로 확대된 여인의 얼굴을 모두가 볼 수 있도록 들어 보였다.

"백인과 폴리네시안의 혼혈이다. 알아보기 쉽게 생겼지? 동행이 있다. 백인 여자 하나와 중국계 미국 남자야. 여자는 학교 선생이니까 신경 안 써도 돼. 남자는 해병 출신이다. 조금 껄끄럽긴 하지만 마흔 넘은 노땅이니까 알아서 잘 처리하리라고 생각한다. 질문!"

홀로 정장을 입은 사내가 물었다.

"죽여도 됩니까?"

"장소는 호텔, 국적은 미국이다. 어쩔 수 없는 상황이 아니라면 제압해. 살아 있는 게 우리한테도 유리해. 미모로 인한 단순 납치 정도로 증언해 주면 뒤탈 날 일이 없지."

운전사가 껌 씹기를 멈추며 물었다.

"두목! 그런데 폴리네시안이 뭐요?"

소빙빙이 눈살을 찌푸리며 사내를 노려보았다. 사내가 눈을 뚱그렇게 뜨고 소빙빙을 마주 보았다. 소빙빙은 한숨을 내쉬며 대답했다.

"남태평양 섬들에서 사는 원주민을 말하는 거다. 이 자식아, 그걸 지금 꼭 알아야 되겠어?"

사내가 입술을 삐쭉 내밀고 소빙빙을 외면했다.

소빙빙은 사내의 옆얼굴을 다시 한 번 노려보고 사내들에게로 고개를 돌렸다. 소빙빙이 품속에서 공안 수첩과 수갑, 그리고 두 번 접힌 A4지 하나를 꺼내 정장사내에게 건넸다.

"서류는 목표가 신종 전염병의 감염원일 가능성이 있다는 방역 당국의 소견서다. 물론 가짜야. 아청! 접객 데스크에 가서 협조 구해."

사내는 소빙빙에게 받은 것들을 갈무리하고 뒷문으로 빠져나갔다.

소빙빙은 사내가 호텔 정문으로 들어가는 것을 보면서 가운 호주머니에서 마스크를 꺼내 턱에 걸쳤다.

운전사가 물었다.

"두목!"

"또 뭐, 이 새끼야?"

소빙빙의 신경질적인 반응에 운전사는 아랫입술을 삐쭉 내밀며 주눅 든 목소리로 물었다.

"일 끝내고 바로 병원으로 갑니까?"

"후! 규칙이 왜 있는 거야? 지키라고 있는 거야. 만에 하나라도 꼬리 밟혀서 병원이 노출되면 곤란하잖아. 규칙대로 창고 가서 하루 묵히고 차 바꿔서 배달한다."

필요한 질문이라고 생각했는지 소빙빙의 표정이 누그러졌다. 개선된 분위기에 고무된 운전사는 과도하게 하얀 치열을 드러내 보이며 모나나 나스트의 사진을 흔들었다.

"그럼 이 여자, 맛 좀 봐도 되는 거예요?"

소빙빙의 두 눈에서 얼음 칼이 솟구쳤다.

퍽!

소빙빙의 손바닥이 그대로 운전사의 얼굴을 내리찍었다. 운전사의 머리가 유리창에 부딪칠 정도로 사정없는 일격이다.

"개새끼야! 내가 뭐랬어? 특급이라고 그랬지? 특급이면 손대야 되겠어, 말아야 되겠어? 도대체 왜 인간으로 태어난 거야, 이 새끼야?"

운전사는 손바닥 자국이 선명한 얼굴을 두 손으로 감싸고 고개를 숙였다.

"자라 같은 새끼! 물건도 부실한 새끼가 껄떡대기는."

뒤쪽에 있던 사내 하나가 말했다.

"두목! 조장 나옵니다."

소빙빙은 운전사에게서 눈길을 거두고 사내들에게 손짓했다. 사내들이 일제히 뒷문으로 빠져나가 바퀴 달린 간이침대와 가방 몇 개를 들고 정문으로 향했다.

소빙빙은 운전사의 뒤통수를 쩌려보며 말했다.

"전화하면 잽싸게 차 대!"

소빙빙은 운전사의 대답도 듣지 않고 마스크를 올린 후에 차에서 내렸다.

운전사는 차문이 세차게 닫히는 소리를 듣고 얼굴에서 손을 뗐다. 두 뺨으로 눈물이 주르륵 흘러내렸다. 서러워서가 아니라 아파서 우는 것이다.

운전사는 소빙빙이 정문 앞에 이르자 그녀의 뒤통수를 노려보며 중얼거렸다.

"씨발! 너 같은 걸레 년하고 마지못해 하면서 제대로 힘을 쓰면 그게 개새끼지 인간새끼냐, 쌍년아!"

땡!

엘리베이터가 멈추고 문이 열렸다. 소빙빙과 네 사내가 엘리베이터에서 쏟아져 나왔다.

소빙빙은 711호와 712호 앞에 멈춰 서서 청진기를 문에 댔다. 소빙빙은 712호를 손짓했다. 그리고 두 사내에게 711호를 가리켰다. 두 사내가 711호의 문 옆에 바짝 붙어 선 채 허리에서 단봉형의 스턴 건을 꺼내 들었다.

소빙빙이 다른 사내들에게 고개를 끄덕이자 한 사내가 712호에 열쇠를 꽂았다.

딸깍!

문고리가 풀리는 순간 한 사내가 당기고 다른 사내가 틈새에 볼트 커터를 밀어 넣었다. 딸깍 소리와 함께 안전 고리가 절단되는 순간 안에서 비명 같은 외침이 터져 나왔다.

소빙빙은 날카로운 외침에 아랑곳하지 않고 차갑게 미소 지었다. 그사이에 두 사내가 방 안으로 들어갔다. 모나나의 앞을 막아선 사라 윌슨에게 전기 충격봉이 닿았다.

퍽, 소리와 함께 사라 윌슨이 침대 위로 튕겨져 나갔다.

"사라!"

모나나가 사라 윌슨에게 달려가려 하자 사내가 전기 충격봉을 내밀었다.

"안 돼! 조심해서 다뤄."

소빙빙의 제지에 사내는 물러섰다.

"떼어내."

두 사내가 달려들어 모나나의 두 팔을 잡아당겼다. 모나나가 발버둥 쳤지만 사내들은 요지부동이다. 모나나는 처항을 멈추고 소빙빙을 노려보았다.

"Who the hell are……."

모나나는 누구냐는 질문을 끝내지 못했다. 마스크를 내린 소빙빙이 위협용 잭나이프를 입술 위에 대며 차갑게 미소를 지었기 때문이다.

소빙빙은 모나나에게서 눈길을 거두고 등 뒤에서 다가오는 정장사내에게로 고개를 돌렸다.

"늙은 해병은?"

"전기 충격봉으로 제압하고 마취시켜서 침대에 눕혀놓고 왔습니다."

제임스 장은 비명 소리를 듣자마자 방에서 튀어나오다가 기다리던 사내에게 그대로 지져져 버렸다. 불가항력이었다. 해병대 출신이라지만, 민간인으로 오랜 세월을 살았다. 허리는 굵어졌고 위기 감지 능력은 이미 죽어버렸다. 뒷골목 깡패 두어 명 정도는 감당할 수 있겠지만, 1조원들을 감당하기는 힘들다. 전기 충격봉을 사용한 것은 번거로움을 피하려는 것이었지, 감당하지 못할 것이라고 생각했기 때문은 아니다.

소빙빙은 당연하다는 듯이 고개를 끄덕이고 사라 윌슨에게 다가갔다.

사라 윌슨의 몸은 전기 충격으로 일시적인 마비 상태에 빠져 있지만 정신은 깨어 있었다. 그녀는 어떻게든 상황을 파악하기 위해 혼란한 정신을 수습하는 데 안간힘을 다했다.

소빙빙은 꿈틀대는 사라 윌슨의 뺨에 잭나이프를 대고 말했다.

"못생겼어."

운전사가 있었다면 지랄한다고 구시렁댔을 것이다.

"돈 안 돼. 쓸모없어."

소빙빙의 눈길이 모나나에게로 돌아갔다.

"예뻐! 좋아하겠어."

소빙빙은 의도적으로 짧게 말하고 있다. 중국어를 모르는 사라 윌슨의 머릿속에 단어를 각인시키려는 듯한 명확한 발음이다. 뜻을 모르니 지금은 알 수 없겠지만, 나중에 그 뜻을 알게 되면 아름답고 이국적인 외모 때문에 잡혀갔다고 결론 내릴 것이다.

소빙빙은 알아들었냐는 눈빛으로 사라 윌슨을 바라보다가 정장사내와 자리를 바꿨다. 사내는 수면 마취제로 쓰이는 프로포폴을 사라 윌슨에게 정맥주사했다. 사내는 사라 윌슨을 침대 위에 반듯이 눕히고 이불을 덮어준 후 물러섰다.

소빙빙은 그제야 모나나를 바라보며 활짝 웃었다.

"Monana Nast from Hawaii, aren't you? Welcome to China."

교통경찰이라서 그런지 몰라도 상당히 유창하게 느껴지는 발음이다.

모나나는 소빙빙의 발음에 신경 쓸 형편이 아니다. 상대가 자신의 이름을 알고 있다는 사실만으로도 공황 상태에 빠져들었다.

소빙빙이 정장사내에게 눈짓했다. 정장사내가 무표정한 얼굴로 주사기를 꺼내 들었다.

모나나는 주사기 속에 든 우윳빛 액체를 바라보며 눈을 부릅떴다. 두 사내에게서 벗어나려고 발버둥 쳤다.

"Oh, No!"

정장사내는 능숙하게 주사기를 찔러 넣었다. 약에 취한 모나나는 괴물처럼 변하는 소빙빙의 얼굴을 보며 피식거렸다. 눈꺼풀이 무거워지고 생각이 무뎌졌다. 모나나는 악마처럼 웃는 소빙빙의 얼굴을 보며 눈을 감았다.

❧

임화평은 호텔의 주변을 한 바퀴 돌아 앰뷸런스의 반대편 구석에 차를 대어놓고 로비로 들어갔다. 로비에 놓여 있는 소파에 앉아 비치된 신문을 펼쳐 들고 읽는 척하면서 주변을 훑었다.

분위기가 묘했다. 그가 신문을 펼쳐 들자마자 맞은편에 하는 일 없이 앉아 있던 중년 사내가 핸드폰을 꺼내며 일어섰다.

"왔다. 이제 내려와도 돼."

간단하게 말하고 전화를 끊은 사내의 시선은 막 정문을 통해 들어온 정장사내를 흘깃거렸다. 두 사람의 눈이 스치듯 지나갔다. 중년 사내는 곧바로 정문을 통해 빠져나갔고 또 다른 사내 하나가 그 뒤를 따랐다.

정장사내는 곧바로 리셉션 데스크로 다가갔다. 그가 품속에서 신분증을 꺼내 보이며 종이를 내밀었다. 당황한 기색의 여자 리셉셔니스트가 전화기를 들었다. 머리가 반쯤 벗겨진 사내가 나타나 아가씨에게서 종이를 받아들고 읽은 후 정장사내에게 고개를 끄덕이며 열쇠를 건넸다.

정장사내가 다시 정문으로 나가는 순간 엘리베이터에서 두 사내가 짐을 들고 나왔다. 저녁 9시가 다 된 시간이다. 체크아웃하기는 어색한 시간임에도 사내들 가운데 하나가 리셉션 데스크로 다가가 키를 건네고 현금을 꺼내 계산했다.

두 사내가 정문으로 다가갈 때 정장사내와 하얀 가운을 입은 사람들이 들어왔다. 그들은 잠깐 눈길을 마주한 후 스치듯 지나갔다.

임화평은 마스크를 쓴 소빙빙을 확인했다. 소빙빙 일행은 거침없이 엘리베이터로 향했다. 그들이 사라지자 임화평은 소파에서 일어나 로비의 대형 유리창 앞에 서서 앰뷸런스를 주시했다.

검은 세단 한 대가 앰뷸런스 앞을 지나칠 때 운전사가 장난스럽게 주먹을 흔들었다. 세단의 탑승자와 아는 사이임에 틀림없는 모습이다.

생소하면서도 낯익은 장면.

임화평은 머릿속을 더듬어 그 위화감이 어디에서 비롯된 것인지를 확인했다. 보지 못한 그림이 낯익다. 머릿속 어딘가에 비슷한 상황이 그려져 있다는 소리다. 그리고 기억해 냈다.

그가 종업원들의 증언을 통해 유추했던 힐튼 호텔에서의 정황.

'소빙빙! 네가 직접 관여했던 것이냐?

돌아가는 상황이 그렇게 보인다는 것뿐이지 확신을 한 것은 아니다. 소빙빙은 공안이다. 납치의 뒤처리를 하기는 좋은 신분이지만 직접 손을 대기는 껄끄러운 신분이다. 직접 나섰다면 사적인 납치가 아닌, 공안 차원에서의 작전일 수도 있다. 정장사내가 신분증을 보이고 호텔의 협조를 얻어 낸 것으로 보아 그럴 가능성도 적지 않다. 하지만 임화평이 아는 소빙빙은 교통경찰이다.

'그사이에 보직 이동이라도 된 것이냐?'

그 어떤 것도 확신할 수 없는 상태. 임화평은 다시 운전사에게로 눈길을 주었다.

소빙빙이 올라간 지 10여 분 정도가 지났을 때, 무료하게 앉아 있던 운전사가 차를 움직였다. 임화평은 호텔 밖으로 나왔다. 앰뷸런스가 정문 앞으로 올라오고 임화평은 정문에서 벗어났다. 차에 올라 시동을 걸었다. 그때 운전자가 나와 뒷문을 열었다.

임화평은 느린 속도로 주차장을 벗어났다. 호텔의 대형 윈도우로 소빙빙 등의 모습이 보였다. 이동용 간이침대 위에 누군가가 정신을 잃고 누워 있다. 임화평은 호텔을 벗어났다. 도로의 진행 방향을 따라 50m 정도 간 후에 차를 세웠다.

잠시 후 앰뷸런스가 지나갔다. 경광등도 켜지 않았고, 속도도 내지 않았다. 올 때와 같이 평이한 모습으로 차의 행렬 속에 파묻혔다. 임화평은 20m 정도 사이를 두고 뒤를 따랐다. 눈에 띄는 앰뷸런스라서 굳이 가까이 붙을 필요가 없다.

앰뷸런스는 정체된 시내 중심을 빠져나가 상대적으로 한적한 외곽 도로에 올라섰다. 임화평은 100m에 가까운 거리를 두고 느긋하게 뒤따랐다.

"소빙빙, 어디로 가는 것이냐?"

느낌은 공안의 작전이 아닌 납치다. 만약 선민병원으로 가버린다면 당장 임화평이 할 수 있는 일은 많지 않다. 납치된 사람의 처지는 안타깝지만,

얼굴도 모르는 사람을 구하겠다고 무모하게 병원으로 쳐들어갈 수는 없는 일이다. 지켜보다가 나중에 소빙빙을 납치해 상황을 파악하는 쪽이 이성적인 행동이다.

"응?"

임화평의 머릿속에 입력된 북경 지도에 따르면 앰뷸런스가 택한 길은 선민종합병원과 거리가 멀다. 북쪽으로 계속 직진한다면 북경을 벗어나게 될 것이다.

✤

소빙빙은 정신을 못 차리는 모나나를 힐끔 보았다. 아름다운 것은 차치하고 분위기가 묘하다. 동서양의 DNA가 절묘하게 뒤섞여 상당히 이국적이다. 동양인이라고 하기에는 얼굴과 몸매가 너무나 서구적이고, 백인이라고 하기에는 피부가 너무 가무잡잡하고 이목구비가 상대적으로 동글동글하다는 느낌이다.

'백인과 폴리네시안의 혼혈이라? 폴리네시안을 동양인이라고 할 수 있나? 필리핀, 인도네시아 쪽과 비슷한가? 어쨌든 부러운 조합이네.'

아름다움에 대한 남녀의 눈은 큰 차이가 없는가 보다. 소빙빙이 부러워하는 동안 남자들은 손대지 못해 입맛을 쩝쩝 다시고 있다.

'새끼들, 예쁜 건 알아가지고……'

곧 죽을 사람을 가볍게 질투하는 순간 진동 모드로 돌려놓은 핸드폰이 몸을 떨어 존재감을 알려왔다.

"소빙빙입니다. 예, 어르신! 작업 끝내고 지금 창고로 가는 중입니다. 하루 묵었다가 내일 아침에 차 바꿔서 제가 직접 들어가겠습니다. 예? 아닙니다. 국보 급 도자기 다루듯이 조심하고 있습니다. 명심하겠습니다. 내일 배달하기 전까지 자리 뜨지 않겠습니다. 예? 알겠습니다. 만나는 즉시 연락드리겠습니다."

소빙빙은 눈살을 찌푸리며 전화를 끊었다. 사람을 보내겠다고 했다. 그만큼 신뢰를 잃었다는 뜻이다. 하지만 싫은 내색을 할 수는 없다. 살아 있는 것만으로도 다행이니까.

소빙빙은 다시 전화기를 들었다.

"나 계장이야. 내일 오전에는 출근 못하니까 대충 핑계 대. 뭐라고? 애아파서 병원 갔다고 그래. 알았어. 내일 내가 따로 전화하지."

소빙빙은 전화를 끊고 다시 전화를 걸었다.

"나다. 지금 가는 중이야. 너희 조 모두 흩어지지 말고 창고에 그대로 대기해. 내일 오전까지 어디 못 가니까 애들 시켜서 음식 넉넉히 사 놔. 이 새끼야, 내가 언제 돈 가지고 쫀쫀하게 군 적 있어? 끊어."

정장사내가 소빙빙의 좌석 뒤에 바짝 붙어 소곤거렸다.

"누님, 2조 애들은 어디에 쓰려고 붙잡아둡니까?"

소빙빙 휘하의 1조는 다른 조와는 달리 그녀와 출신이 같은 이들로 구성되어 있다. 특출한 재능을 보이지 못해 상위 조직으로 뽑혀가지는 못했지만, 강도 높은 훈련을 받아 육체적인 능력은 남부럽지 않은 이들이다. 외부에서 영입한 다른 조원들과는 달리, 그들만큼은 광목당의 존재에 대해 알고 있다. 그 가운데 특별히 소빙빙의 신임을 받고 있는 사람이 1조의 조장이다.

"2조 애들? 야간 경비 세우고 심부름시킬 거야. 본당에서 사람을 따로 보낸단다. 이번 건에 대해서 그만큼 중요하게 생각한다는 거야. 까딱 잘못하면 정말 죽어. 내일 밤까지는 정신 바짝 차리고 있어야 돼."

"에이, 다 끝난 일인데 걱정이 과한 거 아닙니까?"

"작년 일 기억 안 나? 마지막 시체 처리 잘못해서 나 죽을 뻔했어. 이번에도 실수했다가는 용서받을 수 없어."

"그래서 병원 안에 아예 소각 처리장 만들지 않았습니까? 이제 뒤처리도 간단한데 걱정할 게 뭐가 있다고 사람을 보낸단 말입니까?"

"그래. 기우라는 건 나도 알아. 하지만 이왕 일 시작했으니까 내일 병원에 도착할 때까지 만전을 기하자. 조금만 더 고생해."

"알겠습니다."

소빙빙은 웃으며 정장사내의 어깨를 토닥였다.

"이번에 너희들 1조 작업 수당으로 100만 위안 배당했다. 이번 일만 깔끔하게 끝내. 당분간 안 찾을 테니까 내일 오후부터는 어딜 가도 좋아."

정장사내가 눈을 뚱그렇게 떴다. 100만 위안이면 지금껏 받은 그 어떤 작업 수당보다 많은 액수다. 막노동꾼 하루 일당이 50위안인 걸 감안하면, 몇 시간 수고한 대가라고 하기에는 너무나 많은 돈이다. 다른 조에 비해 1조가 받는 돈이 많기는 하지만 이번에는 많아도 너무 많다.

정장사내는 새삼스럽게 모나나를 바라보았다. 일이 힘들어서 돈을 많이 주는 것은 아닐 것이다. 결국 모나나라는 여인의 몸값이 엄청나다는 의미다.

'예쁜 아가씨! 엄청나게 귀하신 몸이네. 모시는 그날까지 황후처럼 대해줄게.'

제7장
네 손이 아름답다고 해준 사람, 나밖에 없지?

흐릿하게 주변이 보이는 어두운 공간이다. 전면에는 꺼진 상태의 대형 화면이 있고 그 주변에는 컴퓨터들을 묶어놓은 듯한 전자 기계들이 있다. 그리고 한 사내가 헤드폰을 쓴 채 전자 기계 앞에 앉아 있다. 화면 맞은편에는 이십여 개의 안락한 의자들이 소형 극장처럼 배치되어 있다. 사우나 의자보다 더 편해 보이는 의자들이다. 올록볼록한 요철 모양의 벽은 방음벽인 듯하다. 전자 기계들만 안 보인다면 소수를 위한 극장이라고 단언을 내릴 만한 구조다.

이십여 개의 의자 가운데 주인을 맞이한 의자는 단 하나다. 남자로 보이는 검은 그림자가 자는 듯이 누워 있다.

전자 기계 앞에 앉아 있던 사내가 헤드폰을 벗으며 말했다.

"회장님! 중국입니다."

자는 듯이 누워 있던 사내, 매튜 세이건이 눈을 떴다.

"연결하게."

대형 화면에 불이 들어오면서 커다란 얼굴이 화면을 가득 메웠다. 머리가 반쯤 벗겨진 40대 사내인데, 하얀 가운을 입고 있다.

"오! 닥터 브라운. 도착했는가?"

"예, 회장님. 여기 베이징 수도공항입니다. 지금 계류장으로 들어서는 중입니다."

"그래, 바브라는 어떤가?"

"생각보다 양호한 편입니다. 지금 상태라면 수술받는 데에 아무런 문제도 없을 것 같습니다."

피곤에 찌들어 있던 매튜 세이건의 얼굴에 환한 웃음꽃이 피었다. 그때 화면 속의 사내가 모니터에서 살짝 비켜섰다. 화면 한쪽에 새로운 사람들의 모습이 보였다. 계류장으로 들어가고 있다는 말을 떠올려 보면 틀림없이 기내임이 틀림없는데, 화면은 고급 병실과 다름없이 꾸며져 있다. 매튜 세이건의 자가용 비행기 가운데 하나인 보잉 737의 일부를 병실로 꾸민 것이다.

침대에는 각종 전자 기계와 연결된 젊은 여자가 눈을 감은 채 누워 있다. 침대 주변에는 간호사 한 사람과 경호원으로 보이는 정장 차림의 사내가 있다.

"오! 바브라!"

매튜 세이건의 눈시울이 붉어졌다.

"정말 괜찮은 건가?"

화면 한쪽을 차지하고 있던 의사 브라운이 미소를 지으며 고개를 끄덕였다.

"이착륙 모두 매끄러웠고 비행 중이라는 사실을 의식하지 못할 정도로 비행도 아주 순조로웠습니다. 기장에게 보너스 듬뿍 주셔야 할 것 같습니다."

"줘야지. 암! 당연히 주고말고. 내 딸만 건강한 모습으로 돌아온다면 남은 삶 동안 돈 문제로 신경 쓸 일은 없게 해준다고 전해. 자네도 마찬가지일세. 원하는 지원은 뭐든지 해주지. 우리 바브라 잘 부탁하네."

"최선을 다하겠습니다."

"고맙네. 그런데 닥터 빈스는?"

닥터 브라운이 화면에서 사라졌다. 그리고 새로운 얼굴이 나타났다. 닥터 브라운보다 조금 젊은 사람이다. 금발에 이목구비가 반듯한 미남인데, 복장은 가운이 아닌 정장 차림이다.

"닥터 빈스! 어떻던가?"

"상류층과 외국인들을 상대하는 곳이라서 그런지 몰라도 시설 면에서 전혀 부족함이 없었습니다. 전에 CD를 보면서 설명드렸다시피 집도의 닥터 우와 수술팀의 실력도 나무랄 데가 없습니다. 이번에 기회가 되어 한 번 참여했는데, 분하지만 확실히 저보다 낫습니다. 집도 경험의 차이지요. 아가씨의 수술은 닥터 우가 집도하고 제가 보조할 생각입니다."

매튜 세이건은 침음성을 흘렸다. 중국이다. 중국의 의술이 낙후되어 있다는 사실은 모든 의사들이 공통적으로 지적하는 사항이다. 그런데 바브라의 수술을 책임져야 할 닥터 빈스는 오히려 보조로 물러서겠다고 했다. 걱정이 되지 않을 수 없다.

'하지만 닥터 브라운도 놀랄 정도의 실력이면 믿어도 되겠지?'

급성 심장질환이 일어나고 심장이식 이외의 대안을 찾을 수 없다는 결론이 내려졌을 때, 바브라 세이건의 수술은 미국에서 실행될 계획이었다. 단 한 번의 수술을 위해서 뉴욕의 마천루가 보이는 근교에 수술실과 병실, 그리고 휴게실만 덩그렇게 있는 작은 병원을 짓고 있다. 바브라의 외과 주치의인 닥터 빈스의 요청에 따라 최신식 설비도 구입해 놓았다. 최고의 수술팀 역시 내정해 두었다. 모두 섭외가 끝난 상태는 아니지만, 내정자 그 누구도 매튜 세이건의 부탁을 외면하지는 못할 것이다.

문제는 도너였다. 바브라 세이건은 바디바바디바라고 부르는 특이한 혈액형의 소유자다.

보통 혈액형을 분류할 때 ABO형으로 분류하지만, 수혈이나 장기이식을 위해서는 Rh+와 Rh−로도 구별해 주어야 한다. 이 플러스와 마이너스의 구분은 적혈구 속에만 들어 있는 45가지 항원 가운데 D형 항원의 유무에 따라 구별된다. 이 D형 항원이 있는 경우 Rh+가 되고 없는 경우 Rh−가 된다. 만약 수혈받아야 할 환자의 혈액형이 A−라고 판독되면 A형과 Rh−를 모두 충족하는 혈액형을 수혈받아야 하는 것이다.

Rh혈액형으로 분류할 때, D항원을 가지고 있는데 일반적으로 가지고 있어야 할 다른 항원들이 없는 특이한 경우를 −D−로 표기하고 바디바라고 읽는다. 이 바디바 유전자를 양쪽 부모에게서 받으면 −D−/−D−로 표기하고 바디바바디바 혈액형이라고 부른다. 확률적으로 생기기 힘든 혈액형이다. 현재 일본의 경우 20만 명 가운데 한 명 꼴이라고 하고, 미국의 경우 각 주에 한 명 꼴로 나타난다는 말도 있다.

이 바디바바디바 혈액형이 더욱 문제가 되는 것은 일반적인 피검사로 분류해 낼 수 없다는 것이다. 보통 사람들은 특별한 경우가 닥치지 않으면 정밀 검사를 하지 않는다. 무탈하게 살아온 사람들 가운데 자신이 바디바바디바 혈액형을 지녔다는 것을 모르고 살다가 죽는 사람도 있을 것이다. 하지만 바브라 세이건의 경우는 아니다.

바브라 세이건의 경우도 일반 피검사로는 O+로 나온다. 다행히 그녀는 정밀 검진을 통해 바디바바디바 혈액형임을 확인한 상태다. 그 덕에 정기적으로 자가 채혈하고 냉동 보관하여 만약을 대비하고 있었다. 하지만 그것은 수혈을 위한 것, 심장이식을 위한 대비는 아니다.

매튜 세이건이 로버트 고든으로부터 받은 정보는 이 바디바바디바 혈액형 소유자에 관한 것이다. 공식적으로 알려진 바에 따르면, 일본에는 다섯 명이 등록되어 있고, 한국에는 세 명에 불과하다. 기타 유럽 국가에도 비슷한 확률로 나타난다. 미국의 경우는 일본보다 덜 귀해서 오십삼 명이 등록되어 있다. 개도국이나 기타 후진국의 경우는 거의 발견되지 않은 상태다. 불상사가 생겨도 정밀 검사를 행하지 않기 경우가 보통이기 때문이다.

전 세계에 등록되어 있는 바디바바디바 혈액형 소유자 가운데 O형은 모두 열입곱 명이다. 그 가운데 여자는 아홉이고, 도너의 대상으로 부적합한 어린아이와 나이 든 여자를 빼면 세 명이 남는다. 그중에 바브라 세이건과 신체 조건이 가장 비슷한 사람은 하와이에 살고 있었다.

매튜 세이건에게는 선택의 여지가 없었다. 그래서 그의 결정은 단순했다. 수술팀을 확보하고 납치하여 정밀 검사를 행한다. 준비된 장소에서 수술한다. 그 두 가지뿐이었다. 문제는 도너가 되어야 할 여자가 최근에 중국에 들어가 버렸다는 것이다.

그 소식을 들었을 때만 하더라도 매튜 세이건은 납치 과정이 조금 더 복잡해지는 것뿐이라고 생각했다. 그런데 그때 집도의가 되어야 할 닥터 빈스가 대안을 내놓았다. 장기이식을 위한 대기 환자들 가운데 상류층 인사들에게 조금씩 알려지기 시작한 '와이드 아이'라는 존재를 밝힌 것이다.

상류층 가운데 장기이식이 필요한 환자 때문에 집안에 우환이 생긴 자들은 대개 와이드 아이를 알고 있다. 돈으로써 건강을 살 수 있다면 만금을 아끼지 않을 사람들과 대기 명단에 이름을 올려두고 한정 없는 기다림에 지친 사람들은 결국 중국으로 장기간 여행을 떠난다.

'와이드 아이'의 존재는 의사들 사이에서도 공공연한 비밀이다. 특히 상류층을 대상으로 하는 병원의 의사들, 그들 가운데서도 경제적인 문제에 봉착한 자들과 성취욕이 많은 자들, 그리고 윤리 의식이 희박하고 의학 기술에 집착하는 자들에게는 와이드 아이가 반드시 접촉한다. 와이드 아이는 히포크라테스의 선서를 외면한 자들로부터 환자를 소개받고 커미션을 전한다.

심장이식에 관한 한 미국에서 최고의 권위자로 통하는 닥터 빈스 역시 '와이드 아이'의 존재를 알고 있는 사람이다. 최고의 실력자 가운데 하나로 손꼽히는 만큼 닥터 빈스는 돈에 구애받지 않는다. 그러나 그는 더 나은 기술에 대한 집착이 강한 사람이다. 심장이식 수술은 아직 개선의 여지가 많은 분야다. 닥터 빈스는 그 분야에서 역사에 남기를 원한다. 그런 그에게 CD 한 장이 배달되었다. 보낸 자는 시카고 의대 시절 그와 선두를 다투던 중국인 우상이었다. 닥터 빈스는 의술 선진국 미국에 남지 않고 낙후된 중국으로 돌아간 우상을 비웃어왔다. 그의 심정을 알고 있다는 듯, 우상은 CD를 통하여 자신의 실력을 유감없이 보여주었다.

놀랍도록 깔끔한 수술이었다. 손발이 척척 맞는 수술팀을 이끌고 최단 시간에 최고의 수술을 해냈다. 그것은 단순한 손재주가 아닌 예술이었다. 닥터 빈스는 감탄으로 넘어 심한 질투심을 느낄 수밖에 없었다.

CD에는 수술 후의 사후 관리 내용도 일부 포함되어 있었다. 환자는 심장이식 수술의 수혜자가 되기에는 나이가 많은 사람이었음에도 불구하고 다른 사람보다 훨씬 빠른 회복 속도를 보이고 있었다.

CD의 마지막 부분에서 우상은 그 기분 더러워지는 미소를 지으며 말했다. 혹시 필요해지면 와이드 아이를 찾으라고. CD는 와이드 아이의 미국 사서함 주소를 자막으로 처리하면서 끝났다.

CD가 배달된 것은 지난 2월 초순이었다. 닥터 빈스는 CD를 혼자만의 비밀로 간직하다가 최근 들어 매튜 세이건에게 공개했다. 도너가 될 사람이 중국에 있다는 소리를 들었기 때문이다.

사실 닥터 빈스는 바브라 세이건의 수술을 직접 하고 싶었다. 그러나 아무리 생각해 봐도 우상보다 잘할 자신이 없었다. 문제는 하나가 아니었다. 법적인 하자없이 도너가 정해진 경우에만 수술해 왔던 닥터 빈스와는 달리, 우상은 째고 싶을 때 언제든지 쨀 수 있다. 집도 횟수를 비교할 수가 없는 것이다.

두 번째 문제는 수술팀이다. 수술은 혼자 하는 것이 아니다. 최소한 여덟 사람을 모아야 한다. 하지만 사람을 납치하여 수술해야 하기 때문에 뒤탈이 생길 만한 사람은 합류시킬 수 없다. 평소 호흡을 맞춰왔던 사람들과 함께할 수 없다는 말이다. 매튜 세이건이라면 한 사람 한 사람 각 분야에서 최고에 가까운 사람을 모을 수 있겠지만, 팀워크라는 부분에서는 모자랄 수밖에 없다. 그렇다고 수술 전에 여러 번 실습할 수도 없다. 물론 매튜 세이건에게 말한다면 재료를 조달할 수도 있겠지만 바브라 세이건에게 남은 시간이 많지 않다는 것도 문제였다.

닥터 빈스는 어쩔 수 없이 CD를 공개하고 중국에서 수술할 것을 제안했다. 그것이 수술 외적인 문제를 해결하는 데에도 도움이 된다는 판단을 했기 때문이다.

바브라 세이건의 심장병은 비밀이 아니다. 매튜 세이건은 딸의 치료를 위해 그가 할 수 있는 것을 모두 해왔다. 그녀가 갑자기 건강한 모습으로 나타난다면 의혹의 눈길을 피할 수 없다.

중국이라면 문제가 달라진다. 중국의 장기 밀매는 공공연하게 알려진 비밀이다. 중국에 갔다가 건강해졌다면 적어도 납치와 관련된 의혹의 눈길은 피할 수 있다. 알려진다고 해도 대놓고 비난할 사람은 없을 것이다. 다른 사람들도 많이 하니까. 최근에 일반인들에게 알려지기 시작한 신비의 기공술이라도 수련하고 온다면 좋은 변명거리가 될 수 있을 것이다.

매튜 세이건은 닥터 빈스의 제안을 승인했다. 닥터 빈스는 그 즉시 중국으로 날아갔다. 바브라 세이건을 손님으로 맞이할 중국 측 준비를 확인한다는 핑계였지만, 실제로는 우상의 집도를 눈으로 확인하기 위한 것이었다.

우상은 어렵지 않게 기회를 마련해 주었다. 그것은 화려한 쇼였다. 심장병이 없는 건강한 두 사람을 수술대 위에 올려놓고 심장을 바꿔치기해 버린 것이다. CD에서 보았던 것보다 나았으면 나았지, 모자라지 않은 실력이었다. 그제야 닥터 빈스는 우상이 어떻게 지금의 실력을 쌓았는지 짐작할 수 있었다. 경험이 실력을 낳는다. 우상은 기회가 왔을 때 수술 경험을 쌓은 것이 아니라, 원할 때 기회를 만들어 수술해 온 것이다.

닥터 빈스는 그때 칼을 들 기회를 얻었다. 건강한 두 여자의 심장을 맞바꾸는 수술이었다. 죽어도 상관없다고 했지만 살려야 할 사람은 어쨌든 둘이었다. 닥터 빈스는 우상의 맞은편에서 메스를 들었다. 그리고 다시 한 번 우상과의 격차를 절감했다.

닥터 빈스는 미소로써 매튜 세이건의 우려를 가라앉혔다.

"회장님! 와이드 아이 측은 수술에 대한 만반의 준비를 끝냈습니다. 시설도 최고 수준입니다. 그리고 수술 후에 아가씨를 가르칠 기공술의 대가까지 대기시켜 두었습니다. 그리고 와이드 아이 측에서 도너를 이미 확보했다고 연락해 왔습니다. 이제 안심하셔도 됩니다."

"음! 알겠네. 닥터 빈스! 이 매튜 세이건, 신세를 지면 그 이상으로 갚는 사람이라는 건 알지? 부디 내 딸, 건강한 모습으로 데리고 와주게."

"최선을 다하겠습니다."

"아! 그리고 수술 들어가기 전에 바브라와 이야기할 기회가 있겠는가?"

"물론입니다. 이곳 시간으로 내일 아침이면 가능하겠습니다."

"시간에 구애받지 말고 연락 주게. 기다리겠네."

"예, 편히 쉬십시오."

화면이 꺼졌다. 매튜 세이건은 잠시 동안 멍한 눈으로 빈 화면을 바라보다가 의자에 머리를 기대고 손가락으로 두 눈을 비볐다.

"모레가 되면 나도 편히 잘 수 있겠지?"

임화평은 앰뷸런스가 들어간 창고를 지나쳐 100m 정도 더 간 후에 차를 세웠다. 핸들을 잡고 있는 두 손이 바들바들 떨리고 있다. 임초영이 발견된 곳과 멀지 않은 곳이다. 5분 남짓만 더 가면 그곳에 이를 것이다. 임초영 또한 그 창고를 거쳤음을 쉽게 짐작할 수 있다.

"소빙빙! 네년이 직접 했다, 이 말이지? 소빙빙뿐만이 아니야. 나머지 놈들도 마찬가지겠지."

임초영을 납치한 놈들 가운데 살아 있는 놈이라고는 하나뿐이지만, 임화평의 입장에서 당연히 할 수 있는 오해다.

"오늘 같은 기회를 다시 잡기는 힘들겠지? 한 놈 한 놈 쫓으려면 힘들 거다. 모여 있을 때 후회하게 만들어준다."

임화평은 차를 도로 밖으로 빼내고 트렁크에서 가방을 꺼냈다. 정장을 벗어버리고 검은색 면 티와 등산 바지를 입고 운동화로 갈아 신었다. 면 티

위에 삼단봉 홀더를 착용하고 두 호주머니에 나한전과 병뚜껑을 십여 개씩 넣었다.

차로 들어가 보조석 트렁크에서 쌍안경을 꺼냈다. 차가 왔던 길을 되짚어 창고로 이르는 외길 근처에 이르렀다.

밤 10시가 다 되어간다. 창고 주변은 적막강산이지만 창고에서 새어 나오는 빛이 주변을 밝혔다.

임화평은 도로에서 떨어진 어둠 속에서 쌍안경을 통해 창고를 살폈다. 일단 창고 주변에는 인적이 없고 차도 없다. 사람 둘이 동시에 오갈 수 있을 정도의 열린 창고 문 사이로 안쪽의 일부가 엿보였다. 앰뷸런스는 보이지 않고 대신 두 대의 세단이 있다. 그리고 그 앞쪽에 네 명의 사내가 자리를 깔고 앉아 무언가를 먹고 있다.

'일단 소빙빙을 포함한 여섯은 모두 있다. 몇이나 더 있을 것인가? 조금만 더 가까이.'

소빙빙의 거친 손을 떠올렸다. 그녀에 준하여 상대의 실력을 가늠해 보면 한국의 조폭들처럼 간단하게 생각해서는 안 될 것이다. 흩어져서 달려들면 시간이 걸리고 귀찮아진다. 이곳은 중국인데다가 청도방 같은 거대 조폭 조직을 활용할 수 있는 상대다. 소빙빙의 신분을 생각해 보면 국가기관을 움직일 수 있을지도 모른다. 얼굴을 바꾼다고 하더라도 행동이 조심스러워질 수밖에 없다.

그때 북경 쪽에서 불빛이 빠른 속도로 다가왔다. 임화평은 나무 뒤에 몸을 숨겼다. 두 개의 불빛은 검은 세단의 눈이다. 임화평이 있는 곳까지 다가온 세단은 속도를 줄여 창고로 향하는 외길로 들어섰다. 창고 문이 활짝 열렸다. 임화평은 눈살을 찌푸리며 쌍안경을 들어 올렸다.

'네 놈에 다시 넷인가? 아니야. 다섯? 몇 놈 더 차에 있을지 모르지. 최소한 열 놈은 있다고 봐야 하나? 그리고 지금 들어간 차에 탄 놈들까지 하면 열다섯 정도는 된다고 봐야겠지. 수가 너무 많아. 하나라도 놓치면 곤란한데⋯⋯.'

임화평은 임무를 다한 쌍안경을 나뭇가지에 걸어놓고 창고 주변을 크게 돌아 창고의 뒤쪽으로 조심스럽게 다가갔다. 아쉽게도 뒤쪽에는 환기창이 없다. 창고의 좌측 벽으로 접근했다.

용도는 알 수 없지만 어쨌든 창고는 상당히 크다. 테니스 코트 열 면은 넉넉히 들어갈 정도의 대지에 단순하고 튼튼하게 지어졌다. 지붕과 벽이 맞닿는 곳까지의 높이는 대략 7m 정도다. 환기창까지의 높이는 6m가 조금 못 되는 정도다.

임화평은 창고의 가장 뒤쪽에 달린 창문을 향해 슬쩍 뛰어올라 창틀에 매달렸다. 사람 하나는 충분히 들락거릴 수 있을 만큼 활짝 열린 창문이다. 팔에 힘을 주어 턱걸이하는 자세로 창고 안을 살폈다.

가장 먼저 눈에 띈 것은 눈앞까지 쌓여 있는 박스들이다. 맥주가 대종을 이루는 가운데 양주 박스도 보인다. 박스와 창고 벽 사이의 공간을 통해 앞쪽을 바라보았다. 보이는 것은 두 대의 세단뿐이다. 앰뷸런스와 마지막에 창고로 들어간 차는 보이지 않았다. 두 대의 세단은 비어 있다.

음식을 먹는 소리와 음담패설, 그리고 돈과 관련된 이야기들이 활짝 열린 귀를 통해 들어왔다.

임화평은 뱀처럼 움직여 창을 넘어선 후 주류 박스 위로 이동했다. 조금씩 이동하여 주류 박스의 끝에 이르렀다. 엎드린 채 눈을 감고 귀를 활짝 열었다. 창고 안 사람들의 작은 숨소리까지 모두 파악되었다.

'모두 열다섯? 아니, 열여섯이군. 두 무리. 식사 중인 아홉, 다른 한 무리가 여섯이다. 따로 떨어진 미약한 숨소리는 납치된 자일 테지. 구할 수 있으

면 구한다. 하지만 무리하지 않는다.'

"예, 어르신! 지금 도착했습니다. 30대 남자 넷입니다. 맞습니까? 예, 알 겠습니다. 내일 아침에 다시 연락드리겠습니다. 편히 주무십시오."

이번처럼 어르신이 지속적으로 관심을 보인 적은 없다. 가끔 요인들의 제공자가 될 납치 건에만 한 번 정도 확인 전화를 하는 정도였는데, 오늘 하루 만에 벌써 세 번째 통화다. 얼마나 관심을 쏟고 있는지 알 수 있는 대목이고, 그래서 소빙빙은 바짝 긴장했다.

소빙빙은 전화를 끊고 도요타 캠리에서 내리는 네 사내의 면면을 살폈다. 여러모로 특이한 인물들이다. 일단 머리 모양은 5㎝가 넘지 않는 짧은 군인 머리다. 군복 형태의 검은색 면바지에 워커까지는 봐줄 만하다. 그러나 내의 같은 카키색 면 티 위에 걸친 얇은 하프 코트는 보는 것만으로도 땀이 흐른다.

누가 보면 코스튬 플레이 한다고 웃을 옷차림이지만, 소빙빙은 웃지 못했다. 육체적으로 그다지 우월해 보이지도 않는데, 그들의 눈빛에서 드러나는 강렬함은 나름대로 실력을 자부하는 소빙빙으로 하여금 손에 땀을 쥐게 만들고 있다.

소빙빙의 세 걸음 앞까지 다가온 네 사내가 걸음을 멈췄다. 그들 가운데 눈빛이 가장 강렬하고 나이가 든 듯한 사내가 한 걸음 나섰다. 여유있는 걸음걸이다. 서른 중반의 그 사내는 걸음걸이만큼이나 여유있는 미소를 입가에 걸고 있다.

소빙빙은 그와 아는 사이일지도 모른다고 생각했다. 비슷한 연배로 여겨지는 만큼 그 역시 비슷한 시기에 용문관에 있었을 것이다. 무술에 재능을 발휘하여 어린 시절에 딴 곳으로 옮겨간 아이들 가운데 하나일 가능성이 컸다. 소빙빙은 굳이 그 인연을 들먹이지 않았다. 철들 무렵까지 함께하던 아이들도 뿔뿔이 흩어져 연락하지 않고 산다. 가끔 얼굴을 보는 이들이라고는 그녀처럼 공안이 된 몇 사람뿐이다.

사내가 미소 띤 얼굴로 물었다.

"그쪽이 소 대장님?"

소빙빙의 조직에는 따로 명칭이 없다. 그런 것을 지어봤자 알아줄 사람도 없고, 공안이 알기라도 한다면 표적이 될 뿐이라는 것을 공안인 소빙빙이 가장 잘 안다. 그러나 다른 사람들의 입장에서는 명칭이 있어야 다른 것과 구별을 지을 수 있다. 노차신도 마찬가지다. 편하게 분류하기 위해 소빙빙의 조직을 구명대(救命隊)라는 이름으로 구분했다. 한 사람을 납치하고 장기를 떼어내 여러 사람을 살린다는 의미일 것이다.

소빙빙은 부정하지 않고 고개를 끄덕였다.

"그쪽이 어르신께서 보내신 양반들? 어떻게 불러 드릴까요?"

사내는 싱글거리는 얼굴로 고개를 저었다.

"우리는 신경 쓸 필요없어요. 그쪽과 우리는 명령 계통이 다른 사람들. 그쪽 일에 상관하지 않을 거예요. 조용히 있다가 내일 물건이 배달된 후에 조용히 사라질 겁니다."

소빙빙은 무겁게 고개를 끄덕였다. 어차피 상부에서 내려온 사람들이다. 알려줄 생각이 없는데 알려고 하는 것은 호랑이 입에 자진해서 머리를 들이미는 짓이다. 간섭하지 않고 조용히 있다가 일 끝나면 사라진다 하니 그저 반가운 일이라고 생각하면 그뿐이다.

다만 한 가지, 명령 계통이 다르다는 말이 마음에 걸렸다. 결국 어르신 노차신의 직접적인 명령을 받지 않는다는 뜻이다. 광목당 안에서 그럴 만한 존재는 없다. 결국 그들은 광목당 밖의 사람들이라는 뜻이고, 그녀의 짐작처럼 광목당은 더 큰 조직의 하부 조직이라는 뜻일 것이다. 궁금했지만 소빙빙은 그런 것을 물어볼 만큼 어리석지 않다.

"알겠습니다. 새벽까지만 같이 고생합시다. 식사는 하셨나요?"

사내는 웃으며 고개를 끄덕였다.

"야식거리 넉넉하게 사 두었으니까 출출하시면 말씀하세요. 그런데, 편히 쉴 곳을 마련해 드리고 싶지만 보시다시피 창고일 뿐이니까 불편하더라도 차에서 쉬셔야 되겠네요. 그럼."

소빙빙이 목례하자 사내도 고개를 끄덕이고 차로 돌아갔다. 사내들 가운데 두 사람이 차의 보닛 위에 올라가 차창에 등을 기대고 편하고 누웠다. 책임자와 다른 한 사내는 차문을 열어놓고 운전석과 보조석의 등받이를 기울여 편한 자세를 취했다.

운전석의 사내가 무표정하던 얼굴에 처음으로 짜증을 드러내며 말했다.

"조장! 다른 놈들 많은데 왜 하필 우리요? 이거, 아무리 봐도 시간만 보내다가 갈 모양샌데?"

보조석에 누운 책임자는 두 손으로 머리를 받치며 대답했다.

"낸들 알겠어? 까라니 까는 수밖에."

맹호대 소도조의 조장 목인강은 고개를 틀어 앰뷸런스 옆에 서 있는 검은색 벤츠로 눈길을 돌렸다. 뒷좌석에서 재갈을 문 한 여인이 불안한 표정으로 창밖을 바라보고 있다.

"저 여잔가 본데, 예쁘네. 납치 후의 배송처가 병원이라면 장기 밀매라는 뜻인가? 저렇게 예쁜 여자의 배를 가를 생각을 하다니, 죄악이야. 마귀구먼, 소빙빙이라는 저년!"

소빙빙의 일과 선민병원, 그리고 세이건 가의 심장이식 수술은 모두 광목당의 독자적인 일이다. 천무전 소속 맹호대원인 목인강은 자세한 내용을 알지 못한다. 그가 대주에게 명령받은 것은 오직 하나, 여자가 병원에 무사히 도착할 때까지 문제가 생기지 않도록 하라는 것뿐이다.

소빙빙 앞에서는 잔뜩 무게를 잡던 운전석의 동료가 천성을 드러냈다.

"어디! 젠장맞을! 사랑받아 마땅한 여자잖소? 광목당 이 새끼들, 미쳤나 봐. 저런 여자를 왜 죽여? 저런 여자 장기는 더 예쁘고 깨끗한 거요? 길거리 다니다 보면 죽어 마땅한 계집들 잔뜩 있는데 왜 하필 저렇게 예쁜 여자냐고? 이건 음모야. 소 대장이라는 저년, 지가 못생겼다고 예쁜 여자 다 죽일 생각인 거야."

목인강은 쓸데없이 흥분하는 동료를 바라보며 피식 웃었다.

"내 말이. 우리 저 여자 구해줄까?"

운전석의 사내는 그제야 흥분을 가라앉히고 목인강의 장난스런 시선을 슬쩍 외면했다.

"예쁘긴 한데 목숨 바쳐 사랑할 만큼 예쁘지는 않네."

"키키킥! 네 녀석이 그럼 그렇지. 하아! 어쨌든 우리가 할 일은 별로 없을 것 같다. 그냥 시간 보내다 가면 될 거야."

목인강은 머리 뒤에서 왼손을 빼내 손목으로 눈을 가렸다.

깨어나 보니 차 안이다. 등 뒤로 손이 묶여 있고 입에는 재갈이 물려 있어서 불편하긴 하지만 다친 곳은 없는 듯했다. 일어나서 차 창문을 통해 주변을 살폈다. 이상한 창고다. 그녀를 납치한 사람들도 보였다.

'제임스는 괜찮을까? 사라는 걱정 안 해도 될 것 같은데……. 그런데 날 왜 납치한 걸까?'

수뇌로 보이는 여자는 그녀의 정체를 알고 있었다. 분명하게 이름을 불렀고 출신지도 말했다. 그 말은 단순 납치가 아닌 그녀를 표적으로 삼은 납치라는 의미다.

'돈을 바라고 납치한 건가?'

신분을 알고 있다면 가능한 이야기다. 그것 말고는 타당한 이유가 없다. 중동 같은 곳을 여행하다가 행방불명된 여자가 부호의 노리개로 팔린다는 이야기는 들어봤지만, 그런 대상이 되기에는 자신의 나이가 너무 많다고 생각했다. 그리고 그런 경우라면 우발적으로 납치하지, 이름과 출신지까지 알고 할 필요는 없을 것이다.

답답해 미칠 지경이다. 몸값을 요구할 생각이라면 직접 타협할 수도 있는 일이다. 아이가 아닌 성인이고, 그녀에게도 재산이라는 것이 있다. 지불 가능한 금액이라면 집안에 걱정 끼치지 않고 직접 타협해서 줄 생각도 있다. 그런데 그녀를 차 안에 가둬놓고 아무도 신경 쓰지 않았다.

제발 봐달라고 창문에 머리를 쿵쿵, 찍었다. 몇몇 남자들과 눈길이 마주쳤으나 사내들은 입맛만 다시다가 외면했다. 수뇌인 여자는 아예 눈길조차 주지 않았다.

재갈을 풀어보려고 노력했지만 꿈쩍도 하지 않았다.

'설마 찰리가?'

전 남편 찰리 허드슨이 이혼에 대한 앙심을 품고 사주한 것은 아닐까 의심해 보았지만, 그녀가 아는 찰리에게는 그럴 만한 배짱이 없다. 한때 그의 방종함을 자유로움으로, 미사여구를 로맨틱한 것으로 착각했지만, 그 착각에서 벗어남으로써 그의 실체를 잘 알 수 있었다. 그는 이기적인 사기꾼이다. 하지만 사람을 납치해서 돈을 뜯어내거나 죽일 생각을 하는 악질은 아니다. 게다가 납치범들은 중국의 전문가들이다. 찰리는 그런 사람들과 연관을 맺을 정도로 발이 넓은 사람도 아니다.

막막했다. 벗어날 길이 보이지 않았다. 사라 윌슨이 깨어난다면 신고할 것이다. 그녀를 찾으려고 할 것이다. 그것을 짐작 못할 납치범들이 아니다. 알고도 사라 윌슨을 살려줬다면 잡히지 않을 자신이 있다는 의미일 것이다.

'누구 없어요? 나를 구해줄 누군가가 없는 건가요?'

하와이가 아닌 중국이다. 부질없는 희망이라는 것을 알고 있다. 절망감이 가슴을 때렸다. 눈물이 주르륵 흘러 시야를 흐리게 만들었다. 그 순간 하늘을 올려다보려던 그녀의 흐린 눈망울에 검은 그림자가 맺혔다.

소빙빙과 새로 온 사내의 대화는 바로 옆에서 들리는 듯 생생했다.

'소빙빙과 모르는 사이란 말인가? 명령 계통이 다르다? 생각보다 더 큰 조직이라는 뜻이지? 점입가경이구면. 하지만 눈앞의 문제는 그게 아니지. 안정적인 발걸음에 낮고 긴 호흡. 꽤 괜찮은 수준이다. 하나하나가 청도방 놈들의 리더보다 현저하게 뛰어나. 어떻게 한다? 저놈들 가운데 초영이를 납치한 놈들도 있겠지?'

꾹꾹 참아 눌렀건만 비명을 토하는 초영이의 얼굴이 떠올랐다. 검은색 벤츠가 있고 초영이처럼 납치되어 공포에 떨고 있는 여자가 있다. 초영이가 이 창고로 끌려와 그녀처럼 두려움에 몸서리쳤을 것을 생각하니 분노로 몸이 바들바들 떨렸다.

임화평은 눈을 떴다. 멍한 눈으로 볼품없는 창고의 천장을 올려다보았다. 괴로워하는 초영이의 얼굴이 흐려졌다.

'분노하지 마라. 일 그르친다.'

임화평은 가슴으로 손을 가져갔다. 잠깐 더듬거리다가 손을 내렸다. 정장 상의에 임초영의 사진이 있다. 대학 재학 중에 그와 함께 찍은 사진이다. 그것을 꺼내 마음을 가라앉히려다가 차에 놓아두고 왔다는 사실을 뒤늦게야 깨달은 것이다.

굳이 사진을 볼 필요는 없다. 가슴속 한구석에 각인된 그림이다. 손이 어디에 있고 눈은 어디를 보며 입가에 맺힌 미소가 어느 정도로 짙은지 낱낱이 기억하고 있다. 그리고 그 사진을 찍었던 당시에 무엇을 말하고 무엇을 했는지도 기억하고 있다.

임초영은 늘 카메라를 가지고 다녔다. 예쁜 집, 예쁜 가게, 예쁜 실내를 만나면 사진을 찍기 위해서다. 그날은 둘이 오붓하게 식사한 날이다. 하지만 너무 더워 멀리 가지 않고 근처의 분식집으로 갔다. 외식이라고 할 수도 없는 터라 맛있는 것을 먹이고 싶었던 임화평으로서는 불만스러울 수밖에 없었다. 임초영은 그 표정이 재밌다며 종업원에게 사진을 찍어달라고 부탁했다.

그날의 대화까지 떠올린 임화평의 입가에 미소가 맺혔다.

"간만에 둘이서 외식하는데 콩국수가 뭐냐?"

"왜? 이 집 콩국수 얼마나 맛있는데. 그리고 더워! 아무리 맛있는 거라도 오늘 같은 날은 사절이야. 왔다! 아빠! 이거 봐! 맛있겠지? 요 달걀노른자 색깔 봐. 얼마나 싱싱한 달걀을 썼는지 금방 알겠지? 그런데 아빠! 아빠 보통 뭘 먼저 먹어? 삶은 달걀을 처음에 먹어, 제일 끝에 먹어?"

"순서가 어딨어? 입맛 당기는 대로 먹는 거지."

"에이! 그런 대답을 원하는 게 아니야. 이거 일본 애들이 하는 성격 테스트 같은 거거든."

"으흠! 성격 테스트라? 사실 콩국수에 삶은 달걀은 별론데, 아까워서 먹기는 하지만 말이야. 지금 삶은 달걀이 콩국수의 포인트라는 전제하에서 묻는 거지? 삶은 달걀이 가장 맛있는 것이나 가장 중요한 것을 상징한다면 먼저 먹는다가 아빠 대답이야. 가장 맛있는 것이라면 네게 빼앗기기 전에 먹을 것이고, 중요한 것이라면 먼저 처리해 놓고 나중에 속 편한 쪽을 택할 거야.”

“으흠! 그런 성격이었구나. 몰랐네. 쳇! 그런데 하나밖에 없는 딸한테 맛있는 거 양보 좀 하면 안 돼?”

“너하고 나하고 식성이 다르다는 게 얼마나 다행인지 모르겠다. 같았으면 하나도 못 먹었겠어. 안 되겠다. 이거, 먼저 먹어버려야겠다.”

“흥! 이런 아버지였다니, 이건 배신이야.”

“이런 못된 딸 같으니라고. 이래서 딸자식 키워봤자 소용없다는 말이 나오는 거야. 맛있는 건 당연히 아빠 먼저 먹어야지. 네가 아빠보다 오래 살 거잖아. 맛있는 것도 더 많이 먹을 건데, 양보는 못할망정 빼앗아 먹을 생각을 해? 곧 시집 갈 녀석이 효심이라고는 눈곱만치도 없어요. 자! 싱싱한 달걀이다. 이거 먹고 떨어져!”

혀를 쏙 내미는 임초영의 얼굴이 그려지는 순간 임화평은 또다시 장소에 어울리지 않는 미소를 지었다.

‘어떻게 할까? 썩은 콩물에 썩은 면, 썩은 달걀이라면 먹을 순서를 정할 필요는 없는데, 뭘 먼저 패대기쳐야 하나? 둘 다 가치가 없는 것, 먹지 못할 것이라면 뭐가 먼저든 무슨 상관인가. 그렇지, 초영아? 그래도 주인 멱살을 잡으려면 증거가 있어야겠지? 소빙빙 정도는 아껴둬야지.’

임화평은 몸을 뒤집어 엎드린 후 맥주 박스 위를 기어서 폭스바겐 파사트 앞쪽으로 이동했다. 다시 몸을 뒤집은 후 바지 호주머니에 손을 넣어 왼손에는 세 개의 나한전을, 오른손에는 세 개의 병뚜껑을 움켜쥐었다.

소리없이 심호흡을 하고 난 후 자리에서 벌떡 일어났다. 그때 그의 눈길이 벤츠 안에서 눈물을 흘리고 있는 모나 나스트의 눈길과 마주쳤다.

‘또 다른 초영이, 조금만 더 참아라.’

그때 밥을 먹고 늘어져 있던 사내들이 불쑥 솟아오른 임화평을 발견하고 벌떡 일어났다.

"저놈 뭐야?"

등지고 있던 사내들까지 일어나 고개를 돌렸다. 그리고 그 즉시 앞으로 튀어나왔다. 그들이 모두 폭스바겐 파사트를 향해 달려왔다.

임화평은 그들과 파사트 사이의 거리를 확인한 후 천장에 머리가 닿을 정도까지 솟구쳐 올라갔다. 그리고 빠른 속도로 떨어져 내렸다.

꽝!

천근추를 극성으로 시전하고 파사트 위에 떨어져 내리는 순간 유리창이 박살 나면서 사방으로 튀어나갔다.

"크악!"

자동차 유리는 특수 유리다. 깨어져도 잘 흩어지지 않고 조각이 나도 날이 서지 않는다. 하지만 임화평은 갑자를 넘긴 공력을 일순간에 쏟아부었다. 특수 유리의 특징을 무시할 만큼의 가공할 힘이 가해지자 유리는 잘게 부서져 수류탄 파편처럼 사방으로 날아갔다.

비명을 토하면 물러선 사내들이 얼굴과 몸의 중요 부위를 감싼 채 바닥에 주저앉았다.

퉁!

임화평은 파사트의 지붕을 내려앉히자마자 허공으로 재차 솟구쳤다. 허공에서 유영하면서 사내들의 상태를 살피고 곧바로 몸을 구부렸다 펼치면서 1조 조장에게로 날아갔다. 임화평이 썩은 달걀이라고 규정한 자들을 제외하고, 그만이 소빙빙과 함께 뒤에 처져 있었기 때문에 온전한 상태를 유지하고 있다.

궁신탄영의 수법으로 공간을 가로지른 임화평은 허공에서 가위질하듯

발을 내질러 사내의 두 어깨를 차고 다시 그의 이마를 후려 찼다.

퍽!

1조의 조장은 비명도 지르지 못한 채 절명했다. 사내가 대자로 눕는 순간 임화평의 두 발도 바닥에 닿았다.

취뤼릭!

두 발이 비틀리면서 임화평의 왼손이 앞으로 뻗어나갔다.

쉐엑!

유리창 조각의 폭우로부터 얼굴이나 하복부 같은 중요 부위를 운 좋게 피한 사내들의 뒤통수로 나한전이 날아갔다.

퍼퍼퍽!

나한전이 두개골을 파고든 순간 세 명의 사내가 허공으로 튀어 올랐다가 바닥에 나뒹굴었다. 사내들은 한 번의 꿈틀거림조차 보이지 못한 채 절명했다.

임화평은 도요타 캠리에서 빠져나와 무심한 눈길로 바라보고 있는 썩은 달걀들을 무시하고, 아직도 정신을 못 차리는 사내들에게로 성큼성큼 다가갔다.

퍽!

두 손으로 얼굴을 가리고 있던 사내의 가슴에 손바닥이 닿았다. 사내는 포탄에 맞은 사람처럼 날려가 맥주 박스에 부딪친 후 이마로 바닥을 찧었다.

휘리릭 휘도는 신형을 따라 임화평의 오른발이 반원을 그려 한 사내의 관자놀이에 꽂혔다. 사내는 피를 뿌리며 날아가 파사트의 잔해와 부딪친 후 바닥에 널브러졌다.

그것은 학살이다. 저항할 의지도 없고 저항할 상태가 아님에도 불구하고 확인 사살하듯이 하나하나씩 죽였다. 양심의 가책 따위는 느끼지 않았다. 임화평의 분류 기준에 따르면 그들은 인간이 아닌 짐승들이다. 임화평은 살인이 아닌 사냥을 하는 중이었다.

피가 철철 흐르는 하초를 잡은 채 무릎 꿇고 있는 운전사의 이마를 후려쳤다. 그대로 목이 꺾이면서 뒤통수로 바닥을 찧었다. 바닥에 피가 흘러내리더니 조금씩 그 영역을 넓혀갔다. 운전사를 마지막으로 손을 멈추고 천천히 몸을 돌렸다. 남은 사람은 다섯. 썩은 달걀들이다.

악바리, 독한 년, 마녀라고 불리는 소빙빙이 하얗게 질린 얼굴로 임화평을 바라보았다. 아무리 독종이라지만 무표정한 얼굴로 사람을 학살하는 임화평을 보면서 온전한 독심을 유지할 수는 없는 모양이다. 임화평과 눈길이 마주치자 슬금슬금 물러서서 앰뷸런스 뒤로 숨었다. 그녀의 눈길은 임화평을 떠나서 소도조에게로 향했다. 그녀는 목인강 등의 여유있는 분위기를 보며 안도의 한숨을 내쉬었다.

쉿!

파공음이 들렸지만 소빙빙은 그것이 자신과 연관된 것이라고 생각지 않았다. 그녀가 임화평을 볼 수 없는 위치에 있는 만큼 임화평도 그녀를 볼 수 없다고 생각했다. 그것은 곧 임화평의 손길에서 벗어나 있다는 것과 같은 의미였다, 적어도 그녀에게는.

아무것도 없는 빈 공간으로 날아간 암기는 허공을 휘돌아 소빙빙의 허벅지에 꽂혔다.

"아악!"

소빙빙이 허벅지를 붙잡는 순간 또다시 파공음이 들렸고, 그녀의 입에서 다시 한 번 비명이 터져 나왔다. 또 하나의 병뚜껑이 그녀의 허리에 꽂힌 것이다.

이제 남은 사람은 맹호대의 소도조 네 사람뿐이다. 소빙빙 등을 쓰러뜨릴 때까지 기다린다는 듯이 여유있는 모습으로 바라보고 있던 목인강 등이 무릎 중간까지 내려오는 짧은 코트 속에서 두 자루의 칼을 꺼내 들고 코트를 벗어버렸다.

특이한 칼이다. 네팔의 구르카 용병들이 쓴다는 쿠크리와 비슷해 보이기도 하고 유엽비도와도 닮았다. 다른 점이 있다면 손잡이 15㎝ 정도에 칼날 길이만 30㎝ 정도로, 손잡이와 도신이 모두 상대적으로 길다는 것이다.

'저런 형태면 베고 찌르고 던지는 용도 모두 가능하겠군.'

임화평은 목인강을 바라보며 말했다.

"이왕 기다린 것, 조금 더 기다려도 되지?"

목인강이 싱글거리며 대답했다.

"조금? 조금 얼마나?"

기대만큼이나 만족스런 반응이다. 자신들의 실력에 상당한 자부심을 가진 듯 내뺄 기색을 보이지 않는다.

"1분도 안 걸려."

"그거 말이야, 조금 전에 쓴 암기. 그거 보여주면 기다려 주지."

임화평은 말없이 손을 내뻗었다. 눈에 빤히 보이는 속도로 날아간 병뚜껑이 목인강의 발 앞에 떨어졌다.

"그거야. 됐지?"

목인강은 싱글거리며 고개를 끄덕여 보이고 눈으로 임화평을 바라보면서 허리를 숙였다.

임화평은 목인강 등을 외면하고 소빙빙에게로 걸어갔다. 앰뷸런스에 기대어 끙끙거리던 소빙빙이 다가오는 그림자에 놀라 눈을 치떴다. 설마 소도조를 놓아두고 자신에게 오리라고는 생각지도 못한 얼굴이다. 설마 소도조가 암기 하나 때문에 자신을 두고 타협을 할 것이라고 짐작조차 못한 얼굴이다.

임화평은 다짜고짜 소빙빙의 아혈부터 제압했다. 소빙빙의 얼굴은 배신감으로 물들어 야차처럼 일그러졌다.

"이것 봐! 병뚜껑이야. 놀랍잖아! 정말 독창적이지 않아?"

목인강의 목소리가 들려왔지만, 임화평은 무시한 채 소빙빙의 마혈을 마저 제압해 두고 그녀를 앰뷸런스 안에 밀어 넣은 후 돌아섰다. 형세가 불리하게 돌아간다고 입막음하기 위해 달려들면 곤란해지기 때문에 취한 조치다.

네 사내는 임화평의 행동에 아랑곳하지 않고 모여서 목인강의 손에 들린 병뚜껑을 신기하다는 듯이 살펴보고 있다.

"나는 준비가 됐다. 너희들도 괜찮나?"

목인강이 손을 뻗었다.

"잠깐만! 서로 물어뜯기 전에 한 가지만 물어봐도 될까?"

"대답해 줄 수 있는 거라면 얼마든지."

"병뚜껑, 꼭 이 모양이어야 돼?"

"회선표로 쓰려면 그 모양이 가장 효율적이다. 공력을 싣고 튕기는 힘을 가감함으로써 꺾여야 할 지점을 조절하는 거지."

"그렇군. 어디!"

쉿!

목인강은 그 즉시 병뚜껑을 던졌다. 병뚜껑은 임화평의 좌측 머리 옆을 스쳐 지나가 5m 정도를 더 날아간 후에야 꺾였다.

"너희들도 봤지? 멋지게 꺾였어. 돌아가면 나도 만들어봐야지."

임화평이 웃으며 고개를 끄덕였다.

"그래, 잘하는걸. 손목의 스냅만으로 날릴 수 있게 되면 꽤 유용할 거야. 너 정도면 며칠 연습으로 나처럼 날릴 수 있겠다. 돌아갈 수 있다면 말이지."

"그래, 너 대단하던걸. 이것 봐. 팔에 소름이 돋았어. 혼자서는 내가 좀 딸릴 것 같아. 그래서 하는 말인데, 같이 덤볐다고 비겁하다고 하지는 마."

"괜찮다. 서로 죽이겠다는 놈들 사이에 비겁한 게 어딨나? 할 수 있는 짓은 뭐든 다 해도 좋아."

"화통한걸? 그럼 마음 편하게 난도질해 주지. 병뚜껑 비법 고마워."

목인강의 얼굴에 드리워져 있던 미소가 사라졌다.

임화평은 차갑게 웃으며 중얼거렸다.

"칼이 여덟 개라? 조금 귀찮겠군."

임화평은 홀더에서 삼단봉을 꺼내어 휘둘렀다. 휘두르고 또다시 휘둘러 이음새의 결합력을 높였다.

목인강이 두 자루의 칼을 맞부딪쳤다.

쩡!

그 순간 나머지 세 사내도 칼을 맞부딪친 후 옆 사람과 다시 한 번 칼을 부딪쳤다.

"간다!"

파파파파박!

목인강을 필두로 네 사내가 앞을 다투어 달려나왔다. 임화평도 삼단봉을 휘두르며 걸어나갔다.

두 사내가 먼저 쇄도했다. 나란히 달려오다가 갑작스레 사이를 벌린 후 좌우에서 칼을 휘둘렀다. 네 자루의 칼이 각기 다른 방향으로 날아와 임화평의 상, 하체를 골고루 노렸다.

채채채챙!

엄청난 속도감!

임화평은 튕겨낸다는 느낌으로 삼단봉을 휘둘렀다. 부딪치는 탄력에 도움받아 네 개의 칼날을 연속적으로 튕겨내는 순간 머리 위에서 날카로운 파공음이 울렸다.

두 발을 벌려 몸을 낮추는 순간 두 개의 칼날이 머리 위를 스치듯 지나쳤다.

휙!

칼을 휘두른 사내가 임화평의 등 뒤에 내려서 몸을 휘돌렸다. 그리고 잠깐의 정적이 있었다.

포위된 형국이다. 다수와 싸울 때 가장 먼저 피해야 할 것은 포위당하는 것이다. 그럼에도 불구하고 임화평은 기꺼이 사내들 한가운데 섰다.

임화평은 사내들이 쇄도할 때부터 포위할 의도를 가지고 있었다는 것을 알고 있었다. 만약 그가 자신의 이점 가운데 하나인 속도를 봉인하지 않았다면 사내들에게 포위당하는 일은 없었을 것이다.

'확실히 생소하지 않은 방식이군.'

사내들이 칼을 휘두르는 방식과 그들의 머리수를 보고 떠오른 것이 있었다. 그것을 확인하기 위해서 일부러 포위할 수 있도록 놓아둔 것이다.

가뒀다고 생각했는지 사내들은 서두르지 않았다. 조금씩 거리를 좁히며 기세를 키웠다.

'역시 좌우에서 먼저인가?'

생각하는 순간 좌우에서 튀어나왔다. 묵직한 기운이 감도는 네 개의 칼날이 허공을 난자했다. 임화평은 전신을 파고드는 기운을 감별하여 삼단봉에 기운을 불어넣었다.

채채채챙!

네 번의 병장기 부딪치는 소리가 허공에 울리는 순간 사내들이 뒤로 밀려나갔다. 그리고 다시 채쟁거리는 소리가 들렸다. 그들이 두 자루의 도신을 부딪쳐 소리를 낸 것이다.

바로 그때,

쉭!

임화평의 움직임을 예상한 듯 두 자루의 칼이 전후에서 날아왔다. 물러났던 두 사내가 칼을 부딪쳐 임화평의 주위를 분산시키며 다시 쇄도했다. 임화평은 발끝으로 땅을 찍어 제자리에서 한 바퀴 휘돌았다. 정수리가 땅에 닿을 듯한 낮은 회전이다. 사내들의 손을 벗어난 두 자루의 칼은 위아래가 뒤바뀐 임화평의 가랑이 사이를 스치고 지나갔다. 임화평은 공중제비를 돌면서 휘두른 삼단봉으로 좌우에서 쇄도하던 사내들의 칼날을 튕겨내고 다시 제자리에 섰다. 누가 봤다면 서커스 공연을 위해 연습 중이라고 생각했을 광경이다.

전면의 목인강과 후면의 사내는 서로가 던진 칼을 받아 쥐고 놀랍다는 눈빛으로 임화평을 바라보았다. 그 순간 물러섰던 좌우의 두 사내가 또다시 달려들었다.

'정말 비환도법(飛幻刀法)에 사방살진(四方煞陣)이군. 더 볼 필요없겠어.'

채채채챙!

"헉!"

다시 네 번의 부딪침이 생긴 직후 두 자루의 칼이 허공으로 튀어 올랐다. 각기 한 자루씩의 칼을 놓친 두 사내가 급히 물러섰다. 목인강과 후면의 사내가 곧바로 그 빈자리를 메워 임화평의 추적을 막았다.

공간을 난자하는 듯한 두 자루의 칼이 무수한 도영을 그리면서 임화평에게 쏟아졌다. 칼이 지나간 공간에서 폭음이 터지며 바람이 일었다. 도기의 충돌로 인한 충격파다.

임화평은 전신을 한 발로 지탱하면서 무릎을 구부려 천장을 바라보며 드러누웠다. 후면의 사내가 그려낸 도영이 방금 서 있던 공간을 찢어놓는 순간 임화평의 발끝이 교묘하게 사내의 두 팔 사이를 파고들어 인후를 찍었다. 동시에 천장을 바라보며 머리 위로 내뻗은 삼단봉으로 목인강이 다시 만들어낸 도영을 일일이 걷어내고 있었다.

파파파파파파팡!

삼단봉에 도의 그림자들이 터져 나가며 폭음을 일으켰다.

"컥!"

태견의 는질러차기에 인후를 찍힌 사내는 목을 움켜쥐고 컥컥거리며 물러섰다. 그 순간 목인강의 도영을 모두 걷어낸 임화평은 인후를 후려 찬 발을 세차게 회수하여 한순간에 천장에서 바닥을 보는 자세로 몸을 뒤집었다. 땅을 쓸 듯이 반호를 그린 임화평의 발꿈치가 물러서려던 목인강의 턱을 노렸다.

"헉!"

목인강은 눈을 부릅뜨고 주저앉으며 두 칼로 바닥을 찍어 뒤로 몸을 날렸다. 임화평의 발끝은 아슬아슬하게 목인강의 이마를 스치듯 지나쳐 허공에 커다란 원을 그렸다. 다시 제자리에서 360도를 회전한 것이다. 임화평은 바닥을 찍는 그 순간 재차 허공으로 튀어 올라 5m의 공간을 순간 이동하듯 가로질러 목을 붙잡고 물러서던 사내의 이마를 삼단봉으로 후려쳤다.

픽!

사내는 눈을 부릅뜬 채 임화평을 바라보다가 그대로 뒤로 넘어갔다.

"어떻게?"

목인강은 상황을 이해할 수가 없었다. 물론 개인적인 무위가 임화평에게 못 미친다는 것은 이미 인정한 사실이다. 그러나 비환도법과 사방살진이라면 약간의 실력 차 정도는 가볍게 무시할 수 있을 것이라고 생각했다.

비환도법!

소도조에게 베풀어진 명천의 기학이다. 두 자루의 칼로 펼치는 비환도법은 변화무쌍한 궤적을 그리는 데만도 오랜 수련이 필요하다. 그러나 비환도법이 진정으로 무서운 위력을 발휘하는 때는 수련자가 발경이 가능해지는 시점이다. 칼날에 도기를 품을 수 있게 되는 순간 두 자루의 칼날은 변화와 함께 쇠를 부러뜨리는 거력을 품는다.

비환도법의 수련자는 두 자루의 칼날에 자유자재로 도기를 옮길 수 있어야 한다. 한 자루는 현란하게 움직여 상대의 눈을 혼란하게 만들고 다른 한 자루는 상대를 단숨에 베어버린다. 무기를 맞부딪쳐야 하는 상대는 수시로 바뀌는 가벼운 칼과 무거운 칼 사이에서 혼란을 느낄 수밖에 없다. 가벼운 칼과 부딪친 무기가 다시 무거운 칼과 부딪치는 순간 무기를 놓치지 않을 수 없게 되고, 그 순간 튕겨 나간 가벼운 칼이 무겁게 변하여 일격을 가한다.

사방살진은 비환도법을 익힌 자 넷이 모여서 펼치는 도진(刀陣)이다. 그다지 복잡할 것은 없지만 손발이 맞지 않으면 동료끼리 서로를 헤치게 된다. 두 사람이 좌우에서 협공하여 상대의 행동반경을 좁히면 나머지 두 사람이 상대의 움직임을 예상하여 비도를 날린다. 이때 칼을 맞부딪쳐 소리를 내는 것은 상대의 주위를 분산시키려는 방편일 뿐만 아니라 동료들에게 자신의 움직임을 알리는 신호이기도 하다.

포위되어 움직임이 원활하지 못한 상황에서 이 사방살진의 협공에 걸리면 살아남기 힘들다. 이 공격을 무사히 넘긴다 해도 서로의 빈틈을 메워주는 차륜과 연환의 진법 속에서 상대는 기력을 잃을 수밖에 없다.

목인강이 상황을 이해하지 못하는 것은 당연한 일이다. 소도조는 지금껏 단 한 번도 상대를 놓친 적이 없다. 비환도법을 본 자는 모두 죽었다. 오늘은 비환도법에 사방살진까지 펼쳤다.

아직 상대를 못 만나 실전에서 사용한 경험이 전무한 사방살진이지만, 그 위력만큼은 천무전의 십대고수마저 혀를 내두른다. 실전처럼 시연된 사방살진을 본 십대고수들은 한결같이 고개를 내저었다. 빠져나올 수 있다는 자신감을 보인 사람은 단 한 명도 없다. 게다가 이 비환도법과 사방살진은 명천만의 비전이요, 소도조만의 비밀 무공이다. 미리 알지 못하면 결과는 죽음뿐이다. 그럼에도 불구하고 임화평은 마치 비환도법과 사방살진을 속속들이 아는 듯한 움직임으로 가볍게 상대해 냈다.

"어떻게 그럴 수 있지?"

목인강은 싸우기 전의 여유가 완전히 사라진 얼굴로 비명을 지르듯이 소리쳐 물었다.

임화평은 대답할 이유가 없다는 듯이 입을 꾹 다문 채 뚜벅뚜벅 걸음을 옮겼다.

목인강을 포함한 세 사람은 눈을 부릅뜨고 쇄도했다. 여섯 개의 칼날이 사정없이 휘몰아쳤지만 임화평은 삼단봉을 회초리처럼 휘둘러 가볍게 막아냈다.

파팡!

삼단봉이 품고 있는 경력을 감당하지 못하고 두 자루의 칼이 다시 허공으로 튀어 올랐다. 그 순간 삼단봉은 두 사내의 남은 두 자루의 칼이 아닌 그 칼을 잡고 있는 손목을 후려쳤다.

빠각!

뼈가 부러지는 소리와 함께 두 사내가 손목을 잡고 물러섰다. 임화평은 삼단봉으로 목인강의 정신없는 칼날의 회오리를 걷어내면서 동시에 왼손으로 한 사내의 가슴을 후려쳤다.

퍽!

사내는 피를 토해내며 5m를 날아가 바닥에서 다시 두 바퀴를 뒹굴고 나서 사지를 뻗었다.

어린아이와 어른의 싸움이다. 마치 지도 대련을 하는 듯한 모습이다. 목인강은 숨을 헐떡일 정도로 경력을 낭비하며 칼을 휘돌리는데 임화평은 차분한 태도로 일일이 받아주고 있다. 임화평은 그 와중에도 남은 한 사내마저 일격에 머리를 터뜨려 정리해 버렸다.

"너 하나 남았다. 아무래도 병뚜껑 회선표를 가지고 놀기는 어렵겠구나."

"우와!"

목인강은 비명을 지르며 달려들었다. 삼단봉은 두 자루의 칼날을 좌우로 튕겨내고 두 팔을 활짝 벌린 목인강의 왼쪽 어깨를 가볍게 찍었다. 칼이 떨어지고 목인강의 왼팔이 축 늘어졌다. 그 순간에도 목인강은 오른손에 든 칼을 휘둘렀다. 하지만 그의 어깨를 부숴놓은 삼단봉은 또다시 목인강은 견정혈을 찍었다. 허공으로 들어 올려졌던 칼날이 힘없이 떨어졌다.

빠바바박!

삼단봉이 전신을 두드리는 순간 목인강은 비명을 지르며 무릎을 꿇었다가 그대로 뒤로 넘어갔다. 사지가 모두 부러진 것이다.

"끄아아아아!"

임화평은 무표정한 얼굴을 유지한 채 삼단봉을 수납하고 목인강의 옆에 쭈그려 앉았다. 목인강의 접혀진 두 발을 바로 펴 편히 눕게 만들어주고 비틀린 뼈를 맞추어 고통을 줄여주었다.

임화평은 마지막으로 목인강의 입을 벌려 어금니를 살핀 후 말했다.

"어때? 견딜 만한가? 병 주고 약 줘서 미안하군."

고통이 줄어들자 목인강은 힘없는 눈으로 임화평을 올려다보았다.

"비환도법과 사방살진은 과거 서문가의 무사들이 익혔던 무공이다. 하급 무공이라고는 할 수 없지만, 그렇다고 상승 무공도 아니지. 처음 보는 사람이야 눈 돌아가겠지만, 운용의 방식만 알면 그다지 위협적인 것은 아니거든. 환영을 만들어내는 보조 칼을 더 강한 힘으로 눌러 버리면 스스로 파탄을 드러내는 도법이다. 사방살진 역시 마찬가지. 어떻게 움직일지 빤히 아는데 당하는 것이 오히려 이상한 일이지. 대답이 됐나?"

"외부 사람까지 알 만한 무공이었단 말인가?"

허탈한 목소리다. 그럴 수밖에 없는 것이, 혼원기공을 익히고 비환도법으로 도기를 발현할 수 있게 되었을 때 명천 밖에서는 상대를 찾을 수 없을 것이라고 확신했다. 그리고 그 생각이 그다지 틀린 것도 아니었다, 임화평을 만나기 전까지는.

임화평은 친절하게 대답해 주었다.

"이 세상에 나만큼 서문가에 대해서 잘 아는 사람은 아무도 없을걸. 요즘은 뭐라고 부르지?"

임화평의 입장에서도 기가 막힌 것은 마찬가지다. 그가 절단을 내다시피 말아먹은 서문가의 망령을 500년이 지난 현대에서 다시 볼 것이라고는 상상도 하지 못했다.

'장난이 너무 심하시군요. 그때로 부족했습니까? 일단 장단을 맞춰 드리지요.'

목인강은 별다른 망설임 없이 대답했다.

"서문가? 그래, 우리 천주가 서문이라는 성을 쓰기는 하지. 하지만 우린 명천으로 알고 있다."

"명천이라? 그럼 광목당은?"

"장기 밀매까지 하는 거 보니까 나도 좀 혼란스럽긴 한데, 어쨌든 명천의 정보 조직이라더군."

"그렇군. 그런데 의외로군. 왜 이렇게 쉽게 털어놓지? 다른 녀석들은 독 어금니를 깨물던데, 그런 거 없어?"

목인강은 고통으로 일그러진 얼굴에 억지로 미소를 지었다.

"나 광목당 사람 아니야. 그런 거 없어. 우리 맹호대는 자부심이 대단한 조 직이거든. 어디 가서 맞고 다닐 거라고 생각도 하지 않는데 그런 게 필요할 것 같아? 근데 뭘 물었지? 아! 왜 쉽게 털어놓는 거냐고 물었지? 난 다른 사람 들과 달리 혼자거든. 내 입장에서는 내가 죽으면 그걸로 세상도 죽는 거야."

"천상천하 유아독존이라는 말인가? 조직의 하수인으로 살기에는 상당 히 곤란한 생각을 품고 사는군."

목인강은 고통에 얼굴을 찡그리면서도 웃음을 참지 못했다.

"흐흐흐! 인생 다 그렇지 뭐. 처음에는 나도 남들과 똑같았어. 명천밖에 몰랐지. 근데 밖을 좀 싸돌아다니다 보니까 세상이 그게 다가 아니더라고. 어릴 때는 배불리 먹여주고 입혀줘서 고마웠는데, 보는 게 많아지니까 딴 생각이 나더군. 돈 좀 모아서 도망칠까도 생각해 봤는데, 평생 숨어 사는 것 이 더 고역이겠더라고. 그래서 눈 높은 척하면서 장가도 안 갔지. 장가간 놈 들 만날 집에 거짓말하고 다니는 거 보니까 가기 싫었어. 가끔 할 일이 없을 때는 상상하게 되더군. 명천이 아니었으면 난 지금 뭘 하고 살고 있을까 하 는 생각 말이야."

임화평은 땅바닥에 엉덩이를 붙이고 편하게 앉았다.

"뭘 하고 있을 것 같은가?"

목인강은 초점없는 눈으로 허공을 바라보며 피식 웃었다.

"몰라. 수시로 바뀌니까. 칼질 말고 잘 아는 게 있어야지."

"말하는 거 보니까 장사하면 잘할 것 같군. 몇 가지 더 물어봐도 되겠나?"

목인강은 다시 임화평을 바라보며 되물었다.

"편하게 보내줄 텐가?"

"당연하지. 이렇게 잘 협조해 주는 사람한테 독하게 굴면 그건 개새끼지. 명천은 어디 있나?"

목인강은 눈살을 찌푸렸다. 아파서가 아니라 대답하기 곤란한 질문이기 때문이다.

"나도 잘 몰라. 항주에 있다는 소리도 있고, 여기 북경에 있을 거라는 말도 들었어. 내가 속한 맹호대는 상해에 본부가 있지. 외탄(外灘)이라는 곳에 가면 동방미루(東方味樓)라는 식당이 있어. 하지만 우린 조별로 생활하고 움직여. 연락 오면 거기 가서 내용 듣고 그대로 따를 뿐이야. 내가 보기엔 본부라기보다 그냥 고급 식당 같아. 종업원들 대부분이 그냥 종업원이야. 대주가 있으니까 본부라고 부를 뿐이지. 미안하지만 나, 아는 게 별로 없어. 관심없거든. 내 위로 까마득하게 느껴지는 사람이 너무 많아서 어느 순간 대충 살자고 포기해 버렸어. 급여가 상당히 센 편이라 먹고사는 건 문제가 안 되니까 그냥 만족하기로 한 거지. 아! 아깝다. 제법 모았는데."

"위로 그렇게 까마득한가?"

"내가 알기로는 우리 맹호대 소속만 해도 백이십여 명 정도 되거든. 나 정도면 중간쯤 될 거야. 근데 맹호대는 천무전 소속이라더군. 전 아래 우리 같은 조직이 네 개나 된다고 하더라고. 각 대의 대주와 부대주, 전 소속의 십대고수, 그 위로 전주와 부전주만 하더라도 까마득하잖아. 그런데 내가 아는 것보다 모르는 게 더 많아. 겁나지? 무슨 이유로 명천을 적으로 삼았는지 모르겠지만, 이쯤에서 그만두는 게 좋아."

임화평은 새삼스러운 눈길로 목인강을 바라보았다. 유쾌한 성격을 설정이라고 생각했는데 의외로 천성인 듯했다.

"걱정해 주는 건가? 고맙군. 그런데 멈출 수 없어. 너희들 조직이 하나뿐인 내 딸을 앗아갔어. 이제 나도 혼자야. 자네라면 멈추겠나?"

목인강은 씁쓸하게 웃으며 고개를 저었다.

"죽어야 끝나겠군. 가족이라는 게 뭔지 잘 모르지만, 어쩔 수 없겠네. 어린애 데려가 죽이지는 않았을 거고, 생각보다 나이가 많은가 봐?"

"불혹은 넘겼다."

"그렇군."

몇 가지 더 물었지만 만족할 만한 대답은 듣지 못했다. 다만 한 가지, 참 상대하기 곤란한 조직이라는 느낌뿐이다. 점조직에 가까운 조직이다. 흩어져 있는데다가 조직원들은 하나같이 어릴 때부터 키워진 자들이라서 내부로 침투할 수 있는 여지가 없다. 과거에는 편했다. 굳이 잔챙이들을 건드리지 않아도 원흉을 쉽게 찾을 수 있었다. 본가의 위치와 요인들의 평판을 세상 사람들이 다 알고 있었기 때문이다.

'이거참! 계속해서 이런 식으로 하나씩 찾아내야 한다는 말인가? 곤란하군.'

목인강은 목을 비틀다가 인상을 썼다.

"점점 더 아파지네. 살려줄 거 아니면 이제 그만 보내주면 좋겠는데."

"모질게 다뤄서 미안하고 살려주지 못해서 미안해. 여기까지 온 이상 어쩔 수 없잖아? 한숨 자게. 꿈꾸다 보면 다 끝나 있을 거야."

목인강은 질끈 눈을 감았다. 담담한 척했지만 막상 죽는다고 생각하니 겁이 난 모양이다. 두 줄기 눈물이 귀로 흘러내렸다.

임화평은 눈살을 찌푸리며 목인강의 수혈을 짚었다. 그리고 잠시 그의 얼굴을 바라보다가 사혈을 눌렀다.

"차라리 고문을 했더라면 이렇게 불편하지 않았겠지?"

임화평은 한숨을 내쉬며 목인강에게서 시선을 거두고 자신이 만든 난장판을 둘러보았다. 납작해진 파사트와 흩어진 유리 조각, 그리고 여기저기 널려 있는 시신들이 전투가 끝난 전쟁터를 연상시켰다.

시계를 봤다. 10시 20분이 조금 넘었다.

"괜찮으려나?"

혹시나 또 다른 놈들이 나타날까 봐 걱정스러웠다. 그러나 현재 있는 곳보다 심문하기 편한 곳을 찾기란 쉽지 않은 일이다.

임화평은 납치된 여자가 아직 그대로 있음을 생각해 내고 고개를 돌렸다. 창문을 내다보던 모나나가 화들짝 놀라 뒤로 물러섰다.

쓴웃음을 지었다. 그녀의 반응을 쉽게 이해할 수 있었다. 사람을 열넷이나 죽이는 모습을 봤는데 겁먹지 않으면 보통 사람이 아닐 것이다.

벤츠로 다가갔다. 손끝을 만져 지문을 가린 무색 매니큐어의 상태를 확인한 후 차 문을 열었다. 딸깍 소리만 날 뿐, 열리지 않았다. 운전석으로 자리를 옮겨 팔꿈치로 유리창을 후려쳤다.

퉁!

예상치 못한 소리와 함께 팔꿈치가 튕겨져 나왔다.

"방탄유리?"

임화평은 뒷좌석에 웅크린 채 눈을 감고 있는 모나나를 보고 유리창을 톡톡, 두드렸다. 모나나가 실눈을 뜨고 임화평을 바라보았다. 임화평은 모나나에게 발받침이 있는 바닥으로 들어가라고 손짓했다. 모나나가 겨우 알아듣고 고개를 끄덕이며 좌석 밑으로 파고들었다.

임화평은 오른손에 공력을 불어넣어 유리창을 후려쳤다.

쾅!

유리창에 주먹보다 조금 더 큰 구멍이 났다. 그 구멍 안으로 팔을 넣어 차문을 열고 다시 뒷문을 열었다.

모나나는 여전히 바닥에 머리를 처박고 웅크리고 있었다. 임화평은 그녀의 등을 손가락으로 톡톡, 두드렸다.

"그만 나오지."

모나나는 꼼짝도 하지 않았다. 임화평은 눈에 보이는 모나나의 결박을 풀어주었다. 손이 자유로워지자 그제야 모나나가 일어섰다.

"중국말 못하나?"

모나나는 뭐라 말하려다가 입에 재갈이 물려 있다는 것을 생각해 내고 재갈을 풀었다.

"제발 해치지 마세요!"

임화평은 눈살을 찌푸렸다. 얼굴을 보고 대충 짐작은 했던 것처럼 역시 중국어를 못했다. 그나마 다행스럽게도 영어라서 의사소통은 가능할 테지만 원활하지는 못할 것이다. 안 그래도 유창하지 못한 영어인데 한참 동안 쓰지 않았다. 기껏해야 주문 몇 번 받은 정도라 한정된 단어와 표현 말고는 기억도 나지 않는다.

'허! 고생스럽겠군.'

임화평도 어쩔 수 없이 영어로 말했다.

"안 해쳐. 도와준다. 여기서 잠깐 기다려. 알아들었어?"

오랜만에 하는 영어라 그가 할 수 있는 것보다 훨씬 짧고 단순했다. 그러나 또박또박 말했기 때문에 알아듣기는 쉬웠을 것이다.

모나나는 눈물을 흘리며 고개를 연신 끄덕였다.

"고마워요. 정말 고맙습니다."

"무섭게 했지? 하지만 넌 도와준다. 내 눈 봐. 무슨 말인지 알겠어?"

모나나는 외면하려고 노력했던 임화평의 눈을 응시했다. 두려움으로 심신이 피폐해져 있었지만, 눈이 많은 것을 말해준다는 사실만큼은 기억하고 있다. 무서운 눈이지만 한편으로는 슬픈 눈이다.

'나쁜 짓을 할 생각이었으면 이렇게 말할 필요도 없겠지?'

믿을 수밖에 없다. 지금 있는 곳이 어디인지조차 알지 못한다. 창밖이 깜깜한 것을 보면 도심은 아니다. 달아나는 것이 가능하지도 않겠지만, 달아난다고 해도 막막한 상태다.

"긴 얘기 못한다. 중국 마피아 또 올지 모른다. 할 일 남았다. 빨리하고 원하는 곳으로 데려다 준다. 알겠나?"

모나나로서는 선택의 여지가 없다. 다시 고개를 끄덕일 수밖에 없다.

"기다려. 보지 마. 듣지 마. 고문할 거다. 해야만 한다."

모나나는 고문한다는 소리에 눈을 질끈 감고 귀도 막은 채 등을 보였다.

임화평은 조심스럽게 차 문을 닫고 마침내 소빙빙에게로 다가갔다. 그녀의 머리채를 잡아 앰뷸런스 안에서 끌어냈다. 벤츠에서 보이지 않도록 앰뷸런스 반대편으로 끌고 갔다.

우선 소빙빙을 앰뷸런스 뒷바퀴에 기대어 앉혀두고 전신을 뒤져 소지품부터 챙겼다. 핸드폰, 공안 신분증, 지갑, 열쇠 뭉치, 잭나이프를 꺼내 바닥에 늘어놓았다. 그리고 소빙빙의 입을 벌려 어금니 하나를 뽑아내고 아혈을 풀어주었다.

임화평은 소빙빙의 왼손 검지를 움켜쥐고 말했다.

"혀를 깨물 생각이면 포기하는 게 좋아. 고통은 사람의 입을 벌어지게 만들지. 고통 속에서도 혀를 깨물 수 있다면 자결을 용납하겠다."

임화평을 노려보던 소빙빙의 독한 눈빛이 사그라졌다.

"긴말하지 않겠어. 넌 죽을 거다. 선택 사항은 고통스럽게 죽느냐, 그나마 조금이라도 편하게 죽느냐 뿐이다. 묻는 말에 대한 답변 이외에는 입도 뻥끗하지 마. 광목당, 어디 있나?"

소빙빙은 눈을 치떴다. 단번에 광목당에 대해서 물을 것이라고는 생각지도 못한 모양이다. 하지만 입을 열지는 않았다.

임화평은 목청이 찢어지는 듯한 소빙빙의 비명 소리를 듣고 싶었지만 모나나 때문에 아혈을 짚었다. 임화평은 소빙빙의 손가락을 위로 꺾었다.

뚝!

검지가 부러졌다.

뚝! 뚝! 뚝!

엄지를 제외한 네 손가락이 모두 부러졌다. 그냥 부러뜨린 것이 아니라 뼈를 어긋나게 만들었다. 뼈가 신경을 건드리고 살을 찢으며 나오려고 할 것이다. 소빙빙의 눈이 찢어질 듯 부릅떠졌다. 임화평은 모자라나마 비명 소리 대신에 괴로워하는 표정을 즐겼다.

"소리 지르지 마라. 시끄러우니까."

임화평은 소빙빙의 오른손 검지를 쥐고 아혈을 풀어주었다.

"끄으으으으음! 하아! 하아! 하아!"

"해천 공안 분국 교통과 계장 소빙빙! 난 의외로 아는 게 많은 사람이다. 앞으로도 계속 광목당과 부딪칠 사람이고. 그때마다 말해줄 거다. 소빙빙이 알려줬다고. 남편과 아이들 있겠지? 그들이 남은 삶을 편하게 살 수 있을까?"

"안 돼!"

"그건 네 사정이다. 용문관 출신의 소빙빙! 선민종합병원 장기(臟器) 보급업자 소빙빙! 어때? 제법 많이 알지? 광목당, 어딘가?"

임화평은 소빙빙의 핸드폰을 들어 통화 버튼을 눌렀다.

"여기 제일 위에 뜬 번호 알아보면 대충은 알 수 있겠지? 광목당, 어디 있나?"

소빙빙의 눈꺼풀이 파르르 떨리고 있다. 임화평은 생각할 시간을 주지 않으려는 듯 그녀의 아혈로 손을 뻗었다. 소빙빙이 악을 썼다.

"말해! 말한다고! 본당이 정확히 어딘지는 몰라. 근처까지 한 번 가봤을 뿐이야. 어르신을 만난 곳은 호동(胡同:후통)의 객가채라는 식당이었어. 전화번호도 그 근처야. 호동 어디엔가 있다는 뜻일 거야. 그 이상은 몰라."

우상에 대해 물었다. 오른손 손가락이 모두 부러지고도 모른다고 했다.

선민종합병원에 대하여 물었다. 두 손목이 부러져 눈물을 줄줄 흘리면서도 도너가 될 자들을 납치해서 공급하고 뒤처리를 했을 뿐이라는 대답밖에 듣지 못했다.

몇 가지 더 물었지만 소빙빙이 아는 것은 많지 않았다. 모나나 나스트에 대해서도 아는 것이 없었다. 간단한 인적 사항을 전해 듣고 명령대로 납치했다는 것과 다쳐서 피 흘리거나 죽으면 안 된다는 명령을 받았다는 것이 대답의 전부였다.

"정말 아는 게 없군. 그럼 네가 확실히 아는 것을 묻지. 아! 너 내가 누군지는 아나?"

소빙빙은 힘없이 고개를 저었다.

"기억에 있을 거야. 네 손이 아름답다고 해준 사람, 나밖에 없을 테니까."

소빙빙은 멍한 눈으로 임화평을 바라보며 기억을 더듬었다. 초점이 사라져 버렸던 소빙빙의 두 눈에 빛이 돌아왔다. 입이 찢어질 듯 벌어졌다.

"기억이 나나 보군. 얼굴이 다르지? 이 얼굴은 가짜. 그때 그 얼굴이 내 진면목이야. 자! 이제 말해봐. 내 딸 납치한 놈들 지금 어디 있나? 여기 말고

도 또 있나?'

소빙빙은 임초영을 납치했던 사람들 가운데 이군명 하나만 살아서 도주했다는 사실까지 모두 토해냈다. 광목당에 대해서 언급한 것에 비하면 아무것도 아닌 것이기 때문에 임화평이 궁금하지 않은 것까지 술술 불었다.

"다 말했잖아요. 이제 제발 죽여줘요."

죽고 싶은 사람이 어디 있을까. 하지만 소빙빙은 삶을 욕심낼 수 없었다. 전신의 뼈마디가 다 으스러진 것 같았다. 살아도 살 수 있는 몸이 아닐 것이다. 게다가 상대는 임초영의 아버지다. 그 앞에서 살기를 바라는 것보다는 굶주린 사자들에게 둘러싸인 것이 더 살 확률이 높을 것이다.

"벌써 죽여 달라고? 너를?'

처음부터 임초영의 아버지임을 알았다면 무슨 수를 쓰더라도 혀를 깨물었을 것이다. 그러나 지금은 혀를 끊어낼 힘이 남아 있지 않았다. 희망이 있다면 임화평의 자비뿐이지만, 얻어낼 수 있을 리 없다. 하지만 애걸하지 않을 수도 없다.

"으허허허헝! 제발 자비를! 제발, 제게 자비를 베풀어주세요. 제발!"

임화평은 무표정한 얼굴로 소빙빙의 아혈을 짚었다. 500년 만에 분골착근을 시전해 볼 생각도 했다.

"지금 상태라면 자비를 베푸는 것이나 마찬가지지."

뼈마디가 부러진 상태에서 분골착근을 펼치는 것은 피고문자에게 죽으라는 것과 마찬가지다. 인간이라면 그 고통을 견딜 수가 없다. 고통을 견디지 못하고 심장마비를 일으킬 것이다.

"빨리 죽으면 내가 섭섭해."

허벅지 위에 손을 얹었다.

퍽!

살과 근육과 뼈가 터져 버렸다. 여운을 즐기다가 왼쪽 허벅지로 손을 옮겼다. 부러지고 터지고 찢어져도 죽지 않는 곳으로 손바닥을 계속 옮겼다. 그리고 마침내 장기를 건드리고 마지막으로 심장을 두드렸다.

임화평은 넝마가 되어버린 소빙빙의 시신을 내려다보다가 그녀를 앰뷸런스에 실었다. 그리고 근처의 시신들을 하나씩 옮겨 앰뷸런스와 다른 차들 안에 넣었다. 그들의 옷을 찢어 심지를 만들고 석유를 적셔 기름통에 연결했다. 영화에서처럼 차가 폭발하게 될 것이라는 확신은 없었지만 적어도 불은 날 것이라고 생각하고 시신에서 얻은 성냥으로 하나하나 불을 붙였다.

"이제 가자."

모나나는 불길이 치솟는 차를 보지 못하고 눈을 감았다. 임화평은 모나나의 팔을 잡고 창고를 벗어났다.

차가 연쇄적으로 낮은 폭발을 일으켰다. 영화에서처럼 요란하게 튀어오르지는 않았지만 불길은 기대에 못지않게 거세게 치솟아 올랐다. 차 속 시신들은 온전한 형태를 유지하지 못할 것이다.

'저 상태에서도 부검할 수 있을까? 내가 소빙빙에게 한 일을 알아낼 수 있을까? 알아낼 수 있다고 해도 나를 연관시켜 생각할 수 있을까? 차라리 묻어버릴 걸 그랬나? 운이 좋다면 이 아가씨가 납치된 이유를 알기 위해 고문했다고 생각할 수도 있을 거야.'

생각은 많았지만 정답을 알 수는 없는 일이고 이미 끝난 일이다. 생각을 끊고 모나나 나스트와 차로 돌아갔다. 쌍안경을 챙긴 후 발자국을 남기지 않기 위해 도로를 따라 걸었다.

제8장
피 냄새야 나겠어? 조금은 편하게 살자, 나도

차는 어둠 속을 뚫고 도심으로 향했다.

"내가 무섭지?"

모나나는 고개를 끄덕였다.

"그래, 나 사람들 죽였어. 너 그거 봤어. 무서운 게 당연한 거다. 하지만 넌 괜찮아. 질문할게. 너한테 아주 중요해. 음! 넌 다른 사람하고 달라? 특별해?"

모나나는 눈살을 찌푸리며 고개를 갸웃거렸다. 영어가 능숙하지 않아 단어와 단어 사이, 문장과 문장 사이의 시간적 간격이 컸다. 하지만 어린아이 수준의 간단한 단어들로 이루어진 짧은 문장에, 또박또박 말했고, 문장 수준에 비해 발음도 상당히 좋은 편이라 의외로 알아듣기는 쉬웠다. 그러나 선택하는 단어들의 수준이 너무 낮아 정확한 의미를 파악하기가 쉽지 않았다.

"무슨 뜻인지 모르겠어요."

임화평은 적당한 표현이 생각나지 않아 한참을 고민하다가 겨우 물었다.

"네 피는 다른 타입이야? 특별해?"

"아! 예, 바디바바디바예요."

모나나도 임화평의 간단하고 쉬운 영어에 물들어 가급적이면 쉬운 단어를 선택하고 천천히 말했다. 덕분에 임화평도 쉽게 알아들었다.

"바디바바디바?"

심장이식에 대하여 알아볼 때 읽은 기억이 있는 특이 혈액형이다.

"그거야. 중국 마피아가 너를 납치한 이유. 네 피는 특별해. 누군가 원해. 네 뱃속에 있는 것."

모나나는 임화평의 말을 곱씹어 겨우 그 뜻을 알아내고 눈을 치떴다. 두 손이 저절로 배로 옮겨가 상반신을 가렸다.

"제 장기 말인가요?"

"장기? 무슨 뜻인지 몰라. 배 속에 있는 것. 심장, 간 같은 것. 누군가 아파. 네 거 가지고 싶어해."

믿을 수가 없는 말이다.

"그, 그걸 어떻게 알아요?"

임화평은 쓴웃음을 지으며 말했다.

"그 마피아가 내 딸 납치했다. 찾았을 때 배 안에 아무것도 없었어. 오늘 복수했다. 아직 안 끝났어."

"아!"

딸의 복수를 위해 나선 사람에게 우연히 구조된 셈이다. 천우신조(天佑神助)라는 표현을 알았다면 그대로 토해냈을 것이다.

모나나는 열다섯 사람을 학살한 사내의 눈이 왜 슬픈지 그제야 알게 되었다. 계속 외면해 왔던 모나나는 처음으로 임화평의 옆얼굴을 바라보았다.

"내 딸 생각났다. 그래서 구했다. 하지만 너 아직 위험해. 아주 큰 마피아야. 바디바바디바는 드물다. 또 찾기 힘들어. 너 계속 찾을 거다. 네 계획은 뭐야?"

이제 겨우 상황을 인식했다. 계획을 물어도 대답할 수 있을 리 없다. 그저 멍한 눈으로 임화평을 바라볼 뿐이다.

"아! 미국 사람 맞지? 이름이 뭐야?"

"모나나 나스트. 하와이에 살아요."

"동양 이름 어렵지? 피스라고 불러."

모나나는 임화평을 만난 이후로 처음으로 미소 지었다. 그가 보여주었던 이미지와 전혀 다른 이름 때문이다.

"그래, 웃어. 힘든 일 생겼고, 무서운 광경 봤어. 악몽 꾸면 내가 미안해. 웃어."

임화평은 시내로 들어서는 초입에서 편의점을 발견하고 차를 세웠다. 모나나를 안심시키고 생수를 사서 돌아왔다.

"이거 마셔. 생각해. 모든 가능성 다 생각해. 너 많이 위험해. 그 마피아 아직 많아. 큰 병원도 있어. 중국 다 뒤질 수 있어. 경찰도 그놈들 편이야. 너 납치한 여자도 경찰이야. 그놈들에게 부탁하려면 돈 많이 필요할 거야. 너 원하는 사람은 부자거나 힘있는 사람. 바디바바디바 정보 알 수 있는 사람이야. 살려면 생각 아주 많이 해야 돼."

임화평은 소빙빙의 공안 신분증을 모나나에게 내밀었다. 소빙빙의 얼굴이 명확하게 박혀 있는 신분증을 보고 모나나는 두려움에 몸서리쳤다.

임화평은 떨리는 모나나의 어깨를 붙잡아주려고 손을 올렸다가 쓰게 웃으며 손을 내렸다. 그때 모나나가 붉게 물든 눈으로 임화평을 바라보았다.

"저 어떻게 하지요? 대사관으로 갈까요?"

"대사관? 아! 중국 안의 미국 사무실? 잘 몰라. 넌 하와이 돌아가도 위험해. 또 납치할 거야. 네 가족 위험해. 내가 너라면 숨어. 너 필요한 사람, 오래 못 살아. 죽으면 괜찮아."

일부러 겁을 주는 게 아니라면 납득할 수 있는 말이다. 납치하려는 자가 상당한 권력을 지닌 사람이라면, 자신의 목숨이 걸려 있다면, 어떤 희생을 치르더라도 찾으려 할 것이다. 당장 생각나는 것은 미국 대사관뿐인데, 임화평이 워낙 겁을 주다 보니 그곳마저도 안전하게 느껴지지 않았다.

"호텔에 동료들이 있거든요."

"동료들? 친구들! 죽지 않았어? 안 가는 게 좋아. 너 있으면 그들도 위험해. 신고했겠지? 대사관? 대사관에 있을지도 모르겠네. 이렇게 하자. 내가 며칠 숨겨줄게. 진정하고 생각해."

당장 대안이 떠오르지 않으니 선택의 여지가 없다. 그러나 마음 한편으로는 임화평을 경계할 수밖에 없다. 그의 이야기는 대체로 앞뒤가 맞는 듯했지만, 위기에 몰린 여자를 이용하려는 것이 아닌가 하는 의혹도 있었다. 사람을 열다섯이나 죽인 사람이 너무나 친절했기 때문이다.

"잠깐만! 놀라지 마!'

임화평은 두 손을 얼굴에 대고 한참을 주물럭거리다가 손을 뗐다.

"헉!'

눈앞에 완전히 다른 사람이 앉아 있다. 임화평의 본모습이다. 임화평의 얼굴은 석고상처럼 딱딱하게 굳어 있다. 그가 사용하는 변용술의 유일한 단점이다. 변해 있던 시간만큼 어색함이 느껴지는 것. 오히려 본모습으로 표정 짓는 것이 힘들다.

임화평은 계속해서 눈을 끔뻑이고 입을 풀었다. 한동안 얼굴을 마사지 하고서야 겨우 말을 할 수 있게 되었다.

"놀랐지? 진짜 내 얼굴. 나 싸우는 거 봤지? 얼굴 바꾸는 것도 기술이야."

임화평은 모나나가 계속 입만 벌리고 있자 얼굴을 찡그리며 품속에 손을 넣었다. 지갑을 꺼내 들어 그 안에서 사진을 한 장 꺼내 들었다. 뚱한 표정 의 임화평과 대학생 임초영이 환하게 웃고 있는 사진이다. 두 사람 앞 식탁 에 하얀 국물이 있는 국수가 있다.

"내 딸!"

모나나는 사진 속의 임화평과 실물을 번갈아 바라보며 겨우 한숨을 내쉬 었다. 그리고 그제야 임초영을 살펴볼 수 있었다. 죽은 사람이다. 뭐라 말 을 할 수가 없다. 예쁘다는 말도, 미안하다는 말도 쓸데없다고 생각했다. 그 녀가 할 수 있는 것은 미안한 표정으로 사진을 건네주는 것이 전부였다.

"아! 나 한국인이야. 중국 사람 아니야. 내 딸 납치한 여자는 한국 정치가 야. 중국에 있는데 아직 못 잡았어. 잡기 전에 안 가."

임화평이 모나나에게 자신의 이야기를 숨김없이 해주는 것은 이해를 구 하기 위해서가 아니다. 자신의 처지에 빗대어 그녀가 처한 상황을 정확하 게 인식했으면 하는 바람 때문이다. 초영이는 죽었지만 모나나는 살았으면 하는 바람 때문이다.

임화평은 수첩을 꺼내 소빙빙의 핸드폰에 입력된 전화번호를 옮겨 적고 나서 핸드폰을 모나나에게 넘겼다.

"마피아는 아직 몰라. 너 탈출한 거. 그들은 전화 훔쳐. 내일이면 늦어. 지금 집에 전화해."

"도청한다고요?"

"도청? 모르는 말이다. 한국에서 내 전화 훔쳐서 들었어. 지금 해. 탈출 모르니까 아직은 안 훔쳐."

공황 상태에서 완전히 빠져나오지 못한 탓에 모나나는 한 가지 착각하고 있었다. 임화평이 잔인하고 무서운 사람이라고 생각하지만 그렇다고 치밀하고 똑똑한 사람이라고는 생각지 않았다. 말이 어눌하기 때문이다. 하지만 그것은 영어에 능통하지 못한 것이지 말을 못하는 것은 아니다.

'이 사람, 냉정하고 침착해. 내가 착각한 거야. 한국인이랬지? 중국말을 능숙하게 하고 영어까지 하는 셈이잖아.'

임화평이 무학에 가깝다는 것을 알았다면 더 놀랐을 것이다. 관광학을 전공한 그녀도 독일어를 하고 일어를 겨우 하는 정도다. 일어의 경우 임화평의 영어 수준에서 크게 벗어나지 못한다.

핸드폰을 받아 든 모나나는 핸드폰으로 하와이에 전화를 거는 방법을 모른다는 사실을 깨달았다.

"몰라? 잠깐만!"

임화평은 지갑에서 황옥반점의 명함을 꺼내 전화를 걸었다. 핸드폰으로 전화 거는 방법을 물어 받아 적고 모나나에게 가르쳐 주었다.

"내 딸 납치한 사람은 부자 정치인이다. 모나나를 필요로 하는 사람이 누군지 알아야 해. 알기 전에 가족 와서는 안 돼. 이해해? 가족에게 대신 친구들한테 연락하라고 해. 모나나가 무사하다고. 그리고 가족 아닌 사람 전화번호 구해. 또 연락해야 하니까."

모나나는 고개를 끄덕이고 전화했다. 전화가 연결되자 모나나는 빠른 속도로 이야기하기 시작했다. 임화평이 삼분지 일도 알아듣지 못할 속도다. 모나나의 눈에서 눈물이 흘러내리면서 목소리에도 울음이 섞였다.

'No'라는 단어가 연속적으로 튀어나오면서 통화는 격렬해졌다. 모나나의 아버지가 직접 오겠다는 말이라도 한 것 같았다. 그리고 다시 진정된 목소리가 흘러나왔다. 모나나는 눈물 어린 눈으로 임화평을 바라보면서 미소를 지었다. 괜찮다는 말이 계속되고 좋은 사람을 만났다는 말도 들렸다. 그리고 모나나가 전화번호를 말했다.

임화평은 수첩의 백지 면을 펴 볼펜과 함께 넘겨주었다. 모나나는 전화번호를 재차 확인하고 사랑한다는 말과 함께 전화를 끊었다.

임화평은 핸드폰을 받아 차 밖으로 나가서 부숴 버린 후 그 잔해를 도로 밖의 풀숲으로 던져 버렸다.

모나나는 또다시 불안해졌다. 집 주변이 어둡고 음침하다 보니 임화평에 대한 경계심이 다시 고개를 든 것이다. 눈앞에 있는 집이 과거 중국 북부의 보편적인 건축 양식에 따른 집이라는 것을 알지 못했기 때문이다.

문이 열리고 위동금이 나왔다. 위동금은 모나나를 발견하고 호기심 어린 눈빛을 드러냈다.

"인석아! 뭘 그렇게 뚫어지게 봐. 예쁘냐?"

"에이! 저보다 한참 어른인 것 같은데요."

"예쁜 것과 나이가 무슨 상관이야?"

위동금이 멋쩍게 웃으며 뒤통수를 긁적였다. 집 안으로 들어가자 모나나의 얼굴이 조금 펴졌다. 밖에서 보는 것과 달리 그냥 오래된 집이라는 것을 알게 된 것이다.

"아이들은 자?"

"예."

"일단 방으로 들어가자."

임화평의 방에 세 사람이 마주 앉았다. 모나나는 침대 위에 앉고 임화평과 위동금은 바닥에 앉았다. 임화평은 모나나와 위동금을 소개했다. 위동금이 떠듬떠듬 영어로 인사했다.

"북경대학 다녔다는 녀석의 영어가 그게 뭐냐?"

위동금이 얼굴을 붉혔다. 그의 순진함이 모나나를 더욱 안심시켰다.

임화평은 모나나에게 위동금과 아이들에 대해서 설명했다. 사라 윌슨으로부터 법륜공의 대강을 들어 알고 있었던 탓에 그들의 처지를 대충 이해할 수 있었다. 모나나의 얼굴에 남아 있던 불안감이 대부분 사라졌다.

"먹는 것, 입는 것, 씻는 것 모두 호텔보다 안 좋아. 그래도 참아야 돼. 모나나 참지 못하면 아이들 위험해져. 이해해?"

모나나가 고개를 끄덕였다.

"잠깐 일어나 봐."

모나나가 어리둥절한 표정으로 자리에서 일어났다. 임화평은 모나나의 키와 몸매를 살피고 눈살을 찌푸렸다.

"옷 못 사겠어. 운동복 사다 줄게. 갑갑해도 나가지 마. 너무 특별해."

키가 위동금만큼이나 컸다. 체형은 서구적이고, 혼혈이다 보니 백인이나 흑인들보다 더 눈에 띈다. 중국에서라면 무엇을 입더라도 주목받지 않을 수 없다. 간단한 소품만으로는 변장이 불가능해 보인다. 남자라면 수염이라도 붙일 것이다. 남장을 하기에는 몸매의 굴곡이 너무나 뚜렷하다. 짓누른다고 가려질 가슴이 아니다.

"동금이 쿵푸 잘해. 아이들 파룬궁 잘해. 심심하면 배워. 동금이 영어 가르쳐 줘. 생각하면서 시간 보내. 내가 가끔 와서 전화 걸게 해줄게. 알았어?"

선택의 여지가 없다. 가진 것이 아무것도 없다. 여권도 없고 돈도 없다. 스스로 생각해도 다른 사람들과 너무나 다르다. 하와이라면 당연한 것이 여기서는 특별나게 보일 것이다. 사람들이 전부 납치범처럼 보여서 함부로 나돌아 다닐 수도 없다. 모나나는 힘없이 고개를 끄덕였다.

"동금이 쿵푸, 아이들 파룬궁, 좋은 공부야. 배우면 건강해져. 훌륭한 두뇌 공부야. 시간 낭비 아니야."

모나나는 임화평의 성의를 생각해서 억지로 웃었다.

임화평은 위동금에게로 고개를 돌렸다.

"대충 들었지? 너, 내가 뭐 하는 사람인지 몰라서 답답했을 거야. 그동안 묻지 않고 시키는 대로 따라줘서 고마웠다. 이제 모나나와 함께 살아야 하니까 너도 알 때가 되었어. …그렇게 모나나를 구하게 된 거야. 너하고도 처지가 비슷하니까 여기 있는 동안 서로 돕고 위로해 가며 오누이처럼 지내라. 어떻게든 의사소통 정도는 할 수 있을 것 같아 다행이다. 원어민 개인교사 얻었다고 생각하고 이참에 영어 좀 배우든지."

임화평은 빙긋이 웃었지만 위동금은 얼굴을 펼 수가 없었다. 충격이었다. 딸의 복수를 위해 중국까지 건너온 한국인. 가슴속에 복수심이 들끓고 있을 텐데도 위동금과 모나나를 돌봐주는 사람이다. 사람을 죽였다지만 눈으로 직접 본 것이 아니다 보니 아무런 거부감도 느끼지 못했다. 그저 사람이 좋아서 자신과 아이들을 거둬줬다고 생각했는데, 그 삶이 자신만큼이나 안타까워 가슴이 먹먹해질 뿐이다.

"아저씨! 제가 도울 일은 없나요?"

"지금 하는 걸로 충분히 도움이 된다. 내가 너와 아이들을 거두고 모나나를 돕는 것은 자기 위안일 뿐이다. 나쁜 놈들이라고 해도 사람 많이 죽였다. 앞으로도 계속 죽일 거야. 내 마음 깊은 곳에 내가 느끼지 못하는 죄책감이 있을지도 모른다. 그걸 무마하기 위해 본능이 너희를 도우라고 시키는 것인지도 몰라. 처음에는 분명히 귀찮은 녀석들을 떠맡았다고 생각했거든. 혼자서는 오래 버티기 힘들 것 같아서 본능적으로 내 편을 만들고 있는 것인지도 몰라. 누군가와 편하게 이야기할 수 있다는 것만으로도 큰 위로가 된다. 그냥 내가 좋아서 하는 짓이라고 생각하면 돼. 평생 거둬줄 수 없다는 거 말했지? 여유있는 동안 너와 아이들 앞날을 생각하면 되는 거야. 그리고 모나나가 힘들어하지 않도록 도와주고. 아! 모나나에 대해서 말하고 다니지 않도록 아이들 단속 잘해라. 그리고 이거 받아라."

임화평은 호주머니에서 두 개의 신분증을 꺼냈다. 위동금은 두 장의 신분증을 조심스럽게 받아 들고 감정을 억누르기 위해 입술을 깨물었다. 정장 차림에 안경 끼고 사진 찍으라고 해서 어리둥절했는데, 그것이 신분증으로 돌아왔다. 가짜일망정 무적자의 신분에서 벗어났다. 요즘처럼 입고 다닌다면 거리를 활보해도 검문에 걸릴 일은 없겠지만, 걸려도 당당하게 내놓을 신분증이 생긴 것이다.

"짐작하겠지만 위조 신분증이다. 거민신분증이야 상관없지만, 차 사고 내고 그 운전면허증 제시하면 들킨다. 신분증 용도로만 사용해. 그거 있으면 좀 더 편하게 나다닐 수 있겠지?"

고생의 때를 벗겨 버린 얼굴에서 지어지는 미소는 싱그러울 정도로 달게 느껴진다.

"고맙습니다, 아저씨! 이거 있으면 알바하기도 쉽겠네요."

위조 신분증이지만 그것만으로도 아르바이트 자리 구하는 것은 어렵지 않다. 이제 임화평이 돕지 않더라도 어떻게든 생계는 이어갈 수 있을 것이다.

"그렇다고 당장 알바하겠다고 나서지 말고. 언제 무슨 일 시킬지 모르니까 가능하면 집에 있어. 아까 말했다시피 모나나에게 영어나 배워둬라. 기초는 있을 테니 빨리 배울 거다. 영어할 줄 알면 알바 자리도 더 구하기 쉬워질 것 아니냐?"

임화평은 방을 둘러보며 말했다.

"모나나! 이 방 쓰면 돼. 이제 나 가볼게."

"집이 여기 아니었어요?"

"나 여기 있으면 다른 사람 위험해. 자주 못 와. 늘 조심해. 슬퍼하지 마. 가슴에 병 생겨. 무서워하지 말고 편히 자. 내일 밤에 다시 올게."

무표정에 가까운 얼굴로 떠듬거리는 영어, 가끔씩 단어까지 오용하고 있지만 그 의미만큼은 확실하게 가슴에 와 닿았다. 따뜻한 배려심이 분명하게 느껴졌다. 그가 사람을 죽이는 모습을 쉽게 잊을 수는 없겠지만, 그를 보면서 두려움에 떨지는 않을 것이다.

"깜빡했다. 모나나, 배 안 고파?"

임화평은 모나나의 대답도 듣지 않고 위동금을 바라보았다.

"만두라도 데워서 가져다줘. 만두 싫어하는 사람 없으니까 먹을 거야. 내일은 내가 모나나 먹을 수 있는 것들로 장봐 오마."

위동금이 고개를 끄덕이고 일어섰다. 모나나는 위동금이 나가는 것을 바라보다가 걱정스러운 얼굴로 말했다.

"친구 있다고 했지요? 사실 그 친구 파룬궁에 대해서 조사하려고 중국 왔어요. 중국의 장기 매매 시장이 최근에 많이 커졌대요. 그게 파룬궁 수련 자들과 연관이 있다는 정보를 듣고 알아보러 온 거예요. 괜찮을까요, 동금이 가족?"

말할 수밖에 없다. 사라 윌슨과 중국에 왔을 때만 해도 남의 나라 사람들의 일이라고 외면했다. 그러나 이제 그녀가 장기 밀매 조직의 표적이 되었다. 동병상련을 느끼지 않을 수 없다.

"지금 도울 수 없어. 능력이 모자라. 말하지 마. 아이들 이제 겨우 편안해. 말하면 불안해져."

모나나는 안타까움이 가득한 얼굴로 고개를 끄덕였다.

"나 간다. 내일 보자."

"도와주셔서 정말 고맙습니다. 내일 봐요."

임화평은 여전히 굳어 있는 얼굴에 억지로 미소를 지었다.

❧

서문영락과 노차신이 창고에 도착한 것은 아침 9시 20분경이다. 아침잠이 없는 노차신이 소빙빙에게 전화를 건 때는 새벽 6시. 전화 연결이 되지 않아서 목인강에게 전화를 했으나 그쪽 역시 불통이었다. 사태가 심상치 않다고 느끼면서도 노차신이 9시가 넘어서야 창고에 나타날 수밖에 없었던 것은 화재 신고에 대한 뒤처리를 하느라고 옴짝달싹못했기 때문이다.

창고는 흉물스럽게 변해 있었다. 외관은 달라진 것이 별로 없는데 전체적으로 시커멓다. 이른 새벽에 연기를 본 목격자에 의해 이미 화재 신고가 들어갔고, 경찰과 소방관들이 출동했다. 화재 진압의 목적이 아닌 잔해 확인 차원에서다. 입막음이 필요했다. 인맥을 동원하여 경찰과 소방관 외의 접근을 막고 아무 일도 없었던 것으로 마무리하는 데 두 시간 이상이 걸린 것이다.

"휘유! 이거, 남은 게 있겠나?"

서문영락은 고개를 저으며 시커먼 창고를 바라보았다.

보이는 것이라고는 시커멓게 그을린 벽밖에 없다. 다행히 탈 것이 많지 않았고, 쌓여 있는 주류의 대부분이 맥주였던 탓에 태울 것만 태우고 벽과 지붕은 온전하게 남아 있었던 것이다.

두 사람이 다가가자 회색 점퍼 차림의 50대 사내가 달려와 노차신에게 고개를 숙였다.

"오랜만입니다, 어르신!"

노차신이 쓴웃음을 지으며 고개를 끄덕였다.

"자네가 나와 있었구먼. 우리 쪽 일로 수고가 많네."

중국의 소방 조직이 공안부 소속이니 공안이 나와 있는 것은 어쩌면 당연한 일이다. 하지만 사내는 북경 밖의 작은 화재로 나와 있을 신분이 아니다. 그가 바로 해천 공안 분국장이다. 창고의 위치가 해천구를 벗어나 있으니 관할도 아닌 셈인데 그가 직접 현장 지휘를 하고 있다. 공안복을 입지 않은 것도 그런 맥락에서 해석할 수 있을 것이다.

"별말씀을 다 하십니다. 그런데 좀 많이 죽었습니다."

그냥 덮기가 쉽지 않을 것이라는 말이다. 그렇다고 못하겠다는 의미가 아니라, 자신의 노고가 적지 않을 것이라고 생색내는 차원의 말이다.

"음! 들었네. 우리 쪽 사람들 왔을 텐데?"

"의사들 말입니까? 안에서 조사 중에 있습니다."

"그런가? 사람들 좀 물려주겠는가? 뒤처리는 우리 쪽에서 하겠네. 그리고 오늘 일 잊지 않겠어. 언제 식사나 한번 하지."

"불러주시면 언제든지 달려가겠습니다. 그럼 물러가겠습니다."

사내는 노차신의 표정이 평소와 많이 다름을 깨닫고 급히 공안들을 불러 모아 철수했다.

서문영락과 노차신이 창고로 다가가자 수행하던 청년들이 먼저 달려가 창고 입구를 막아놓은 천막 천을 걷어 올렸다. 탄내가 코끝을 건드렸다. 지옥에 들어선 것 같은 광경이다. 온통 검은색으로 물들어 있고 아직 연기가 올라오는 부분도 있다. 눈에 보이는 것이라고는 뼈대만 남은 시커먼 차들

뿐이다.

점입가경인 것은 천막 천을 길게 늘어놓고 그 위에 검게 타 쪼그라든 시신들을 늘어놓은 것이다. 하얀 가운을 입은 의사들이 그 앞에 쪼그리고 앉아 시신들을 난도질하고 있다. 일반적인 부검 방식이 아니다. 죽은 자에 대한 예의라고는 찾아볼 수도 없다. 특정한 무언가를 찾기 위한 해부다.

뒷짐을 지고 시신들 주변을 어슬렁거리던 흰 가운의 초로인이 노차신을 발견하고 달려왔다.

"오셨습니까?"

"172㎝ 정도의 여자, 있나, 없나?"

"없습니다. 160㎝가 조금 넘는 여자 하나뿐입니다."

"그래? 후우! 그건 그렇고, 열다섯이 모두 불에 타 죽은 건 아닐 테고, 사인이 뭐야?"

"화재는 사인과 상관없어 보입니다. 하지만 화재로 너무 많이 훼손되어서 사인 찾기가 쉽지 않습니다. 다만, 시신들의 몸에서 이런 것들이 나왔습니다."

초로인은 호주머니에서 세 개의 지퍼 백을 꺼내 보였다. 옛날 동전이 담긴 봉투가 하나, 병뚜껑이 두 개가 든 봉투가 하나, 그리고 유리 조각이 든 봉투가 하나다.

초로인은 봉투 하나씩을 들어 보이며 설명했다.

"이 세 개의 옛날 동전은 시신 일부의 뇌 속에서 발견되었습니다. 적어도 세 사람의 사인은 이것과 관계가 있는 셈이지요."

"뇌 속에서? 두개골을 뚫고 들어갔단 말인가?"

초로인이 고개를 끄덕이며 대답했다.

"더 놀라운 것은 두개골이 뚫린 흔적입니다. 두개골 주변의 손상없이 동전이 들어갈 만큼만 구멍이 뚫려 있었습니다. 송곳으로 뚫어도 그만큼 깔끔하기는 어려울 겁니다."

"나한전을 그 정도 위력으로 던졌다?"

노차신은 눈을 둥그렇게 치뜨고 서문영락을 바라보았다.

"상당한 고수군요. 재미없게 됐어요. 차라리 총상이면 좋았을 텐데, 하필 나한전이라니. 쯧!"

서문영락이 고개를 젓자 노차신은 이마를 찌푸리며 다시 초로인을 바라보았다.

"그건 뭔가? 꼭 병뚜껑같이 생겼구먼."

"이것도 놀랍습니다. 맥주나 음료수 병에 쓰는 병뚜껑 맞습니다. 여자의 허리와 허벅지에서 나온 것인데, 허리에 박힌 것은 겉으로 드러나지 않을 정도로 깊이 박혀 있었습니다. 허벅지의 것을 찾지 못했다면 허리를 파고 든 것은 찾지 못했을 겁니다. 내부 상흔으로 보아 강력한 회전력이 가해진 것 같습니다."

서문영락이 손을 내밀었다. 초로인은 서문영락의 신분을 정확히 모르는 듯 노차신을 바라보았다.

"드리게."

초로인은 엉겁결에 지퍼 백을 건네놓고 놀라서 눈을 치떴다. 노차신의 공대를 받는 사람을 한 번도 본 적이 없기 때문이다.

서문영락은 지퍼 백을 눈앞으로 가져가 검게 탄 살점이 붙어 있는 병뚜껑을 자세히 살폈다.

"나한전이 있는데 굳이 병뚜껑을 썼다? 다른 용도란 말이겠지? 그리고 그냥 바로 편 게 아닌 것 같군. 하기야 그러려면 동전을 쓰는 게 낫지. 두 개 모두 비슷한 각도로 구부러졌어. 던지는 건데 나한전으로 할 수 없는 것이라면 무엇일까? 회선비(回旋飛) 정도 되려나?"

혼자 중얼거리던 서문영락이 초로인을 바라보았다.

"꽂힌 곳이 몸 왼쪽이나 오른쪽 한쪽에 치우쳤소?"

"그렇습니다. 왼쪽 허리에 왼쪽 허벅지입니다."

서문영락은 창고를 둘러보다가 검게 탄 차를 바라보았다. 그리고 단정
적으로 말했다.

"무서워서 차 뒤에 숨었겠지. 기회를 봐서 도주할 생각이었을 거야. 우
리 쪽 사람이 남아 있으니 다가가지 못하고 이걸로 발을 묶은 거야. 도주하
지 못하게. 나한전을 그 정도로 쏠 수 있는 인간이라면 우리 쪽 사람은 소도
조였겠지. 하! 신통하네. 어떻게 이런 걸 만들 생각을 했을까? 돈 안 들이고
도 이렇게 효율적인 암기를 만들어내다니, 누군지 몰라도 꼭 한 번 보고 싶
어."

서문영락의 입가에 미소가 감돌았다. 서문영락은 지퍼 백을 등 뒤의 청
년에게 건넸다.

"내가 한 말 들었지? 이거 암기 제작소에 가져다줘. 연구해서 재질 좋은
걸로 만들어보라고 그래. 조금 더 무겁게 만들 수 있다면 공력이 모자라는
녀석들도 사각에 숨은 상대를 죽일 수도 있을 거야. 체면이 있는데 양철 조
각 짤랑거리면서 들고 다닐 수는 없잖아? 멋지게 만들어보라고 그래."

청년은 아무런 대답도 하지 않고 두 손으로 지퍼 백을 받았다.

서문영락은 미소를 지으며 손뼉을 쳤다.

"자! 그 마지막 봉투의 사연을 들어봅시다."

초로인은 지퍼 백을 두 손으로 받쳐 내밀고 설명했다.

"보시다시피 이건 차 유리창의 파편입니다."

초로인은 지퍼 백을 받친 두 손 가운데 오른손을 거두어 파사트의 잔해

를 지적했다.

"차 상태로 보아 저기 저 폭스바겐에서 나온 것 같습니다. 이것들은 시신들 가운데 아홉 구에 골고루 박혀 있었습니다. 하지만 특정 부위를 노린 것은 아닌 듯합니다."

서문영락은 파사트를 향해 걸어갔다. 파사트 앞에서 주변의 다른 차와 모양을 비교했다. 파사트의 뒷좌석 차 지붕이 완전히 내려앉아 뒷좌석과 맞닿아 있다.

서문영락은 몸을 날려 파사트 위에 사뿐히 내려섰다.

"하! 역시 그런 것이겠지?"

노차신도 몸을 날려 파사트의 트렁크 위로 올라섰다. 그리고 서문영락의 눈길이 향한 곳에 시선을 주었다. 지름 40㎝가량의 동그라미 두 개를 일부 겹쳐 놓은 듯한 자국이 선명하다. 무거운 무엇엔가 눌린 자국이다.

"천근추?"

노차신이 낮게 소리치며 서문영락을 바라보았다. 그가 고개를 끄덕였다.

"그렇게 보이지요? 아무래도 한 놈이 와서 난리를 친 것 같군요."

서문영락은 눌린 자국에서 눈길을 거두고 제자리에서 돌아섰다. 술 박스가 쌓인 곳이다. 지붕이 떨어져 내리면서 일부 허물어졌지만 또 일부는 온전하게 쌓여 있었다.

"저 위에서 나타나 주위를 끌면 어떻게 될까요? '나 잡아봐라' 했으면 그 앞에서 놀던 놈들 우르르 몰려들었겠지요? 그때 뛰어내리며 천근추를 펼치면, 꽝! 유리창이 사방으로 날아갔을 겁니다. 특히 이 뒤쪽 창문은 클레이모어나 마찬가지였을 겁니다. 보세요. 저기 저 뒤에도 잔뜩 굴러다니지 않습니까? 그렇게 잔챙이들을 간단히 제압하고 여자까지 제압한 후 소도조를 상대했을 겁니다. 일단 비환도법과 사방살진 정도는 가볍게 찜 쪄 먹을 실력이라는 뜻인데, 전력을 다했을까요? 이거, 겁나는 놈 맞죠?"

"천근추의 흔적을 보니 이 늙은이도 방심하면 당하겠습니다."

노차신은 손을 활짝 펴 원 하나의 지름을 대충 쟀다.

"두 뼘이니까 열네 치 정돈데……."

노차신은 허공을 올려다보았다. 정확히는 천장과 차 지붕이 내려앉기 전의 차 사이의 높이를 잰 것이다.

"삼 장도 못 되는 높이에서 뛰어내려 열네 치라면 공력도 상당히 심후한 편이군요. 허! 한 놈이라? 찾기 힘들겠군."

천근추는 대개 두세 가지 용도로 쓰인다. 허공에서 급박한 회피가 필요할 때, 상대를 짓누를 때, 무게중심을 하체로 낮춰 안정을 구할 때 이용하는 게 보통이다. 대개 그 경우라면 두 발을 모아 꼿꼿이 내리꽂히는 방식이 일반적이다.

공력에 따라 위력의 차이는 있겠지만, 신법의 원리를 알고 공력이 반 갑자 전후라면 일반적인 방식의 천근추를 펼치는 것은 어렵지 않다. 이 경우, 천근추의 흔적은 발의 크기를 크게 벗어나지 못한다. 그러한 방식으로 차 지붕 위에서 천근추를 펼쳤다면 유리가 산산조각 나는 것이 아니라 차 지붕이 깊이 파이고 뒷 유리는 수십 줄기의 금만 간 상태로 고무 패킹째 튕겨 나갔을 것이다.

차에 난 흔적은 일반적인 방식의 천근추와 그 차이가 확연하다. 두 발을 벌린 채 용천혈로 공력을 방사시켜 내리누르는 압력을 고루 분산시켰다. 그 때문에 유리창에 가해진 압력도 고루 분산되어 조각조각 깨져 나간 것이다.

노차신도 하려면 할 수 있다. 하지만 그것은 결과를 보고 같은 결과를 만들어낼 수 있다는 것이지, 평소에 그런 방식으로 천근추를 응용할 생각을 하지는 못했다. 결국 모나나 나스트를 구해간 자는 공력이 심후한 편에 속하는 고수일 뿐만 아니라 임기응변도 상당히 뛰어난 자라는 의미다.

"이제 어떻게 하지요? 역시 우겨야겠지요?"

서문영락은 쓴웃음을 지으며 고개를 끄덕였다. 나한전이 발견되었을 때 말했던 것처럼, 총상이었다면 일이 조금 쉬웠을 것이다. 하지만 나한전으로 보나 공력을 사용한 흔적으로 보면 모나나 나스트를 구해간 자는 동양인이다.

중국에서 동양인이 구해갔다면, '정보가 잘못 전해졌다. 우리 측 사람 열다섯을 말살시킬 정도로 뛰어난 보디가드가 있었다'라고 마냥 우기기에는 애매한 구석이 있다.

"또 다른 보디가드 역시 중국인 아닙니까? 우기는 수밖에 없겠지요. 그런데 찾는 건 어렵겠지요?"

"임기응변이 뛰어난 놈입니다. 이미 북경을 빠져나가지 않았을까요? 미국의 대사관과 영사관, 그리고 모든 공항과 항구에 수배를 해놓기는 했습니다만, 정식 루트로 빠져나갈 생각은 하지 않을 겁니다."

서문영락이 난감한 표정으로 뒤통수를 긁적였다.

"허! 이거 친해지려다가 등 돌리게 생겼군요. 일단 부산하게 움직이는 시늉은 해 보이지요. 성의는 보여야 할 것 아닙니까?"

"알겠습니다."

노차신은 책임감을 느낀 듯 인상을 쓰며 고개를 숙였다.

"아저씨, 그러지 마세요. 소도조를 보냈다는 것은 아저씨가 사이도 안 좋은 천무전주께 고개를 숙였다는 뜻이잖아요. 방심해서 일을 그르친 것은 아니잖습니까? 대비를 했음에도 예상을 넘어서는 복병을 만난 것뿐이지요.

기운 차리세요. 그나저나 우리 명천도 정신 바짝 차려야 되겠습니다. 세상
에 적이 없다고 생각했는데, 여기저기서 복병을 만나지 않습니까?'

여기라 함은 창고를 말하고 저기라 함은 한국을 말하는 것이리라. 두 번
의 실패는 모두 상당한 고수에게 당한 것이다. 명천이 곧 무림이라고 했던
선언을 무색하게 만드는 실패였다.

'도대체 누구냐? 놈, 반드시 잡는다.'

노차신은 주먹을 불끈 쥐고 앞서 가는 서문영락의 뒤를 따랐다.

임화평이 창고에서 멀지 않은 곳에 도착한 것은 아침 7시경이다. 모나나
를 집으로 데려가 안정시켜 놓고 호텔에서 잠깐 선잠을 잔 후 다시 돌아온
것이다.

그때 이미 창고 주변에는 소방차와 공안 차량이 줄줄이 늘어서 있었다.
사람들 몇 명이라도 근처에서 구경하고 있었다면 은근슬쩍 끼어들었을 텐
데, 경찰들은 창고가 아닌 주변 통제에 더 많은 관심을 쏟고 있었다.

주변에서 딱히 은신할 만한 곳을 찾지 못하고 2㎞가 넘는 거리에서 나무
뒤에 숨어 쌍안경으로 창고를 지켜볼 수밖에 없었다. 30여 분 후쯤에 대형
세단 한 대가 도착했다. 회색 점퍼를 입은 사내가 모습을 드러냈다.

임화평은 그가 문제의 어르신이 아닐까 의심했다. 하지만 금세 의심을
거둬야 했다. 현장을 지휘하던 자들은 물론이고 하급 공안들처럼 보이는
이들도 모두 그에게 경례를 했다. 게다가 그는 창고에 들어가자마자 다시
나왔다. 그 뒤로 단 한 번도 창고 쪽에 신경을 쓰지 않았다.

그가 나타나자 소방 차량들이 먼저 철수했다. 남은 공안들은 전부 창고

주변만 통제하고 내부에는 관심을 두지 않았다.

8시경에 두 대의 앰뷸런스가 십여 명의 의료진을 태운 채 나타났다. 가운을 입은 자들은 경찰의 인도를 받아 창고로 들어간 후 다시 나오지 않았다.

'나타나지 않을 생각인가?'

조직의 규모를 생각하면 소빙빙 정도야 말단에 불과하겠지만, 모나나 나스트는 아니다. 미국인인데도 대담하게 호텔까지 들어가 납치했다면, 그 파장을 무시할 만한 대가를 지불한 부호의 청부거나 거부할 수 없는 거물의 청부라는 뜻이다. 그럼에도 결과적으로 납치에 실패했다. 그 때문에 책임을 질 만한 사람이 나타나 상황을 파악하려고 할지도 모른다고 기대했던 것이다.

'그러고 보니 의료진들이 나오지 않는군. 현장에서 부검이라도 하는 건가?'

들어간 지 한 시간이 넘도록 나오지 않았다. 사체의 상태가 엉망이라서 수습하는 데 시간이 걸린다고 해도 들어간 시간을 생각하면 열다섯 구 가운데 한두 구 정도는 옮겨야 정상일 것이다.

그때 또다시 몇 대의 차가 창고로 진입했다. 주인공이 확연하게 드러나는 차량 행렬이다. 다섯 대의 검은 밴의 호위를 받는 리무진이 주인공이다. 그 차에서 내린 사람은 모두 넷이다. 그 가운데 두 사람이 눈에 띄었다. 변발에 전통 의상을 입은 노인과 나란히 걷고 있는 짧은 머리의 정장사내다.

'저들이다.'

확신에 가까운 짐작이다. 증명이라도 해주듯이 회색 점퍼의 사내가 달려와 고개를 숙였다. 그리고 얼마 지나지 않아 공안들이 모두 철수했다. 요주의 인물들이 창고로 들어가고 얼마 후 다섯 대의 밴에서 쏟아져 나온 청년들이 공안들과 자리를 바꾸었다.

공안들과는 자세 자체가 달랐다. 공안들이 유니폼과 신분으로 경계를 한다면, 청년들은 몸과 눈으로 경계했다. 허허벌판의 창고를 둘러싸고 한 자리에 붙박여 긴장을 풀어놓지 않았다. 그림자라도 어른거리면 당장에 난도질할 기세들이다.

'허! 접근해 보려 했더니……'

임화평은 나무 뒤로 깊숙이 몸을 숨겨야 했다. 30여 분을 꼼짝도 못하고 서 있었다. 잠시 후 리무진이 앞뒤로 밴의 호위를 받으며 현장을 떠났다. 그리고 다시 5분 후 여전히 서릿발 같은 기세로 주변을 살피던 청년들이 세 대의 밴에 분승하여 창고를 떠났다.

'허! 추적을 원천 차단당해 버렸네.'

기대한 것은 리무진을 뒤따라가 광목당의 본부를 찾아내는 것이었다. 요주의 인물 두 사람이 등장했을 때까지는 그럴 수 있을 것이라고 생각했다. 하지만 결과는 실패다. 청년들 때문에 발이 너무 오래 묶여 있었다. 임화평의 차가 있는 곳은 창고를 지나 5㎞ 정도 떨어진 곳이다.

"실수했군. 반대편에 세워두었어야 했는데……"

뒤늦게 따라갔지만 밴의 꽁무니조차 보지 못했다. 호동 근처로 가보았으나 리무진이나 밴의 종적은 결국 발견하지 못했다.

"동금이를 부를 걸 그랬나? 아니야. 너무 위험해. 돕겠다고 무모한 짓 할 것이 뻔하지."

간호사 하나 미행하는 것과는 차원이 다른 일이다. 팔패장에 대한 나름대로의 자부심이 있겠지만, 실제로는 밴을 타고 온 청년들 가운데 하나도 제대로 감당하지 못할 것이다.

"이거참! 혼자라 곤란한 일이 많구먼. 옛날에는 그래도 동료라고 할 만한 자들이 있었는데……. 일하기도 옛날이 더 편했지?"

교통, 통신, 영상 등의 현대적인 수단이 모두 임화평에게 도움이 되기는커녕 오히려 움츠러들게 만들고 있다. 상대는 적극적으로 활용할 수 있는 반면 동지가 없는 임화평에게는 경계해야 할 수단이 늘어난 것뿐이다.

"좋아! 오늘은 깨끗하게 포기. 그래도 소득이 없었던 건 아니잖아? 이 시대에 변발에 전통 의상이라……. 다시 보면 바로 알아보겠군."

왠지 청년 쪽이 더 신경 쓰였지만, 소빙빙과 연결된 어르신이라는 인간은 노인 쪽일 가능성이 컸다. 감보다는 정보가 먼저다. 우선순위는 노인일 수밖에 없다.

시계를 보았다. 10시 35분이다. 거리의 가게들이 하나둘씩 문을 열고 청소하고 있다.

"황윤길에게 전화를 한번 걸어볼까? 아니야. 아직 일러."

언제 뒤통수칠지 모르는 인간, 황윤길은 의외로 조용했다. 집을 오갈 때 늘 주변을 신경 쓰지만 경계심을 건드리는 것은 없었다. 감시를 하고 있다고 해도 임화평의 느낌으로는 감지할 수 없는 방법이라는 뜻이다. 연락조차 하지 않는다는 것은 아직 차수경의 행적을 발견하지 못했다는 뜻이다.

임화평이 먼저 전화를 걸면 무슨 말을 한다고 해도 상대의 의심에 확신을 더해줄 뿐이다. 차수경이 아직도 숨을 쉬고 있다는 사실은 분하기 그지없지만, 아직은 참을 수밖에 없다.

호텔로 돌아갔다. 욕조에 뜨거운 물을 받아 몸을 담갔다. 긴장이 풀리면서 졸음이 찾아왔다.

"잘 때는 편하게 자야지."

구석구석 비누칠하여 몸에 남아 있을 살육의 냄새를 지웠다. 가방에서 CD 플레이어를 꺼내고 팬티 차림으로 침대에 누웠다.

"넓은 벌 동쪽 끝으로……."

CD에서 흘러나오는 이동원의 노래 향수를 낮은 목소리로 따라 흥얼거리며 눈을 감았다. 흥얼거리던 목소리가 잦아들었다. 천장을 보고 편안하게 누워 있다가 몸을 뒤척였다. 어느 사이엔가 CD 플레이어를 가슴에 품고 새우처럼 웅크린 채 모로 누워 있다. 그리고 쌔근거리는 숨소리가 규칙적으로 들리기 시작했다.

❧

수술 전에 딸의 목소리를 들어보려던 매튜 세이건에게는 청천벽력 같은 소식이었다.

"그래서 어떻게 책임지겠다고 하던가?"

화면 앞에 선 닥터 빈스는 주체할 수 없는 식은땀 때문에 손수건으로 연신 이마를 닦았다.

"미국 대사관과 영사관, 부두와 공항에 사람을 깔아두었다고 합니다. 동시에 신체 조건과 혈액형에 맞추어 도너를 찾는 정밀 검사를 시행 중에 있다고 합니다. 하지만 그것은 세이건 가에 대한 호의일 뿐, 자신들이 책임을 져야 할 문제가 아님을 분명히 했습니다."

"그게 무슨 뜻인가?"

"우리 쪽에서 제공한 정보가 잘못되었다고 주장합니다. 저쪽 무술 고단자 열다섯을 죽이고 도너를 구출해 간 사람에 대한 정보를 받지 못했다는 것이지요."

닥터 빈스는 광목당의 주장에 반박할 수 없었다. 그가 방금 전 급히 달려간 곳에는 눈빛만 마주쳐도 오금이 저리는 사내들이 수두룩했다. 주먹으로 콘크리트 벽을 부수는 사내부터 얇은 칼로 쇠기둥을 베는 사내까지 있었다. 그런 자들 열다섯을 몰살시키고 모나나 나스트를 구해갔다는 소리다. 하지만 닥터 빈스는 그가 보고 느낀 것을 솔직히 표현할 수 없었다. 실패한 자들을 높이는 말로 매튜 세이건의 심기를 거스를 필요가 없기 때문이다.

"책임을 전가하겠다는 뜻인가?"

"지금은 책임 소재를 따질 때가 아닌 것 같습니다. 그쪽에서 대안을 제시했습니다."

"모나나 나스트 말고 따로 대안이 있다고 보나?"

"일단 텔아비브의 두 번째 도너를 확보하고, 이쪽에서도 도너를 계속 찾겠다는 겁니다. 그사이에 첫 번째 도너를 찾게 되면 나머지는 폐기하면 그만이고, 그게 불가능하면 차선을 택해 이식을 하고 다시 도너를 찾아 재수술하자는 것이지요."

매튜 세이건은 눈을 감고 생각에 잠겼다. 최선은 모나나 나스트다. 혈액형이 일치하는 인물 가운데 차선은 이스라엘의 텔아비브에 산다. 하지만 적합하다고 할 수는 없는 인물이다. 건강상의 문제는 없지만, 나이 마흔다섯에 키도 161㎝에 불과하다. 모나나 나스트의 적합성을 생각하면, 차선이 아니라 차차선도 안 되는 대상이다.

매튜 세이건은 눈을 감은 채 물었다.

"재수술도 가능하다는 말인가?"

"물론입니다. 선례도 제법 됩니다. 와이드 아이가 현재 확보한 도너는 3만이 넘습니다. 그 가운데 O+만 해도 7천이 넘더군요. 현재 그들을 대상으로 바디바바디바 혈액형을 찾고 있는 중입니다. 운이 따른다면 텔아비브의 도너보다는 훨씬 나은 선택도 가능할 수 있겠지요."

"알겠네. 일단 책임 문제는 따지지 않겠어. 텔아비브 건도 내 쪽에서 해결하지. 내 딸의 미소만 볼 수 있다면 중간에 무슨 일이 벌어지든 뒤탈이 없을 것이라고 전하게."

닥터 빈스가 고개를 숙이는 순간 화면이 꺼졌다.

"라미엘!"

어두운 공간의 뒤쪽에서 얼음 같은 차가운 인상의 중년 사내가 다가와 고개를 숙였다. 흔치 않은 연미복 차림인 것으로 보아 세이건 가의 집사인 듯하다.

"들었지? 토네이도를 이스라엘로 보내게!"

"예, 주인님."

"저메인에게 연락해서 중국 주변국 대사관에 모나나 나스트의 흔적이 있는지 확인해 달라고 해. 하와이에도 정탐팀 보내. 어떻게든 찾아내야 돼. 그리고 로버트 고든에게 연락해서 저녁 식사 같이하자고 전해주게."

사내는 다시 고개를 숙이고 어둠 속으로 사라졌다.

매튜 세이건은 두 손으로 눈을 주무르고 의자 깊숙이 몸을 묻었다.

"이스라엘 친구들에게 뒤처리를 부탁해 두어야 하나? 아니야. 그 친구들이 덮으려고 하면 문제가 더 커질지도 모르지. 그런데 도대체 어떤 놈이 내 일에 끼어든 건가? 결코 용서하지 않는다."

⚜

여자에게는 숨겨야 할 비밀이 많다. 철이 들 무렵에 엄마를 잃은 탓에 임초영은 여자의 일들 대부분을 스스로 해결했다. 모르는 것은 친구, 혹은 여선생님들과의 상담으로 해결한 것 같다. 물론 임화평은 혹시라도 물어볼까봐 나름대로 노심초사하고 책까지 구해 따로 공부하기도 했으나, 그러한 문제들 때문에 딸과 진지한 대화를 나눈 적은 없다.

"곤란하군. 생리대도 사이즈가 있는 것 같던데."

살 것은 대충 샀다. 화장품은 존슨즈 베이비로션 하나로 해결해 버렸고, 팬티는 '에라, 모르겠다'는 심정으로 색상이 화사한 남자용 트렁크 팬티 몇 장을 샀다. 브라의 경우 트레이닝복과 슬리퍼를 사러 갔다가 스포츠 브라라는 것이 눈에 띄어 가장 큰 사이즈로 사버렸다.

문제는 생리대였다. 그냥 돈을 주고 알아서 사라고 할 수 있으면 좋으련만, 모나나는 나돌아 다닐 처지가 아니다. 그렇다고 위금동에게 시키기도 어려운 일이다. 결국 어색한 얼굴로 가장 비싼 생리대 대, 중, 소 세 가지 종류를 모두 샀다.

마트에 가서 모나나가 먹을 만한 간편식과 고기류, 기타 채소류와 아이들 과자류를 푸짐하게 사고 과일도 몇 종류 샀다.

"나머지는 동금이가 알아서 사겠지."

임화평이 집에 도착한 시간은 5시가 조금 넘은 오후였다. 위동금과 물건들을 나르고 안에 들어가니 아이들이 환한 미소로 반겼다. 임화평이 거리를 두다 보니 달려와 안기지는 않았지만 반가운 기색이 얼굴에 가득하다. 강아지 요요까지 달려와 왈왈거리며 반가움을 표현했다.

모나나도 미소를 지으며 맞아주었지만, 안색은 영 신통찮다. 제대로 자지 못한 얼굴이다. 옷까지 어제의 중국식 잠옷 그대로라 어색하기 그지없다.

"낯빛이 똥 빛이다."

영화의 대사를 통째로 옮긴 임화평의 말에 모나나는 어색한 미소를 지었다.

"그렇게 보여요? 잠 제대로 못 잤어요."

"너 영어 못한다. 나처럼 한다. 공부해야겠다."

임화평의 농담에 그나마 미소가 짙어졌다.

"아이들하고 친해?"

아이들 이야기를 꺼내자 원래 아이들을 좋아하는 모나나의 얼굴에 웃음 꽃이 폈다.

"둘 다 사랑스러워요. 관성은 의젓하고 영영은 예뻐요."

아이들은 임화평과 모나나가 영어로 이야기하는 게 신기한지 옆에서 빤히 바라보고 있다.

임화평은 대형 비닐봉투에서 오리온 초코파이를 꺼내 무뚝뚝한 얼굴로 아이들에게 내밀었다. 진영영이 쪼르르 달려와서 덥석 받아 들었다.

"와! 맛있겠다. 지금 먹어도 돼요?"

"하나씩만 먹고, 밥 먹고 나서 간식으로 또 한 개. 하루에 두 개씩만 먹어."

고맙다는 대답은 역시 위관성에게서 나왔다. 임화평은 자신도 모르게 손을 뻗어 위관성의 머리를 쓰다듬었다.

"양치질 제대로 해야 돼."

위관성은 임화평의 손을 올려다보며 쑥스럽게 미소 지으며 고개를 끄덕였다. 상당히 기쁜 듯 얼굴이 붉게 상기되었다.

임화평은 커다란 쇼핑백 하나를 통째로 모나나에게 넘겼다.

"대충 샀어. 또 필요한 거 있으면 적어서 줘."

모나나는 고맙다고 인사하고 쇼핑백을 벌려 내용물을 확인했다. 피식 웃는 것이 생리대를 발견한 모양이다.

"지금 들어가서 입어볼게요."

모나나가 방 안으로 들어가자 임화평은 등산 바지와 티 차림으로 주방으로 들어갔다. 간만에 요리를 해볼 생각으로 들어오기는 했는데 막상 주방에 서니까 망설여졌다. 주방용 식도와 손을 번갈아 바라보았다.

"피 냄새야 나겠어? 안 그래도 힘들다. 조금은 편하게 살자, 나도."

임화평은 식도를 잡았다.

"하아!"

초영반점에서 잡았을 때와는 다른 느낌이다. 삼단봉을 잡는 것과는 천지 차이다. 삼단봉은 손이 편한 느낌이라면 식도는 마음이 편안한 느낌이다. 식도를 움켜쥔 손을 몇 번이나 폈다가 다시 쥐었다.

마음이 느긋해지는 느낌! 조금은 너그러워지는 느낌!

한참 초영반점을 운영할 때는 그만둘 시기를 놓고 고민했는데, 지금은 눈물 나게 그리운 느낌이다.

"어디 해볼까?"

타다다다다다!

오랜만인데도 야채를 채 써는 솜씨는 그대로다. 어색하지가 않다. 하려는 음식은 한국식 중국요리의 기본인 탕수육과 깐풍기다. 밥은 야채와 계란만으로 볶는 볶음밥이다. 가볍게 계란탕을 국으로 삼았다. 재료를 손질해 두고 불을 켰다. 중국 음식은 기본적으로 불의 요리다. 그것을 고려해서 그런지 가스레인지의 화력이 한국의 것보다 세다.

임화평은 아무런 생각 없이 요리했다. 중간에 모나나와 위동금이 들어와서 도와줄 것이 없냐고 물었지만 임화평은 바라보지도 않고 거절했다. 오늘만큼은 혼자 하고 싶었다.

아이들이 초코파이 하나씩을 들고 초롱초롱한 눈으로 주방 문 앞에 서있다. 의젓하고 똑똑한 위관성은 반쯤 먹은 초코파이를 포장지 안으로 밀어 넣어 봉하고 그것을 바지 호주머니 안에 넣었다.

아이들은 눈치가 빠르다. 경쾌한 도마 소리와 끊임없는 움직임, 그리고 닭과 소고기를 비롯한 여러 가지 재료들을 보고는 임화평이 요리에 있어서 보통 사람과는 다르다는 것을 깨달은 모양이다. 달달하고 말랑말랑한 초코파이보다 더 맛있는 무언가를 먹을 수 있다는 기대감이 한눈에 드러나 보인다.

아이들의 밥을 챙기는 위동금은 오랫동안 빈곤 속에서 허덕였다. 쓰레기통을 뒤져 먹을 수 있는 것들을 털고 손질해서 아이들의 배를 채워주었다. 만두라도 사는 날에는 성찬을 먹는 셈이었다. 임화평의 도움을 받게 되어 주머니 사정이 전과 비교도 할 수 없을 만큼 나아졌어도 돈을 아끼던 버릇은 사라지지 않았다. 소심함이 습관이 되어버린 것이다. 지금은 만두를 넉넉하게 먹을 수 있다는 것만으로 감사하며 살아가고 있다.

임화평이 주는 것은 위동금이 주는 것과 달리 맛있다. 가장 먼저 먹은 것은 천상의 맛을 느끼게 해준 햄버거다. 자주 먹을 것을 챙겨주지는 않지만, 가끔 들를 때마다 들고 오는 과자들은 너무 오랫동안 먹어보지 못해 맛조차 기억나지 않는 별식이다. 임화평의 음악 같은 칼질 소리에 기대하지 않을 수 없다.

밥을 볶으면서 한편으로 계란탕을 끓이던 임화평이 아이들에게 말했다.

"관성아, 형하고 모나나 누나 오라 그러고, 영영이하고 가서 손 씻어."

위관성은 고개를 끄덕인 후, 입가에 잔뜩 묻은 초콜릿을 혀로 핥으며 침을 꼴깍꼴깍 삼키고 있는 진영영의 손을 잡아끌었다.

그릇이란 그릇은 모두 꺼내 요리들을 옮겨 담았다. 아이들을 들이면서 급히 산 것이라 구색도 안 맞고 볼품도 안 나며 모자라기까지 했다. 탕수를 끼얹지 않은 소고기 튀김을 호일에 싸서 내려놓았다.

"우리 뭐 해요?"

아디다스 트레이닝복을 입은 모나나의 모습은 예뻤다. 크지 않을까 하면서도 키와 몸의 볼륨을 생각해서 가장 큰 사이즈를 샀는데도 굴곡이 드러나 보인다.

"편해?"

모나나는 두 팔을 옆으로 펼쳐 보이며 고개를 끄덕였다.

"좋아, 이거 좀 들어."

모나나와 위동금이 그릇을 나누어 들었다. 모나나는 깐풍기와 몇 개의 작은 그릇들을 든 채 깐풍기의 냄새를 들이마셨다.

"흠! 냄새 좋다."

임화평은 커다란 그릇에 볶음밥을 옮겨 담고 계란탕의 냄비를 통째로 들어 가장 큰 모나나의 방으로 향했다.

식탁이 없다 보니 방바닥에 앉을 수밖에 없다.

"식탁 하나 있어야겠구나."

임화평은 침대를 등받이 삼아 어색한 모습으로 앉아 있는 모나나에게 먼저 계란탕을 떠주었다.

"그릇 모자라. 그냥 먹어."

임화평은 세 개의 간장 소스를 만들어 아이들 앞에 하나, 모나나 앞에 하나, 위동금과 그의 앞에 하나를 놓고 그의 신호만 기다리는 아이들을 보며 고개를 끄덕였다.

"먹자!"

임화평이 시범을 보이듯이 고기 튀김을 탕수에 적셔 간장 소스에 찍어 먹자 다른 사람들도 따라서 했다. 그다음부터는 굳이 시범을 보일 필요가 없었다. 아이들이야 정신 못 차리고 먹기 시작했고, 어제부터 식사가 부실했던 모나나도 먹는 데 정신이 팔렸다.

임화평은 계란탕에 초반을 섞고 고기 튀김 몇 개를 잘게 잘라 넣은 후 요요에게 주고, 초반과 계란탕을 번갈아 먹으며 사람들의 먹는 모습을 살폈다. 잘 먹는다. 잘 먹을 수밖에 없는 사연을 가진 사람들이라 음식은 금방 바닥을 드러냈다. 탕수육은 진즉에 떨어졌고, 초반과 계란탕도 남은 게 없다. 바닥에 남은 식은 국물은 요요가 차지했다. 남은 것은 깐풍기 두 조각뿐이다.

배가 빵빵해 보이는데도 진영영과 위관성의 눈길은 깐풍기에서 떨어지지 않았다. 사람 머릿수만큼 되지 않으니까 망설이는 모양이다. 평소의 임화평 같으면 말렸을 테지만 언제 또다시 해줄 수 있을지 모르는 상황이라 그릇을 두 아이 앞에 밀어놓았다. 두 아이는 임화평을 바라보다가 배시시 웃으며 하나씩 집어 들었다.

"맛있냐?"

아이들은 닭고기 조각을 입에 문 채 연신 고개를 끄덕였다. 요요가 진영영 옆에서 낑낑거렸지만 남은 고기는 이미 입속에 들어 있었다. 오물거리는 진영영의 입가에 탕수가 그대로 묻어 있었다. 임화평은 휴지를 떼어내 입을 닦아주었다.

'소은이와 아이들 모두 잘 있겠지?'

한소은을 연상시키는 진영영에게 감정을 숨기는 일이 쉽지 않았다. 절로 애잔한 미소가 지어지려고 했다. 억지로 참으며 무뚝뚝하게 말했다.

"양치질 열심히 해야 된다."

언젠가는 이별해야 할 사람들이다. 나이가 든 이들은 이별의 아픔을 참아낼 수 있어도 아이들은 쉽게 받아들이지 못한다. 가급적이면 정을 들이지 않기 위해 임화평 나름대로 최선을 다하는 중이다. 하지만 엄한 말투조차 아이들에게는 기분 좋은 관심이다.

진영영은 입을 오물거리다가 꿀꺽 삼키고 크게 고개를 끄덕였다.

"예! 영영은 치카치카 열심히 해요. 3분도 넘게 해요."

"피스! A+ 디너였어요."

임화평과 방 안에 남은 모나나가 엄지를 치켜세웠다. 피곤한 안색은 여전했지만 긴장은 많이 풀린 듯했다.

"맛있었어? 다행이야. 또 해줄게."

"고마워요, 여러 가지로. 나중에 다 갚을 게요."

임화평은 미소로써 대답을 대신하고 방 한구석에 놓아두었던 불투명한 하얀색 비닐 백을 당겨 모나나 앞에 놓았다. 비닐 백 겉면에 이상한 글씨가 쓰어 있었다.

"이건 모나나 외출복."

이미 트레이닝복을 두 벌이나 얻었다. 그냥 입을 만한 것이 아니라 상당한 고가의 것이다. 스포츠 브래지어의 경우 모나나의 취향이다. 남성용 트렁크는 처음이지만 상당히 편했다. 특별한 경우가 아니라면 애용할 생각이다.

"옷을 또 샀어요?"

"모나나를 숨기는 옷이야."

무슨 뜻인지 몰라 직접 비닐 백을 열었다. 내용물을 꺼내보니 웃음이 났다. 짙은 녹색의 원피스인데, 목둘레에 금색의 레이스를 달아 단순함을 피했다. 팔 길이가 칠 부 정도라서 시원해 보인다. 하지만 평상복으로 입기에는 상당히 독특한 모양이다. 숨기는 옷이라는 의미가 변장을 뜻한다는 것을 알았지만 그것을 입으면 오히려 더 두드러져 보일 것 같다.

모나나는 두 손으로 옷을 펼친 채 들었다. 원피스라고 할 수는 없다. 무릎을 덮는 길이지만 치빠오처럼 옆이 갈라진 디자인이라 바지를 입어야 될 옷이다. 비닐 백을 보니 바지도 있다. 통이 넓고, 허리는 고무줄로 된 얇은 바지다. 비닐 백에 남은 것을 모두 꺼내보았다. 하얀색과 검은색의 스카프가 두 장 들어 있고, 화보 하나와 알이 큰 선글라스 하나가 들어 있다.

"위구르족 전통 옷이야."

정확히 말하자면 개량 한복처럼 전통 의상을 간편하게 개량한 생활복이다. 임화평은 우루무치라고 쓰인 화보를 펼쳐 보였다. 손가락으로 가리킨 것은 눈앞의 옷과 비슷하지만 싸구려로 보이는 생활복을 입은 위구르족 여인들의 사진이다.

회교를 믿는 위구르족은 중동처럼 여성들에게 엄격한 잣대를 강요하지는 않는지, 히잡 대신에 망사에 가까운 스카프를 형식적으로 둘렀다. 가장 특이해 보이는 것은 중국인과 많이 다른 얼굴이다.

영어 설명을 보면 원류는 바이칼호 인근에 살던 코카서스 계통의 유목 민족이라는데, 사진의 여인들은 백인처럼 보이는 이들과 동양인의 피가 섞인 혼혈, 그리고 터키 쪽 여인처럼 보이는 이들이 섞여 있다. 모나나가 위구르족이라고 해도 반박하기는 어려울 정도로 서구적인 생김새다.

"키가 너무 커. 눈에 띄어. 변하고 나가도 차 밖으로 못 나가. 하지만 전화 걸어야 돼. 집에서 떨어진 곳에서."

이미 도청에 대해서 이야기를 들은 터라 쉽게 이해했다. 조금 과하다고 생각하지만, 영화가 곧 현실이 됨을 그녀도 잘 알고 있다.

고개를 끄덕이는 모나나의 얼굴은 처량했다. 자유로운 삶을 만끽하고 살다가 아무런 잘못도 없이 자유를 구속받고 있다 보니 마음이 편할 턱이 없다.

"힘내. 아이들도 견뎌. 모나나가 아이들 도와주면 좋겠어. 아이들 학교 못 가. 가르치고 배워."

"알았어요. 그런데 전화 언제 걸어요?"

"내일. 멀리 갈 거야. 물어볼 것들 미리 생각해 둬."

고개를 끄덕이는 모나나의 얼굴이 밝아졌다.

전화 한 통을 걸기 위해서 설마 두 시간이 넘도록 차를 타고 이동할 것이라고는 생각도 못했다. 임화평이 밤에 만들어둔 패티로 햄버거를 만들어 아이들 입에 물려주고 위동금까지 동행하여 도착한 곳은 천진이다.

"위험해. 차 밖으로 나오지 마. 잘 보고 있어."

임화평은 평범한 가방 하나와 신문 한 부를 든 채 한사랑에서 받은 차에서 나와 천진역 부근의 천하대주점으로 들어갔다. 가이드북에 나와 있는 삼성 급 호텔이다.

임화평은 호텔 내부 전화가 보이는 곳에서 신문을 뒤적이며 기다리다가 한 여자가 전화를 한 직후 종이쪽지에 적힌 번호로 전화를 걸기 시작했다. 전화가 연결되는 순간 임화평은 한국에서 유용하게 썼던 소형 녹음기의 플레이 버튼을 눌렀다.

모나나의 음성이 흘러나왔다.

"아버지, 저 모나나예요. 대답하지 말고 듣기만 하세요. 아버지 중국 친구 분이 곧 이 나라에서 빼내주겠대요. 가까운 한국으로 가는 밀항 루트를 알고 있답니다. 일단 한국에 가면 그때부터는 아버지 도움이 필요해요. 미리 준비해 주세요. 겁이 나서 오래 통화 못하겠어요. 또 전화 드릴게요. 사랑해요!"

녹음된 분량이 모두 흘러나오자 수화기에서 '사랑한다, 모나나'라는 말이 흘러나왔다. 임화평은 전화를 끊고 신문을 휴지통에 넣은 후 호텔을 빠져나왔다. 그가 움직이는 방향은 차가 있는 곳이 아닌 천진역이다.

고속도로가 아닌 공로를 통하여 천진에 들어서자마자 약속된 전화번호로 아버지와 통화했다. 예상보다 느긋한 통화였다. 사라 윌슨과 제임스 장은 그녀의 뜻대로 무사히 귀국했다는 소식을 들었다. 공황 상태에서 빠져나오지 못해 소빙빙의 전화기로 전하지 못했던, 자신의 처지를 자세히 설명하고 당분간 중국에 숨어 있을 것이라는 뜻도 전했다. 또다시 데리러 갈 테니 대사관에 가 있으라는 말을 들었지만 위험해서 안 된다고 거절했다.

전화는 임화평이 새로 구한 선불폰을 이용했다. 돈만 있으면 구할 수 있는 것이라 노출될 염려가 없다고 했다. 그럼에도 불구하고 임화평은 따로 녹음까지 하여 에릭 나스트의 핸드폰으로 직접 전화를 걸었다. 물론 전화 내용이 가짜라는 것은 미리 말해두었으니까 혼란은 없겠지만, 도대체 무슨 의미로 그런 일을 한 것인지는 알 수 없다. 임화평은 다만 호텔 정문이 보이는 곳에서 기다리고 있으라고만 했다.

하얀 스카프로 머리카락을 감싸고 큰 선글라스로 얼굴의 반을 가린 채 모나나는 긴장된 시선으로 호텔을 바라보았다. 임화평이 나와서 약속한 대로 천진역을 향해 걸어갔다. 그리고 6분 정도가 지났다.

세 대의 공안 차량과 다섯 대의 검은 밴이 호텔 앞에 멈춰 섰다. 오십여 명이 차에서 내려 그 반이 호텔의 문 주위에 포진하고 나머지 반이 안으로 뛰어들어 갔다.

운전석에 앉아 호텔을 바라보고 있던 위동금이 전화를 꺼냈다.

"예! 아저씨. 왔어요. 공안들하고 조직원으로 보이는 놈들 삼십여 명이 한꺼번에 호텔로 들어갔습니다. 예? 알겠습니다."

위동금은 전화를 끊자마자 차를 몰아 천진역을 지나쳐 100m를 더 가서 차를 세웠다. 잠시 후 정장 차림의 본얼굴로 돌아온 임화평이 차를 탔다. 위동금이 보조석으로 물러나고 임화평이 차를 몰았다.

"봤지? 벌써 전화 훔쳤어. 훔치는 기술 조금 알아. 훔치려면 미리 알아야 돼. 훔칠 전화번호. 호텔 전화 아니야. 중국 아냐. 하와이야. 모나나 원하는 사람은 미국 사람일 가능성이 많아, 우리 딸 한국 사람에게 당한 것처럼. 경찰 오고 마피아 왔어. 모두 하나야. 이제 전화하기 힘들어. 중국과 하와이 사이의 전화는 기록 찾을 거야. 약속된 번호도 걸려."

새로 산 선불폰까지 부숴 버린 이유를 이제야 알 것 같았다. 모나나는 또다시 몸서리칠 정도로 위기감을 느꼈다. 무릎 위에 올려놓은 손이 부들부들 떨렸다. 주먹을 꼭 쥐었지만 주체할 수가 없다.

위동금이 안쓰럽다는 눈빛으로 모나나를 바라보다가 좌석들 사이로 손을 뻗어 그녀의 떨리는 손을 꼭 쥐어주었다.

임화평이 말했다.

"모나나, 지금은 방법없어. 방법 있어도 나가면 안 돼. 하지만 시간 지나면 방법 찾아 돌아가게 해줄게."

'그때까지 내가 살아 있으면' 이라는 단서를 붙이고 싶었지만, 지금의 모나나에게는 불필요하다고 생각했다. 희망이 필요하니까.

임화평은 천진으로 올 때처럼 고속도로가 아닌 공로를 통해 천진을 빠져나갔다.

✤

얼굴을 바꿔가며 객가채라는 식당을 사흘 연속 출근했다. 호동 구석구석을 돌아다니며 보통 사람과는 다른 기세를 느껴보려고 했지만 소득이 없었다.

임화평은 테이블 세 개를 놓고 장사하는 작고 허름한 다관에서 용정차를 시켜놓고 한숨 돌렸다.

'여기가 아니야. 내가 아는 것은 이 지역이 분명한 전화번호와 소빙빙의 말뿐이다. 그놈들이 동원하는 물자와 인력을 생각해 보면 다른 지역에서 이곳 전화번호를 사용하는 것 정도는 식은 죽 먹기일 것이다. 여기가 아니라면 그 늙은이 찾는 것도 쉬운 일이 아닌 셈이지. 이렇게 되면 결국 남은 건 병원밖에 없나? 한번 흔들어봐? 석명지의 이름과 차를 버릴 때가 됐어.'

우상도 못 찾고 차수경도 못 찾았다. 광목당에 대해 조금 더 알게 되기는 했지만 그것으로 다였다. 쉽지 않을 것이라고 생각은 했지만 이렇게까지 막힐 것이라고는 생각지 못했다.

임화평이 분명하게 알고 있는 것은 움직이지 못하는 선민종합병원과 상해 외탄의 맹호대 본부뿐이다. 목인강의 증언에서 알 수 있듯이, 맹호대는 임초영의 사건과 직접적인 연관성이 없다. 그 나물의 그 밥이라고 생각하면 손을 대야 할 상대이긴 하지만, 우선순위에서는 밀릴 수밖에 없는 존재다. 그리고 부담스럽다. 사건의 주체인 광목당이 정보 조직에 가깝다면, 맹호대의 상위 조직인 천무전은 무력 조직이다. 지금까지의 신중함이 귀찮음을 피하기 위함이라면, 맹호대를 상대할 신중함은 생존과 관계될 것이다.

'죽는 것이야 어쩔 수 없는 일이지만, 일을 끝맺지 못하는 것은 억울하지 않겠어? 일단은 병원이다. 광목당이 먼저야. 그때까지 살아 있다면 명천 자체를 무너뜨리는 것도 좋겠지. 서문가! 어차피 악연이잖아?'

임화평은 식은 차를 마시고 호동을 떠났다.

✤

관광객이 몰리는 호동만이 전부가 아니다. 외부인이 호동이라고 부르는 곳은 관광 마케팅을 통해 만들어낸 상품일 따름이다.

'북경에 이름이 있는 호동은 3,600여 개에 이르고 이름이 없는 호동은 소털처럼 많다.'

위의 표현을 빌리자면 북경의 골목은 대개가 호동이라고 불린다는 것을 알 수 있다. 결국 신작로가 아닌 골목은 모두 호동인 셈이다.

광목당의 북경 본부는 분명히 호동에 있다. 문제는 임화평이 알고 있는 관광지 호동이 아니라는 것이다.

고궁박물관 북쪽에 자리한 북해공원 인근에 이름없는 호동이 하나 있다. 호동에 존재하는 모든 집을 다 합쳐도 이십 채가 안 되는 작은 호동이다. 이름이 없다 보니 사람들의 관심의 대상도 되지 못한다. 그 호동의 집들이 모두 한 사람 소유라는 것을 아는 사람은 더더욱 없다.

특이한 점은 이십여 채의 집이 모두 상류층 사람이 살았던 사합원의 형식을 취하고 있다는 것이다. 아마도 황궁과 멀지 않은 곳이라서 그런 호동이 존재했을 것인데, 평민과 하층민이 살던 근처의 잡원(雜院)이 모두 철거되어서 사합원만 남았을 것이다. 사합원은 모두 마당이 하나뿐인 일진원이다. 그것으로 보아 원래 그곳에 살던 사람들은 하급 관리들이었을 가능성이 많다. 이 호동의 사합원들은 사실 하나의 집이나 다름없다. 한 사람이 소유하게 되면서 드러나지 않게 개축하여 서로 연결되고, 새로 정원이 만들어지고, 연못과 정자까지 만들어졌다. 그곳이 바로 광목당 북경 본부다.

"어떻게 됐나?"

늘 여유가 있던 노차신의 말이 상당히 빨라졌다. 조급하다는 의미일 것이다.

마종도는 구겨지려는 얼굴을 억지로 펴고 고개를 저었다.

"외국인이 이용할 수 없는 작은 빈관까지 뒤졌지만 찾지 못했습니다."

"분명히 천진에 있어. 중국인이 하나 붙어 있으니까 빈관이 아닐 수도 있다. 흑랑대에 협조를 구해서 공항과 부두는 물론이고, 골목골목까지 아이들 깔아. 아이들 모자라면 청도방에 사진 보내고 협조 요청. 밀항 조직도 알아보고."

마종도는 노차신의 날이 선 목소리에 움츠러들어 고개만 숙이고 급히 방을 빠져나왔다.

똑똑똑똑똑!

손가락으로 탁자를 두드리는 속도만 보아도 노차신이 얼마나 여유가 없는지 쉽게 알 수 있다.

"사람 많다고 도둑을 잡을 수 있는 건 아니지. 이거 문제로군. 우상, 그녀석 실력으로도 어렵다고 했는데……. 살려야 해. 적어도 중국에서 죽어 나가게 만들면 안 돼. 아직은 세이건이라는 이름을 무시할 수 없지. 안 돼. 무조건 찾아야 돼."

❦

산해진미가 무슨 소용인가, 맞은편에 앉은 사람이 나이프와 포크에 손조차 대지 않는데. 로버트 고든은 부담스러운 식사를 대충 마치고 나이프와 포크를 놓았다. 굉장히 희귀할 것이 틀림없는 레드와인으로 입가심했지만 입안이 텁텁한 것은 여전했다.

매튜 세이건은 쓴웃음을 지으며 사과했다.

"미안하네. 도저히 식사할 기분이 아니야."

"괜찮네. 자리 옮길까?"

두 사람은 세이건 룸으로 자리를 옮겼다. 매튜 세이건은 손수 스카치위스키를 따라서 로버트 고든에게 건넸다.

"무슨 일인가? 지난번의 그것과 연관된 일인가?"

위스키 잔을 휘돌려 그 소용돌이를 바라보고 있던 매튜 세이건이 자조적인 미소를 지으며 로버트 고든을 응시했다.

"정말 몰라서 묻는 건가? 바브라가 중국에 간 것은 알지? 그쪽 일이 조금 틀어졌어."

"그런가? 몰랐네. 자네 일이라 일부러 정보를 차단시켰어."

"신경 써줬군. 고맙네. 이왕 걱정을 끼친 것, 부탁 하나 더 들어주게."

"내가 할 수 있는 일이라면……."

매튜 세이건은 책상으로 걸어가 서랍에서 두꺼운 서류 봉투 하나를 꺼냈다.

"찾을 수 있으면 찾아주게."

봉투에서 꺼낸 서류는 전화번호부 두께의 A4지 묶음과 은빛 디스켓 한 장이다. 첫 장에는 모나나 나스트의 얼굴과 프로필이 적혀 있고, 뒷장부터는 그녀와 연관된 사람들의 인적 사항이 적혀 있다. 에릭 나스트와 가족들, 그리고 사라 윌슨 등의 사진과 인적 사항이 자세히 적혀 있다.

로버트 고든은 세 번째 장을 보다가 다시 모나나 나스트에게로 돌아왔다.

"중국에 숨어 있는 여자 하나를 찾아내라는 말인가? 그건 나라도 어렵다는 거 알지?"

중국은 물론 NSA의 요주의 관찰 대상국이다. 소련이 무너졌으니 최우선 감시 대상국인 셈이다. 하지만 그것은 정치, 경제, 외교, 안보와 관련된 기관과 사람들을 대상으로 하는 것이지, 하와이에 사는 미국 관광객을 대상으로 삼지는 않는다. 또한 그들이 하는 것은 정해진 대상의 추적, 혹은 감시지 어디 있는지도 모르는 사람을 찾아내는 것은 아니다.

"NSA의 필드 요원들이 그다지 유능하지 않다는 것은 나도 알아."

과거 정보기관에 관련되어 있다가 은퇴한 대학교수는 NSA의 요원들에 대하여 이렇게 말했다.

―NSA에는 희한한 사람이 많다. 덥수룩한 머리에 호주머니에는 연필을 잔뜩 넣고 알 수 없는 전문 용어를 중얼거리며 구내를 돌아다닌다. 심지어는 어머니가 운전하는 자동차에 타고 출근하는 40대 중반의 컴퓨터 전문가도 있다.

NSA에서 일하는 요원들의 전반적인 모습을 엿볼 수 있는 말이다. 영화에서 멋진 모습으로 나오는 CIA의 에이전트와는 달리, 수학자나 과학자들이 대부분인 것으로 알려져 있다. 그들에게서 만능의 제임스 본드를 연상해서는 안 된다. 시대가 바뀌어 업무 내용이 달라진다 해도 NSA의 주 업무가 인간이 아니라 소리와 신호라는 것은 불변이다. 그러나 NSA에서 구축한 과학 기술도 전지전능하지는 않다. 현장 요원의 도움없이 세계 각지의 주요 기관에 도, 감청을 실행할 수는 없다. 인정하지는 않지만 현장 요원이 존재한다는 소리다. 최근의 영화나 드라마에서도 NSA의 필드 요원들이 심심 찮게 등장한다. 유능하지 않다는 매튜 세이건의 말은 드러나 있지 않았다는 의미일 뿐이다.

"다섯 번째 장부터 봐주게."

매튜 세이건의 말에 따라 로버트 고든은 서류를 펼쳤다. 그의 눈앞에 익숙한 체계가 펼쳐졌다. 통화 내역들이다. 천진과 하와이 간의 통화 내역뿐만 아니라, 한정된 시간에 하와이와 중국 사이에서 이루어진 통화의 모든 내역이다. 서류의 마지막 장까지 모두 통화 내역으로 이루어져 있다.

"중국에서 활용할 인력은 충분해. 자네도 알다시피 사람 수로 밀어붙이는 것이 그놈들 특기 아닌가. 내가 자네에게 부탁할 것은 하와이 쪽이야. 대상의 가족들에게는 정탐팀을 붙였는데, 나머지는 쉽지 않아. 도와주게."

모나나 나스트가 도주했다는 소식을 들었을 때만 해도 일이 귀찮게 되었을 뿐이라고 생각했다. 타국에서 위기에 처했을 때 도움을 요청할 곳이 어디일까 생각하면, 다시 찾아오는 것은 문제가 아니었다. 하지만 모나나 나스트는 예상과 달리 미국 대사관에 그 어떤 도움도 요청하지 않았다. 그렇다면 그녀가 기댈 곳은 단 하나, 그녀의 가족뿐이다. 시간이 조금 더 걸릴 테지만 결국은 찾아낼 것이라고 낙관했다.

예상대로 천진에서 에릭 나스트에게로 전화가 걸려왔다. 하지만 도청음 분석 결과, 기계음이라는 것이 밝혀졌다. 모나나 나스트의 보호자는 도, 감청의 가능성을 짐작하는 자이고, 그녀를 위험에 노출시킬 생각이 없다는 뜻이다. 그렇다면 그것은 모나나 나스트가 반드시 천진에 있다고 확신할 수 없다는 뜻과 같다.

모나나 나스트가 납치된 이후 중국과 하와이 사이에서 이루어진 모든 통화 내역을 뽑아냈다. 하지만 너무나 많아 일일이 도, 감청한다는 것은 불가능했다. 매튜 세이건은 다행히 힘이 있는 사람이다. 그가 가진 인력으로 당장 불가능하다고 해도 그 대상을 감시 가능할 정도로 축소할 수 있는 사람을 알고 있다. 그가 바로 로버트 고든이다.

로버트 고든은 한동안 말없이 통화 내역을 바라보았다. 기술적으로는 어려운 일이 아니다. 통화 내역 가운데 과거에도 정기적으로 이루어진 통화를 하나씩 지워 나간다면 쉽게 대상의 규모를 축소할 수 있다. 무역회사 간의 통화, 친인척 간의 통화 같은 것을 소거해 버리면 통화 내역은 몇 장

정도로 간단하게 축약될 것이다. 줄어든 대상 번호들과 에릭 나스트 일가 간의 접점을 확인해 보면 단 한 장으로 줄이는 것도 가능할 것이다.

상대가 영악하면 감시 대상을 선정하는 일은 더 쉬워진다. 새로 신청한 전화번호나 선불폰으로 대상을 축소하면 하와이에서 감시해야 할 대상은 몇 남지 않을 것이다. 기술적으로 몇 시간이면 가능한 일이다.

문제는 매튜 세이건의 부탁이 노골적이라는 데 있다. 중국에 있는 한 여자의 위치를 찾아내는 것. 그것은 한 사람을 살리기 위해 죽여야 할 사람을 찾으라는 부탁이다. 범죄에 직접적으로 동참하라는 부탁이다. 일반 대중을 상대로 대규모 도청을 시행하는 것도 문제가 된다.

물론 불법적인 도, 감청은 어제오늘의 일이 아니다. 그 일의 책임자들은 늘 추궁을 당하지만 정보 수집가의 입장에서는 끊을 수 없는 마약과 같다. 그래도 그 일에 국가 안보나 국익이라는 명분이라도 붙일 수 있다면 흐지부지 마무리되는 것이 보통이다. 그러나 매튜 세이건의 부탁은 명분을 댈 수 없는 일이다. 로버트 고든에게 그 일은 국익을 위한다는 명분으로 정보를 조작하여 이라크와의 전쟁을 조장하는 것보다 더 부담스러운 일이다.

"무리한 부탁이라는 것 아는가? 지난번 일과는 달라. 이 일을 하려면 나라도 기록을 남겨야 돼. 기록을 삭제하더라도 삭제 기록은 남아. 은퇴하고 청문회에 불려 다니라는 뜻이야."

로버트 고든은 이제 특별한 욕심이 없는 사람이다. 빈민가에서 태어나 미 육군의 장성이 되었다. 아이들과 손자들에게는 믿음직한 아버지와 할아버지가 되었다. 세계사에 남을 만한 이름은 아니지만, 미국에서 가장 영향력이 큰 정보기관의 비밀 회랑에 사진과 그 이름을 남길 것이다. 그것으로 충분했다. 비슷한 처지의 다른 이들은 군산복합체나 유대계 기업의 자문역이라는 타이틀을 거머쥐고 로비스트로 활동하기도 하지만, 로버트 고든은 은퇴 후 낚시나 하며 편안한 여생을 즐길 생각이다. 청문회에 불려 다니면서 신문에 오르내리면 겉으로나마 깔끔한 인생의 기록에 큰 오점을 남기게 된다. 동양인들이 말하는 유종의 미를 거두지 못하는 것이다.

"아네. 하지만 그 일은 걱정하지 말게. 나 매튜 세이건일세. 내가 동원할 수 있는 모든 수단으로 자네의 명예로운 은퇴와 편안한 노후를 보장하겠네. 도와주게."

대통령이 하는 말이면 믿지 않을 것이다. 그러나 매튜 세이건의 입에서 나왔다. 그의 약속은 신뢰할 수 있다.

매튜 세이건은 천문학적인 부를 소유한 사람이지만 돈으로 사람을 움직이지 않는다. 돈으로 부릴 수 있는 사람은 딱 그만큼밖에 일하지 못하고, 그만큼밖에 믿지 못한다는 사실을 알기 때문이다. 물론 그도 돈을 쓸 때는 반드시 쓰지만, 써야 할 곳을 알고 쓰고 사용한 돈 이상의 결과를 기대하지 않는다. 정작 사람들이 매튜 세이건의 주위에 몰리는 것은 그가 약속을 함부로 하지 않는 사람이기 때문이다. 그의 약속은 귀하다. 쉽게 하지 않지만 일단 입 밖으로 뱉어낸 말은 반드시 지킨다.

'굳이 내가 할 필요는 없지 않은가? 맥카시 중령?'

로버트 고든은 두 번이나 대령 진급 명단에서 누락된 존 맥카시라면 새로운 인생을 위한 모험에 기꺼이 도전할 것이라고 생각했다.

"알겠네. 최선을 다하지."

매튜 세이건은 함박웃음을 지으며 손을 내뻗었다.

제9장
살아야 할 이유가 없나?

오프라 주어는 세상 어디에서나 흔하게 볼 수 있는 여인이다. 나이 마흔 다섯의 가정주부. 남편과 함께 텔아비브에서 배낭여행족들을 대상으로 도 미토리를 운영한다. 하나뿐인 아들은 얼마 전 국방의 의무를 다하기 위해 입영했다.

그날도 그녀는 평소와 다름없이 하루의 일과를 마치고 오후 6시경에 남편과 자리를 바꿨다. 여관 바로 뒤에 있는 집에서 밀린 빨래를 하고 먼저 저녁 식사를 마친 후 남편의 식사를 준비했다. 식사를 배달해 주고 나면 성실한 하루를 보낸 대가로 편안한 휴식을 누릴 수 있다. 식사를 준비하여 여관으로 향하다가 길을 묻는 사람을 만났다.

러시아인, 혹은 동유럽인을 연상시키는, 얼굴이 창백한 중년인이었다. 그가 고맙다며 웃고는 손가락으로 그녀의 이마를 가리켰다. 그 순간 머릿속에 찬바람이 흘러들어 온 듯한 기분이 들었다. 그리고 감기 들었다는 생각을 하며 정신을 잃었다.

머리가 깨지는 듯한 통증을 느끼며 눈을 떴다. 온통 하얀 세상이다. 겨우
뜬 눈에 흐릿한 그림자들이 어른거렸다.

'동아시아인?'

그녀는 동양인을 가장 많이 대하는 이스라엘 사람들 가운데 하나다. 배
낭여행객들 가운데 특히 마음에 드는 사람들이 있다면 동아시아인들이다.
가장 많이 대하는 일본인들은 상냥하고 예의 바르다. 한국인들은 정열적이
면서도 성실하다. 중국인에 대한 그녀의 평가는 일단 유보. 홍콩인과 대
만인을 가끔 만나지만 대화를 나누어본 적이 별로 없다.

그녀가 사람들을 평가하는 근거는 도미토리를 운영하면서 불법적으로
아르바이트를 주선한 경험에서 나온다. 그것은 일종의 윈윈 게임이다. 노
동자가 필요한 사람은 그녀에게 의뢰한다. 게시판에 일자리를 공고하고 접
수하여 사람을 보낸다. 주머니 사정이 좋지 않은 배낭여행객들은 기꺼이
일을 맡는다. 그녀는 아르바이트 비용에서 10퍼센트를 알선료로 떼고 더불
어 장기 투숙객을 얻을 수 있다. 물론 알선료의 일부는 장기 투숙객에게 할
인을 통해 돌려준다. 일자리 정보가 부족한 배낭여행객들은 그녀를 통하여
다음 여행을 위한 자금을 확보할 일자리를 쉽게 얻을 수 있다.

아르바이트 소개를 오래하다 보니 노동자를 원하는 고용인들의 요구가
눈에 보인다. 아르바이트는 대개 힘이 필요한 막일이나 접시 닦기 같은 특
별한 기술을 요하지 않는 것들인데, 대개의 고용인들은 유럽인들보다 한국
인 남성을 우선적으로 요청한다.

한국인의 일하는 모습이 시키는 사람 입장에서는 상당히 시원한 모양이
다. 미적거림없이 화끈하게 끝내놓고 쉴 때 당당하게 쉰다. 일본인은 대개
꼼꼼하다. 한국인처럼 휘몰아치듯이 일을 하지 않는 대신 실수가 적다. 중

국인들 경우는 의외로 일자리를 찾는 경우가 드물다. 그녀가 알기로는 일본이 가장 부유하고, 그다음이 한국, 그리고 홍콩, 대만, 중국순이다. 하지만 배낭여행객의 주머니 사정은 역순인가 보다.

지금 눈앞에서 어른거리는 사람들은 분명히 동아시아인들이다. 동아시아인들을 꽤 많이 대해온 그녀도 지금의 상황은 도저히 이해할 수가 없다.

'내게 무슨 일이 생긴 거지? 여긴 도대체 어디야?'

두통이 여전한 가운데 눈앞이 조금 더 밝아졌다. 하얀 가운을 입은 의사가 그녀의 팔에서 피가 가득 담긴 주사기를 뽑아내고 있다. 저항해 보려고 했지만 몸이 움직이지 않았다.

'뭐 하는 짓이야? 내 피! 귀한 거야.'

그때 눈을 뜬 그녀의 얼굴을 확인한 의사가 간호사에게 무언가를 말했다.

'중국어?'

간호사가 다가와 그녀의 팔에 주사기를 찔렀다. 오프라 주어의 눈앞이 다시 흐려졌다.

✤

다시 선민종합병원 앞이다.

"아무리 봐도 곤란하네."

들어가기 어렵다는 뜻은 아니다. 경비가 삼엄하고 첨단 장비가 보조한다고 해서 넓은 병원 하나 침투 못할 임화평이 아니다. 문제는 너무나 넓은 병원이다. 모든 것이 비밀이다 보니 어디가 어딘지 알 수가 없다. 막연히 들어가야 한다고 생각할 뿐, 들어가서 어디로 가야 할지, 또 무엇을 해야 할지 정할 수가 없다. 우상이 병원에 있다는 확신만 있어도 간단할 일이 복잡하게만 여겨지는 것이다.

화예방을 다시 만나볼 생각도 했다. 하지만 그가 물어야 할 것들은 너무나 노골적인 것들이다. 그녀를 만나겠다는 핑계로 들어가 구조라도 확인할 수 있다면 힘들더라도 다시 한 번 만나보겠지만 어렵다고 했다.

거짓 사랑을 미끼로 이용해 볼 생각도 해보았다. 적성에 맞지 않을뿐더러, 화예방을 깊이 개입시켜 위험하게 만들고 싶지가 않았다. 그녀는 내과 병동의 평범한 간호사다. 호흡이나 걸음걸이 등등이 무술을 익힌 사람과는 동떨어져 있다. 선민병원에서 일한다고 해서 그 일을 알고 관여했다고 볼 수도 없는데, 위험 속에 밀어 넣을 수는 없는 일이다. 복수도 중요하지만, 그것을 위해 초영이 같은 선량한 희생자를 만들어내고 싶지는 않았다.

"어떻게 해야 흔들어놓을 수 있을까? 무작정 저지르고 봐?"

임화평은 쓸쓸하게 웃었다. 선민종합병원이 마지막 목표일 때나 고려해 볼 방식이다. 퇴로조차 확보하지 않고 무계획하게 일을 저지르는 것은 이성을 잃고 날뛰는 것이나 마찬가지다. 상대해야 할 놈들이 이제는 생존을 걱정할 정도로 점점 강해지고 있는데 모험할 수는 없다. 예상치 못한 변수를 만나 잡히기라도 하면 그것으로 끝장이다.

액션 영화를 좋아하는 임화평을 늘 피식피식 웃게 하는 장면이 있다. 주인공이 적에게 사로잡혔다가 생사의 기로에서 끝내 탈출하는 장면이다. 주위에 널린 권총으로 이마에 총알 하나 박아 넣으면 깨끗이 끝날 일을, 꼭 물속에 수장시킨다든지 불에 태워 죽인다든지 시한폭탄 앞에 묶어놓는다든지 하여 주인공에게 탈출할 기회를 준다.

그런 일은 영화의 주인공에게나 벌어질 수 있는 천우신조다. 현실에서는 잡히면 그것으로 끝이다. 갖은 고문 다 당하다가 해진 걸레처럼 찢어질 것이다. 잡힐 때 없던 신력이 갑자기 생겨나 탈출한다는 것은 망상에 불과하다.

임화평은 다시 차를 몰아 병원 후문으로 향했다. 정문과 마찬가지로 한동안 숲길을 지나야 후문이 나오는 구조다. 망원경으로 숲을 자세히 살폈다.

"허! 철저하군."

숲 안쪽 잘 보이지 않는 곳에 감시 카메라가 설치되어 있다.

"입구는 두 군데. 외부에서 납치한 사람들을 들이려고 정문을 이용하지는 않을 테지. 뒷문을 통한다고 해도 은밀하게 움직일 터. 뒷문에서 가장 가까운 건물이 수술 병동? 아니야. 앰뷸런스라면 정문으로 다닐 수도 있어."

정문으로 향하는 길은 가로등이 줄줄이 늘어선 깔끔한 2차선로다. 반면 후문은 좁은 오솔길이다. 후문 쪽으로는 버스 정류장 하나 없다. 굳게 닫힌 철문까지 고려해 보면 직원들 통근로의 용도로 사용하기에도 적합하지 않다.

"돌아갈 길도 안 보이면 뚫고 가야지. 영화의 주인공은 아니더라도 방법은 있어. 잡히기 전에 안전하게 잡혀주면 돼."

임화평은 결심을 굳히고 위동금에게 전화를 건 후 즉시 시내로 향했다. 먼저 자동차 키를 복사하여 고무줄을 달아 허리 벨트에 묶어두고, 차 안을 깨끗이 청소했다. 그리고 그동안 차 트렁크에 넣어놓고 다니던 소지품들을 모두 가방에 담아 마중 나온 위동금에게 넘기고 호주머니에는 석명지의 신분증과 현금 300위안 정도만 남겼다.

임화평은 마지막으로 마트에 가서 이과두주 두 병과 즉석카메라 하나를 산 후 황옥반점으로 돌아와 밤이 되기를 기다렸다.

✣

조지걸은 선민종합병원 보안 요원으로 근무한 지 3년 된 스물여덟 살의 청년이다. 스스로 입버릇처럼 말하는 것이 따분한 인생이라는 말이다. 그 말을 이해할 수 있는 사람이라고는 처지가 비슷한 동료들뿐이다.

조지걸과 동료들은 용문관 출신으로는 상당히 안 풀린 케이스지만, 다른 이들이 어떤 삶을 살고 있는지 모르는 탓에 그다지 불만은 없다. 무술에 자질이 있는 것도 아니고, 그렇다고 공부를 잘한 것도 아니기 때문에 안정적인 삶을 살 수 있다는 것만으로도 다행스럽게 생각한다.

조지걸은 하루의 여섯 시간을 수십 대의 모니터만 보고 산다. 나머지 여섯 시간을 병원 담장 안을 걸어다니는 것으로 소일한다. 잠자는 시간을 빼면 남는 자유 시간이라고는 겨우 네 시간 남짓. 연애하기도 빠듯한 시간이지만 사귀는 여자가 없다 보니 그것도 큰 불만은 아니다.

급여에 대해서도 대충 만족한다. 선민종합병원의 종업원들이 대개 그렇듯이, 월급은 매년 조금씩 올라 한 달에 3,500위안 정도다. 수당까지 포함시키면 4천 위안이 훌쩍 넘어간다. 그 정도면 하는 일에 비해 상당히 괜찮은 수준에 속한다. 그 정도 수입을 보장한다고 줄 서라고 소리치면 인간 띠로 북경을 몇 바퀴나 돌릴 수 있을 것이다.

조지걸의 불만은 대부분 소소한 일상의 문제에서 비롯된다. 없는 사람이 들으면 배가 부르다 못해 터질 소리 한다고 하겠지만, 열두 시간 경비를 서도 특별한 일 한 번 생기지 않으니 지루해서 환장할 노릇이다. 그렇다고 업무 중에 딴짓하다가 걸리면 수입 좋은 일자리에서 잘린다.

"아우! 눈 아파! 이러다가 안경 써야 되는 거 아냐? 아무튼 졸라리 따분한 인생이야."

조지걸과 등을 마주한 채 정문과 병원 내부 쪽 감시 카메라를 바라보는 황자중이 킥킥거렸다.

"입에 붙었어, 입에. 따분한 인생!"

"개자식아! 넌 그래도 간호사라도 하나 건졌잖아. 난 뭐야? 휴지 값은 장난 아니고 손바닥은 다 까졌어, 이 새끼야!"

조지걸의 별명은 의외로 '따분한 인생'이 아니라 '불쌍한 인생'이다. 사실 경비 요원들 가운데 간호사와 사귀는 사람은 많다. 얼굴 마주칠 일도 많고 월급도 남부럽지 않다 보니 의외로 인기가 있는 편이다. 황자중도 최근에 내과 병동의 상당히 귀여운 간호사 하나를 건졌다.

안타깝게도 조지걸은 거울이 외면할 만큼 못생겼다. 무술에 자질이 없다고 하나 20년이 넘도록 꾸준히 단련해 왔으니 체력은 넘쳐 난다. 기운은 뻗치는데 여자가 없는 것만큼 불행한 일은 없을 것이다. 스물여덟의 장정에게 하늘이 너무나 심한 장난을 치는 셈이다.

기다리는 것은 일주일에 한 번 돌아오는 휴일. 그날은 동료들과 술도 마시지 않는다. 바로 사창가로 달려가 지갑을 활짝 연다. 그날만큼은 조지걸의 인생도 '황홀한 인생'이 된다. 하지만 다음날이 되면 후들거리는 다리를 주무르며 다시 '따분한 인생'을 되풀이할 수밖에 없다.

조지걸은 하품을 하며 두 눈을 주무르다가 습관처럼 열두 대의 모니터를 훑었다.

"어라? 저건 뭐야?"

조지걸은 책상 위에 올려놓았던 두 발을 내리고 급히 리스트를 확인했다.

"오늘 올 사람이 없는데?"

다시 3번 모니터로 눈길을 돌렸다.

"저 미친 새끼, 술 처먹고 왜 여긴 기어들어 오고 지랄이야?"

뒷문으로 검은 차 한 대가 들어오고 있다. 차는 술에 취한 듯 비틀거리고 있다. 길 좌우의 나무들을 들이받으며 계속해서 후문으로 달려오고 있다. 불행 중 다행인 것은 속도가 그다지 빠르지 않아 아름드리나무들을 부러뜨릴 정도는 아니라는 것이다.

조지걸은 황급히 무전기를 집어 들었다.

새벽 3시 30분. 임화평은 황옥반점을 빠져나와 곧바로 선민종합병원으로 향했다. 뒷문으로 통하는 길에서 멀지 않은 곳에 차를 세우고 다시 한 번 차 안을 살폈다.

차 안은 깨끗했다. 좌석 틈새의 머리카락 한 올 남기지 않고 청소했다. 남은 것은 운전석 아래 붙여둔 신품 선불폰 하나와 보조석 위에 놓인 비닐봉지 하나뿐이다.

비닐봉지에서 이과두주 두 개를 꺼내 하나를 땄다. 입안에 가득 품었다가 정장 바지와 달라붙는 면 티에 조금씩 뿜었다. 전신에서 술 냄새가 풀풀 났다. 반쯤 남은 이과두주를 차 바닥에 조금씩 뿌려두고 즉석카메라를 바지 호주머니에 넣었다.

다시 봉지에서 꺼낸 것은 휘발유가 가득 담긴 술병과 성냥 한 통이다.

"어디 부러지지는 말아야 할 텐데……."

심호흡하고 차를 숲길 입구로 몰았다. 감시 카메라가 놓치는 일 없도록 천천히 몰았다. 일부러 지그재그로 움직여 차에 스크래치가 생길 정도로 나무들을 살짝 들이받으며 문으로 향했다. 문 앞에 도착해 차를 세우고 남은 이과두주 한 병과 소주병, 그리고 성냥을 들고 느긋하게 나갔다. 감시 카메라가 문 좌우에서 비틀거리는 임화평을 주시했다.

갈지자로 걸으며 소주병을 뒤쪽 철문에 집어 던졌다. 쨍그랑, 소리를 내며 깨진 술병이 휘발유를 쏟아냈다. 성냥을 그어 휘발유에 집어 던졌다. 불길이 솟구쳤다. 불을 바라보며 이과두주의 병을 따 입에 들이부었다. 술은 입 가운데로 들어가 입술 좌우로 흘러내렸다.

"야, 이 좆 같은 새끼들아! 내 마누라 살려내. 이 자라 새끼들아! 내 마누라는 왜 안 돼?"

임화평은 고래고래 소리를 지르며 불 앞에 털퍼덕 주저앉았다. 그리고 다시 이과두주를 들이켰다가 흘려보내고 즉석카메라로 불나는 광경을 찍으며 히죽히죽 웃었다.

끼익!

귀에 거슬리는 쇳소리와 함께 철문의 왼쪽에 나 있던 쪽문이 열리면서 네 명의 경비원이 튀어나왔다.

"너 뭐야, 이 새끼야?"

임화평은 남은 이과두주를 불길 속에 집어 던지고 왼손으로 땅을 짚어 겨우 일어났다.

"이 새끼들! 잘 만났다, 씨이발! 내 마누라 살려내, 이 인간 백정들아! 돈 준다고 그랬잖아! 내 돈은 돈 아니야? 다른 놈들은 잘만 살려주면서 왜 내 마누라는 안 돼?"

"아원! 삽하고 소화기 가져와!"

경비원 하나가 문 안으로 다시 들어가는 순간, 멱살을 붙잡으려는 듯 달려가던 임화평이 발이 꼬여 앞으로 고꾸라졌다.

"밟아!"

세 개의 목봉이 임화평의 등을 향해 떨어졌다.

퍼버버벅!

"악! 아파! 이 새끼들아! 새끼들, 다 죽었어! 씨!"

퍼버버벅!

"그만 때려! 이 씨팔 놈들아!"

임화평은 몸을 웅크리고 발버둥 쳤다.

몽둥이질은 사정이 없었다. 두 경비원은 몽둥이를 거두고 워커발로 임화평의 배와 등을 후려 찼다. 임화평이 몸을 동그랗게 말자 전신을 마구 짓밟았다.

"그만! 잠깐 멈춰봐!"

누군가가 말하자 그제야 몽둥이질과 발길질이 그쳤다.

임화평은 웅크렸던 몸을 펴고 대자로 뻗었다. 입에서는 침이 흘러내렸고 눈은 반쯤 뒤집어졌다.

"야! 불부터 꺼! 숲으로 옮겨 붙겠다."

안으로 들어갔던 경비원이 두 자루 삽과 소화기를 가지고 돌아왔다. 삽을 받아 든 두 경비원이 주위의 흙을 퍼 나르는 동안 소화기가 하얀 거품을 내뿜었다. 불이 진화되자 경비원들이 소화기와 삽을 내팽개치고 오만상을 찌푸린 채 임화평에게로 다가갔다. 선임인 듯한 경비원이 손을 뻗어 만류했다. 그가 임화평의 상체를 가리키며 말했다.

"야! 이놈 몸 봐라. 돈 좀 되지 않겠냐?"

"어? 운동 좀 했나 보네요. 잠깐만!"

경비원 하나가 임화평의 호주머니를 뒤졌다. 나온 것은 달랑 지갑 하나다.

"형님! 서른세 살이네요. 천진 놈인데요?"

"서른셋? 이 새끼, 왜 이렇게 겉늙었어?"

선임은 차 번호판을 힐끔 보았다.

"천진 번호판 맞네. 잘됐다. 이 차 안으로 들여. 이 새끼는 특수동으로 끌고 가 검사해 보자. 잘되면 몇 달 용돈 벌이는 될 거야."

"근데 마누라 살려내라 그랬잖아요? 우리 병원에서 마누라가 죽었다면 뭔가 있는 놈 아닐까요?"

"아냐. 차 봐라! 제타 아니냐, 제타! 저게 우리 병원에 어울리는 차냐? 아무래도 이 새끼 뭔가 소문 듣고 찾아왔다가 튕겨난 것 같아. 입 막아야 할 놈이야. 어차피 조회해 볼 거 아냐? 뒷배있는 놈이면 위에서 알아서 할 거야. 일단 옮겨."

선임은 무전기로 모니터실에 임화평의 신분과 차량 번호를 알려주고 다른 경비원들에게 손짓하여 임화평을 옮기게 했다.

경비원 하나가 임화평의 겨드랑이에 손을 넣으며 말했다.

"어이 씨! 보기보다 무겁네. 아원! 빨리 발 들어."

두 경비원이 쪽문으로 임화평을 끌고 들어갔다. 한 경비원이 큰 문을 열어 차를 안으로 옮겼다.

왕우삼은 서른한 살이다. 나이가 많은 덕에 후문 야근조 조장을 맡고 있다. 조장이라고 해봐야 기껏 몇백 위안 더 받는 것에 불과하지만 조원들이 형님이라고 받드니 기분이 나쁘지는 않다. 야간 근무를 서는 동안은 조직의 두목이 된 듯한 기분이다.

물론 왕우삼에게도 기분 나쁜 존재들은 있다. 사람들이 특수동이라고 부르는 특별 수술 병동의 경비조들이다. 그들은 왕우삼이나 조지걸처럼 선민종합병원에 소속된 사람들이 아니라 광목당에 소속된 사람들이다. 그들 가운데 하나는 왕우삼에게도 낯익다. 같은 용문관의 동기다. 그럼에도 불구하고 처지는 천지 차이다.

그들은 왕우삼처럼 허드렛일은 하지 않는다. 그들의 임무는 오직 한 가지, 특별 수술 병동을 경비하는 일뿐이다. 수술 병동 입구에서 붙박이가 되어 경비를 서는 놈들마저 고급스런 정장을 입고 편한 소파에 앉아 신문을 읽거나 느긋하게 차를 마신다.

왕우삼 등은 가급적이면 특별 수술 병동 근처로는 발걸음하지 않는다. 기분이 상하기 때문이다.

특별 수술 병동은 어차피 허락받지 않은 사람은 들어가지 못한다. 간호사들마저 일부 수술 간호사들만 출입이 허락된다. 왕우삼 등의 경비조들은 특수동에 관한 한 묘한 위치에 있다. 야간 경비조 순번이 되었을 때 가끔 들어가기는 하는데, 원해서 가는 게 아니라 요청을 받아 어쩔 수 없이 들어간다.

병동으로 들어갈 때면 정말 기분이 더러워진다. 특수동 경비조들은 왕우삼 등을 눈짓, 손짓으로 부린다. 손끝 하나 까딱하지 않고 더러운 일, 힘든 일을 모두 왕우삼 등에게 맡겨 버린다.

처음에는 한바탕 해보려 했다. 그러나 그전에 우연히 겉으로 살짝 도드라진 양복 안쪽의 물건을 볼 기회가 있었다. 그 이후로 말을 할 수 밖에 없는 상황이 되면, 왕우삼 등은 자신들도 모르게 그들을 '형님'이라고 부른다. 그 경우에 나이는 아무런 상관이 없다.

'젠장! 남들 열심히 할 때 나도 노력 좀 할걸. 양명이 그놈을 보면 저놈들도 대단한 놈들은 아닌데. 그때 양명이 정도만 노력했다면 요 모양 요 꼬락서니로 살지는 않을 텐데.'

용문관에 있었을 때, 왕우삼이나 노양명은 비슷한 처지였다. 공부나 무공, 그 어디에도 특별난 재능을 보이지 못했다. 마지막까지 분류되지 못하고 용문관에 남았다. 기본 교육을 이수했지만 그 이상이 되지는 못했다.

두 사람의 처지가 오늘날 천지 차이가 된 것은 성격 탓이다. 군대에 고문관이 있는 것처럼, 가르쳐도 안 되고 배워도 남들보다 늦는 사람이 있다. 왕우삼과 노양명이 그런 사람들인데, 왕우삼의 경우 성격까지 안 좋아 윗사람이 윽박지르면 주눅 들어 할 수 있는 일마저 제대로 하지 못했다. 그것을 감추려고 동기들에게 허세를 부리고 거친 척했다. 어릴 때는 통했지만 그것으로 사회적 신분을 바꾸지는 못했다. 반면 노양명은 자신이 남다른 재주가 없음을 깨닫고 나아지려는 노력했다. 결국 마지막 분류에서 노양명은 선택되었고 왕우삼은 떨거지가 되었다.

열일곱 살이 된 왕우삼과, 비슷한 이유로 마지막 선택에서도 제외된 사람들은 사회 적응 훈련을 받기 시작했다. 교육은 그다지 어렵지 않았다. 남자들은 대개 왕우삼과 비슷한 과정을 거쳤고 여자들은 비서 업무나 종업원 교육 같은 것들을 받았다.

1년 후 왕우삼은 상해의 한 빌딩의 시설 관리원으로 취직하여 5년의 세월을 흘러보내고 북경 선민종합병원으로 옮겨졌다. 그것은 그다지 복이 없던 왕우삼에게 작은 행운이었다. 일은 비슷했지만 급여도 늘고 예쁜 간호사들도 자주 볼 수 있게 되었기 때문에 승진한 기분이었다. 매년 급여가 조금씩 늘고 조장까지 되자 왕우삼은 하늘이 그래도 자신을 완전히 버리지는 않았다고 생각했다. 특수동 경비조와 같은 공간에서 근무하지만 않았다면 매일같이 하늘에 감사 기도를 올렸을 것이다.

지금 생각해 보면 용문관은 관대했다. 쓸모없는 왕우삼을 끝까지 남겨 경비원이나마 될 수 있게 해주었다. 중간에 버렸다면 뒷골목 깡패로 전전하다가 어느 골목에선가 칼 맞고 시신으로 나뒹굴고 있을지도 모를 일이다.

'교관이 나처럼 멍청하고 게으른 놈은 처음 봤다고 그랬지. 5년만 지나면 지금까지의 삶을 후회할 거라고 그랬어. 쓰레기는 쓰레기대로 쓸모가 있으니까 살아가게 해주는 거라고. 그래, 후회하고 있어, 좆 같은 새끼야! 그때 좀 제대로 설명해 줬으면 나도 달라졌을 거야. 씨팔 놈아!

부모들이 자식들에게 공부 좀 하라고 바락바락 악을 써대는 이유가 분명히 있다. 없는 돈에 빚까지 내어 자식들이 끔찍하게 여기는 학원을 보내려는 이유가 있다. 공부를 잘한다고 반드시 성공한다는 보장은 없지만 분명히 확률은 높아진다. 하지만 놀고만 싶은 자식들은 부모의 마음을 이해하지 못한다. 고등학교를 졸업하고 몇 년이 지나서야 사회의 까마득하게 높은 벽을 올려다보면서 그때 왜 좀 더 다그치지 않았냐고 원망한다. 왕우삼의 심정도 마찬가지다.

왕우삼은 문득 떠오른 옛 생각에 진저리치며 발걸음을 주춤거렸다. 그러나 오늘은 어쩔 수 없다. 작업 요청을 받은 것이 아니라서 허락을 받아야 하겠지만, 부수입으로 건진 놈이 돈이 될 만한지 확인해 보려면 할 수 없다. 특별 수술 병동이 아니라면 검사를 할 곳이 없기 때문이다.

왕우삼은 특수동 뒷문 앞에 느긋하게 앉아 있는 노양명을 발견하고 늦췄던 걸음을 빨리했다. 비굴하게 손바닥을 비빌 생각을 하니 짜증이 났는데 그나마 노양명이라서 다행이다.

왕우삼이 다가가자 노양명과 그 동료가 일어나 눈살을 찌푸렸다. 동료가 나서려 하자 노양명이 그의 가슴에 손을 대고 먼저 앞으로 나섰다.

"야, 양명아!"

왕우삼이 어색하게 웃으며 노양명의 눈치를 봤다. 노양명은 찡그린 얼굴 그대로 말했다.

"무슨 일이야, 오늘 온다는 소리 없었는데?"

"저, 그게… 저기 저놈."

왕우삼이 뒤를 돌아보자 노양명의 눈길도 따라갔다.

"저놈이 왜?"

"후문에 불을 질러서 잡아왔는데, 주절거리는 내용이 병원 일에 대해 조금 아는 것 같더라고. 그래서 어쩔 수 없이 잡아들였어. 여기저기 떠들고 다니면 곤란하잖아?"

"뒤탈 생기면 어쩌려고?"

"술에 절어 있던 놈이야. 주소도 그렇고, 차도 천진 번호판 달고 있더라고."

노양명은 그제야 고개를 끄덕였다.

"무슨 뜻인지 알겠는데, 오늘 저녁까지는 병동에 아무도 못 들어가. 곧 작업이 있을 예정이야. 그러니까 일단 기계실 같은 곳에 처박아둬. 내가 대장한테 말해서 허락받고 오늘 저녁에나 경비실에 연락할 테니까."

"그, 그래줄래? 고마워. 나중에 내가 한잔 쏠게."

노양명은 대답하지 않고 피식 웃었다. 비웃는 듯해서 자존심이 상했지만 그래도 아는 놈이 나은 법이다. 다른 놈들 같았으면 자세한 사정을 설명하기도 전에 윽박질러서 쫓아 보냈을 것이고, 그랬다면 천진 놈은 부수입이 아니라 애물단지로 전락했을 것이다.

"그럼 기계실에 넣어둘게. 꼭 연락해 줘."

왕우삼은 경비들이 특수동에서 허락없이 들어갈 수 있는 유일한 곳인 보일러실로 걸음을 옮겼다.

큰 건물의 보일러실은 건물 내부의 지하에 있는 것이 보통이다. 그런 점에서 특수동의 보일러가 있는 기계실도 다른 건물의 구조와 별다르지 않다. 다른 점이 있다면 건물 내부에서 보일러실로 가는 것이 아니라 외부의 문을 통해 들어가는 독립 공간이라는 사실이다. 즉, 보일러실에서 건물 내부로 진입할 방법이 없다. 통로라고는 외부에서 들어가는 문이 전부다. 작은 창문도 없이 밀폐된 곳이다. 물론 이는 특수동의 보안 때문일 것이다.

왕우삼은 열쇠 꾸러미에서 열쇠를 찾아 문을 열고 아래로 내려가 짜증난 얼굴로 기계실의 불을 켰다. 팬이 문제없이 돌아가고 있는데도 막힌 공간이 만들어낸 퀴퀴한 냄새가 코를 자극하고 지하의 음습한 기운이 피부에 와 닿았다.

경비와 관련된 업무 가운데 경비원들이 가장 싫어하는 것이 이 기계실과 연관되어 있다. 보일러와 변압기 같은 것들은 경비 업무와 그다지 상관없다. 명목상 시설 관리를 한다고 해도, 작동은 컴퓨터가 하고 전문적인 점검이나 수리는 전문 기사들이 한다. 다만 넓은 기계실 구석구석에 놓여 있는 여러 장비들, 특히 냄새나는 업무와 관련된 기구들이 경비들을 짜증나게 한다. 하수구 청소하는 기계, 막힌 변기를 뚫는 기구, 쓰다 남은 페인트, 혹은 신나 같은 것들이다. 특수동에서 경비를 호출하는 경우는 대개 그러한 기구들과 관련되어 있다.

"그래도 오랜만에 쓸모있는 용도로 쓸 수 있게 되었구나."

왕우삼은 기계실 구석구석을 살폈다. 로프를 찾았지만 너무 굵어서 사람을 묶어두는 용도로 쓰기에는 적합하지 않았다.

"아! 그게 있었지?"

왕우삼은 커다란 공구통을 열었다. 그 안에서 대형 케이블 타이를 찾아낸 왕우삼의 입가에 미소가 감돌았다.

"어이쿠야! 이 자식 더럽게 무겁네. 늘어져서 그런가?"

두 명의 경비원이 끙끙거리다가 계단 바로 앞에 임화평을 내려놓았다.

"고생했다. 속이 멀쩡한 놈이면 짭짤할 텐데, 어떨지 몰라. 이 꼴이 되도록 술 처먹은 거 봐서는 간은 못 쓰지 싶은데."

410 무적자

왕우삼은 두 개를 케이블타이를 뽑아 임화평에게로 다가갔다. 손과 발을 묶고 로프로 기둥과 묶어두면 꼼짝하지 못할 것이다.

그때 정신을 잃고 늘어져 있던 임화평이 두 손바닥으로 바닥을 쳐 허공으로 튀어 올랐다. 허공에서 몸을 비틀어 몸을 바로 세움과 동시에 또 한 번 몸을 비틀었다. 놀란 두 경비원이 눈을 치뜨는 순간 임화평의 다리가 허공에서 반원을 그려 그들의 턱을 연이어 후려 찼다. 땅에 내려서자마자 그대로 손을 뻗어 왕우삼의 마혈과 아혈을 차례로 제압했다.

순식간의 일이었다. 허공으로 솟아올라 바닥에 내려서기 전에 돌려차기로 둘을 무력화시키고 돌려차기의 회전력에 도움받아 왕우삼과 마주 서 그마저 제압한 것이다.

임화평은 지체하지 않고 뒤돌아서서 아직 제정신을 차리지 못한 두 사람의 마혈과 아혈까지 제압해 세 사람을 나란히 앉혔다. 세 사람의 입을 벌려 독어금니를 찾아보았으나 경비원들에게까지 지급되는 것은 아닌 모양이다.

임화평은 기계실에 빌딩 내부로 진입할 수 있는 통로가 없음을 아쉬워하며 왕우삼 앞에 쪼그려 앉아 아혈을 풀었다.

"질문은 용납하지 않는다. 묻는 말에만 간단히 대답해라. 이 건물이 장기 수술을 하는 곳 맞나?"

굳이 고문할 필요가 없었다. 왕우삼은 겁먹은 눈으로 즉시 고개를 끄덕였다. 자세한 내용이야 모르지만, 눈치 하나로 살아가고 있는데 전체 분위기를 모를 리 없다.

눈치 빠른 왕우삼은 상대방에 대해서도 대강 눈치챘다. 혈을 제압해 움직이지 못하게 하는 기술에 대해 용문관에서 들은 적이 있다. 무술에 재능을 보여 상승 무공을 익히게 되면 점혈이라는 신비막측한 기술도 배울 수 있다고 했다. 교관에게조차 꿈같은 경지지만 불가능한 것은 아니라고 했다. 그로 인해 왕우삼도 한때 고수가 되어 세상을 활보하는 꿈을 꾼 적이 있다. 눈앞에 그 기술을 선보이는 사람이 실존하고 있다. 교관이 꿈이라고 말했던 그 경지를 지닌 사람. 그런 사람에게 저항할 수 있는 왕우삼이 아니다.

"조금 전에 병동에 들어가지 못했다. 어떤 경우에 그런 일이 생기나?"

"중요한 수, 수술이 있을 때입니다."

"양명이라고 부른 그놈과 같은 놈들은 모두 몇이나 있나?"

"오늘은 좀 많습니다. 평소에는 한 조 열 명이 경비 서는데, 오늘은 두 조가 있습니다. 외국인들도 몇 있고요."

"스무 명? 조장 포함해서?"

"예."

"외국인은 또 뭐야?"

"중요한 작업을 한다고 할 때 가끔 보입니다. 대개는 경호원들이지요."

"건물 구조 어떻게 되나? 시간없으니까 간단히 말해."

특수동은 선민종합병원에 있는 건물들 가운데 가장 작은 이층 건물이다. 정문에서 보면 큰 건물에 가려 보이지 않는다. 눈대중으로 보아 건축 면적이 중국 평수로 2천여 평 정도의 건물이다. 일이 층과 지하를 다 합쳐도 6천 평이 넘지 않을 것이다.

"이층은 관계자용 휴게실과 연구실이 있습니다. 일층은 환자용 안정실과 보호자 대기실 등이 있고, 지하는 대부분 수술실입니다."

임화평의 입장에서는 이 병동이야말로 악의 온상이요, 복수의 대상인 셈이다. 임화평은 심호흡으로 부글부글 끓어오르는 분노를 가라앉히고 다시 물었다.

"안경 끼고 머리가 백발처럼 하얗게 센 중년 의사 본 적 있나?"

"봐, 봤습니다."

"언제?"

"사흘 전부터 계속 이 병동에 있었습니다. 아침마다 병동 주위를 뛰어다녔습니다."

임화평은 건물 출입구의 위치와 감시 카메라를 볼 수 있는 경비실의 위치 등을 물어 자세한 대답을 들었다.

"대답 고맙다."

"사, 살려주십시오."

본능적으로 느끼고 있었던 모양이다. 왕우상은 눈물을 주르륵 흘렸다. 그러나 임화평은 무정한 눈으로 그를 바라보며 그의 사혈을 눌렀다. 그리고 나머지 두 사람의 사혈도 차례로 눌렀다.

"편하게 죽은 거다."

나쁜 놈들이라고 죽인 것이 아니다. 세상 나쁜 놈 다 죽이고 다닐 생각은 없다. 장기 밀매와 관련이 있는 놈들이라서 죽인 것이다. 임초영을 죽인 병원과 의사가 있는 곳, 생사람을 잡아 장기를 팔아먹는 곳, 그곳에서 일하면서 모르는 사람의 장기를 팔아 부수입을 얻으려는 놈들이라서 죽인 것뿐이다.

임화평은 빠른 속도로 세 사람의 품속을 뒤졌다. 그의 지갑을 찾고, 그들의 지갑에서 원래 그의 돈까지 포함해서 총 532위안을 챙겼다. 짝퉁인지 진품인지 모를 스위스 아미의 군용 시계를 풀어 찼다.

"1위안 동전이 모두 세 개라? 스물이 넘는다고 그랬지? 이걸로는 모자라겠군. 동전 쓰기도 좀 그런데……."

기껏 모나나의 아버지에게 전화함으로써 혼란을 주었는데, 여기서 동전을 사용해 버리면 청도방의 비호대를 상대한 자와 모나나를 구해간 자가 하나라는 의심을 살 수도 있다.

임화평은 동전을 바닥에 던져 버리고 주위를 둘러보다가 공구통을 찾아냈다. 그곳에서 시멘트 못 한 통을 찾아냈다. 자신과 가장 유사한 체격을 지닌 경비원의 옷을 벗겨내 갈아입었다. 술 냄새가 찌들어 있어 팬티까지 모두 벗어버렸다. 뒷주머니에 구겨져 있던 모자를 꺼내어 눌러쓰고 지갑과 돈, 그리고 못을 챙겼다.

허리벨트에 묶여 있던 자동차 키를 호주머니에 담고 곧바로 보일러실을 빠져나가려다가 대형 보일러를 보고 걸음을 돌렸다.

'혼자서 병동 전체를 훑는다는 것은 불가능해. 놀라서 튀어나오게 만들어야 해. 그런데 난 아무래도 불과의 인연이 진한가 보네. 예전에도 태우더니 또 태우게 됐어. 불장난에 재미 붙이면 안 되는데.'

태울 만한 것을 찾다가 신나 통을 발견하고 그것을 그대로 보일러 주변에 부어버렸다. 경비들에게 다시 돌아가 라이터를 챙긴 후 술 묻은 면 티를 집어 들고 시계를 보았다. 새벽 4시 30분이다. 면 티에 불을 붙였다.

"이런 식으로 한다고 보일러가 폭발할지 모르겠군. 터질 거면 크게 터져라. 이 병동 다 날아가도록!"

터져도 건물이 붕괴되거나 전소되기는 어렵다는 것쯤은 알고 있다. 하지만 최소한 혼란은 일 것이고, 그 와중에 우상이 놀라서 튀어나오기를 바랐다.

임화평은 불꽃이 사그라지려고 하는 면 티를 신나 위에 던졌다. 꺼져 가던 불꽃이 확 일어났다. 임화평은 신나 통 하나를 든 채 보일러실을 벗어났다.

보통의 병동과는 달리 특수동의 출입구는 오직 두 군데, 정문과 후문뿐이라고 했다. 출입보다는 통제의 편의를 먼저 생각했을 것이다. 창문에도 스테인리스 창살이 달려 있어 출입이 불가능했다. 벽을 따라 쭉 걷다가 코너 앞에서 멈춰 섰다. 코너만 돌면 정문이 보일 것이다.

"그 정도로는 안 터져 주려나?"

바로 그 순간,

꽝!

굉음과 함께 유리창이 터져 나가고 땅이 흔들렸다. 예상하고 있던 임화평도 한순간 멍하게 만드는 엄청난 폭발이었다. 그것은 불을 지르는 것과 차원이 다른 것이었다.

세차게 머리를 흔들어 정신을 차리고 빠른 걸음으로 정문을 향해 움직였다. 불이 나가 버린 어두운 정문에 마땅히 있어야 할 정장 차림의 사내들이 피 흘리며 바닥에 널브러져 있다. 유리가 터지고 문짝이 덜렁거리는 정문 앞에 섰다.

임화평은 신나 통을 넘어뜨렸다. 신나가 흘러나와 문 앞을 골고루 적셨다. 성냥을 꺼내 불을 붙이고 그대로 신나에 던져 버렸다. 치솟아 오르는 불꽃을 보며 호주머니에 손을 넣어 못을 한 움큼 꺼냈다.

"무슨 짓을 하는 거야?"

갑자기 등 뒤쪽에서 불길이 치솟아 오르자 지하로 내려가려던 정장사내가 돌아서서 임화평에게 소리를 지르며 달려왔다.

핏!

"끄억!"

사내의 이마에 은색 점이 생기더니 거기서 한줄기 핏물이 흘러내렸다. 사내는 입을 쩍 벌린 채로 뒤로 넘어갔다.

임화평은 무정한 눈으로 사내를 힐끗 보고는 달렸다. 그가 향하는 곳은 지하가 아닌 후문 쪽이다. 지하로 내려가는 통로를 지나는 순간 근처의 문이 열리며 서너 명의 정장사내들이 머리를 흔들며 튀어나왔다. 자다가 날벼락을 맞고 놀라서 나온 듯 온전한 얼굴이 아니었다.

피피핏!

사내들이 쓰러지는 것을 신호로 학살이 시작되었다. 임화평은 사람이 보이는 족족 못을 날렸다. 경비원 복장의 임화평을 별달리 경계하지 않고 달려오던 사람들이 앞으로 고꾸라지고 뒤로 넘어갔다. 정장을 입은 사내들이 있는가 하면 가운 차림의 남자들도 있었다.

후문에서 사내들이 뛰어들어 왔다. 랜턴을 들고 경비원 복장을 한 세 명의 사내다.

핏! 피핏!

뒤쪽 두 사람을 가린 채 먼저 달려오던 사내가 무너지는 순간 놀란 두 사람의 얼굴이 드러났고, 그들은 그 놀란 얼굴 그대로 눈을 부릅뜨며 벽에 기대어 주저앉았다.

임화평은 후문을 닫아걸고 세 구의 시체를 그 앞에 쌓았다. 그리고 다시 뒤돌아 지하로 가는 입구로 달렸다. 이층으로 올라가는 계단을 보며 망설였다. 그때 시커먼 먼지를 뒤집어쓴 간호사 하나가 피가 흘러내리는 이마를 손으로 누른 채 힘겹게 계단을 올라오고 있었다. 기계실 근처에 있다가 폭발에 휘말린 듯했다.

임화평은 아래쪽 계단으로 발길을 옮겼다. 세 개의 계단을 내려가 손을 휘둘러 손등으로 여자의 관자놀이를 후려쳤다. 사정이 없는 일격이다. 여자는 벽에 부딪쳤다가 그대로 넘어져 계단에서 굴러 내려갔다.

우연히 보았다면 오히려 안쓰러워서 부축하여 밖으로 데리고 나갔을 것이다. 그러나 이미 경비원에게 병동의 특수성에 대해서 들었다. 특정한 간호사들만이 출입 가능한 병동이다. 각자의 집에서는 자상한 어머니요, 착한 딸일 수도 있겠지만 임화평에게는 마귀들일 따름이다. 생선의 내장을 꺼내듯 무덤덤하게 산 사람의 배를 가르고 장기를 꺼내어 피 묻은 돈으로 인생을 즐기는 자들이다. 임화평은 병동 안의 그 누구도 살려줄 생각이 없었다.

꽝! 소리와 함께 지축이 흔들리고 유리창이 터져 나갔다.

노양명은 놀라서 몸을 숙였다가 벌떡 일어나 무슨 일이 생겼는지 파악하기 위해 주변을 두리번거렸다.

"보일러실?"

노양명은 조금 전 왕우삼 등이 보일러실로 갔다는 사실을 깨닫고 입술을 깨물었다. 만약 인재(人災)라면 책임을 면하기 어려울 것이다.

"제기랄!"

용문관 시절, '그것도 못하느냐, 때려치워라'는 소리를 숱하게 들었지만 노양명은 포기하지 않았다. 어떤 놈은 저택에서 호의호식할 것이고 어떤 놈은 더러운 창고에서 식은 만두 먹으며 살 것이라는 교관들끼리의 대화를 엿들은 적이 있었다. 당시에는 저택에서 살든 창고에서 살든 상관없었지만, 적어도 식은 만두를 먹고살 생각은 없었다.

무술과 학문, 그 어디에도 재능이 없었던 탓에 노양명이 할 수 있었던 것은 오직 하나, 배운 것을 반복하는 것뿐이었다. 학문은 진즉에 포기했다. 그 것은 효율의 문제였다. 아무리 노력을 해도 머리는 쉽게 단련되지 않았다. 하지만 몸은 노력을 배신하지 않았다. 남들보다 늦어도 반복하고 또 반복하다 보니 근육이 생기고 힘이 붙었다. 남들 다 잘 때까지 땀을 흘렸다. 반복하고 반복하여 어떻게든 진도를 따라갔다. 끝내 마지막에 웃는 자가 되었다. 그러나 그것은 끝이 아니라 시작이었다.

노양명은 조직의 배려 아닌 배려로 중국군에 입대했다. 군에 입대한 것은 분명히 배려다. 중국군은 원한다고 들어갈 수 있는 곳이 아니다. 현역 복무를 끝낸 전역자에게 공산당 입당, 직장 알선 등의 특혜를 주기 때문에 서로 들어가려고 하지만, 230만이라는 병력 규모에 비해 지원자가 너무 많다. 그러한 상황에서 노양명은 남경군구의 특수부대원으로 복무했다. 훈련은 지긋지긋할 정도로 받았음에도, 전역 후 다시 1년 동안 외딴곳에서 합숙 훈련을 받은 후에야 조직이 운영하는 보안회사 평정(平定)의 인턴 직원인 소사자(少獅子)의 자격을 얻을 수 있었다.

생활은 지루하고 힘들었다. 혹독한 훈련이 반복되고 그에 대한 평가가 수시로 이루어졌다. 허드렛일을 해야 하고 위험한 뒷골목 경비도 도맡아 했다. 방심할 수 없는 생활이었다. 하지만 지루하고 반복적인 생활에 가장 잘 적응한 사람은 노양명이다. 초반부터 두드러지지는 않았지만 시간이 갈수록 진가를 드러냈다. 그는 나이 스물일곱에 마침내 철사자(鐵獅子)가 될 수 있었다.

철사자가 대단한 것은 아니다. 철사자란 권총이 지급되는 평정의 정직원에 불과하다. 하지만 노양명에게는 대단한 출세다. 모든 허드렛일과 강제적인 훈련에서 벗어났다. 급여는 높고 생활은 편하다. 그가 신경 써야 할 것은 경비 업무와 정기 평가뿐이다. 몸치, 둔재라고 불렸던 노양명이 기본 급여 6천에 각종 수당 합하여 한 달에 8천 위안 가까운 돈을 받는 안정적인 직장인이 된 것이다.

'징계만큼은 안 돼!'

현재 노양명의 삶은 포기할 수 없을 만큼 달콤하다. 그러므로 평정의 징계는 더욱 가혹하게 느껴질 수밖에 없다. 50퍼센트 감봉에 훈련원 생활 1년 정도는 감수할 수 있다. 그러나 소사자로 떨어져 온갖 잡일 다해가며 뒷골목 경비를 설 수는 없는 일이다. 그렇게 되면 집에 들어갈 시간도 없다. 이제 갓 돌이 지난 아들의 재롱은 다 봤다고 해도 과언이 아니다.

노양명은 후배와 곧바로 병동 안으로 뛰어들어 갔다. 무엇을 해야 할지 생각조차 할 수 없었지만 어떻게든 공을 세워 철사자의 신분만큼은 지켜야 한다는 생각으로 머릿속이 가득 차 있었다. 병동 안으로 들어서자마자 그의 눈앞에 시커먼 그림자가 들이닥쳤다.

창문도 없는 지하인데 전기까지 나가 버려 어둡고 음침하다. 특수동 정도의 첨단 시설이면 자가발전 시설이 있을 텐데도 등불은 돌아오지 않았다. 폭발의 여파로 전구가 나가 버렸거나 자가발전 시설에 문제가 생긴 모양이다. 하지만 임화평에게는 상관없는 일이다. 어둠은 그의 친구다.

쾅!

임화평의 손바닥에 맞은 의사 하나가 튕겨 나가 벽에 부딪친 후 무너졌다. 벽에 묻은 시뻘건 핏물이 아래로 흘러내려 갔다.

"악!"

의사의 뒤를 따라오던 안경 낀 간호사가 비명을 지르는 순간 임화평의 무정한 손이 그녀의 이마를 찔렀다.

피픽!

연이어 두 개의 은빛 못이 날아가 두 정장사내를 복도 한가운데서 편히 쉬게 만들었다.

임화평은 일층으로 올라가는 계단 앞에서 좌우를 살폈다. 3m 정도의 복도 좌우로 몇 개의 커다란 방이 있다. 모두 수술실인 모양이다. 불투명한 자동문이 달린 방이 대부분인데, 유리가 깨어져 안을 쉽게 볼 수 있게 되어 있다.

좌측 통로 끝에는 폭발한 기계실이 있고, 우측 끝에는 다른 방들과 달리 철문이 달린 방 두 개가 있다. 아우성치는 사람들과 랜턴 불빛은 모두 좌측에 몰려 있다. 우측에서는 철문을 두드리는 소리와 살려 달라는 애절한 목소리만 들릴 뿐이다.

피핏!

랜턴의 불빛은 쉬운 표적이 되었다. 표적이 백발이 아니라는 것만 확인되면 못이 날아갔고, 그 즉시 랜턴이 바닥에 떨어지고 비명 소리가 울려 퍼졌다. 이름을 부르며 시신을 살피는 자들 역시 먼저 간 자들의 뒤를 따랐다.

정장사내 다섯에 간호사 둘, 그리고 젊은 의사 둘이 죽고 나서야 정장사내들은 어둠 속의 살인자를 의식했다.

"누구냐?"

복도에 있던 자들이 수술실 안쪽으로 몸을 숨기며 소리쳤다.

임화평은 말없이 걸음을 옮겼다.

'응? 이건 뭐야?'

임화평은 전에 느껴보지 못한 묘한 감각에 발걸음을 멈춰 세웠다. 살기처럼 섬뜩한 느낌이다. 하지만 그가 지금껏 느껴보았던 살기와는 조금 다른 느낌이다. 손가락 끝으로 지그시 누르는 듯한 압박감이 왼쪽 뺨과 복부에서 동시에 느껴졌다.

살기와 비슷하면서도 또 한편으로 다른 무엇이다. 살기는 마치 드라이아이스가 갑자기 살에 닿은 듯 서늘한 동시에 뜨겁고 또 한편으로 날카롭게 와 닿는다. 열양공(熱陽功)을 익힌 자라도 살기의 느낌은 음한공(陰寒功)을 익힌 사람의 것과 다를 바 없다. 살기는 기공의 성격에서 나오는 것이 아니라 죽이겠다는 마음에서 나오는 것이기 때문이다.

임화평은 일단 피하고 봤다. 지금까지의 차분한 움직임과는 달리 이형

환위를 펼친 듯 신속하게 움직였다. 깨어진 대형 유리창을 지나 수술실 안으로 들어가는 순간 요란한 총소리가 복도를 울렸다.

"총? 젠장! 시간없는데……."

보일러실이 폭발하고, 연기가 나고, 정문이 불타고, 병동의 전기가 나갔다. 누군가가 신고했을 것이고, 사람들이 모여들고 있을 것이다. 거기에 총소리까지 났다. 밖은 난리가 났을 것이다.

'몇 놈이냐? 셋? 넷?

지금까지 죽인 정장사내 수가 열여섯이다. 남은 자는 최대 넷이다.

임화평은 연이어지던 총소리가 그치는 순간 바닥을 박차고 튀어나갔다.

파바밧!

벽의 상부를 연이어 밟아가며 지그재그로 이동했다.

"온다!"

타타타탕! 타타타탕! 타타타탕!

임화평은 그들이 숨은 두 개의 수술실에서 7m 정도 떨어진 또 다른 수술실 안으로 들어가 숨을 돌렸다.

무인이라기보다는 군인에 가까운 자들이다. 보이지 않을 텐데도 마구 쏘지 않는다. 감각적인 교차 사격이다. 엄폐물을 이용하여 최대한 몸을 숨긴 채 왼쪽에 숨은 자들은 오른쪽으로, 오른쪽에 숨은 자들은 왼쪽으로 공간을 나누어 쏜다. 수화를 통한 의사 교환이 있었던 듯, 총구의 지향점을 미세하게 바꿔가며 한 발씩 세 번 나누어 쏘았다. 임화평이 벽의 상부를 타지 않고 복도를 달렸다면 그 가운데 한 발은 맞았을 것이다.

정말 다행이었다. 폭발이 일어나지 않더라도 병동에 들어올 생각이었다. 폭발로 인한 혼란을 이용하지 못할 경우 조금 더 바빠질 테지만, 그렇다고 크게 달라질 것은 없다고 생각했다. 그러나 현실을 보니 크게 낭패를 당할 뻔했다. 폭발로 인해 전기가 나가지 않았다면 권총은 그가 지금껏 겪어 봤던 그 어떤 무기보다도 더 그를 힘들게 만들었을 것이다.

임화평은 눈 대신 귀를 열어 소리에 집중했다. 이미 어둠 속 총구에서 피어난 미약한 섬광으로 네 사람의 위치를 대충 파악했다. 이동하지 않는다면 다시 보지 않아도 문제없다.

'자리를 옮기지는 않았군.'

임화평은 숨소리와 머릿속에 기억해 두었던 총구의 불꽃 위치, 그리고 상상으로 그린 총을 든 자세를 종합하여 상대의 머리가 있을 만한 곳을 미리 예상해 두었다. 그리고 수술실 밖으로 몸을 내밀지 않고 왼손만 내뻗어 벽에 손가락을 꽂았다.

퍽!

엄지를 제외한 네 손가락이 벽을 뚫는 순간 네 발의 총성이 이어졌다. 총알 하나가 가슴 앞을 스치듯 지나갔다. 그 순간 임화평은 벽을 잡아당겼다. 임화평의 신형이 벽에 붙은 채로 신속하게 이동했다.

검은 그림자가 눈앞을 스치듯 지나치자 총구가 그림자를 따라 움직였다.

피핏!

타탕!

두 발의 총성이 연이어 울려 퍼지는 순간 임화평은 수술실 하나를 지나쳐 다시 어둠 속으로 사라졌다. 그 찰나의 순간에 두 목숨이 사라졌다. 그 어둠 속에서 임화평은 생생한 폭발의 현장을 확인했다. 폭발은 건물의 일각을 허물어 버릴 정도로 대단했다. 보일러실 자체가 사라져 버리고 이층 건물 일부가 주저앉았다.

'퇴로 하나 확보.'

무너진 건물 잔해의 틈새에서 눈을 떼고 그가 지나왔던 복도로 다시 시선을 옮겼다. 이제 남은 사람은 왼쪽 수술실에 숨은 둘뿐이다. 임화평은 슬그머니 손을 들어 호주머니를 뒤졌다. 못이 떨어졌다.

'요거 하나 남았나? 시간이 없는데……'

오래 생각지 않았다. 바로 벽을 차고 수술실 입구로 몸을 드러냈다.

핏!

마지막 못이 입구 좌측에 몸을 숨긴 정장사내의 이마를 꿰뚫는 순간 임화평의 가슴에도 우산으로 찌르는 듯한 압박감이 느껴졌다. 임화평은 즉시 왼팔을 들어 가슴 앞을 막았다.

탕!

각목에 두드려 맞은 듯한 둔통이 왼팔 전체로 퍼지는 순간 임화평은 오른손을 뻗어 상대의 이마를 후려쳤다.

퍽!

사내는 눈을 부릅뜬 채 뒤로 넘어갔다. 임화평은 총알을 맞은 왼팔을 오른손으로 주물렀다. 검기를 막아내는 왼팔이지만 확신은 없었다. 시간이 부족해 모험을 했던 것이다. 다행히 총알도 팔을 뚫진 못했다.

임화평은 즉시 좌우를 훑으며 복도를 스쳐 지나갔다. 시체들 말고는 인적이 없다. 마지막 남은 곳은 철문으로 된 두 개의 방뿐이다.

임화평은 철문을 보고 눈살을 찌푸렸다. 밖에서 잠그는 문이다. 안에 있는 사람들은 갇혀 있다는 의미다.

'이층부터 살펴봤어야 했다. 하기야 이 새벽부터 수술할 놈들이 어디 있겠어? 젠장!'

임화평은 철문 위에 달린 작은 창을 들어 안을 살폈다.

"잡혀 있는 것이오?"

환자복으로 입과 코를 막고 있던 두 청년 가운데 하나가 달려와 연신 고개를 끄덕였다.

임화평은 즉시 문을 열었다. 두 개의 철문 안에서 네 사람이 나왔다. 두 명의 남자와 두 명의 여자. 세 사람은 비교적 젊은 동양인이고 한 사람은 코카서스 계열의 중년 여인이다.

"시간없소. 저기 넘어진 자들 옷 벗겨서 입으시오. 지체하면 나도 도와줄 수 없소."

사내 둘이 달려갔다. 임화평은 젊은 여자와 외국 여자를 붙잡아 끌었다. 계단으로 가는 동안 간호사의 가운을 벗겨 젊은 여자에게 입혔다. 외국 여자는 환자복 그대로 이동시켰다. 가운을 입는 것보다 장기를 이식받아야 할 환자 행세를 하는 것이 나을 듯했기 때문이다.

임화평은 힘없어 보이는 젊은 여자의 두 어깨를 꽉 붙잡았다. 여자가 고개를 들어 임화평을 바라보았다.

"살고 싶으면 이 외국 여자를 환자 옮기는 간호사처럼 데리고 내 뒤를 따라 움직이시오. 알겠소?"

죽은 듯하던 여자의 눈에 불꽃이 피어올랐다가 다시 사그라졌다. 그 순간 임화평이 여자의 뺨을 쳤다.

"살아! 알았어?"

여자가 눈에 그렁그렁 눈물을 달고 고개를 끄덕였다. 그때 정장 바지에 가운을 걸친 두 청년이 다가왔다.

"나를 놓치지 마시오. 알았소?"

임화평은 불안한 눈빛의 외국 여자를 바라보며 영어로 말했다.

"저 여자를 따라가. 내가 도와줄 거야. 당신 살 수 있어. 알아듣겠어?"

"그럴게요. 고마워요."

외국 여자는 절박한 눈빛으로 연신 고개를 끄덕였다.

임화평은 시계를 보았다. 4시 47분이다. 보일러실이 폭발한 때로부터 11분 가까이 흘렀다.

임화평은 입술을 깨물고 앞장섰다. 일층으로 올라가는 계단을 바라보았다. 하얀 포말이 계단을 타고 내려오고 있다. 멀리서 사이렌 소리도 들려왔다. 소방차가 오는 소리일 것이다. 뒤섞인 고함 소리들로 미루어 보면 자체 진화는 시작되었지만 진입할 정도는 아닌 듯했다.

사실 화재는 큰 문제가 아니었다. 후문을 막아두었다. 정문은 신나가 타면서 내는 검은 연기 때문에 밖에서 보면 불이 크게 난 것처럼 보일 테지만 진화하는 데 오랜 시간이 걸리지는 않을 것이다. 아래층도 마찬가지다. 분진이 부유하고 연기가 남아 있어 시야가 혼란스러울 뿐이다. 공황 상태에서 벗어나 냉정하게 사태를 파악하는 사람이 진두지휘한다면 소방차가 들이닥치기 전에 모두 진화될 것이다.

임화평은 우상을 잡지 못한 안타까움에 멈칫거렸다. 하지만 보지 않았으면 모르되, 장기를 제공하고 죽을 수밖에 없는 사람 넷을 그대로 놓아두고 목적을 위해 움직일 만큼 인간성을 잃지는 않았다.

"갑시다. 발 조심들 하시오. Watch your foot!"

가자며 발을 떼자마자 임화평은 두 팔을 벌려 사람들을 멈춰 세웠다. 그리고 수술실 하나를 손가락으로 가리키면서 차분한 목소리로 말했다.

"저 안에서 기다리시오."

임화평이 말을 끝맺기도 전에 일층에서 내려오는 계단 앞에 희미한 그림자가 드러났다.

"거기까지다, 쥐새끼들!"

❖

마유림은 올해 마흔일곱이 된 천무전 소속 십대고수의 한 사람이다. 연공서열은 일곱 번째이나 내심 자신의 실력이 십대고수 중에서도 다섯 손가락 안에 든다고 자부하고 있다. 그는 실제로도 명천의 무공 서열 서른 번째 안에 드는 고수다.

마유림은 선민종합병원에 있을 이유가 없는 사람이다. 천무전 안에서도 상층부에 있는 그가 광목당이 요구한다고 움직일 필요는 없다. 그가 이곳에 있는 것은 순전히 노차신과의 개인적인 친분 때문이다. 피를 나눈 사이는 아니지만 노차신은 그가 어릴 때부터 지금까지 숙부라고 부르는 사람이다.

노차신의 부탁은 간단했다. 특수동이라는 곳에서 일주일 정도 머무르면서 만에 하나 직접 나서야 할 문제가 생길 때 그 원인을 제거해 달라는 정도였다.

마유림은 망설이지 않고 수락했다. 친분도 친분이지만 생활이 너무 단조로웠다. 십대고수라는 타이틀을 달고 난 다음부터 할 일이 없다. 밑에서 처리하지 못할 일이 없으니 나설 일이 없는 것이다. 말이 십대고수지 나이 쉰도 안 됐는데 뒷방 늙은이 취급을 받고 있는 셈이다.

간만에 북경 나들이도 할 겸 기분 좋게 나섰지만, 선민종합병원에서 그가 할 일은 없는 듯했다. 무공은 보잘것없어 보이지만 총을 소지한 스무 명의 경호원이 상시 대기하고 있다. 병동 안에서라면 마유림조차 조심하지 않을 수 없는데 그가 나서야 할 정도의 일이 생길지 의문이었다.

마지막 날이 되었다. 습관처럼 5시가 조금 못 된 시간에 눈을 뜬 마유림은 임시로 머무는 특수동 이층의 병실 바닥에 방석을 던져 놓고 그 위에 앉았다. 바로 그 순간 폭발음이 들리고 유리창이 외부로 터져 나가면서 병동의 흔들림이 느껴졌다.

바닥에 납작 엎드렸던 마유림은 눈살을 찌푸리며 일어섰다. 운기조식 대신에 스트레칭으로 몸을 푼 후 방문을 열었다. 복도가 어두웠다. 매캐한 연기가 코를 찔렀다. 그의 시야를 방해할 정도는 아니지만 경호원들이 사물을 확인할 수 있는 정도는 아니었다. 잘못 움직였다가는 어둠 속에서 눈먼 총알에 맞을 수도 있을 정도였다.

"귀찮게 됐군. 잠시 기다려 볼까? 그냥 사고일 수도 있고, 아이들 있으니까 알아서 처리할 수도 있겠지."

마유림은 방문을 열어놓은 채 소리에 귀를 기울였다. 급하게 움직이는 소리와 호통 소리, 그리고 날카로운 비명 소리가 연이어 들려오고 총소리가 뒤따랐다. 그리고 잠시 후 총소리가 멈췄다.

마유림은 차분히 방을 나섰다. 깨진 유리창을 밟고 일층으로 내려가 복도의 좌우를 살폈다. 정문에서는 시커먼 불길이 솟구쳐 오르고, 어두운 복도 여기저기에는 시체들이 널브러져 있었다. 정문 너머로 불 끄라는 고함소리가 들려오고 소화기에서 뿜어져 나오는 하얀 포말이 시커먼 연기를 뚫고 들어와 그의 발을 적셨다. 하지만 동원된 소화기가 많지 않은 듯 진화가 될 정도는 아니었다. 손으로 코와 입을 가린 채 눈살을 찌푸리며 지하로 내려가는 계단을 바라보았다. 세 구의 시신이 계단에 걸쳐져 있다. 혀를 차며 계단을 내려갔다. 어둠이 짙어졌다. 창문이 없는 지하인 탓이었다.

계단의 끝에 이르러 인기척을 느끼고 멈춰 섰다. 부산스러운 움직임과 소곤거리는 목소리가 들려왔다.

'한어에 영어까지? 사람을 구하러 왔다는 건가? 여기까지 기어들어 온 걸 보면 광목당의 정보 통제가 생각보다 형편없는 모양이군. 쯧!

마유림은 어둠에 익숙해진 눈으로 물이 고인 바닥을 확인하고 걸음을 내디뎠다.

임화평은 이마에서 느껴지는 살기에서 벗어나기 위해 고개를 비틀었다. 은빛 광채가 오른쪽 귓가를 스쳐 지나갔다. 칼날이 귀에 닿지도 않았는데 귓불에서 피가 흘러내렸다.

비도를 던진 마유림의 눈에 당혹감이 어렸다. 그러나 그의 눈길이 임화평의 두 손에 이른 순간 눈빛은 어느새 안정을 되찾았다. 그가 걱정하던 총기 같은 것이 보이지 않았기 때문이다.

"호! 제법이구나. 역시 비도는 나하고 안 맞는 모양이야. 그런데 혼자 이 난장판을 만들어낸 건가?"

임화평은 대답하지 않고 마유림의 전신을 훑었다.

마유림이 빙긋이 웃었다.

"문답무용이라는 뜻인가? 그렇다면 꿇려놓고 묻지."

그 순간 임화평이 쇄도했다.

파팟!

두 걸음 뒤에 크게 내딛는 한 걸음. 그 발에 채여 튀어나가는 물방울이 먼저 마유림의 얼굴로 날아갔다.

"얕은 수작!"

마유림이 두 손을 휘돌리는 순간 물방울들은 투명한 막에 부딪친 듯 사방으로 튕겨 나갔다. 그때 임화평의 두 주먹이 속사포처럼 마유림의 전신을 두드렸다.

파파파파파팡!

마유림의 휘도는 두 손이 임화평의 주먹 끝에서 튀어나오는 경력을 연신 걷어냈다. 수세에 몰린 마유림은 두 손바닥을 얼굴과 가슴 앞으로 연달아 내뻗으며 급속하게 뒤로 물러섰다. 그리고 마보를 취해 자세를 낮추고, 따라온 임화평을 향해 오른손을 내뻗었다.

우웅!

마유림의 손바닥에서 느껴지는 강렬한 기의 회오리에 임화평은 내디딘 오른발을 비틀었다.

취뤼뤽!

물방울이 튀어 오르는 순간 임화평도 자세를 낮추며 왼주먹을 내뻗었다.

쾅!

손바닥과 주먹이 맞부딪치는 순간 굉음이 병동을 뒤흔들었다.

마유림은 눈을 부릅떴다. 구성의 공력으로 패천장을 펼치고도 복싱의 스트레이트에 불과한 주먹에 우세를 점하지 못했다.

강렬한 충격파에 한 걸음 물러서는 순간 임화평의 신형이 휘돌았다. 마유림과 달리 물러서지 않고 몸을 비틀어 충격을 흘려보낸 것이다.

마유림의 부릅뜬 눈에 물방울 하나가 날아들었다. 임화평이 멈춰 서는 순간 튀어 오른 물방울이다. 미처 대비하지 못하고 눈에 물방울의 침입을 허락한 마유림은 당황하여 연이어 물러섰다. 한쪽 눈을 끔뻑이는 순간 임화평이 어느새 다가와 두 주먹을 연이어 내뻗었다.

파파팡!

마유림은 이를 악물고 손을 휘돌려 칼날처럼 날카로운 주먹들을 막아냈다.

퍼억!

"어어?"

이마에서 둔중한 타격음이 들리는 순간 마유림은 입을 벌렸다. 분명히

다 막아냈는데 강력한 경력이 뇌를 흔들어놓은 것이다. 이격이라도 방어하기 위해 손을 들어 올리려는데 임화평이 자세를 바로 하고 그를 바라보고 있었다. 그 순간 임화평의 모습이 이지러져 보였다.

쿵!

임화평은 아쉬운 눈으로 널브러진 마유림을 내려다보았다. 발경을 자유자재로 사용하는 존재. 연속된 잽에 숨겨진 무영제뢰수를 파악하지 못하고 당했다지만, 그가 지금껏 상대해 온 사람들 가운데 최고의 고수였다. 아쉬웠다. 명천에서 상당한 지위에 있을지도 모를 인간인데, 시간이 없어서 제압하지 못하고 죽여 버린 것이다.

"할 수 없지. 지금은 시간이 내 편이 아니니까. 하지만 소득이 없었던 건아니야."

상당한 고수에 속하지만 온실 속 화초 같은 사내였다. 자만심이 과한 반면 임기응변은 부족하여 다음 수가 한눈에 드러나 보였다. 예상보다 강한 임화평의 무력에 밀리자 당황하여 제 실력을 발휘하지 못했다. 살인 경험은 있을지 몰라도, 생사를 겨룰 만한 상대를 만나지 못한 채 평평한 연무공간에서 대련만으로 무공을 키웠을 것이다.

"패천장의 수위가 겨우 육성에 불과했다. 모두 이자와 같다면 상대 못할 조직은 아닌 것이지."

임화평은 아쉬움을 거두고 수술실 안에 웅크리고 있던 네 사람을 불러내 계단 대신 보일러실로 뛰어갔다. 네 사람은 어미 뒤를 따르는 병아리들처럼 줄을 지어 따라갔다. 보일러가 폭발한 탓에 없던 출구가 생겼다. 입을 막고 건물 잔해를 밟고 올라섰다. 사람들 발소리가 귀를 두드렸다.

"다친 척하시오."

먼저 올라가 네 사람을 불러 올렸다. 일반 병동에서 지원 나온 사람들 몇이 다가와 도와주었다. 비틀거리며 사람들 뒤쪽으로 스며들었다. 부축하려는 사람들이 있었지만, 괜찮으니 다른 사람을 도우라며 물리쳤다.

임화평은 사람들의 시선에서 벗어나자마자 두 청년에게 말했다.

"나를 따라오다가 내가 차에 올라타면 두 사람은 곧바로 저 철문으로 달려가 문을 열고 차에 타시오. 알겠소?"

갇혀 있었음에도 불구하고 두 사람의 영양 상태는 나쁘지 않은 듯했다. 장기를 꺼내기 전까지 건강을 유지시키려고 잘 먹인 모양이다. 충분히 달리고 힘을 쓸 수 있는 듯해서 부탁했다. 임화평의 기대대로 두 사람은 힘차게 고개를 끄덕였다.

"갑시다."

경비들까지 특수동의 정문과 후문으로 몰려간 듯 병원 후문까지 앞을 막는 사람이 없었다.

"뛰시오."

임화평은 두 사람에게 말하고 즉시 차 문을 열었다. 예상대로 문은 닫혀 있었다. 미리 준비한 열쇠로 문을 따고 시동을 거는 순간 철문에 달라붙어 용을 쓰던 두 청년이 철문을 활짝 열고 밖으로 뛰어나갔다. 바로 그 뒤를 따라 임화평의 차도 밖으로 나갔다.

"멈춰!"

백미러를 통해 경비원 넷이 달려오는 모습이 보였다. 감시 카메라에 잡혀 연락받고 달려오는 것이다. 임화평은 속도를 줄여 두 사람을 태우고 숲길을 달려 병원을 벗어났다.

⚜

우상은 차수경이 중국에 온 이후로 선민종합병원에서 행하는 공식적인 스케줄을 없애 버렸다. 병원 출입은 후문으로만 이루어졌고, 생활 자체는 특수동에만 한정되었다. 조금 갑갑하기는 했지만, 그렇다고 크게 불만을 가질 이유도 없었다. 한가한 만큼 수술 실력을 향상시킬 시간이 많았고, 애인들과 즐기는 시간도 늘어났으니까.

그가 바빠진 것은 바브라 세이건이 입원한 이후부터였다. 그녀는 처음부터 특수동에 들어왔다. 병실도 특수동 일층 구석에 꾸며놓고 닥터 빈스와 함께 우상이 집중 관리했다. 하지만 바브라 세이건의 상태는 조금씩 나빠져 거의 한계에 이르러 있었다.

다행히 차선의 도너가 제시간에 도착했다. 재수술은 필수라고 생각할 만큼, 차선이라고 말하기는 곤란한 조건의 도너였다. 하지만 임시 처방 차원에서라도 해야만 했다. 거부반응이 두려워서 수술을 미루면 아예 살릴 수 없게 될 것이다.

우상은 아침 7시로 수술 시간을 잡고 마지막으로 환자의 상태를 확인하기 위해 바브라 세이건을 찾았다. 상태가 좋지만은 않지만 수술을 견딜 정도는 되었다. 안도의 한숨을 토해놓는 순간 폭발음이 들리고 병동이 흔들렸다.

바브라 세이건을 따라온 여섯 명의 경호원 가운데 특수동에 머무는 두 명의 경호원이 급히 달려나가려는 순간 우상이 낮게 소리쳤다.

"멈추게. 무슨 일이 생긴 줄 알고 나가려는 건가? 자네들은 이 병실만 지켜. 나머지는 우리 쪽에서 다 알아서 할 것이네."

똑! 똑!

"누구야?"

"1조장입니다."

"들어와!"

정장 차림의 사내가 들어왔다.

"무슨 일이 벌어진 거야?"

"정확히 파악하지 못했습니다. 일단 수술실 쪽에서 폭발음이 들렸습니다. 확인해 보고 다시 오겠습니다."

우상이 고개를 끄덕이자 사내가 나갔다. 그리고 비명 소리가 들려왔다. 그 이후로도 낮은 비명 소리가 연이어 들려오고 있었다.

병실을 오락가락하던 우상이 뒤늦게 생각난 듯 핸드폰을 꺼내 단축 버튼을 눌렀다.

"선민병원 우상입니다! 어르신 바꿔주세요. 비상입니다, 어르신! 특수동이 공격받고 있습니다. 폭발음이 들리고, 정전에 비명 소리까지 끊이지 않습니다."

타타타탕! 타타타탕!

"총소리 들리십니까? 예? 바브라 세이건의 병실입니다. 괜찮습니다. 기기 자체에 전원 장치가 붙어 있습니다. 예? 경호원 두 사람 있습니다. 알겠습니다. 꼼짝하지 않고 기다리겠습니다. 사람 빨리 보내주십시오."

전화를 끊는 순간 총소리가 사라졌다.

닥터 빈스가 바브라 세이건을 바라보다가 물었다.

"괜찮겠나? 오늘 반드시 수술해야 돼."

"준비하는 시간이 조금 더 걸리겠지만, 수술은 수술 병동에서도 가능해. 너무 걱정하지 말게."

우상은 다시 전화를 걸어 외과 병동에 바브라 세이건의 병실을 확보하고 수술실 스케줄을 최우선으로 잡으라고 지시했다. 전화를 끊고 방 밖의 소리에 주의를 기울였다.

"이거, 너무 시끄럽군. 사람들이 온 것 같아. 두 사람 가운데 한 사람만 나가 좀 살펴보겠나?"

경호원 하나가 무겁게 고개를 끄덕이고 조심스럽게 방을 나섰다. 잠시 후 그가 경비원 차림의 사내 넷과 같이 돌아왔다.

"끝났습니다. 전쟁을 치른 것 같습니다만, 어쨌든 더 이상 소란은 없을 것입니다."

"거기, 자네들! 환자부터 옮겨야 해. 괜찮겠나?"

우상의 말에 경비원들이 환자를 힐끔 보며 대답했다.

"현관의 진화 작업은 끝났습니다만, 보일러실이 폭발한 탓에 아직 먼지와 연기가 자욱합니다. 괜찮겠습니까?"

보일러실과는 극과 극이라고 할 만한 위치에 자리한 병실이다. 그나마 다른 곳보다 낫다는 소리다.

우상은 경비원 한 사람을 지목하여 말했다.

"밖에 나가 이곳 환자의 이송을 최우선으로 처리하라고 전하게. 정리가 안 되면 복도 벽이라도 뚫으라고 해. 시간이 없어."

경비원이 나가자 다른 경비원들에게 물었다.

"특수동 경비조는 한 사람도 못 봤나?"

그들이 시체 말고는 없다며 고개를 젓자 우상은 눈살을 찌푸렸다.

"자네들, 지하로 내려가 철문 안에 있는 사람들의 생사를 확인해 오게. 다른 사람은 상관없어. 백인 여자만 살아 있으면 돼."

경비원들이 어깨에 달려 있는 스틱형 랜턴을 꺼내 들고 밖으로 나섰다. 그리고 5분 정도가 지나 한 사람이 돌아왔다.

"박사님, 철문이 열려 있고 그 안에는 사람 그림자조차 없습니다."

우상은 멍한 표정으로 경비원을 바라보았다.

"없어? 백인 여자가 없어? 안 돼!"

우상은 두 손으로 머리를 감싼 채 낮게 비명을 토하며 그대로 무릎 꿇었다. 그 순간 닥터 빈스는 상황이 어떻게 돌아가는지 대충 눈치를 챘다. 그의 얼굴이 하얗게 질려갔다.

"이건 아니야. 이렇게 되어선 안 돼!"

⚜

5시 30분. 차는 북경서역의 지하 주차장으로 들어갔다. 임화평은 보조석과 뒷좌석을 두루 바라보며 한숨을 내쉬었다. 우상을 찾는 일까지 미루고 구하기는 했는데, 뒷감당할 생각을 하니 너무나 부담스럽다. 그대로 풀어놓자니 다시 잡혀가라는 것과 마찬가지고, 집에 데려가자니 입이 너무 많아진다.

갑작스럽게 자유를 찾은 사람들이 할 일은 친지에게 연락하는 것부터 시작될 것이다. 그들의 처지를 이해시키고 며칠 늦추는 것은 가능할지 몰라도 오랫동안 침묵시키는 것은 불가능에 가까운 일이다. 그들 가운데 누군가에게는 죽음을 무릅쓰고 살려야 할 사람이 있을지도 모른다. 각자에게는 절박한 사정이 나머지 사람에게는 부담이 될 수밖에 없다.

집에 두는 것도 마찬가지다. 아무리 사람들의 눈이 많지 않다고 해도 외국인 둘에 아이들과 젊은 남녀가 바글거리면 이상하게 생각할 수밖에 없을 것이다.

일단 사람들 모두에게 사연부터 물었다. 중국인 세 사람은 모두 법륜공 때문에 잡혀간 사람들이다. 눈빛이 죽어버린 여인은 북경 출신이고 나머지 두 청년은 산동과 하남 출신이다. 그들 모두는 곧 풀려날 것이라고 생각하고 잡혀갔다가 어딘지도 모를 곳에 격리된 후, 나이 든 사람과 젊은 사람으로 분류되고, 또 한 번 분류된 후 모처에서 감금당한 채 살다가 이틀 전에 병원으로 이송되었다.

외국 여자는 이스라엘 출신으로, 자신이 왜 중국에 와 있는지조차 알지 못했다. 임화평은 모나나를 떠올리며 물었다.

"혹시 혈액형이 특별한가?"

"어떻게 알았나요? 바디바바디바예요."

"O형?"

외국 여자가 눈을 부릅뜨고 고개를 끄덕였다.

임화평은 그녀가 모나나의 대안으로 잡혀왔음을 깨달았다. 짐작되는 나이나 체형을 보면 대안으로 삼기에는 어울리지 않지만, O형의 바디바바디바 혈액형이 흔한 것이 아니기 때문에 선택의 여지가 많지 않았을 것으로 이해했다. 그리고 심장이식 수술이 아닌 경우라면 임화평이 아는 것은 거의 없다.

"후우! 어쩐다?"

임화평은 곤혹스러운 눈빛으로 사람들을 다시 바라보았다. 가장 걱정스러운 사람은 이스라엘 여인이 아니라 20대 후반이나 30대 초반으로 보이는 젊은 여인이다. 삶에 대한 의지가 드러나 보이지 않는 눈빛이 문제다. 그녀를 그냥 풀어놓으면 구해준 의미가 없을 것이다.

임화평은 일단 운전석 아래에 테이프로 붙여놓은 선불폰을 꺼냈다.

"음, 자는 거 깨웠지? 미안하구나. 내 가방하고, 내 방에서 옷들 있는 대로 챙기고 신발도 전부 담아서 지금 북경서역으로 오너라. 30분 후에 다시 전화하마. 그래, 조금 있다가 보자."

전화를 끊고 두 청년에게 말했다.

"대충 눈치는 챘지? 자네들이 병원에 있었던 이유는 장기 이식 수술 때문일세. 자네들 장기를 남에게 넘겨주려던 것이지. 젊고 건강한 사람들만 따로 분류해서 모아둔 그곳이 바로 장기 농장인 셈이네. 죽다 살아난 것이나 마찬가지야."

"감사합니다! 살려주셔서 감사합니다."

"공치사 들으려고 한 일이 아니야. 우연히 그렇게 된 것뿐이네. 자네들이 고향에 돌아가면 다시 잡혀갈 것이 분명해. 누구도 믿을 수 없는 상황에 처한 거야. 나도 더 도울 수 있는 여력이 없네. 당장 입을 옷과 당분간 쓸 수 있는 돈을 주겠네. 빈관에 사나흘 숨어 있다가 의심 사지 않을 만한 옷을 사고, 머리도 자르고, 수염을 기르든 안경을 쓰든 해서 변장을 하게. 검문에 걸리지 않도록 늘 깨끗하게 입고, 공안 앞에서도 당당하게 다녀. 외국이나 홍콩 같은 곳에 연고가 있어 빠져나갈 수 있으면 그것도 좋겠지. 그러나 고향은 안 돼. 가족들 소식이 정 궁금하면 공중전화를 이용해서 짧게 통화하고 곧바로 자리를 뜨게. 무슨 말인지 알겠나?"

친지들에게 연락 같은 것은 하지 말라고 말하고 싶었지만 결국 연락할 수밖에 없을 거란 것 또한 알고 있다. 예상대로 청년들은 임화평의 얼굴을 바라보면서 아무런 대답도 하지 않았다. 막막하고 비참한 심정을 얼굴에 그대로 드러낼 뿐이다.

임화평은 그 이상의 말을 하지 않았다. 그들의 이름이나 전력을 묻지도 않았고, 자신에 대해서도 소개하지 않았다. 인연을 길게 이어가고 싶지 않았기 때문이다.

'성인 남자들이다. 생각할 여유만 준다면 어떻게든 살아가겠지. 내가 더 이상 해줄 수 있는 건 없어.'

임화평의 시선은 이스라엘 여인, 오프라 주어에게로 옮겨갔다. 그녀는 불안한 눈빛으로 임화평을 마주 보았다.

'모나나와 신체적 조건이 현저하게 다른 여인을 이스라엘까지 가서 데리고 왔다. 특수 병동에 옮겨놓았다는 것은 수술이 임박했다는 뜻이 되나? 오늘 수술할 사람이 이 여인? 이상하군. 이렇게 대안이 있는데 왜 그토록 모나나에게 집착했을까? 무슨 수술이든 간에 모나나만큼 적합하지는 않다는 뜻인가? 그런데도 수술한다는 것은 하지 않으면 곤란한 상황?'

죽으면 자유롭다. 삶에 대한 집착이 끊어지면 영혼은 자유를 찾을 것이다. 하지만 남는 자는 그러하지 못하다. 임초영의 죽음이 임화평의 복수를 불러왔듯이, 모나나와 오프라의 장기를 간절하게 원하던 누군가가 죽는다 해도 그녀를 살리려는 누군가는 죽은 이를 잊지 못할 것이다. 누군가를 원망하고 그 책임을 돌리려 할지도 모른다.

'모나나에게 그 누군가가 죽으면 끝난다고 했는데, 끝이 아닐 수도 있겠구나. 두 사람을 구한 나를 찾기 위해 두 사람의 뒤를 쫓을 수도 있는 일이다. 어떻게 한다?'

혼자서 생각하고 답할 문제도 아니다. 의지를 가진 사람들이다. 모나나와 오프라 주어에게 모든 상황을 설명하고 그들이 생각하고 결정할 수 있도록 해야 한다. 하지만 그 결정이 임화평을 위험에 빠뜨릴 수도 있다.

임화평은 고개를 젓고 젊은 중국 여인을 바라보았다. 그녀를 두 사내처럼 처리하면 결과는 뻔하다. 지금처럼 멍한 표정으로 길거리를 방황하다가 다시 잡혀가거나 질이 좋지 않은 인간들의 손아귀에 떨어질 것이다.

'하아! 형님에게 연락해 둔 게 그나마 다행인가?'

다른 집을 하나 더 구해야 할 것 같다는 생각은 진즉부터 하고 있었다. 적당한 방법을 찾지 못해 실행하지 못하고 있었을 뿐이다.

2001년 현재 중국에는 거주 이전의 자유가 없다. 등소평의 집권 이후에도 호구 제도는 여전히 엄격했다. 북경이나 상해 같은 대도시를 중심으로 조금씩 완화되고는 있다지만, 숨어 살아야 하는 입장에서 가짜 신분증으로 집을 구하기는 쉽지 않다. 현재의 집이 들통 난다고 전제하면 강명식의 이름으로 새 집을 구해봤자 의미가 없다. 결국 다른 사람의 이름을 빌려야 한다는 것인데, 임화평은 어쩔 수 없이 이중원의 이름을 빌리기로 했다.

임화평은 시계를 보고 전화를 걸었다.

"어디냐? 그래? 주차장 안으로는 들어오지 말고 주변을 한 바퀴 돌다가 10분 후쯤에 버스 정류장 근처에 세워. 내가 찾을 테니까. 그래."

임화평은 경비복 상의를 벗고 한 청년의 양복 상의를 벗겨 입은 후 주차장을 벗어났다. 그가 다시 돌아온 때는 30여 분 후쯤이다.

"갈아입게."

청년들에게 옷을 건네고 임화평도 평범한 면 티에 등산 바지로 갈아입었다. 신발까지 갈아 신은 후 청년들에게는 끈이 있는 신발로 갈아 신겼다. 한 청년에게는 선글라스를, 다른 청년에게는 도수 없는 안경을 주고 가방에서 빗을 꺼내 머리까지 단정하게 빗게 했다. 마지막으로 가방에서 돈 다발 두 개를 꺼내 두 청년에게 건넸다.

엉겁결에 1만 위안씩을 건네받은 두 청년은 눈을 둥그렇게 치뜨며 어찌할 바를 몰라 했다.

당장 먹고살기 힘든 사람들이 돈이 되지 않는 일로 시간을 투자하는 일은 그다지 많지 않다. 법륜공의 수련자들 대부분은 중국에서 나름대로 안정된 생활을 하는 사람들이다. 하지만 그들에게도 1만 위안은 적지 않은 돈이다. 적어도 서너 달 이상은 일해야 만질 수 있는 돈이다. 생판 처음 보는 사람에게, 그것도 목숨을 구해준 사람에게 거금을 받았다. 돈을 쥔 채 어찌할 바를 몰라 하는 표정으로 임화평을 바라보았다.

"자네들은 전기(轉機)가 마련되기 전까지 숨어 살아야 돼. 앞으로 몇 년이 될지 몰라. 그 돈을 아껴 쓴다고 해서 될 일이 아니야. 하지만 내가 도와줄 수 있는 것은 여기까질세. 살아남기를 바라네."

두 청년은 여기서 다시 고맙다는 말을 해봤자 의미가 없다는 것을 깨닫고 말없이 고개를 숙였다. 다시 임화평을 응시하는 네 개의 눈동자는 붉게 물들어 있었다.

임화평은 그가 늘 가지고 다니는 도구 가방에서 중국어로 된 북경 가이드북을 꺼내 건넸다.

"나가자마자 택시를 타게. 관광객들이 많은 곳으로 가. 거기서 차분히 생각해. 놈들은 공안, 그 자체나 마찬가지야. 놈들 입장에서 자네들을 잡으려면 어떻게 할 것인가를 늘 생각하고 거기서 벗어나게 행동해야 돼. 절대 감정적으로 움직이면 안 돼. 가게나."

"언젠가는 반드시 이 은혜 갚겠습니다."

임화평은 다시 본다고 해서 알아볼 수 있는 사람이 아니다. 그러나 그에 대해서 아무런 말도 하지 않았다. 두 사람은 다시 한 번 고개를 숙이고 지하 주차장을 빠져나갔다.

임화평은 다시 차 안으로 들어갔다. 남은 두 사람을 바라보았다. 오프라 주어는 여전히 겁에 질려 있고, 중국 여자는 멍하니 앉아 있다. 임화평은 한숨을 내쉬고 오프라 주어에게 먼저 말을 걸었다.

"이스라엘 대사관에 데려다 주고 싶다. 하지만 지금은 아니다. 위험하다. 나 영어 잘 못한다. 설명하기 쉽지 않다. 설명해 줄 사람 있다. 그때까지 진정하고 기다려라. 이해하나?"

오프라 주어는 평범한 삶을 살아왔지만 그렇다고 해서 그것이 머리가 남보다 떨어진다는 뜻은 아니다. 그녀는 일단 자신이 처한 상황을 냉정하게 바라보려고 노력했다. 깊게 심호흡하고 먼저 날짜를 물었다.

"음, 6월 3일이다."

오프라 주어는 날짜를 꼽아보았다. 그녀는 5월 31일 초저녁까지만 해도 세상이 어찌 돌아가는지도 모른 채 텔아비브의 집에서 평온한 삶을 누리고 있었다. 그녀가 다시 깨어난 때는 만 하루 전, 그러니까 6월 2일 새벽쯤일 것이다. 기억하지 못하는 36시간 남짓의 짧은 시간 만에 이스라엘에서 만리타향 중국까지 옮겨진 셈이다.

그녀가 배낭여행객들에게 이스라엘에 대해 가장 많이 듣는 불평은 엄격한 출입국 통제다. 그녀도 남편과 이탈리아를 다녀오면서 겪어봤다. 이스라엘행 비행기를 타기도 전에 벌어지는 온갖 검사와 아랍인들과 관련된 수십 문항의 반복된 질문들은 사람의 진을 빼놓는다. 자국인에게도 엄격한 편인데, 자유롭게 다니던 외국인들의 입장에서는 많이 귀찮을 것이다. 그런 나라에서 언제 어떤 식으로 옮겨왔는지도 모르게 36시간 정도 만에 중국에 와 있다. 깨어난 시간보다 한참 전에 중국에 와 있었을 테니까 더 짧은 시간이 걸렸을 것이다. 이스라엘을 빠져나오기 위해 지체한 시간이 거의 없다는 의미다. 결국 그녀를 중국으로 빼돌린 조직은 이스라엘에서도 영향력을 발휘할 수 있다는 뜻이 된다.

"이해했어요. 내 걱정하지 마세요. 그리고 도와줘서 정말 고마워요."

임화평은 처음으로 입가에 미소를 담고 그녀에게 고개를 끄덕여 보였다.

임화평은 가방에서 생수 하나를 꺼내 오프라 주어에게 건네주고 중국 여인에게 눈길을 돌렸다. 눈을 마주하려 했지만 그녀가 바라보는 것은 허공의 한 점일 뿐이다.

짝!

임화평이 그녀의 뺨을 때리자 물을 마시던 오프라 주어가 눈을 치떴다. 하지만 곧 상황을 이해하고 한숨을 내쉬었다. 중국 여인의 눈에도 초점이 잡혔다.

"살아야 할 이유가 없나? 그렇다면 당신을 도와줄 이유가 없다. 나도 내 앞가림하기 바쁜 사람이야."

중국 여인이 갑자기 눈물을 뚝뚝 흘렸다. 오프라 주어가 중국 여인을 감싸 안으며 등을 토닥여 주었다. 진정한 듯하자 생수를 여인의 입에 물려주었다. 바짝 마른 입술이 수분을 취하자 여인의 입도 열렸다.

"살게요. 살려주세요. 저 살아야 돼요. 내 아이 찾아야 돼요."

"그래, 그거면 됐다. 솔직히 당신을 어떻게 도와야 할지 모르겠다. 하지만 도울 방법을 찾아보겠다. 정신 바짝 차려라. 어떤 경우에도 이성을 잃지 마. 당신도 느꼈겠지만, 나도 심신이 편한 사람이 아니야. 당신이 잘못하면 그 여파가 나와 내 주변 사람들에게까지 미쳐. 그런 위험까지 감수하고 당신을 도와줄 이유는 없어. 그러니까 늘 깨어 있어라. 알겠나?"

여인은 다시 공황에 빠지지 않겠다는 듯 눈에 힘을 주고 고개를 끄덕였다. 본능적으로 느낀 것이다, 임화평마저 손을 떼면 만사가 끝장이라는 것을. 그녀가 그동안 당한 치욕과 현재 처한 상황을 생각하면 죽고만 싶은 심정이지만, 그녀에게는 반드시 살아나가야 할 이유가 있다.

오프라 주어가 중국 여인의 어깨를 감싼 채 물었다.

"우리는 왜 안 가나요?"

"중국 마피아들이 이 차 찾는다. 이 차 버린다. 그 모양으로 못 나간다. 옷 사라고 사람 보냈다. 새벽이다. 가게 찾기 어렵다. 기다린다."

예상 외로 중국 여인도 영어가 가능한 모양이다. 두 여인은 자신들의 옷차림을 보고 모두 고개를 끄덕였다. 오프라 주어는 환자복 차림이고, 중국 여인은 환자복에 가운만 걸친 모양새다. 신발은 간호사들의 슬리퍼다.

"언제 갈 수 있을지 모른다. 잠자라. 밤새 못 잤다. 나도 잔다."

임화평은 즉시 눈을 감았다. 육체적 피로보다는 정신적으로 한계에 이르렀다. 차수경과 우상을 찾고 명천을 뒤쫓는 일만으로도 충분히 정신이 없는 입장에서 돌봐야 할 사람들이 많아지다 보니 정신이 산만해질 수밖에 없다. 왜 이렇게까지 해야 하나 하는 후회가 밀려왔다.

'동금이를 거두는 게 아니었다.'

그때 위관성과 진영영의 얼굴이 자연스럽게 떠올랐다. 한소은과 소망원 아이들의 얼굴이 떠올랐다. 임초영이 떠오르자 모나나가 자연스럽게 떠올랐다.

'같은 삶이 반복되는 것은 아니라는 뜻인가?'

주변을 돌아볼 기회조차 없이 복수만 생각하던 삭막한 전생과는 삶이 달랐다. 남들이 보면 어려운 어린 시절을 보내다가 자수성가하였으나 곧 불행한 말년을 맞았다고 하겠지만, 작년까지의 그의 삶은 평온하기 그지없었다. 웃을 줄 알고 사랑할 줄 알았다. 전생에 없던 측은지심이 가슴 한가운데에 자리 잡고 있었다.

전생에서는 흑도 조무래기들이 으슥한 곳에서 여인을 폭행 강간하고 있는데도 모른 척 지나쳤다. 손 몇 번 휘두르면 구해줄 수 있었을 텐데도 외면해 버렸다. 정체가 드러날까 봐 두려워한 것이 아니라 어디서나 생길 일이라며 아예 관심을 두지 않았다.

달라진 것이다. 귀찮아질 것을 뻔히 알면서도 위동금을 거두고 사람들을 구했다. 하지만 그 같은 행동이 그를 힘들게 하고 있다.

'구하지 않았다면 그 또한 내 마음을 괴롭혔을 테지. 하! 이제 선민병원

에서 우상을 찾아내는 것은 힘들겠지? 이제는 나도 모르겠다. 닥치는 대로 해나가는 수밖에.'

그때 손에 쥐고 있던 전화기가 울었다.

"구했어? 고생했다. 10분 후에 아까 거기서 보자. 그래."

임화평은 불안한 표정의 두 사람을 다독이고 다시 밖으로 나갔다. 아까와는 달리 10여 분 만에 다시 돌아온 임화평의 손에는 커다란 주황색 비닐 백이 들려 있다.

임화평은 물빛 실크 소재의 자주색 전통 의상을 오프라 주어에게 건넸다. 네 개의 전통 매듭으로 앞을 여미게 만든 차이나 칼라의 반팔 상의에, 허리가 고무 밴드로 된 헐렁한 바지다. 업소의 종업원이 아니라면 중국 사람들도 입지 않을 옷이지만, 관광객들이라면 기념품 삼아 하나쯤 사서 잠옷으로라도 입을 만한 옷이다.

중국 여인에게 건넨 옷은 핑크빛 트레이닝복이다. 젊은 사람들이 즐겨 입을 듯한, 광택이 나는 소재에 몸매의 굴곡이 드러나는 디자인이다. 신발은 검은색 천으로 만든 것인데 찍찍이가 달려 있어서 조금 크더라도 신을 수 있을 듯했다.

임화평은 두 사람이 옷을 갈아입을 동안 밖에서 기다렸다. 차문이 열리고 두 사람이 나오자 비닐 백에서 챙이 넓은 모자와 야구 모자를 꺼내고 선글라스 하나를 꺼냈다. 챙이 넓은 모자와 선글라스는 오프라 주어가 썼고, 야구 모자는 중국 여인이 썼다.

임화평은 시계를 확인하고 두 사람의 모습을 바라보며 말했다.

"이 시간에 그럴 듯한 것들을 용케도 구했군."

임화평은 두 사람이 서로의 옷차림을 살펴보는 동안 차를 정리했다. 벗어놓은 옷들을 모두 비닐 백에 담아 트렁크에 넣어버리고, 남겨두어서는 안될 것들을 가방에 담아 따로 빼두었다. 마지막으로 손끝의 상태를 살폈다. 매니큐어가 아직 그대로 남아 있어 지문이 남을 염려는 하지 않아도 될 듯했다. 다른 사람들이야 어차피 노출된 사람들이라 지문을 남겨두어도 상관이 없다. 임화평은 차를 청소하지 않은 채 그대로 방치했다.

"이 얼굴은 내 얼굴이 아니다. 바뀌더라도 놀라지 마라."

임화평은 두 사람에게 단단히 주의를 주고 석명지의 얼굴에서 본래의 모습으로 돌아왔다. 임화평은 굳은 얼굴 근육을 연신 주무르면서 말했다.

"나가면 택시를 탄다. 주변 보지 마. 이상한 표정 하지 마. 두 사람은 서로의 얼굴만 봐. 영어로 이야기 해."

오프라 주어는 담담한 표정으로 고개를 끄덕이며 중국 여인의 손을 쥐어주었다.

"간다."

세계에서 가장 크다는 북경서역을 떠나 천단공원에 도착한 것은 9시가 조금 넘은 때였다. 태연한 척하느라고 식은땀을 흘리는 두 여인의 조급한 마음은 아랑곳하지 않고, 임화평은 천단공원을 가로지르는 내내 느긋하기 그지없다. 기년전, 제궁, 황우궁 등 천단공원 내의 유명한 건축물들의 외관을 둘러보고, 무리를 지어 운동하고 있는 사람들을 관심있게 바라보기도 했다. 가끔 시계를 바라보는 것 말고는 말 그대로 여유만만한 모습이다. 심지어는 두 사람을 세워두고 건축물을 배경으로 사진까지 찍었다. 천단공원을 둘러보고 자연사 박물관 쪽으로 빠진 때가 10시경이다.

기다렸다는 듯이 차 한 대가 앞에 멈춰 섰다. 두 여인이 차를 타는 동안 위동금은 운전석에서 빠져나와 보조석으로 옮겨 탔다.

임화평은 기분 좋게 한숨을 내뱉고 시동을 걸었다.

"고생했다. 이스라엘 대사관 쪽은 어떻더냐?"

위동금은 전과 비교도 할 수 없을 만큼 밝고 여유있는 모습으로 대답했다.

"주변에 젊은 남자들이 많았어요."

"역시 그렇지?"

임화평은 신호 대기 상태에서 보조석 뒤에 앉아 있는 오프라 주어를 바라보았다. 대사관 소식을 전해줄 생각이다. 위동금도 뒤쪽으로 고개를 돌렸다. 위동금과 임화평 뒤쪽에 앉은 중국 여인의 눈이 마주쳤다.

"외, 외숙모?"

중국 여인의 눈이 찢어져라 부릅떠졌다.

"도, 동금아? 동금아!"

두 사람은 누가 먼저라 할 것 없이 서로를 향해 손을 뻗었다.

"외숙모!"

"동금아! 으아아아아아앙!"

임화평은 기가 막혀서 한숨을 내쉬었다. 외숙모라면 진영영의 어머니라는 뜻이다.

"허! 이런 일이……."

임화평은 우선 위동금부터 진정시켰다. 그의 어깨를 두드리며 말했다.

"아직은 안전하지 않아. 마음은 알겠다만, 집에 도착할 때까지는 참아라."

위동금은 겨우 진정하고 여인의 손을 토닥이며 진정시켰다.

"외숙모! 조금만 참아요."

위동금은 눈물과 콧물을 훌쩍이는 여인에게 휴지를 건넸다. 여인은 눈물과 콧물을 닦고 푼 후에 떨리는 목소리로 물었다.

"도, 동금아! 우리……."

"영영이하고 관성이 제가 데리고 있어요. 걱정 마세요."

여인은 두 손으로 얼굴을 감싼 채 말로 다 표현하지 못할 기쁨의 눈물을 흘렸다.

"으흐흐흐흐흐흑!"

임화평이 말했다.

"너 차라리 뒤로 가거라."

위동금은 고개를 끄덕이고 조수석과 운전석의 좁은 틈을 지나 뒷자리로 옮겨 앉았다. 그리고 울고 있는 여인을 껴안고 어깨를 토닥였다.

임화평은 백미러로 두 사람의 모습을 보며 고개를 저었다.

'결국 인연이었단 말인가?'

우연히 구한 사람이 하필 진영영의 어머니다. 질긴 인연의 끈을 느끼지 않을 수 없다.

흔한 말로 옷깃만 스쳐도 인연이라고 했다. 돈 몇 푼 쥐어주고 끝낼 수 있었던 위동금을 굳이 거둔 것은 막연하나마 뭔가 당기는 것이 있었기 때문이다. 귀찮음에도 불구하고 어쩔 수 없이 여인을 데리고 다닌 것도 불안한 마음이 있었기 때문이다. 아내 이정인처럼 강렬한 끌림을 느끼지는 못했지만, 두 사람 모두 그냥 보낼 수 없었던 것이다. 그들이 식구였거나 가솔이었을 수도 있고, 사부나 동료들일 수도 있다는 생각이 문득 들었다.

미국인인 모나 나스트와 이스라엘 사람 오프라 주어를 생각하면 또 뭔가 막히는 듯했지만, 전생에 중국에서 살았다고 해서 미국이나 이스라엘에서 태어나지 말라는 법이 없을 거라고 생각하면 그만이다.

'왠지 더 소중하게 대해야 할 것 같은 기분도 들고… 아무튼 묘한 기분이로군.'

위동금과 여인은 집에 도착할 때까지 소곤거렸다. 귀를 기울이지 않아도 다 들리지만, 임화평은 애써 듣지 않으려고 노력했다.

『무적자』 3권에 계속…